3 en 1

El antropólogo que llegó del frío (carta abierta a Miguel Taussig)
Golfos, senos y abras de una página de Cortázar traducida por Derrida
Solanera - de traumas y víctimas

Bruno Mazzoldi

A la fraternidad por la cultura

editorial uC
Editorial Universidad del Cauca
2019

3 en 1

El antropólogo que llegó del frío (carta abierta a Miguel Taussig)
Golfos, senos y abras de una página de Cortázar traducida por Derrida
Solanera - de traumas y víctimas

Mazzoldi, Bruno

3 en 1. / Bruno Mazzoldi. -- Popayán: Editorial Universidad del Cauca, 2017.

350p.: fotografías; 24 cm.

Incluye bibliografía: pp.250-262.

1. ENSAYOS LITERARIOS. 2. TAUSSIG, MIGUEL - CRÍTICA E INTERPRETACIÓN.
TAUSSIG, MIGUEL, Véase además Mateo Mina. 3. CORTAZAR, JULIO – CRITICA
E INTERPRETACIÓN. I. Universidad del Cauca (Colombia). II. Título.

ISBN: 978-958-732-323-8

SCDD 21: 808.8 M477   Co- UdC

Hecho el depósito legal que marca el Decreto 460 de 1995
Catalogación en la fuente – Universidad del Cauca. Biblioteca

3 en 1
© Universidad del Cauca, 2018
© Autor: Bruno Mazzoldi

Primera edición en español
Editorial Universidad del Cauca, Agosto de 2018
ISBN: 978-958-732-323-8

© Serie Libros de los Mundos, 2019
INSTITUTO INTERNACIONAL DE LITERATURA IBEROAMERICANA (IILI)
Universidad de Pittsburgh
1312 Cathedral of Learning
Pittsburgh, PA 15260
(412) 624-5246 - (412) 624-0829 fax
iili@pitt.edu / www.iilionline.org

Diseño editorial: Área de Desarrollo Editorial - Universidad del Cauca
Correción de estilo: Jaime Ariza y Yamileth Ruiz
Diagramación: Mónica Teresa Quevedo Hernández
Imagen de carátula: Sami y Jaris Riaño Mazzoldi
Editor general de Publicaciones: Mario Delgado-Noguera

Editorial Universidad del Cauca
Casa Mosquera Calle 3 No. 5-14
Popayán, Colombia
Código Postal 190003
Teléfonos: (2) 8209800 Ext 1134 - 1135
http://www.unicauca.edu.co/editorial/

Contenido

Prólogo

¿Cómo leer este libro? Tomar en cuenta, en primer lugar, que nos invita a dejar que el texto *se nos lea* él mismo a nosotros, que se nos despliegue y nos conduzca de la misma manera en que lo hacen la música y la poesía, halándonos con su pulso y su desplazamiento previsiblemente imprevisto. Estamos ante una prosa que es prima-hermana de las prosas de León de Greiff, James Joyce, Néstor Perlongher, Gamaliel Churata y José Lezama Lima, con el desafío especial de que, en la senda de Churata y Lezama, en lugar de plantarse de lleno en la ficción, asume las tareas del ensayo exegético, y las asume con toda la seriedad y también con todo el gozo de tal manera que convierte la exégesis en un festival de pistas, senderos, *golfos, senos y abras* por descubrir en la glosa de los textos convocados. Así, los textos de Taussig, Benjamin, Joyce, Proust, Cortázar, Bioy, Borges, Lezama, Lydia Cabrera, Derrida, Primo Levi, Levinas, José Urbach, Los Beatles y tantos otros aquí concurrentes pasan de ser interpretados a actuar como *interpretantes* impredecibles y sorprendentes. La idea, entonces, no es tanto *entender* la lectura sino dejar que ésta *se nos extienda y entienda* ante nosotros y ante ella misma. Les aseguro que ella nos comprenderá y nos hará comprenderla pero, como en toda seducción, nunca sabremos exactamente por dónde viene y hasta dónde, y ése es el encanto, el "*allure*" que nos tienta, como diría Graham Harman.

El truco más conspicuo de Bruno Mazzoldi es la cita, que no podemos ilustrar sino citando sus propias expresiones sobre las citas, por supuesto. Él maneja más de una vez una interesante cita de Walter Benjamin sobre las citas que dice: "En mi trabajo, las citas son como salteadores de caminos que irrumpen armados y despojan de su convicción al ocioso paseante" (302). Lo cierto es que más que asaltar al ocioso lector, las citas de Mazzoldi se asaltan entre ellas en una *mêlée* erótica que rebasa el diálogo y el coro, incitando la penetración mutua de los enunciados, incluyendo los que pueda emitir el "ocioso paseante" que enfrenta tamaño revolú de referencias como cucaracha en baile de gallinas. Así, Mazzoldi nos despliega (e inevitablemente lo citamos) "pomares de citas fagocitadas fagocitantes" (150), "saturando analogías, semejanzas, citas, recitas, remisiones, creadas, increadas y por crear" (183), "citas órficas" (212), "citas abruptas" (220), "citas etéreas" (273), y "citas más allá de todas las lenguas y voces citables" (300). En esta prosa la cita no ilustra ni confirma lo dicho por la voz ensayística, digamos, en función de evidencia, sino que la desvía, la divierte, le da un giro, le hace el "*détournement*", al decir de Guy Débord. La citación perpetua es, entonces, el pase de mano más conspicuo que auxilia el movimiento principalísimo de la prosa mazzoldiana: el cual no es otro que la digresión.

Mazzoldi eleva la digresión al rango de regla de composición del periodo gramatical. Es decir, sólo unas cuantas oraciones suyas, estratégicamente dispuestas, se ciñen a la dupla sujeto-predicado que remacha en una proposición específica gramaticalmente marcada por el punto y aparte, pues más bien, en la mayoría de los periodos, antes que se plasme el sentido comprensivo de la frase, se le injerta otra cláusula complementaria, proposicional, subordinada o, en menos casos, coordinada, que inicia una orientación distinta a lo que se ha comenzado a decir, cláusula ésta que se desvía a su vez insertándole otra cláusula que modifica el tema, y así indefinidamente. Estos giros seriales de la orientación del sentido de la frase se activan a partir de la paronimia, la sinonimia, la aliteración, la rima interna, la sinécdoque, la metáfora y la famosa "libre asociación" que, como nos enseña el psicoanálisis, es libre pero ambiguamente azarosa, como "sin querer queriendo". Mazzoldi suele encabalgar tales tropismos digresivos sobre pesquisas etimológicas, traducciones y otros pases lexicales servidos por los diccionarios. Si pensamos en la oración o período gramatical como un circuito entre sujeto y predicado que se cierra, bien sea parcial y provisionalmente, con un sentido proposicional mínimo, entonces la sintaxis mazzoldiana lo que hace es poner en suspenso el circuito iniciado, empatándole otros circuitos indefinidamente, posponiendo el cierre del sentido hasta que llega al punto final después de varios renglones o después de varias páginas. A la altura de ese punto (que parece nunca llegar) ya se ha engarzado una ristra de sujetos y predicados suspendidos inabarcables y literalmente incomprensibles dentro del marco de proposición alguna. Todo esto se realiza en cumplimiento impecable de las reglas de puntuación y de concordancia gramatical. Se canaliza y acumula así un caudal de proposiciones a medio formular, irresueltas o al menos renuentes a cualquier resolución dentro de la lógica proposicional.

Es de esperar que el lector tenga la impresión de que "no ha entendido nada", mas su impresión se debe a que ha navegado una serie de circuitos semánticos abiertos en cascada. Es un razonamiento en cascada basado en conexiones materiales, sensoriales, imaginarias y conceptuales entre palabras y referentes que no se amolda a la lectura atenta de corte analítico-sintético, sino a otro tipo de atención a lo real no muy frecuentada por el lector convencional, académicamente adiestrado, que es precisamente la atención impresionista. Toca al lector entregarse a la impresión que lo embarga para que le afecte la constelación de sentidos armada por el texto mazzoldiano y la entienda tal como se entiende una instalación de arte, una performance, una música, un poema: más acá y más allá de la simple lógica proposicional, en el magín de la impresión misma. Este registro impresionista-expresionista se maneja en ciertas modalidades de las artes y la ficción poética, pero el gran desafío al que responde la escritura singular de Bruno Mazzoldi es manejarlo en el ensayo exegético de perfil crítico, filosófico y teórico donde, además de que para no pocos guardianes autodesignados de la norma institucional es inadmisible, prácticamente nunca se acostumbra, salvo casos excepcionales como *El pez de oro*, de Gamaliel Churata, *Introducción a los vasos órficos*, de José Lezama Lima, y *Clamor*, de Jacques Derrida.

El título, *3 en 1*, de este volumen designa antes que nada los tres libros que juntos lo componen, haciendo uno: *El antropólogo que llegó del frío (carta abierta a Miguel Taussig)*; *Golfos, senos y abras de una página de Cortázar traducida por Derrida*; y *Solanera – de traumas y víctimas.* Además, este título es un guiño al comentario registrado en el libro anterior de Mazzoldi, *Teleón. Sierpes de León de Greiff* (2013), sobre la recomendación hermética y humorística que hiciera el poeta colombiano León de Greiff del producto *3-En-Uno*:

> ...aceite combustible de usos múltiples que lubrica, limpia y previene el óxido, fabricado por WD-40° Co. gracias a los análisis efectuados por un equipejo interdisciplinario de bioquímicos, geólogos y ginecólogos californianos a lo largo del tramo Titiribí-Sitio Viejo, más exactamente a partir de 'la de doña Práxedes', pues si bien no pueda dudarse que 'de esta posada, típica además, de un solo resbalón va a dar uno –o una– a Sitio Viejo, porque la calle es lisa y pina' [...] remixable en estribillo propagandístico para ejecutivos bien engrasados patinando de triclinio en triclinio, de témpano en témpano, de manual en manual, de trasunto en trasunto, de unto en unto, de uno en dos y dos en tres, al compás del Himno a Hermes , hasta estrellarse contra el poste mayor del *Trivium Hermeticum*, donde urge interrogar como Apolo celoso de música secreta: - '¿Qué camino *-tis tribos* ?' (Homero 4. v. 448 - cfr. trad. Humbert. 134), porque 'a la vez tres placeres de allí arrancan: / la jovialidad, el amor, el dulce sueño *–eufrosunen kai erota kai edumon upnon*' (ib. vs. 448-449 - cfr. trad. López Á. 51), ya sin el andar sucinto o ceñido de lúbrico pingüinete a la zaga de sí mismo y favila de sí propio, admitiendo la calvicie del huidizo instante que para disuadir a los idólatras de la *solicitudo* (v. 1Co. 7. 32) San Pablo llama '*kairos sunestalmenos*' (ib. 29), de *sustellein* , 'contraer', 'reducir', a que repudien el glabro deslizadero del esquema, desasidos de brevedad pretérita tras brevedad mortinata... (115-6)

No es difícil detectar en esta glosa del texto de León de Greiff y de antiguos pasajes herméticos alusiones a las "lubricaciones" (y lucubraciones) que habilitan los desplazamientos (deslizamientos) herméticos, estratégicamente accidentales del sentido en el discurso y en la vida, y las interminables consecuencias corporales y espirituales que acarrean; entre ellas auspiciar "la jovialidad, el amor, el dulce sueño"...

En *El antropólogo que llegó del frío (carta abierta a Miguel Taussig),* el lector encontrará una impugnación crítica de varias premisas que sustentan el ensayo antropológico de Michael Taussig, *Shamanism, Colonialism and the Wild Man. A Study in Terror and Healing* (Chicago y Londres: U. de Chicago, 1987). La carta que Mazzoldi le dirige a Taussig, quien se hospedara en su casa durante una de sus estadías en Colombia, invoca con ironía y sarcasmo el "3-En-Uno" antes mencionado: "Compre uno y llévese dos: Chamanismo y Colonialismo. Tres con el Hombre Salvaje. Es la ganga del libro de *magia*" (18).

Mazzoldi, sin pretender invalidar, por supuesto, los importantes aciertos del libro, cuestiona varias equivalencias y confusiones a partir de las cuales trabaja Taussig, entre ellas: 1) "la tácita equivalencia de chamanismo y curanderismo", la cual conlleva también una confusión entre la magia, en el sentido genérico y los saberes específicamente chamanísticos; 2) reducir la transculturación y la hibridez al expediente de convertir el chamanismo en mero subproducto del colonialismo, como si los pensadores de tradición indígena y mestiza no pudieran hacer otra cosa que mimetizar simplistamente la ideología colonialista; 3) suponer una equivalencia *de facto* entre el espacio chamánico y el "espacio de muerte" propio del colonialismo; y 4) presumir que la única posibilidad de sentido radica en la lengua verbal y la escritura alfabeto-gráfica, descartando las construcciones extra-lingüísticas del pensamiento y el conocimiento propias de la práctica chamánica. Vale la pena citar completo el siguiente pasaje de la carta donde Mazzoldi retrata las estrecheces que afectan el citado libro de Taussig:

> Creer que al amigo de Mocoa no le agradará saber que asimilas su actividad con la de un *fumiste* no es entregarse al culto de la misteriosa personalidad chamánica ni a la fascinación fascista por la "figura de control". La actividad del chamán se me hace tan respetable como la de un científico de los mejores laboratorios y si considero la abnegación de los yagejeros botanistas de Sibundoy tampoco me parecen muy lejanas una de otra. La de éstos tal vez más meritoria.

> Mira, si no fuera por tu marcado desdén del ámbito universitario reconocería el sarcasmo del catedrático que, en nombre de la razón y de las buenas costumbres epistémicas, hunde el obscurantismo de las supersticiones populares por fuera o debajo de los muros del claustro, en el ámbito mortal que le atrae y aterra. De todas formas la pose literaria no constituye una virtud suficiente para situar esta diatriba en la dimensión post-académica o "experimental" que dejan esperar ese desdén y la enésima sobre-promesa del publicista de la Rice University.

> Absorto en la tarea de echar a escobazos el humo de la mistificación ignoras que la descripción en cuestión no implica una actitud tan pasiva como crees que la pinta el maleficio barato del que te has propuesto defender a "muchos lectores". Pues, aunque no me resulte "un cuadro agradable", Lévi-Strauss reconoce que inmediata y mediatamente, consciente e inconscientemente, la preñada sí ejerce una relación de reciprocidad. Pero tú no puedes sospechar que sin entender el significado de lo que se le canta ella pueda intervenir en la elaboración del "imaginario curativo" quizá más intensamente que cualquiera de los elocuentes enfermos que conociste porque la única modalidad de intervención que concibes es la del intelecto verbalizante.

> Quien se queja y se retuerce agarrada ciegamente de las manos de la música en lugar de echarse un discurso es figura de un texto "*forever female*" porque los quejidos y los pujos que hubieras podido reducir más fácilmente que las lánguidas serpentinas de humo son signos indicativos, involuntarios, desposeídos de los contenidos de la presencia, desterrados del habla que, por más "vorticosa" y "barroca", es el dominio del querer-decir —en el marco del más bronco logocentrismo, claro está, con todas las implicaciones patriarcales del caso. Lo que no te impide en pleno arrebato ginecológico de acusar a otro de ser profe machista, culpable de encubrir la conducta de una madre fálica que embucha y viola el ritmo masónico del *ordo ab chao*, tú que no admites una cura

que no obedezca al orden falocéntrico de la significación... Lo decía yo que la pelea era chiviada. (48-9)

El segundo texto del presente volumen, *Golfos, senos y abras de una página de Cortázar traducida por Derrida*, realiza una vertiginosa inversión de roles que redunda en una especie de traducción *a contrario*, pues es Cortázar quien ha traducido a Derrida y no como dice el título, éste a Cortázar. Mazzoldi, con el descaro de un mago, pone a Derrida a "traducir" a Cortázar a partir de la traducción que Cortázar ha hecho de una página de Derrida. Mazzoldi arma este retruécano para corregir a su manera otro trastrueque realizado por Cortázar de un trastrueque figurado a su vez por Derrida. En efecto, aclara Mazzoldi: "el narrador de 'Diario para un cuento' atribuye directamente a J.D. las palabras que él ha traducido, mientras en realidad se trata de una carambola retórica mediante la cual el autor de *Parergon* refracta los argumentos de la *Estética* de Kant, disfraz que el narrador asume a su vez como si fuera el rostro efectivo de J.D., pusilánime, nihilista, etc."*

Bruno Mazzoldi conoció personalmente tanto a Derrida como a Cortázar el mismo año, 1978, en París, donde recibió la hospitalidad de ambos. Sin embargo, el francés por un lado y al argentino por el otro le aseguraron nunca haberse cruzado entre sí. La amistad entre Mazzoldi y Derrida duró hasta la muerte de éste. Bruno Mazzoldi considera que Derrida ha sido no sólo su maestro, sino el amigo que le brindó hospitalidad incondicional en momentos en que él, Mazzoldi, convalecía de un episodio delirante. De las conversaciones que tuvieron en esa época salió *La entrevista de bolsillo. Jacques Derrida responde a Freddy Télez y Bruno Mazzoldi* (2005). Las conversaciones que redundaron en esta extensa entrevista giraron de alguna manera en torno al libro más enigmático de Derrida, *Glas* (1974), traducido al español como *Clamor* (2015), texto que Mazzoldi considera testigo presencial y clave de la resolución de su secuela de visiones y delirios.

Golfos, senos y abras... es la más exigente de las piezas contenidas en este volumen que prologamos. Aquí se entre-frotan, entre-penetran y entre-traducen de diversas maneras las voces no sólo de Cortázar y Derrida, sino también las del Bioy Casares de "El perjurio de la nieve", el Borges de "El aleph", y nada menos que el James Joyce de *Finnegan's Wake*, sin dejar atrás a Proust, a Arguedas y a Lezama, entre otros. En este introito a una cita de Joyce, Bruno Mazzoldi parece advertir desde el principio lo que su fascinante juego le depara al lector:

Sin querer comprobar de qué manera el deseo de arista filuda repercute en las tergiversaciones de la racionalidad secuencial, la voz más que nunca en off se dará los aires de prevenir al monolito lector piadosamente abstraído interrumpiendo un recitativo de recíprocos ecos y atenciones flotantes en muy bajos y fangosos fondos – a deshora, por supuesto y repuesto. (74)

---

* Comunicación personal de Bruno Mazzoldi.

De la voz ensayística de Mazzoldi, el lector realmente no siempre recibe prevenciones sino también hartos desvíos estratégicos, *détournements*, como ya hemos dicho. Abundan los pasajes en que esta voz ensayística mata dos pájaros de un tiro al caracterizar irónicamente su propia labor cuando repasa la de los personajes abordados, como en el caso de un personaje de Proust aquí:

> ...entreteniendo aquí y allá equivalencias y repuestos traslativos, variantes y contradicciones de tome y daca en las que me encarnizo y de las que me encariño, filetes de tornillos, rutas espiraladas y paisajes aporéticos, tapetes algales al garito submarino a los que no me resigno con dejadez contemplativa, casi lo contrario, frunciendo perfiles de traductores de traducciones y viciando radares políglotas impúdicos dispuestos a perseguir en el trabucador de Balbec los cables cruzados de un joycero inducido a corromper expresiones cotidianas por rozarse de temporada en temporada con las novelerías lingüísticas de los clientes cosmopolitas... (77)

La verdad es que de acuerdo al esquema de valores que se decanta de estas joviales cascadas de sinapsis intertextuales, pulsadas como corrientazos eléctricos a través de pasajes de autores varios, Cortázar no sale muy bien parado en cuanto "funcionario cosmopolita por encima del bien y el mal" (241), pero sus textos participan del festival de frotaciones con las exquisiteces de Proust, Bioy, Lezama, Arguedas y Joyce; no nos podemos lamentar. Lo cierto es que la escritura de Cortázar realza, en su papel de hilo conductor en negativo, la amplitud voltaica de los demás autores en este "recitativo de recíprocos ecos y atenciones flotantes en muy bajos y fangosos fondos" porque se rehúsa a acoger, por causa de sus prevenciones higiénicas "cosmopolitas", alérgica a supuestos "telurismos" como los de Arguedas y Lezama, precisamente las relaciones cósmicas, tan tectónicas como astrales, a las que convidan estos fértiles "bajos y fangosos fondos", lo que demuestra que las obras cósmicas y ciertos "cosmopolitismos" no necesariamente se dan la mano, y también demuestra los límites de la estética *hippiepolitana* del autor argentino. Ello se denota, según el entrecruce de textos y prevenciones *en off* que va armando la voz ensayística de Mazzoldi: en el moralismo que preside la escena de seducción del jovencito parisino a manos de una mujer mayor en "Las babas del diablo"; cuando Cortázar, como narrador de viaje, confunde la bola de hoja de coca que infla el carrillo de una jovencita indígena boliviana con un absceso molar producto de la miseria; y en el esencialismo forzado que subtiende la connotada escena "final" de Rayuela, donde se presenta un acto de funambulismo espontáneo que sobrecoge de angustia a Traveller y a Talita —por mencionar algunos ejemplos.

El tercer y último libro engarzado en *3 en 1*, *Solaneras - de traumas y víctimas*, se reserva el mayor impacto testimonial. Este ensayo se afianza en la exégesis de la película de José Urbach, *A Question of Sunlight*, para abordar dos traumas constitutivos de la vida y obra de Mazzoldi. El primero: una serie de secuelas visionarias y trances delirantes experimentados en Popayán entre 1973 y 1977, en la estela de la lectura de *Glas*. El segundo: la muerte en 2015 de su amada esposa y compañera de toda la vida, Olga.

José Urbach, nacido en 1940, en Polonia, criado en Bogotá y nacionalizado en Estados Unidos, es un judío sobreviviente de los campos de concentración nazi, hoy día internacionalmente reconocido por su obra pictórica capaz de deslumbrar con trazos de una abstracción elocuente, extrañamente testimoniante del trauma. Mazzoldi y Urbach se conocieron en Bogotá. Mazzoldi había llegado con sus padres en 1961 de Milán, Italia, apenas un jovencito que no había terminado el bachillerato. La futura esposa de Urbach, Marina, trabajaba en la librería y galería de arte Buchholz, situada en la avenida Jiménez, donde tanto Mazzoldi como Urbach eran asiduos. Allí Marina le presentó a Urbach y allí se le dio empleo al joven Mazzoldi apasionado de los libros que nunca tenía dinero para comprarlos. A fines de los sesentas, cuando Mazzoldi ya había comenzado a leer a Derrida, Urbach se casó con Marina, y Mazzoldi con Olga, a quien conoció cuando estudiaban en la Universidad Javeriana, y ambos matrimonios compartieron brevemente un apartamento en la Candelaria, el sector antiguo de Bogotá. Es importante remarcar que las visiones delirantes experimentadas por Mazzoldi cuando luego fue profesor de la Universidad del Cauca en Popayán, remitían en más de una forma a los campos de concentración nazis donde Urbach nació y vivió hasta los cinco años de edad (1945), cuando él y su madre fueron liberados. En sus visiones de los años setentas Mazzoldi es quien vuelve a nacer en Auschwitz.**

En *Solaneras...* testimoniamos sobretodo el poder asombroso de la prosa de Mazzoldi para enhebrar, cual una tejedora con ojos y dedos espectrales, el trazo microcósmico de la cotidianidad más minuciosa y pormenorizada en diferentes momentos de su vida, acompañándolos de una reflexión conmovedora sobre las catástrofes colectivas y personales. No me queda sino decir, finalmente, que todo el volumen *3 en 1* nos conduce por registros teóricos y filosóficos densos, sí, pero se amparan sin falta en "la jovialidad, el amor, el dulce sueño" de la creación y el espíritu cual materializados en esa escritura que es la vida, en fin... tres en uno.

Juan Duchesne-Winter
Universidad de Pittsburgh

** Comunicación personal de Bruno Mazzoldi.

Renzo Fajardo, *Una constelación saturada de tensiones*, tintas
sobre papel acuarela de 0.25 x 035 cms.,
iluminación digitalizada, 2005

El antropólogo que llegó del frío (carta abierta a Miguel Taussig)

La danta le habló a la cabeza:
Ud. se va a volver plantas de borrachera,
Ud. se va a volver yagé, Ud. se va a volver laurel,
Ud. se va a volver oración de defensa. Al que diga:
"yo sé mucho, yo soy más hombre", al que hable mal,
al que hable a lo loco, al que diga: "voy a volverme
diablo para otro", a ése le va a pasar lo que le pasó a Ud.
A la gente de arriba que quiera ganar a otro de un lado,
el otro se le va a montar encima; así como yo me le monté a Ud.
Le dijo la danta a la cabeza, y se fue.
La cabeza quedó ahí. Se pudrió y se formó la raya grande y el charco.

"Remedios de la Raya Cobija", en: Jon Landaburu
y Roberto Pineda C., *Tradiciones de la Gente del Hacha*
— Mitología de los indios andoques del Amazonas,
Bogotá: Instituto Caro y Cuervo, 1984, 182-189, 183.

Casi treinta años después

Por lo menos respecto de lo dicho alrededor de la XVIIª *Tesis sobre el concepto de historia* no debería arrepentirme en serio.

Traigo a cuento la traducción de un atento lector de las tesis de Walter Benjamin, el profesor de la Pontificia U. Católica de Chile que en noviembre del año pasado entregó a los estudiantes de la U. de Nariño una charla endeudada con los aportes de "nuestro Quentin Tarantino de la antropología colombiana", epíteto que en esos días se me ocurrió extender al catedrático de la U. de Columbia autor de *Desconfiguraciones. El secreto público y el trabajo de lo negativo*: mientras no debió chocar mayormente uno de tantos discutibles halagos regados a lo largo de la indiscreta y truculenta tarjeta de agradecimientos destinada a quienes participaron en el congreso del que esa charla constituyó una de las actividades preliminares, non sin alguna aprehensión ahora me pregunto por qué lado tomar un rodeo empecinado como éste en rendir cuenta del atributo todavía más controvertible extraído de una célebre novela de espionaje para intitular la carta demasiado abierta enviada más o menos hace treinta años, circunloquio aquí rendido a la traducción ofrecida en 1996 por el académico que en Pasto debía prestar no pocos cuidados a los "esoterismos" del destinatario de esa misiva, la versión de una frase en particular: –"Cuando el pensar se detiene súbitamente en una constelación saturada de tensiones, entonces le propina a esta misma un *shock* por el cual se cristaliza él como mónada."*

Es así que en la versión del chileno un pronombre de último y primer minuto insinúa el vertiginoso encabalgamiento de los psicotropismos dialécticos aptos para desvirtuar las instrucciones de Taussig facilitadas en parte por la lectura de Harry Zohn, desde 1969 traductor insensible a la retroacción del *Chock* alemán aunque no tanto para quedarse impertérrito ante un *shock* convertido en el "golpe" ya marcado por Jesús Aguirre en 1973, impacto que según la retraducción al castellano de *Shamanism, Colonialism and the Wild Man* remacharía el protagonismo presuntamente exaltado por Benjamin: – "*(...) demasiado énfasis en la tarea del crítico como activista e insuficiente confianza en la manera como las imágenes (al menos algunas) se abren camino por sí solas en la cultura popular. Para suscitar la dialéctica de imágenes como éstas, en el tercer mundo, el mago de la dialéctica necesita sólo dar un mínimo golpe con su varita.*" (Tr. H. Valencia G., Norma, 1996, p. 252)

---

* Walter Benjamin, "Sobre el concepto de historia", tr., intr. y notas de Pablo Oyarzun Robles, en: W. B., *La dialéctica en suspenso – Fragmentos sobre la historia*, Santiago: ARCIS y LOM, 1996, 45-68, 63.

Aprovecho el roce de la cita para señalar a manera de ejemplo uno de los detalles que distinguen esta revisión de la copia del manuscrito enviado por correo aéreo y difusa en seguida entre los estudiantes de la U. de Nariño, hoy escaneada y digitalizada gracias al paciente apoyo de Camila Pulgar y Yamileth Ruíz sin que la modificación de algunos vocablos y de unos pocos giros sintácticos altere los términos de las discrepancias o atenúe el nerviosismo del momento: asumiendo el riesgo de opacar eventuales alusiones a la corriente literaria anglo-americana conocida como *imaginism* y privilegiando más bien una picada de ojo al furor competitivo, en lugar del "mago de las imágenes dialécticas" se ha preferido evocar aquí la sombra del "*dialectic imagician*" por intromisión de un subrepticio "imagonista dialéctico".

De hecho el envío de 1987 respondía a la audacia combativa de quien no sólo se creyó capaz de echar a las caras de José María Arguedas, García Márquez, Asturias y Carpentier "la apropiación habitual de la clase dirigente de lo que se tiene por vitalidad sensual de la gente común y por fantasía en sus vidas", de un solo golpe y ahorrándose los testimonios de cada caso (*ib.*, 254), sino también muy curtido en los misteriosos (cuando no "chamañosos" – otro término actualizado que puede enredar ulteriormente el discrimen entre la *magic* o magia en sentido dizque general y aquella "*magia*" manipulada por la conciencia infelizmente colonialista discernida a todo lo largo del texto-fuente mediante el empleo de la palabra castiza que la traducción descuenta prescindiendo de las bastardillas) conocimientos y prácticas indispensables para quien se proponga enseñar a Benjamin el correcto manejo de la varita ad hoc.

No propiamente arrepentido entonces por haberme enterado de la devoción explayada en *La tumba de Walter Benjamin* diez años después de la sentencia que me había indignado tanto cuanto la condena de los narradores latinos, la rasquiña de una metafísica "entidad" pre-colonial y la entrega al poder significante, ni por el agotamiento de las desavenencias tipográficas de magia y *magia* tras la renuncia al guiño que corona *Shamanism, Colonialism and the Wild Man* definido en la última página como "a book of *magia* we might say, with a giggle" (U. de Chicago, 1987, p. 473; tr. p. 567), coquetería escéptica reemplazada en 2004 por el clamor de los últimos renglones de *My Cocaine Museum* en nombre de quienes (nadie lo duda, nadie que al menos simpatice con la justicia) están muy lejos de pretender capitalizar brillos de muertos convertidos en cuerpos de gloria nacional tan espectaculares cuanto la maldición de ahínco profético y raigambre ultra-bíblica arrojada contra el Museo del Oro del Banco de la República: - "(...) el campanilleo del vidrio de las vitrinas que se despedazan. Esta es mi magia y es por esto que escribimos y por qué escribimos extraños textos apotropáicos como *Mi Museo de la Cocaína*, hecho de hechizos, destinados a romper el hechizo catastrófico de las cosas, comenzando por romper las vitrinas cuyo único propósito es mantener la opinión de que usted es usted y allí es allí y aquí está usted - mirando objetos capturados, desde afuera. Pero ahora ¡nomás! Junto con los antes invisibles fantasmas de la esclavitud, los dioses despertados despertarán pasados remotos (...)" (tr. C. Gnecco, U. del Cauca, 2013, 310)... sino porque si por todos los lados se le fue la mano vigilando y castigando abusos no se habría zafado mucho más suavemente la mía señalando el desapego de la suya.

De manera que me resigno a la epístola y a tanto desvío impropiamente destinado a desbordar la epatante complacencia de Taussig en el quiasmo surrealista de sublimidad y asco, tales como los merodeos alrededor de la euforia sádico-anal de Frank Zappa y la divinización del fruto tropical según Lezama Lima o los espejismos del fragmento más cochino de la literatura griega rivalizando con las delicias recomendadas por el recetario de un gourmet británico vertido en lo que me resta de la lengua de Dante, digresiones volcadas en la desenvuelta estela argumentativa del antropólogo venido del Norte que el remitente hubiera querido enfrentar con un encono artesanal trabajosamente retorcido en el Sur, a veces pretexto de veleidades políglotas cuyo perfil sintomático merecería los cuidados del analista interesado en las paradojas de la autoinmunidad cultural, sin hablar de tanto párrafo estoicamente reproducido en alemán, idioma que todavía desconozco casi por completo, ni de la tragicómica apología de una *Divina Comedia* asumida con la indignación del yagecero de pacotilla dispuesto a defender la chagra pisoteada por el fitoquímico que lo ningunea.

Taussig no contestó nunca. Un par de lustros después del envío nos cruzamos en una cafetería de la capital pero no tocamos el tema, ni de la epístola ni del viaje a los E. U. del que me había hablado en Pasto. No recuerdo quién consiguió el emilio del otro. Probablemente después de las páginas de *La entrevista de bolsillo - Conversaciones con Derrida* publicadas en cierta revista de Chicago cercana a sus amigos, sino a la zaga de las líneas de presentación que redacté para el seminario de la U. Javeriana dictado por él, quizás en el 2007. De todas manera cuando me sugirió que lo acompañara al aeropuerto me dio el chance de felicitarle por *La tumba de Walter Benjamin*. Más o menos en la misma época intercambiamos dos o tres mensajes y me hizo conocer el esbozo de un ensayo. No he vuelto a tener sus noticias.

Querido Miguel,

voy a hablarte del libro** que en la última página, distinguiendo una vez más *magic* y magia, defines como "*a book of* magia *[un libro de magia]*". "*With a giggle*" añades, "con una risita" (SH. 473; CH. 567).

De paso anoto lo poco que sé de *giggle*: -"I. *vn.* reírse tratando de suprimir u ocultar la risa; reírse sin motivo, reírse por nada. II. *s.* risa falsa, risita".

Inútil buscar en el diccionario la verdad de una risita. De mentirillas además. Unción extrema de un texto que, después de tanta muestra de admiración por el buen humor del Putumayo, expira con un guiño sin haber dejado de ser bastante melancólico.

**   A distancia de casi tres décadas de la lectura del ensayo de Michael Taussig *Shamanism, Colonialism and the Wild Man. A Study in Terror and Healing*, Chicago y Londres: U. de Chicago, 1987 (de aquí en adelante SH), la actual transcripción de la carta enviada en aquel entonces añade el cotejo con la versión del recordado y apreciado Hernando Valencia Goelkel, *Chamanismo, colonialismo y el hombre salvaje. Un estudio sobre el terror y la curación*, Bogotá: Norma, 2002 (CH), reeditada al interior de la colección "Biblioteca del Gran Cauca", Popayán, U. del Cauca, 2012.

El alma rusa y la aséptica desesperanza norteamericana se cruzan en tus *yagé nights:* la emisora del momento o grillos iracundos en lugar de violines gitanos; el curandero en lugar de Gruchenka; los conatos de santidad obscena; la complicidad de risa y lágrima, ingenuidad y cinismo.

En el epílogo de este encuentro de Ginsberg con Dostoiewski resuena el asentimiento del inquisitivo profesor conradiano a la duda de quien se descubre con reluctancia *Bajo la mirada de Occidente*: -"¿Sería el diablo en persona en forma de viejo inglés?"

Dejando pendiente el risoteo junto con la discusión de la tácita equivalencia de chamanismo y curanderismo, esa resonancia coincide con una figura de la conciencia hegelianamente infeliz en que, para la ocasión, la lucha en la que se triunfa solamente sucumbiendo enfrentaría el aburrido universitario, lo inesencial colonialista, y el chamán vivaracho, lo esencial indígena que el colono identifica con el diablo (v. *ib.* 324-6; 386-388). La diablura que te concierne, definible en cuanto tal desde el bando del que te propones salir airoso, el libresco, consistiría en la escisión entre la alianza con el "amigo inga, el chamán Santiago Mutumbajoy" (*ib.* 99; 134) y el aplomo colonialista que te lo desdobla en informante principal. Pues la *magia* impresa, en castellano y con las bastardillas ad hoc, de San Cipriano, del Dr. Papus y de todos los mamotretos de las plazas de mercado que consideras en el capítulo intitulado "*The Book of* Magia *[El libro de magia]*" (*ib.* 259-273; 323-337), empataría con la concreción objetual del programa colonial de la *magic*, en inglés y sin caracteres ad hoc. Así que la distinción entre *magic* y *magia* respondería al orden clasificatorio de sus respectivas extensiones, siendo *magia* aquella modalidad de la *magic* "identificada por los indios como intrínseca a la cultura colonial" (*ib.* 262; 327) mientras la *magic* abarcaría el conjunto de creencias y de prácticas cuya eficacia curativa procedería de los efectos de transferencia y contratransferencia inducidos por la envidia especular propia del colonialismo según la vasta estrategia mimética que desenmascararías y prolongarías al mismo tiempo y de la que no necesariamente serían conscientes quienes creen en la *magic* y la practican, esa nada risible que la *magia* enclaustra:

> Llamarlo un "sistema cerrado", como han hecho tantos occidentales, parece desastrosamente equivocado. Ni es cerrado ni es un sistema. Piensen otra vez en Rosario y José García. Sea como sea, ¿hay ahí un "algo" en cualquier sentido *[Is there in any sense an "it" anyway; hay allá en algún sentido un "ello"]*? ¿No estamos acaso en la situación de los indios que se rascan las cabezas como si estuvieran en pos del significado y del poder - sobre todo del poder - de *magia*, magia en español, que la colonización voleó en su medio *[to the meaning and power - above all the power - of* magia, *Spanish for magic, that colonization lobbed into their midst; en el significado del poder - sobre todo el poder - de la magia que la colonización lanzó en su medio]*? (*Ib.* 465; 555)

Pensando otra vez en Rosario y José García, el "piadoso espiritista *[spiritist; espiritualista]* blanco", suficientemente hipócrita para declararse tan reacio al afán por los bienes terrenales cuanto al "apetito rabelesiano" del Indio Santiago (*ib.* 158; 205), y "'la reina de mi vida', dijo él, 'inmortal' [*never to die; no podía morir*]" (*ib.* 411; 493), la pareja del curandero y de la paciente, colonos prototípicos si no te entiendo mal y suponiendo que se pueda hacer otra cosa que no sea regresar a ellos en algún modo, aun pensando en el curandero indio, aun pensándote, lo que pueden dejar repensar los atributos que retuviste y seleccionaste para retocar la fisonomía dantesca del colono es que la nada entre Rosario y José sea también un amor que no quiere morir.

Sería pretender entenderte demasiado. Al amparo, cómo no, de una dignidad investigativa no menos respetable que la tuya, la psicoanalítica digamos, y sugiriendo un nexo endocríptico, como te dije (y contestaste *whith a giggle*), entre el apellido de tu primera esposa, Rubbo (*ib.* "Agradecimientos". XVII; XVIII), y la extracción del *rubber*, criptonimia vulcanizada en los pujantes capítulos iniciales dedicados al maldito mártir del caucho, el indio del Putumayo *revenant* en las pesadillas del blanco que le entrega y recibe de él superpoderes transformándolo en demonio antropófago torturado por el capital y redentor del mismo pues la sombra del objeto perdido y extraído hacia adentro, del que el criptóforo se ahorra el duelo por habérselo tragado supuestamente vivo sin querer saberlo,[1] es la amenaza devorante del comestible.

Sería traducir ingratamente el *coup de don* del pernil de cerdo que me ofreciste en el umbral de la casa que compartimos aquí en Pasto con el ademán del vaquero que desenfunda y arremolina el revólver dando muestra una vez más del talento histriónico que te distingue seductoramente. Sería endosar tu apetito rabelesiano al fantasma de incorporación que replica en ti al Hombre Salvaje, al Come-hombres - o al Come-fantasmas si el caníbal es otra proyección de la novela familiar colonialista.

De todas formas, por el *gommage* de los lazos entre opciones teóricas y autobiografía, celoso del chance de la emergencia de resistencias, denegaciones e identificaciones, no dejas de someterte a la discreción característica del género tradicional de la investigación universitaria.

Tan es así que los bastidores de tu presencia pueden llegar a absorber el interés de la lectura, como en el epílogo que relata la historia de la pareja de Puerto Tejada (v. *ib.* 468-473; 561-567) a la que entregas en prenda póstuma el mamotreto completo con la pirueta de una doble *captatio benevolentiae*: de los fantasmas inquietos de la historia y del lector *highlander* tan alejado del ámbito de credulonería en que recogiste todas las demás historias para quien va el guiño en cuestión, según parece, holganza de codazo risueño después de la travesía *down under*, pues la más increíble y la más cierta, la del amable comentario espirítico murmurado desde el vientre de la cripta de papel, pretendes echarla desde allá arriba, desde las tierras altas por excelencia, toda tuya, incorporada:

> Sus inquietos espíritus regresan, especialmente el de Marlene, añadiendo la sal gentil de su comentario a las historias de bien y de mal que estuve recogiendo. Por eso realmente éste libro es de ella, y de Guillermo -un libro de *magia*, podríamos decir, con una risita, si esto se estuviera contando en esas lejanas tierras bajas del Putumayo con las que el padre de Marlene, Chu-Chu,

acostumbraba soñar y curar *[a book of* magia, *we might say, with a giggle, if this was recounted in those distant lowlands of the Putumayo with which Malene's father, Chu-chu, used to dream and heal;* un libro de magia, podríamos decir, con una risita, si esto se estuviera contando en esas lejanas selvas del Putumayo que le servían al padre de Marlene, Chu-chu, para soñar y para curar]. (*Ib.* 473; 567)

En el homenaje a Guillermo (amante celosísimo, cuya pasión asesina y suicida es el otro rostro del amor de José por Rosario) y a Marlene (la *dark mulatta* de quien compartiste la casa, hija de un practicante de *magia* capaz de sostener el colchón con páginas de diccionarios infernales mezcladas con las de manuales de botánica oculta) culminan las reticencias y el suspenso sin señalar propiamente un recurso narrativo hábilmente explorado, sino la escueta elisión del autoanálisis: por más *trendy* tiene sus límites el *blurring of genres* o "borrón de los géneros" garantizado en la contracarátula por George E. Marcus, Universidad de Rice.

Pero sigo pensando en Rosario y José: si la *magia* "no es tanto que magicalice *[does not so much magicalize; vuelva mágica]* la imprenta colonizadora, sino que extrae la magia inherente a su racionalidad y monológica función en la dominación" (*ib.* 262; 327), de manera que el libro sería el topos más patente del sentido y del poder no por ser de San Cipriano o de Michael Taussig, ni siquiera por impreso, sino por escrito, por ser libro a secas, entonces ¿quién se devana los sesos chupando mala sangre logocéntrica para redondear el sistema de la *magia*? Todo dejaría creer que el protagonista de la operación consistente el "volear" (*to lob* en el léxico tenístico) significado y poder, mejor dicho la posibilidad de la ideología más que una ideología específica encima de la red templada entre colono y colonizado, aunque denuncie la maniobra a la que sucumbe estoicamente *whith a giggle* y no obstante las veleidades dialógicas y desconstructivas que multiplican declaraciones de repudio de la racionalidad dominante, suya es la rasquiña, del autor clasificado por el *scholar* de Rice no menos significativa que poderosamente como "una inteligencia de primera categoría". Pues el libro sería un medio inevitablemente sumiso a la gravedad monológica.

Eso sí, arrastrando hacia el plural retórico (-"¿No estamos acaso en la situación de los indios que se rascan las cabezas *(…)*?" -*ib*. 465; 555) una vaga colectividad que alude sea a los colonos, sea a los lectores, sea al gremio de los antropólogos occidentales: partida de colonizadores con la que el libro *galeotto* o celestino marcaría el pacto, siempre que de ella se excluyan a los desprevenidos lectores y antropólogos no-occidentales y a los integrantes de las culturas llamadas "sin escritura".

Smash imparable que distinguiría al colono del indio: éste se explora el coco buscando la razón monológica que le trasmitió el otro rascando el cráneo de su competencia.

¿O es al revés? ¿O no es ni al revés ni al derecho? Hay que preguntárselo toda vez que es evocada en "un abismo de ecos" la incógnita mágica, lo que habría sido antes de que la colonización sobreviniese para constreñir en cabina de grabación la fuga de las voces, el libre juego de la mimesis, "lo que llamamos magia" en una entidad circunscrita y eventualmente paginada, en el poder y la significación que

(…) la colonización voleó en su medio. Sin duda este "álgo" [*this "it"; ese "ello"*] que llamamos magia, llamando como se llama en un abismo de ecos, existía en los países del tercer mundo antes de la colonización europea. Pero con igual seguridad desde ese punto en adelante este "algo" contuvo como fuerza constitutiva el poder de la diferenciación colonial de manera tal que la magia llegó a ser un punto de condensación para la Otredad *[a gathering point for Otherness; un punto de reunión para el otro]* en una serie de diferenciaciones raciales y de clase establecidas entre la Iglesia y la magia, y ciencia y magia. Aquí la magia existe no tanto como una entidad "algo" verdadera para sí misma *["it" entity true to itself; una entidad de "ello" verdadera hacia sí misma]* sino como un imaginario Otro para el ser absoluto imaginario de Dios y de la ciencia. (*Ib.*)

Que por este costado se llegue más velozmente a una idea platónica que a una imagen dialéctica al estilo de tu querido Walter Benjamin es lo que consta al recordar los apuntes de Mircea Eliade referentes a la presión económica y eclesiástica sobre la brujería europea, apuntes que, por más de una razón resumen tus argumentos: ciertamente esas presiones produjeron una "nueva orientación" en las prácticas de los *benandanti* italianos y de los *strigoi* rumanos mediante la alteración de las polaridades sumisas al dualismo religioso y hacia la discriminación de lo negativo en el gueto del *mal*. Pero, fíjate, mientras Eliade, que tienes por idealista,[2] afirma que brujería y magia negra existieron antes de la Inquisición "en cualquier parte de Europa, desde tiempo inmemorial"[3] sin que se le ocurra siquiera aludir a una autenticidad indiferenciada, tú pareces añorar la verdad de la magia para la que te reservas un tercer nombre no por titubeo taxonómico sino en aras del sentimiento que todo historicista compartiría, o sea el respeto por una época refractaria a unas diferencias sobrevenidas únicamente desde una exterioridad igualmente íntegra.

Aunque ni el truco metódico (el *trick* del visionario surrealista) pueda dar la menor idea de una magia de lentes Ray-ban sumida en la certeza de sí como un alto ejecutivo en un *tranquillity tank* de la Quinta Avenida, puede adivinarse que donde la mirilla de la "identificación posesiva" llamada *Einfühlung* escatima la elaboración de la experiencia del cliente de cuya admisión el derecho queda reservado, la entidad histórica que se hace pasar por colegiala solicitando *n'y touchez point* sea justamente la ramera anónima del imaginario Otro.

Antes de ser un *gathering point* ("punto de reunión o de condensación" y en la terminología médica "hinchazón purulenta"), antes de llegar a ser un bubón pisoteado para que el Otro por mero contraste se pare más recio, cabeza de turco o mejor de Serpiente oprimida por la albura del pie de la Virgen de ciertas tallas barrocas, "este 'algo' que llamamos magia" no solamente no contuvo como fuerza constitutiva el poder de la diferenciación colonial: no contuvo el poder de la diferenciación y punto. Ahora, aquí, en la cancha de las diferenciaciones raciales, clasistas, eclesiásticas y científicas, la magia ya no colea solita. Compre uno y llévese dos: Chamanismo y Colonialismo. Tres con el Hombre Salvaje. Es la ganga del libro de *magia*.

El punto de condensación existe tan sólo para ser dispersado, el coágulo de mala sangre para reventar multiplicando el que fuera *quid* absoluto en ráfagas de ecos. Como quien dice los barrigazos de la rana que no saltó al estanque sino fue arrojada por Bashō para que rebotara indefinidamente. El laberinto de las diferenciaciones es autoritario. Desorden estandar.

"Tantos occidentales" que hicieron caso omiso de la caída de esa entidad afuera del estado de self-container original, en la magia y, peor todavía, en la *magia*, se la pasaron interpelando al fantasma de la reina que mataron, al resto de la unidad compacta que es ruina murmurante.

Antes, más acá del poder de las diferenciaciones, lo que es cráter resonante de invocaciones era planicie, la voz era una y podía existir como *"an 'it' entity true to itself"*. Ahora entre José García y el indio todos nos rascamos la cabeza para saber qué diablo se la rasca primero.

Este Wimbledon pulgoso explaya sus céspedes a lo largo de la "cámara de espejos, en que cada uno refleja la percepción del flujo del otro", espectáculo al que convidas con la generosidad de quien abre un nuevo capítulo en el estudio de las religiones comparadas contraponiendo los escardillos recíprocos de "los tres grandes flujos de la Historia del Nuevo Mundo - Africano, Cristiano e Indio" con un simulacro del sincretismo despachado por sinónimo de "síntesis orgánica" (*ib*. 218; 274), como si el sincretismo no fuera eso mismo, cámara de espejos, símil rutinario.

Así que leí mal - y leí bien - al creer que la tara colonialista estribe en ahogar monológicamente la diseminación de las trazas.

Es al revés: consiste en haber estropeado la posibilidad de la integridad esencial. Y peor: es también al revés. La tara consiste - es decir no consiste para nada, es inconsistente, imaginaria, virulentamente y terapéuticamente imaginaria - en haber importado la envidia de los principios con la maraña de la red identificatoria. En haberse despistado hasta confundir la entidad y el accidente inesencial. En haberse vuelto bizco entre monólogo y diálogo, revés y derecho, antes y después, significación y sinsentido. En fin, entre el indio y el colono, don Santiago y don José, ahí mismo donde estuviste bien sentadito la noche en que el colono, ese *parvenu* de la *magia*, cargó para ti el icono de la que tuvo que ser la magia verdadera para sí misma, de todos los emblemas ancestrales que hoy pueden conseguirse en Colombia el más pesado: una lápida de San Agustín, supersuvenir que te hubiera llegado del indio si *magias* y magias, con y sin bastardillas, no hubiesen extraviado el recto camino genealógico en este país de cireneos.

No me hagas reír. Se trata de una de las raras ocasiones en que concedes alguna información de la que parece ser tu experiencia de las visiones del yagé y, a mi entender, el pasaje más interesante del libro, testimonio directo de tu propio paso por esa cámara: - "Era José García. Estaba cantando más o menos como Santiago, pero con palabras en español y más bien como una oración católica cantada, repitiendo sin fin: Dios... la Virgen... Dios... la Virgen (¡aquí no hay ranas!)." (*Ib*. 410; 492) Quisiera reproducir la escena en su totalidad, sin embargo por algún lado toca arrancar con la cita e intervenir en seguida cortando por otro, cómo no, de manera que mientras tanto puede sorprender el sobresaltado paréntesis de batracios ausentes: ningún efecto especial sino enésimo intento de montaje dadaísta, modelo metodológico al que se adecuaría la totalidad de la investigación aquí abruptamente modulado por el hallazgo de rasgos diferenciales, consuelo de la identificación:

(…) (¡aquí no hay ranas!). Había cogido un abanico de curación y estaba curando a la mujer del mercado y a su esposo, sacándoles el diablo a escobazos, chupando, escupiendo, cantando su canción: "Canta *yagé, yagé canta*, pinta *yagé, yagé pinta*, buena suerte, buena suerte, *suerte, suerte*, heh, heh, heh, Dios bendito, *Dios bendita, Espíritu Santo*, ya, heh, heh, ayúdame con el enfermo, *Gloria del Espíritu Santo…*" Agitaba rápidamente el abanico. Las palabras salían dando tumbos. Afuera alguien estaba vomitando. Santiago charlaba con alguien.

La voz aguda de José García subía y bajaba. Era un gemido furioso que ascendía y luego continuaba a rastras: "Canta. Canta. Cura. Cura. Cura. *Yagé* canta. *Yagé* pinta. Buena suerte. *Yagé* cura. Heh heh…"

Entonces llegó otro sonido, el barítono áspero del viento frotando uno contra otro los arbustos en la selva, el sonido del río arrastrando piedras en el río, fluyendo y arremolinándose, el sonido de ranas estoicas haciendo muecas agazapadas en el lodo iluminado por la luna, sacudiéndose en su gorjeo *[the sound of the river tumbling boulders in the river, sluicing and eddying, the sound of grinning stoic frogs squatting in moonlight mud, shaking in their warbling; el sonido del río que se precipitaba por los peñascos, caída y remolino, el sonido de las sonrientes ranas estoicas acurrucadas en el cieno bañado por la luna, temblorosas en su croar]* –Santiago había empezado también a cantar. (*Ib.– Las cursivas de la traducción corresponden a los términos que el texto-fuente emplea en castellano*)

- "¡Aquí no hay Virgen!" podría ser el exabrupto de un cartero de verdades misioneras ignaro de las interceptaciones sincréticas más ortodoxas y de las fantasmagóricas capacidades asociativas de los católicos menos extravagantes. Las de san Ambrosio, por ejemplo, padre de la Iglesia si no estoy mal y patrono de la ciudad en que nací, quien cantó las loas del Cristo– Escarabajo. Y quizá se equivocaría (el misionero que te digo, no necesariamente el santo).

Al fin y al cabo en el cuarto de curación de don Santiago el altarcito con la efigie de la Virgen de las Lajas no lo montó a la fuerza el párroco que el año pasado, el Día de Difuntos, en la Catedral de Mocoa, olvidó compartir el cuerpo eucarístico con los fieles boquiabiertos, entre otros don Santiago y doña Ambrosia, su mujer, dándoles la espalda después de habérselo tragado más solo que yo con tu pernil. Fue don Santiago, ese mismo día, cuando nos brindó su yagé, quien me pidió que le parara bolas a la velita de la Virgen, que estuviera prendida toda la noche. Y fue el khamsá Borbonzay, hace muchos años fiel discípulo, quien me habló de la especial devoción de su maestro por Nuestra Señora de las Lajas.

No dudo de tu sensibilidad de rastreador onomatopéyico, pero si tu castellano es humorístico tu desconocimiento del inga es tan serio que casi no permite sonreír de las oposiciones binarias barajadas hasta arreglar los ínfimos detalles de una tectónica vocal que reconfirma holgadamente la maqueta psicosocial de todo el país, la que armaste en atención a una "topografía moral" definida en muchas páginas como efecto colonialista de corte dantesco: indio / colono; naturaleza / cultura; neutralidad onomatopéyica / furia expresiva; materialidad / ascesis; bajo / alto; magia / *magia* o catolicismo…

Y aunque don Santiago no cante en inga y el original de la mala imitación de don José sea otra imitación, la "estupenda", la de un original absoluto porque natural (Dios nos libre), del viento entre los arbustos, de las piedras en el río, de las ranas "gorjeando" entre el barro iluminado por la luna, antes de que las efusiones de este micro-documental de ciencias naturales se reduzcan abstractamente en "sonidos del yagé", ¿quién podría asegurar que la imitación de primera, la de don Santiago, no implica también el carácter de una oración, si acaso *pas très catholique* no por falta de higiene y enfoque semántico, sino por remitir a un original sin suplemento? El que te dije. Y sigue:

Santiago también había empezado a cantar.

Los dos hombres estaban cantado el uno con el otro y para el otro, y yo en el medio. José García había atravesado el cuarto para venir a curarme. Él estaba hondamente afectado por el *yagé*. Al mirarlo de abajo hacia arriba erguido como una torre encima de mí, su rostro hondamente tallado en las móviles sombras azotadas por la vela, sus orejas sobresalientes y las profundas arrugas alrededor de su boca, en su lugar vi otra forma - una máscara, como las cabezas de indio esculpidas en piedra de boca enorme y dientes de perro que creo haber visto en las montañas, lápidas funerarias, a una semana de marcha de aquí a San Agustín.

Santiago estaba sentado exactamente detrás de mí y me sentí en una suerte de fuego cruzado. El canto de Santiago era estupendo. Subía lentamente hacia un vértice, de golpe iba más despacio, hacía chasquear su lengua, y volvía a empezar. José García, a la zaga, ajustaba su ritmo de tal manera que los sonidos del *yagé* de Santiago y su oración en español se ensamblaban, a través de mí que estaba a sus pies en el medio de la racha de sus cantos de curación y el crepitante diálogo de los abanicos. Sentí que José estaba a punto de abusar de su posición, y sin embargo lo que había hecho era casi inevitable - curar en el trascurso de la curación; consagrar siendo consagrado; el aliento y el *yagé*; el mismo hombre enfermo curando al enfermo - y me había puesto el ojo encima como un intermediario sobre y a través del que trabajar *[he has seized on me as a medium to work on and through; me había tomado como médium para intervenir una y otra vez]*. La figura de pétrea máscara india en que se mostró, en combinación con el dúo sonoro, me pareció convertirlo en un eco activo de Santiago - el "indio real" - detrás de mí, un eco luchando por alcanzar al indio pero también luchando por ser él mismo *[to be itself; por seguir siendo él mismo]*. (*Ib.* 410-411; 492-493).

El dibujo de tu propia mano (*ib.*; lámina XXI) no es menos instructivo: sentado, ligeramente inclinado hacia adelante, don Santiago esgrime a media altura el abanico de curación; al otro lado y de pie, don José levanta otro abanico sobre tu cabeza y extrañamente viste lo que semeja una *pacha*, la falda típica del atuendo inga femenino, como si gracias al lance del trazo apurado también la femeneidad telúrica del indio fuese usurpada por el agente colonialista, perturbando así el esquema de la "*Dantean topography*" en su variante "*sexualized*" deducida de las crónicas de Joaquín Rocha (*ib.* 76; 109). Tú estás sobre el piso, en actitud hierática: el busto envarado y las piernas tiesas en toda su longitud forman un ángulo recto cerrado por los brazos templados paralelamente hacia las rodillas. Testigo y víctima del casi-abuso del colono que ya no parece tal eres la cifra del "*medium to work on and through*", cuña prendida entre Geppetto y Polendina, consolador entre padre y madre. Lo inadmisible de esta escena primordial es que se ceda a la castigadora el *pupulus* filial.

Convertidos en racimos fálicos, los abanicos resultan detalles únicos, detallazos, mientras, junto con el gran bloque cefálico, *tête de noeud* aerostática que en lugar de sugerir una laja agustiniana despoja de adornos al Gran Vomitador de Ginsberg, la figura más esquemática y rígida es la tuya, hasta dejar creer que la visión de la piedra haya petrificado al visionario.

Los sustos que le toca a uno aguantar por meterse a averiguar cómo y porqué el chamanismo sería un subproducto del colonialismo: ser invitado de piedra del donjuanismo etnográfico, conejillo de Indias de un aprendíz de brujo, de un nuevo rico de la magia, quien para colmo de escarnio alcanza del primer voleo una dignidad que sobrepasa en el tiempo y en el espacio, en cualquier dimensión cultural significativa, la del legítimo depositario de la tradición, del heredero del nicho de la tradición perdida, y además, como si fuera poco, asistir a la asunción de una Torre de las Lajas disfrazada de pánico licántropo agustiniano con el peligro que se te venga encima con el beneplácito de ranas, viento y río bramando. No hay derecho. Es un relajo. Un abismo.

Menos mal que en últimas las cosas quedan en su lugar, por escrito, dando a entender que quien las compone es el libro mismo.

De todas maneras logras insinuar perfectamente los motivos de lo que andas diciendo: que quieres abandonar la profesión. Mientras tanto (en el apogeo de tu carrera… envidia chismosa la mía) hay que olvidar otra piadosa promesa del *copy-writer* de la contracarátula, es decir "el propósito crítico y autoconsciente de enmendar los pecados positivistas del pasado". Mientras tanto (dando conferencias de antropólogo *malgré lui* en tres continentes y publicando lo que quieres – refunfuño al lado del colchón de Chu Chu) urge racionalizar. Hacer saber de qué estabas o estás enfermo no te parece que valga la pena. Si te curaron o no ni pensarlo. Aquí no hay ni magia ni *magia*. Aquí no pasó nada. Quien anda "hondamente afectado por el yagé" no eres tú (aunque admitir lo contrario no sería gran menoscabo para el positivista más tozudo, a menos que el decoro académico y las condiciones ideales de la objetivación objetiva resulten más apremiantes que el objetivo de la observación). Quien está chumadito es José García. Lo tuyo no es una visión. No es más que un enredo de sombras retorciéndose bajo el látigo de la sádica vela, "*the moving shadows flung by the candle*" que así coronas con el "fuego cruzado" que te atraviesa mientras cedes a las sombras el punto de intersección para que traben cuernos de abigarrados chivos expiatorios, víctimas del desplazamiento de la agresividad de los "escobazos" de los abanicos y de los chasquidos lenguales.[4] Puro cine.

Admitirás al menos que en esta salita de proyección subdesarrollada quien encontró por qué rascarse no son don Santiago y don José, si es cierto que sobreponiendo al rostro de lo degradado colonial el blasón de lo que fuera supuestamente inmune a la diferenciación las sombras pagan de su bolsillo (a propósito, ¿habrá alguna relación entre el antiguo alto alemán *Tasko*, "bolsa", y el moderno *Täushung*, "engaño", "alucinación"?) tus ganas de despejar la incógnita de la magia hidalga.

De nuevo: - "Piensen otra vez en Rosario y José García. Sea como sea, ¿hay ahí un 'álgo' en cualquier sentido?" (*Ib.* 465; 555)

La ilusión luminotécnica y el toque chino del yagé relanzan la pregunta más allá de los colonos pues, mientras creíste poder apartarla de lo que atañe al "indio real", la pseudovisión socava también la obviedad de su identificación clavando comillas parásitas en la autenticidad residual de la magia, en el "algo" de su hidalguía, en el vestigio de la pretendida magia de verdad verdad, la precolonial, la que pasa por el indio menos ficticio, pones en claro, del que el más ficticio viene a ser "eco activo" pero que en éste se graba, en el más irreal, como si el bastardo brincara por encima del sujeto provisto del legítimo pedigrí (ya que los colmillos de San Agustín se te antojan perrunos) y ahí descubrieras el hocico arquetípico, la bocaza del fundamento de toda legitimación posible, el cancerbero metafísico recién bajado del Arca sacudiéndose las mentiras sobre su propio desfonde.

Lo que resta de los bichos (linda la postal de *El fantasma de una pulga* que enviaste desde Londres: ¡el oro del cometa mayor y la chispa crinita, el asteroide de bolsillo que el espectro parasitólogo aprieta entre índice y pulgar y el cometa que desdobla la lengua del monstruo! Acabo de ver en el libro de Morton Paley una reproducción del dibujo que Blake trazara para esa témpera, *La cabeza del fantasma de una pulga*: el vampiro lleva una suerte de complicadísimo cuello duro para frac de etiqueta, ceremonioso terror, casi académico) es para quien imagina que una verídica autonomía vaya bajando las gradas de su integridad primigenia hasta perderse en "un abismo de ecos". Para quien concibe una cohesión ateológica distinta del "eco activo".

El golem del espejo, el ente vacío, el "no-algo" que en yiddish suena *goilem*, es inherente a la fuerza disruptiva de las diferencias y de los ritmos de *Illapa*, el "Rayo", y de *Illa*, el Señor de los *kipukuna* que desde el verbo *illana*, "no existir", anudan para el quechuahablante la animalidad y la ferocidad de la traza, la insurrección sincrética y diacrética de las letras que la voz de mando pretende agotar a los pies de la *arkhé* en provecho de identificaciones diferenciales. No necesariamente letras de imprenta, ni necesariamente fenicias. Del jaguar el planetario de máculas. De los nudos el espaciamiento en apnea. De cantos y sueños la despedida literal.

La "cámara de espejos" le queda ancha a la colonización. Casi llegas a admitirlo al considerar más de cerca la mecánica de los poderes de José García, o sea de qué manera el desnivel y las poleas especulares exceden las márgenes de la conquista y de la evangelización:

> Entre todas las reciprocidades involucradas en este cuadro orgánico del mundo, con su jerarquía de formas y engranaje dialéctico del bien y del mal, la más destacada es la de Cristiandad y paganismo, equivalente a la de Dios y el diablo. Los poderes de José García derivan de esta reciprocación [*reciprocation; reciprocidad*] de contrarios - una antífona establecida siglos antes por la conquista europea del Nuevo Mundo, tanto en su concreta responsabilidad como en sus abstracciones de armoniosa cadencia, como lo comprobamos, por ejemplo, en los escritos de los franciscanos marcando para Cristo la senda en las selvas al este de Quito y Pasto. Esta antífona, sin embargo, probablemente existía en la sociedad transandina antes de la llegada de los españoles, como en la relación entre los pobladores de las tierras altas del imperio inca y los indios de la selva de las tierras bajas. (*Ib.*159; 206)

Si aprovechase este impulso efímero procedente del constante malestar inducido por la mezcla (entendida a la manera de una astucia exclusiva de la *ratio* cristiana por más que el menor brote de institucionalización religiosa, el mínimo vicediós de lo sagrado autoritario, aquí y en la Conchinchina, haya siempre explotado amalgamas y reciprocidades), si extendiese este escrúpulo contingente hasta deducir la probabilidad de diferenciaciones en grande y pequeña escala, manifiestas y subyacentes, clasistas y étnicas, institucionales y, por qué no, científicas (si no se te hace empírico el saber que, por ejemplo, ha conducido al enlace de los alcaloides de la *Banisteriopsis caapi* y de la *Diplopterys cabrerana*), no solamente a partir de los vestigios de la cultura agustiniana sino también de las amazónicas, no sería para reclamar la inocencia de la colonización asistiendo a la evaporización de las responsabilidades de las masacres de ayer y de hoy sobre el horizonte universal de la fase del espejo después de haber concedido un buen descuento lacaniano al totalitarismo para que la evasión monológica y agresiva de la visión del cuerpo fragmentado aparezca como ineludible patrimonio de la especie... ni de fundas, pero tampoco se trataría de explicar la magia - en castellano y en inglés - mostrando cómo se enchufa un terminal del Banco de lo Incorporado Nacional para el saludable procesamiento y reproyección de *ghost-data*. A lo sumo lo que así explicas, y se te agradece, es periodismo demencial.

Tampoco se trata de convertir en culebreros despistados a los curanderos colombianos, blancos, indios o mestizos, quien más quien menos vagando por un edificio teórico ni construido ni desconstruido, por un lado retrato orgánico, por otro abismo insondable, aquí baluarte de la dictadura de la significación, allá vulnerabilidad refractaria a cualquier sentido. En vez de empatar con el perfil de aquella asignatura que en vista del programa de etnoliteratura que se plantea en Pasto alguna vez tú y yo llamamos Inseguridad Teórica desviando la distracción universitaria hacia las imágenes dialécticas, semejante arquitectura corresponde a otra urbanización para la clase media reflexiva.

Si voy a quedarme sin chicha ni limonada en la estela de la *fangeuse grandeur* de la "reciprocación" misionera que tus antífonas reproducen no me conviene confiar en "(…) las zancadillas al poder en su propio ser desordenado *[the tripping up of power in its own disorderliness; los traspiés que da el poder en su propio caos]*", movida enunciada desde la "Nota del autor" (ib. XIII; XVI) y retomada a proposito de las técnicas de sesgo dialéctico-carnavalesco consistentes en "hacer que el desorden tropiece *[tripping up disorder]* en su propio ser desordenado" (ib. 390; 467), receta homeopática más conforme a una justificación de las peculiaridades de tu propia *démarche* dadaísta que a la "movilización terapéutica del terror" (ib.), resorte indudable del proceso mágico-curativo, no solamente hoy ni apenas en Colombia, pero ni exclusivo ni imprescindible.

La magia podría ser estatal como declaraste en las conferencias dictadas en Colombia este año (la de Pasto así se llamaba, "Magia de Estado") si nunca hubiese azorado la vigilancia de lo verídico a no ser por la Conquista, si nunca hubiese sustraído su ser en el desfonde de la categoría del Ser y en la quiebra de las oposiciones entre técnica, gracia, chance y sus relevos, a no ser por el Imperialismo.

En lugar de creer que la magia dependa tan sólo de las tramoyas armadas por un pretendido papa negro, el colonialismo, habría que preguntarse qué pasa con la violencia de la magia y de la posesión en los pueblos en que creencias y prácticas sufren la represión del colonialismo positivista al que no son ajenas las ingenierías teóricas de muchos antropólogos, como las de tu colega Gananath Obeyesekere, quien propone un circuito telematicomágico en términos un poco más directos que los tuyos: - "No hay lugar para una oposición entre símbolo privado y público: el símbolo actúa en ambos niveles al mismo tiempo, el uno reforzando el otro como en un modelo cibernético (aunque no sea de circuito cerrado, pues no podría dar cuenta del cambio)."[5]

Me topé con este llamado a la telecom mágica de Sri Lanka en el libro que estabas leyendo hace cinco meses. Pero el sueño en que dos misioneros americanistas me dejaban un vídeo-disco intitulado *Drama Earth* que pretendía simular electrónicamente las visiones del yagé, ese sueño lo intercepté el año pasado, el mismo que te transcribí completo en otra carta: me demoré más de un año en darme cuenta de que ninguno de esos misioneros era Luís Eduardo Luna (quien tampoco es quien me hiciste creer durante el Congreso) con todo su aprecio por la tecnología electrónica. Supe que eran ustedes, tú y Raquel con todo vuestro rechazo de la tecnología, gracias al libro de magia y a la pesadilla que tuve mientras estaban aquí, en abril, cuando soñé que llamaba a un cartero para que se hiciera pasar por agente del orden y asustara a unos extraños muchachos de piel atigrada que estaban saqueando la casa, la misma noche en que Raquel oyó mi grito poco después de haber estado ella soñando que el Das se había metido, que se habían llevado a vuestro hijo y lo estaban torturando.

El regalo - el presente, como suele decirse - de una pesadilla que se invierte y prolonga en otra detallando sus antecedentes me convierte en soplón de la peor ralea, y me lo merezco porque si acudo al fetiche autoritario, a la gorra del uniforme del *facteur de la vérité*, es que en el sueño yo no tengo fuerzas por mí mismo, porque me las quitó el haberme entregado a una transgresión igual a la de los invasores, lejos de la casa, en los potreros, tan vaga cuanto el pecado de Phoenix Park, tan sin límites, tan poco doméstica. Ahora bien, en cuanto módico fenómeno de telepatía onírica dicho presente substrae su "clandestinación" - si no te repugna el desajuste del *adresse* en el doble fondo de la palabra-maleta -⁶ a la domesticidad de cualquier circuito, incluyendo la sugestión del Estado como una de tantas circunvoluciones de su madeja, ya que la amenaza de uno u otro ejército puede estimular las peores pesadillas mas no juntarlas en una misma noche, ni ahuyentarlas por sí sola mediante su movilización terapéutica.

Bueno, tal vez sea demasiado tarde para observar que, después del intercambio de los relatos oníricos que yo solicité, fueron algo severos con el pequeño Santiago, en la azotea, mientras te afanabas tratando de recomponer las fotocopias del libro de Nelly Richard desordenadas por el viento.

Lo que no es un tan sólo un circuito estatal sigue abierto.

Sí señor, en lugar de alzar el bulto de las diferencias como un trapero que se respete, escrutas la ganga del pasado para iluminar un filón que se agota bajo la mirada, barretero sin ciencia y de ayzar precario, te digo, si me dejas gozar de un diccionario parecido a los de Chu Chu⁷. Apretujo así bastamente la alegoría del minero predilecta por alquimistas y románticos alemanes y la del historiador *chiffonnier*, tan querida por Walter Benjamin cuyas imágenes dialécticas te he visto perseguir con obstinación desde el Congreso de Americanistas del 85. No sin reprochar una endeble dubitación al comentar la decimoséptima de las *Tesis sobre el concepto de Historia*:

> Y sin embargo, no obstante su osadía, vacila. Hay una enervación *[There is a failure of nerve; Le falla el ánimo]* en su concepto de la imagen dialéctica; demasiado énfasis en la tarea del crítico como activista e insuficiente confianza en la manera como las imágenes (al menos algunas) se desempeñan así en la cultura popular por sí solas. Para suscitar la dialéctica de imágenes como éstas, al menos en el tercer mundo la varita del imagonista dialéctico necesita solamente el toque más suave *[the dialectic imagician's wand need give but the faintest tap; el mago de la dialéctica necesita sólo dar un mínimo golpe con su varita].* (*Ib.* 200; 252)

Que Benjamin aprenda a ser delicado, toda vez que el desafuero del energúmeno dialéctico es enervante no tanto a pesar de la osadía sino por ella, pues donde cabe apenas un roce imperceptible el hiperactivo precipitaría sobre la imagen que, en vez de responder, permanece a la espera de la batuta de quien no tenga por cierto que al espantar abruptamente los ronquidos del ahora concilia el letargo historicista. Es posible que la traducción de Henry Zohn predisponga el batazo. Después de todo la de Jesús Aguirre casi declara el jonrón:

> No sólo el movimiento de las ideas, sino también su detención forma parte del pensamiento. Cuando éste se para de pronto en una constelación saturada de tensiones, *le propina a ésta un golpe por el cual cristaliza en mónada.* El materialista

histórico se acerca a un asunto de historia únicamente, solamente cuando dicho asunto se le presenta como mónada. En esta estructura reconoce el signo de una detención mesiánica del acaecer, o dicho de otra manera: de una coyuntura revolucionaria en la lucha a favor del pasado oprimido. La percibe para hacer que una determinada época salte del curso homogéneo de la historia; y del mismo modo hace saltar a una determinada vida de una época y a una obra determinada de la obra de una vida.[8] *(Las cursivas son mías)*

De aquí a suponer que el pensamiento se cuadre delante de la constelación crítica a la manera de un maestro budista descargando el espantamoscas sin que el discípulo irreductible se percate de su propia inane magistralidad[9] no hay sino un paso, no propiamente un paso de materialista histórico pues lo que se cristaliza en mónada es el factor de la propagación del *Chock*, es decir el pensamiento agente y paciente al que alude en ambos casos el mismo pronombre: - "*Wo das Denken in einer von Spannungen gesättigten Konstellation plötzlich einhält, da erteilt es derselben einen Chock, durch den es sich als Monade kristallisiert.*"[10] Y en la proposición inmediatamente siguiente, la que sigue tan sólo para refutar la postposición aditiva, el movimiento de *entgegentreten* o "salir al encuentro" condensa una presión opositiva al extremo de sugerir la jerga de las maniobras militares, por lo cual lo que se enfrenta es el destacamiento de eventos, no el historiador: - "*Der historische Materialist geht an einen geschichtlichen Gegenstand einzig und allein da heran, wo er ihm als Monade entgegentritt.*" (*Ib*). Cuando también la coyuntura histórica se ha hecho mónada en el límite de todo intervento voluntarioso y desde el cristal de la constelación en que de antemano su propia transparencia era incluida, lo aguerrido de su presentación se desvía de quien frena en seco la concatenación intelectual para dirigirse en contra del curso homogéneo de la historia.

Por ende sea que la *Sprengung* de obra, vida, época e historia se deje concebir como "explosión" o "desintegración nuclear", *Atomzertrummerung* del entero depósito de municiones de la historia sin previo arresto de su Ricaurte, sea que según la aproximación aparentemente más apacible la imagen dialéctica depare la coincidencia de fluidez y contradicción entre las ondulantes aristas del mineral de los epigramas de Claudiano reunidos bajo el título *De crystallo cui aqua inerat*, los que sugieren a Sabatier el Mercurio de los Mercurios,[11] a no ser por el estilo del cristal sobrepuesto a la semilla de hinojo, al incienso y al mercurio que según cierto manuscrito del siglo XV° convoca a los espíritus de los muertos siempre que las Pléyadas y la luna ascendente se pongan de acuerdo,[12] de todas formas la práctica alquímico-revolucionaria prescinde de un encargado trascendente o de un operador señalable con mayor énfasis que el resultado de la operación donde el sujeto es captado casi desde un principio en el vaivén entre oratorio y laboratorio.

Mientras la traducción de Zohn citada por ti (SH. 200) favorece una acción netamente transitiva polarizando un pensamiento protagónico y una "*configuration*" que al elimina la acepción astronómica del término empleado por Benjamin es ajena al movimiento envolvente del zodíaco histórico resuelto en mónada, y mientras la de Aguirre (con la que concuerda más aún tu reproche) celebra el *gag* de un asunto abordado sólo después de un sometimiento modanológico (a la manera del sabio Balanzone orwelliano domesticando a un Polichilena con cabeza en pelota de béisbol), para Benjamin la propagación del *Chock* va del pensamiento a la bóveda constelada y de ésta al pensamiento por refractarse antes, después e inmediatamente hacia él, pues el chocante arresto de las ideas y el salir al encuentro que desprende el evento estiran el diámetro rodante de una sola hiperestesia cronológica.

En otra escala - si no se trata de barajar peldaños de arriba abajo y viceversa como quien camina por la calle del Cesar sin acabar de tragarse un buey entero con su cerdo adentro y la liebre y la perdiz en el cerdo y en la perdiz el huevo y en el huevo otra vez el buey, es decir si no se ahueva el buey embueyando el huevo - al desgarrón del *Chock* en la pantalla historicista corresponde la *Störung* ("distorsión" e "interferencia radiofónica") que rompe el ritmo de un período convencional en la prosa más bella "así como a través de una pequeña fisura en el muro, un rayo de luz cae en la cámara del alquimista, haciendo destellar cristales, bolas y triángulos."[13]

Por ahí mismo puede suspenderse el recelo de la "ominosa confluencia que lleva la poesía hacia la dialéctica" o ahuecarse siquiera la desconfianza de Lezama Lima hacia la "grosera inmediatez de un desarrollo dialéctico",[14] ya que el tokonoma nipo-cubano anidando en el minúsculo orificio abierto en la pared de la casa, "más pequeño que un naipe" y "grande como el cielo",[15] concierne justamente a la imagen participando en la historia, haz de mensajes cristalizando en mecha de vacío revolucionario.[16]

Esferaimagen: una de "esas bolas de vidrio que encierran paisajes fijos y que, al ser sacudidas, les hacen nevar encima pequeñas lentejuelas blancas", de las que gustaba rodearse Benjamin según el testimonio de Jean Guilloneau,[17] pelota cristalina del lance clandestino que haga vacilar en sí otros tantos copos pentecostales de vidrio esferoidal nevando sobre otros tantos parajes devueltos a la vida por arte de hervir adentro y afuera, arriba y abajo...

Mercurio y azufre, delicadeza y altanería - se apresura en soplar Champollion, dudoso arquimista y poseso legítimo explicando cómo Dante, al surgir del Infierno hacia la lejanía liberadora, bien puede escrutar a través de la *Spaltung* de las nalgas de Virgilio, foramen telescópico de estrellas saltarinas:

> Así lo que antes era la delicadeza de un picaflor picoteando una rama de almendros, se trueca en el amarillo de un halcón atraído por lo anal, por el ojo del cual chorrea una clara de huevo. Es lo que yo llamo la retorta en pelícano, el pico vuelve sobre la panza del recipiente. Recordemos la estrofa del Dante: tanto ch'i vide de le cose belle / Che porta 'l ciel per un pertugio tondo. Hasta que pude ver las bellezas del cielo por un agujero redondo. Hierve el mercurio con el azufre, el remanente del azufre sale por el pico para entrar por la panza. La imagen exhala un azufre que después vuelve a entrar en el cuerpo, cuando el azufre retorna es cuando Margaret evoca esas rocas sucias de musgo, piernas abiertas como para extraer pulgas del trasero.[18]

Soplos no necesariamente fétidos que, al substituir los cincuenta escarabajos del fragmento de Hiponacte[19] por una constelación de pulgas, deberían poner sobre aviso a quien se obstine en atribuir una inmediatez de desarrollo dialéctico poseído por apuros hermenéuticos exhibidos al definir el "gran viaje de la *Divina Comedia* con sus armonías y catarsis suavemente cadenciosas, a través del mal, el bien" (SH. 7; CH. 29), sea interpretando en términos de dialéctica dantesca, como quien dijera mecanicista, la *theiosis* del carguero indio esbozada por Miguel Triana (v. *ib*. 333; 396), sea subrayando el artificio retórico del Padre Carrasquilla consistente en comparar los precipicios al borde de la carretera Pasto-Macoa con los del *Inferno* (*ib*. 312; 376)... al arrunflar tantas circunstancias textuales bajo el palo del sueño extático del conquistador en el más allá americano, basto de "la poética inflamada en la visión del colono", clava de catarsis ordenadora, topología moral jerarquizando el país en tierras altas y bajas, el mismo palo de la Iglesia o sea "esa armonía clásica de la estética moral como en la aventura remontante del Dante, el viaje del alma a través del espacio y del tiempo sagrados que sostienen a la Iglesia Cristiana" (*ib*. 329; 392), hasta dar por descontado el estrabismo de una genealogía historicista indiferente a doce siglos de teología (o como se la quiera llamar antes de Abelardo si aludimos solamente al área cristiana) anteriores al poeta leído por los misioneros escuchados por los colonos que escuchaste en el Putumayo.

Como si agitando intereses ideológicos de los que las efectivas inclinaciones de Dante son menos que pretextos para ensartar clichés[20] tantos nombres de viajeros y evangelizadores, de Colón a Belisario, fuesen seudónimos del autor de la *Carta a Can Grande della Scala* mencionada a manera de modelo de la narrativa catártica de José García y Manuel Gómez absortos en la traducción de su experiencia del yagé bajo el manto del "lado misterioso de lo misterioso" (Sh. 8; CH. 30), esa vertiente señalada a todo lo largo del libro de *magia* para recordar que "la mano de los trucos, de la profanidad *[profanity; vulgaridad]* y del mal que en la imagen surrealista evocada por Benjamin contra la excitación anímica propia de la poética fascista es la mano *[against the soul-stirring poetics of fascism is the hand; contra la la conmovedora poética del fascismo, está la mano]* que con la fuerza de la improvisación lanza los golpes decisivos en la historia." (*Ib*. 467; 558)

En efecto argüir "una poética de la explotación racista en la que racismo y redención van de la mano" (*ib*. 328; 390) a partir de la visión del yagé que don Manuel tuvo a los quince años con su diablo curandero y su padreterno barbudo es un toque tan suave cuando el manotazo de quien deduzca anhelos de pureza ariana ante el cándido emblema palaciego inseparable del cantante negro que tanto gusta a Rachel. Digo Taj Mahal.

Contestar con semejantes golpes de improvisación es lo que no han aprendido los colonos que compadeces por seguir dócilmente los blues catárticos de los capuchinos, para el consuelo estético de otra comunidad no plenamente identificada:

> Sin duda era automática la facilidad con la que los Capuchinos explotaron y elaboraron la imagen tan central para su misión imperialista, la imagen del inferno y del indio como su residente. Desconstruir el misterio de la gracia en el mal era

para ellos una segunda naturaleza, su arte ritual, su poética de la catarsis. Al borde de la selva el pobre colono blanco Manuel reproduce todo esto hermosamente. En su mierda y en su vómito su alma fluye para todos nosotros. (*Ib.*)

Una atención tan respetuosa de los flujos anímicos populares no puede sino desdeñar lo que aquella epístola, dirigida a un aristócrata del siglo XIVº, propone como estilo de la materia de la *Comedia*, "horrible y desagradable al principio, porque expone el infierno", pero "tranquilo y humilde" pues "emplea el lenguaje vulgar que emplean las mujeres en sus conversaciones diarias",[21] estilo si acaso adherente a la comadrera obviedad de lo misterioso muy alejada de tópicos tan fascistas cuanto los señalados por Benjamin, los que abundan del "lado normal de la normalidad" con el que te toparías al ignorar lo que Dante daba por sentado así como muchos otros antes y después de él, que a lo santo se opone lo impío, no lo común ni lo inmundo, los mismos baches que tocaría sortear al hacer barra irrestricta por Mientus, campeón de la mueca de lo vugar y plebeyo, contra Syphon, paladín de la mueca de lo noble y sublime, ambos escolares sumisos a las cátedras de su propias máscaras,[22] lo que nunca quiso Gombrowicz, enamorado de lo inferior que sus buenos motivos pascuales tenía para admirar y rechazar a Dante.

Así que, lejos de censurar a priori cualquier epígono de Michael H. Kenyon (quien aterró y alivió en punta de clister a las universitarias de Illinois durante diez largos años, el famoso *Illinois Enema Bandit* cuya memoria exaltara Zappa a lo largo de un crescendo brechtiano y sin embargo catártico a más no poder),[23] en vez de negar que "en este infinitamente más cálido y más ameno mundo del Putumayo de las noches del *yagé* no hay manera de separar mierda y santidad *[holiness; lo sagrado]*" (*ib*. 412; 494), es deber de todo católico repudiar la tendencia a privilegiar la psicorrea redentora del colono por encima de la del indio y proclamar que la de éste puede emanar sus beneficios "para todos nosotros" no menos que la de aquél: en otras palabras y en obediencia a la visión de Blake correspondiente al canto XXIXº del *Purgatorio*, sobre el bus de escalera de la Iglesia Universal, espiral desatada por la ballesta de la cruz remolcada por un Cristo-Grifón de plumas irisadas, no habría que negar un asiento al curandero indio de Mocoa, con mayor razón si él mismo se considera tan cristiano cuanto el piadoso José García (v. *ib*. 158; 205). De semejante ecumenismo *inter faeces*, de este mesiánico "estar o andar corriente" (sutil expresión castiza que alude a la vertiginosa cuenta regresiva de la soltura) podría ser meta envolvente la imagen redentora de residuos, cripta y eyector, cámara y churrias de la obra en vida, la vida en la época, la época en la historia, la historia en la obra...

No es preciso zafarse el nervio óptico (lo que le habría pasado a Benjamin, diagnosticas, "*a failure of nerve*"- *ib*. 200; 252) persiguiendo al materialista histórico por el mundo trimiriádico y escatológico de la Torre Vairochana. Para sacarle el cuerpo a la acusación de estar poniendo entre paréntesis "las cosas como referentes", conejo inquisitivo que Susan Buck-Morss echa en cara como si nada a estructuralistas y post-estructuralistas,[24] basta aludir a los que parecen dos pseudo-referentes: primero el globo nevoso resbalado de las manos del muerto, botón de flor de pus del que brotan y al que confluyen las secuencias de *Citizen Kane* expulsadas y engullidas como pueden serlo el espacio y el tiempo por una tronera de 28 mm. sino por "un punto de reducción alrededor del que se organizan lunas y constelaciones. Punto volante en el lince de cada palabra",[25] segundo el ascua del cigarrillo aún ardiente después de la muerte del fumador, *feu la cendre* del poeta cubano traductor de Baudelaire que vuelve, se esconde y se lanza para alcanzar la mano de la visión palpatoria[26] así como el finado mira de nuevo alterando la piña en virgencita pintora[27] con la agilidad gatuna que en un cigarrito formato panetela de la casa Monte-Cristo o en su defecto Larrañaga permite reconocer la ensomatosis de Sekhet-Bast-Rā, desgarradora dama de la estrella Sirio inseparable de Khet-nebāt, Ojo de Llama.

Esperando que las marcas seleccionadas en homenaje a las preferencias de Orson Welles no ofendan las mucosas de Julian del Casal, declino la responsabilidad de la carambola que no ha de convertirme en jugador (si resulta es de "churria" - en el juego de billar el acierto casual que el habitante de Bogotá[28] distingue de las churrias como si el desenfreno de vientre singularizado y el curso de la gracia incuantificable fluyeran por un mismo canal) y la declino porque ni siquiera una cita en escorzo del *obraz* - "imagen dinámica global" que según Sergio Ramírez Lamus no contradice la tensión del montaje característica de los planteamientos iniciales de Eisenstein[29]– me pondría a salvo de la acusación de vanidad auto-referente que los cartógrafos de la *New Left* formulan a quemarropa, los mismos que no estarán dispuestos, eso espero también, a saludarte como el tan ansiado Castaneda de pies en el suelo.

En primer lugar Frederic Jameson, con quien tengo el honor inmerecido de compartir tu gratitud: -"Fred Jameson, que nos agrupó a todos y revivió las posibilidades de una crítica social" (SH. "Agradecimientos". XVIII; CH. XX). Escribo justamente para hacer constar esta carencia de méritos y, de paso, para disipar en algo la suposición que la venia a Jameson puede dejar pendiente respecto de otros amigos reunidos en las mismas páginas, sociales a más de un título: aunque el suscrito se mencione entre un destacado jesuita y un conocido atropólogo local, no debo a Jameson el placer de conocerte. Estimulado por una referencia pasajera a Derrida pendiente de la ponencia que quisiste improvisar, ese gusto me lo busqué en la margen del simposio *Chamanismo y utilización de plantas del género Banisteriopsis más aditivos* durante el 45° Congreso de Americanistas, en Bogotá.[30]

Hasta qué punto esa referencia fuese pasajera lo vislumbré con cierta irritación al fijarme en el capítulo intitulado "Envidia y conocimiento social implícito" que me entregaste al concluir el congreso, cuando todavía no habías puesto punto final al volumen. De esa vislumbre te di noticia por carta, así como ahora, de digresión en digresión, al acabar de leer el libro entero y cargando la interceptación de una amistad que no puedo restituir, trato de darte razón de lo que ya es convencimiento: no me parece que Derrida compartiría la movida de tu libro de *magia*, máxime cuando le cedes la letra de cambio de tu más explícita definición de la magia, a horcajadas del guión del "querer-decir" que la palabra *Bedeutung* desaparece:

> (...) esta distinción (scil. *entre oratoria y fuerza*) sólo puede ser mantenida desplegando medidas retóricas que garanticen no sólo que violencia y oratoria son codependientes como un tipo de poder/conocimiento, sino además que ambas de alguna manera dependen de la magia. Por cierto la magia reside en su diferencia

codependiente; la desconstrucción de Jacques Derrida aquí se aplica con fuerza elocuente *[here applies with telling force; se explica aquí con impacto revelador]*. (*Ib.* 108; 145)

Reduciendo la operación mágica a las medidas retóricas que consienten la distinción y la codependencia de oratoria y fuerza bajo el modelo del binomio derivado de la confusión que iguala fulcoltianamente poder y conocimiento, sin perjuicio por Derrida ves el cielo por embudo en lo que concierne a la eficacia de lo carente de intencionalidad semántica o a la "indicatividad del signo" (*Inzeigen*) tan alejada de la oratoria como del poder, mas no necesariamente del poder no querido - que Derrida considera en su irreductible ligazón con la "expresividad" (*Anzeigen*) según la lectura de Husserl que constituye uno de los primeros contextos del término "desconstrucción",[31] ahí mismo donde el proceso de desconstrucción del lugar monumental en que "hay que hablar" muestra la coincidencia del primado de la verbalidad y del Ser determinado como presencia.[32] Desconstrucción que tendrá su fuerza, por supuesto, aunque no dicha ni diciente o *telling*: que esta traducción literal de la desdichada picada de ojo no sea de mala leche puede deducirse sin mayor perspicacia de todos los pasajes del *book of magia* en que el término es explotado en virtud de la ley de gravedad de lo dicho y recibido, o sea a partir de todas las páginas que lo comprometen, sin excepción. Y si hubiese otra manera de referirse al multiuso de una forma metodológica y logística atribuída con igual soltura a Derrida, a los misioneros capuchinos y de segunda mano a los curanderos indios (*ib.* 390; 467), tampoco resultaría muy complaciente la versión del caso.

Una vez más lo "ya dicho", ajada novedad del *trend*, supone la transferibilidad del producto mercantil, alma terminológica regateada en el supermercado de las pulgas culturales: así cuando tratas de distinguir la imagen dialéctica de Benjamin de ciertas "modalidades corrientes de la desconstrucción *[current modes of deconstruction; actuales modos de deconstrucción]*" (*ib.* 369; 444), sin mayores especificaciones ni la menor ironía, como si una de las tangentes desconstructivas no consistiera en el boicoteo de lo corriente y de las corrientes, hasta la apología de la cojera y la erección de la cojera.[33]

A estos *current modes*, indiscernibles en medio de los que corren tan velozmente por tu cuenta, cargueros empilados y espetados que aguantan e intensifican progresivamente el peso de lo dicho sobre lo que sea para que se cifre automáticamente y revenga como muro de espectros o *revenants*, aun sobre aquello que subduce la condición del soporte, aún sobre lo indecible, al borde de la cubierta postal o sobre que enrola el envío enunciándolo encima de la mesa de batalla en que se convierte tarde o temprano todo campo de batalla, es decir encima de la mesa que sirve para clasificar cartas o postales en las oficinas de correo - a estos pequeños modos o formas, módulos o fórmulas del shopping cultural hacía referencia Derrida en 1978:

J.D: ...No creo que esta beligerancia seductora sea la más eficaz sobre el campo de batalla. Pero tal vez no me bato sobre un campo de batalla. *(Vuelve a prender el cigarrito).*

39

F.T. *(Con una risita)* Pero desconstruir es una batalla. De todas maneras estamos en ésas.

J.D. Cuando la desconstrucción se hace un método, con su lógica, su tradición, sus modos de ampliación, etcétera, puede llegar a ser eso. Y de hecho llega a serlo. Efectivamente, en Francia, por ejemplo, y en los Estados Unidos sobre todo, en fin en el exterior, oigo hablar muchas veces de la desconstrucción como si fuera un gran método, una nueva lógica, y, por lo tanto, una logística también, en el sentido militar, una manera de... Ésta, a mi entender, es una torcedura. En primer lugar, para mí la palabra "desconstrucción", cuando me serví de ella por primera vez, estaba a mil leguas de imaginar que debería venir... que debería volver *[revenir]* antes que todo. Que iban a achacármela como una palabra importante. Sobre todo como un método. La pronuncié casi de paso. En fin, no he sido lo suficientemente lúcido para darme cuenta de que sería eso lo que acabaría por ser leído y tomado.[34]

Si hace muchos años, cuando una mira esférica o *globe sight* de rifle Springfield podría traducirse de una guerra civil a otra confiando en la supuesta neutralidad metafísica de la ingeniería militar y sacándole el cuerpo a la especificidad armamentística desde un modelo arcaico del significante balístico que garantizaba la impermeabilidad ideológica de cada artefacto asignado a su respectivo cliente mediante un nexo meramente convencional, hoy en día, al multiplicarse los productos del renglón post-estructuralista ordenados según la procesión historicista, no obstante algunos avanzados experimentos en el campo de la misilística anti-desusurriana y el anunciado colapso de la industria bélica tradicional, el mismo tráfico sigue incrementándose con bastedad acerba.

Y sin embargo encuentro en Benjamin, ese enervado, sino motivos de indulgencia por lo menos argumentos que pueden dar *razón* del más cínico catálogo de modas corrientes, académicas o post-académicas, sino de faltas de lucidez de las que nadie en esta época de reproducibilidades técnicas puede declararse a salvo. Tal es el caso del *"proto poststructuralism"* que el índice del libro mágico lanza al mercado (SH. 504; CH. 610), producto del que eres distribuidor exclusivo como aseguraste no sin cierta coquetería antes de que te preguntara si no tendrías algún inconveniente en clasificar a Benjamin como "pre-proto postestructuralista", por lo que ya seriote contestaste que no, al considerarlo "modernista" sin más. En efecto, aunque no se trate propiamente de razón sino de *Einfühlung*, para quien todavía se escandalice ante la estandarización de lo inclasificable pegar a Georges Bataille uno que otro label ya puede resultar un atrevimiento digno de esos manuales pedagógicos parecidos a manzanas de California brillantes por fuera y enyesadas por dentro, pero marcarlo con la calimba de tu *"proto postestructuralismo"*[35] en un corral temático respetuoso de las convenciones universitarias limpio de carantoñas sobrepasa cualquier hechicería del Dr. Papus y San Cipriano juntos. Sin embargo, como los de tantas otras marcas corrientes, no se me hace un anuncio dictado únicamente por cálculos de mercadeo, sino también por la atroz exasperación en que estaría dispuesto a reconocerme si no desconfiara de la *Einfühlung* con todas mis escasas fuerzas. Y con las de la Virgen de Caloto, en cuya imagen confío tanto como tú, eso sí procurando una devoción no del todo idéntica a la que me endilgó don Santiago aquella noche en Mocoa, cuando me llamó "católico, apostólico y romano" al ofrecerme su yagé mientras tú triscabas en *souplesse* pendiente del primer totumazo con el fervor del atleta que oye la campana del primer asalto.

Sin dejar de mamar lo que sabemos o queremos saber, por supuesto, la devoción en cuestión prende el *votum* en la superficie espejeante del río y en la oscuridad del fondo del charco, en la oración del humilde que confiesa su omnipotencia y en la arrogancia del ebrio que pretende ser más hombre para comerse el otro, según las polisemias analizadas por Benveniste desde la raíz *weghw-* (implicada en el "voto" comprometido tanto en la "cosa consagrada solemnemente" cuanto en la "seguridad pedida a cambio de la devoción") y el verbo *eukhesthai* ("rezar", pero también "jactarse")[36] con el respaldo de la gorda de cojones repletos de coca, no la virago Bella Cohen, alias "Bello", imprimiendo su inicial sobre el lomo de Mr. Bloom convertido en Ruby Cohen por allá en un burdel de la calle Mabbot,[37] que conste, sino la danta del caimo andoke, en el Araracuara, la que al resto de quien quiso comérsela, es decir a la cabeza de la boa, fauces explayadas en raya, otorga el poder del yagé junto con lo que en la primera transcripción de *Los remedios de la raya cobija* Landaburu y Pineda tradujeron "oración del buen mando".[38]

Pues, como ya te dije, "ésta es la oportunidad del poseído por la *hybris*, del loco, del que quiere volverse diablo para otro, del que grita 'yo sé mucho, yo soy más hombre': que la materia del intento de incorporación lo decapite y confiera al cupón sumergible, al resto aereonaval, la calidad de remedio contra el despotismo omnívoro, autofármaco, sin que se disipe el olor a churruscado."[39]

La oscuridad de lo concupiscible es la *Einfühlung*. No sé si me explico. Y poco me importa saberlo.

Ahí está la litografía de Senefelder citada por Benjamin: los jugadores siguen sumidos en el "aislamiento sin esperanza" que congela también al hombre en la multitud callejera, pero mientras en el gentío la soledad se delata mediante la "incongruente uniformidad" los personajes de Senefelder la manifiestan a través de "la diversidad de su comportamiento",[40] pues "cada uno anda poseído por su pasión *[Affekt]*".[41] Y aquí en Colombia tenemos lustrosos gobelinos que ponen en escena a unos perros jugando póker o billar con sus respectivas intensidades bien reconcentradas. Las marchantas de Bomboná me dijeron que los de gamuza vienen del Perú mientras los de felpa son chinos. El cromo correspondiente me lo encontré en Pitalito, sobre una pared del restaurante de comida rápida y almuerzo ejecutivo por donde pasé hacia San Agustín con un grupo de la Universidad de Nariño. No lo recordaría si justamente una de las estudiantes que has definido de manera tan tajante no se hubiese encargado de fotografiar la imagen firmada "Kchin" que lleva al extremo de lo representable la disponibilidad tipológica de la *Einfühlung* en el juego: con su bandoneón de naipes el Pastor Alemán está por descartar, el San Bernardo y el Terrier de Boston quedan pendientes, el Scottish Terrier alarga demasiado la vista y el Basset abandona el juego mientras el Boyero hace trampa. Cada cual en lo muy suyo, hasta el auto-amaestramiento. El enfoque codicioso de lo real y el aplastamiento de la experiencia sobre el afiche del tiempo regresan hacia quienes los ejercen, clasificándolos genéticamente.

Benjamin distingue por una parte el *Wünsch* o "deseo", propio de la experiencia y de la esperanza en que se extiende la conversación con las estrellas, y por otra el *Affekt* o "pasión" del autómata humano compasivamente observado: - "Quizás por dentro le invada la avidez, quizás una oscura resolución."[42] Ya casi tenemos esa palabra que de ninguna manera hay que confundir con "delicadeza". Aunque no creas, a lo mejor Aguirre tiene toda la razón del equívoco al diluir *Einfühlung* en "sensibilidad" y al rendir *einfühlsamste* por "la más delicada", que sería el alma hipotética de la mercancía empacada por Benjamin en celofán ectoplásmico y amarrada con la cinta de la broma de Marx alrededor del fetiche, ahí donde se templa la relación entre la *Einfühlung* del *flâneur* trabado en la multitud, la capacidad de absorción del camaleonte poético cazado por Marx y la mercancía que habla.[43]

"Veamos" - como solía decir arremangándose ese colega de la U. del Cauca que solía exhibir ciertas fotos de su noble rostro indio asomado entre *scholars* abúlicos dando a entender que el diploma en amianto no se lo había ganado tan sólo por los méritos intelectuales sino también por los fisonómicos, garantías del compás multiétnico de unas instituciones que necesitan documentos fehacientes para lanzar mucho más lejos que las colombianas "el hechizo *[spell; fascinación]* de la imagen del indio" (SH. 187; CH. 235): te equivocas de país cuando lamentas que desde los museos hasta los textos escolares en éste se muestre, se escriba y se hable demasiado del "indio" (v. *ib.* 185-6; 233-234) mientras de hecho la retórica imperante procura apenas frisar tímidamente los lugares comunes[44] de un país como Estados Unidos donde, a ojo de Baudrillard, "el indio muerto sigue siendo la misteriosa garantía de los mecanismos primitivos, también en la modernidad de las imágenes y de las técnicas"[45] - veamos y toquemos: el "érase una vez", en otras palabras el hecho histórico entero e intacto que según la doctrina de Louis Dimier exige el arte del "no tocar" o *n'y point toucher*[46] es muy apreciado en el burdel del historicismo[47] justamente porque toda puta es una virtuosa de la *Einfühlung*,[48] de aquí que, levantado el dedo inquisitivo desde un vehículo de transporte público en el paradero de Mabbot, sea Boylan quien promete: - "Si la muestra no le gusta se devuelve la plata *[Up to sample or your money back]*",[49] dando a entender que por más tocada y retocada la prostituta desborda su tangibilidad desde el momento en que el virtuosismo se yergue como ejemplo de ejemplaridad, *exemple* de *sample* hasta el cruce novedoso y obsoleto de *Hortus Conclusus* y *Desertus Pertusus* reacio a cualquier devolución. Deshidratada genealogía:

> Esquema de la *Einfühlung*. Es un doble *[ein doppeltes]*. Envuelve el trance *[Erlebnis]* de la mercancía y el trance de lo novedoso. El trance de la mercancía es la *Einfühlung* de lo novedoso. La *Einfühlung* en lo novedoso es *Einfühlung* en el dinero. La virtuosa de esta *Einfühlung* es la puta. - El trance de lo novedoso es *Einfühlung* en la mercancía. *Einfühlung* en la mercancía es *Einfühlung* en el precio (valor de cambio). Baudelaire fue un virtuoso de esta *Einfühlung*. Su amor por la puta le da su toque final.[50]

El ciego que levanta al cielo la frente en el relato de Hoffmann que Benjamin define como "uno de los intentos más tempranos de captar la imagen de la calle en una gran ciudad"[51] parece llamado a lista en una de las escuelas de la *Einfühlung* que hoy sobreviven como ferias de exposición y megacentros comerciales, cuando el descaro de la totalidad explayada saca los ojos de la cabeza mal sostenida por la tortículis de la codicia[52] no menos que ante el tablero negro cruzado por las *étoiles filantes* del argot parisino, "estrellas de rabo". *Poules* también se las llama. Vi a unas cuantas en Fundación, si no fue en Codazzi, no recuerdo bien, viajando con Olga hacia la Guajira para tomar posessión de mi cargo en la Normal de Fonseca, en el 68, bajando del tren para subir al bus: flacas, altas como guerreros watusi, te juro, *poules* en carne y hueso, "gallinas", así las llama Giacometti[53] en atención a su comestibilidad supongo aunque acabe plasmándolas como si las animara el crepitar de las estatuas egipcias que representan al doble del difunto en trance de emprender camino, visitadas por el sol de la mañana a través de una mirilla, deslumbradas en el acto inacabable de echar paso hacia la resurrección. Y, ya que estamos, para prolongar el merodeo alrededor de lo demasiado patente o aperidad mercantil, juntamente con las *poules* en sus celdas transparentes habría que convocar a los personajes de *La Calle* que Balthus dio a conocer en su primera exposición (óleo sobre lienzo hoy expuesto en el Museo de Arte de New York para despecho de Luís Camnitzer y Alvaro Medina, quienes no admiten que la "instantaneidad comunicativa" y las "soluciones formales derivativas" puedan adherir cruelmente a la pseudo-aura de lo concupiscible, armadura de obviedad y angurria de muertos-que-caminan),[54] la que Benjamin parece haber observado con suma atención.

Después de todo - tomada a la letra la expresión para aludir al paroxismo de lo que acaece ante la ventanilla cerrada de la Historia Universal, donde hace cola el último modelo historicista - el *spleen* saturnino de la cachucha que Lynch lleva puesta con el pico charlatano de la visera sobre la nuca sentenciando "la muerte es la más alta forma de vida"[55] responde a las efusiones *old-facho* señaladas en "Central Park": - "La vida que significa la muerte. Esta calidad pertenece a la prostituta de manera inalienable",[56] mientras al lado de la apodíctica "razón de mujer" la misma prenda afirma también que "judíogriego es griegojudío" dando sombra a la virilidad melancólica implícita en la vida de la significación, singularmente en el discrimen significante de filósofos y profetas.[57]

Por añadidura la mercancía diciente, una y doble, vopisca de sí misma, cachucha bivalva esparrancada y planchada hasta la "'ñatura'"[58] y el confort del plaid pedagógico, con la voz de abuelita de la raya grande explica paso a paso de qué manera los grados de "oquedad" u *opening up* que Stephen Hugh Jones conecta con el uso de la pintura negra sobre los cuerpos de los iniciados y de los ancianos barasana subrayan la necesidad del control de la dehiscencia psicosomática de la que el vómito y la diarrea son las manifestaciones más patentes, aclarando que el exceso de abertura de la boca y del ano del torpe consumidor de yagé puede conducir a la enfermedad llamada "*wisiose*" por la que el sujeto se vomita y excreta a sí mismo, "literalmente chupado afuera *[drained away]*" hasta morir o en el mejor de los casos sumirse en el equivalente inurbano del *taedium vitae*[59] enseñando con extrema paciencia que de la *Einfühlung* no queda sino el inane apetito del "espectro delicado" que "en un bostezo se tragaría el mundo", Tedio bodeleriano, versión unidireccional de Shaun boquiabierto y boquitapiado para quien incorporación y expulsión dan lo mismo,[60] concupiscente oscitación de lo residual,[61] bache de sedimento oscuro tragándose lo que ya casi no resta de sí, mero aro sobrante sin fuerza de proyección evidente a través de la galería del tiempo,[62] falto del volumen de la "experiencia" y del "ejercicio", *Erfahrung* y *Übung* que no sólo deberían distinguir al artesano del obrero bajo los choques de la producción en cadena cuyos elementos son el "trance" o unidimensionalidad de la *Erlebnis* y el automatismo de la *Dressung* o "amaestramiento", sino también al materialista histórico y al impacto dialéctico del historicista y de la *Einfühlung* en el pasado cargada como voluntad de "hacer representado lo inconstante".[63]

El *fühlen* del estanque historicista o del estuche para regalo *Feeling*,[64] así como de todas las figuras del *Chock* compulsivo observadas por Benjamin, del obrero en la fábrica al jugador en el casino pasando por el transeúnte automatizado hasta el último avatar del *flâneur*, el hombre-sandwich... no es "sentir" esto o aquello sino una exasperación sinestésica que deja sentir solamente lo pretendido: - "*You know*" intercala el hombre del *feeling* o del *fühlen* cuando la explicación puede hacerse superflua y el beat enseñado (el de John Lee Hooker pongamos)[65] corre el riesgo de convertirse en monótona pauta de golpes de cinta sin fin, si la trasmutación de la soledad en crónica de curación por el blues recae en la orgía empática de un roquero nazi que, en vez de echar a los *blue devils*[66] se mete con ellos a la casa para que la devaste el infortunio, un *jinx* más frío que viento del polo.

-"Eso es lo que llamo blues- cuando no tienes buenas conexiones":[67] la seca y funcional definición de Ed Moss, alias "Howling Wolf", empala el síndrome de la *Einfühlung*: -"Cuando revientan todos los cabos, cuando sobre el horizonte desierto no despunta ninguna sombra ni la cresta undosa de ninguna experiencia *[Erlebens]*, entonces resta *[bleibt]* el sujeto solitario, agarrado *[ergriffnen]* por el taedium vitae hasta el último residuo. Eso es la *Einfühlung*."[68]

Me pregunto qué tendrá en común con los pucheros de Tina Turner a lo largo de *Better be good to me* ese gesto tuyo que recuerdo con cariño si estimo cómo una compulsiva acumulación de "Agradecimientos" puede denegar la soledad, el que asumes cuando te concentras menos deportivamente, al torcer hacia abajo los ángulos de la boca, casi reprimiendo las agrieras de innumerables brebajes indios con una movilidad fisionómica análoga a la que en la iconografía olmeca corresponde al apodo de *baby-face* y al rictus del sapo-jaguar intensificando hasta la devaluación la tangente de ponderada gravedad que otros académicos logran sugerir solamente con una pipa, efecto apotropáico suficiente para justificar el juicio de una sensible antropóloga occidental que te conoció en la London School of Economics: - "Mike es un tigre."

Para la exitosa rockera y para el felino ahito de inquietudes comunes y corrientes el mismo *taedium vitae* habría edificado la torre golpeada por el rayo que vomita a dos personajes idénticos, entre millones de copias de discos o fichas de ruleta el rey aburrido y su grardaespaldas precipitando hacia dos charcos que, de lance, doy por cunetas de sus respectivas clasificaciones. Porque a eso, al bache de la *classis* lleva la *Einfühlung*, tradúzcase "*immedesimazione*" (Enrico Filippini), "*empathic identity*" (Susan Buck-Morss), "*l'aspiration de l'individu isolé á se mettre* à *la place de -*" (Pierre Klossowski) o identificación omnívora del engrifado sintetizada en buche de clase:

La experiencia *[Erfahrung]* del hombre en la rasca del haschisch *[im Haschischrausch]* al que se le ocurre que dos transeúntes desarrapados sean Dante y Petrarca, no tiene otra armadura *[Armatur]* que la *Einfühlung*. El tertium es el yo sobrecogido *[Befangene selbst]* en la rasca. Su identidad con los grandes genios, con Dante y Petrarca, por ejemplo, es tan holgada que cada sujeto, al que emparenta consigo mismo, llega a ser idéntico a Dante y a Petrarca. Lo que queda *[bleibt]* de la persona aquí no es más que una ilimitada capacidad y muchas veces una tendencia ilimitada a representar la posición de todos los demás, aún cada animal, cada cosa muerta en el cosmos *[eine unbegrenzte Neigung die Stelle jedweder andern, auch jedweden Tiers, jedweden toten Dings im Kosmos zu vertreten]*.[69]

Te ruego, no me creas tan cicuta como para pretender insinuar que el resorte de tus nonchalantes confrontaciones con Dante (amén de la familiaridad con la que, inmediatamente después de haber enseñado a Benjamin cómo ser más delicado, abofeteas de un sólo lance a José María Arguedas, García Márquez, Carpentier y Asturias - v. SH. 201; CH. 253) habría sido una experiencia análoga a la del remedio que te concedió Chu Chu, aquella "chupada de un vareto *[drag on a joint; una chupada de un pito]*" (*ib.* 473; 567) que mencionas sin dejar de anotar su procedencia y su función terapéutica antes de rendir homenaje a la trágica pareja de Puerto Tejada, noticia de última hora en la última página del libro de *magia*.

Fíjate más bien en el gigante enceguecido, el cazador Orión cuya insaciabilidad es hermana del frenesí venatorio de otro héroe del vado, San Julián el Hospitalario, y de la intemperancia del hombre-jaguar o de la boa, cómo atraviesa el océano, la ciudad enciclopédica de Claude Simon o la selva ¡llevando un lazarillo de sombrero! Pues el sumiso tanteo pedagógico no es únicamente el precio de la voracidad exterminadora, sino también su secreta vocación.

En la metrópolis asolegada los rostros de la muchedumbre reemplazan los discos rodantes de la Torre del Tarot y las volutas de las nubes del cuadro de Poussin intitulado *Paisaje con Orión ciego*: -"Las caras blanquecinas o de ébano, relucientes de sudor, manchadas de pecas, cargadas de greñas ensortijads o de cabellos rojos, se elevan lentamente, como pompas, le pasan por encima y desaparecen para ir a reventar sin duda, como esos globos de niños, muy en lo alto".[70]

El hervor y la maceración de las identidades redundan en vano si no alcanzan la intensidad mortificante necesaria a la transición hacia la *albedo* y la *rubedo*, fases de la faena mayor con las que Stanislas Klossowski asocia los festivos colores alegóricos de la boda de Constantio Sforza y Cammilla de Aragonia: los confetti blancos que el camellero negro esparce *"al populo per tutta la fala"*, las riendas rojas y el dobladillo del traje etíope juntamente con el rubor de los confetti de otra cesta que aún queda por vaciar,[71] resueltos ambos momentos de una vez por todas para invertir la relación topológica del "oasis de horror en un desierto de tedio"[72] cuando la "evacuación" o *Erlerung* del yo atascado en la identificación posesiva corre por cuenta del susto del que la clasificación es vicioso placebo: del desierto se enumeran entonces las dunas, en la quinta porra, después de la cuarta... hasta que la diseminación del tiempo acumulativo pueda despacharse como dispositivo ordenador de su propia aporía y la muerte engendre su mustio sentido.

Corre por cuenta y recuento del espanto tu estudio *in terror and healing* por andar comprometido con "la mediación del terror a través de la narración" (SH. 3; CH. 25), desvío de la mirada que a la vez indica el asunto y la pertenencia, un poco como la espectacular oscilación de la cinta atrapamoscas enrollada en Medellín y desenrollada en las plazas de mercado de Pasto suele desvirtuar la ostentación persuasiva de los cadaverillos que parecen haberse dejado cazar para ser ofrecidos al usuario en lugar de la trampa profiláctica.

Y si ahora me preguntaras a qué viene tanto rodeo alquímico-populachero no cuadraría un sentido empecinado en hacerte rendir el intento de incorporación de Benjamin, de Derrida o del yagé, sino dejaría que el rabo de algún cometa (que no debería demorarse si por "digresión" entendemos *Abschweifung*) sople la esperanza de la confluencia del *Chock* automático de la *Erlebnis* y del *Chock* de la *Erfahrung* que desata la imagen dialéctica, en otras palabras la unión de la tronera en que va a caer la bola de billar y de la estrella fugaz correspondiente al más largo alcance del deseo en el tiempo,[73] nupcias de la costra del lechón con la piña, plomada de apetito y distante estilita,[74] para que podamos decir:

> Su sombra
> no es la soledad
> es su conversación con las estrellas.[75]

En suma y en resta para augurarnos el fin de los debates entre la concupiscencia que ciñe de oscuridad la traza y el ascua de la traza, aquí y adonde quieras que pasen la una en la otra, dentro o fuera de la universidad, si es que la universidad tiene un adentro. En el umbral del claustro, más bien, si no se nos abre tan sólo en ese báratro que sugiere a los pupilos de Cornell el abandono de sí hasta la fascinación incorporativa de los restos de quienes se lanzaron para despachurrarse *"split right open (...)* como pizzas",[76] si no se nos clausura únicamente en la alternativa de la tarea libresca y de la presión académica según la divergencia que quizá en otras universidades no sea menos obsesiva:[77] el horizonte abismal y la biblioteca, el vértigo del desafuero del saber en la oquedad mortal y el exceso de comodidad teórica en el amaestramiento. Dejando cualquier *"it" entity* por uno u otro lado o en el trueque del uno en el otro. En el parpadeo de la universidad, según la paradójica topología de una reserva en el todo que la reserva contiene, ojo en su pupila.[78]

Si el frío del mal de ojo que emana de los letales entornos profesionales que frecuentas (como admites al reconsiderar la creencia en la envidia, único credo que pareces compartir con don Santiago, quien "no podía concebir la noción de que en los sitios de donde yo venía no existiese la envidia como una fuerza maliciosamente hiriente *[maliciously wounding; hostil y dañina]* capaz aún de matar a la gente. Años después empecé a darme cuenta de cuánta razón tenía, especialmente en lo que concierne a los académicos" -

SH. 349; CH. 417), si como me inclino a creer esa siniestra frescura procede de la incapacidad de abarcar simultáneamente el abismo y la significación[79] y si "las noches del yagé pueden ser pensadas como un teatro épico que dirige y corrige *[addressing and redressing]* el discurso de la envidia" (*ib.* 394; 473), entonces, en serio, tuyo es el *book of magia* también en las tierras altas por excelencia. Especialmente en ellas.

Pues, además de repercutir sobre la redirección de la denuncia del estigma que aqueja la reputación de la bella tierra en que naciste, Australia, *Inferno* aún para el *Finnegans Wake* (ahí sí de filiación dantesca), las tribulaciones del relieve universitario norteamericano parecen inducir también el tenor del pacto sellado por la significación de lo que aquí llamas "espacio-muerte" allá "espacio de la muerte" en beneficio de tu teoría de la curación.

En todo caso quien muere a través del ámbito terrorífico no es el chamán, como podría creerse confiando en los esquemas antropológicos del pasado, con todos sus pecados positivistas, sino lo significable:

> El ser-salvaje *[Wildness; El salvajismo]* desafía la unidad del símbolo, la totalización trascendente que ata la imagen a lo que representa. El ser-salvaje se entromete abiertamente en esta unidad y en su lugar crea resbaladeros y una rechinante articulación *[pries open this unity and in its place creates slippage and a grinding articulation; irrumpe en esta unidad y en su lugar crea algo resbaloso, una chirriante articulación]* entre significante y significado. El ser-salvaje convierte estas conexiones en espacios de tiniebla y luz donde los objetos en su moteada desnudez miran con fijeza mientras los significantes flotan por ahí *[stare out in their mottled nakedness while signifiers float by; en su desnudez turbia miran mientras los significantes flotan a su alrededor]*. El ser-salvaje es el espacio-muerte *[the death space; el espacio de la muerte]* de la significación. (*Ib.* 219; 275-276)

La alianza de la lingüística estructuralista con el ser-civilizado se afianza discriminando las sombras chinescas de la escena primordial al pie del significante de los significantes agustiniano, desgajado globo de aire en una atmósfera amenazadora que Benjamin habría tal vez juzgado más adecuada al fulgor de la luz eléctrica.[80]

El ser-salvaje sería radicalmente hostil al estructuralismo. De aquí que en su siniestro recreo, mediante una truculenta tergiversación de la capacidad de "levantar la vista *[den Blick aufzuschlagen]*" que atribuye a las cosas quien advierte su aura,[81] el hipnótico repertorio de los objetos se delinea por auto-enumeración y el mundo se transforma en pelambre maculada de fiera al acecho.

Aunque indómitos los poderes están al servicio de la resurrección de los significantes. Mágica lanza de Peleo cuya herrumbre sana las heridas que suministra la punta, el anti-estructuralismo salvaje proyectado por el terror colonial depara las eficacias curativas de las que sería sobrera la casi nada que del chamán nos queda: - "(...) la curación chamánica en los *altos* del Putumayo, lo mismo que la cultura del terror, desarrolla también su fuerza a partir del ser-salvaje *[wildness; rudeza]* colonialmente engendrado desde la oscuridad epistémica del espacio de la muerte *[space of death]*." (*Ib.* 127; 167)

De otra parte el ahogo semántico inspirado por el *horror disseminationis* sería materia de la insignificancia que de la enfermedad nos sobra y a la vez materia prima de la terapia, homeopatía acrobática que transforma el enredo colonial en clave del tratamiento por interpuesto curandero chamañoso (quien persiguiese el esquema gráfico pertinente dando por supuesto que la pesadilla del control policial habría inducido los trastornos respiratorios de Chu Chu podría acudir al itinerario del cigarrito conseguido en Santander de Quilichao gracias a la benevolencia de los agentes del orden).

El terror se alimenta a sí mismo destruyendo el sentido no solamente en los textos de antaño "sobre el terror en Putumayo" (*ib.* 128; 168). Del humor podría afirmarse lo mismo así como de muchas otras cosas por infiltración ni siquiera subrepticia si el sentido no es tan macizo como te lo figuras, mientras cuando llega a serlo también puede aterrar - STOP: dejemos el asunto de ese tamaño, tamaño *"it" entity*, para no meternos con "el abecé de la desconstrucción" como diría nuestro querido Nacho Abello, o esta carta se nos vuelve otro mamotreto. De acuerdo.

Pero déjame observar que aquí hace falta una economía general del espaciamiento de la traza y que el excedente es un testarudo anclaje en las concepciones postales de la metafísica de la presencia, pues el "espacio de la muerte" o "espacio-muerte" (equivalencia discutible, dicho sea no tan de paso) igual que el precipicio de ciertos claustros se hace pasar por principio de razón discursiva y re-discursiva para que el sentido vuelva a jugar hasta la próxima, como das a entender ubicándolo en la perspectiva de un punto de apoyo, palanca de realidad pétrea en vista de la recuperación narrativa:

> Aquí el espacio de la muerte funciona *no* para romper la continuidad del tiempo con lo que Benjamin habría llamado una cesación mesiánica del acontecer, más bien petrifica la vida en busca de un arquimédico punto fuera de la historia del mundo por medio del cual su poder catastrófico puede ser llevado a la narración (como con la visión del colono Manuel). (*Ib.* 466; 556)

Las dimensiones en que se efectúa la operación resignificante o el "hacer explícito este conocimiento social implícito, tanto en sus dimensiones discursivas como en las no-discursivas o imaginísticas *[imagistic; imaginistas]*" (*ib.* 394; 473), multi-media diríamos pero siempre coherentes con el carácter de un alivio por rebote del Logos, no son privativas de la narratología colonialista de primera mano o de las partes altas del Putumayo, el valle de Sibundoy supongo, que discriminas frecuentemente refiriéndote a lo que reputas lo menos genuino del chamanismo. La extroversión del guante abismal en pro de una significativa digitación sería la praxis chamanística en todas partes.

Quien esté convencido de lo contrario puede asistir al replay de los dos asaltos en que eliminas a Lévi-Strauss con toda su dignidad de profe eminente. Entre otras cosas la pelea es por el título de la más correcta definición de la procedencia del "imaginario curativo". En efecto de los tres elementos del complejo chamanístico contemplados en los ensayos del 49[82] - a saber: chamán, enfermo y público - el Dr. Papus del campus consideraba que el menos importante sería el paciente ya que sus expectativas serían moldeadas a partir del grupo social y a través del consenso colectivo, mientras para ti la relación fundamental es la del enfermo con el chamán:

> Creo que el contraste entre los relatos de Florencio y de Santiago es notable y típico, por la siguiente razón: el poder del chamanismo no está en el chamán, sino en las diferencias creadas por el encuentro de chamán y paciente, diferencias que constituyen el imaginario esencial para la articulación de lo que llamo conocimiento social implícito. Fundado en esta interacción de Otredad *[Otherness; otredades]*, tal conocimiento lleva el ser a juntarse con el imaginar en una mezcla de vorticosos discursos - el canto del chamán, las narrativas del paciente, la obscenidad, los silencios plomizos, la purgación. Florencio dice que el imaginario curativo proviene del chamán, y aquí conviene recordar la visión curativa del batallón dorado del ejército colombiano, y el chamán dirá que proviene del mismo *yagé*. Yo digo que proviene de la construcción conjunta del curandero y del paciente en el espacio semánticamente generativo de la anulación que es el espacio-muerte colonial *[colonial death-space; espacio de la muerte colonial]*. Éste es un momento privilegiado en el moldeo de la realidad del mundo, en su hacer y su deshacer. Aquí estriba el poder. (*Ib.* 460; 549)

Nuevo andamiaje del "conjunto difuso de sentimientos y de representaciones mal formuladas" que Lévi-Strauss había definido a lo largo de una trayectoria de progresiva focalización hacia el acusado[83] así como tú chequeaste de qué manera se "dirige y corrige el discurso de la envidia" ya que para él también la eficacia simbólica depende de mensajes y carteros,[84] la explicitación del "conocimiento social implícito" corresponde a un edificio que restituye la significación en lugar de la "oscuridad epistémica" reivindicando el crujir de dientes de significantes y significados.

Este "espacio-muerte colonial" del que brota la "construcción conjunta" de la cura por ser "semánticamente generativo" bien merece las muecas alegóricas de Syphon y Mientus: por el lado misterioso del misterio la hoguera de la que se levanta el fénix de Ferdinand De Saussure y por el lado trivial de lo trivial la informe boñiga de las vacas del sistema que la *Stropharia cubensis* condecora nítidamente. Al fin y al cabo lo que hace el teatro épico es enseñar.

Hay más, por supuesto, sobre todo en las piezas de Brecht. Aquí tal vez la resistencia de un resto, alguna invaginación del caos en el orden. Pero a los fines de la generación del sentido es lo de menos: lo que se vomita violentamente para confirmar la estabilidad del moldeo teórico, yagé a lo mejor, de donde procede la capacidad de curar según el chamán, lo que no vale la pena escuchar a la hora del té, cuando se sacan conclusiones interpretativas, vomitado él también.[85]

No veo cómo se pueda echar la zancadilla al desorden en su propio ser desordenado con el pie de la significación. Mejor dicho a sus pies. Ni cómo distinguir este salutífero calvario semántico de una abstracta refracción del drama al que nos tiene acostumbrados la interpretación clásica del chamanismo, a veces en términos alejados de este relevo de lo muerto resucitado en virtud de la imaginación productora, antífona hegeliana del cristianismo especulativo. Ni porqué un método de "moldeo de la realidad en el mundo" deba reñir con una restitución del caos al orden. Y sin embargo justamente de esta devolución adaptativa acusas a Lévi-Strauss. Cámara lenta:

> Éste es un momento privilegiado en el moldeo de la realidad del mundo, en su hacer y su deshacer. Aquí estriba el poder. Estoy pensando también en el colono blanco Manuel Gómez con su imaginería de *yagé* del chamán como diablo, preludio de su ganancia de la gracia.

En sus ensayos sobre el chamanismo del Nuevo Mundo, Claude Lévi-Strauss presenta la noción de que durante su encuentro el paciente y el chamán conducen en nombre de la sociedad una interrogación conjunta de su entorno ideológico. Declara que las experiencias de la persona enferma son el aspecto *menos* importante de todo esto y en su análisis del canto de curación de Mu-Igala de un chamán cuna para una mujer con dificultades de parto, hace hincapié en la sugerencia de que el chamanismo invierte la técnica psicoanalítica de lograr la abreacción, por cuanto en el chamanismo no es el lenguaje del paciente sino el del chamán el que llena el espacio terapéutico. La mujer yace silenciosa mientras el canto del chamán la llena de imaginería ordenando el caos de su ser - y lo que es para una mujer, lo es para la sociedad como un todo con el chamanismo orquestando la sinfonía desde el caos hacia el orden.

Sin embargo de la fuente de la que Lévi-Strauss extrae ese canto resulta claro que la mujer y el resto de la sociedad probablemente no lo entienden en cuanto es cantado en un lenguaje chamánico especial, un rasgo propio del chamanismo en muchas sociedades. El problema entonces es ver cómo la noción de una interrogación conjunta del entorno ideológico puede ser sostenida si las partes del discurso están atadas a un lenguaje ininteligible. La curación en el Putumayo, hasta donde aprendí, indica que semejante interpretación de un canto curativo es apenas algo más que una proyección hacia el ritual mágico del ritual no declarado *[unstated ritual; ritual no establecido]* de la explicación académica, tornando el caos en orden, y que esta magia de la academia se levanta opuesta, en su ordenamiento vertical, al tipo de simpatía necesario para entender que el canto curativo, mágico o no, no es sino parte de un barroco mosaico de discursos entretejidos con historias, chistes, interjecciones y susurros que tienen lugar no solamente a través y encima uno de otro durante la sesión misma, sino también antes y después. Además este juego no se puede entender sin tener en cuenta la participación del paciente en la mezcla de las actividades hacedoras-deimágenes *[image-making; creadoras de imágenes]* sobre las que se apoya el canto. (*Ib.* 460-1; 550).

Oye, que estés pensando *también* en el colono blanco no te exime de una interpretación del poder curativo entendido como la imaginación productora del idealismo especulativo: la "gracia" de Manuel es para ti la generación semántica de una manera más definitiva que para Lévi-Strauss, quien no ignora que el paciente puede desconocer los significados lingüísticos sin que por eso la intervención pierda su eficacia: - "Y aquí una vez más, el canto parece tener como finalidad primordial describirlos *[scil. los dolores personificados]* a la enferma y nombrárselos, representárselos bajo una forma que pueda ser aprehendida por el pensamiento consciente o inconsciente".[86] Estructuralemente hablando, toda vez que el chamán "establece una relación inmediata con la conciencia (y mediata con el inconsciente) del enfermo",[87] el enlace entre la monstruosa personificación y la enfermedad es elaborado por quien lo necesita para curarse, aunque la ilustración cartográfica pertinente proceda de afuera pues en últimas es esta exterioridad la que distingue el mito individual del psicoanalizado y el mito social de la paciente del indio.[88]

Al recoger el precipitado del "imaginario curativo" desde el fondo de la centrífuga semántica de las *yagé nights* en que el abismo es contertulio, en vez de contradecir el intelectualismo del profesor lo confirmas de sobra: "mágico o no" vayas a saberlo, el canto es apenas un adorno del discurso, un remanso propicio a las efusiones estéticas y como en el caso de don Santiago siempre susceptible de someterse a significativos criterios de clasificación y descripción, mientras el paciente podrá decir todo lo que quiera pero su participación no será menos secundaria de lo que deja suponer Lévi-Strauss, pues el conocimiento que "lleva el ser a juntarse con el imaginar", o sea el "conocimiento social implícito", no es más suyo que del chamán o del público. Las diferencias articuladoras de "fuerza y oratoria" (SH. 108; CH. 145) dependen de la ubicación de los terminales.

Al fin y al cabo tanto en la explicación de Lévi-Strauss como en la tuya el poder curativo no procede ni de éste ni de aquél ni de nadie: todos son hablados por un orador absoluto reconciliado consigo mismo a través del circuito telematicomágico. Con una disparidad: por lo menos el dómine del estructuralismo parece considerar que "una interrogación conjunta del entorno ideológico" puede dar sus primeros pasos al nivel del inconsciente (quite a esforzarse unos años más tarde en demostrar que también el inconsciente se estructura como un esperanto). La significación para el eminente antropólogo es un punto de llegada y se establece en la última ronda de los papeles del circuito. Para ti es de partida, matriz discursiva del señalamiento de los núcleos patógenos en el conocimiento social hecho explícito, circulación de chismes y apuntes alrededor de las circunstancias de la sesión, aún antes de la sesión - quién sabe desde cuándo: el yagé es un buen pretexto para charlar y todo el país está en sesión.

Mientras Lévi-Strauss concede siquiera un chance a los procesos no inteligibles en términos lingüísticos conscientes, ese resquicio tú lo niegas. Y sigues negándolo durante el otro asalto (que en realidad sería el primero pero que aparece aquí después del segundo, sin ambiciones dadaístas, sino por uno de esos artificios académicos consistentes en montajes más o menos pedagógicos):

En una visión cerrada sobre sí misma del canto como un texto arrancado de cualquier mundo salvo de su propia referencialidad interna (y que ignora o desafía la fuerte probabilidad de que la paciente no entendiera ese texto), el análisis procede exactamente en esos términos de analogía y de ordenamiento narrativo que llegan a su clímax en una catarsis isomórficamente establecida y, tal vez, igualmente imputable al papel terapéutico de la imagen del huitoto en el canto del chamán de Sibundoy.

Para muchos lectores resultó ser un cuadro agradable: la preñada yace en su hamaca con el humo de los granos de cacao arremolinándose a su alrededor mientras absorbe pasivamente el sentido y el orden - sobre todo el orden - que el hombre le cantó adentro como *[sang into her as; le cantó como]* un prerrequisito para el asentamiento del caos y el nacimiento de una nueva vida.

Pero ahora que el humo se disipa, ¿no descubrimos acaso que este mismo análisis es también un ritual mágico - así esté revestido con los atavíos de la ciencia? ¿No ocurre que el mismo análisis de la magia del chamán ha sido no menos mágico que su objeto de estudio? La figura de control *[The controlling figure; La figura decisiva]* es aquí la del antropólogo o la del crítico que va ordenando el significado en el vehículo del texto, desordenado, pasivo, y para siempre hembra - para así "permitir" la descarga de un nuevo sentido rescatado del bloqueo del desorden. (SH. 390; CH. 466-467).

Bueno, pongamos que Lévi-Strauss sea un chamán (no falta quien lo asegure[89]). Ni le va ni le viene. Habría que ver a qué se dedica. A menos que por magia no se entienda humo en los ojos.

Creer que al amigo de Mocoa no le agradaría saber que asimilas su actividad con la de un *fumiste* no es entregarse al culto de la misteriosa personalidad chamánica ni a la fascinación fascista por la "figura de control". La actividad del chamán se me hace tan respetable como la de un científico de los mejores laboratorios y si considero la abnegación de los yagejeros botanistas de Sibundoy tampoco me parecen muy lejanas una de otra. La de éstos tal vez más meritoria.

Mira, si no fuera por tu marcado desdén del ámbito universitario reconocería el sarcasmo del catedrático que, en nombre de la razón y de las buenas costumbres epistémicas, hunde el obscurantismo de las supersticiones populares por fuera o debajo de los muros del claustro, en el ámbito mortal que le atrae y aterra. De todas formas la pose literaria no constituye una virtud suficiente para situar esta diatriba en la dimensión post-académica o "experimental" que dejan esperar ese desdén y la enésima sobre-promesa del publicista de la Rice University.

Absorto en la tarea de echar a escobazos el humo de la mistificación ignoras que la descripción en cuestión no implica una actitud tan pasiva como crees que la pinta el maleficio barato del que te has propuesto defender a "muchos lectores". Pues, aunque no me resulte "un cuadro agradable", Lévi-Strauss reconoce que inmediata y mediatamente, consciente e inconscientemente, la preñada sí ejerce una relación de reciprocidad. Pero tú no puedes sospechar que sin entender el significado de lo que se le canta ella pueda intervenir en la elaboración del "imaginario curativo" quizá más intensamente que cualquiera de los elocuentes enfermos que conociste porque la única modalidad de intervención que concibes es la del intelecto verbalizante.

Quien se queja y se retuerce agarrada ciegamente de las manos de la música en lugar de echarse un discurso es figura de un texto "*forever female*" porque los quejidos y los pujos que hubieras podido reducir más fácilmente que las lánguidas serpentinas de humo son signos indicativos, involuntarios, desposeídos de los contenidos de la presencia, desterrados del habla que, por más "vorticosa" y "barroca", es el dominio del querer-decir - en el marco del más bronco logocentrismo, claro está, con todas las implicaciones patriarcales del caso.

Lo que no te impide en pleno arrebato ginecológico de acusar a otro de ser profe machista, culpable de encubrir la conducta de una madre fálica que embucha y viola al ritmo masónico del *ordo ab chao*, tú que no admites una cura que no obedezca al orden falocéntrico de la significación... Lo decía yo que la pelea era chiviada.

Ya lo creo: eres más estructuralista que el propio Lévi-Strauss.

Qué tal si te jurara que fu una *boutade* y nada más, lo que el profe del Collège de France declaró hace poco a Cathérine Clement y a Dominique-Antoine Grisoni, que "el lenguaje es una divinidad a la que hay que rendir culto". No me creerías. Y hay buenas razones para suponer tu réplica: *extra Significatione nulla salus*.

Ya casi me despido. Va a ser lo más difícil, una despedida para la que no dispongo de mejor impulso que el recuerdo de la efigie que más te gusta:

> Tomen la Virgen de Caloto. Aquí no es necesario invocar el arte de mano pesada *[heavy-handed art; torpe arte]* del surrealismo, no es necesario invocar como metáfora la cesación mesiánica del tiempo, no hay necesidad de tomarse el trabajo de contradecir la visión oficial del pasado evocado por la imagen y, sobre todo, no hay necesidad de forzar un punto argumentando que la imagen puede funcionar como una 'mónada' en el sentido citado atrás. Todo esto existe como ocurrencia diaria en la maravillosa realidad evocada continuamente a través de la creación dialógica de la vida y de la fuerza vital de la Virgen. (*Ib.* 200; 252)

No era necesario citar el texto original para mostrar que la Tesis XVII[a] no implica "demasiada énfasis en la tarea del crítico como activista" (*ib.*). Se me fue la mano a mí también. Hubiera sido más que suficiente aludir el ensayo dedicado a Fuchs, donde no solamente está incluida una preformación de esa tesis[90] sino también una crítica de la "valoración excesiva del momento consciente en la formación de las ideologías".[91] Amén del instrumento que Benjamin pone entre los dedos de ese materialista histórico *sui generis*, de estilo "apodíctico (por no decir rústico)",[92] capaz de coleccionar la colilla de Casal, toda una "varita mágica" (*Wünschelrute*:[93] esa sí una metáfora si acaso, no como la interrupción mesiánica del acaecer que, por otra parte, no es una "cesación del tiempo").

Vas muy rápido, es lo que me permití subrayar anteriormente: de la exigencia del "toque más suave" (*ib.*) a la superfluidad de cualquier roce y de la contemplación inmediata propia de la *Einfühlung* historicista a lo provechoso que hubiera sido para Benjamin "un estudio más ajustado a ciertas imágenes populares como la Virgen del Caloto" (*ib.*), porque en América Latina - ya lo había dicho Carpentier - el surrealismo es inherente a las prácticas sociales cotidianas. Y sigues corriendo:

> "Tal como para el surrealismo, así (me gustaría insinuar) para las imágenes dialécticas - la diferencia crucial entre sus expresiones europeas y las coloniales siendo que mientras en Europa eran ampliamente ignoradas por el populacho *[by the populace; por la población]* aunque (para los surrealistas) 'al servicio de la revolución', en las colonias y ex-colonias estas expresiones son intrínsecas a la forma de vida y al servicio de sus magos, sacerdotes y brujos". (*Ib.*. 201; 253)

Más rápido: sin detenerte para considerar que la expresividad de una constelación crítica cristalizada en mónada, surrealista o no, no ha de corresponder necesariamente a una efigie o a un ícono y que "la acción redentora" del pasado - *Einlösung*: "redención, rescate, desempeño ≠ saldo, pago, cobro, reembolso ≠ canje" - no siempre amanece en constancia de estadística o archivo, de manera que no hay por dónde confundir el cristal de la imagen dialéctica con la vitrina de una casa de empeños como la que fue brutalmente asaltada en Pasto el año pasado[94] sin que la impermeabilidad noticiosa de su "clandestinación" recaiga en lo inocuo. Rapidísimo: después de olvidar que Benjamin estaba lejos de asignar al "crítico como activista" una mónada a manera de campana pneumática, lejos hasta percibir en el trapero parisino el prototipo del materialista histórico con toda su "procedencia infernal"[95] por haber estudiado con suficiente aplicación las viñetas de Olaus Magnus en que el diablo se desempeña como barquero y minero, sin dejar de arrastrar vehículo públicos y barrer establos,[96] tan rápido que, insalivado Carpentier, te empacas una porción de narradores latinoamericanos en un quítame clasificatorio que ni Gargantúa:

> Sin embargo ni en su obra *(scil. la de Carpentier)* ni en la de Arguedas, Asturias o García Márquez, a mi entender, está la fuerza de la risa y de la anarquía puntualizando el reino brumoso de lo maravilloso al que hay que prestar oídos *[punctuating the misty realm of the marvelous to be heard; que atraviesa los ámbitos brumosos de lo maravilloso]*. Con demasiada frecuencia lo prodigioso que sustenta sus historias es representado de acuerdo con una larga tradición de folclor, exotismo e *indigenismo* que, en la oscilación entre lo cuco y lo romántico, es un poco más que la apropiación de la clase dominante estándar de lo que se considera la vitalidad sensual y la vida fantasiosa de la gente del común. (SH. 201; CH. 252-253)

No hay poder que te sosiegue. Ni siquiera sobrenatural. ¿Quién va a creer el cuento del fantasma tutelar de la *dark mulatta* "añadiendo la sal gentil de su comentario" al libro que le encomendaste (*ib.* 473; 567)? El tuyo es un apetito al servicio de las mejores intenciones, nadie lo puede negar: quieres tanto al pueblo latinoamericano que te lo comerías.

¿Será el *plumpes Denken* sacado a flote por Benjamin para referirse al pensamiento de quien está en conflicto justamente entre la acción y el pensamiento y que por lo tanto renuncia a los refinamientos de la dialéctica - eso mismo que trataron de traducir "*crude thinking*", "*pensée élementaire*", "*pensée* grosso modo"?[97]

Ninguna de las anteriores. Prefiero la terminología sugerida por Neil Tennant y Chris Lowe, alias "*Pet Shop Boys*", gingleros de la Suzuki y de la Maxell contratados por Steven Spielberg para *Inner Space*: "pensamiento *paninaro*" o *fast-hinking* en correspondencia con un *mundus edibilis* sacrificado a la biliosa centella de la mostaza. "Crítica-burger" o "pensamiento sanduchero" se podría intentar traducir sin perder la paciencia.

Con calmita querido Miguel, o lo que aquí nos dejas es otra de las tantas "*Angricultural and Prepostoral Ouraganisations*"[98] en lugar del alegre huracán desconstructor del antes y del después que te hubiera gustado prender entre pecho y espalda del *book of* magia. Pues hombre-sanduche es también cada uno de los porteros de armaduras negras que guían a Tamino y Pamina hacia el templo de la metafísica aguerrida en el segundo acto de la *Flauta Mágica* cargando escudos que parecen carteles y cachuchas de acero de llamas indómitas sobre las que muy bien podría dar vueltas y dorarse "la posición de todos los demás, aún cada animal, cada cosa muerta en el cosmos" para que venga el agua a la bocaza de turno, la del Augusto pintado por Francis Bacon si quieres conceder alguna trágica dignidad al bostezo circense, a la ansiosa precipitación que no llega a parecerse ni a una travesía del *Jetztzeit* o "tiempo-ahora" ni a una buena improvisación: el Augusto filo-anárquico que te digo se acerca apenas al consueta que en la noche del 18 de mayo de 1982, dando inicio a un concierto en el Teatro Colón de Bogotá, se fue derecho al micrófono, dijo "buenas noches" y añadió las palabras "tiempo presente" sin que más tarde le fuera muy bien, que digamos, tratando de hacer cantar al público: nada menos que Dizzy Gillespie, extraordinario músico en otras ocasiones, demasiado ansioso como profesor.

Saludos a Raquel, Mateo, Santiaguito y Olivia Ambrosia.
También de parte de Olga, Genica y Maya.

Un abrazo de
Bruno Mazzoldi

Junio - septiembre de 1987
Pasto - San Andrés Isla

P.S. ¿Qué pasó con tu copia de Nelly Richard?

Cuéntale a Mateo que todavía no tengo ninguna foto de ese fresco de la catedral de Mocoa, el San Miguel que tú sabes. Espero que le falte todavía la balanza.

Notas

[1] Alrededor de la identificación endocríptica y de los fantasmas de incorporación, v.: Nicolas Abraham y María Torok, *Le verbier de l'homme aux loups (Anasémies I), précédé de "Fors" par Jacques Derrida*, Aubier-Flammarion, París, 1976; *L'écorce et le noyau (Anasémies II)*, Aubier-Flammarion. 1978; Nicolas Abraham, *Jonas - Rythmes - De l'oeuvre, de la traduction et de la psychanalyse*, Galilée, París, 1985.

[2] Durante la presentación de tu segunda ponencia en el 45° Congreso de Americanistas (Simposio "Chamanismo y poder en el Amazonas") hiciste referencias explícitas a Eliade atribuyéndole la concepción "heróica" del chamán y la jerarquización mecanicista del *axis mundi*, mientras en el texto correspondiente aludes más bien al *"current Western image-making"* y *"our cosmologists"* - cfr. M. T., "Order and Disorder in Neo-Colonial Healing Rites - Brecht, Benjamin & the Disorder Itself", manuscrito, p. 20.

[3] M. E., "Some Observations on European Witchcraft", Chicago, 1974 (conf.), en M. E., *Occultism, Wichcraft and Cultural Fashions*, U. de Chicago, Chicago y Londres, 1976, pp. 69-92, p. 85.

[4] En "Order and Disorder..." el maestro de Borbonzay *"cracks his tongue like a gunshot"* (*op. cit.*, p. 11).

[5] Gananath Obeyesekere, *Medusa's Hair - An Essay on Personal Symbols and Religious Experience*, U. de Chicago, 1981, p. 85.

[6] Aparentemente la primera mención de la "clandestinación" se produce en una carta que no puede ser llanamente asignada a Derrida sin demostrar de no haberla leído, fechada "10 de julio de 1979" en: Jacques Derrida, "Télépathie", en *Furor*, 2, 1981, pp. 3-41, p. 15-6. Otra mención del mismo neologismo (: - *"(...) clandestination. Je baptise ainsi, de ce nom, la mise au secret d' une adresse, un coup d'aiguillage invisible, juste de quoi égarer la destination et vous faire avec la même adresse changer de pays sans vous laisser le temps de vous retourner. Vous venez de passer la ligne, le paysage a changé, vous en êtes sûr mais vous n'avez rien compris. Il y a eu envoi de vous-mêmes et vous ne savez plus où vous mettre"*. – J. D., "Ocelle comme pas un", en: Jos Joliet, *L'enfant au chien-assis*, Galilée, pp. 9-43, p. 42) enreda la cronología de la transición de dicho término del uso privado al público, como ya tuve ocasión de observar en "La f(r)icción del chisme entre Foucault y Derrida", en *Texto y Contexto*, 8, U. de Los Andes, Bogotá, 1986, pp. 127-180, nota 33.

[7] *"Barreteros. Los indios que libran en virgen, por ser el principal instrumento con que se hace la barreta, se dicen así, a diferencia de los *apiris* o sacadores, y aunque los *ayciris* o llamadores tienen su nombre, se comprenden también debajo del nombre de barreteros, y todos cuantos se ocupan en las minas en buscar y juntar el metal (comoquiera que sea), se dicen así, aunque no barreteen. Para ser barreteros los indios fuertes y manosos son más a propósito, aunque no es tanta ciencia como *ayzar*." / "Ayzar. Dícese de *ayzani*, que en la general significa alzar, sopesar y arrastrar (...) Llaman *ayzar* cuando levantan el costal y carga para ayudarse y asimismo al traer cada uno el suyo arrastrado tras sí por los caminos de las minas donde no se puede traer de otra suerte, lo cual no se dice *llamar*, como lo primero, y diferencian también estos dos vocablos en que para que más propiamente se diga *llamar* ha de ser cosa que con alguna facilidad caiga y *ayzar* de cualquier manera, aunque se haga con fuerza y dificultad." García de Llanos, *Diccionario y maneras de hablar que se usan en las minas y sus labores en*

los ingenios y beneficios de los metales (1609) - Con un estudio de Gunnar Mendoza L. y un comentario de Thierry Saignes, Museo Nacional de Etnografía y Folklore, La Paz, 1983 - Voces *Barreteros* y *Ayzar*.

[8] W. B., *Discursos interrumpidos I*, tr. Jesús Aguirre, Taurus, Madrid, 1973, p. 190.

[9] Ni tan traída de los cabellos la metáfora. En enero de 1938 una reseña redactada en francés y concerniente a las pinturas de la colección de M. Dubosc ofrece a Walter Benjamin la ocasión de traducir en sus propios términos la experiencia que los maestros chinos llamaron *ou* o *ou-jou* y los japoneses *satori*, toda vez que el lance del pincel y la saturación de semejanzas capaces de sacudir los signos trasladan el *Chock* de la imagen dialéctica hacia la práctica psicosomática del budismo zen en que no faltan ni la captación cristalográfica del pensamiento ni la conjunción de fijeza y fluidez en eternidad fulmínea: - "*Bien que les signes aient un lien et une forme fixés sur le papier, la multitude des 'ressemblances' qu'ils renferment leur donne le branle. Ces ressemblances virtuelles qui se trouvent exprimées sous chaque coup de pinceau forment un miroir où se réfléchit la pensé dans cette atmosphère de ressemblance ou de résonance. (...) Il est de l'essence de l'image de contenir quelque chose d'éternel. Cette éternité s'exprime par la fixité et la stabilité du trait, mais elle peut aussi s'exprimer, de façon plus subtile, grâce à une intégration dans l'image même de ce qui est fluide et changeant. (...) Comme, d'autre part, la ressemblance ne nous apparaît que comme dans un éclair, comme rien n'est plus fuyant que l'aspect d'une ressemblance, le caractére fuyant et empreint de changement de ces peintures se confond avec leur pénétration du réel. Ce qu'elles fixent n'a jamais que la fixité des nuages. Et c'est là leur véritable et énigmatique substance, faite de changement, comme la vie.*" - "*Peintures chinoises à la Bibliothèque Nationale*", en: W. B., *Gesammelte Schriften - Herausgegeben von Rolf Tiedemann und Hermann Scweppenhäuser*, Suhrkamp Verlag, Franfurt am Main, 1974-1985. IV-2, pp. 601-5, p. 604 (abreviatura *GS*).

[10] *Über den Begriff der Geschichte, GS* - I-2, p. 702-3.

[11] Robert Sabatier, "De l'épuisement du sujet dans quelques épigrammes de Claudien", en *La Nouvelle Revue Française*, VI - 69, 1958, pp. 480-6, p. 483.

[12] La quinta columna del manuscrito conservado en la biblioteca Bodleian reza así: – "*Semen feniculi cum thure et argento vivo positum sub crystallo cum caractere coresponte (sic) luna coniuncta cum pleiadibus ascendente vel in medio celi custodit et lumen oculorum agregat demones et spiritus mortuorum vocat ventos et facit scire secreta et abscondita*". - En: Joan Evans, *Magical Jewels of the Middle Ages and the Renaissance*, Dover, Nueva York, 1976 (Oxford, 1922), p. 109.

[13] *Einbahnstrasse, GS* - IV-1, p. 105.

[14] "Nos decidimos hacia un nuevo peligro, la grosera inmediatez de un desarrollo dialéctico en esas inmensas coordenadas centradas y aclaradas por la poesía, pues como al margen de esa prodigiosa sustancia que se avecina, nuestra época ofrece también una ominosa confluencia que lleva la poesía hacia la dialéctica." - José Lezama Lima, "La dignidad de la poesía", en *Tratados en la Habana*, Orbe, Santiago de Chile, 1970, pp. 304-329, p. 326.

[15] J. L. L., "El pabellón del vacío", en *Fragmentos a su imán*, Lumen, 1977, pp. 181-3. "Al final de sus días hizo el hallazgo del *tokonoma*, que según nos decía era una costumbre japonesa, la presencia simbólica del vacío en la casa mediante un minúsculo hueco abierto en la pared." - Cintio Vitier, "Nueva Lectura de Lezama", *ib.*, pp. 23-36, p. 35.

[16] J. L. L., *Imagen y posibilidad*, Letras Cubanas, La Habana, 1981, p. 130.

[17] Jean Guilloneau, "Esquisse d'un portrait", en *Critique*, XXV - 267-8, 1969, pp. 675-680, p. 679.

[18] J. Lezama Lima, *Oppiano Licario*, Era, México, 1977, p. 31.

[19] En el segundo volumen de su *Líricos Griegos - Elegíacos y Yambógrafos arcaicos*, Alma Mater, Barcelona, 1956-9, Francisco R. Adrados traduce así el fragmento 92 de Hiponacte: – "... y habló en lidio: 'ea,

deprisa, en la lengua… de los pederastas [métele un cerrojo] en el trasero'. Y con una rama 5 golpeó mis partes como a [un fármaco sujeto] en una horca. Así (sufría?) una doble tortura, pues la rama me arañaba al golpearme desde arriba y el… chorreando inmundicia (me asfixiaba?). Olía 10 el trasero: y más de cincuenta escarabajos llegaron al olor cantando. Uno de entre ellos, lanzándose… echaron abajo; otros se afilaban los dientes y otros aún, después de su invasión, 15 [rompieron a golpes] las puertas, del… de Pigela… el ano como un vecino (?)…" - p. 50-1. En la nota 2 añade Adrados: - "Este fragmento, publicado por Coppola en los P.S.I. y atribuido generalmente a Hiponacte, se ha confirmado que pertenece a nuestro autor al aparecer un pequeño trozo en el P. Oxyrh. 2174; los vv. 10-11 han quedado completos gracias a un hallazgo de Masson en el códice de Cambridge del comentario a la *Ilíada* de Tzetzes. La interpretación definitiva (perfeccionada en algún detalle gracias al descubrimiento de Masson) fue dada por Latte, *Hipponacteum*, Hermes 64 (29) 284-88, quien comparó la imitación de Petronio citada en el Aparato de Referencias. Se trata del más obsceno y repugnante pasaje de nuestro autor y, quizá, de la literatura griega".

[20] *"Il n'y a peut-être pas une mauvaise fois systématyque chez ceux qui repoussent dans la rêverie utopique les elements réactionnaires et chrétiens de la politique de* La Divine Comédie*: mais une telle attitude qui ne rend pas compte de la connaissance des faits concrets caractéristiques du poème, se fonde sur une vision conformiste de l'histoire italienne et fausse l'esprit de* La Divine Comédie. *Une politique réactionnaire n'est pas un contresens permanent: c'est une certaine opposition à l'ordre ou au désordre établi et la fidélité d'esprit qu'elle représente vis-à-vis d'institutions du passé l'assure - à la différence des utopies - de sa possibilité de vivre et de s'insérer à nouveau, mutatis mutandis dans l'histoire. La politique de* La Divine Comédie *n'est pas une folie. Elle l'est si peu que quelques décades plus tard, elle devenait, sous des formes adaptées aux temps d'alors, et pour des siècles, la réalité politique de l'Italie et de l'Europe. L'Empire saint de* La Divine Comédie, *le XIIe siècle de Cacciaguida, c'est, dans le passé, une image anticipée de ce qui, progressivement instauré dès le XIVe siècle, allait s'épanouir dans le temps des Grandes Monarchies et de la Réforme catholique.*

Ces considérations permettent de comprendre à la fois ce qu'il faut entendre quand on dit que Dante n'a pas compris son temps (ou le sens de l'histoire) et ce qui fait aussi qu'en ayant été démentie par l'événement inmédiat de la manière la plus totale, sa conception politique ne soit pas un délire et garde un permanent intérêt pour l'esprit - en dehors des simples et stériles jouissances de l'érudition." - Jaques Goudet, *Dante et la Politique*, Aubier, París, 1969, p. 230-1.

[21] "Al Can Grande de la Scala de Verona", en *Obras Completas de Dante Alighieri*, tr. Nicolas González Ruiz, B.A.C., Madrid, 1965, pp. 812-21, p. 81

[22] *"Senza fare una rigorosa storia delle parole, possiamo osservare che Giuseppe sposo di Maria era un 'uomo giusto' (ebraico* zaddik*), cioé santo, ma non sacro, mentre i figli de Aronne puniti erano sacri, ma non santi; e la funzione del profeti era in certo modo santa, ma tutt'altro che sacra, e quella del sommo pontefice era sacra, ma spesso tutt'altro che santa. Al santo si oppone l'empio (*ra'*), al sacro il profano o comune (*chol*) e anche l'impuro: é quindi possibile una satitá secolare, ma non una sacralità secolare. Solo in Dio il sacro e il santo si congiungono veramente. Dal testo del Levitico (i. e. X, 8-11) si scoprono due cose: che la caratteristica principale del sacro é la separazione dal 'comune' (*chol*); e che il sacro é strettamente legato non solo a una investidura o legitimazione divina, ma anche a una funzione di autoritá e prestigio nella societá, fino a che questa societá rimane in qualche misura una societá sacrale."* - Paolo De Benedetti, *La morte di Mosé ed altri esempi*, Bompiani, Milán, 1971, p. 34.

Las palabras de De Benedetti, quien simpatiza con Barth y Bonhoeffer no solamente al definir el cristianismo como religión *"non sacrale"* sino también al *no* considerarlo como religión (*ib.*, p.35), modifican y confirman las del judío tudelano Jehuda Ha-Levi contenidas en una obra del siglo XI traducida del árabe al hebreo y del hebreo al castellano por Jacob Abendana en el XVIIº, censurada en la edición de 1910 y reeditada íntegramente por Jesús Imirizaldu: "*Haber*. La inmundicia y la santidad son dos cosas la una contraria a la otra; y no se halla la una sino quando se halla la otra, y donde no ay santidad, no ay inmundicia" - Jehuda Ha-Levi, *Cuzary*, E. Nacional, Madrid, 1979, III- 49, p. 152.

Menos "pesada" y menos "confidencial", la santidad en cuestión evita la vigilancia del destino y de la desintegración que aún para Gombrowicz la enreda con lo sagrado: - "*Oui, aujourd'hui, encore, je pourrais vous présenter la liste des personnes, choses, paroles et lieux qui conservent pour moi le goût d'une Sainteté pesante et confidentielle: c'était là mon destin, mon temple. Et si je vous faisais entrer dans ma cathédrale, grand serait votre étonement en apercevant combien les objets de mon adoration étaient futiles, souvent méprisables, bricoles ridicules à force de mesquine trivialité. La sainteté, caractère sacré des choses, ne se mesure pas à la grandeur du dieu, mais à l'acharnement de votre âme, libre de sanctifier n'importe quoi...*" - Witold Gombrowicz. *Journal 1953-1956*, tr. Allan Kosho, Julliard, Paris, 1964 (Kultura, 1957), p. 238.

[23] *Zappa in New-York*, Discreet Records - 69204 (Felt Forum de Halloween y Palladium, 1976). La interminable despedida de *The Illinois Enema Bandit* se afila gracias a la obsesiva frase del solista Ray White: - "*Just be pumpin' every one of 'em up with all the bag fulla*" - sostenida por la reiterada sentencia del coro: - "*It must be just what they all needs*" - hasta que la bengala vocal de White tiene la oportunidad de expandirse entre los ecos del sintetizador de Ruth Underwood, no sin que Frank Zappa haya dejado de encobar sobre el *fortissimo* del final de finales con la onomatopeya del "*postscript*" para Roy Estrada: "Wanna-wanna-wannanennnema...". La última estampida de la batería de Terry Bozzio (el diablo de *Titties and Beer, ib.*) se desploma entoces a manera de firma imposible, eternamente anticipada. Ningún rechazo de la expresividad catártica debería prescindir de un análisis más detallado de esta "*parody of traditional blues mithology*" (*Ib.*).

[24] Susan Buck-Morss, "*The Flaneur, the Sandwichman and the Whore: The Politics of Loitering*", en *New German Critique*, 39, 1986, pp. 99-140, p. 108.

[25] J. Lezama Lima, *Imagen y posibilidad*, op. cit., p. 50.

[26] No hay lugar para la finada ceniza: - "*Il y a la rebellion contre Phénix et aussi l'affirmation du feu sans lieu ni deuil.*" - Jacques Derrida, *Feu la Cendre*, Des Femmes, París, 1987 (Sansoni, 1984), p. 43. Solamente y a veces en arabescos lacustres: - "*Et avec ce lac, ces lacs, ce lacs - quand il y engage toute la télépathie, là aussi il y a La Cendre.*" - *Ib.*, p. 59.

Sin que ningún encanto de laguna, ningún *Huari* de Huaringas peruanas, ninguna fuerza de espera en la recuperación de *huacas* o de cenizas - ese movimiento que Antoine Faivre resume sugiriendo que "*tout se passe en effet comme s'il s'agissait de donner une forme à ce qui précéde*" ("*Pour une approche figurative de l'Alchimie*", en *Cahiers de l'Hermetisme - Alchimie*, Albin Michel, París, 1978, pp. 155-169, p. 158) - obedezca necesariamente a una tecnología, a una creencia ostensible o a un saber expreso que gocen de los privilegios del llamado "correo extraordinario". Ni a sus contrarios, en los *entrelacs* de Freud: - "*Faut pas savoir (et là je suis fort parce que dans ce domaine il n'est plus question de 'savoir'. Tout, dans notre concept de savoir se construit pour que la télépathie soit impossible, impensable, insue. S'il y en a, notre rapport à Télépathie ne doit pas être de la famille 'savoir' ou 'non-savoir' mais d'un autre genre). Je ferai donc tout pour que tu ne puisses ni croire ni ne pas croire que moi même je crois ou ne crois pas; mais justement tu ne sauras jamais si je le fais exprès. La question de l'exprès perdra tout sens pour toi.*" - J. Derrida, "*Télépathie*", op. cit., p. 24.

Queda y sobra un tanteo de llamas que son dedos, tacto de hilos entrelazados:
- "Llamas que propagan también su lenguaje y un centro de conversación, pues son como la primera puerta del resguardo invencionada por el hombre. Manos que se adelantan para ver, visión palpatoria que va reconstruyendo la estatua, cuando la visión retrocede ante la diversa proliferación de los hilos."
- J. Lezama Lima, "Sierpe de Don Luís de Góngora", en *Esferaimagen*, Tusquets, Barcelona, 1970 (de *Analecta del reloj*, La Habana, 1953), pp. 21-49, p. 42.

Y si "lleva la metáfora su carta oscura" hacia la imagen (J. L. L., "Las imágenes posibles", *ib.*, pp. 51-79, p. 57), sobre todo para la metáfora de la desconstrucción se divide el envío: - "Le 10 juillet 1979. / quand l'autre jour tu m'as demandé: qu'est-ce qui change dans ta vie? Eh bien tu t'en es aperçu cent fois ces derniers temps, c'est le contraire de ce que je prévoyais, comme on pouvais s' y attendre: une surface de plus en plus offerte à tous les phénomènes de la 'magie', de la 'voyance', du 'sort', des communications à distance, aux choses dites occultes. Rappelle-toi [sigue la autorreglamentaria laguna de 52 signos en blanco] et nous, nous n'aurons pas avancé d'un pas dans ce traitement de l'envoi (l'adestination, la destinerrance, la clandestination) si parmi toutes les téléchoses nous ne touchions à la Télépathie en personne. Ou plutôt si nous ne nous laissions pas toucher par elle. Oui, toucher, parfois je pensé que la pensée [come sopra] avant de 'voir' ou d"entendre', touche, y met les pattes, ou que voir et entendre revient à toucher à distance - tres vieille pensée, mais il faut de l'archaïque pour accéder à l'archaïque. Toucher, donc, des deux bouts à la fois, toucher du côté où la science et la dite objectivité technique s'en emparent maintenant au lieu de lui résister comme auparavant (vois à quelles espérimentations réussies se livrent Russes et Américains avec leurs cosmonautes), toucher aussi du côté de nos appréhensions inmmédiates, de nos pathies, de nos réceptions, de nos appréhensions parce que nous laissons approcher sans rien prendre ni comprendre et parce que nous avons peur ('n'aie pas peur', 'ne t'inquiète de rien', c' est bien nous, hein) (...)" - J. Derrida, "Télépathie", op. cit., p. 15-6.

[27] "Así como el haz de nerviecillos parecía manifestarse en la mano de Martí, esas radiaciones se descargaban o descansaban en el círculo verde frío de los ojos de Casal ¿qué gran nube homérica, qué trabajo de los héroes impedía que Martí y Casal ni se hablasen ni se conociesen? ¿Y cómo Del Monte tenía siempre a Casal en aquel cuarto sobrante de su periódico, donde se empeñaba en que Casal leyese a poetas italianos menores? Cuando Casal lanza su bocanada de sangre en los manteles, está fumando un cigarrillo. Su traje es el de la invitación a la casa de brocateles y risitas galas; cuando él suelta esa risotada, que así subiendo por los cañutos de la sangre parece como si viese una gran frase que alguien fuera de la sala ha lanzado y que sólo él ha oído y tiene que reírla. Es llevado a un sofá donde se le extiende con cuidado; cuando vuelven, Casal ya se ha ido con la otra frase de la otra pieza, pero en sus manos sigue ardiendo el mismo cigarrillo ¿cómo pudo resistir, tan imperturbable, ese cigarrillo a la muerte? ¿llegó a quemarle la piel? - se apagó en las manos exánimes o alguien lo apagó y coleccionó? Ahora ese cigarrillo se agita y con la punta de su fuego parece volver, esconderse y lanzarse de nuevo a posarse en una mano como si fuese una divinidad egipcia." - J. Lezama Lima, "Las imágenes posibles", *op. cit.*, p. 71.

Por otra parte: - "Julián del Casal entrega en la guardarropía su capuchón de naipe marcado y se dirige a la casa del pintor Collazo. Se acerca con delectación a uno de los lienzos. Sobre una alta silla de mimbre, dama con igual palidez que Rosita Aldama, sentada, nos parece, de espalda al paisaje. Voluptuosamente su mirada juega por la terraza, palmerales de jardinería cercanos al mar. En el centro un jarrón alza en triunfo un monstruocillo terrestre ansioso de caminar dentro del mar como el caracol: la piña con su cabellera de ondina tropical. Fuerza la mirada: ¿qué es lo que ve? Ya Casal está muerto, pero vuelve a mirar y entonces ve a Juana Borrero pocos días antes de su muerte. La ve que pinta con la misma sabiduría que cuando tenía doce años." - J. L. L., "Paralelos. La pintura y la poesía en Cuba", en *La cantidad hechizada*, Júcar, Madrid, 1974, pp. 7-55, p. 45.

[28] "En singular, *una churria*, vale en Bogotá chiripa, bamba, bambarria" - Rufino José Cuervo, *Apuntaciones críticas sobre el lenguaje bogotano*, Instituto Caro y Cuervo, Bogotá, 1955 (Bogotá, 1867-72), p. 803, nota 78.

[29] Sergio Ramírez Lamus, *Culturas, profesiones y sensibilidades contemporáneas en Colombia - Aproximaciones a la circulación social de las ideologías profesionales*, U. del Valle - Depto. de Ciencias de la Comunicación, Cali,1987, manuscrito, pp. 174-6.

[30] "*The Use of Yage Ritual in Colonialism and the Place of its Visions and Hallucinations in History*", sin texto - cfr. *Programa oficial*, p. 37.

[31] Tan maltratado en seguida que aún quien se atribuye socarronamente su paternidad afecta arrepentimiento. Así Harold Bloom: "*A volte temo di aver inventato il termine 'descostruzione', perché ricordo una conversazione con Jacques Derrida, circa dodici o tredici anni fa, quando ci incontrammo la prima volta e gli dissi: Quello che lei sta facendo é un forte fraintendimento, o una forte dislettura, di Heidegger; alla sua distruzione lei ha sostituito quella che possiamo definire una decostruzione. Cosí mi trovo nella ironica situazione di aver dato un nome a qualcosa che io stesso non posso sopportare.*" - En: Aldo Tagliaferri, "Intervista a H. Bloom", en *Alfabeta*, 64, 1984, Milán, p. 3-4, p. 3.

[32] J. Derrida, *La voix et le phénomène - Introduction au problème du signe dans la phénoménologie de Husserl*, P.U.F., París, 1967, p. 83.

[33] Cfr. la pregunta de "*Restitutions*": - "*Erection du boitement? Élimination du double?*" (en: J. Derrida, *La Vérité en peinture*, Flammarion, París,1978, pp. 291-440, p. 427) que Frederic Jameson contestó tan aprisa: - "*Derrida remarks, somewhere, about the Heideggerian* Paar Bauernschuhe, *that the Van Gogh footgear are a heterosexual pair, which allows neither for perversión nor for fetishization*" - F. G., "*Postmodernism, or The Cultural Logic of Late Capitalism*", en *New Left Review*, 146, 1984, pp. 53-93, p. 60.
Y pon cuidado a los tropiezos de *Glas* (Galilée, 1974) entre la tumba-caída y la *antherección*, uno entre muchos: "*Je/tombe. Le jeu de l' anthérection…*" - p. 197. O sigue la marcha claudicante de Freud a todo lo largo de "*Speculer - Sur 'Freud'*", en *La carte postale de Socrate à Freud et au-delà*, Aubier-Flammarion, 1980, pp. 275- 437. Y si estás ahí considera que en "*Envois*" (*ib.*, pp. 6-273) hay muchas maneras de apurarse y de cojear, pero quien corre siempre es la pareja de chasquis, Socrates y Platón. Míralos en la p. 143.

[34] J. Derrida, Freddy Tellez, Bruno Mazzoldi, *The Pocket-Size Interview*, 1978, manuscrito, p. 61.

[35] Debo a Sergio Ramírez Lamus el haber señalado tu neologismo. Singularmente atento a la instrumentación terminológica en la formación de las ideologías profesionales Sergio ya había observado de qué manera el abuso de prefijos clasificatorios por parte de algunos académicos norteamericanos sobrentiende una "epopeya del 'progreso' intelectual" - cfr. *Culturas, profesiones y sensibilidades, op. cit.*, "Advertencias".

[36] Emile Benveniste, *Vocabulario de las instituciones indoeuropeas*, tr. Mauro Armiño, Taurus, Madrid, 1983 (De Minuit, 1969), "El voto", pp. 377-383.

[37] James Joyce, *Ulysses*, Penguin, p. 493.

[38] Jon Landaburu y Roberto Pineda Camacho, *La Garza del Centro de la Tierra-Mitología de la gente andoque del amazonas colombiano*, 1977, versión inédita.

39   ¿Recuerdas *Nganga*? Es lo que escribí en la isla de Providencia en 1980 y que leí en la U. de Los Andes bajo el título de *Undo it yourself* en marzo de este año, cuando todavía no habías regresado a los E. U. De ahí viene la cita.

40   *Das Paris des Second Empire bei Baudelaire*, en *GS - I-2*, p. 555 (tr. J. Aguirre, en *Iluminaciones 2*, Taurus, 1972, p. 69).

41   En *Über einige Motive bei Baudelaire* recurre la misma confrontación entre la descripción callejera de Poe y la litografía de Senefelder - *GS - I-2*, p. 633 (tr. J. A., *op. cit.*, p. 150). En ambos casos los jugadores merecen de entrada las mismas palabras: - *"Jeder ist von seinem Affekt besessen"*, pero en *Das Paris des Second Empire* solamente los transeúntes son asimilados al patetismo circense: - *"Sie stammen aus dem Repertoire der Klowns"* (p. 556), mientras en *Über einige Motive* el análisis recrudece y el desconsuelo robótico es de unos y otros: - *"Sie leben ihr Dasein als Automaten"* (p. 634).

42   *"Vielleicht erfüllt ihn im Inneren Gier, vielleicht eine finstere Entschlossenheit."* - *Ib.* p. 635 (tr. p. 151).

43   *"Gäbe es jene Warenseele, von welcher Marx gelegentlich im Scherz spricht, so wäre sie die einfühlsamste, die im Seelenreiche je begegnet ist. Denn sie müsste in jedem den Käufer sehen, in dessen Hand und Haus sie sich schmiegen will. Einfühlung ist aber die Natur des Rausches, dem der Flaneur in der Menge sich überlässt. 'Der Dichter geniesst das unvergleichliche Privileg, dass er nach Gutdünken er selbst und ein anderer sein kann. Wie irrende Seelen, die einen Körper suchen, so tritt er, wann er will, in die Person eines anderen ein. Ihm steht die eines jeglichen frei und offen; wenn ihm gewisse Plätze verschlossen sheinen, so ist es, weil sie in seinen Augen der Mühe wert nicht sind, inspiziert zu werden.' Was hier spricht, ist die Ware selbst. Ja, die letzten Worte geben einen ziemlich genauen Begriff von dem, was sie dem armen Schlucker zumurmelt, der an einer Auslage mit schönen und teuren Sachen vorbeikommt."* - *Das Paris des Second Empire, op. cit.*, p. 558 (tr. p. 71).

44   "Qué elementales los reclamos de nuestros compatriotas indígenas, qué fáciles las soluciones si entre todos nos aplicamos con profundidad y con comprensión a ir al fondo de esas peticiones elementales. Desde arriba, desde más arriba de las estrellas, nos están mirando nuestros antepasados." - Belisario Betancur, *El indígena, raíz de nuestra identidad nacional*, División de Asuntos Indígenas, Bogotá, 1984 (alocución presidencial en Silvia, Cauca, nov. 1982), p.12.

45   Jean Baudrillard, *L'America*, tr. Laura Guarino, Feltrinelli, Milán, 1987 (Grasset & Fasquelle, 1986), p. 82.

46   *"Der krasse Positivismus dieses Glaubensbekennthisses ist also Schein"*, comenta Benjamin - *"Druckvorlage: B. Archiv, Ms 1097"*, en *GS - I-3*, p. 1230.

47   *"Der Historismus stellt das 'ewige' Bild der Vergagenheit, der historische Materialist eine Erfahrung mit ihr, die einzig dasteht. Er überlässt es andern, bei der Hure 'Es war einmal' im Bordell des Historismus sich auszugeben."* - *"Über den Begriff der Geschichte"*, en *GS - I-2*, p. 702 (tr. *op.cit.*, p. 189).

48   *"Druckvorlage: B.-Archiv, Ms 1053r "*, en *GS - I-3*, p. 1178.

49   J. Joyce, *op. cit.*, p. 507.

50   *"Druckvorlage: B.-Archiv, Ms 1053r"*, *op. cit., ib.*

51   *"Über einige Motive"*, *op. cit.*, p. 628 (tr. p. 144). Se trata de *Des Vetters Eckfenster*. Otro relato de E. T. A. Hoffmann, *Doge und Dogaresse*, debería releerse sin perder de vista la hipótesis de una sorprendente prefiguración romántica de la "imagen dialéctica": cierto historiador que se define en cuanto tal como "una suerte de espectro hablando desde el fondo del pasado *[eine Art redendes Gespenst aus der Vorzeit]"* (Aubier, París, 1947, ed. bilingüe, p. 172) barniza la crónica del enlace instantáneo entre un cuadro de C. Kolbe expuesto en la galería de la Academia de Bellas- Artes de Berlín y la historia de Venecia: *"Und plötzlich verknüpft sich das Bild mit der Vergagenheit oder auch wohl mit der Zukunft, und stellt*

nur dar, was wirklich geschah oder geschehen wird." (*Ib.*) Los acontecimientos que el pintor puede haber ignorado son rescatados de las aguas del olvido por la imagen y son la imagen como si el historiador que la narra fuese incluido en ella desdoblando en esa instantaneidad el "momento" o *Augenblick* de la plenitud erótica vivido por el protagonista de los hechos, es decir el gondolero enamorado que "con velocidad huracanada *[mit des Sturmwindes Schnelle]*" (p. 256 y p. 246) es proyectado en el aire por una máquina, desde el mar hasta la galería en que se le adelanta su amada, la esposa del celosísimo Dux, siendo decapitado antes de que el mar, la otra esposa del Dux de Venecia, acabe por devorar a los amantes.

[52] "*Die Weltausstellungen waren die Schule, in der die vom Konsum abgedrängten Massen die Einfühlung in den Tauschwert lernten. 'Alles ansehen, nichts anfassen'.*" - "*Druckvorlage: B. -Archiv, Ms 1053r*", *op. cit.*, p. 1179.

[53] "*Giacometti insiste encore: son idéal serait la petite statue fétiche en caoutchouc que l'on vend aux Américains du Sud dans le hall des Folies-Bergères.*
LUI. -Quand je me promène dans la rue et que je vois une poule de loin et toute habillée, je vois une poule. Quand elle est dans la chambre et toute nue devant moi, je vois une déesse.
MOI. -Pour moi une femme à poil est une femme à poil. Ça ne m'impressionne guère. Je suis bien incapable de la voir déesse. Mais vos statues je les vois comme vous voyez les poules à poil." - Jean Genet, *L'atelier d'Alberto Giacometti*, Marc Barbezat, Décines. 1963, sin numeración.

[54] Luis Cammitzer, "Carta al editor", en *Arte en Colombia*, 24, 1984, pp. 19-20. Casi por ahí mismo: - "Ni creo que haya un artista más superficial e intrascendente que Balthus." - Alvaro Medina, "Cartas de New York", en *Arte en Colombia*, 32, 1987, p. 27.

[55] "*THE CAP: (With saturnine spleen) Bah! It is because it is. Woman's reason. Jewgreek is greekjew. Extremes meet. Death is the highest form of life. Bah!*" - J. Joyce, *op. cit.*, p. 471.

[56] "*Zentralpark*", en *GS - I-2*, p. 667.

[57] "*Sommes-nous des Juifs? Somme-nous des Grecs? Nous vivons dans la différence entre le Juif et le Grec, qui est peut-être l'unité de ce qu'on appelle l'histoire. Nous vivons dans et de la différence, c'est-à-dire dans l'hypocrisie dont Levinas dit si profondément qu'elle est 'non seulement un vilain défaut contingent de l'homme, mais le déchirent profond d'un monde attaché à la fois aux philosophes et aux prophètes'.*" - J. Derrida, "*Violence et métaphysique*", en *L'écriture et la différence*, Du Seuil, Paris, 1967 (*Revue de métaphysique et de morale*, 1964), pp. 117-228, p. 227.

[58] Sin olvidar el trueque "*ñato* por *chato*, remedo de la pronunciación nasal del que tiene cierto defecto en la nariz, o hable cuando al otro se le aprieta (en Asturias *ñatu*). "-Rufino José Cuervo, *op. cit.*, p. 762 - casi por ende traduzco abusivamente como circunflexión de "natura" lo que recae de la *signature* de Ponge: - "*Un seul índice: le tout de ce qui est, la nature qui précède et préside à tout ce qui naît (la physis), devient aussi son mot et à ce titre, un morceau, je dirai maintenant un mors de signature. Nature est le premier nom du Pré: 'Que parfois la Nature, à notre réveil...'. C'est pourquoi il substitue gnature à nature en cours de route. Le si alors se détache, comme l'alea d' un coup de dé, de la signature. La gnature n'est qu'un mors de la signature elle-même redevenue, à sa mort, après la décision (duel) partie de la gnature.*" - J. Derrida, *Signéponge / Signsponge*, U. de Columbia, Nueva York, 1984 (parcialmente en Cerisy-la-Salle, 1975), ed. bilingüe (tr. Richard Rand), p. 123.

[59] Stephen Hugh Jones, *The Palm and the Pleiades - Initiation and Cosmology in Northwest Amazonia*, U. de Cambridge, Cambridge, 1979, pp. 200-02.

[60] J. Joyce, *Finnegans Wake*, Faber, Londres, 1964 (3ª ed.), p. 437. 19-21.

[61] Michael F. Brown interpreta los "bostezos" rituales de un chamán aguaruna, de los jívaros peruanos, como indicación del paso de los espíritus auxiliares:
- "*Yagkush yawns in a peculiar, drawn-out manner (maiyaijamu) indicating that his pasuk spirit-helpers are entering his body.*" - "*Healing discourse and praxis in a jivaroan society*", 45° Congreso de Americanistas, Simposio "Chamanismo y poder", manuscrito, p. 5.
Brown (discípulo tuyo - comunicación personal) también considera el chamanismo como práctica discursiva, más específicamente "*as technology of control -one that contains baffling elements, to be sure, but which is decidedly non-mystical in nature.*" - *Ib.* p. 13.

[62] Irving Wohlfarth conecta "*the question of the rest*", características del interés de Benjamin por la figura del trapero, con el *anthema* de "*le reste*" en *Glas* - "*Et Cetera? - The Historian as Chiffonnier*", en *New German Critique*, 39, 1986, pp. 142-167, p. 166, nota 16.
Me queda por recordar que el mismo Wohlfarth explícita e implícitamente ya había señalado con vigor más de un *passage* entre la obra de Benjamin y la de Derrida: teorías y prácticas del lenguaje que perturban la doctrina de la convencionalidad del signo y el dominio del semantismo o "concepción burguesa del lenguaje" (cfr. "*Über Sprache überhaupt und über die Sprache des Menschen*", en *GS - II-1*, p. 150) a través del desfonde de los fundamentos legiferante, la "*puissante impuissance*" y la *antherección* - "*Sur quelques motifs juifs chez Benjamin*", en *Revue d'esthétique*, 1, 1981, pp. 14-162, pp. 144; 149; 151; 154.
Asimismo algunos años antes Maurice Patronnier de Gandillac había presentado a Benjamin como "*précurseur de la grammatologie derridienne*" - en W. Benjamin, *Oeuvres I*, tr. Maurice P. de Gandillac, Denoël, París, 1971, París, prefacio, p. 16.

[63] "*Druckvorlage: B. -Archiv, Ms 1098r*", en *GS* - I-3, p. 1231.

[64] "No lo olvide!!" - reza el eslogan - "Para la mejor mujer del mundo..." En rojo cardenalicio *Feeling* contiene Hand y Body Cream con mota y talcos. Es un producto de Laboratorios Kressfor de Colombia, bajo control y fórmula de Laboratorio Blaimar Colombia. Con agua de colonia el precio del conjunto, en Pasto, es de 3.225 pesos.

[65] Cfr. *Teachin' the Blues*, Guest Star Records, G 1902.

[66] "*È ormai accertato, d'altronde, che il termine 'blues' nacque dall'inserimento nel linguaggio quotidiano dei Negri dell'antica espressione inglese 'To have the blue devils', che voleva dire essere preda della malinconia. (...) Ebbene, al pari del conjurer, il blues-man sapeva come esorcizzare quegli esseri demoniaci. Dapprima addebitava ad essi, al Diavolo loro signore, alla materializzazione della sfortuna (jinx), alla cattiveria delle donne, all'ostilità del clima, la responsabilità del suo malinconico malessere.*" - Fabrizio Venturini, "*Il mondo magico del Blues*", en *Musica Jazz*, XXXIX -8/9, 1983, pp. 14-21, p. 17 y 20.

[67] Pete Welding, "*I sing for the people*' - An interview with Blues-man Howling Wolf", en *Down Beat*, XXXIV-25, 1967, pp. 20-3, p. 23.

[68] "*Druckvorlage: B.-Archiv, Ms 1053r*", en *GS - I-3*, p. 1179.

[69] "*Druckvorlage: B.-Archiv, Ms 1054r*", *ib.*

[70] Claude Simon, *Orion aveugle*, Albert Skira, Ginevra, 1970, p. 120.

[71] Stanislas Klossowski de Rola, *Alchimie*, Du Seuil, París, 1974, p. 29.

[72] "*Amer savoir, celui qu'on tire du voyage!*
Le monde, monotone et petit, aujourd'hui,
Hier, demain, toujours, nous fait voir notre image:
Une oasis d'horreur dans un désert d'ennui!"

Charles Baudelaire, "*Le voyage*", en *Les Fleurs du Mal* - *Ed. de 1861*, Gallimard, 1972, pp. 166-72, p. 171.

[73] "*Je weiter ein Wunsch in die Ferne der Zeit ausgreift, desto mehr lässt sich für seine Erfüllung hoffen. Was aber ist die Ferne der Zeit zurückgeleitet, in die Erfahrung, die sie erfüllt und gliedert. Darum ist der erfüllte Wunsch die Krone, welche der Erfahrung beschieden ist. In der Symbolik der Völker kann die Ferne des Raumes für die Ferne der Zeiten eintreten; daher die Sternschnuppe, welche in die unendliche Ferne des Raumes stürzt, zum Symbol des erfüllten Wunsches geworden ist. Die Elfenbeinkugel, die da ins* nächste *Fach rollt, die* nächste *Karte, die da zuoberst liegt, sind der wahre Gegensatz zu der Sternschnuppe.*" - *Über einige Motive, op. cit.*, p. 635 (tr. p. 152).

[74] En su "*Dissertation sur le cochon de lait roti*" (E. C. Izzo, *La cuisine exotique, insolite, érotique*, tr. Jacqueline Remillet, Robert Laffont, 1965 (Sugar, 1964), pp. 13-23), Charles Lamb opone al lechoncito asado, *princeps obsoniorum*, la sublimidad de la piña: - "*L'ananas est trop fascinant pour le goût humain, il blesse et brûle les lèvres qui s'approchent de lui... comme les baisers des amants il mord... C'est un délice qui confine à la douleur par l'intensité et l'exacerbation du goût - mais il s'arrête au palais, il n'interesse pas l'appétit, et la faim la plus intense le troquera avec raison contre une côtelette d'agneau.*" (p. 20)

Sin embargo para defender la causa del inocente sacrificado Lamb solicita metáforas dignas de un exterior deseante que a pesar de su feroz inasimibilidad no le ha sugerido la piña: - "*Maintenant il est à point. Preuve de l'extrème sensibilité de son jeune âge, le cochon de lait a pleuré de ses yeux gracieux - gélatines brillantes - étoiles filantes...*" (*Ib.* p 19).

La distancia aurática de la que el tetón se despoja es mantenida y a la vez sensualmente desbordada por el fruto tropical, invictimable e invencible, ni vencedor ni vencido. De aquí que Lezama Lima celebre la insurgencia de otra incorporabilidad materialista: - "No es tan sólo en la incorporación de las viandas, donde el cubano ronda el bosque y sus raíces muy de cerca, sino que la más elaborada de nuestras brisas riza como túnicas de igual delicadeza, el ondeante ápice de la seda de la piña" (J. L. L., *Oppiano Licario*, Era, México, 1977, p. 75), sin dejar de festejar el cruento y sutilísimo despliegue del gélido tejido por sinestesia de canto, color y des-gusto a ras de sol con playa destutanada: - "(...) como la pulpa de la luz, pues si algo se asemeja a la luz es la pulpa de la piña, parece luz congelada, como si por una magia suavemente ordenada por la voz la luz se trocara en una tela. La luz, la pulpa de la piña, la materia cerebral se asemejaban como si coincidiesen en un banco de arena." (*Ib.* p. 116)

[75] Santiago Mutis Durán, *Soñadores de pájaros*, Guberek, Bogotá, 1987, p. 31.

[76] "*These are the images of 'cracked heads' and, by association, of the look of a pizza, a splattering of whites and reds. Facing downstream the horizon is in front of one. Measurable distance gives way to the space of the horizon. The affect is compounded by the movement of the water which seams to pull away or to evacuate one, doubling the sense of the vacuity of one's thoughts.*" - James Siegel, "*Academic work: the view from Cornell*", en *Diacritics*, XI - 1, 1981, U. Johns Hopkins, pp. 68-83, p. 74.

[77] "*Settings vary from place to place; what is true of the particulars of Cornell need not hold anywhere else. But it may be that there is a relation between the settings of other universities and the conception of work there.*" - *Ib.* p. 68.

[78] "*The chance for this event is the chance of an instant, an Augenblick, a 'wink' or a 'blink', it takes place 'in the twinkling of an eye', I would say, rather, 'in the twilight of an eye', for it is in the most crepuscular, the most westerly situations of the Western university that the chances of this 'twinkling' of thought are multiplied. In a period of 'crisis', as we say, a period of decadence and renewal, when the institution is 'on the blink', provocation to think brings together in the same instant the desire for memory and exposure to*

the future, the fidelity of a guardian faithful enough to want to keep even the chance of a future, in other words the singular responsibility of what he does not have and of what is not yet. Neither in his keeping nor in his purview. Keep the memory and keep the chance - it is posible? And chance - can it be kept? Is it not, as its names indicates, the risk or the advent of the fall, even of decadence, the falling-due that befalls you at the bottom of the 'gorge'? I don't know. I don't know if it is possible to keep both memory and chance. I am tempted to think, rather, that the one cannot be kept without the other, without keeping the other and being kept from the other. Differently. That double guard will be assigned, as its responsability, to the strange destiny of the university." - J. Derrida, *"The principle of reason: the university in the eyes of its pupils"*, en *Diacritics*, otoño 1983, pp. 3-20, tr. Catherine Porter y Edward P. Morris (retr. Ramiro Pabón y B. Mazzoldi, en *Nómade*, 3, U. de Nariño, 1984, sin numeración).

79 *"There is a double gesture here, a double postulation: to ensure profesional competence and the most serious tradition of the university even while going as far as possible, theoretically and practically, in the most directly underground thinking about the abyss beneath the university, to think at one the same time the entire 'Cornellian' landscape - the campus on the heights, the bridges, and if necessary the barriers adove the abyss - and the abyss itself. It is this double gesture that appears unsituable ans thus unbearable to certain university professionals in every country who join ranks to foreclose or to censure it by all available means, simultaneously denouncing the 'professionalism' and the 'antiprofessionalism' of those who are calling others to these new responsabilities. (...)*

'Thought' requires both the principle of reason and what is beyond the principle reason, the arkhe and an-archy. Between the two, the difference of a breath or an accent, only the enactment of this 'thought' can decide. That decision is always risky, it always risk the worst." - *Ib.*, p. 17 y p. 19.

Lo que habría que releer en atención a un envío del 9 de septiembre de 1977, el segundo: - *"Et puis tu sais que je ne suis pas pour la destruction de l'universitas ou la disparition des gardiens, mais justement il faut leur faire une certaine guerre quand l'obscurantisme, la vulgarité surtout, s'y installe, comme c'est inévitable."* - J. D., *"Envois"*, op. cit., p. 97.

80 *"Das Paris des Second Empire"*, *op. cit.*, p. 533 (tr. p. 67).

81 *"Über einige Motive"*, *op. cit.*, p. 647 (tr. p. 163).

82 *"Le sorcier et sa magie"*, en C. Lévi-Strauss, *Antropologie structurale*, Plon, París, 1958 (*Les Temps Modernes*, 1949), pp. 183-203; *"L'efficacité symbolique"*, ib. (*Revue de l'Histoire des religions*, 1949), pp. 205-226.

83 *"Le sorcier et sa magie"*, *op. cit.*, p. 191.

84 *"L'efficacité symbolique"*, *op. cit.*, p. 221 y p. 223.

85 *"Et si l'inassimilable, l'indigeste absolu jouait un rôle fondamental dans le système, abyssal plutôt, l'abyme jouant* [sigue una docena de páginas repletas de interrogaciones por el estilo de *"Hegel savait-il danser?"*, cartas y poemas de Hegel y E. A. Poe que ponen en entredicho la enumeración y la solidez citatoria] *un rôle quasi trascendental et laissant se former au-dessus de lui, comme une sorte d'effluve, un rêve d'apaisement? N'est pas toujours un élément exclu du système qui assure l'espace de possibilité du système? La trascendental a toujours été, strictement, un transcatégorial, ce qui ne pouvait etre reçu, formé, terminé dans aucune des catégories intérieures au système. Le vomi du système."* - J. Derrida, *Glas*, op. cit., pp. 171-183.

86 *"L'efficacité symbolique"*, *op. cit.*, p. 215.

87 *Ib.*, p. 219.

88 *Ib.*, p. 218 y p. 220.

89 Cfr. Patrice Bidou, *"Le travail du chamane - Essai sur la personne du chamane dans société amazonienne, les Tatuyo du Pirá-Paraná, Vaupés, Colombie"*, en *L'Homme*, XXIII (I), 1983, pp. 5-43, p. 21.

90 *"Eduard Fuchs, der Sammler und der Historiker"*, GS - II-2, p. 467-8 (tr. J. Aguirre, en *Discursos Interrumpidos I, op. cit.*, p.90).

91 *Ib.*, p. 495 (tr. p. 122).

92 *Ib.*, p. 485 (tr. p. 111).

93 *Ib.*, p. 502 (tr. p. 130).

94 "Asaltan prendería y asesinan a su dueño", en *Diario del Sur*, IV. 1264, Pasto, nov. 16 de 1986, p. 1.

95 *"La figura del cenciaiolo é di provenienza infernale"* - W. Benjamin a Theodor W. Adorno *(Paris, 9. 12. 1938)*, en W. B., *Lettere 1913-1940*, tr. Anna Marietti y Giorgio Backhaus, Einaudi, Turín, 1978 (Suhrkamp, 1966), p. 372.

96 *Historia de gentibus septentrionalibus*, Roma, 1555 - cit. en: Grillot de Givry, *Le Musée des sorciers, mages et alchimistes*, Tchou, París, 1966, p. 153, fig. 132.

97 Cfr. Pierre Missac, *"Du nouveau sur Walter Benjamin?"*, en *Critique*, XXV. 267-268, 1969, pp. 681-698, p. 694-5.

98 J. Joyce, *Finnegans Wake, op. cit.*, p. 86. 21.

Estampilla trascendental

Golfos, senos y abras de una página de Cortázar traducida por Derrida

A Olga

Y él acechará, hambriento y furioso, las galerías equívocas que separan el sol de su testuz enceguecido. ¿No oyes? ¡Ese ruido! ¡Como si afilara su doble rayo contra el mármol!

Julio Cortázar, Los reyes

El tulipán es ejemplar del sin/sangre/sentido del corte puro
[La tulipe est exemplaire du sans de la coupure pure].

Jacques Derrida, "Parergon"

Parlano tra loro
i tuli tuli tuli tulipan
mormorano in coro i tuli tuli tuli tulipan.

M. Grever y R. Morbelli, Tulipan (Tu-li-tulip time)

Andaba ensimismado

Porque el buen maldiciente no habla sino babea y clava agudezas así como un socio de
Bashô engastaría en disparo de saliva filamentosa la concreción que los lapidarios llaman
lapis bufonis, toad-stone, pierre de crapaud, "piedra sapia" o "estelión", lejana pariente
de la *Krötenstein*, estigma de las comadres de lengua cortante echadas al escarnio o al
suplicio, cuando no derecho al hueco como la Dolly con esos inventos suyos para dañarle
la reputación a la Marucha, incisivos estorbosos, caída del pelo, sífilis y no sé qué más,
en trance de *balance* más o menos confiable habida cuenta del substantivo deverbal que
señala "soplo" y "soplón" de puro *balancer*, desde el siglo XII "arrojar, lanzar con impulso
de balanceo" y, por extensión del sentido figurado, desde el XIX, "desembarazarse de algo
o alguien", luego "denunciar", *Robert* garante - la pasión del hilo desmiente la fila.

Repárese en el releje de una laboriosidad propicia al mentís de lo sucesivo como la del
narrador que en 1967 no sólo redescubría relatos suyos publicados casi veinte años antes con
el título de *La trama celeste*, entre los que figura la historia de mundos contiguos que da su
nombre a la serie, sino también el patetismo de la primera frase del prólogo que se disponía
a escribir para la segunda edición como si "la hora de rendir cuentas y declarar: He aquí
mis hijos, mis árboles, mis libros" (Bioy* 1. 7) sonara en determinada tarde de una vida en
particular y no a cada rato en la de todos, con o sin las cursivas del prólogo que redactaría
efectivamente. Ni enjambre ni cucurucho, ningún conjunto ajeno al orden progresivo de
cualquier hora, seis segmentos del friso que ya constaba de una centena... y sin embargo, al
mecer la promesa de asumir o al suspender la certeza de haber asumido ante el mismísimo
Padre Eterno la responsabilidad relativa a la urgencia de concluir o dar por ya conclusa la
fase evolutiva del *corpus* correspondiente a los relatos que habrían precedido no se sabe cuál
edición de la *Trama*, la vieja o la nueva, sin dar tregua a la permanencia del lugar ocupado
por aquellos de los que parece avergonzarse aunque le hayan valido, valgan o lleguen a
valer algo así como un diploma, no habría que descartar la hipótesis de incumbencias que
comprometerían composiciones indefinidamente posteriores a 1967:

> "(...) *esa aritmética de la incertidumbre. Descubro así que requiero bastantes azulejos
> para enumerar mis cuentos: no menos de cien. En la considerable serie este librito
> ocupa un lugar de relativa importancia. A los cuentos que lo precedieron no les cabe
> otra justificación que la puramente autobiográfica de haber constituido una suerte de
> curso de aprendizaje del autor, a costa, Dios me perdone, de los lectores; de la* Trama
> *en adelante no eludiré la responsabilidad...*
>
> *Sospecho que los escritores recaemos en estas preocupaciones nimias porque seguimos
> creyendo, contra toda lógica, en la inmortalidad por el libro.*" (*Ib.* 7)

---

*   Los llamados más frecuentes remitirán a Bioy Casares por B, Cortázar, Derrida y Proust por C, D y Pr.

Casi en efecto, habiendo considerado que "*a lo largo de la vida muchas veces, frente a cualquier formación de objetos en hilera, por ejemplo una guarda de azulejos, emprendimos el cómputo - si no de hijos ni de àrboles - de libros y de cuentos publicados, aun de mujeres amadas*" (*ib.*), Bioy argüía que dicha reedición le arrojaba "*de nuevo a esa aritmética de la incertidumbre*" justamente mientras manifestaba haber tenido o estar teniendo presentes los elementos de su azulejería, no sin advertir que en uno de ellos, "El otro laberinto", habría llevado "*al extremo la tendencia, que por entonces me atraía, de complicar los relatos: el mismo exceso operó la cura y me reveló mi verdadero amor por esa delicada Cenicienta, la belleza menos fácil, la simple*" (*ib.* 9), revelación de resonancias principescas amplificadas por la sigla que, tras breve rodeo alusivo a la soterraña y morosa gestación del sexto alizar ("El perjurio de la nieve", dado a conocer desde 1944 por *Cuadernos de la Quimera* doce años después de haber venteado las esporas argumentales durante un paseo con Borges en los alrededores de la Recoleta, cristales de invernal hermetismo dignos del nombre que anima el epígrafe extraído del ensayo de un tal Spiegelhalter no más para favorecer la ocasión de mencionar "El rey secreto del mundo", inédito atribuido al multiniciado vienés que en algún momento tuvo la sartén de lo real por el mango del espejo, Gustav Meyrink, cabo con cara de fauno moldeada en pura manteca, totalidad a la risible medida de lo agarrable), sella el retráctil ofrecimiento con la más exotérica y menos sofisticada cadeneta pospositiva, filo cortante de alta definición familiar casi en persona si "A. B. C." no se desdoblara en *sein* y *seing*, "seno" y "sello" de Alfonso Berger Cárdenas, regazo de la imperecedera órbita de influencia del poeta Carlos Oribe, sin que sea el caso de bajar el tono al evocar apresuradamente el heroísmo literario del "A. B. C." suplemental, contraparte del voluntarismo omnímodo de Juan Luis Villafañe, capcioso caza-noticias tan resuelto a introducir la idea del tesón y el arrojo indispensables a la busca de los antecedentes del asesino de Oribe, el inmigrante danés Luis Vermehren, hasta registrar título por título los acicates sonoros que habrían cimentado la máxima confianza recíproca, el maridaje empático con su principal informante, cierto paisano de Vermehren, "un señor Grungtvig" (en el idioma de Kierkegaard, no del todo inverosímil corrupción de *grund* y *vig*, "suelo" y "cala"), ya que, a fe suya, del reportero: - "*(…) los tangos que llegaban a ser 'Una noche de garufa', 'La viruta' y 'El Caburé', nos animaban, al dinamarqués y a mí, de un secreto patriotismo común, de una indiscriminada voluntad de acción, de una jubilosa agresividad*" (B 2. 163), testimonio tan fehaciente cuanto el careo con la triada de letras campante no sólo en la margen de las dos primeras páginas de "El perjurio" (*ib.* 145), donde el narrador admite haber modificado algún tanto las inmediatamente siguientes merced a "ingenuos anacronismos" y "cambios en las atribuciones y en los nombres de personas y lugares", es decir las del manuscrito de Villafañe intitulado "Relación de terribles sucesos que se originaron misteriosamente en General Paz (Gobernación del Chubut)" (*ib.* 146-170), a juicio del suspicaz editor reportaje "deliberadamente inconcluso" (*ib.* 171) para dar a creer que el poeta y no el periodista habría violado a la hija de Vermehren, enferma desahuciada, sino también en el límite del aparente simulacro de la última línea del relato (*ib.* 176), o sea en la margen relativamente interna de *La trama* que nadie por ende daría por acabada sin pasar por alto la prenda onomástica del prólogo reaparecida al final del volumen con el escuelero y diabólico relente de un sigilo digno del exabrupto adverbial destinado a una bruja estriptisera del porte de Rita Renoir, "como una especie de después que fuera un antes (ya se habló de preadamismo, que cada cosa tenga un nombre, señor)" (C 1. 19), menos que nadie quien atribuiría a las dehiscencias de Bioy el estatuto de un modelo para armar con el transporte admirativo de las notas que componen "Diario para un cuento" (C 2), materia dizque prima y natural de cuento por venir, algo así como algodón si fe hay que prestar al rescate de las plataformas de *crowdfunding* subyacentes a la marca colectiva *Ruta del Sol* que en el *Perú Gift Show* de Lima acaba de lanzar su primera colección con el nombre de *Las manos del mar*, toda vez que "los incas fueron famosos por adoptar el uso de este material en casi todos sus tejidos y, además, por adoptar una amplia variedad de fibras y técnicas. Por eso hoy el algodón es el material natural para tejer historias, como dice Isabel Allende: 'Escribir es para mí como hacer *crochet*: siempre temo que se me vaya a escapar un punto'" (Echavarría. 159), sino antimateria del descuento de un examen de conciencia botado por la ventana de su extemporaneidad, último de la serie *Deshoras* cuyo autor, en carta del 18 de junio de 1944, quiso solazar al amigo Eduardo Hugo Castagnino deletreando comentarios jocosos al borde de otra fracción de la presumible ringlera y a expensas de los eslabones alfabéticos pertinentes, sesgados por un paternalismo demasiado evidente para no dejar inferir los bemoles de un homenaje al maestro de la pseudoasimilación filial a la espera de otra oportunidad:

> "Si te quieres divertir, lee en el último *Sur* un cuento de Adolfo Bioy Casares que se llama 'La trama celeste'. Pudo ser algo grande pero se malogra parcialmente por: a) excesiva asimilación de la técnica de papá Borges; b) excesiva asimilación de temas de ídem; c) deliberado prosaísmo en la redacción, dándole carácter de documento. Al margen de estas reservas, que observarás están separadas por las iniciales del autor en cuestión (¡Sutil simbolismo!), es una cosa notable y digna de leerse... te divertirás, niño." (C 3. 53)

Cháchara de gamines:

> "Mutt. - ¿Estás distrapaleolido, tú jude?
> Jute. - Hoyo ando tronitontrabado, cosa legamuda *[Mutt. - Ore you astoneaged, jute you? / Jute. - Oye am thonthorstrok, thing mud; - Ça jette un froid de pierre, hein? - Ah, j'en suis tout estonné de boue; Mutt.- ¿Te has quedado megalítico, verdad? / Jute.- Jo, de piedra, tú, de piedra; Mutt.- Sei forecchia impietrato, jute tu? / Jute.- Oye son thonthorsuonato, thing mota]*." (Joyce 1. 18. 15-16. - Trad.: Lavergne. 25. 19-20; Polanco. 27. 22-23; Schenoni. 18bis. 15-16)

Sin querer comprobar de qué manera el deseo de arista filuda repercute en las tergiversaciones de la racionalidad secuencial, la voz más que nunca en *off* se dará los aires de prevenir al monolito lector piadosamente abstraído interrumpiendo un recitativo de recíprocos ecos y atenciones flotantes en muy bajos y fangosos fondos - a deshora, por supuesto y repuesto:

> "(Estup) si eres abecedemente, a este lodolibrenllave, lo correocurio de signos (porfa estupagáchate), ¡en esta cama omnialfabeta! ¿Puedes yaleer (puesto que Nosotros y Tú ya lo sacamos) su pamundalabra? Es el mismo toldo de todos

[(Stoop) if you are abcdminded, to this claybook, what curios of signs (please stoop), in this allaphbed! Can you rede (since We and Thou had it out already) its world? It is the same told of all; (Point) si t'as l'esprit abécédaire, poinche-toi sur cette argilivre, c'est courrieux ces signes (je t'en prie poinche-toi), de son alphabet. Tu peux lire (puisque toi et moi l'avons fait presque jusqu'au bout) ces modes? C'est le même récit pour tous; (Inclinaos) si os sentís ilustrabstraídos ante este arcilloso libro enclave, ¡qué almoneda de signos (inclinaos, por favor) en este Alafabeto! ¿Podéis vosotros entender su mundo? Ya que Tú y los profetas ya lo hicisteis.) Es siempre la misma história; (Chinatevi) se siete abecedistratti, su questo libro d'argilla che antichità di segni (vi prego chinatevi), in questo alephbetho! Potete rédere (poiché Tu e Noi l'abbiamo già chiarito) il suo parolmondo? È lo stesso detto di tutti]." (*Ib.*)

Repásense entonces lindes y empates de coartada ubicua, tablas pitagóricas y tablajes de mala muerte, tanto más pulidos cuanto más esquivos, hasta ofender el cumplimiento del *trait*, "trazo", "tiro" y "dardo" en la deshojadura y consecuente desenlace de la sarta desigual tramada desde el primer renglón hasta el último del incierto prólogo, veracidad aquí entreverada con la rarefacta historia de la Dolly, Marucha, William, Anabel Flores y el intérprete de sus amores en horas extras, "traductor público con oficina y chapa de bronce en la puerta" (C 2. 150), oficialmente transido por patentes industriales y partidas de bautismo, a ratos perdidos engolfado en *Vida y cartas de John Keats* de Lord Houghton, mucho más tarde a la mira gratuita de "Parergon", como si el primer tramo de *La verdad en pintura* fuera otra de William barajada con una de John, ya sin oficina ni chapa, escoltado me lo imagino por un gramófono idéntico al del apartamento de hace 34 años, donde me ofreció un whisky más que doble - sobre las jambas de la puerta del edificio el guión de una viga empotrada, gigantesca, disforme, ese dintel de otra parte no se me olvida.

Ahora bien, si a todo nivel y a pesar de todo nivel a la tara de cada aurora vale sonsacar yapas de *ya*, *prima* es un decir. No sólo por ende suplemento de origen que a la zaga de otro amante de las huellas de Cenicienta perturba la paginación y el índice de la Historia con sus respectivas periodizaciones, cortes epistémicos, *rankings*, campeonatos y *records*, sino también inconstancia del seudo-prefacio llamado "Passe-partout", como el mayordomo de la novela del otro Julio, guión aparte, donde se precisa que "*esta partición del reborde* [cette partition de la bordure; esta división del borde], *he aquí tal vez lo que se escribe y se pasa por doquier* [et se passe partout; y pasa por todas partes <se passe partout>] *en este libro; y el cuadro protocolar ahí se desmultiplica sin fin, de lemas en parerga, de exergos en cartouches* [en cartouches; en orlas]. *Comenzando por el idioma del paspartú* [passe-partout; encuadre]." (D 1. 11 - trad. González y Scavino 21**), donde y cuando "*en este libro*" debería querer decir "en este novelesco ensayo", sin desdeñar la *bordure* que puede sugerir el traje y el escudo de armas, el dobladillo y la filiera o bordura disminuida, mientras no se excluye que el insólito empleo de la forma

---

** En provecho del cotejo intertraductivo y en desmedro de la continuidad, algunos términos del texto-fuente se encuadran y confrontan con opciones alternas. En su momento *Cfr.* sugerirá alternativas menos explícitas.

pronominal del verbo otrora empeñado en la acción de "frotar una cosa sobre otra" aluda al no menos anticuado sentido de *se passer*, "desaparecer progresivamente", no tan lejos del castellano "pasarse", o sea "cesar, acabarse una cosa", para el jugador de la treintaiuna "extralimitarse", ni se descuidan las peripecias del *passe-partout*, hora substantivo que no concierne a un perímetro común y corriente sino a la réplica intestina del marco de un cuadro, de ordinario recortada en cartón, hora "sierpe" insinuada entre los labios de la marca para adular a fondo la madriguera de siempre, flechar el recuerdo de lo desconocido en el relato propia- o impropiamente dicho, sin dar por vencidas de un solo tiro las chapas de todos los nombres, nalgas de altos prelados y pentáculos originales, faltaría más, sino soltando aquí el sello de este "pincha-monseñor" en particular, allá la "pluma" de un cunnilingus sin par, *pince-monseigneur y plume* del que hace gozar la puertas hasta sacarles el pedo de la firma, acá ganzúa, clauca o llave maestra, en lunfardo "banderita" que ningún apartamentero metódico levantará en desfiles desconstructivos internacionales: - "*El trazo se divide entonces en este lugar donde tiene lugar. El emblema de este* topos *parece inhallable, lo tomo prestado de la nomenclatura del encuadre: es el* paspartú *[de l'encadrement: c'est le* passe-partout*; del recuadro: es el* encuadre*]. / El que hace aquí acontecimiento no debe pasar por llave universal.*" (*Ib.* 17 - 25)

Ni qué decir de tanto *cartouche*, otro término internacionalmente difuso que para el egiptólogo designa la elíptica en torno del nombre de un rey, "cartucho" en ocasiones menos faraónicas, "orla" en honor a Maupassant, "cartera" por las mañas que Ernesto Legrandin, soberbio y farragoso subeditor de *La entrevista de bolsillo*, quiso delatar errando el tiro (en: D 2. 20, nota 8), mientras en la refurtiva, es decir: - "Esta es una cartera (*cartouche*). Dice él *[Ceci est un cartouche. Dit-il]*" (D 3. 58 - trad. Cuartas, rev. Jean-Bernard 93), cabe reconocer a duras penas la "cartela" mencionada de paso por la más honesta traductora (De Peretti 78).

Motivos no faltan. Uno me sobra, fíjate tú, tormento de afiladera sobre ruedas de moto embalada por caminos lombardos hacia ningún ramo específico del lago de Como, *beat* de Rumi 125 para un número de circo entrañable, en los gallardos fines de semana trapecio emparedado entre pecho y espalda del dueto de mis padres, los testiculillos brincándome sobre el agarrradero del medio, para mayor precisión *slow* de Martinelli-Bracchi convertido en blues cuyo arranque propone un pregón prolongado en negativa: - "*Arrotinooo...*", repulsa deleitosamente rendida si las rimas que conmemoran el reseguir de un Ahasverus del posguerra dado a esmerar bordes temibles con el celo de quien se retoca y lastima las uñas hasta sacarse la sangre me toca desprenderlas sahumando los penates del tercer tomo de *Canciones de medio siglo*: - "*Ogni giorno ramingo va lungo le strade, / vagabondo sempre sará / delle contrade*", aproximadamente el mismo que "cada día merodea por las aceras, / vagabundo siempre será / de las fronteras", rumia relamida por las chispas de un aro de asperón, sin olvidar que "*mentre affila le forbicine / per tagliare la veste nuziale, / il suo cuore sta tanto male*", pues, "mientras afila la tijerita / para cortar el traje nupcial, / su corazón late muy mal" (Martinelli-Bracchi 27), diminutivos taimados, subrepticios resaltos y torceduras arrítmicas revisadas al tanteo de un fantasma de castración automotriz con el propósito de evocar a respetuosa distancia el remolino de *rue, roue y rut*, "calle", "rueda" y "apetito venéreo" dilatado entre paréntesis en *Canallas - Dos ensayos sobre la razón*, más allá del convenir de *voies* y *voyous* en la sentencia del ladrón que los honra: - "Quieren brillar. El egoismo reduce su personalidad al solo cuerpo (indigencia del cucho de un malandro *[mec]* mejor vestido que un príncipe)." (Genet 1. 247) Azotacalles de siete suelas:

> "La atracción que organiza a la seducción para desviar *[pour dévoyer; con el fin de embaucar; e lo sviamento]* suscitando el deseo, consiste a veces, para el hombre bribón *[roué; spregiudicato]* en hacer la rueda *[roue]*, en exhibir sus farolerías y sus ases *[à exhiber ses atours et ses atouts; en exhibir sus adornos y sus pintas; nel mostrarsi in ghingheri e nell'esibire le propie carte vincenti]*, en pavonearse como un pavo real en celo (pero en francés, *rut [celo]*, lo mismo que *rue [calle]*, no tiene ninguna relación etimológica con *roué* ni con *rota*, a pesar de que la calle sea el lugar privilegiado de los bribones, el medio y la vía de los golfos *[le milieu et la voie des voyous; el territorio y la senda de los canallas; l'ambiente e il passaggio delle canaglie]*: allí es donde circulan más a menudo)." (D 4. 42 - Trad.: De Peretti 38; Odello 43)

Metido entre dos versiones de la pareja de ensayos (la primera, tal como recomienda la oreja del otro, reacia al amargo alivio de las gotas del texto-fuente encorchetadas en el sediento punto de llegada, menos audaz la segunda, presta al regreso de las burbujas del surtidor aunque no necesariamente pegada al oído de lo mismo), estrujo manos de naipes cordiales, abanicos en los que no insinuaría ni un pelo si se tratara de adelantar la jugada completa del texto en vez del mero repaso de unas figuras de la cita que fue y de la que venga, pagado con revolver el brío de Cristina de Peretti y la prudencia de Laura Odello entreteniendo aquí y allá equivalencias y repuestos traslativos, variantes y contradicciones de tome y daca en las que me encarnizo y de las que me encariño, filetes de tornillos, rutas espiraladas y paisajes aporéticos, tapetes algales de garito submarino a los que no me resigno con dejadez contemplativa, casi lo contrario, frunciendo perfiles de traductores de traducciones y viciando radares de políglotas impúdicos dispuestos a perseguir en el trabucador de Balbec los cables cruzados de un joycero inducido a corromper expresiones cotidianas por rozarse de temporada en temporada con las novelerías lingüísticas de los clientes cosmopolitas, efectos especialísimos de una obra de teatro en que "la vida del espectador se desarrollase en medio de las suntuosidades de la escena" (Pr 1. 1340 - trad. Armiño 681), Sarastro de pacotilla al servicio de quien no sabe si penetra "en el Grand-Hotel de Balbec o en el templo de Salomón" (*ib.* 1341 - 682), en suma y en resta burdo snobista por deber profesional, pródigo en complementos de parlería y cañutazos devueltos a las conjeturas de un narrador tan compaginado con el sanctasanctórum de la sala de lectura del hotel hasta exponerse a susurros de hojas volteadas con la nonchalancia de "esos locos poco alterados *[peu atteints; poco afectados]* huéspedes de un asilo hace tanto tiempo que el médico les ha confiado la llave" (*ib.* 1365 - 710), libertad controlada de soplidos tallando y mezclando sombras, entre muchas otras la de un "viejo rutinero *[routinier]*" que con el auxilio del consueta autorizado podría haber sido "marrullero *[roublard]*" (*ib.* 1323 - 661), barata que la versión de C. K. Scott Moncrieff y Terence Kilmartin revisada por D. J. Enright desplaza de "*foxy*" a "*old fogy*", como quien dijese "vejestorio" en vez de "zorruno", mientras el paviempleado parece lamentar con profundo desaliento una existencia truncada por "sinsabores" sobrepuestos a sendos "desenfrenos", en guisa de redención académica *the dissertations, otherwise the dissipations*", de hecho "*déboires*" en reemplazo de las "*débauches*" que Consuelo Berges no intenta traducir mientras Mauro Armiño se queda con "desarreglos" en lugar de "desengaños" y viceversa (*ib.* 1323 - 661; 178; 175) confirmando por su cuenta el malicioso aunque aproximadamente involuntario intento de rescate de la fama del difunto decano del colegio de abogados de Cherburgo, rutes cambalacheros del hotelero susceptibles de difuminar con indulgencia el retrato del distinguido libertino, siempre que evacuaciones idiomáticas de moscas aturdidas enreden runrunes por arte y encarte de *râble*, brote de *roable* y *raable*, a su vez de *rutabulum*, "atizador" o "espátula de panadero", familiarmente "miembro viril", diminutivo de *rutum*, supino de *ruere*, "correr", "precipitarse", "revolcar", "derrumbarse", de donde tanto *ruer* cuanto *ruine*, a menos que frotes de trabajadora sexual y hurgonazos de hornero comprometan a quien sepa *roubler* o "raspar" roces plebeyos de Reina Mab izando ínfimos fondos aldeanos y sumergiendo encastilladas superficies, fruncir *high brow* y *low brow* por guiño y destello de anaqueles y adoquines, ficheros y escudos cartelados en quema de nombres, marcas, blasones, avalúos y precipuos títulos de precipicios, ilegales lengüezuelas cerúleas sin suso ni ayuso, brasas de fatua hoguerilla cultural que no escatimen a *racaille* reliquias de *râcler*, "fregar" y "raer", cendras de *rogues* y *rascals*, roscas, bandas y mafias de "pícaros" y "bellacos", sin chistar ni mistar de *voyous* wayúus comprando en Maracaibo a precio socialista para vender en Maicao a precio antisocial, genios del *bachaqueo*, arte del ir y venir procesionario que Mario Alario Di Filippo achacaría a la perseverancia del "*bachaco. (Formica gigantea)* m. Desmesurada hormiga que ataca las plantaciones. U. t. en Venezuela", si el *Lexicon de colombianismos* de 1983 y el *Concise Oxford* de 1924 contrabandearan por igual restos de *mobile vulgus* acendrados en *mob* redimible a título de "*excitable crowd*", golferías más o menos infames al amparo del castigo desviado hacia el censor de turno y coturno, reo de la gehenna de fuego por espetar al hermano el arameo *raqa*, "renegado", injuria abrasiva en los recodos del Calvario, no tanto en las callejas del Marais, gueto de otros tiempos cuyas resepultas marismas ensopan todavía la meninges del viajero recién salido de la iglesia de Santa Isabel de Hungría hacia la Rue du Vertbois induciéndole a confundir escamas de Melusina y pétalos de rosa en el canasto de la abnegada viuda del duque de Turingia para mayor gloria de las migas óseas atesoradas en la catedral de la ciudad que todavía me aguanta, credenciales craneanas entregadas por Ana de Austria a un cartero evangélico de máxima confianza, ebúrneo sello de los vínculos que por intercesión de la patrona de la arquidiócesis de Bogotá siguen atando continentes no obstante los efluvios corrosivos del gofio de tanta piscina jodida, a no ser derrochados contornos de pozas reconstruidas y escalonadas pisando al pie de la piedra *Los peldaños del verano* y esperando que "*La Marcha del Verano* de Magritte [*Magritte's* The March of Summer; La Marcia dell'estate *di Magritte]*" (Ballard 1. 19 - trad. Lippi 13), una de las incontables falsificaciones del óleo de 1938 atribuidas a Roger Sheppard, no despeine la grama impoluta ni mancille cubos de cielo y tierra, ventanales ctónicos, bloques de cemento y baldosas blindadas, intactas las mitades del torso femenino, carne rosada y yeso gris cuyo escenario de tarjeta postal debería ahondar escansiones y escaques ya circunscritos por los fotogramas de Étienne Jules Marey sobrepuestos al mismo espejo con cinta pegante, en el cuartucho del motel que "parecía extraño, como una cabina especialmente arreglada para él en un misterioso vehículo de línea *[mysterious liner; misteriosa nave]* (*ib.* 29 - 21), máxime a bien mirar los sectores de azogue descrostado que convertían la luna del tocador en enjambre de constelaciones modificadas para marear al ganador del amplio plan de crédito de la Supereconómica, 30 kilos de equipaje, entradas a museos y monumentos, guías de habla hispana, programación diaria ahora mismo perturbada por los miasmas que en la esquina de la Rue des Écouffes con Rue des Rosiers se encarga de ventilar y adular una esbelta delegada de los estratos bituminosos subyacentes, cicerona de sésamos semánticos, agente de portales secretos y espuertas arcanas afecta a los vestigios abismales, detalles difícilmente justificables como manifestaciones de aquella coquetería retroevolutiva a la que el filustre global de estación en estación condesciende, ufana de *couffins* obsoletos, accesorios incoherentes y embarazosos, vástagos del latín imperial *cophinus*, "canasto", de acuerdo, pero menos desentonados con un faldón de ñapanga pastusa o bolsicona quiteña que con el adherente *prêt-à-porter* despedido por la limo que no acaba de pasar, despaciosa como el trenecito de Parville, prolija como la cabuya de plata del cometón oscilante sobre el dédalo de Cocoa Beach, cabe los despojos del Centro Espacial del otro cuento, si se me concede la permuta con tal de atornillar a Roger en el carrusel de un giro tras otro en otro, a que se redima o reviente de una vez por todas su "mal de espacio *[space sickness; mal di spazio]*" (*ib.* 13 - 8) sobre el techo del motelito que tan incómodo no habrá sido, primeros auxilios psiquiátricos incluidos, torsiones de "cofín" o "cesta del pan" en lugar del cuadrilátero *wallet*, descomplicadísimo "maletín", preferiblemente metálico, pulcro producto del desarrollo tecnológico devuelto sin embargo a la dudosa metátesis de *wattle*, abolsada carúncula colgante de las gargantas de faisanes, gallos y pavos, sobresaltado paralelismo en tono con la revancha ejecutiva de la carnalidad reprimida, por lo común de coloración más vivaz que los visos del *coffin* más primaveral, de un lado del canal de la Mancha o del otro, sea lo que sea, "colodra" o "ataúd", al suponer que la piedra de afilar del guadañero franco y el muerto anglosajón reclamen idéntico estuche, todo que trasoír y trasver con la burbuja del Cessna abandonada por el peregrino vanilocuente y reducida al espesor de un lenguado de la pescadería de la plaza Saint-Augustin escogido en pro del almuerzo de Proust, pompa o glóbulo, no la del prologuista de *Crónicas de Bustos Domecq*, Gervasio Montenegro, cultor de vocablos cementeriales, faltaría más, sino del astronauta, rapaz brincando en tanganillo con tal de no pisar "los trozos de lentes negros de las docenas de gafas desechadas, pequeña parte de los milllares echados a las piscinas secas de Cocoa Beach como monedas en una fuente romana" (*ib.* 33 - 24), entre las que podrían reconocerse, sea dicho con toda la precipitación del caso, los residuos de aquellos "anteojos de soldador" (Revelli-Beaumont 239) o "de minero" (*ib.* 270) impuestos al hombre de fe que en 1977 se los habría ganado por desempeñarse como gerente de la rama rioplatense de la FIAT, la noche de su secuestro en Rue de la Pompe y el día de su salida de la cárcel obrera, sin que los cristales "cubiertos de espeso barniz negro o cinta de plástico negro" (*ib.* 272) le impidieran reconocer el vecindario correspondiente al calabozo de tres metros por uno donde se la había pasado rezándole a *Maria Virgo Potens*, mucho más tarde y tan sólo gracias a la memoria auditiva, su "hilo de Ariadna" (*ib.* 240), por carambola homofónica ya responsable de una vaga perturbación del jefe de los verdugos, no obstante la pose montonera lector de Prevert demasiado receloso ante la mención de *Los niños de Aubervilliers*, amén de los bochazos de la cancha de al lado y del canto de un ave en el bosquecillo de Amblainvilliers (*ib.* 271-272), ahora Anquises sin carguero cojeando sobre el andén de otro país mientras se desvive por verter *facilis iactura sepulcri* en *patin couffin*, al borde del desmayo mientras amarra "y patatín y patatán" con "no tener sepultura es pan comido" para añadir a esos cinco bultos silábicos, ahorros ancestrales precipitadamente empacados al dejar la casa, los peniques del semáforo resumiéndole el incendio de la ciudad, a una cuadra de la vía cuya nomenclatura estropea el mapa comparativo del personajón listo para demostrar una vez más "la omnisciencia infusa del narrador" (Kristeva 86), en palabras del mismo: - "(...) Rue des Blancs-Manteaux. ¡Qué curioso! Del resto por ahí es *[C'est du reste par là]* donde vivía un extraño judío que había hecho hervir hostias, tras lo cual supongo que lo hirvieron a él, cosa más extraña todavía, pues parece significar que el cuerpo de un judío puede valer tanto como el cuerpo del buen Dios" (Pr 1. 1587 - trad. Armiño 967), mientras rebullen argumentos suficientes para creer que la barajadura de sabihondez rebuscada e ignorancia inverosímil exhibida por el barón de Charlus, elipsis y disimulos de discursillo "antijudío o prohebreo" al oído del narrador (*ib.*), confirme el enredijo de la friega del fingido paladín de la cristiandad no sólo al tergiversar el relato ilustrado por la más antigua de las 12 vidrieras relucientes en el claustro de la iglesia de Saint-Étienne-du-Mont, obra maestra de fines del siglo XVI que el redomado amante de truculencias envanecido por la hipotética apoteosis de un follador inmerso en la réplica del caldero de San Juan Evangelista no debería desconocer, si le importase sugerir menos despreocupadamente que hacia 1290 un tal Jonatás habría querido prevalerse del infinito suministro para sancochar uno tras otro o de un solo envión quién sabe cuánto cuerpo eucarístico en el atanor del diablo, desfondada fosa común de hostias traspuestas en patatas, antes o después de haber transverberado la única e innúmera transubstancia mediante un mazuelo de escultor y un buril no claramente definidos (según otro rebusque traductivo, cañivete idéntico al bisturí del *mohel*, el factor de la circuncisión) sobre la cruz de la obtusa chimenea evidencial que siglos más tarde volvería a entreabrir el imperceptible manto de lo extraodinario por obra y gracia de C. Auguste Dupin, sangrante redondel sumergido por remate en el baño de María del que acabaría elevándose, inviolado platillo volador recién parido, sino también al tergiversar el topónimo haciendo caso omiso de la presencia de un miembro de la tripulación de Mme Verdurin, habrase visto, *talent discover* verdulera si cabe contestar al interrogante de la Kristeva encajado entre los espumarajos del enésimo adulador de lo sumo somero: - "'(...) esa mujer que, al surcar tantos círculos verdaderamente distinguidos, sin embargo ha consevado en su palabra un poco del verdor *[un peu de la verdeur]* [¿será ése el origen del nombre?] de la palabra del pueblo" (Kristeva 123), no el pseudo-Goncourt, sino el profe Brichot (patronímico procedente de remoto *briche*, "mendrugo", "molde de pan", variante de *brique* emparentada con el neerlandés medio *bricke* y el verbo *breken*, "partir en pedazos"), rancio intelectual de la calaña de Montenegro, experto en etimologías y topónimicos que, habiendo ya argüido sin suscitar ningún asomo de interés el viejo apelativo de la actual Rue du Temple, una de las principales avenidas del Marais, es decir "Rue-Barre-du-Bac, porque la Abadía du Bac, de Normandía, tenía allí, en París, su *barre* de justicia" (Pr 1. 1586 - trad. Armiño 966), prefiere no ensombrecer el ímpetu digresivo y dejar que sílabas repetidas y recalcadas rueden a risa batiente por su Rue des Blancs-Manteaux, a que reniegue de lo que le plazca el voraz barón, tienduchas, fábricas de panes ácimos, expendios de carnes y embutidos kosher a dos escalones del sarmiento de Albert Bloch, racimo esópico de zumo judío, si se le antoja que venga a ser ésa la calle del sacrilegio, simulando por de más olvidar el apodo de la otra, Rue des Rosiers, para que el lector indigno de la bacanal de disfraces en que precipita la búsqueda resbale más clamorosamente sobre la cáscara del mismo Albert autoaristocretinizado al trasluz del seudónimo "Jacques du Rozier", zumbidos de zeta en pos de ociosa "pretención de Zeus" (Kristeva. 86) y retazos de las prestidigitaciones de Albertine en albor homérico, siempre que el sorbonardo bombástico y el sádico barón afecten ignorar que el milagro "de la hostia", dicho también "de los Billettes", no comprometa la rúa iluminada por las capas de los frailes mendicantes, sino la que antes de llamarse Rue des Archives tomó su apodo del convento de los Billettes, más exactamente el trecho entre los números 22 y 26 de la que "en el siglo XV llevaba un nombre extraño: 'rúa donde Dios fue bullido, es decir hervido *['rue où Dieu fut boulu', c'est à dire bouilli]*" (Roger 158), cristalino derrelicto callejero ofrecido sin pretender excitar ni zumbas ni móviles de *clusma*, contracción de κέλευσμα, "orden", e imperativa cadencia de *serial singer*, rítmico tormento de "chusma", *tagrag* entregada a los vicios estéticos dondequiera que un filo rabioso marque hambre y lascivia entre bancos de galera espacial, ventanillas de empresa bancaria u obras bien cotizadas en emporios de arte y paraninfos mediáticos, de todas formas calenturas y despliegues cautivantes, resbalones libidinosos y arquímicos deslices de labia mercenaria, del rábula del día y de la máxima autoridad del Grand-Hôtel, si circulares incontrovertibles y rollos de unívoco mandato tuvieran cabida en comicios literarios y democráticas tierras de nadie, locuaz disléxico a veces demasiado cumplimentero para que no se le asomen garras zalameras y colmillos lacayunos, así al advertir: - "Tenga cuidado de no ensuciarse en la puerta, pues, por aquello de las cerraduras, la hice 'inducir' de aceite *[faites attention de ne pas vous salir à la porte, car, rapport aux serrures, je l'ai faite 'induire' d'huile; tenga cuidado de no salir a la puerta, porque he hecho 'inducir' de aceite las cerraduras; tenga cuidado de no salir a la puerta, pues la he mandado untar de aceite por las cerraduras; take care you don't dirty yourself at the door, I've had the lock 'elucidated' with oil]*; si algún empleado se permitiese llamar a su habitación sería 'molado' a golpes *[il serait 'roulé' de coups; sería 'rodado' a golpes; se llevaría una paliza; he'll be beaten 'black and white']*" (Pr 1. 1333 - trad.: Armiño 673; Berges 193; Scott Moncrieff y Kilmartin 190), más cruel aún, definitivamente patibulario, cuando el huésped distinguidísimo se ha gastado la jornada entera al pie de la foto de la querida finada con devoción de contrito lamecirios, no como el otro narrador, el diarista que se la pasa y se la tuerce prendiendo un cigarrillo tras otro en vacuo arrobo ante las pupilas de una famélica "Olympia Traveller de Luxe" (C 2. 139), pero casi, si lo único que alcanza a contar es que "hay Anabel aunque no haya cuento. Y el placer reside en eso, aunque no sea un placer y se parezca a algo como una sed de sal, como un deseo de renunciar a toda escritura mientras escribo (entre tantas otras cosas porque no soy Bioy y no conseguiré nunca hablar de Anabel como creo que debería hacerlo)" (*ib.* 143), ganas de alborotar por ende la muchedumbre del bulevar canónico lastimadas por la certeza de quedarse corto ante las lápidas conmemorativas que tachonan el diario del relato bien que mal en marcha con primor de lóbrego fileteado porteño, campo poco santo siempre abierto para el recaído en sí mismo, otrora paciente ansioso-depresivo hiperfrecuentador de servicios literarios, de Bioy a Derrida y regreso, pasando por Keats, Conrad, Arlt, Onetti, Poe, Eliot, Backhaus, Freud, Dickson Carr, Ellery Queen, Huxley, Borges y Capote, con un tris de madame de Sevigné al gusto de la madre del otro, consultorios estilísticos anexos a los minimisterios de la república de la cultura garantizados por "la mutación del estatuto del autor y de su segregación radical respecto de la persona que trae consigo la producción industrial del material impreso" (Oyarzún 1. 72 - nota 83), descansillo evolutivo oportunamente señalado mientras se trasoñaban con Swift los almanaques astrológicos que la mera firma del Sr. Partrige podría poner por escrito sin incomodar para nada al Sr. Partrige casi en persona, y ahora que *la chair est triste*, como dice el poeta ahíto de todos los libros, ganas de no tenerlas, ni siquiera las de "ser Adolfo Bioy Casares" (C 2. 139) confesadas desde las líneas que deberían haber sido las primeras del relato en mora, al evocar una serie de encuentros con desparpajo fetichista, el salero alcanzado durante un banquete de la Cámara Argentina del Libro, la conversa alrededor de Conrad en el departamento parisiense y las instantáneas que ahí mismo le sacara el maestro, ruedita de prensa cuyo eje todavía se le escurre, así como en Buenos Aires, casi verosímilmente por última vez, en la casa del autor de *La invención de Morel*, cuando hablaron "sobre todo de vampiros" (*ib.* 140), a no ser más o menos lo contrario, imprecisión radical del deseo de repasar la biblioteca entera naufragada en el encaro del machucante básico de Anabel, ningún ontológico celo de liras y plumas iridescentes sino envidia de y en los ojos de un marinero yanqui que todo lo encartucha sin verter ni miau, *will* de William, *facteur* del tósigo, mejor y peor dicho anhelo de otra escritura, bárbara charanga abolerada de San Agustín alternativo si "como un abanicar de pavos reales / en el jardín azul de tu extravío, / con trémulas angustias musicales / se asoma en tus pupilas el hastío", cada vez que pretendes meterte de cuerpo entero en el recuerdo, tuyo, suyo y extraño, impreso y compreso, más caricioso que muñequita moldeada para convocar duendes *ukukus*, "sapos y tigrillos de adentro", amasijo de escamillas foliares del liquen *Tillandsia usneoides*, barba de capuchino o escalpo cheroqui según la leyenda local, *ima sapra* en los Andes, "cosa gris", pelos de Mnemosine colgados de las ramas, flotando sobre la vida "como en una parodia de Proust" (*ib.* 150), contrahechura de la contrahechura irresistiblemente cómica ajena al prurito que encrespa labios de vírgenes necias en intradós de antiguas catedrales, fatuas risitas que el tránsito de Benjamin hacia la imagen del caso inhibe a vuelta de ojo: - "Es la sonrisa de la curiosidad. ¿Fue en el fondo la curiosidad lo que hizo de Proust un tan gran parodista *[solch großem Parodisten]*? Si fuese así, sabríamos qué pensar respecto de la palabra 'parodista' dicha en este contexto, donde significa: nada bueno. Pues aunque esta palabra sin duda haga justicia a la malicia de Proust, pasa también por alto lo amargo, lo salvaje y lo furioso *[am Britten, Wilden und Verbissenen]*" (Benjamin 1. 317- trad. Navarro. 324), aunque ignoremos por qué lado tomar al dómine del lapsus que irrumpe en la vida del huésped para confesar que durante su primera estancia en Balbec la anciana le había pedido no aludir al asunto de la lipotimia, prometiendo "que no tendría más sincopas *[plus de symecope; más sinécopes]* o, en caso contrario, al primero se marcharía" (Pr 1. 1344 - trad. Armiño. 685), más preocupada por la precupación del nieto que por la pérdida de conciencia que Scott Moncrieff y Kilmartin han magistralmente vertido en "*sincup*" (205), mientras Berges remite a otras tantas "sinecopes" (207) con el improbable ánimo de vincular la preposición negativa *sine* para dar cuenta de las desmalladuras, sino de la ausencia del segmento fundamental de las artes o redes de cerco que recibe el nombre de "cope", donde debería estrecharse la trama de marcos abolsada en obediencia a las disposiciones contempladas por lo menos desde 1681, como demuestran las normas relativas a las dimensiones y a las formas de cada clase de red, sean artes fijas dichas *folles*, destinadas a los peces más robustos, cada malla "*de cinco pulgadas* en recuadro" según el Artículo IV de la sección "De las Diversas Especies de Redes o Artes de Pesca *[Des Diverses Especes de Rets ou Filets]*", sean carteles o cerqueras tejidas para atrapar sardinas, "Redes que tengan mallas de cuatro líneas en recuadro & más *[Rets ayans des maúlles de quatre lignes en quarré & audessus]*" como especifica el Artículo XI (*Ordonnance de la Marine* 447, 451), pormenores de la contraparte artesanal del enredijo neurolingüístico al alcance de un observador curtido en la tergiversación de lo que presume decir y captar en la vertiginosa fricción de "huso" y "araña", *Spindel* y *Spinne*, no del todo a conciencia mas con prima de regodeo, eso sí, por un lado parecido a Fermín, el portero del edificio del narrador, "con más ojos que Argos (...) sabía distinguir en materia de maquillajes, tacos de zapatos y carteras" (C 2. 154), ni tan de paso, cabe insistir, rival de Argos Panoptes, constelado custodio de la moza de Zeus, vaquilla cuya albura refracta el *flash* argénteo de su guardián, siendo ἀργός atributo de la exorbitancia que confunde a quien ve más de la cuenta con lo que se le muestra por carta de más, pupilas de nácar, oro y esmeralda, semillas de "guisantegallo", pico de *peacock* gago clavado en la desculada certeza de lo visto, insaculaciones de pausas entre pausas dispuestas por arrestos domiciliarios de cámara y lente telescópico sin reembolso de creencia, cada y cuando "*evidentia* se tomó en latín para traducir el griego *energeia* que habla de la poderosa e instantánea blancura del rayo: *argos*, conjuntamente destello/esquirla y velocidad *[éclat et vitesse ensemble; speed in a flash]*. Toca en un instante, y no deja asir" (Nancy 43), no siempre en coincidencia con el deslumbramiento consagrado a Hera y a Oshún que en 1965, como sería sabido, Lezama Lima arrimó al talante del autor de *Rayuela* afirmando e interrogando: - "Cortázar tiene ojos de Argos. Domina mucho su material visualmente. Sabe lo que hace, y sabe que también entra en el juego patear el balón. Pero Cortázar, ¿es un hombre de ocaso, o un hombre inaugural?" (Lezama, Simo y Fernández. 48), antes de acudir a pesas de Rimbaud o platillos de Bergotte extensibles y licuefactos por efecto Ganzfeld para concluir que "en Cortázar, la parte crítica, la parte cenital es muy superior a la otra parte, al otro extremo de la balanza, es decir al *inconnu*, al desconocido" (*ib.* 55), por el otro no tan lejos de Armiño, ya responsable de la versión de un *Vocabulario de las instituciones indoeuropeas* (cuerpo contundente que todo traductor paranoico debería tener a la mano), una y otra vez pronto a destorcer lo que por andar perfectamente torcido más derecho no podría verse, con alguna frecuencia siguiendo el ejemplo de Berges y dando así la impresión de querer aliviar la carga de versatilidad del funcionario pseudoafásico registrada por el otro, su semejante al revés, su contra-hermano, hora virtiendo "*j'espère, dit-il, que vous ne verrez pas là un manque d'impolitesse*" en "espero, dijo, que no vea en ello una falta de cortesía" en lugar de "una carencia de descortesía" (Pr 1. 1323 - trad.: Armiño 661; Berges 178) como si ante todo quisiera mostrarse impecablemente malcriado, ufano de la arrogante amabilidad que más adelante le induce a declarar "*je rectifie d'avance*", "rectifico de antemano" mientras lo que pretende es ratificar por anticipado los deseos del interlocutor (*ib.* 1379 - 726; 260), hora canjeando a hurta cordel "*l'important c'est d'éviter de ne pas mettre le feu à la cheminée*" por la cordura de "lo importante es evitar prender fuego a la chimenea", a contrapelo de "evitar no prender fuego a la chimenea" (*ib.* 1323 - 661; 178) y desvirtuando por ende la desintención de quien da a entender que sería recomendable incendiar el armatoste para sacrificar el adorno chino de la repisa y demás apliques, andamios y telones, al filo del terrorismo de la sinecura que Scott Moncrieff y Kilmartin toman en serio considerando que "*the important thing is to take care not to avoid setting fire to the chimney*" (175).

Pendejadas. Ignoro lo que digo. Ni sé si estoy diciendo. Y desde el carretón del inacabose poco importa saberlo - lo bastante sin embargo para remover las ínfulas pedagógicas de un hermeneuta de la fregadura interesado en distinguir la madera sueca del trono de Mme. Verdurin y la noruega de los Beatles, pues ¿cómo acoger el desborde de una secuencia de "Parergon", detalles y entalladuras de cierta visita a la marquetería kantiana y alrededores regadas en "Diario para un cuento", veleidosa historia del regolfo de un poema de Poe en trance de inundar *Canallas*, sin asumir el rol de un rabdomante de la *Qual Quelle*? ¿Cómo abordar un repaso de morellianas y derridescas, *listed* y *not listed*, sin enlabios echados al mal del manantial en plena metaparodia?

Pavadas. Consúltese a un giróvago ducho en las "vueltas" por excelencia, *spins* de la peonza de Kronos y arcos de "vado", *ford* en las debidas dovelas del aguante, cuñas sin las que no habría ni arcadas ni bóvedas, ni piedras de afilar ni gachapos, ni puentes ni pasarelas, espinas mucho menos entre "vino", "viento" y "venta", *vin*, *vent* y *vente*, por derroche de *touille*, antiguamente "acción de arrastrar en el fango", hoy por hoy "revoltijo", efusiones y reenvíos en verminoso *ratatouille* tras las incontables orillas del esguazo, tal como suele decirse *tomber dans les pommes*, "perder el conocimiento", "desmayarse", a la letra "caer *en* las manzanas", milhojas de uno mismo por colmo de como o abuso de adverbio de modo hundido en las demás reliquias, no *entre*, sin oportunidad de rescatar aunque sea en sucio un solo calcetín de la caterva de mediaciones y talantes, guisos de guisas, sirtes de suertes y formas de firmas de las Madres del Invento, no exclusivamente manzanas pintonas, duraznos otrosí, peras, ciruelas y pomos en general, siempre que *pommes* no sean *de terre*, alrededor del 22 de julio todas ellas *madeleines*, maduras en los días de la fiesta de Santa Magdalena, compota de fosa sin cómputo entonces, descomedida viñeta de cómic convertida en marcapáginas por carecer de anclaje bibliográfico, donde acaba de zozobrar la nave de Brick Bradford, casualmente en un brumoso rincón de Kentucky, tierra natal del aventurero de William Ritt y Clarence Gray sorprendido por el lápiz en el acto de revirar hacia Doctor Dramaticus la palmadita dirigida a su propio hombro: - "Los viejos buenos tiempos pescando, nadando, disparando canicas de colores - sabía usted doc ¡yo era el mejor anzolero de la ciudad *[I was the best top spinner in town]*!"

"Náufrago", *eiectus*, literaria y literalmente "sacado" más allá de la borda del tiempo, así difumina y retrotrae cortísimos circuitos al apostal de lo pretérito, rosetones de pavesas y hedor de cables fritos, con la sangre fría de aquel Horacio que "de chico clavaba un cortaplumas en cualquier cosa y a diez metros" (C 4. 276) y que hoy se las arregla como prófugo de la sofisticación vulgar, harto de cebos populacheros y distinguidos al tiempo, asquiento del "*snobismo* a favor de la *canaille*" (B 3. 34) que el afrancesado católico cuelga al sedal de su caña encima del canalillo o entretetas de Olivia, en el baile de la Sociedad de Escritores en Les Ambassadeurs "con la jazz de Bartolino", diabólico pisaverde que, no sin antes haberse declarado "francamente contrario de la riqueza de vocabulario" (*ib.* 24), hinca sobre dos renglones tres latinajos de discutible emergencia en el hipócrita intento de salvar a Rolando Lancker de la muerte que le espera por haber aceptado el desafío de un diablo demasiado creíble para ser verdadero, "*ad usum*", "*sine die*" e "*ipso facto*" (*ib.* 37), procurando el ritmo sincopado presuntamente más eficaz para estimular una reacción eufórica, ráfaga orgánica menos *jazzy* que la de expeditos monosílabos y siglas pragmáticas todavía chisporroteantes en la memoria de Oliveira, cultipicaño desasido de las "ideas para la N. R. F." maliciosamente endosadas al buen Traveler (C 4. 288), "criatura espontánea y natural" (Bioy 4. 86) si cabe asociarla tan abruptamente con la sombra de Joaquín Videla cuya amistad con el autor del *Yugurta*, Francisco Almeyra, se habría concebido mucho antes de 1839 en las aulas del San Carlos, o la de Castagnino antes de que Cortázar pasara al otro lado, casi por consiguiente la de Manu con Horacio, lazos estirados para embolatar distraídamente el pánico de la psicostasia sobreponiendo a Talita en salida de baño verde el trasero ardiente de un cinocéfalo, burlesco genio del fiel no menos necesario que Shai, garzón egipcio, Καιρός helénico, suplemento de imponderabilidad que imprimió la consigna de "*¡Nitchevó!*" sobre los labios resecos y agrietados de Sergio Stepánovich Stepanski, el de Nijni Novgorod, Dehiscente supremo, humilde y altivo, casi en persona, Oyarzún Robles lo dijo: - "En la indecisión de la interrogante (gesticulada acaso con el levantamiento de hombros que significa, a su vez, el equilibrio de los platillos de la balanza), en una indecisión que precisamente deja en vilo el saber y sus enfáticas aserciones, se dilata un plazo para la dehiscencia del yo" (Oyarzún 2. 6), a que nalgas de sol y luna contempladas desde la planta baja soplen a los párvulos del vecindario su mutuo eclipse juntamente con las últimas notas del capítulo, *tutti fortissimo* de escena primordial, escena-madre-padre, "con música de 'Caballería ligera': *Lo corrieron de atrás, lo corrieron de atrás, / le metieron un palo en el cúúúlo. / ¡Pobre señor! ¡Pobre señor! / No se lo pudo sacar*" (Cortázar 4. 307), fría la sangre, glacial se la cranea e intrinca desgranando los golpes del funesto designio consistente en negar la canícula y oscurecer la deshora de la siesta que pocos minutos antes, mientras martillaba falanges y falangetas esmerándose por destorcer clavos sobre la baldosa metonímica, ya le exprimía sendas gotas gordas, comillas de extractos y abstractos caupolicaínicos deslizadas a lo largo del canalete conectivo con tal de seguir como barca sin barquero, maldito repuesto de sí mismo, *Ersatz of curse*, donde se difuminan y traslapan los más netos cantos del símil consolador, el más escabroso cantil al pie del felpudo textual de 1968, ya que estamos, cuando el cliente que hubiese descuidado la lectura de la placa, sino del certificado, debería tener la franqueza y el valor suficientes para sentirse afectado por el espaldarazo protector que podría prevenirle ante la inminencia del chiste semiprivado implícito en el pedido de las *medias res* del restaurante Polidor colgadas sobre el "repentino salto adelante de la portaba blanca NRF" tras el cristal de una librería del boulevard Saint Germain (C 5. 10), al primer husmeo nada que compartir con "la desteñida desolación de la sala" del restaurante (*ib.* 9), más bien asalto de "pura lechita" (fórmula convivial de Guillermo Afanador, en los primeros 70 agente vendedor de Seguros Bolívar y percusionista adicional responsable del reparto de los tragos a lo largo de las reuniones del combo bogotano cuyos integrantes se regaron hace rato, nada que oír con el Club de la Serpiente, faltaría más).

¡Zapateta¡ ¿*Rayuela* envuelta y revuelta en los *yiros* de los amos del género? ¿Tan truculento el plato? ¿Gallimárdica *Marelle* abierta en canal, "*partie roman*" para Laure Guille, "*partie essai*" para Françoise Rousset? ¿La que me tocó antes del original, entre una y otra lección del Colegio Nocturno Grancolombiano, Bogotá, 1967? ¿La de los reiterados desmoches del presupuesto traslativo? ¿La que sacrifica el prefijo *ante-* a la sensata economía del recorrido de la muchacha de los mandados, ni tan humilde avanretaguardia del lector que desde los bastidores de la cocina "se prepara a una vertiginosa vuelta a la normalidad" (C 4. 287) como si no hiciera parte del espectáculo en entredicho porque desde allá ha venido arrastrando asiento y aliento a la espera de la tragedia que debería coronar el número *on the oilbeam*, alegoría circense del ir traduciendo como movimiento de *übersetzen* y *übertragen*, "llevar a la otra orilla" y "transferir" a lo largo del fálico guión de la cucaña - descártese el propósito de desplazar horizontalmente el eje de un ritual análogo al de *El palo ensebado*, la novela de René Depestre, "metáfora del gobierno duvalierista" (Sotomayor 84) - con su más que significativo paquete de mate listo para embocar mejor la ventana de Oliveira dando en el blanco de la razón comunicativa, amén del lastre de clavos rectificados, negrura de enclave postal videovudú, embalaje por lo menos tan confiable cuanto la coincidencia de martillo y remache garantizada por el heftpistolero más bolsudo del inmediato oeste, más níquel que cronorifle de Marey, el fisiólogo que en 1894 acribillara un gatico defenestrado con ráfagas de no sé cuántos fotogramas por segundo, cucurucho de dos centavos o ninguno, cuasi gratuito toque de cartucho, naturalísimo artificio cuyo manejo en esta oportunidad específica requiere el primor de un cortaplumas de museo, más exactamente triunfos y descalabros de *praecidere*, compuesto de la preposición adverbial *prae* y de *caedere*, "golpear", "cortar", "eliminar", "matar", en suma y en resta pre-detalle anexo a la *praecisio* de bambalinas que permitan estandarizar los criterios representativos pertinentes, a la letra "recorte de la parte superior o anterior", no por otro lado, sino casi sobre el filo de la misma mísera finura, recurso estilístico que un antiguo manual de retórica mencionado por el diccionario de mi bachillerato del lado de allá, *Rethorica ad Herennium* (IV. 41, 4), remite a la "*sospensione di un pensiero*", figura equivalente a la ἀποσιώπησις, reserva mental, escamoteo de escrúpulos, subterfugio eufemístico apto para salvar la cara u ofrenda expiatoria capaz de remover una imagen obsesiva así como el pañuelito lavaría su escupo, en todo caso, y toda vez que la desplumadura del rigor compromete el desplome de la casualidad, proyectil correctamente balanceado por la del medio, Talita, matriz del revolcón de la incomparable unicidad en precario equilibrio de psicopompo sobre *a* de *différance*, por montaje patriarcal suplemento femenino añadido a los presuntos extremos "para aumentar el parecido, y por lo tanto la diferencia" (*ib.* 297) sin evitar el descarte recíproco de exactitud mortal y vacuidad onírica por eco descreído del famoso timbrazo en los oídos de la hija del jefe de la sinagoga (Mc 5, 41), *non si sa mai, magari* todo lo contrario, palindrómica soberana de Hunos y Otros casada con el paredro del otro y expuesta como mínimo a "un ataque de insolación, a lo mejor eso sería la sentencia", porque, palabra más, latebra menos, "es como un juicio (...) como una ceremonia" (*ib.* 292), allá arriba, cincuenta y seis kilos a caballo sobre vibrantes tablones echados entre las ventanas de dos inmuebles, de los que Horacio absorbe mucho más que meros voquibles, de los inmuebles no, de los tablones tampoco, claro está, demasiado claro, sino de los cincuenta y seis bien distribuidos kilos, empezando por la "lengua llena de sal" (*ib.* 293), aunque sin ir más a fondo en la opinión de Ariana, otra tejedora de nexos y guiones, la de *Los Reyes*, obra juvenil "de intención clásica" cuyo lenguaje recordaría el *Yugurta* de Almeyra (Bioy 4. 81) si desguazar el tronco genealógico fuera absolutamente necesario, a riesgo de pasar por esquemático Teseo, ignaro "del combate saladísimo entre el amor a la libertad, ¡oh habitante de estos muros!, y el horror a lo distinto, a lo que no es inmediato y posible y sancionado" (C 6. 50), toda vez que "la diferencia es como un cataclismo inminente" (C 4. 298), de otra manera la "salamandra" (*ib.* 281), o sea el marido, Traveler nada de luxe, que conste y que cueste, portátil mucho menos, álter no sé qué de Oliveira, su propio ego justamente, a estas alturas todavía no tan propio, ningún pomposo cadáver con su cola de teclas barajadas encima de la mesa de disección silabeante, otro barato, francamente proletario, desesperadamente genuino y oxidado a mucha honra, considerando que también la maquinita "de luxe no tiene nada la pobre, pero en cambio ha traveleado por los siete profundos mares azules" (C 2. 139), nada de Poe ni de *many and many years ago*, háganle el favor, ningún vástago uribicuo, famillonar y papadocrático educado en los mejores establecimientos, más bien ateórico adjutor, tan instintivo por no decir automático cuanto uno de "los grandes peces de ese río turbio" que el cuentista en germen y tantos otros habrían ignorado (*ib.* 150), otro aventurero de cámara más o menos clara y plesurizada, casi lo contrario de la frigorífica, donde no viene al caso preguntar a quemacuento, de maquiavélico bracete con Beremundo el Lelo, qué se hicieron el manteo de Villon y la balanza de pagos de Shylock, la del Banco de Sangre, como quien canturrea:

"Asabiuntas de que andan perdidos hemos encontrado reremem-brandeditores, datar sus horas vincula estos herederos al aquí ¿pero tramadónde están esos tuyos de Ayeres *[Oilbeam they're lost we've found rerembrandtsers, their hours to date link these heirs to here but wowhere are those yours of Yesterdays; nous avons retrouvé en un éclair d'huile le tableau de ses remembrances, le rembrandt de ses remembrances des heures et dates, pour le rattacher à ses héritiers, mais où sont les neiges d'antan; quantunghie si siano persi abbiamo trovato dei rerembrandtatori, le loro ore fino a oggi legano questi eredi al qui ma wove sono quegli inferni d'Ieri]*?" (Joyce 1. 54. 1-3 - trad.: Lavergne 62. 5-8; Schenoni 54bis. 1-3),

ya saben, trance y trencha de performancia neta, diría el cuerpazo sin órganos de Mr. Squabs, "plancha de acero premiado por la casa Winchester" (Lezama 1. 39), *brand new irrembrandtser* de toda la vida, mejor dicho William y Anabel de un solo tiro convertidos al *free jazz* superprotestante, a no ser ella sola en todo, felina y barbuda, sin hablar de John, fuerza de la naturaleza con la pelota de su mundo en mano... de otra manera esa circunstancia cósmica no se manifestaría así, haciendo saber por boca de lobo de mar que le repugnan "los cangrejos ermitaños, las simbiosis en todas sus formas, los líquenes y demás parásitos" (C 4. 277), criptógamas ni tan aparte, explícita alusión al retrato del adverso marco, animal carámbano de cyranesca memoria, presumible *Pagurus operculatus*, frecuente en aguas poco profundas de las Antillas donde la protagonista de una historia sujeta a migalas análogas habrá tenido ocasión de observar a sus anchas el crustáceo que no vacila en desconstruir caracoles de vecinos difuntos aduciendo el pretexto de su delicadísimo saco abdominal, asimétrico y blandengue, no muy distinto del que cargan los pagúridos del Mediterráneo, mórbidos acentos de bandoneón en las venas abiertas de Grungtvig y Villafañe, sin olvidar los *squats* de tanta rima al amparo de la sentencia de Oribe: - "Los poetas carecemos de identidad, ocupamos cuerpos vacíos, los animamos" (Bioy 2. 161), caso proverbial del abuso interespecífico conocido como tanatocresis anticipada, en este particular percance descarada usurpación de los sudores del tercer piso destilados sobre las amígdalas de la muchacha boquiabierta allá abajo, "que no sabe que ha puesto ahí la silla para que la sangre la salpique, y no sabe que hace diez minutos le dio una crisis de *taedium vitae* en plena antecocina, nada más para vehicular el traslado de la silla a la vereda *[en pleine cuisine, à seule fin de lui faire transporter sa chaise sur le trottoir]*" (C 4. 287 -

trad. Guille. 257), redundante remite remisivo de transpiración compartida procurando corregir las pifias del subjectil autovertido en espasmos de acrobacia pontificia, travesaños, trápalas y trabucos de trujamán confeso - y el consecuente respaldo del incremento de *gl* que podría acentuar la estupefacción, cuando no estrábicos escalofríos de recién venido al abordaje del *incipit*:

> "'Quisiera un castillo sangriento', había dicho el comensal gordo. *(...) Je voudrais un château saignant*, habia dicho el comensal gordo. *(...)*
> Desde luego Juan debía ser el único parroquiano para quien el pedido del comensal tenía un segundo sentido; automática, irónicamente, como buen intérprete habituado a liquidar en el instante todo problema de traducción en esa lucha contra el tiempo y el silencio que es una cabina de conferencias, había hecho trampa, si cabía hablar de trampa en esa aceptación (irónica, automática) de que *saignant* y *sanglant* se equivalían y que el comensal gordo había pedido un castillo sangriento, y en todo caso había hecho trampa sin la menor conciencia de que el desplazamiento del sentido en la frase iba a coagular de golpe otras cosas ya pasadas o presentes de esa noche, el libro o la condesa *(...)*" (C 5. 9-10).

Ni tan al fin ni tan al cabo en esa cabina de conferencias dejan su huella los años niquelados del estructuralismo y de la hegemonía del modelo lingüístico, Deleuze no ha empezado a desterritorializar la diseminación y Derrida todavía está lejos de convertirse en la controvertida marca de un producto que no desconfía de las imitaciones. Quemadas las naves de lo que sea, desde el apacible retiro de Saignon (nada que ver con truculentas plazas fuertes y bifes casi crudos en tierra de cátaros, aunque se le apliquen lo mismo en una relación analógica que cautivaría al amante de las trabucaciones del hotelero de Balbec), donde es de esperar que las llamas del atardecer sigan surtiendo velámenes *sub specie aeternitatis* para todos los parroquianos a despecho de la pretendida cerrazón del valle de la Vaucluse, departamento que debe su nombre a la fuente obviamente inmortalizada por Petrarca, en respuesta al mensaje que recogía un sueño sobrevenido la misma noche en que terminé de leer *Rayuela*, no muchas otras después de *De la gramatología*, cuyos primeros capítulos había recorrido un par de años antes gracias a *Critique*, la revista puntualmente esperada en la librería francesa de la 17 con Séptima, desde allá el envío:

> "Saignon (Vaucluse) 20 / VIII / 67
> Amigo Bruno cronopio: espero que apreciarás en su justo valor esta especie de mueble epistolar que contiene sobre y papel en una misma y helegante hestructura. Tu sueño me hizo saber que una imagen mía circula en Colombia, lo cual es una responsabilidad peligrosa: cuando uno invade el territorio onírico de los demás pueden suceder cosas asombrosas. # Desde París, dentro de 2 meses veré si puedo mandarte 'Los Reyes' (está tan agotado que ni yo tengo ejemplares). Te deseo una buena temporada en el Almacén G. Cariños a Olga y un abrazo."

No cito en su integridad la carta que precedió el dedalillo cuyas esquinas implican una superficie envolvedora excedidida en la hondura de lo envuelto por *touche de cartouche* sin afuera ni adentro, para no agobiar al paciente carguero que aprovechase más bien la coyuntura escarbando el apóstrofe inaugural y poco pedagógica nota de "El alguacil alguacilado", una de las visiones más fieles a la política de seguridad de *Los Sueños*:

> " Al pío lector
> Y si fueres cruel, y no pío, perdona. Que este epíteto natural del pollo has heredado de Eneas, de quien desciendes.
>
> > *(...)* Eneas, a quien Virgilio apoda siempre pío, pius, por haber cumplido con la religión y deberes que debía a sus antepasados, trayendo a tanta costa suya, hasta Italia, sus venerandas cenizas. Que tal fué el valor de pius. - De quien desciendes, por el mocosuena del pío, calificativo que suele darse al lector en los prólogos."
>
> (Quevedo 59)

Así que omito el epígrafe, casi más extenso que el confianzudo informe, una admonición a los cuenteros metidos en vidas ajenas extraída del primer excursus del primer fascículo de *El Apocalipsis de Juan* publicado once años antes en La Haya por su autor, Ludovicus Mirandolle, curioso documento que alrededor de 1980 se me ocurrió despachar a Derrida desde la isla de Providencia, no sin sortear la sospecha de que justamente ese exergo pudo haber incitado los dobleces del acuse de recibo:

> "Bogotá, 7 de agosto de 1967
> *(…)*
> El día en que acabé de leer 'Rayuela', hace casi tres meses, soñé que me había encontrado contigo y que caminábamos, tú, yo y Olga, creo por la Avenida Jiménez.
> Te hablaba (y a la vez me iba preocupando de que Olga no quedase atrás o a mi lado, un poco excluída de la conversación): - 'Me pareció reconocer en ciertas sugerencias relativas a la teoría de la novela anti-social *(sic)* de Morelli algunas alusiones a Thomas Mann.' Tú: - 'Mann es un escritor burgués.' Yo: - 'Solamente desde el nivel anecdótico, en realidad es un iceberg.' Tú: - 'Todo escritor es un iceberg.'
> Antes de hacerte saber que *Rayuela* me había tocado leerla en la traducción francesa, tuvimos que hablar del incesto, pero no recuerdo cómo.
> Entonces preguntaste: - '¿En francés?' - como si se tratara de una buena noticia esperada hace mucho tiempo, y sacaste no sé de dónde un periódico abierto en una página que parecía llevar los resultados de la lotería, te paraste con el dedo sobre un renglón y dijiste: - 'Es verdad. Ahora podré publicar mi libro.'
> Estabas contento (creí que Gallimard representase una entrada económica suficiente para cubrir los gastos de un libro que querías publicar) y te pusiste casi a correr.
> Para seguirte me quedé caminando por ese mismo lado de la calle mientras Olga la atravesaba. Pero cuando me di cuenta de que un señor que estaba llamando por teléfono no eras tú pensé que Olga tenía razón y también atravesé la calle, justo a tiempo para verte entrar en un portón. Miramos adentro: había un piso de

mármol y estatuas egipcias en verde feldespato de hombres y animales y tal vez una fuente en el centro. Estoy casi seguro de que subiste por la escalera de la izquierda.
P. S. Mandame *Los Reyes*, por favor.
Si vuelves a escribirme antes de noviembre mi dirección es Apartado aéreo Nº 6737 Bogotá Colombia. Si después Almacén G. S. Andrés (Islas)."

Habida cuenta de los "fraccionamientos", *coupures* o *Stückelungen* de las cotizaciones culturales de hace medio siglo, una vez entregados a sus respectivos clandestinatarios "los sobres-cartas, es decir cartas escritas en los sobres repartidas en todos los asientos de tranvías y ómnibus con premio al que acertara si era un sobre con carta o una carta sin sobre", no sorprenderá que el *clou* del acuse traspase al ganador del concurso anunciado en el capítulo IX del *Museo de la Novela de la Eterna* (Fernández 311) sin dejar de aludir a los recursos teóricos de la calma chicha postmoderna, lacas tan rendidas al corrosivo pudor de la novena letra del abecedario cuanto el esmalte de las uñas del ahogado incapaz de creer que el resto de "la cosa" hundiría al Titanic (C 4. 463), sales que cosquillearían el mueble otramente catastrófico cuyo secreto se arremolina en las cuatro patas del pícaro Amanzéi empeñado en rosigar el tedio del Sultán Shah-Baham a fuerza de los más amenos episodios de su vida de libertino, una de tantas, asumida desde los cojines del analista salvaje transmigrado en el diván de sus pacientes: los suspiros que Zéïnis reprime traducen los pálpitos inauditos del aliento vital del narrador encerrado por el demiurgo Brama en la callada e inmóvil estructura que la sostiene, a ella y a su amante, mientras el gemido arrancado por Phéléas a la que se despide de su doncellez, ardor no propiamente opuesto a la reserva del soporte como daría a entender una exégesis hostil al animismo, coincide con la emisión orgásmica del alma de Amanzéi, copa rodona de la pasión del trío, junto con la amenaza del nuevo cerrojazo transferencial y con el vaciamiento de tan acogedora caleta: - "En fin, un grito más penetrante lanzado por ella, un goce más vivo que vi brillar en los ojos de Phéléas, me anunciaron mi desgracia y mi liberación: y mi Alma llena de su amor, y de su dolor, se fue murmurando, a recibir las órdenes de Brama, y nuevas cadenas." (De Crébillon 236)

Casi por lo contrario sigue amarrado a la balsa de un viejo escritorio el admirador de Keats que no siempre *ad honorem* redacta, traduce y contesta sus cartas, las de Anabel, no las del vate enterrado no muy lejos de las cenizas de Gramsci, en el *Cimitero Acattolico* de Roma, viejo John, otro socio del tuteo absoluto, mílite del verbo pleno y del "hondo convivir que anula, en la dimensión poética, todo magistralismo y toda cronología (...) Hombre de su día, no ve motivo para deplorar la digestión del tiempo; el mundo *de siempre* está al alcance de su mano, y lo que sus ojos ven en un roble es lo mismo que veía Virgilio. ¿Para qué acordarse de las nieves de antaño si los picos de Escocia lo esperan emponchados de presente?" (C 7. 32-33), mucho menos sus propias cartas, valga aclararlo porque, sin duda ni disputa, también le gustaría ser él, no tanto en persona cuanto en todas ellas, las personas, incluyendo la suya propia, en el vertedero omnitraductivo de Mr. H. C. Earwicker, otramente conocido como *Here Comes Everybody*, conmutador del mayor número habido y sin haber de reacciones en cadena, traspasos recíprocos y trapisondas joyceánicas, numen de Beremundo El Lelo para los de la trinca, nombre alternativo del personaje que en el *Erótico* de Plutarco lleva la batuta, nada menos que el padre del narrador empeñado en exaltar la dignidad divina de Eros mencionando el verso de Eurípides relativo a la acciopasión amorosa como "trabajo verdaderamente suave, labor por cierto no laboriosa *[πόνον ἡδὺν' ὡς ἀληθῶς 'κάματόν τ' εὐκάματον; un douce travail, un labeur non laborieux]*" (Plutarco 1. 758B - trad. Flacelière. 74), no sin economizar la paradoja más adelante, menos para contradecirla que para templarla: - "No es ocioso, como decía Eurípides *[οὐκ ἀργὸς ὤν, ὡς Εὐριπίδης ἔλεγεν; il n'est ni oisif, comme Euripides l'en accusait] (…)*". (*Ib.* 760D - 82)

Razón por la cual urge entretener el ardor cambalachero, caramelearlo aunque sea al revés:

> "*(…)* sin dar demasiado la cara. Por eso juego estúpidamente con la idea de escribir todo lo que no es de veras el cuento (de escribir todo lo que no sería Anabel, claro), y por eso el lujo de Poe y las vueltas en redondo, como ahora las ganas de traducir ese fragmento de Jacques Derrida que encontré anoche en *La vérité en peinture* y que no tiene absolutamente nada que ver con todo esto pero que se le aplica lo mismo en una inexplicable relación analógica, como esas piedras semipreciosas cuyas facetas revelan paisajes identificables, castillos o ciudades o montañas reconocibles. El fragmento es de difícil comprensión, como se acostumbra *chez* Derrida, y lo traduzco un poco a la que te criaste *(…)*". (C 2. 142)

A pesar de ciclos de conferencias, subastas epistémicas y campañas preventivas del Centro Cultural Natura Pictrix en asociación con el Instituto Medusa & Cía, seguiría desamparado ante lo que no tiene nada que ver con todo esto y que se le aplica lo mismo, singularmente ante la "entrada trastornante de una gata siamesa en una sala de computadoras" (*ib.* 148), donde el profesional definitivamente no da la talla, quizás porque debería parar mientes no tanto en el pedigrí cuanto en los parpadeos electroquímicos y otras intermitencias resaltadas por los piolines científicos disparados desde las rampa de *L'Express* hacia la tercera luna de Morelli, justo en el ojo de la casilla del caracol donde el viejo enterrador de la comarca perfilaría trancos de meta total, no sólo túneles, pasadizos y escotillas intermedias, sino puntadas de la meta de las metas aproximativas o metameta, el fin de la terrible *brincadeira* de una sola pierna, último pedicoj del "baile de la grulla", γέρανος, compás de cojera ni tan al gusto del consabido engendro, Teseo y Minotauro al tiempo, todavía no cabalmente arrancada la cabeza del tulipán bicorne en conformidad con las exigencias de los muros del muro periférico, suponiendo que dé más de una cara el guión descomunal, "estructura de coloso", κολοσσουργία de acuerdo con la raíz *kol-*, la de *columna* y *columen*, en celo de "erecciones" hipotecadas por el estupor de una monumentalidad descarada hasta el culmen del duelo por el corte que la impulsa a incorporar lo "cortado", κόλος, lo que él recuerda haber llamado "el *detalle* o la *detalla*, el paso de la talla-dura, siempre pequeña o mesurada, hacia la desmesura del sin-talla-dura *[le* détail *ou la* détaille, *le passage de la taille qui est toujours petite ou mesurée, à la démesure du sans-taille;* el detalle *o el* al detalle, *el paso de la talla, que siempre es pequeña o mesurada, a la desmesura del sin-talla]*, a lo inmenso" (D 5. 138 - trad. González y Scavino. 128-129), cuando la eminencia está en su punto mientras todavía procura vencer la dureza de lo definible tallando a todo dar y quedar, aproximadamente todo, pues

"Lo 'casi-demasiado-grande' de lo colosal (apresurados, traduciríamos: del falo que desdobla el cadáver [*pressés, nous traduirions: du phallus qui double le cadavre; para traducirlo rápidamente: del falo que dobla el cadáver*]; mas no apresurarse nunca cuando la erección está en juego, dejar hacerse la cosa) se determina por ende, si aún puede decirse, en su relativa indeterminación, como casi demasiado grande respecto a y en la mirada, si todavía pudiera decirse, de la presa [*trop grand au regard, si on pouvait encore dire, de la prise; demasiado grande para la mirada, si aún podemos decirlo, de la toma*], de la aprehensión, de nuestro poder de aprehensión." (*Ib*. 144 - 134)

Talla y acción de tallar, vía Kant todavía entonces: - "La imaginación es la talla-dura porque tiene dos tallas-duras. La talla-dura siempre tiene dos tallas-duras: ella de-limita. Tiene la talla-dura de lo que delimita y la talla-dura de lo que de-limita, de lo que ella limita y de lo que ahí se libera de su límite [*de ce qu'elle limte et de ce qui s'y libère de sa limite; de lo que limita y de lo que libera de su límite*]" (*ib*. 162 - 147), improtagonista de la derretida plétora del saber, porque - para leer al lector de Kant, para acercarse a la flor del salobre desapego que (si la preposición *para* sigue teniendo algún sentido, uno que no corte ni por lo sano ni por lo enfermo, pero que corte) no pertenece al arreglo del autor de "Parergon", ni de fundas ni de canastos, ni por el forro ni por el fierro, sino al autor de la *Crítica de la razón pura* y de la *Analítica de lo bello*, no precisamente deslizada en el "seno" de la doble herida del "sello" de cada cual, *sens*, *sans* y *sang* de *sein* y *seing* apenas - hay que saberlo:

"Este punto de vista del no-saber organiza el campo de la belleza. De la belleza, no lo olvidemos, llamada natural. Este punto de vista permite ver que un fin está a la vista, que ahí hay forma de finalidad, pero no se ve con vista a qué está a la vista el todo, la totalidad organizada. No se ve su fin. Tal punto de vista, de punta en blanco [*de but en blanc; de buenas a primeras* [*de but en blanc*]*], dobla la totalidad para que falte a sí misma. Pero esta falta no la priva de una parte. Esta falta no la priva de nada. No es una falta. El objeto bello, el tulipán, es un todo y es el sentimiento de su harmoniosa completud lo que nos libra la belleza. El *sin/sangre/sentido* del corte puro [*Le sans de la coupure pure; el sin del corte puro*] es sin falta, sin falta de nada. (...) Desde este punto de vista la belleza nunca es vista, ni en la totalidad ni fuera de ella: el *sin/sangre/sentido* no es visible, sensible, perceptible, no existe. Y sin embargo *lo hay* y es bello. Eso *da-lo-bello* [*Ça donne-le-beau; Eso da-lo bello*].
¿Este *sin/sangre/sentido* es traducible? Su cuerpo se dejará arrancar de su lengua sin perder en aquello un resto de vida? ¿*Sine*? ¿*ohne*? ¿*without*? ¿*aneu*? ('Música hematográfica' del *Tímpano*)." (*Ib*. 102-103 - 99-100)

Ni tan al tanto del repente conforme a "*de but en blanc*", pero admitiendo en la mira del *Robert* que la locución registrada desde 1660 habría ensordecido *de pointe en blanc* y *de blanc en blanc* por referirse al "hecho de tirar desde un puesto de tiro apuntando directamente el blanco del acertero (hoy sin servirse de un dispositivo de elevación móvil); la expresión se ha divulgado con el sentido metafórico de 'bruscamente, sin preparación'", consabido el delator de lo bello hasta cierto punto, incierto punto, pico de ubicación esquiva, la traza hemorrágica de la "ausencia de objetivo *[absence de but]*" (*ib.* 103 - 100) estira la cumbre "donadora", reconocido o reconocida *donneuse,* "soplón" derretido y feminizado ya sinónimo de *balance,* sin disparar a ventana señalada las entretelas del "Tímpano" referido de refilón por el autor y empantanado por la traductora con el empaque de su coyuntura y su lugar como si perteneciera a Michel Leiris y a Derrida el poder combinatorio que manipula "jerarquía" y "envolvimiento", *hiérarquie* y *enveloppement,* tipos de la apropiante investidura del otro tímpano, que de musical no tiene nada, el que toca "destruir" (D 6. XIV-XV - trad. González Marín 26-27), aunque no así, no trocando desde la primera línea "*tympaniser - la philosophie*" por "criticar - la filosofía" (*ib.* I - 17) o dando a saber que desconstruir sería enderezar entuertos, deshacer yerros y raer periodizaciones periodísticas de presentaderas como las subtituladas "Después de la filosofía" (González Marín 9), sin bajar dichas entretelas entonces, valga la insistencia, pues motivos, motes y motetes artaupédicos han de padecer otramente los estragos de la deslenguazón del substantivo y demás partes del discurso, τύμπανον y "tímpano" ya que estuvimos, "tamborcito", "pandereta" y "rueda de tortura", "membrana templada entre el oído medio y el conducto auditivo externo", "rueda hidráulica" otrosí, menos de Vitrubio que de Lafaye, a un pelo del vórtice absoluto, máquina "hegeliana tal vez" (D 6. XVII - trad. González Marín 28), acepciones aproximables a los modos de modificación del suplicio iniciático, buído gasto de coacción y cocción ya no tan opuestas al obtuso y monótono tormento del funcionario en que se ha convertido el ciudadano, documentado o indocumentado, amén de otros mártires fuera de concurso, más bien agotamiento de la marca sacrificial en la fusión de banalidad y aventura, recoger y cazar, cesto y flecha, canto femenino, repetitivo, y canto varonil, improvisado, *chengaruvará* y *prera,* vocablos cazados por otro viajero muy lejos de aquí, entre los indios del Paraguay (Clastres 95), traídos aquí de los cabellos sin frenar cursivas, convertidos en chaquiras silábicas regadas entre flautas guajiras y pitos argelinos, porque en esta tienda de chucherías artesanales se precisa:

> "Luxar *[luxer; dislocar],* timpanizar el autismo filosófico, esto nunca se opera *en* [dans; *en*] el concepto y sin algún encarnizado destrozo de la lengua *[carnage de la langue; carnicería de la lengua].* Ésta entonces desfonda *[défonce; hunde]* la bóveda, la unidad cerrada y volutada *[volutée; con volutas]* del paladar. Prolifera por fuera hasta ya no ser *comprendida* [comprise; *comprendida*]. Ya no es *la* [la; *la*] lengua.
> Música hematográfica.
> *El júbilo sexual es una escogencia* [choix; elección] *de glotis,*
> *de la esquirla del quiste de una raíz dentaria,*
> *una escogencia de canal de otitis,*
> *del mal tintineo auricular,*
> *de una mala instilación de sonido,*
> *de corriente gorgeada sobre la alfombra de fondo,*
> *del opaco espesor,*
> *la aplicación elegida de la escogencia de este aplique* [élue du choix de cette applique; elegida de la opción de este adorno] *en hilo tallado, para escapar a la música prolífica avárica* [avarique; avaricia] *obtusa*

sin gor, ni jeo, ni gorjeo,
y que no tiene ni tono ni edad.'
Artaud (diciembre de 1946)" (D 6. VII-VIII - trad. González Marín 22),

sea por lucir buenos modales a las puertas de la narración afilosofada, donde en lugar de
arremeter contra las aldabas es aconsejable tamborilear la Balada de Persse O'Reilly, conocida
como Himno de Orad O'Rejas en los círculos dublineses más reacios a la emancipación y
con toda seguridad responsables de los infundios que comprometen la imagen de la *Forficula
auricularia*, vulgar "pinchaorejas" o "tijereta", pinzas de convicción y cercos posteriores
agigantados por las malas lenguas hasta amenazar de castración *per aurem* al atrevido que
pretenda encestar ancestros y convocar cofrades de apofrades compactando en el mentado
maletín ejecutivo la maldición del Madre-Padre del Cuento, sus escarceos insectuosos - ecos
de pseudolapsus insinuados por la efectiva pifia tipográfica traída a todos los cuentos en
medio de las innumerables divisiones y subdivisiones de las/los "'Hormigas', el 'horno/
metido', 'cuatro/yo' ['Fourmis', le 'four/mis', 'four/me']" (D 7. 71), cuando tuvo "la suerte de
ver aparecer un gazapo *[coquille]*" en las pruebas de *De la gramatología* (*ib*. 94), imposible
medida de artejos en metida de patas y antenas febriles invadiendo los microchips del
teleprompter presidencial, desunidades de información desbordando la mera negatividad
del saboteo de la agencia de control de *Infra-red*, clip de *Placebo* dirigido por Ed Holdsworth
en febrero de 2006, marabunta revolucionaria del famoso cagadero que, a insabiendas de
que "el resto introduce siempre un suplemento divisible, afecta de divisibilidad" (D 8. 46),
ramifican el embudo arcano las insinuaciones del intruso multiplicado, "(...) *(testis, terstis)*,
ese tercero que, deslizándose siempre entre tú y tú, entre sí y sí, ha de insinuar la diferencia
sexual en el dual y en el duelo insectuoso *[dans le duel insectueux]*, ¿porqué no se le vería la
esencia de la literatura más secreta? ¿O por lo menos la discreción imperceptible de su lugar,
su posibilidad intersticial? Es así que se lee y que así se escribe: secreto del secreto sorprendido
a priori. Saber y no saber" (D 7. 100) - retozos de *insecta* - neutro plural, "de *inseco*, que
significa cortar, disecar, a veces desgarrar con los dientes (*dentibus aliquid insecare*), reducir
en trocitos" (*ib*. 75) - sobre el verdor:

"¡Ay de sus pobres niños inocentes / Mas con el ojo puesto en su legítima
misieñera! / Cuando esa frauce agarre al viejo Earwicker / ¿No habrá pinchapichas
sobre el pasto? / (Coro) Grandes pinchapichas sobre el pasto, / Las más anchas
jamás vistas *['Tis sore pity for his innocent poor children / But look out for his missus
legitimate! / When that frew gets a grip of old Earwicker / Won't there be earwigs
on the green? / (Chorus) Big earwigs on the green, / The largest ever you seen; C'est
vraiment dommage pour ses pauvres enfants innocents / mais vise un peu sa légitime!
/ Lorsque madame met la main sur le vieil Earwicker / n'ont-ils pas l'air de jouer à
perce-oreille tous les deux? / (Chœur) comme deux gros incextes / de l'espèce la plus
grosse qu'on ait jamais vue; ¡Lástima de inocente criatura! / Pero ojo con tu legítima
mujer / Que si agarra por su cuenta al viejo Earwicker / Verás cómo lo va a joder.
/ (Coro) Y el pelo se le va a caer; È davvero un peccato per i suoi poveri bambini
innocenti / Ma guardate la sua signora legittima! Quando quella fru riuscirà ad
afferrare il vecchio Earwicker / Non ci saranno ervigghie sopra il prato? / (Coro)*

Grandi ervigghie sul prato, / Le piú grandi che abbiate mai veduto]" (Joyce 1. 47.
13-18- trad.: Lavergne 54. 24-29; Pozanco 35. 13-17; Schenoni 47bis. 13-18);

sea en virtud del ademán consistente en convidar el lascivo derviche llamado *cuspe* en Pasto, de
kushpe, "perinola", y de *kushpana*, "revolcar", "saltar peces en el agua", acción y pasión afines
al *lascivere* de toda diversión, ácuea, ígnea, aérea o telúrica, incluyendo el impasatiempo del
"trompo alado bajo el zumbel tortuoso *[torto volitans sub verbere turbo]"* (*Eneida* VII, v. 378)
si azotes de capas tectónicas silbaran en el pecho de una reina más poseída que yegua haitiana
y si el patriota degollado por los secuaces de Rosas tradujera los revoloteos de la purpúrea
corbata del apóstol de los Pictos resolviendo en sierpes los talones del niño sobre los ijares del
caso para exasperar un caracoleo ya peligrosamente vertiginoso en medio de los jinetes del
vecindario que "a toda carrera enredan las trazas tejiendo huidas y embates jocosos *[vestigia
cursu / inpediunt texuntque fugas et proelia ludo]"* (V, vs. 592-593), no sólo "como los delfines,
que nadando a través de la líquida extensión cortan el mar Carpático y el Líbico y se deleitan
entre olas *[delphinum similes, qui per maria umida nando / Carpathium Libycumque secant
luduntque per undas]"* (vs. 594-595), sino también y en primer lugar por afiladura quiasmática
de navajas comparativas y pétrea superchería de los cuatro versos inmediatamente anteriores,
pueril y ya extinta, frenética e inerte, lúdica y dolosa coreografía de lomos intermitentes y
vértices de libérrimas aletas entretejidos con esquinas asmáticas y corredores ahorcados de
remotas rimas, "tal como se cuenta que por engaño de doble filo y mil caminos otrora en las
alturas de Creta hubiese tejido el Laberinto una senda de muros ciegos, donde el huidizo e
irremediable extravío maceraba las señas de lo continuo *[ut quondam Creta fertur Labyrinthus
in alta / parietibus textum caecis iter ancipitemque / mille viis habuisse dolum, qua signa sequendi
/ frangeret indeprensus et inremediabilis error]"* (vs. 588-591); sea por obra y gracia de quien
acelera el movimiento rotatorio hasta la zafada del tímpano de Lafaye de sí mismo en sí propio
caído, colapsado y reducido por ende y allende al perfil y al movimiento del sombrero que
Wagner habría lanzado a las aguas de cierto canal veneciano, anécdota traída a cuento en
la galería Templon juntamente con el recuerdo de los 3.000 anormales asesinados en cierta
abadía no tan lejos de aquel tramo del Rin, si no traspapeleo los apuntes de esa tarde, justo en
frente de *Sobre las puntas (Der Rhein)*, Maguncia y su circunspecto artrópodo antropomorfo
pues, sin desestimar el deseo de empinarse cada vez que le acontece pisar de nuevo aquella
tierra, en puntas de pies, ápices de pinceles, alfileres de espigas, avanza el bailarín enmascarado,
"*larvatus prodest*" ventilaría Almeyra por trabuco de vudú alatinado, no para eximir de toda
responsabilidad formal la prenda echada a rodar en medio del bucólico miserere con ímpetu
restitutivo digno del anillo de siempre, casi lo contrario, *trabocchetto* (de *traboccare*, a juicio de
Oli y Devoto forma verbal endeudada con el provenzal *trabucar* en el cruce del prefijo *tra-* con
el substantivo *bocca*, "desbordar" o "desbordarse", a la letra "ir más allá de la boca", "desbocar" o
"desembocar"), "escotillón" de colores, claraboya de trazos relativamente inconsultos, más bien
pendientes de la "vocecita" que sopla donde la santa gana dicta, esa *vocina* que Antonio Tabucchi,
su compadre, describe por intercesión no propiamente didáctica, adolorida indulgencia del
genio de lo impropio, más o menos después de haber citado las voces de Cavafy, que "hablan
solamente a quien puede escucharlas, a la vez emisor y receptor", y las indirectas del acusmático
definido por los Padres de la Iglesia como "magnífico círculo vicioso *[magnifique cercle vicieux;
εξαίσιος φαύλος κύκλος; magnificent visual circle]"* (Tabucchi 32 - trad.: Crysostomides 105;

Young 115), absuelto de toda culpa a oídos del traductor más rectilíneo, antes o después de la mismísima "Santa Cecilia que, en la coyuntura del martirio, escuchó las voces de los ángeles cantar adentro de ella misma" (*ib.*), así como los mugidos del astado retumban en el arquitecto, no siempre por intermedio del intérprete si se cuestionan las vicisitudes de una dilatación todavía abocada al homérico εὐρύς, atributo del mar abierto no del todo fuera de lugar cuando la metamorfosis deriva en διάλυσις, "licuefacción" de ángulos y contornos escamoteada por el traductor menos propenso a las viciosidades:

> "¿Una suerte de golpe de silbato? ¿Una suerte de agudo plañido? Algo por el estilo, pero en forma de ultrasonido. En suma: un llamado. Algo que te llama de muy lejos, desde el fondo de los abismos. Y tú lo escuchas. Y entonces, de improviso, ferozmente, surge el relieve de los contornos. Ese silbido impostor que te ha alcanzado, mudo, viola la vista afilándola: pero dilata sus contornos [*viole la vue en l'aiguisant: mais il dilate ses contours;* βιάζει την όραση, οξύνοντάς την: Διευρύνει όμως τα περιγράμματά της; *violates your vision, making it sharpe: but it dilates its contours*], los ángulos, como si, ya definitivamente, vieras aumentar la existencia de los objetos en el espacio, con una significación nueva que les confiere el hecho de dilatarse. Han cambiado de geometría y ahora se derriten [*se liquéfient;* διαλύονται].
>
> El Minotauro se interrumpió, cerró la cabeza entre sus manos y en seguida la frotó contra el muro, como hacen los animales enfermos. – Continúa, dijo Dédalo."
> (*Ib.* 42 - 108; 117)

A dos o tres cuadras del viñedo, el tropel de tulipanes y la hostería *Au Lapin Agile*, oasis rural en pleno Montmartre, en cuanto a los efectos menos especiales de la bendita *vocina*, retornos de contornos impresos con precisión de huella digital, no a la fuerza sino a la mengua de una rendición sin pacto, podría admitir que la centrífuga pintada en estricto laberinto propaga conjunciones y disyunciones de poco celestes esferas topetándose cinco pisos más abajo del firmamento de tarros de pintura dispuestos sobre el parquet del taller, desde el fondo de los abismos cuando la sequedad del impacto no viene al caso sino a la tersura que quizás llamaría "destino" un jugador de chaza no necesariamente fatalista, de los que en Pasto se la pasan al lado del Hospital Departamental, tino del desatino de la bocha del momento si, por efusión de δίνη, "vórtice", "gorga", "giro", "rotación", con semejante facultad expansiva "de vastos remolinos", εὐρυδίνης, se conectaran tierra a tierra los estímulos.

No sin que alguien se haya previamente detenido en la mitad del perímetro marcado sobre el polvo de la cancha que uno de los miembros del club privado *La Petanca del Otero* dijo llamarse "redondel" cuando resolví acercarme al 7 bis de la Rue Becquerel para informarme acerca del preciso lugar en que toca erguirse para arrojar el modestísimo subgénero de astro indispensable al sistema planetario en juego: tan sólo al cerrárseme la puerta me habría decepcionado el previsible nombre de "*le rond*" porque, a la luz del monosílabo espetado por un socio deseoso de deshacerse sin tardar del fisgoneo, razones sobraron en seguida para reconsiderar el remolino de un boliche a la desmedida del artista cuyo deporte preferido más bien sería el boxeo, hasta llegar a confundirlo con su oficio en el entrevero del desconsuelo y de la excelencia de un *match* ganado por puntos: -"Quizás *Anagrammi* sea mi mejor cuadro, pero es también el que menos me consuela, no hubo *knock-out* liberador" (Adami 1. 78), mientras las bochas apenas le merecen la pasajera evocación de un partido en la margen de un certamen patrocinado por la Fundación Maeght, Camilla y él por un lado, Simone Signoret e Yves Montand por el otro, en Saint-Paul-de-Vence.

Grillos nocturnos y semidistraídos acordes de guitarra: a mi manera de no ver y trasoír topetones y roces concomitantes en el lapso indecidible del arranque que los músicos llaman "ataque" y en razón de motivos, motes y motetes inherentes a la mitología del picadero de la redondez habitual, habría que tantear las señales del verano sin embizcarse ante las rodelas de esos centuriones arrimados a la cruz de siempre.

Y cuidado con estos espejos de supermercado ficticio.

Enfréntese y esquívese el plenilunio rodante. Bríncese sobre la trampa espiralada entreabierta bajo los tenis del ángel de raqueta amarilla en la mitad del *ring*. Enfóquese la bola humanoide torneada en abril de 2012, su fez bien calado. Entáblense conversas con el megáfono del watercloset falsamente opuesto al disco del chambergo luminoso o entenebrado. Desclávese al fin la charla con las variantes más prosaicas del *ushnîsha*, el turbante de Shîva desleído en corola de *ushná*, "calor solar" ya reciclado en rayos de toro cretense y cuernos mosaicos, modulaciones de κορώνη, "cabo recorvo", "corona", "cumplimiento", de donde κορωνίς, "cornisa" para el arquitecto, "marmosete" para el imprentero, resalto que el *Robert* acerca a *corniche* no sin aludir a la hipótesis que en las *cornici* reconducibles a "marcos" no siempre dantescos deja atisbar el "representante del latín *cornix* (⟼ corneja) mediante un desplazamiento metafórico comparable al de *cuervo [corbeau]* y, en griego, de *kôronê* 'extremidad encorvada', 'corneja'", migración acorde con la fama del coronopo, "pie de cuervo", "hierba-estrella", *Plantago coronopus*, óptimo para catarros, asmas y disturbios respiratorios en general, bálsamo de signo homeopáticamente concebido para aliviar la gravedad parergonal que ante su puerta tiene al naúfrago lunario tragándose la baba del deseo de olvido, clavado al canapé cabe el busto de Palas Atenea, mascarón de proa orgulloso de los graznidos analíticos brotados de su seno así como la diosa del regazo craneano de su padre, armada hasta los dientes, a pie juntillas y de una vez por todas *nevermore*.

En suma y en resta, ojo al tragaluz de *Figura crocefissa / "We Want Peace" (Dedicato a Ben Shahn)*, ojo, oreja, nariz y mano al *spot-darkness* del conejo desplazado que confunde las ramas crispadas con la amenaza del tronco dimanante gotas de savia o sanguaza, a menos que el vado arborescente no tiente el irrequieto rollo de la casa de Arona, donde Elio Petri quería rodar una película de fantasmas, el envoltorio de lienzos estremecido a las tres de la mañana, cuando dejó tirada la obra, subió al otro piso, repasó en volandas las ristras de ajos y se metió en la cama entre Onda y Blondi, perros de su vida, fuera lo que fuera la instancia que antes de tumbar la columna de telas vírgenes había solicitado los botes de una injustificable pelotita al pie del caballete. Todo por haber gritado: – "Si eres Gide ¡déjate ver!"

Atención, aunque no mucha. Nada grave, o el compadre que definió como "mesianismo pictórico" (Ferraris 15) semejantes bodas con el lápiz, la goma de borrar, los colores y el *lapis philosophorum*, no habría sido el fundador del Laboratorio de Ontología de la Universidad de Turín, promotor de novedades teletécnicas refractario a los desvelos místicos, libre por ende de la menor sospecha de obscurantismo, ni sería dado asomarse al brocal de la rosa de Tales redundante en bóveda celeste por extremar las leyes hiperfísicas que rigen el rebote de la pregunta y la carambola del jeroglífico levantado sobre el solar de *Calle de dirección única*: - "¿Qué es, en definitiva, lo que sitúa los anuncios publicitarios tan por encima de la crítica? No lo que dice el eléctrico y rojo flujo de escritura - el charco de fuego, que lo refleja sobre el asfalto *[Was macht zuletzt Reklame der Kritik so überlegen? Nicht was die rote elektrische Laufschrift sagt - die Feuerlache, die auf dem Asphalt sie spiegelt]*" (Benjamin 2. 132 - cfr. trad.: Del Solar y Allendesalazar 77; Navarro 72), a falta de verdadero soporte espiral de *botola*, antigua *bodola* pariente del tema ligur prelatino **bodo*, "zanja", por ende "fosa travestida", sobre papel, sobre lienzo o sobre escenario urbano sepulcro y pila bautismal de muerte renaciente y casi viceversa, el hijo de Derrida que firmara su canción con el apellido de la abuela materna: - "Tela de aire. En un charco, siluetas de árboles desnudos negros sobre cielo blanco. Brinco del charco al suelo, caída del cielo en el charco, rebrinco, cielo. Recaída" (Alferi 15), desmercantilización por abuso de interés y entrada por salida de uno cualquiera de los estanques resequidos, donde cristales en edípicos añicos reemplazan el gofio de antaño, porque se ve, es evidente, salta ferozmente a la vista:

"Se camina entre las tumbas, entre nostalgias y amores...
El inicio de un dibujo es precedido por un largo trabajo que consiste en espigar entre todas esas esquelas *[un lungo lavoro che consiste nello spigolare fra tutte quelle schede; un long travail qui consiste à glaner parmi toutes les fiches; μια χρονοβόρο εργασία, η οποία συνίσταται στη σταχυολόγηση από το αρχείο; a time-devouring toil that starts when we pick elements from the archives of our impressions]* recogidas en nuestros paseos por la ciudad, en nuestro diario secreto, etc." (Adami 2. 15a - trad.: Gaillard 15b; Aliferes 83a; Triantafillou 83b)

Ubicación definitivamente huidiza del pico nevoso de aquí arriba, sin escalada propiamente dicha o impropiamente callada, contando a medias tintas con escalonaduras *sui generis*, de las que pudo hacer y rehacer su agosto el "pleronoma - postalfacio en nombre del nombre *[posteface au nom du nom]*", suyo ante todo si del todo suyo fuera el estío autográfico, lluviecita de granos encima de la reja del gallinero de la mundialatinización relampagueando a través del "negocio de fronteras, de marcas, de marchas escalonadas y escalones en marcha - del Imperio; y de márgenes: por ahí puede leerse como en los posos del café *[affaire de frontières, de marques et de marches - de l'Empire; et de marges: on peut y lire comme dans le marc de café]*" (Froment-Meurice 281), tamaña partida de barandas, petos, parapetos, descansillos y gradas de acordeón, cuando al refrote de los élitros se añade en *Summer marshes* el llanto de un recién nacido, discreto tránsito de la pregunta esperanzada a la certeza de la pérdida repercutida en llamado sin respuesta evidente, pobre Gershwin, pobre querubín protector, cuando el alma se ha extraviado tomando picotazos de vidrios rotos por zigzagueos de libélulas, pasión estereofónica de un oído completamente distinto, el que "desborda y hace reventar: por una parte obliga a contar en su margen más y menos de lo que se cree decir o leer, quiebre de ola *[déferlement; rompimiento]* relativo a la estructura de la marca (es la misma palabra que *marcha,* como límite, y que *margen [la marque (c'est le même mot que* marche, *comme limite, et que* marge*])*; por otra parte luxa el cuerpo mismo de los enunciados en su pretensión a la unidad unívoca o a la polisemia reglamentada" (D 6. XX - trad. González Marín 30-31), antecocina, cocina y postcocina sobre el batiente del fantástico concepto, ni dentro ni fuera del rótulo espectacular, marginalidad sobre la marcha otrora cotidiana de un diario metido y extraído por influjo de la sospechosa preposición inseparable *para-,* "junto a" o "al lado de", en la línea de παρά, comprometida con las ideas de "procedencia", "cercanía" y "concernencia", el indecidible deslinde de ἔργον y ἐνέργεια que del umbilical derecho de lo idéntico saca vacíos de azaña, trámites de cometa sobre la fosa que es preciso no traducir en la boca del experto atónito porque para retar al santo del hábito y a la partera incrédula la fe no justifica túneles de cremalleras ni meandros de ventanucos membranosos, cuando de ordinario el nítido perímetro conmueve la sencillez y perturba el paso que jamás fue simple, tal como reza el bizarro paréntesis ofrecido al carácter exclusivo de la cuña, "(*Parergon* significa también lo excepcional, lo insólito, lo extraordinario.)" (D 5. 67 - trad. González y Scavino 68), abortivo aborto o retroparto al servicio del alivio del muerto y de la angelificación del monstruo, aunque y precisamente por consistir el parergon en "un desasimiento mal desasible *[un détachement mal détachable]*" (*ib.* 67 - 70), desapego escupido y traspasado, *signum contradictionis,* ovillo de otro hijo de Saturno en el jardín del amor bien colorido, untadura de piedra sazonada con *amadou* provenzal ya enlazado con *Ungulina fomentaria,* parásito en forma de casco de caballo aprovechable como yesca y remedio contra la transpiración excesiva, comprometido asimismo con los castos afectos del *amador* cátaro, sin chistar del ungüento empleado por los agentes del consenso callejero para enmarillecerse el rostro y engatusar emociones, *amadoue* referido desde el siglo XVII pero ciertamente anterior, como atestigua el derivado *amadouer* desde el XVI°, número eternamente ganador del bingo intergaláctico en que íntimo y remoto confluyen y vuelven a fluir, escribir sobre sí mismo y trocar por vértebras ajenas las teclas dorsales de quien escribe, "casi como si Anabel estuviera queriendo escribir un cuento y se acordara de mí" (C 2. 173), *input* o *output* de igual salmuera, sin objeto ni sujeto, rescatando entonces la rascazón de Morelli por el costado humanista de la materia animada, donde se cree "que a cada sucesiva derrota hay un acercamiento a la mutación final, y que el hombre no es sino que busca ser, proyecta ser, manoteando entre palabras y conducta y alegría salpicada de sangre y otras retóricas como ésta" (C 4. 418), cabos astralmente sueltos de rubores crepusculares a las largas muy bien amarrados en torno del rabo casi rosadísimo de una pantera que no quiere aruñar lo que aruña, harta del estilo de su falta de estilo, absorta en su refrote contra renglones que habrían justificado de antemano el título de *62 modelo para armar* según la desconcertante señal de tráfico que debería aplacar el desconcierto ante las acrobáticas maniobras de un armatoste volador compuesto de hojas roídas y arrugadas, recogidas y meticulosamente dispuestas por Dafne prisionera, Françoise volátil, Anabel interna, Albertine elevada a "la vida inconsciente de los vegetales" (Pr 2. 1654 - trad Armiño 55), ningún belvedere carnal de par en par explayado, sino transubstancia de lo visto dormida más a fondo, vista de su propio balcón, no una cualquiera sino de la bahía de Balbec, casi en persona ella misma "todo un paisaje" (*ib.* 1655 - 55) sin que el tritón capaz de sondearla vuelque todavía la ola, mar de Marcel menos que nadie, oleaje de ocelos sonámbulos sobre gata, flor, árbol, piedra, arena y piélago, mascota cósmica naturalizada a morir, como si el ronroneo de la primera mención de "*le* sans *de la coupure pure*" descoyuntara expeditos dispositivos de marquetería en aluminio o acero galvanizado aptos para sujetar el cristal, el paspartú eventual, la superficie de la obra gráfica, el cartón o la tabla del envés y el tensor pertinente, aquí guiones esquineros confirmando que nada se sujeta u objeta donde algo parecido al modelo liliáceo anda en pos de abrazaderas:

"El tulipán es ejemplar del *sin/sangre/sentido* del corte puro

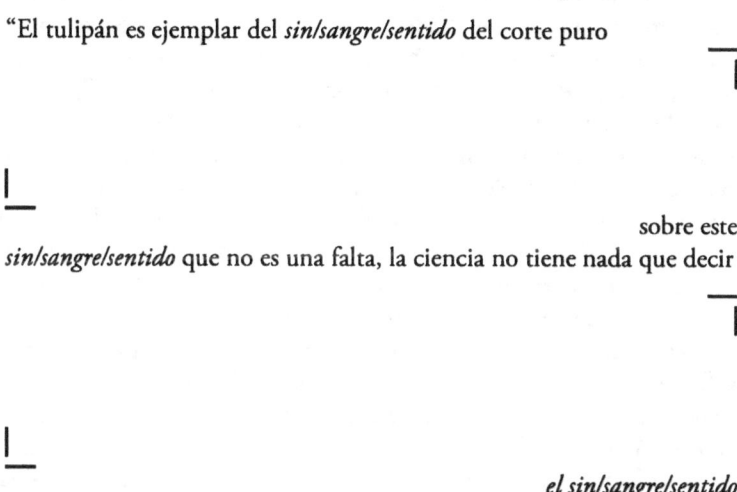

sobre este *sin/sangre/sentido* que no es una falta, la ciencia no tiene nada que decir

el *sin/sangre/sentido* anunciábase en el utensilio desfectado, difunto *(defunctum)*, privado de su funcionamiento en el hueco sin mango del artefacto. Al interrumpir un movimiento finalizado pero dejando una traza, la muerte tiene siempre una relación esencial con este corte, el hiato de este abismo donde lo bello sorprende. Lo anuncia pero no es bella en sí misma. Da lugar a lo bello sólo en la interruptura *[interrupture]* donde deja aparecer el *sin/sangre/sentido*." (D 5. 101 - Cfr. trad. González y Scavino 98)

Tanto más indecisos cuanto más vigilantes, a la trépida expectativa del sentido hemorrágico, *pikkha-la*, "viscoso", "lubrico", *slippery* traduce MacDonell, "resbaloso" y "astuto", atributos ante todo concernientes al parpadeo de la "cola del pavo real", *pikkha*, cuyas plumas apretadas en ramillete ostentan prestidigitadores y malabaristas de la India, quien surca la planicie del Nîrvana sobre el monociclo del Samsâra transmuta el turbulento despliegue de los cabellos de Shîva en sombrilla de Mucalinda, cambalache de culebrero afecto a las pavesas de la mandorla de fuego que rodea al bochista de los eones siendo por él rodeada, tirando de cupitel en los suspensivos del hueco a dos pasos y mil leguas de la omisión del sacrificio patriótico, "hueco de cuento, un embudo de cuento" (C 2. 143), el de Anabel, por supuesto, repuesto de Abel con prima de expansión anal, otro recodo de la laberíntica historia del que "pasa dos veces la lengua por la estampilla, la primera para ablandar la goma, la segunda para sentir porque eso no / cambia" (C 8. 76), muchos años antes aunque ya desde entonces atentísimo al diseño del mobiliario postal y a los derechos de las cáscaras, hasta la introducción categórica:

- "Buzón Albel Adentro! mañana / en poder del destinatario / y el sobre a la basura" (*ib*. 77), no menos que hoy mismo al revoltijo de un contenedor nada relamido, mucho más relajado que el sobre, burdelesco sobre de sobres en que la portátil anda por ahí mangoneando con el desenfado de un tal Lucas, trabada con los proverbiales estandartes de lo masculino la susodicha Olympia Traveler de Luxe, "metida en una valija entre pantalones, botellas de ron y libros" (C 2. 139), no exactamente desgarrada entre borrachera y cultura sino en promiscuo contacto con los elementos indispensables a la "rasca" erudita, aguántese el colombianismo, *Rausch* de benjaminiana y revolucionaria memoria, nepente de marca, porque habrá que imaginárselos hinchos de la perra letrada esos calzones, tal como podrían figurar en las notas del 2 de febrero de 1982, antes de que el dueño se declare incapaz de la doble mirada, negado al quiasmo de visión y ceguera, receloso de la reminiscencia amnésica, cero intelectual a la luctuosa derecha de concreciones bioypolíticas encarnadas en la belleza que a los trece, con la enardecida colaboración de su propia madre, fue violada por un vendedor de autos nuevos y usados con el que muy coincidencialmente el diarista se había topado muchos años antes, un tal Rosatti, "hombre que apreciábamos por el humor y la generosidad" (*ib*. 160), a lo peor hasta cariñoso, el mismo que en el comedor de un hotel del polvoriento Bolívar, cierta noche de verano, había reconstruido por pelos y bucles el pobre triángulo, ante machos locuaces y respectivos pocillos de café con grapa, "entre avergonzado y desafiante" (*ib*.161), más confuso que retador, dicho sea no tan de paso para que a nadie se le ocurra confundir los desafíos narrativos, del bonachón viajante de comercio y del triste vagabundo del verbo, uno impotente ante el recuerdo de las lágrimas y los gritos de la pequeña Anabel desleídos en el silencio de los compadres, espeso aunque efímero, otro impotente ante el deseo de pintarla ya crecidita como sabría papá Bioy, "desde cerca y hondo y a la vez mostrando esa distancia, ese desasimiento que decide poner (no puedo pensar que no sea una decisión) entre algunos de sus personajes y el narrador" (*ib* . 140), así como el que "se aleja del caballete para abrazar mejor la totalidad de su imagen y saber donde debe dar las pinceladas definitorias" (*ib*.), casi a la inversa silueta grabada por dentro sin el menor chance de receso, acosadas sin escapatoria las añoranzas del bailarín representante de un organismo filantrópico consagrado al cultivo de los talentos artísticos de las juventudes menos favorecidas que habiendo ofrecido a Lady Gabriella Windsor el título de miembro honorífico de la junta directiva de dicho organismo, a pesar y por el peso de la cortés negativa, confesaría: - "Tiene una manera de mirarte a los ojos que a veces resulta un poco embarazosa, es una forma de entrar en tu ser, de desnudarte, que no había sentido desde hace mucho tiempo" (Martínez 49), desnudez de otrora y cita secreta devuelta sin diferir ni pío al lector de ahora, tronco ignoto de carne y yeso suscrito a la revista *Caras*, epifánico fetiche, "germengema *[germegemme]*" de lo clásico (Guidieri 66), inacabable toque de clases difuntas si fuera dado transitar de Magritte a De Chirico siguiendo el repicar de las campanas de bracete con un conquiliólogo curtido en playas de Melanesia, para ahondar la lejanía de otra memoria, a no saber:

"*(…)* una memoria donde reside la casa familiar que no conocemos, los amigos queridos que envidiamos. Llegar a apoderarnos de todo esto, cosa tan difícil, tan reacia, es lo que confiere a la mirada mucho más que su simple belleza material (eso puede explicar que un mismo joven despierte toda una novela en la imaginación de una mujer que ha oído decir que era el príncipe de Gales, y deje de prestarle atención cuando descubre que se ha equivocado); encontrar a la modistilla en la casa de citas es encontrarla vacía de esa vida desconocida que la penetra y que aspiramos a poseer con ella, es acercarnos a unos ojos vueltos de hecho simples piedras preciosas, a una nariz cuyo fruncimiento *[froncement; mohín; gesto; quivering]* está tan desprovisto de significado como el de una flor" (Pr 2. 1731 - trad.: Armiño 142; Berges 188; Scott Moncrieff 118),

entrega *in puribus* de lo que hubiera sido desconocido, circuido y penetrado más bien por una mujer de la vida de tan alta definición cuanto la hija del primo de la reina Isabel, el príncipe Michael de Kent, ni tan *many and many years ago, in a kingdom by the sea* acechante desde el ventanal hagiográfico, belvedere del esfínter en el límite edénico de la hoja vedada por el ángel, donde está por naufragar la escritura, cuando se arma el alibi de la penetración anabélica:

"Me será imposible porque siento que Anabel me va a invadir de entrada como cuando la conocí en Buenos Aires al final de los años cuarenta, y aunque ella sería incapaz de imaginar este cuento - si vive, si todavía anda por ahí, vieja como yo -, lo mismo va a hacer todo lo necesario para impedirme que lo escriba como me hubiera gustado, quiero decir un poco como hubiera sabido escribirlo Bioy si hubiera conocido Anabel." (C 2. 141)

Dándoselas además de agudo como punta de colchón en lago de pachorra, pues quien asume el aro de la seducción, "quien lleva aretes", lo "enroscado" y por ende la "serpiente", en una palabra *kundalin*, "a. *wearing earrings; coiled;* m. *snake*", participa de la naturaleza y se hunde en el artificio de *kunda*, "cántaro, jarro, olla; escotillón *[scuttle]*; cavidad redonda abierta en el suelo", y de *kundala*, "aro, esp. arete", donde y cuando la espiral del reptil y el bostezo del cuenco conciben, concentran y conciernen - de distintas maneras, demasiadas maneras, nauseantes maneras - indiferencia de *kuntha*, "embotado; relajado; entontecido *[blunt; relaxed; dulled]*", y desafección raizal de *kunthatâ*, "insensibilidad (de un miembro) *[absence of feeling (in a limb)]*", desinterés en baño de cinismo no siempre ajeno al buen humor y a la generosidad en que patrón inerte y mercancía animada traban espejismos:

"*(...)* tardes enteras en la pieza, el cine, la milonga y algo que a lo mejor era cariño, en todo caso ganas de reirse por cualquier cosa, generosidad nada mentida en la manera que tenía Anabel de buscar y dar el goce. Imposible que fuera así con los otros, los clientes, y por eso no me importaban (la idea era que no me importaba Anabel, pero por qué me acuerdo hoy de todo esto), aunque en el fondo hubiera preferido ser el único, vivir así con Anabel y del otro lado con Susana, claro." (*Ib.* 162)

En principio y en redondo la amargura de lo imposible debería inaugurarse desde las vacuas sangrías de la primera página, las únicas del diario, básicas, chupadas por los paréntesis de un lábil autoexamen en las divergencias del arranque, llagas encarnizadas de ataque bicorne:

"(...) metida en una valija entre pantalones,
botellas de ron y libros),
así a veces, cuando cae la noche y pongo una hoja en blanco en el
rodillo y enciendo un Gitane y me trato de estúpido,
(¿para qué un cuento, al fin y al cabo, por
qué no abrir un cuento de otro cuentista, o
escuchar uno de mis discos?)
pero a veces, cuando ya no puedo hacer otra cosa que empezar un cuento como
quisiera empezar éste justamente entonces me gustaría ser Adolfo Bioy Casares."
(Ib. 139)

"*Respite - respite*" suplica al puño que fue suyo el energúmeno que levanta el martillo contra la mano hermana como si fuera la oreja digital de otro filósofo *tapping at my chamber door*. Casi de igual modo, por desmadre de folículos fluviales hielmo y manto disueltos, cuerpo hecho Tíber en Tíber de carne ahíto de masacres, podría ahogarse en su propia piel el enemigo de Eneas, impío Turno, endemoniado Turno: - "Entonces por todo el cuerpo se le desborda (ni le concede respiro) peciento río de sudor: un grave anhélito sacude los miembros exhaustos. Tan sólo entonces con todas las armas saltó de cabeza al río *[Tum toto corpore sudor / liquitur et piceum (nec respirare potestas) / flumen agit: fessos quatit aeger anhelitus artus. / Tum demum praeceps saltu sese omnibus armis / in fluvium dedit]*." (IX, vs. 812-816)

En efecto la situación empeora al día siguiente. Crece el rodillo de la portátil, se enarbola donde la tinta es pis: - "¿Por eso estas notas evasivas, estas vueltas del perro alrededor del tronco?" (*ib.* 141) Por eso, tras dar con visos de evasión, quien afecta no recordar que también las del *label* "Morelli" son meras notas - las del 97 en particular: - "Sin embargo, ¿no peco por exceso de confianza? Negarse a hacer *psicologías* y osar al mismo tiempo poner a un lector - a un cierto lector, es verdad - en contacto con un mundo *personal*, con una vivencia y una meditación personales... Ese lector carecerá de todo puente, de toda ligazón intermedia, de toda articulación causal" (C 4. 497) - deberá recoger pasos interrumpidos, repasar heridas y cicatrices con la abnegación de Françoise comprobando la eficacia de los trozos de periódico que tapan las fisuras de los vidrios de la cocina así como podrían tal vez recuperarse las desgarradas "papelabras *[paperoles; papelotes]*" del patrón (Pr 3. 2391 - trad. Armiño 895). El héroe de Quevedo deberá reconocer la cruenta pollera en la ventana de su cuerpo leída como tablero de consultorio oftalmológico: - "Sólo por un hábito sacado del lenguaje insincero de los prólogos y las dedicatorias el escritor dice 'mi lector'. El realidad, cada lector es, cuando lee, el propio lector de sí mismo. La obra del escritor no es más que una especie de instrumento óptico ofrecido al lector a fin de permitirle discernir lo que sin ese libro tal vez no hubiera visto en sí mismo." (*Ib.* 2296-2297 - 788) Remiendos insensibles al riesgo de estropear definitivamente texturas untas y consuntas expandiendo antes de tiempo el traje lácteo del carguero de sí mismo, su desnudez nocturna: - "Pues a mi juicio no serían lectores míos sino los propios lectores de sí mismos, por no ser mi libro más que una especie de esos cristales de aumento como los que ofrecía a un comprador el óptico de Combray; mi libro, gracias al cual yo les procuraría el medio de leer dentro de sí mismos." (*Ib.* 2390 - 894)

Para menor ilustración contémplese el avizor revezo de las gafas izadas sobre oscuras ondulaciones de parranda en el primer dibujo a la sanguina del que deriva el *Capricho 57*, estandarte periscópico sobrevenido para sustituir al cuadrúmano encaramado tras la nuca de una máscara en el dibujo del *Sueño 11*, de manera tal que la chusca pareja de *El último Carnaval* bien puede colocar entre confetti de comillas el artefacto sucedáneo preguntándose "si este objeto, tan importante en la variante final, al proyectarse, soberano y preeminente en un espacio vacío, 'sustituye' realmente al mono, o bien, si entra también, junto a otros elementos de la composición, en una red de alusiones conceptistas más complicada" (Stoichita y Coderch. 234), picadas las picadas de ojo que arman el enrejado que las contiene para confirmar en más de un sentido del verbo *armar* la beligerancia de toda construcción y desviarlas hacia el ancestro de Coppelius presentado por Claes Jansz en *El vendedor de anteojos*, grabado flamenco de inicios del siglo XVII atento al "doble empleo del binóculo, como objeto capaz de amplificar, o como sustitutivo u obscena alusión a los atributos masculinos." (*Ib.* 235) Por eso, por querer dar en la bestezuela con el armatoste del observatorio al completo parándole bolas al 18 (C 4. 410), por eso y mucho más se acrecenta la estupefacción de quienes están a punto de verse sobrecogidos en estelas de cojeras bizantinas por la linterna del narrador avezado a la caza con lumbre de algunas aves, de ciertas otras con esquila de falso boezuelo, el mismo que, por lo menos en principio, escalaría las premisas y doblaría las esquinas del moroso asunto, a no ser que también aquí, al rebotar la casilla, se anticipe y no retenga la cara, por darla demasiado, amén de la cornamenta, casi en primera persona: - "Por eso juego estúpidamente con la idea de escribir todo lo que no es de veras el cuento *(...)*" (C 2. 142)

Allá él, simiólogo proustiano, sobre el puente abolido.

A menos que ésa no sea la genuina exploración del terreno de un relato que da por descontada la sorpresa en lo que hace rato habría dejado de ser primer lugar:

> "A los posibles sorprendidos les señalo que, desde el terreno en que se cumple este relato, la transgresión cesa de ser tal; el prefijo se suma a los varios otros que giran en torno a la raíz *gressio*: agresión, regresión y progresión son también connaturales a las intenciones esbozadas un día en los párrafos finales del capítulo 62 de *Rayuela*, que explican el título de este libro y quizás se realizan en su curso." (C 5. 7)

Provisional y providente ingreso al epílogo evolutivo, mutación en marcha de la especie entera y de la textura en juego, untuosidad de trasunto semimístico y alcahuetería de Morelli cientificante, lo que está a punto de llegar o la que está llegando, transgresión femenina o novela, no sería necesariamente toda ella "rosa, apelotonada como una gran gata, la nariz pilluela" (Pr 1. 1604 - trad. Armiño 987-988), máxime si se considera la oficinita a partir de la que toma impulso la narración del proyecto narrativo que se propone mitigar generosamente los imprevistos y las medidas de seguridad indispensables al desempeño de una empresa por el estilo de S. I. C. (Soluciones Integrales de Cómputo), espacios y circunstancias aparentemente poco compatibles con los placeres del rebujo entre las sábanas del Grand-Hôtel de Balbec, tira y afloja de disolvencias estratificadas, sube y baja de astro perdido de vista por exceso de visibilidad gracias al engañoso sentido y no obstante el engaño de semejante evidencia, la vista, el sentido más pícaro y engreído, escamoso y garrudo, de letra en letra, de foco en foco, de cara en cara, concupiscencia de autoenunciado apodíctico a pérdida de vista, *still-life sense* engreído por encima del contexto pedestre, nada-que-ver más y más sentida, mancha relampagueante y ampo que amusga, sobresalto de ajuste cegatoso y premiado cuadro de costumbres, ardilla sin piso y bodegón clavado en paquidermo, venir a menos entonces de la estabilidad garantizada por la queda labor de marquetería atenida a trastos tanto más inconsecuentes cuanto más perseverantes en su depravada fijeza, hasta excitar el prurito iconoclasta y el afán de acabar con ellos, chimenea, estantes, ventana, plafón y demás porque, está visto, en cuanto a cosas dichas y redichas:

> "De todos modos, nos habituamos a ellas como a las personas, y cuando, de repente, recordamos el distinto significado que tuvieron, y luego, una vez perdido todo significado, los acontecimientos tan distintos de los presentes a los que sirvieron de marco *[qu'elles encadrèrent]* y la diversidad de los actos realizados bajo el mismo techo, entre las mismas librerías encristaladas, el cambio en el corazón y en la vida que esa diversidad implica parece todavía mayor por la permanencia inmutable del decorado, reforzado por la unidad del lugar." (*Ib.* 1601 - 984-985)

Lejos sobre todo del trémulo cortinaje de la alcoba, si el oráculo fantasmagórico ratifica la condena a una vida saturada de dolorosas obviedades diarias, surcos y dobleces sinuosos, materia poco prima de múltiples secuencias desarrolladas y enrolladas al filo del fin de las auroras y sus gozosas variantes digresivas, ondulaciones que ahondan, amplifican y diseminan ranuras de esquiva y ubicua golosina mojada en cálida infusión transformando la Vía del Libro en Láctea, cada página dispuesta para la fastuosa metamorfosis de un hospedaje tan precario como los que llamaban galetas los romeros de la concha emblemática, pliegues sin cuyas marcas, con todo respeto por el molusco ruboroso y lactescente oculto en el ósculo materno, principesco, arquetípico, único consuelo de quien emprendía la ascensión de la escalera sabiendo que mamá vendría a besarle "una vez que estuviese metido en la cama" (Pr 4. 20 - trad. Armiño 15), *Pecten jacobaeus* o pechina de Santiago cuyo nombre abaniquea la κτείς en homenaje a los secretos de la cita con "peine", "dedos de la mano", "dientes incisivos", "carúncula lagrimal" y "vagina", en últimas y en primeras uno de los "pastelitos cortos y abombados *[gâteaux courts et dodus]* conocidos como Pequeñas Magdalenas que parecen moldeados dentro de la valva acanalada de una vieira *[dans la valve rainurée d'une coquille de Saint-Jacques]*" destinados a la tacita de té que ella le ofreciera en Combray cierto día de invierno (*ib.* 44 - 43), primos de las Galletas de Uña bogotanas emergentes de un baño parcial de chocolate mosqueado de grajeas multicolores, con y sin amenos parásitos apariencia relanzada al fondo de las sábanas y de ahí al vientre de una inmensidad conclusa "en la confluencia *[jonction]* de los músculos mediante dos valvas[75] de una curvatura tan sosegada, tan mitigante, tan claustral como la del horizonte cuando el sol ha desaparecido" (Pr 2. 1661 - trad. Armiño. 62), concha y golfo de Albertine recorrido hasta la primera parte de la obra por la nota del traductor y comentarista solícito, verbigracia "75. Proust emplea el mismo término para describir la magdalena de Combray" (922), bocadito que podría entonces hacerse pasar por el elemento más sensible entre todos los dulces bultos, accidentes y protuberancias fagocitadas por las proyecciones de la linterna mágica en la alcoba del pequeño soñador, nada menos y nada más que "el pomo *[bouton]* de la puerta" (Pr 4. 18 - 13), desde la noche en la mansión de Combray hasta el amanecer en el Grand-Hôtel de Balbec, del panorama de Balbec a la intimidad de Montjouvain y regreso a Balbec, ardua maceración de disolvencias para el tabuco del traductor público y la sala de computadoras, a través de una sola noria cangilones en arcaduces solares y arcaduces en cangilones selénicos moliendo destellos de cenotafio al aire libre, Mlle Vinteuil entregada a los preparativos del sainete litúrgico de la *spuitio super patrem* celebrado por interpuesta efigie del progenitor recién pasado a mejor vida, pequeño retrato "que ella se apresuró a buscar *[que vivement elle alla chercher]*" al percatarse de la llegada de su querida (*ib.* 133 - 144) para desplazarlo de la repisa de la chimenea hasta la mesita al alcance del canapé sobre el que la hija del profesor de piano de la abuela del narrador se despliega con docilidad de palia en Domingo de Pascua, mas sobre todo y en todo Albertine reemplazando a la amiga de Mlle Vinteuil en el *encore* del trío, sin escatimar la risa relamida por el esmalte matutino: - "¡Y qué! Pues si nos ven, mejor. ¡Yo! ¿Acaso no me atreveré a escupir sobre ese viejo simio?" (Pr 1. 1604 - trad. Armiño. 988), admitiendo que se deslice sin percances la voz salivosa, tan subintrante en el cuerpo de la otra cuanto en el pecho del narrador trocando cuadro de costumbres y vista pintada, desniveles y erosiones de orladuras, entredós de testimonios contradictorios, discretos derrumbes crepusculares, febriles accesos desfigurativos, sol poniente de ayer en sol naciente de hoy a través de la hoja que tiembla y remonta ahora, *cortina delphica* y simple superficie impresa, penúltima de *Sodoma y Gomorra*, de umbral en umbral fundida hace rato en el paradero de Parville, sobre un tren ni tan común, mucho menos corriente, la portezuela del vagón que ella está a punto de abandonar y la puerta del cuarto en que el semblante larval de la abuela sobrentiende la imagen de la madre subintrante, de abuela en madre, de madre en amante, de amante en padre fotografiado y de padre fisgón en narrador, hacia y desde Albertine, "rosa, apelotonada como una gran gata, la nariz pilluela *[rose, pelotonnée comme une grosse chatte, le nez mutin; rosa, arrebujada como una gata grande, la nariz traviesa; toda color de rosa, apelotonada como una gran gata, la nariz insolente; curled up like a grat cat, with her mischievous pink nose]*" (*ib.*- trad.: 987-988; 598; 604), al gusto de Scott Moncrieff y Kilmartin derrame cromático enredado en naricilla coqueta, pícara porque respingada, primer plano absoluto rebotado a su vez y aquí mismo hacia la diminuta invaginación del caracol "lengua de flamingo", *Cyphoma gibbosum*, enésimo y más que nunca arbitrario avatar del pastelito comprometido con vicisitudes de bajamar en taza de té todavía no sintetizadas por el celofán del empaque industrial, estuche teletécnico sobrepuesto a la funda aurática rasgada por *El grito del búho*, policíaca de Chabrol, cuando el comisario recomienda la magdalena al sospechoso reticente porque "es buena para la memoria", gaznate y pulmones despejados, pulida la calva a la que se montan las gafas por haber renunciado el detective al índice acusador en que a estas horas debería recapitularse el expediente del doble de Leo, guionista adscrito a los soportes, pantallazos y taparrabos de la emisión radiofónica del 27 de noviembre de 1960, el que antibalbucea y contratose, pues "(...) el intrépido Parra (cuyas son las hojas, estas hojas de parra) seguramente ya no tose. Y hace bien: Como que ya se curó o se olvidó de toser - casi - hasta en los Adagio de los Quatúor, en los recitales, el titular de Bajo el Signo suyo (o mío y suyo), y el titular de su inveterada bronquitis en decadencia" (De Greiff 1. 523), contrastes no siempre pudorosamente tanteados en son de casi por repelos y agüeros de inmejorable desperfecto, disimetrías de losa anómala que no da pie con lápida en medio del biocrucigrama interferido desde la entrada de Rue d'Aurelles de Paladines 13, El Biar, por agitación de banderola y megáfono a ras de tierra para que el navegante de aguas pedestres se considere requerido a través del mar de alguien, otro hecho y derecho, cuadrado y pisado fuera de lugar, objeto aunque sujeto de la acción de *héler*, adaptación del inglés medio *heilen*, "saludar", "llamar", muy cerca del alemán *Heil*, asegura el *Robert*, registrada como término de marina a inicios del XVI con el sentido de "llamar (un barco) en ayuda", por extensión "llamar desde lejos con un gesto o con la voz", donde la cámara de *Rodar las palabras* "parece esta vez detenerse, aunque apenas, sobre una suerte de 'defecto': una sola baldosa *[carreau]* mal ajustada, disjunta, desajustada, desplazada o mal emplazada. ¿Quién es?" (D 9. 89) Falta que hace falta a la trama, "defecto correcto", *défaut comme il faut*:

> "(…) este extraño accidente, la insignificancia aparente de este detalle, su persistencia en el recuerdo más melancólico, su misma insistencia en revenir. Digo su *insistencia* pues la cosa, que no era nada, tan sólo un defecto en el ajuste, parecía llamarme. Venía a llamarme, como alguien más (¿pero quién?) *[Elle venait me héler, comme quelqu'un d'autre (mais qui?)]*. Y de tan lejos, de tan lejos (…) Me han dicho que los artesanos calificados, particularmente en Argelia, calculan adrede *[à dessein]* la traza de una imperfección. A la vez superstición y firma." (*Ib.* 90)

Agarre y zafada al tiempo, del catalán *gafa*, "gancho, corchete, 1371", y del castizo *gafar*, "tomar y arrebatar una cosa con las uñas o con un instrumento corvo", definitivamente perruno el encono territorial es "metida de pata", *gaffe* devuelta al "provenzal *gafar* (idéntico en español y en portugués) que representaría un gótico **gaffon*, 'captar *[saisir]*' por intermedio de un latín medieval *gaffare*; a juicio de P. Guiraud, en antiguo provenzal los sentidos del verbo *gafar* 'vadear' y 'empantanarse *[patauger]*' explican la doble acepción de *gaffe* 'estaca para vadear' y 'desatino del peón que se empantana en el limo del vado' (…) El derivado *gaffer* v. significa 'enganchar con una estaca' (tr. 1687) y, de acuerdo con el correspondiente sentido de *gaffe*, 'desatinar' (intr. 1883). *Gaffer*, primeramente en argot (1829, *gafer*), significa también 'vigilar', 'acechar' (1837) y 'mirar atentamente' (1879, tr; 1901, intr.), se trataría de una metáfora salida de 'enganchar (con la mirada)'. De estos sentidos procedería el deverbal *gaffe* n. f. *en faire gaffe* 'poner atención' (1926) y un *gaffe*, en argot 'guardián, vigilante carcelario' ('el que gafa'). Se destaca aisladamente *gaffre* 'sargento' (1455) en seguida *rester en gaffre* 'quedarse de sentinela' (1798) y se han asociado *gaffe*, *gaffer* con este *gaffre* que sería un préstamo del alemán *Gaffer*, 'papanatas', del medio alto alemán *kapfen*, *gaffen*, 'mirar con la boca abierta', o derivado directamente de *gaffen*." Pre-visión imprevista y llamado de punching-ball puntilloso colgado en su jaula, insípido hueso de sepia:

> "¿Qué me murmuran estas gafas del género truján-pequeño-canario *[ces lunettes du genre vilain-petit-canard]*? Que una obra 'digna' de este nombre se reconoce por lo que se le escapa, por la *paja [paille]* en la piedra preciosa; ese grano de impureza, ese punto de ceguera que enseña que ese artista es verdadero porque *no pre-ve* lo que hace. El pincel sigue el vuelo de las mariposas, obedeciendo a una fuerza de atracción tan

imperiosa cuanto el deseo. El 'defecto' hace la gracia y causa la emoción, como el paso en falso siempre inscrito en el avance del funámbulo." (Cixous 47)

Compone un collar de mínimas lunas cascabeleras la sabihonda miope, citas de traviesos adminículos satelitales, suyos y de Pierre Alechinsky, ni tan lejanos parientes del genético acróbata, delatando a la vuelta del plano de macla la fisura interpuesta en el chisguete de luz como si la consecuente fractura, llamada "mancha blanca" o "muerta", insuflara opacidades más chuscas y rocambolescas que cualquier efecto inducido en zafiros y rubíes por inclusiones de agujas, pecho de *pictrix culpa* golpeado al módico precio teórico del refractómetro y del redoble de tambores que exalten la progresiva acumulación de los remedos del traductor empecinado en paréntesis intrusos: - "(Amaestrar los magistrales quevedos / ponerse las lunitas amantes / meter los metidos anteojos / colocarse las gerentes de las casas de lenocinio óptico *[Mettre les maîtresses lunettes].*)" (*ib.* 37), a riesgo de tomar lo "tomado", "puesto" y "metido", *pris, posé* y *mis*, por garantía del fíat de la teoría mientras lo que hace la comprobación embolsillada es borrar el costo de las luces del otro.

Que no quede claro: no se pueden pedir peras al horno. Obras no se envían a sabiendas, de otra forma, en la mejor y más placentera de las formas, boquiabiertos ante el báratro del bostezo académico (ojo a la deuda fecunda de Panurgo y al ceño desfruncido del profe) habría que empuñar el mango orondo del relajo global:

> "El caos del buen sentido, el caos de la cosa del mundo mejor repartida, sería aquí este fondo sin fondo. Pero en la destinerrancia repartible *[destinerrance partageable]* de este extraño envío, el caos ya estaría tomado, o todavía captado *[déjà pris, ou encore saisi]*, siempre determinado en una figura. Mejor, en una figura de la figura, una figura del rostro o de la faz: la dilatación *[béance]* de la boca o de la garganta. Dilatación sin la cual por cierto no se anunciaría ningún reparto, comenzando por los que pasan, según la palabra o el alimento, por la boca." (D 8. 26-27)

Toma del sol. La única fotografía posible, donde y cuando lo que da figura la retiene, ex-estanque o árida piscina, eso que a veces podía leerse sin llegar a lamentar la triste satisfacción del bocado de ipsocracia, más bien dejándose hacer a la impropiedad iniciática del ir y contra-ir teorizando con la circunspección que al inscribirse de ninguna manera se pone.

Nada que compartir con la violación extática y el orgasmo contemplativo del asalto en que culmina el sismo solicitado por los acoples espacio-temporales que las resurrecciones categóricas de *El tiempo recobrado* someten al narrador, aptas para avivar la chispa inventiva de Morel, aunque el más rudimentario de sus "aparatos de contrarrestar ausencias" (B 5. 117) se abstenga de coyunturas tan incontrolables:

> "El comedor marino de Balbec, con su mantelería adamascada preparada como manteles de altar para recibir la puesta del sol, había intentado socavar la solidez del palacete de Guermantes, forzar sus puertas, y había hecho vacilar un instante

los canapés a mi alrededor, como otro día había hecho con las mesas del restaurante de París. Siempre, en esas resurrecciones, el lugar lejano engendrado en torno a la sensación común se había acoplado por un instante, como un luchador, al lugar actual. Siempre el lugar actual había resultado vencedor; siempre era el vencido el que me había parecido el más bello; tan bello que me había quedado extasiado sobre el adoquín desigual como ante la taza de té, tratando de conservar en los momentos en que aparecía, de hacer que reapareciera en cuanto se me había escapado, aquel Combray, aquella Venecia, aquel Balbec invasores y reprimidos *[refoulés; rechazados]* que se levantaban para abandonarme ahí mismo *[aussitôt; enseguida]* en el seno de aquellos lugares nuevos, pero permeables para el pasado. Y si el lugar actual no hubiera resultado vencedor ahí mismo, creo que habría perdido el conocimiento *(...)*" (Pr 3. 2268 - Trad. Armiño 756-757)

En la reincidencia cinematográfica de "la cosa, que no era nada" (D 9. 90) ningún áspero desnivel, ningún diferendo fronterizo, ningún trauma parecido al choque del huidizo contrarresto de lo ausente por graciosa y devastadora intercesión de esa memoria que para el custodio prisionero de la belleza rosada "es más bien una nada *[est plutôt un néant; es sobre todo una nada; es más bien un vacío; is rather an abyss]* de donde, por instantes, una similitud actual nos permite sacar, resucitados, recuerdos muertos" (Pr 2. 1712 - trad.: Armiño 121; Berges 161; Scott Moncrieff 100), no por arte y ejercicio entonces, sino pasión irrefrenable, vuelco de *libido sciendi* arrojada al arrasado escritorio del "historiador que tuviera que escribir una historia para la que no dispone de ningún documento" o a la plaza donde el amante empecinado en recobrar lo indocumentable arremete contra las luces de lo que falta, cuando los celos "se precipitan como un toro furioso" (*Ib*).

Obviedad aberrante, ni el más remoto vestigio de lo sublime en la experiencia de la excepción doméstica a bordo de la casa de El Biar y de la película del caso, casi todo lo contrario si no se tratara de un reclamo subyacente al agotamiento de la contrariedad de los incompatibles, ni vencedores ni vencidos, ahí mismo el memorioso de otra parte insiste *in loco*, a pie de página y al pie de los trompicones del novelista, no sin remitir a otra oportunidad un análisis más al tanto de las disparidades en juego entre novela y documental:

"Lo que llamo mi cuerpo había debido intentar, virtualmente, en silencio, mas incansablemente, volver a poner las cosas al derecho *[à l'endroit]*. En silencio, sobre la punta de los pies, había tenido que simular un reajuntamiento *[réajointement]*, una corrección, una reposición al derecho. Por ende un retorno del derecho *[du droit]* (si el embaldosado en desacuerdo, disjunto, desajuntado *[si le carrelage désaccordé, disjoint, désajointé]* estaba *out of joint*, habría dicho Hamlet, '*I was born to set it right*', me tocaba repararlo, para eso había nacido. Para restablecer el derecho o rendir justicia. Pero quizás menos para reponer el orden que para devenir el sentinela de un desorden, el guardia ciego y vigilante de los espectros y de los crímenes). Cada vez, cien veces al día, cada vez una vez por todas, goce doloroso, una cojera inconsciente había debido ritmar cada uno de mis pasos. Sin que jamás haya tenido que *topar*[1] a mi pesar con un obstáculo *en relieve [Non que j'aie jamais eu à* buter[1] *malgré moi sur un obstacle* en relief]. Ahí no había ningún *relieve*. Me deslizaba, más aún la mirada sobrevolaba el lugar de ese 'mal paso', lo olvidaba ahí mismo *[aussitôt]*.

    1. En lugar de esta palabra, 'topar', debo traer a cuento una evidencia, por escrúpulo de modestia pero también de verdad. No obstante una analogía certera, y sin duda igual sinceridad en la evocación de un recuerdo 'real', la experiencia que refiero aquí de ninguna manera puede compararse con la de los 'dos adoquines desiguales' en el patio del palacete de Guermantes o de las 'dos losas disparejas del baptisterio de San-Marcos'. Dejando para otra ocasión el ejercicio que aquí me tienta (todavía otro análisis de esas sublimes páginas de Proust sobre cierto desajuntamiento del tiempo - '*The time is out of joint*' - que allá también hace señas, trayéndolo a cuento, en la dirección de un desajuste de lo justo, una idea de la justicia alojada en un ángulo formado entre el accidente de la ley y la ley del accidente), me contento con subrayar, justamente, y humildemente, la falta de *relieve* de mis pobres recuadros. Y su *cotidianidad*. Los veía, pasaba encima de ellos *todos los días*. No formaban ningún relieve. Nunca topé con ellos ni quise hacer 'topar' con ellos. También representaban un 'accidente', no hay duda, pero la experiencia que me hice de ellos no tomó nunca la forma de un evento y de una revelación *fechados*."
(D 7. 91)

Desliz de ceniza de *plutôt* y *aussitôt* en nombre de la llama que ya tostó el grano del instante, *plus tost* que *aussi tost* data y suceso incomparablemente combustos (en otra película cuyo título se me escapa la misma cámara aborda el resto de tal quema), el descarte entre una y otra nadería indeliberada se despeja otramente sobre el desfonde de la quijotada, a contrapelo de la puntual rabiza del pescador de analogías interesado en sacar a flote brillos brujescos entre las paredes de un modesto apartamento en Rue de Rome para desviar hacia la puntualidad exclamativa el ronroneo extendido en los suspensivos de Mallarmé, antecedentes de la pausa sobre la alfombra voladora de la coma en *París, Texas* que dejan atisbar a su visitante el sitio por excelencia: - "(...) ¿acaso no es el gato la plaza misma, el motivo de la caricia *[n'est-ce pas que le chat est la place même, le motif de la caresse]*?" (Docquois 50), lugar de lugares donde se afila y ovilla el quid de interminable roce, coronilla rosicler del único lunar de Lilith, "bestia deliciosa, que tiene una sola imperfección", desvaído el relumbrón decadente de la nariz del intérprete, falciforme arista entre el percance de la ley y la ley del percance que ha tropezado en "la mecha del cirio negro de su cola" (*ib.* 53), infinitamente pospuesta la traducción del ruedo apremiante en piedrita filosofal: - "Esa tonsura que ella le está mostrando impúdicamente, ese rincón desnudo de su bestialidad… Más de una vez he pensado en dorarlo…" (Cit. *ib.*)

Ninguna gata negra "aquí frente a la Olympia, frente a la ausencia del cuento, frente a la nostalgia de la eficacia de Bioy." (C 2. 144) Nada de eso. Siamesa. Y punto - dorado o no.

Más bien in albis: punta de servilleta sobre la que William dibuja "una calavera con dos huesos cruzados", para que entienda (*Ib.* 157). Punto que todo lo empape e intoxique en la cabeza del traductor ensimismado. Claro está, demasiado claro: piernas, cola y antifaz, flashes de tizne bien distribuidos, brisa peluda vertida para sacudir las almenas de los diccionarios técnicos que rodean al profesional, a menos que el nombre genérico del felino entremedie excesos de fraternidad gemelar, tangentes lautreamontunas por embarazo múltiple del amo de la significación que se siente observado "casi con lástima" (*ib.* 148), sombra adherida a la de Anabel Lee y *Doppelgänger* del lector mal pegado a sucesivos espejos de autoría que, para tomar tiempo (aunque *Deshoras*, la antología que implica "Diario para un cuento", no deje mucho que tomar a quien tome en serio la preposición inseparable que conmina el trancurso) con obstinación de remedo sin esperanza, afecta seguir remallando cierta "frase en la que una calandria de calibre intermedio establecía una misteriosa confraternidad con un cárter antimagnético blindado X2" (*ib.*), mientras de hecho y desecho resulta en extremo afectado por la ruina de la rutina, cebo pendiente de lo recóndito entonces (casi al principio) como ahora (casi al final), por inmersión de los límites entre conocer bien y mal ignorar, abocado a la enfondadura de lo que no acaba de acontecer, escombros, repuestos y accesorios del origen:

> "Como con tantas otras cosas en ese tiempo, me manejé entre abstracciones, y ahora al final del camino me pregunto cómo pude vivir en esa superficie bajo la cual resbalaban y se mordían las criaturas de la noche porteña, los grandes peces de ese río turbio que yo y tantos otros ignorábamos. Absurdo que ahora quiera contar algo que no fui capaz de conocer bien mientras estaba sucediendo, como en una parodia de Proust pretendo entrar en el recuerdo como no entré en la vida para al fin vivirla de veras." (*Ib.* 150)

Sin querer darse el gusto de resistir a la fascinación de rayas y sirenas, escualos y tritones que manifiestan el mismo desenfado escurridizo ante la muerte propio de las criaturas de la insurgencia convencionalmente armada, ni pretender igualar la demora de quien arrastra un pesado recuerdo al compás de deshoras e inminutos con el trajín de quien se la pasa por ahí exhibiendo adminículos conceptuales, suponer que el deseo de contener lo desconocido en un cuento proclive a las picadas de ojo filosóficas del que se acerca a su Olympia "poco a poco y rezongando" (*ib.* 139) sea tan inconcebible cuanto la "absurda cartera de hule reluciente" (*ib.* 149) que Anabel balancea como si nada al abordar el escritorio del cuentero trabado no sería tan irrazonable, máxime cuando los meneos se identifican con una ética de la persecución devuelta a los axiomas pedagógicos embolsados por un humanista destinado a convertirse en árbitro de medios y mediaciones: - "Si se quiere aprender a ser un perseguidor hay que leer *Rayuela*. Si se quiere vivir auténticamente, las *Historias de cronopios y de famas*." (García Canclini 66)

De ninguna manera. Para endosar al testigo el relato, sin desconocer que "el testimonio no detiene la interpretación, sino que la hace saltar fuera del círculo lingüístico y la expone a la intemperie de la acción, incluida la acción misma de narrar la acción" (Duchesne 1. 8), tocaría acudir al prodigio apocalíptico que cruza la plaza de quien escribe y quien dicta en la portada de *Mini-milagros 1 - Al borde del abismo*, si la grísea desistencia del autor de "Parergon" substituyera la molicie de una torre de místico asalto derramando dardos cardíacos sobre las teclas de una Rémington y la boca entreabierta de la joven analfabeta de rostro parcialmente enmascarado por el cuadrilátero de la lista de los diferentes precios del fascículo distribuido semanalmente en once países de América según las respectivas monedas, USA inclusive, el índice erguido con la perentoriedad del dedo de Platón en el frontispicio de los *Prognostica Socratis Basilei*, fíjate tú, mamotreto del siglo XV atribuido a Matthew Paris y conservado en la Bodleian, documento pseudofotográfico que en algún momento se me ocurrió describir como "sodomítico ouroboros de Sócrates y plato (Paris escribe este nombre como si fuera común)" (Mazzoldi 1. 42), desde 1980 accesible al más vasto público gracias a la primera de las dos tarjetas postales despachadas el 4 de junio de 1977 y otros no siempre subsiguientes envíos:

> "*(…)* una revelación apocalíptica: Sócrates escribiendo, escribiendo ante Platón, lo sabía desde siempre, había quedado como el negativo de una fotografía por revelar desde hace veinticinco siglos - en mí, claro está. Bastaba con escribirlo a plena luz. El revelador está ahí, a menos que yo aún no sepa descifrar nada de esa imagen, y es en efecto lo más probable. Sócrates, el que escribe - sentado, agachado, dócil escriba o copista, como secretario de Platón, pues. Está ante Platón, no, Platón está *detrás* de él, más pequeño (¿por qué más pequeño?) pero de pie. Con el dedo tenso parece indicar, designar, mostrar el camino o dar una orden - o dictar, autoritario, magistral, imperioso. Malvado casi, no te parece, y voluntariamente" (D 10. 13-14 - trad. Silva 18-19),

en tanto que la fisonomía del profesional de *Mini-milagros* es lambida por el reflejo acuático del recipiente de cristal instalado junto a la máquina de escribir como la más aguerrida fortaleza de significados, porque los humores de la fe que el mecanógrafo borrachín quiere inculcar por su cuenta y riesgo al novio de la joven, un ciego que ya nada espera de oftalmólogos y cirujanos, en vez de bajar directamente de la bastida del Sagrado Corazón subirían de la divina botella de Rabelais casi transfija por la contera de un bastón increíble, rayo de floretista salido del puño de la sombra del hombre de gafas negras desvanecida a espaldas del intérprete, justo al otro lado del índice de la muchacha que sellará una carta que no es suya… a menos que, comprobando el éxito del término "evangelista" ya difuso a escala continental desde *El ministro y yo*, la de 1976 que permitió a Mario Moreno "Cantinflas" maquillar religiosamente la mala fama de la administración pública gracias a las buenas y despistadas acciones de un escribano, en el confluir de los dictámenes no encaje el eje de la circunferencia que se muerde la cola desde el primer recuadro de la historieta confundiendo quien ve y quien no, quien dicta y quien escribe: - "*Como 'evangelista' en el Portal de Santo Domingo, Germán Labastida compartía en ocasiones los secretos amorosos de las personas que acudían a dictarle cartas, como en el caso de Rosa, una sirvienta iletrada.*" (Lozano y Vargas 1)

Por encima de los secretos que serpentean así entre ingestión forzada y escritura, el antiguo ocupante de la oficina de San Martín casi esquina Corrientes es muy sensible a los detalles manifiestos: cada "ladrillo" del edificio y cada "puntilla" de la cartelera de la administración del condominio, *brick & brad* de la desconstrucción en juego, mirillas, portones, calles, columnas e intercolumnios de Buenos Aires sumergida en París asolegada por no haberse completamente alejado de Milán en Ciudad de México y da capo, sin capo y más allá, a veinte minutos en avioneta de Cancún y cuatro brazadas de la isla de Holbox, "'hoyo negro' en lengua maya", donde no podría asegurarse que Laura Panqueva Otálora se tope personalmente con "la inmensa presencia del pez más grande del mundo - mide aproximadamente 15 metros, de formas estilizadas, lomo oscuro manchado con pecas blancas, su enorme bocaza abriéndose de cuando en cuando" (Panqueva 127), toda vez que no necesariamente sería suya la flema indispensable al encuentro con el tiburón apodado "ballena", *Whale Shark* o *Rhincodon typus*, sino de cualquier observador coincidencial aficionado a lo que por ahí sigue dando vueltas pues, "a pesar de que existen muy pocas coincidencias entre buzo y pez, bajo el agua pareciera establecerse un diálogo respetuoso: se miran uno a otro con asombro y se dejan ir entre la marea para que la vida continúe" (*ib.* 128), o mucho más allá todavía, hacia la costa africana, aro de luna-park extraviado, cuestión o asunto de migra giratoria en celo democrático: - "Pero la rueda de la cuestión todavía no está ahí, no ahí donde me he sentido enrodado por ella, en ese lugar [*mais la roue de la question n'est pas encore là, pas là où je me suis senti par elle roué, en ce lieu; ma la ruota della questione non é ancora qui, qui dove mi sono sentito da essa messo alla ruota (roué), in questo luogo*] hacia el cual quisiera intentar retornar con ustedes." (D 4. 39 - Trad.: De Peretti 35; Odello 40)

Travesía indecisa del "aquí" al "ahí" y de "éste" a "ése", doble vista de proximidad y distancia, la definición no incita el abrazo de las extremidades. Rebótese entonces hacia el remate del sector que sin sospecha de mayores equívocos cabría retener como capítulo inaugural del primer ensayo, si la primera frase del segundo capítulo no dejase suponer el archipenúltimo preámbulo errante, otro paspartú indómito, al registrar un hecho casi cumplido con la seguridad de quien lee el pensamiento de quienes están leyéndole, acomunados para la ocasión, dando por sentado sus propios soplos, escandiendo el enredo con la perentoriedad del cómitre que no vacila en sugerir palabras sumisas al tormento, perdonarán la forzadura alegórica, halagüeño silbido de corbacho en nuca de remero: - "Empiezan ustedes a hallar esta introducción un poco enrodada [*vous commencez à trouver cette introduction un peu rouée; están empezando ustedes a encontrar que esta introducción es un poco bribona; comincerete a trovare questa introduzione un pó scaltra* (rouée)]" (*ib.* 42 - trad.: 37; 40), díscola pendencia de entrada por salida independiente de las expectativas arrastradas tras lo que importa y deporta cuando menos se piensa *trouver* como sea una introducción demasiado inesperada para no dar a rodar con ella haciendo la rúa por gracioso impulso de anuencia, a manera de "Fuera de libro (Prefacios)", encabezamiento descabezado, suma y resta comprometidas con la puesta entre paréntesis del nexo ilativo inseparable del golpe de *donc*, aunque más acentuadamente con el enclave del monosílabo fruto de la fusión de *donec* y *dum*, en esta circunstancia conjunción anacrónicamente conclusiva por enroque y encarte de futuro anterior y pacto retroprospectivo, promesa y confirmación de su observancia que, picando el ojo a la *Einleitung* de *La Fenomenología del Espíritu*, fingen enunciarse como sentencia sibilina: - "Éste (por ende) [*Ceci (donc); Este (pues)*] no habrá sido un libro" (D 8. 9 - trad. Arancibia 7), encuentro relativamente imprevisto con aquello que no se buscó ni colocó a las claras en la cola de las condiciones preliminares reclamadas por la parsimonia, como si el do de pecho de la *trouvaille* tuviera un comienzo, el presentimiento de una secuesencia en armonía con los votos dados por nuestros, suerte ambiguamente inicial de la forma antigua "fallar", es decir "encontrar la ley aplicable" y "encontrar o averiguar los hechos", a la sazón "dar sentencia", al igual que "hallar" procedente de *afflare*, "soplar hacia algo", "rozar algo con el aliento", de resultas "oler la pista de algo" y finalmente "dar con algo, encontrarlo", palabra de Corominas, como para preguntarse si en el primer capítulo del segundo ensayo no vendría también y sobremanera al caso del evento narrativo el certero despiste de

> "la invención tecno-científica que no 'halla' lo que busca, que no halla ni se halla que halla, no es posible como tal sino allí donde *[qui ne 'trouve' ce qu'elle cherche, qui ne trouve et ne se trouve trouver, n'est possible comme telle que là où; que no 'encuentra' lo que busca, que no encuentra ni se encuentra que encuentra; que no es posible como tal sino allí donde; che 'trova' quello che essa cerca, che trova e si ritrova nelle condizioni di trovare, e che é possibile come tale, solo laddove]* la invención es imposible, es decir, donde no está programada por una estructura de espera y de anticipación que la anula tornándola posible y, por consiguiente, previsible." (D 4. 180 - Trad.: De Peretti 155; Odello 184)

Seamos francos, ya lo dijo el viajero hambriento: problemas de entrada y rodelas placentarias vienen a lo mismo, llagas en la quilla de lo idéntico. Sin recelar alusiones a la empresa de Jasón, dondequiera que

> "En torno al golfo que escupe *[gouffre crachant; spitting gulf; speienden Schlund; voragine sputacchiante]*, en torno a la inagotable eructación de las letras en fusión, el vello (ἔριον), el vello pubia *[la toison pubien; the fleece pubien; das Schamvlies; il vello del pube]*
>> el texto es el vellocino de oro: objeto precioso, despegado mediante una suerte de escalpe. La galera se llamaría aquí Argos *[le texte est la toison d'or: objet précieux, détaché par une sorte de scalp. La galère se nommerait ici Argo; the text is the golden fleece: a precious object, detached by a sort of scalping. The galley would go by the name here of Argo; der Text ist das goldene Vlies: ein wertvolles, durch eine Art Skalpierung losgelöstes Objekt. Die Galeere würde hier Argo heißen; il testo é il vello d'oro: oggetto prezioso staccato da una specie di scalpo. Qui la galera si chiama Argo].*" (D 9. 79b - Trad.: Leavey y Rand 67 b; Gonder y Sedlaczek 77 b; Facioni 335)

Sean parabólicas plumas de Ave Fénix acariciadas por Michael Maier, anubarrada melena de León Alado a fe de Christian Rosencreutz, membranas córneas y acúleos de Dragón Mitigado o cuero de Onagro Núbil como otros navegantes jamás dieron a entender hasta el tope, de todas formas el abrigo gramático se restriñe hasta eclipsarse si de él pretende hacer uso un compinche del "golfin que dizia que sabia fazer alquimia" fichado en el *Vocabulario medieval castellano* de Cejador y Frauca con todas las de la ley, "*Golfin, Al-golhin, Golhin,* facineroso, salteador, golfo y huerguista y el delfín, de *golfo* mar." por confluencia homofónica de bellaquerías del común y travesuras de cetáceos, "malos golfines en el mar escuro", pretérita figura de este mundo toda vez que sobre el bendito libro el afán no deja saber al polizón que el fin de su busca es el vehículo de la misma, razón del viaje, intenible por estar ya tambaleando en ella, en lo que al tanteo tal vez ya seamos, anahumana razón de argonautas, navecilla y filosófica barbaza de pendejo arrancado mediante la acción de escalpar en serio, sin los eufemismos de la peluca de Battista Guarini ni los recatos del postizo de *La ninfa Corisca* colgante del puño de un sátiro burlado por arte y parte de Artemisia Gentileschi, más bien franqueza de neurocirujano indio aficionado al cuero cabelludo ajeno, en todo caso escalpe, no escalpo, movimiento, no resultado del ir escalpando, y "vello pubia", a secas, en vez de *"fleece pubien"*, *"Schamvlies"* o *"vello del pube"*, sin pelos en la lengua del anzuelo de la adversativa enredada con el residuo del femenino *"pubien-ne"* y del masculino "pubia-no", por *"ne"* o por "no" cincuenta renglones y no sé cuántas mallas en blanco más adelante, a vuelta de hoja, sílaba que de otra forma se derretiría sin asomo de negativa o por negativa demasiado explícitamente metida entre paréntesis, en la sima que no se limita a regar chispas papales con parquedad de hisopo sino gargajea a trochemoche regalando incandescencias de lava y piroplastos como toda deyección florida manda, la del Vesubio contemplada desde el castillo de una admiradora del genio de Weimar el 2 de junio de 1787, cuando "teníamos ante nosotros un texto, cuyo comentario no agotarían los siglos -*Wir hatten nur einen Text vor uns, welchen Jahrtausende zu kommentieren nicht hinreichen"* (Goethe 346 - trad. Scholz 362), tejiendo sin tejer, trenzando sin trenzar, alisando sin alisar, en otras palabras tramando sin tramar más de 3.000 esencias vegetales derramadas hasta la playa y más allá, en el eje de Maqam E'chahid y el Museo Nacional de Bellas Artes, magma del *Jardin d'Essai El Hamma*, sobre el litoral argelino, entre hojas y olas, donde erección enfática y disipación fragante se hermanan porque, con arreglo ortográfico al poema, "un azul, venido del mar muy cercano, coloca, aquí y allá, en una brecha improvisa, su brusco punto exclamativo" (Stétié. 217), inmediatamente después de la cita de *Diario del ladrón* que enseña con qué gracia el narrador dispone en los rizos del bajo vientre amado, bien adentro, las plumas de un almohadón partido, con qué fervor acoge el redondel del término su lengua, mientras en la columna de la izquierda el lector de *El espíritu del Cristianismo* se inclina sobre la puesta en cena de la copulación en que "los heterogéneos restan, ciertamente, pero anudados, pegados, envueltos *[enveloppés; enveloped; verbunden; avvolti]* uno en otro de la manera más íntima. '*Die Heterogenen sind auf sinnigste verknüpft*'", porque "la copa *[coupe; cup* [coupe]*; Kelch* (coupe)*; calice]* común, el hecho de beber juntos, de tragar de un solo golpe *[d'un seul coup; in one gulp* [d'un seul coup]*; in einem einzigen Zug/Schlug* (d'un seul coup)*; in un colpo solo]* la misma substancia líquida, es en espíritu un nuevo ligamiento *(der Geist eines neuen Bundes)*. Este espíritu se tiende así en la alianza y penetra 'muchos hombres.'" (D 12. 80a - Trad.: Leavey y Rand 68 a; Gonder y Sedlaczek 78 a; Facioni 338) Oler para creer:

> "Yo, en los pelos de Java arreglo las plumas que por la noche sobresalen del almohadón reventado. La palabra cojones es una redondez *[Le mot couilles est une rondeur; The word balls* (couilles) *is a roundness; Das Wort Eier* (couilles) *ist eine Rundung; La parola coglioni é qualcosa di rotondo]* en mi boca.' (*Diario del ladrón*) no teje, trenza, alisa, *engatusa [ne tisse, tresse, lisse,* triche*; ne weaves, braids, preens,* tricks out*; webt* (tisse)*, flicht* (tresse)*, glättet* (lisse) *(nicht), mogelt (triche); non tesse, intreccia, liscia,* imbroglia*]* su escritura. En ella todo se cose, se monta, da lugar, en los bordes, a todas las flores. La sima *[Le gouffre; The gulf; Der Schlund; La voragine]* ahí esconde sus bordes. En la tejedura de

esta disimulación, la erección sólo se produce en abismo." (*Ib.* 80b - 68 b; 78b; 339)

Ya no *ante* dicho texto indecidible, sin seguir leyendo ni viendo en efecto, a riesgo de sucumbir bajo el hechizo de la cantidad, más que el juicio de un soplón atento al excedente de intromisiones espirituales urge por ende y allende la escupitina oxhídrica de un obrero inespecializado, sin hielmo ni visera, casi a contrapelo de las soldaduras exigidas por el fanático del celibato, ni "*sine impedimento*", ni "ἀπερισπάστως" (1 Cor 7, 35), no por eso rendido a la *impeditio*, "cepo", "envoltura que enreda los pies", mucho menos echado a la σπάσις y al σπασμός, "tracción" y "succión", "espasmo" y "temblor", desde luego, ducho más bien en distracciones y desarreglos de la experiencia adquirida y administrada capaces de entorchar provecho puntual y deleite esparcido en conjeturas fallidas y argucias coralinas, buceo industrial, voluntarioso, y buceo ecológico, desprendido, ascenso y descenso de bajío, capitán, grumete y bajel en copón eucarístico, cráter y garganta, encalladero en mentida persona, otra vuelta de *rue*, "calle" o *callis*, "camino estrecho entre dos paredes", farmacéutico arrecife, almenaje de zoófitos vivos y muertos propicio al naufragio, dondequiera, pues

> "Allí donde *[Là où; Laddove]* la razón *se pierde*, allí donde es perdida o es perdedora, diríamos, entonces, salvemos el honor. Cuando todo parece declinar o desmoronarse, hundirse o ensombrecerse, en el último crepúsculo de un término o de un fracaso *[d'une échéance ou d'un échec; di uno scadere o di uno scacco]*, sería como si la razón, *esa* razón *[cette raison; questa ragione]* que llamamos tan rápidamente 'nuestra' o 'humana', no pudiese elegir sino entre dos fines, entre dos escatologías, entre dos formas de fracasar: entre el *encallamiento* y la *encalladura [entre deux façons d'échouer: entre* l'échouement *et* l'échouage; *tra due modi di fallire* (échouer): l'incaglimento accidentale *(échouement) e* l'incaglimento intenzionale *(échouage)]*. A la vista del litoral y, siguiendo la metáfora marítima que nos retiene, a la vista o lejos de la costa, sin garantía de arribar, entre tierra y mar." (D 4. 171-172 - Trad.: de Peretti 149; Odello 175-176)

A tal fin sería preciso afilar el límite de una escollera de argumentos favorables a la encalladura ficticia o literaria, intencional en falso o indeliberada de dientes afuera, no necesariamente romántica, innecesariamente romántica, computada hasta la protuberancia de lo justo y necesario dondequiera que, al encajar recíprocamente letras bioeléctricas y kinesiología, toque verruguear lo verdadero marcando la carta de navegación absoluta y echando al agua la carga de lo ya dicho, puto cómputo de la palabra *cómputo* entonces, sin otra contabilidad que la del vocablo al tanto de tamaña cachicábala, antiguo galicismo cuyo género permuta conveniencias casi tan atractivas como las de "*mot*" y "*calcul*", agradecido matute de *flatus vocis* con sus píldoras de sabiduría soluble, chorrada de gana espesa y hundida ganancia de *mote*, "s. XIII al XV. *palabra*. Berceo: *Mil.*, 118" (Alonso), más tarde "sentencia breve, que incluye algun fecreto ù mifterio, que necesita explicación" (*Autoridades*), impacto sonoro en la intacta meta del mote, fórmula no propiamente premeditada sino eslogan a ciegas, toda vez que "sigue siendo impensable, este único encuentro de lo único, más allá de todo cálculo de las probabilidades, tan programado cuanto imprevisible. Fíjate, esta palabra de cálculo

[Remarque, ce mot de calcul] es interesante por sí misma, escúchala bien, llega ella misma donde el cálculo quizás encalle... 'tener callo en el corazón' *[échoue peut-être... 'avoir du cal au coeur']* escribe Flaubert" (D 13. 14), derivando más o menos en seguida hacia otro envío del mismo, al borde del "lago de mi corazón *[lac de mon coeur]*" *(ib.)*, poco antes de aprovechar la desbandada psicosomática del otro, "de *callo* en *lago [de* cal *en* lac*]*, como para creer que él también tuviese su claudicación, ese tipo" *(ib.* 15), encallado y encallecido, lacustre y claudicante entonces, a punto de ahogarse en el cardiograma telepático que fuera suyo si se repregunta: - "¡Algo dispara! ¡Algo toca el blanco! ¿Soy yo quien toca el blanco o es el blanco que me alcanza?" *(ib.)*, decidido a indecidirse sin preocuparse por haber aprovechado el lance interrogativo de cierto arquero culpable de zenazismo a juicio de un estudioso de la cábala mucho más al tanto, se supone, en todo caso lejos del apuro anticipante que Daisetz Teitaro Suzuki, en su introducción a la versión norteamericana de *Zen en el arte del tiro al arco*, habría definido como "cálculo que es error de cálculo *[calculation which is miscalculation]*" (Suzuki 11) si la paradójica limosna del mollejón sobre el que montar un monociclo de alto cilindraje facilitara paseos susceptibles de inspirar cuentos y novelas a Calac y Polanco, desde la más tierna infancia listos a capar clase en la margen de "la escuela del destino *[die Schule des Schicksals]*" (Hölderlin 1. 191 - trad. Munárriz 184), resueltos a no seguir el consejo del tutor de turno: - "¡Toma! Cómprate con esto una piedra de afilar y aprende a vaciar cuchillos *[Da! kauf einen Schleifstein dir dafür und lerne Messer schärfen]*, y así podrás recorrer el país" *(Ib.)*.

Aquí y allá, de *gulf* en *gulp* se sumerge el honroso superfilo, desde "porción de mar entre dos cabos, vorágine", hasta "trago, sorbo, deglución", persistentes intersecciones semánticas y homofonías implícitas en el engarce de *golfe* y *gouffre*, divergentes apenas desde el XVII, no tan ajenas entonces al lector absorto en la tentación de identificarse por un cerrar de ojos con otro fotósofo, bulto excesivamente dilatado afín al vago foco del fatal invento de Morel {a despropósito: eco del Moreau de Wells, nadie se atrevería a negarlo, pero tampoco a descartar de lleno el retumbo cinematográfico de la novela de Charles Cunat, *Surcouf, rey de los corsarios*, Artaud a bordo, en una carta a su querida Génica orgulloso del rodaje sobre la playa de Saint-Malo: - "El traidor Morel soy yo y nadie más, ¿de quién quieres que te hable? (...) yo desesperado torneándome la cabeza *[me roulant la tête]* contra un muro, después gesticulando en lo alto de una torre y por último cayendo al mar" (Artaud 1. 150), ni puede ignorarse sin más el retintín sobreagudo del hijo de un ayuda de cámara del tío abuelo de Marcel, para los amigos Charlie, "Bobette" a tiro de Saint-Loup, Charles Morel, chupón del barón de Charlus y alcahueta de Albertine, despiadado seductor cuyo ilusivo reencuentro con el hasta entonces para él perfectamente desconocido barón inspira una ocurrencia que bien podría halagar las veleidades ultranarrativas del curador laberíntico o ingeniero mariembadista implicado en el ajuste de secuestros anacrónicos más eficaces que videocápsulas de comillas amariposadas: - "(...) los 'reconocimientos *[reconnaissances; recognitions]*', expediente pobre de las obras de ficción, expresarían en cambio una parte importante de la vida si fuésemos capaces de llegar hasta lo novelesco verdadero *[aller jusqu'au romanesque vrai; llegar hasta lo auténticamente novelesco; to penetrate to the romantic core of things]*" (Pr 1. 1406 - trad.: Armiño 757; Scott Moncrieff y Kilmartin 301), Morel sin duda, aunque irreconocible por abuso de conclusiva semejanza consigo mismo, tal como M. de Charlus tendría todo el tiempo de considerar en el nigromántico burdel de Maineville:

"Por fin, el barón pudo ver por la abertura de la puerta y también en lo espejos. Pero un terror mortal le obligó a apoyarse en la pared. Desde luego, era Morel el que tenía delante, pero como si todavía existiesen los misterios paganos y los encantamientos, era más bien la sombra de Morel, Morel embalsamado, ni siquiera Morel resucitado como Lázaro, una aparición de Morel, un fantasma de Morel, Morel aparecido o evocado *[revenant ou évoqué; aparecido o evocado; reaparecido o evocado; 'walking' or 'called up']* en aquella habitación (donde las paredes y los divanes repetían por todas partes emblemas de brujería), quien estaba a unos metros de él, de perfil. Morel había perdido, como después de la muerte, todo color; entre aquellas mujeres con las que parecía que hubiera debido debatirse alegremente, estaba lívido, congelado en una inmovilidad artificial; para beber la copa de champán que tenía delante, su brazo sin fuerza trataba lentamente de extenderse y volvía a caer. Se tenía la impresión de ese equívoco en virtud del cual una religión habla de inmortalidad, pero entiende con eso una cosa que no excluye la nada *[le néant; extintion]*" (*ib.* 1567 - trad.: Berges 544; Armiño 945; Scott Moncrieff y Kilmartin 556),

atascado cuerpo de gloria, valga la enormidad, corazón de recordada Faustine, "ese cuerpo interminable" (B 5. 73), meliflua gitana expandida en las digresiones del ocaso mientras István Banyay, excesivo representante del materialismo histórico capaz de fotografíar cierto manuscrito apócrifo creyéndolo tan auténtico cuanto la copia fotográfica encontrada tres siglos antes en un bolsillo del traje de su propio cadáver, vive y muere a sus anchas y a sus estrechas sólo en el siglo XVII, casi en el centro de "El otro laberinto", abocado a la cita secreta con la generación que le aguarda en el mal paso al otro lado de la entrada del museo, justamente "ahí", de par en par, donde "se le abre la puerta a la muerte", *patet isti ianua leto*, por el momento en primer plano sobre el plato de un sofá del XX con su "enorme cabeza redonda" y sus "enormes ojos redondos" para mejor explayar "la extraordinaria altura (la extraordinaria verticalidad) de ese cuerpo horizontal" (B 6. 107), vastedad marina de Minotauro tanto más peligroso cuanto más apacible, a la desmedida de un ponzoñoso mutante de la hondura, siempre que la medusa llamada *nomura, echizen kurage, Nemopilema nomurai*, sea víctima y a la vez inventora de una colosal broma biotelegénica, su cabellera ondulante más conforme al retrato esópico del descarado cabal que el intermitente lomo de cualquier delfínido, eso sí, revueltas las genealogías no del todo disociadas por Corominas, casi en primer lugar "*Golfo* I, 1438, 'ensenada grande', 'la anchura del mar'. Del lat. vg. *colphus*, y éste del gr. *kólpos* íd., propte. 'seno de una persona'", más o menos en seguida "*Golfo* II, h. 1888, pilluelo, vagabundo'. Probablemente derivación retrógrada del antiguo *golfín*, SS. XIII-XV, 'salteador', 'facineroso', 'bribón', y éste seguramente aplicación figurada de *golfín* 'delfín, pez carnívoro', 1495, por alguna cualidad que el vulgo atribuye a este cetáceo; quizá por la aparición brusca del salteador, comparable a la del delfín saltando fuera del agua. El nombre del pez procede del lat. *delphin, -inis*, alterado por influjo de *golfo* 'alta mar'", vasos etimológicos comunicantes que el tritón ciceroniano, uno de tantos "explotadores de la sosa estupefacción *[badauderie]* cosmopolita" (Gronfier 199), volcaría sin titubeos en la rada de lo consabido sin que las cosquillas de lo idéntico celoso de su escote le perturben la barba, florescencia cuya autoafección contrasta y comprueba la vertiginosa univocidad del ubicuo cayado bajo la pluma de Adolphe Gronfier, "Pierre Larousse de los estafadores *[aigrefins]*, Littré de la canalla *[canaille]*" (Fuligni 25), comisario entregado de balde al oficio consistente en embutir las apretadas márgenes del *Diccionario de policía* con esmero de calígrafo, por ejemplo de ejemplos etnográficos y modelo de modelos hermenéuticos sea añadiendo el reborde de una segunda voz a la de "Intérpretes" ya incluida en el vademécum de los gendarmes parisinos del siglo XIX, sea insertando bajo ese título, después de "Insumisas" y antes de "Juegos", un artículo de su cuño dedicado a los parásitos de la traducibilidad callejera, entre todos los golfos urbanos "los más inclasificables y más pintorescos" (Gronfier 199), propósitos que la reciente edición del *Diccionario de la chusma* no permite distinguir a ciencia cierta, ítem o suplemento de ítem que desde las comisarías del lado de allá justifica las gesticulaciones mosaicas del *cañero* colombiano, prótesis de sí mismo, extensión de su *caña*, "mentira con exageración", hélice, batuta y brújula de quien "hace girar su bastón *[fait tourner sa canne]* - pues tiene siempre un bastón el intérprete, para designar, demostrar. Lo dirige a la vez hacia los cuatro puntos cardinales poseído por el afiebrado deseo de aturdir al cliente con la plétora de sus indicaciones y la precisión de su saber" (*ib.* 199), por decir algo y acercándonos un poco más a los bajos fondos del turismo museológico, sin saltos ni piruetas, faz a faz con *Juno recibiendo la cabeza de Argos*, obra maestra del rococó relamida por el pincel de Giacomo Amiconi, ya compadre de Farinelli: debajo de Iris, inclinada sobre el feble límite de un palco de nubes sin dejar de acariciarse arrebolados bucles, asomo coqueto e irónico, como si el pésimo gusto del espectáculo en que está sumida rozara las fronteras divinas de la perversión excitando narcisismos demasiado humanos, por el costado izquierdo de la mole junónica es Mercurio por poco en persona, reconocido encubridor de baratistas, quien ofrece la testa del guardaespaldas fracasado para que se vaya a pique en el pecho desnudo de la diosa, fulgor desbordante sobre la veste encrespada justo en medio del par de oculados orbes, en tanto que por el otro la cola ociosa del pavo real, *aguí, eguení olorá, tolo tolo orocuyé*, lánguido reciclaje del chorro de sangre y de la galaxia pupilar del pastor barbudo, fascina a cinco o seis *amoretti* que se regodean mimando iridiscencias, así como los dedos de la soberana consiente los párpados del espeluznante recado con ataraxia más sádica que estoica, sin que la cascatela de plumas logre opacar las luz anidada entre los dos ocelos de carne olímpica suficientemente persuasivos no sólo para que el estudioso reconsidere y redondee la tesis formulada hace más de medio siglo según la cual el rito de apareamiento de los pavones correspondería a una transferencia de la conducta inherente a las prácticas de alimentación en que el macho asume un rol maternal, "*a transformed type of chick feeding behaviour*" (Portmann 118), chusco rebujo definidor, "verdadero *bocato di cardenale*" (B 3. 27) sentenciaría el primo de Lancker, Jorge Velarde, casposo crítico de cine, "Aristóbulo Talasz" para los suscritos a *Criterio*, "San Jorge" o "Dragón" para los amigos (*ib.* 10), rebote de clarinada del todo impertinente, seamos francos, por más transversal ninguna alusión a las polémicas de los etólogos difuntos o a los actuales debates de biopolítica justificaría el baboso piropo, en principio más bien conforme al apetito estimulado por Olivia, ruborosa discípula de Lancker que para complacer a su tutor, devoto de Pan y cabeza de puente de la *Konservative Revolution* rioplatense, desafía las brigadas del padre O'Grady exhibiendo en plena misa dominical las piernas sin medias que en seguida se le transforman milagrosamente en pilares de pesadilla, "informes como patas de elefante" (*ib.* 27), tragadas a ciegas, no las de Olivia, desde luego, servidas sobre el altar de la bobada que irrespeta el posudo refinamiento lingüístico del narrador, sino las palabras de la otra definición, deglutida aquí en el *basic english* de los programas radiofónicos entregados al catequismo bilingüe, traída de la peluca más que de los cabellos no más para insinuar la imperfecta homofonía de tres monosílabos: *Schick* ("donaire", de *schicken*, "hacer que algo suceda", "arreglar", "disponer", en el área de influencia de la cepa germánica *skēh-*, a su vez influenciada por el antiguo eslavo *skakati*, "brincar", "brotar"), *chic* (en uso entre los artistas otrora sensibles a la desenvuelta facilidad del trazo, hoy lustre de gallardía, fuera del alcance del consumidor vulgar) y *chick* ("pollo" o "pollito" que el *Concise Oxford* restituye a *coccus* por intermedio del *cock* de siempre), tal cual, sentencia alimentada por Adolph Portmann, colaborador de *Scheidwege*, revista propensa a ingenierías cosmológicas y querencias de tiempo cíclico, ecologías abismales y atletismos contrateóricos, fundada por un lector de Kant que no desdeñaba los clásicos griegos ni los orientales, Georg-Friedrich Jünger, asiduo frecuentador de agapes y conclaves celebrados en batiscafos y laboratorios al amparo de la presencia ontobiológica que no descuida "un importante indicio en el hecho de que, a pesar de carecer del vívido efecto cromático del 'ojo', el pavón blanco es preferido por muchas hembras" (Portmann. 118), suave socava de normalidad y derrame de lo habitual *ad usum delphini*, exhorbitancia de lo meramente registrable característica de aquellos fenómenos que "después de todo, son más que medios de comunicación - son también la expresión de la esencia de las criaturas" (*ib.* 119), resplandor de luceros y veleidades de volátiles no propiamente nacidos para convencer del rigor de las investigaciones de morfología comparada al más unilateral subinspector de tráficos analógicos convertido en astronauta de la última generación, en verdad la primera si "la exploración del espacio es una rama de la geometría aplicada, y tiene muchas afinidades con la pornografía" (Ballard 1. 30 - trad. Lippi 22), su vibrante contorno propagándose en la pavorosa untuosidad del arma que debe a *pavonaceus* y *paonazzo* el privilegio de un pavonado en cal viva, alto azul en todo caso ascendido a los círculos mamarios de la Juno de Amiconi, más allá de calandrias azoradas y planeos de cóndores, encinto de graffiti inmemoriales y petroglifos de última hora, circuitos de órbitas, aréolas, argollas, botones, pupilas, bocas, conchas, bolsas escrotales, calcomanías semitransparentes sobre las membranas del aire de Cocoa Beach multiplicadas a partir de la metamorfosis del nido de Roger, *cockpit* de Cessna monomotor invadido a pocos metros de la playa y transformado en cabina de proyección por las indolentes espinas de una marea de fotones y paraboloides de todos los colores y tamaños, desde los "leves cartuchos celestes de los Bay Biscuits" (B 3. 9), tan indispensables al etéreo régimen pansexual de Lancker cuanto las magdalenas a la dieta hipermnésica de Marcel, hasta las alfombras persas en que el cirineo de Calcuta, Dalmacio Ombrellieri (B 5. 22), enroscó al narrador de *La invención* para cargarlo y ocultarlo entre las mercancías del buque que le acercaría a la isla de su telecalvario, crisálida de estructura idéntica a la del cigarrón de Shiraz que permitió a otro perseguido llegar al Río de la Plata, oscuro inmigrante ilegal cuyo credo iconoclasta honraría su hijo, aquel José Enrique Tafas prematuramente desaparecido el 12 de octubre de 1964, envuelto por las olas del Atlántico "en el prestigioso balneario de Claromecó" (Borges y Bioy 1. 109), antes de llegar a regodearse de todo punto en el éxito de sus esmeradísimas exvistas porteñas, cada una recubierta por severas capas de miga de pan y betún, imperceptibles obras maestras que los críticos internacionales no tardarían en aplaudir como vislumbres de *Autistisch Hyperrealismus*, sin olvidar el "paquete grueso y cilíndrico" debajo del brazo derecho de Eduardo S. Bradford, tal como el fatídico 3 de febrero de 1931 se le vio abandonar la pinturería Quiroz poco antes de que los esbirros de la industria textil descubrieran, por así decirlo, las pinturas corporales mediante las que el *arbiter elegantiarum* de Necochea, mártir del *noli me tangere* y patrono de la "secta de los Pictos" (Borges y Bioy 2. 117), solía no ocultar absolutamente nada, nervios de atávica proto-hoja-de-parra entretejidos con una desnudez a la vez pre- y post-adamítica, peliculación de inatavío a ras con lo que resta por echar al hueco monócromo, altísima costura epidérmica, arte y soporte, amor y cadáver, savia y corteza, más que enlaces y traslapos, simbiosis algo más explícita para el observador que, no obstante el abrupto traspié contextual, tuviera la bondad de fijarse en cierto cliente de la taberna del puerto de Hania, establecimiento de escaso atractivo turístico, acota Tabucchi, y sin embargo gratuitamente parecido a otra fonda cretense, menos desaliñada, *Minos - Original Greek Food*, a no ser asimilable de pe a pa tan sólo porque el camarero de la segunda responde al mismo nombre del cliente de la primera, Manolis, pasado quizás no sólo de tragos, atraído por la figura de la dríade reproducida en el volumen colocado sobre la mesa, al pie de una copa de vino no propiamente blanco, tirando hacia un *rosé* sin identificar… y no se hable más del asunto o simulacro de asunto, ni se diga que la prosa en cuestión "delata el desvelo" y *sente la lucerna*: blanco o no blanco, ninguna cefalea casada con el íntimo extravío y su prole biforme, tampoco síntoma de leontiasis ósea, "cosa del cráneo patológicamente espesado, duro y de consistencia ebúrnea" (De Greiff 2. 47), mera dermatitis seborréica la que así se ensaña, escarba y evacúa para volver a ensañarse en la idea de esta "tela", *toile de toilettes*, "tela de telillas" y "red de excusados", rasa morada de la exención del sentido, a no dudarlo, faltaría más, si el filo supuestamente atrabajado de no sé qué *Operette* excusara el pavoneo de un arrimo a la cuchilla hegeliana de Francesco de Sanctis (¿*Operette morali* culpables de melindreo micrológico?), suma instancia del tribunal hermenéutico que pretende atajar la proliferación capilar de alveolos multisimilitudinarios, puerta excusada tras puerta excusada, meandros de mil trancos y mil voces dilatadas por el desdoblamiento reflexivo de Montaigne en Oyarzún Robles, bosque de bosques y picor de picores sibilinos que a la vez aplacan y atizan "la rascadura continua de la pluma" (Oyarzún 2. 19), atraído aunque no mucho porque, verdad casi sea dicha, con creces parece reaccionar Manolis al embeleso estético, el primero, no el segundo, virtuoso de la lucidura ufano de su oficio, "*lui qui badigeonne*" trasluce Lise Chapuis (Tabucchi 29), "αυτός που έβαφε" responde Antaios Crisostomides (trad. 105), otro vecino prevenido ante las ambigüedades de la βαφή, "inmersión" que puede ser "tintura" en razón de βάπτω, "sumergo", "me zambullo" y "tiño", donde vienen a lo mismo βαφεύς y βάπτης, "quien tintura" y "quien sumerge", buzo y sacerdote, maestros de la brocha más gorda, al fin y a la volatilización de lo mismo en la βαφή Μήτιδος, "bautismo de Metis" que el barón Von Hammer-Pürgstall identificó con el Bafometo, emuladísimo y jamás igualado Príncipe de las Modificaciones, al tiempo que John Young complace al enjalbegador invocando "*he who paints*" (trad. 114) para concederle la fusión de coletazos radicales con peliagudas pinceladas y dejarle comentar en voz más alta que no sólo de cal escueta vive el muro, de azul también y que "hay muchos azules, no un solo azul." (*Ib*. 29) Tantos azules, tantos huecos, ¡manes y desmanes de Yves Klein!

Oquedades de *trabocchetti* en efecto y defecto, *chausse-trappes*, *Falltüre*, *trap-doors*, *scuttles*, "escotillones" que Corominas consigna a un hipotético soplo del verbo *écouter* "porque las escotillas se han empleado para escuchar a los de abajo", mientras hala en sentido inverso el *Robert* sacando *écoutille* de "escotilla" sin prestar atención al otro piso, si acaso a reventones y chasquidos de lonas y escotas, amén de otras texturas, porque "la palabra española deriva del verbo *escotar* 'hacer un descote *[faire une encolure]*' (registrado en 1607, por más que el derivado *escotadura* 'puerta o trampa cerradiza en el suelo del escenario *[trappe de théâtre]*' se registre desde el siglo XV), probable préstamo del antiguo nórdico *skaut* 'borde de un vestido', 'ángulo inferior de la vela', de ahí 'cordaje correspondiente a esa parte'": por rumor de franchute en ascenso y españolado agujero más voraz y sinuoso que perfil de traje o velamen vikingo, en medio de la doble vía cabe caerse, abatirse, encorvarse, templarse y esconderse, de relance para mejor mostrarse, brotar entonces, hacia arriba, hacia abajo, a los lados y de soslayo, alaridos de Don Giovanni en el báratro destapado al final del segundo acto y risotadas del muñeco de resorte surgido de la cesta cuya tapa debería replicar el sombrero visceral de una deidad bicéfala resignada a convertir el acoso en *pelliculatio* consagrante, "intento de seducción" resuelto en lisonja ritual, tierna despedida equivalente a la elipse amarilla que enmascara el jeroglífico de una erección flotante hacia la ingle, a la izquierda del ombligo, cuerpo fálico atesorado entre paréntesis de ala blanda y pliegues de fieltro aunque ninguna tijereta esté a la vista, en toda la escena la única parcela impregnada de oro caliente, *hot-hat* apenas presunto ya que las arrugas inferiores del borsalino absorben también el verde del vientre y del pecho bajo una chaqueta a duras penas retenida por un botón entristecido, no porque el dios arrecho quiera coronar el exceso de peso apenas disimulado en cruces de mimbres, esguinces, rupturas y traspasos de miembros sinópticos, desarticulaciones y permutas modulares de la ductilidad que sólo el animador caído del zarzo del chiste al pozo del recuerdo de un fox-trot de la época en que el pintor practicaba el boxeo asociaría con la plasticidad del relativamente pobre mortal que "sobre los zapatos lleva las medias, no tiene un botón / y con agujetas se amarra el calzón", ése que "*si crede bello / come un Apollo / e saltella come un pollo*" (Kramer-Rastelli-Panzeri 346), acostumbrado a picotear aquí y allá dando saltitos de oficina en oficina, de aula en aula, de pileta vacía en pileta hambrienta, lisa y llanamente vorticosa porque

> "Lo trágico se ha desplazado de un destino establecido por los Dioses hacia un mundo nacido del provecho de los hombres, y el héroe colectivo se ha vuelto solitario, su tragedia es su infelicidad, un negocio desolado, donde *[la sua tragedia é la sua infelicitá, un affare desolato, dove; son drame est né de son malheur, d'une désolation où; τραγωδία του πλέον είναι η δυστυχία του. Θλιβερή ιστορία, όπου; His tragedy was his unhappiness. It's a sad story:]* el espacio que pertenecía al orden perspectivo se hizo plano y centro de una forma en espiral *[centro di una forma a spirale; centre d'une spirale; κέντρο μιας μορφής ελικοειδούς; center of a spiral form].*" (Adami 2. 15a - Trad.: Gaillard 15b; Aliferes 83a; Triantafillou 82b-83b)

Antes bien el pollastro de la cancioncita apenas acentuaría en términos caricaturescos la frustración del funcionario endiosado por el *Office Shaman* ad hoc, aunque en esta remitológica ocasión la chaqueta incoherente y descompuesta parezca más bien balancearse sobre el reflujo libidinal sin que hayan desaparecido por completo señales de tensión, ni pueda negarse la tumescencia que más allá del tormentoso júbilo de una zona erógena en particular ha llevado el numen a desvivirse por las túrgidas pantorrillas y los altivos tacones enraizados sobre la huida que fue, de otra manera la hija del río no estiraría a dos manos la minifalda como si los vástagos ya cargados de bayas subiendo por lo que ya no es nuca le inquietaran mucho menos que la protección de lo que por un instante sin duda sigue siendo entrepiernas, sin hablar de la chatísima cartera caída al lado de cuatro mamotretos, uno hojeado por la brisa al justo mientras "de tenue corteza se ciñen los mórbidos pechos *[mollia cinguntur tenui preacordia libro]*", no necesariamente el de Ovidio, apto de todas maneras para sugerir que de la misma pulpa proceden las páginas y el flamante wonderbra de la virgen laureada:

> "Es Dafne, le dije, ¿la reconoces? Manolis me miró con un aire superior y perito. *Sìzhigos [Σύζυγος]*, ha dicho golpeándose el pecho con la punta del índice. Ha añadido el verbo 'yo pinto *[ζωγραφίζω]*' al pretérito. No conocía esta palabra y de regreso al hotel la busqué en el diccionario. *Sìzhigos* significa 'esposa'. No entiendo lo que significa. Quizás Manolis había pintado a su mujer, él que embadurna las casas en blanco y en azul. ¿Qué quería decir? Se me ocurrió una expresión que se emplea en Roma: *l'ho pittata, l'ho pittata*, que a la vez significa 'la he pintado' y 'la he sepultado' *[que l'on emploie à Rome:* l'ho pittata, l'ho pittata, *qui signifie à la fois 'je l'ai peinte' et 'je l'ai ensevelie'; in Rome they say 'I pictured it' for 'I painted her',* l'ho pittato, l'ho pittata*]*." (Tabucchi 29 - Trad.: Crisostomides 105; Young 114)

Bajo las extremidades de la divinidad sin zapatos ni medias, pisoteado y ennoblecido por las puntas de los dedos arracimados, con el mismo movimiento rotatorio que acoge un gajo de cerezas postizas el sombrero de Dafne caído durante el ajetreo abraza su espiral.

Besar el marco entonces, sino morder la tumba cerúlea e incorporar la fosa de gofio. Acción y pasión del penetrar lo penetrante y ser devorado por el comestible, *tutti fortissimo* de ojo por ojo, pezón por pezón, esfínter por esfínter, punta por punta, contera por contera... sin especular en torno del ventilador indicativo que el cómplice del asesinato de la Dolly habrá puesto a rodar por encima o por debajo del escritorio, ni a través de qué κόλπος los soplos narrativos de semejante intérprete se habrán insinuado, al corriente de la trayectoria del veneno llegado a manos de la Marucha mediante el mensaje dictado por la dueña de tanto carterón anodino, uno "de hule brillante" (C 2. 145), otro "de piel de no sé qué de Alaska" (*ib.* 166), regalos de William, por supuesto, ni más ni menos como el frasquito del trágico desenlace, si lo que sobra de por medio es el deseo de narrar como ella esgrimiendo los *flashes* de la pluma del otro, sino confundiendo extremidades inferiores y retozos genéricos a primera y última vista tan disímiles, cama, cuadrilátero, hoja y diapositiva: - "(...) ahí nomás Anabel, su manera de contármelo. ¿Cómo hablar de Anabel sin imitarla, es decir sin falsearla? Sé que es inútil, que si entro en esto tendré que someterme a su ley, y que me falta el juego de piernas y la noción de distancia de Bioy para mantenerme lejos y marcar puntos sin dar demasiado la cara" (*ib.* 142), sin hablar, lo que se dice hablar, apenas uno que otro monosílabo flotante, telepatía en escupo telescópico si acaso, porque también el otro es felino, en palabras de la propia: - *"(…) no le entiendo mucho la parla, y eso que al final él siempre se hace entender. Claro, no lo conocés, si le vieras esos ojos que tiene, como un gato amarillo (…) porque eso sí, me entiende todo, me clava los ojos amarillos"* (*ib.* 157-158), a no dudarlo, penetrante oro dudoso del "río color de león" (*ib.* 154), traslado vertical y horizontal, siempre que de entrada se pongan en entredicho uno u otro fallo por el estilo, κολπώδης, "sinuoso" estilo, por ende "prolijo", uno u otro filo, estela o ceniza del mismo género, cuando la idea del discrimen conforme al *ring* en que la novela ganaría por puntos mientras se impondría por *knock-out* el cuento, gancho alegórico mencionado en una entrega de la revista *Casa de las Américas* de 1970 que se me escapa, no hay que tomarla muy a la letra esa idea, él mismo lo advierte, incluso en atención al ensayo filosófico añadiría, aunque se apegue a la inveterada metafísica de la presencia cuya cara, es resabido, no se da ni de fundas, como si el presunto combate fuera con ella, en ella y por ella, facha de *libido scribendi* contra lo que no tiene contrario, frente o campo de batalla, contra una afirmación que bien puede pasar por tenerlos para que ningún encaje de baba sea pasto de taimados detractores interesados en traducir desistencia por indiferentismo, sin hablar todavía del fragmento transpuesto a vuelta de renglón prescindiendo del afán de hilar fino, justamente a lo largo de la curva sobrelevada de una primera persona que atiza el impulso textual, aceleración retórica de signo no del todo contrario a la cifra del percance consistente en confundir energía automotriz y plegaria disparada, lance sobre ruedas y virote publicitario, como si el cruce de la experiencia aurática y "la representación *[die Vorstellung; una representación; la idea]* de la lejanía" (Benjamin 3. 767 - trad.: Navarro 196; Hernández 67) encarnada en la vitrina rodante del charlatán fuera un hecho de los que llaman cumplidos, pujanza del coche alquilado para llegar lo más pronto posible a la residencia estiva de los Verdurin en compañía de Albertine, cuando "subió de un tirón, con un ruido continuo como el de un cuchillo que afilan, mientras se alargaba bajo nosotros el mar en marea baja *[monta d'un seul trait, avec un bruit continu comme un couteau qu'on repasse, tandis que la mer abaissée s'élargissait au-dessous de nous; climbed effortlessly, with a continuous sound like that of a knife being ground, while the sea, falling away, widened beneath us]*" (Pr 1. 1505 - trad. Armiño 874; Scott Moncrieff y Kilmartin 458), papayazo de majestad apodíctica explayada ante la "adoración perpetua" del músico esmerado en demasía, "rezo ininterrumpido" del viejo Bach desautorizando el tedio del rey Federico de Prusia a clavecín partido, tal como se compactan las indeterminables horas invernales en el castillo de Sans-Souci al reemplazar *tempérer* por *temper*, *"(…) su manera de temperar, o más exactamente tempar*. Regular la tempestad *[Régler la tempête]* y esa atroz historia de crucifixión, resucitar las espirales, he ahí el viaje" (Sollers 143), prosopopeya que en el camino del marco afecta el suspenso estético aguzando el desborde a la debida distancia, lectura fuera de órbita, *à côté de la plaque*, "al lado de la placa", fuera del tiesto como exigen los huracanados reglamentos del caso, devuelta sin tropiezos y corrida la tiesta del tonel filosófico hasta aquel *"universellement objectif"* (D 5. 56 - trad. González y Scavino 60) convertido en "universalmente subjetivo" (C 2. 143), "pifia" o *boulette* (diminutivo de *boule*, "bola", cómo no, cuyo "valor figurado de 'desatino', 'necedad', registrado desde 1829, se ha querido explicar a partir de las bolitas de papel confeccionadas por los alumnos sin que de hecho quede explicado") bajo todo punto de vista insólita perla en la cancha de un traductor certificado, rodada más bien *en souplesse* como dicen los deportistas y según manifiesta el paréntesis abierto entre desenfado y conchuda solicitud de indulgencia, casi en familia, la de uno, en el absolutamente confianzudo y a su antojo democrático regazo del uno y de la unitotalidad, aplomo cohesivo que sabría guardar citando el dinamismo dialéctico propio del organo oficial del comité central cuyos designios han de coincidir con las circunvoluciones cósmicas y las coreografías migratorias de las anguilas que en 1971 *Prosa del observatorio* aproxima a la arquitectura celeste y a la marcha autoinmunitaria de tantos héroes sin nombre "buscando en incontables etapas un arribo del que nada saben" (C 9. 26), seres llevados "a suicidarse por millones en las esclusas y las redes para que el resto pase y llegue" (*ib.* 27), no tan lejos de "ese hombre que acaso se hará matar en un frente justo, en una emboscada necesaria, que chacales y babosas torturarán y envilecerán" (*ib.* 70), bajo la mirada benévola del sabio avizor, el inmenso astrónomo Jai Singh digamos, "guerrillero de absoluto" (*ib.* 74), unos y otros ni tan remotos parientes de "las criaturas de la noche porteña, los grandes peces de ese río turbio", Anabel y William, Celina y Mauro, entre otros y en otros golfos, aparentemente muy distintos del "traductor público nacional debidamente diplomado con su Susana previsible y hasta cacofónica, sususana" (C 2. 153), tan desprendidos del cómodo e inocente equipaje afectivo, especies y géneros ignorados por quienes se la pasan picoteando abstractos granos de cacumen en el patio de la farmacia platónica de turno, tal como el envilecido narrador que tras la condena de la Marucha delega a uno de los abogados con los que comparte sus tragos la tarea de vigilar a los amantes, no uno cualquiera sino el doctor Hardioy, el mismo de "Las puertas del cielo", otro intelectual de baja cama, un leguleyo que se la pasa archivando fichas más voyeurísticas que etnográficas en la perspectiva de quién sabe qué rollo literario, asqueado de lo suyo por "pensar así, una vez más estar pensando todo lo que a los otros les bastaba sentir" (C 10. 120), no sea que los monstruos milongueros de ese empíreo o los querubes tanguistas de este cielo lo delaten en serio, sin necesidad de otro cuento perdido en lo de uno, autonoqueado uno, en sí mismo recaído uno, como está a punto de dar a entender el responsable del texto supuestamente echado sin miramientos a la lona de lo propio:

> "Lo único lógico hubiera debido ser el alivio, pero no creo haberlo sentido, fue más bien como que Dickson Carr y Ellery Queen eran una pura mierda y la inteligencia todavía peor que la mierda comparada con esa milonga en la que el ángel se había encontrado con el otro ángel (per modo di dire, claro), para de paso entre tango y tango escupirme en plena cara, ellos de su lado escupiéndome sin verme, sin saber de mí y sobre todo importándoseles un carajo de mí, como el que escupe en una baldosa sin ni siquiera mirarla. Su ley y su mundo de ángeles, con Marucha y de algún modo también con la Dolly, y yo de este otro lado con el calambre y el Valium y Susana, con Hardoy que me seguía hablando de la milonga sin darse cuenta de que yo había sacado el pañuelo, de que mientras lo escuchaba y le agradecía su amistosa vigilancia me estaba pasando el pañuelo para secarme de alguna manera la escupida en plena cara." (C 2. 171)

Los celestes pasan y pisan sin verle porque está en su lugar, en lo suyo, sus calambres, su diabetes, su neurosis, su mujer y sobre todo su inteligencia. Nada extraordinario. *Just a brick in the wall.* Por eso el hombre-baldosa no tiene fecha ni firma. Con tal de ser visto habría sacado la cabeza sobre los adoquines, aunque fuera para perderla, descalabrar y descalabrarse en el baptisterio de algún Marcos non santo... Perfectamente encajado desde las galaxias, ahora ni siquiera le queda envidiar lo peor, luna llena de cara dada.

Que no conste apenas de refilón, sino sin perder de vista ni de otros sentidos la carta del 7 de julio de 1968 en que el acuse de recibo del texto destinado a enmarcar la edición cubana de *Rayuela*, copia recibida de las manos del pintor Humberto Peña, "con quien me divertí mucho en París, pues un cubano metido en plena revolución cultural es siempre un espectáculo delirante en el más alto grado", culmina en una auténtica frase de cajón: - "Ahora ya me puedo morir" (C 11. 1251), fórmula bajada entre flores cuya apretura no intriga al lector decidido a creer que, sobre la cresta de "Para llegar a Lezama Lima", el ensayo que ensalza la "ingenuidad" de *Paradiso* publicado en 1967, el otro cubano "decide entonces revisar de raíz su juicio previo sobre *Rayuela*" (Salgado 89) dejando boquiabierto al autor: - "Por fin Cortázar (quien ya había intercambiado larguísimas cartas con Graciela de Sosa y otros críticos de *Rayuela*, en las que debatía detalles y aclaraba referencias) le dedica *un* solo párrafo a la lectura lezamiana. La densidad enigmática del acercamiento lo ha deslumbrado y enmudecido" (*ib.* 90), no hasta impedir que alcance a "reconocer tres puntos fundamentales", en especial el más persuasivo de la serie, a juicio de un observador tan bien parado en el deslinde de sueño y vigilia argumento apto para trastrocar las supuestas esquinas de antaño, donde cómputos y puntajes opositivos habrían impuesto el ruedo agonístico que asigna la cabeza pateada o el balón cortado exclusivamente al responsable de una novela de luces menos matutinas que las de *Ulises*, el mandoble mercurial tan sólo a quien reivindica los derechos del *inconnu*, mientras ahora "Lezama aquí ha sido el vigilante Argos de su *desconocido*, ve despierto lo que Cortázar ha hecho dormido en lo oscuro" (*ib.*), y lo que seguiría haciendo si en lugar de desgranar ulteriores cumplidos no se fijara en "bastantes errores mecanográficos" (C 11. 1251), enumerados al vuelo, sin chistar de las anomalías cuya fecundidad es más notoria. Entre otras, el guiño de un verbo encarnado que merecería su *oculus* a pacto de renunciar a la olímpica invocación de múltiples traseros, donde el cambalache de nalgas por párpados remite a una crítica sonámbula que no contradice tan fácilmente, mucho menos "de raíz", los acechos de Argos mencionados tres años antes, ni la nostalgia prestada al que podría haber confiado de una vez por todas la tiza de las líneas laberínticas a los brincos furiosos que engendran orillas, no al dominio de la extensión cotemplada por Morelli:

> "Cuando Cortázar acude al laberinto numeral, paraleliza la extensión de lo relatado con el pensamiento poseído por igual furia. Por eso su afirmación nostálgica de que Oliveira y no Morelli es el que debía escribir. Pero su laberinto no es un entretenimiento del domingo matinal o de la ringlera nocturna. Es, en primer lugar, una escala de Jacob, una densa corriente onírica entre lo telúrico y lo estelar; luego, es un dictado del logos okulos, el móvil en la distancia y lo que se ve críticamente de ese recorrido." (Lezama 3. XIII; 420),

Porque, no hay duda, ninguna que no sea *cunctatio*, "titubeo", ""retraso", "diferimiento" de *cunctator*, desguerrero emancipador de horas y minutos en la equívoca morada de los amurcos, "punto coincidente entre Oriente y Occidente. Ofir o la remota Samos, la Orplid o la Incunnabula" (*ib.* VIII; 416), Reino de Sabanillas Vaginales digno de las honduras del argot porteño que es oportuno no sondear con amable ironía, advierte el narrador frente a las muecas paternalistas de la cultura, facilidades "un poco canallas" (C 2. 165) en las que él también se atascaría si acabara escribiendo al derecho la historia que le sale al revés y le entra torcida, así como chueca le resultaría la revisión de estilo sin acoger el empalme de *cunnus* con *cuna* en homenaje a la laboriosa "parpaiola" de Anabel, "por lo que tiene de ola y de parpado" (*ib.* 166), aquí y allá picando lo que del ojo le queda al aleteo de la "mariposa" lombarda, *parpaj* por encima de toda sospecha, jamás rozada por la *parpoeura* del rezo blasfemo devuelta por Carla Guarisco al talismán de una "monedita" (en Porta 695, nota 131) propicia a la inmaculada excreción de Lilith estítica en obediencia a las rimas del poeta y abnegado empleado público que, entre 1804 y 1807, ensayó sus primeros picotazos traduciendo las octavas del *Inferno* al dialecto milanés, casi ahí mismo, en la cala y la cata de tan dudosos parpadeos, deja escurrir la pluma hacia el dilema, disyuntiva que hubiera alegrado a Calvino: ¿"cómica" o "cósmica"?

Resuelto a enmendar las coladuras que en el prólogo a la edición caribeña después de todo no se enmendaron, dos años más tarde tampoco, en *La cantidad echizada*, pues persiste la diversión en su "cómica unicidad" (Lezama 2. XXIX; 433) no porque se toleren resquebraduras en la compacidad sincopada de la convivencia, sino por exigir el retículo de relámpagos hilarantes y tajantes dondequiera que "la raíz sumular de la novela necesita esa unidad coral" (*ib.* XXI; 426), como en una especie de antes que fuera un después no acaba de refundar otro Club de la Serpiente, "zonas *impúblicas*" de conatos amistosos y parajes "*subespectaculares*" (Duchesne 2. 21) en cuyas extrovertidas entrañas los ciudadanos en cuestión armarían "una república invisible, secreta, fundada en la amistad erótica y en la experiencia poética" (Duchesne 3. 33) justamente porque "mientras cada uno de ellos ofrece un desgarramiento que casi lo destruye, forman un coro de destilada unidad" (Lezama 2. XX; 426), por interpuestos alambiques de *Rayuela* y requeteretortas de *Oppiano Licario* dobleces de un prólogo que desborda las réplicas, de antemano y a trasmano de la unificación previsible: - "En la p. 22 se dice 'cómica unicidad'; se me ocurre por el contexto que podría ser 'cósmica unicidad'; pero como estás confrontando allí el existir y el no existir, también podría hablarse de unicidad cómica en su sentido más dinámico y - como dicen en *Granma* - conflictivo" (C 11. 1251), testimonio del rigor de la educación partidista ajeno al solitario diarista celoso de la inquietante familiaridad del otro, no de la desenvoltura del cubano, sobrepasada en la praxis profética que atrapa y transporta disciplina y coherencia en su telaraña estelar: - "Tú entablas el diálogo con las Sombras, tú te pones desde la primera línea en el punto de visión del minotauro, de la gran araña cósmica, tú *ves*" (*ib.*), sino de la nonchalancia del argelino, sus palabras vertidas "un poco a la que te criaste (pero él también escribe así, sólo que parece que a él lo criaron mejor)" (C 2. 142), hay que saberlo, pues el íntimo dictado se daría tras comillas abolidas y calzón ausente de Jackie por su casa, dejando suponer que para no encallar y encanallarse el intérprete haya recorrido el cuerpo idioléctico de alta cuna con la perspicacia de Alex Blade y el tesón de Aaron Hotchner, el sabueso sociolingüista y el líder de la Unidad de Análisis de Comportamiento sin cuyo desempeño la serie *Criminal Minds* no conquistaría a miles de espectadores en todo el mundo, vamos, así como se habría propuesto "*(...)* comparar mentalmente el habla de Anabel y de Susana, que las desnudaba tanto más profundamente que mis manos, revelaba lo abierto y lo cerrado en ellas, lo estrecho y lo ancho, el tamaño de sus sombras en la vida" (*ib.* 165), no sólo a lo largo de *La verdad en pintura*, sino también a través de fustes y salientes, aspilleras, abras e inverosímiles alveolos de *Glas*, amén del respectivo *GLASario*, donde puede leerse que "uno no está jamás encerrado en la columna de una sola lengua" (D 14. 17), termitero terminológico apto para inhibir de banda a banda el temor a la torturante constricción circular y al paternalismo de la cultiparla con la garantía de las obscenidades de Genet y confiando ciegamente en las imitaciones del caso, cuando el desplome del contraste de existir y no existir así como el champú corrido entre objeto y sujeto a los cien ojos de un cínico de primera se tornarían amenos:

> "Ahora que lo pienso: cuánta razón tiene Derrida cuando dice, cuando me dice: No (me) queda casi nada: ni la cosa, ni su existencia, ni la mía, ni el puro objeto ni el puro sujeto, ningún interés de ninguna naturaleza por nada. Ningún interés, de veras, porque buscar a Anabel en el fondo del tiempo es siempre caerme de nuevo en mí mismo aunque quiera seguir imaginándome que escribo sobre Anabel." (C 2. 173)

Con mayor razón si rendida a propósito, de "cuánta razón" habría que salvar el honor, aunque sea a distancia. Urge (*ma non troppo*, a menos que se tome muy a pecho la puerta archiviolítica de István Banyay) recordar la *Ordenanza* del siglo XVII, pues, habiendo aclarado que "Naufragio, Derrelicto & Encallamiento [*Naufrage, Bris & Echoüement*] son tres palabras sinónimas" (*Ordonnance de la Marine* 408) y al no distinguir encallamiento y encalladura, auténtico Escila y mentido Caribdis, llegado el momento de justificar la expresión "en el caso en que el encallamiento fuese voluntario", el Artículo XVIII del Título IX especifica que la planificada desgracia sería "lo que sucede a veces de la parte de los Enemigos o Piratas, o de la parte de los Mercaderes Extranjeros que tienen mercancías de contrabando, para desembarcar, & por los Enemigos o Piratas saquear, o incendiar algún sitio, & por los Mercaderes vender ahí sus mecancías de contrabando." (*Ib.* 420)

Es así como la cordura encallecida solicita el delirio para mejor contenerse. Abraza el escollo como el más distinguido de sus pasajeros, desdoblándose en él para celebrar el desastre que, a cuentas hechas, por encima de la anécdota resulta rentable, maliciosa razón del engatusador que finge abandonarse lúcidamente a la palabra del otro mientras simula estar convencido de hundirse sin querer en la desazón de la propia. En efecto y por hastiado defecto de exterioridad, el paréntesis brotado con franqueza de diarista después de la plática con Anabel alrededor de la consabida fontezuela de los celos, el *phármakon* de contrabando, vendría también al caso del traductor que acaba de prestar oído y voz a Derrida: - "(No me acuerdo, cómo podría *acordarme* de ese diálogo. Pero fue así, lo escribo ecuchándolo, o lo invento copiándolo, o lo copio inventándolo. Preguntarse de paso si no será eso la literatura)" (C 2. 158), caleta semireservada a la reflexión supuestamente íntima, murmurio *coram populo*, donde el ramaje de lo único refresca lo que se cree crear empinando puntas Uni-Ball mojadas en tinta de caletre anti-fraude, a la apurada espera del traslado de la concha del apuntador en el intercolumnio que saca partido de interrupciones y requiebros, pliegues de la túnica de una cariátida erguida entre el esparcir anónimo y la "identidad universal" (Lezama 2. XXX; 433), coliflor de huracán tragicómico quizás no tan distante del plato de Hegel como

Lezama Lima quisiera, ni tan cerca como supondría Alfonso Álvarez por confiar a ciegas en la memoria de un veterano escamoso como el colega del balneario *El bucanero inglés*, otro Lynch de largos días dado a predicar las evidencias del embutido de presente, pasado y futuro, confiado Alfonso hasta creer que para disipar la duda relativa al origen de la cita que de vez en cuando le sobrecoge por entrega traviesa sea indispensable aplazar el Apocalipsis o reconocerlo en el alfa y omega de una cachucha oracular colocada al revés, irlandesa a lo mejor, lo que vendría casi a lo mismo, entreguerrancia mediata, no sin mostrarse indiferente a las indecisiones estilísticas del memento: - "En todo caso, no quiero que me agarre el fin o la fin, sin haberle preguntado al viejo de quién son estos versos" (B 6. 38), dondequiera que el agarre de la postrema referencia bibliográfica sea correcto, no del acerado profesor de álgebra y geometría, sino del anciano catedrático de historia, improbable "Alf Alv" para los amigos, como tal vez se atrevería a argüir quien ya se hubiese disculpado por tanta digresión, ni concluyente ni diseminal, sobrecogido por el sonsonete que podría ser de su puño y potra, "*Amigos, ya veo acercarse la fin*" (*ib.* 37), anheloso mirón del colmo de los tiempos tras el hedor de una playa repleta de leviatanes difuntos, putrefactos y retostados, calado en el hastío de los remiendos de lo idéntico por poco desde un principio, recién llegado a San Jorge del Mar, cuando Mme Medor, junónica patrona del hediondo balneario, atisba nombre y apellido en el registro de la recepción: - "A. A.: qué gracioso", para que le replique el profe de historia: - "Yo diría monótono" (*ib.* 12), dando a más no poder la cara desmedida en la galería solar de los bostezos de muchas otras, por padecer el estricto remache homofónico de *sein* y *seing*, "seno" y "sello", no sólo estricto sino picho, sin ignorar el colombianismo registrado por Mario Alario Di Filippo, "podrido, dañado", ni rehuir los entes perrunos cuyas carúnculas guardan coágulos de llanto en virtud del humor que las *Apuntaciones críticas sobre el lenguaje bogotano* devuelven a "la parte caseosa que resta de la leche después de sacada la manteca, apretada a mano hasta que *despiche* el suero y quede consistente. De ahí, por la calidad de la fluxión, debieron de llamarse *pichosos* los ojos tiernos, y *pichoso* el cegajoso, pitarroso" (Cuervo. 817), inmediatamente antes de la espectral coincidencia de lo que sigue existiendo y lo que dejó de existir, venir a más y llegar a menos, tras la mención de la conferencia de Karl Abraham tejida en torno de la madre fálica:

"Entonces ya no se puede decidir, es todo el *interés* de la escritura, si hay o no un estilo bajo el vello. Se dice también ἔριον τῆς ἀράχνης, el hilo y la tela *[le fil et la toile; the thread* [fil] *and the web; Faden und Gewebe; il filo e la tela]* de la araña, de la mujer fálica o castradora, de la tarántula o de la gran araña

(...) y plantea el problema del pharmakon en términos galácticos. «El miedo al envenenamiento está probablemente en correlación con la privación del seno materno. El veneno es un alimento que hace enfermar». La leche, veneno contra veneno, es tratada asimismo como la fuente de los celos *[la source de la jalousie; the source of jealousy; die Quelle der Eifersucht; la fonte della gelosia].* Lo que nos retrotraería a nuestra pregunta: ¿qué es el exceso de celo en torno a la firma *[qu'est-ce que l'excès de zèle autour de la signature; what is the excess of zeal around the signature; Was hat es auf sich mit dem exzessiven Eifer um die Signatur; cosa é l'eccesso di zelo intorno alla firma]?* ¿Se puede estar celoso de algo distinto de un sello *[un seing; a seing; ein Signum (seing); una firma autógrafa]?* Semejante cuestión lo galvaniza y vulcaniza todo.

El clamor *[Le glas; The glas; Das glas/Totegeläut; La campana a morto]* también es el de una guerra por la firma, el de una guerra a muerte -la única posible- con vistas al texto, pues, que no resta finalmente, obsecuentemente, para nadie. No se escribe ni de un lado ni del otro, valiendo tanto el uno como el otro al relevar el desfallecimiento del doble, el coloso la columna, la columna el coloso. Percute entre ambos *[Il bat entre les deux; Glas strikes between the two; Es/Er schlägt zwischen den beiden; Glas suona tra le due].* El lugar que, necesariamente, habrá preocupado al badajo llamémoslo *colpos*. En griego, es el seno de la madre, pero asimismo el de la nodriza, y también el pliegue de un ropaje, el repliegue del mar entre dos olas, el valle que se adentra en el seno de la tierra

que se come a su macho."(D 12. 82b-83 b - Trad.: Leavey y Rand 70b-71b; Gonder y Sedlaczek 80b-81b; Facioni 347, 351)

O que lo embolsa, porque "nuestro nombre somos nosotros mismos" - Balzac lo dijo - si no fue Cortázar - a no ser el perito en cosmética microcriminológica con su paradigma portátil, uña y mugre, diseñador y παράδειγμα, artista y "modelo", "ejemplar", "ejemplo", "enseñanza", "razón", "argumento", "prueba", compuesto de παρά (en la línea de la maliciable preposición *para-*, como ya se dijo) y de δείκνυμι, "muestro", "indico", "señalo", que el filólogo remite al sánscrito *dish-ta*, "dirección", "orden", "destino", en el mismo saco de *dictio, index, iudex, digitus*, etc., es casi decir el prototipo de la carnavalada de 127 cofrecitos relativamente sucesivos mal que bien expuestos en el Pompidou, desde las butacas de los aficionados a otros géneros de pasatiempo ultramundano nada menos que una réplica del baúl y medio de transporte legendario manejado por barítono Arttu Kataja en la Ópera Estatal de Berlín *Unter den Linden* en el verano de 2009, cajón de escuetas esquinas opuestas a la canoa en piel de anaconda que casi tres años más tarde babosearía las tablas del Leteo parisino cerca de una pirámide medio videoazteca medio disneylándica, ya no para que un Caronte empiyamado virtiese en el gaznate de Orlando el poso de un exacto pocillo de olvido, sino para que el infernal barquero del Teatro del Châtelet, en traje de chamán electrónico el bajo Adam Palka, nimbara al furioso despechado mediante un mecanismo de fumigación amnésica digno de mejores causas, o por lo menos conforme a la subversión de aquellas que el Cardenal y Arzobispo de Buenos Aires, en entrevista concedida a Sergio Rubín citada por un Ex-ministro de Justicia y Ex-alcalde de Bogotá con el respaldo del "recio testimonio" de Vargas Llosa (Gaitán 9), habría tenido toda la razón de atribuir a las tradiciones de la selva: - "El panteísmo en el aire, tipo *spray*, no se sostiene. A la larga necesita plasmarse en un ídolo y se termina así adorando a un árbol o viendo a Dios en un árbol" (*ib.* 8), antítesis del odio declarado a los soportes vegetales que desquician a otra víctima de la "guerra por la firma" hasta torcerle la fe en el Verbo, no el héroe del guión de *Habemus Papam* soplado a Nanni Moretti procurando allanar de antemano los abismos del más humilde abecedario, sino el campeón de los celos que "divisa en cien lugares Angélica y Medoro en cien nudos enlazados. Cada letra es un clavo con el que Amor le aguija y hiere el corazón *[Angelica e Medor con cento nodi / Legati insieme, e in cento lochi vede. / Quante lettere son, tanti son chiodi / Coi quali Amor il cor gli punge e fiede]*" (XXIII. 100), a ojo de parodista amazónico enredado y crucificado entre mallas de fantástico látex, todo por haber leído los nombres de la amada y del rival inscritos en las cortezas de un dédalo de hojas, sin perdonar el de Ariosto flotando sobre las de Carlo Francesco Badini aprovechadas por Pietro Alessandro Guglielmi para la ópera bufa *Las locuras de Orlando*, revueltas a su vez en el drama heroicómico de Haydn *Orlando Paladino* con las del libreto firmado por Nunziano Porta, particularmente durante la octava escena del primer acto, cuando sobre el escenario berlinés lo que resta del paladín de identidad en disputa mutila, troncha y arranca de cuajo patéticos arbustos navideños, sangre de madera inocente retornando en la primera escena del tercero por arrimo de barca o varada de féretro a lo largo del aria de Orlando, el tenor Tom Randle mecido en paréntesis de justicia transaccional entre una salvaje camisa de fuerza y el uniforme militar planchado al milímetro: - "Pensamientos míos, ¿dónde estáis? Es el reino del silencio; el viento es mudo, y las brisas inertes, todo invita a descansar *[Miei pensieri, dove siete? / Questo é il regno del silenzio; / muto é il vento, e l'aure chete, / tutto invita a riposar]*", archivo de olvido puntual o desmemoria difusa, en todo caso priápica matriz y fúnebre vehículo de oquedades paradigmáticas, cajas y cajuelas, cabezas sin cabida y cabillos vacíos sin número ni memento, incluyendo los diez contenedores que Zucchero se llevó para armar un concierto *coi fiocchi* en La Habana, consciente él también de la fecundidad pontificia de la Crisis y al control de la coyuntura consubvermisticasiva, edulcorante contraparte del chamañoso ataúd de bolsillo aquí en juego, "terminado (asutilado *[fignolé; retocado]*, preparado, maquillado, como un difunto para una última mascarada de *funeral home*), acabado (muerto y conducido a su término, perfecto), reducido (a casi nada, a su fin, a lo insignificante, a lo muy pequeño - cabeza reducida de un jefecito)" (D 3. 47 - trad. González y Scavino 235), para mejor engarbullar la pita de la trama y quedarse con el *flatus litterae* del dictaminador, cabo de genuina caoba puesto a rodar entre los rabos bidimensionales que fueron los cuatro palos de su indescendencia, patas bien cortadas de magistral mascota en el bulto de su nombre, "marca" o "cartela", *tag* de muros equívocos si los dibujos de Gérard Titus-Carmel fueran graffitis ilustrados, sigilo queloide si hondas escarificaciones, como deja entender el documento "que será necesario tener en cuenta tan exactamente como se pueda. Se intitula 'THE POCKET SIZE TLINGIT COFFIN *(o: de la lasitud [lassitude; hastío] como instrumento de cirugía)*'" (ib. 34 - trad. 226), otra aritmética de lo indecidible: - "Trabajo de ebanista *[menuisier; carpintero]*: consiste ante todo en refinar, pulir el *coffin* en todas sus superficies, en sutilizarlo *[à l'amenuisier; en adelgazar]*, en *disminuir* su forma y su contenido (modelo reducido de cabeza reducida, son sus palabras, tan reducido que el cuerpo del desaparecido ha desparecido, no queda sino la palabra y la alusión a las prácticas mortuorias del Nuevo Mundo)." (*Ib.* 33 - Trad. 225)

De acuerdo, pero ningún arconte de la letra, ningún vate del lápiz o virtuoso del bisturí, nadie como Louis Dominique Garthausen, Jean Bourguignon también, otras veces Lamarre, conocido sobre todo como Cartouche, *voyou* por antonomasia, habría indicado, encarnado y llevado a cabo una y otra vez el cerco del nombre propio en el trance del apresamiento que lo llevó a la muerte, delatado y capturado por su nombre. De hecho, al disponer un ondulante tablero de argucias a favor del hurto de la serie genealógica, de la autoría y de la propiedad de la obra, no menos que de la teoría del robo en curso, la costosa artimaña firmante que concierne y reciñe al caco esmerado acaba enmarcando el cajón de resonancia de las dos versiones del escrito intitulado *Cartouches*, más desenvuelta la segunda, envoltura singularmente atenta al ahorro de los paréntesis sobreabundantes en la que debería precederla como si el exceso de buitrones ortográficos entorpeciera el juego de manos del cortabolsas, en el lugar mismo donde un homenaje al prócer del comunismo onomástico hace falta:

"Cartouche, el nombre del gran ladrón. ¿Nombre propio o nombre común? Si ciertamente dejó una institución (la puesta en común de su nombre propio, pero éste tenía sin duda orígenes comunes), la pagó muy cara en su cuerpo *[S'il a bien laissé une institution (la mise en commun de son nom propre, mais celui-ci avait sans doute des origines communes), il l'a payée très cher dans son corps ; Cartouche a bien laissé une institution, la mise en commun de son nom propre; mais celui-ci avait sans doute des origines communes, et cette institution d'héritage, il l'a payée très cher dans son corps; Cartouche ha dejado efectivamente una institución, la puesta en común de su nombre propio; pero este tenía sin duda orígenes comunes; y pagó muy cara esta institución de herencia en su cuerpo]*." (*Ib.* 57; D 3bis. 265-266 - Trad. 244)

A riesgo de resultar grosero y aunque no haya cálculo que valga justamente en razón de la hiperbólica exactitud requerida, téngase en cuenta la modalidad del pago de quien fue condenado a morir mediante el atroz suplicio de la rueda en la plaza de la Grève el 27 de noviembre de 1721, con mayor razón y escrupulosidad al retraducir del italiano los pormenores de la doble captura inseparables de los orígenes comunes y de las últimas púas del ovillo de un camaján tanto más inerme cuanto más sellado en sí mismo, historia traducida en Venecia durante la primera mitad del siglo XVIII por quien juzgó necesario omitir su propio sello, relatada en francés por quien habría preferido poner a buen recaudo el suyo, opacando así las garantías de autenticidad de los detalles proporcionados por un folletón apenas creíble: el hueco escarbado en el sótano de la cárcel del Châtelet que le habría permitido abrirse camino a través del alcantarillado para alcanzar la calle, forzar la puerta de una cantina e introducirse en seguida hasta la bodega de cierto *Baullaro* o "fabricante de baúles", y ahí los ladridos del perrito que "burló la rabia del Ladrón vengativo con su pequeñez, y agilidad, hasta atreverse a acercársele, y a morderle de mala manera las piernas *[dargli de' cattivi morsi alle gambe]*", pero sobre todo la posición fetal asumida poco antes de que los gendarmes irrumpieran y lo sacaran de la banca "donde se había acurrucado en un nudo *[dove s'era rannicchiato in un gruppo]*" (*Istoria.* 47), nicho y postura tan sugerentes cuanto el fracaso de la maniobra del 14 de octubre de 1721, dos semanas antes, cuando los agentes del orden guiados por la *balance* del caso le habrían sorprendido en una cama de la taberna de la Courtille, entre Belleville y Menilmontant, obligándole a no sopesar las oportunidades de la intentona sugerida por el apelativo que, en obediencia a un relato demasiado pragmático para no mostrarse indiferente al análisis de los antecedentes del apodo, podría haberse dejado sugerir ipso facto coronando la fama del prototipo del enlace que guarda y expropia, captación emergente de las capas del instante y de las espiras de tanto agarre pasado, monumental momento y presente de marras, improvisación consabida que el reponsable formal del arresto, redomado veterano, no pierde la ocasión de aprovechar simulando haber perdido de vista a Cartucho:

"En seguida temiendo que Cartucho *[Cartoccio]* se matara a sí mismo con sus pistolas, o que matara a algunos de ellos, fingió no haberle visto, y gritó a voz en cuello: ¡Qué desgracia! Cartucho se escapó, y le perdimos otra vez. Este ardid hizo creer al Ladrón, que efectivamente no le hubieran visto, se envolvió en las cobijas *[s'inviluppó nelle coperte]*, y muy despacio se deslizó debajo de la cama.

Ahí mismo le esperaba el Sargento que era un viejo Soldado, y ahí le agarró sin que que ofreciese la menor resistencia." (*Ib.* 43-44)

Con anuencia del responsable del paralelepípedo *princeps* situado a la cabeza de la problemática procesión de estuches momentáneamente substraída al sistema de vigilancia del Centro Pompidou por carteo de cacúmenes ofrecidos a la memoria del Cartucho de antaño, emayusculado, supercircunscrito y restringido, as en la manga de nieve arremolinada ante los ojos de quien se pregunta: - "¿Adónde ha pasado el cartucho? Se roba a sí mismo. No más relato. No más verdad *[Où est passé le cartouche? Il se vole lui-même. Plus de récit, plus de vérité; ¿Adónde ha pasado la orla? Se roba a sí misma. No hay más relato ni más verdad]*" (D 3. 43 - trad. González y Scavino. 233), impura literatura en deuda con la inesperada complicidad del carterazo de Cuartas, autor intelectual de la ya mencionada versión, al estirar la prosopopeya ramificada entre el dibujante del fértil féretro, el receptáculo nominal y el golfo que birló el relativo cuerpo eucarístico, habida la más exacta cuenta posible de las palabras de Cartouche casi en persona: - "La topología del *cartouche* dependería por ende de lo que en otra parte he analizado con el título del *parergon [La topologie du cartouche relèverait donc de ce que j'ai analysé ailleurs au titre du* parergon; *La topología de la orla tendría que ver entonces con lo que he analizado en otra parte con el nombre de* párergon]* (el suplemento del fuera-de-obra en la obra)" (*ib.* 45 - trad. 234), corporeidad definible como afiladísima transubstancia de marquetería poco kantiana, agudamente sensible a la vis cósmica de un centinela de fines y confines al filo del límite entre el panorama de la razón y el resto supersticioso sin irrespetar el imperativo de la "superación de la pasividad racional" ni esforzados trámites teoteleológicos de corte masónico, funcionario de la humanidad dispuesto a admitir por ende y allende que:

"En efecto, incluso sin el milagro cotidiano, la naturaleza como *cosmos* intencionalmente querido y ordenado por un creador con miras a obtener determinados fines exige como correlato una razón pasiva, destinada sólo al reconocimiento de una realidad heterónomamente determinada, y en todo caso necesitada, para la culminación de sus propósitos, de un complemento extra-racional. Pero no obstante la heteronomía implícita en esta concepción cósmica, no me parecería justo tildarla de supersticiosa, calificación que en este caso ignoraría un enorme esfuerzo intelectual" (Parra 223-224),

tanto más sensible al atisbar la agenda editada por *The Metropolitan Museum of Art* y la leyenda al pie de la imagen correspondiente a los primeros días de enero de 1978 que no se da el trabajo de traducir: - "*Box in the shape of a cartouche. Rising slightly above the gilded background of this wooden box are applied ebony and painted ivory hieroglyphs wich render Tutankhamum's personal name and his regular epithet: 'Tut', 'ankh', 'Amun', 'ruler of Lower and Upper Egypt'*" (D 3. 65-66 - trad. González y Scavino. 253), por encima de cualquier punto de vista y de toda punzada cecográfica, puede conjeturarse que Derrida habría excedido el vasto cuadro síntomático de los hieroglíficos atinentes a las consonantes *crt* y a los significados "rollo de papiro" o "rollo de cuero", más allá de los trayectos postales de χάρται y *khartae*, "hojas de papiro", "cartas", "cartapacios", amén de otros objetos, sujetos y anexos sumisos al *maleficium khartarium*, reduciendo así a las proporciones de un gracejo de salón la consigna del fanático devoto del Inventario Absoluto y de la Estiba Sublime: - "¡Pasíon más fuerte que el amor es el archivo!" (B 7. 129), Sayago *dixit*, voraz comensal que, por solicitar la bandeja del pan en cierto restaurante de Barracas, durante el almuerzo ofrecido al profesor Antonescu, matemático rumano empeñado en negar la velocidad de la luz, regala a Rafael Urbina el pretexto necesario para quitar el asiento y buscar a Flora Larquier, cebo de otro cuento que no viene al caso, faltaría más, "Sierva ajena", de 1956, cuyo primer desarrollo mereció los cambios estructurales señalados en las notas del 20 de julio del año anterior, empezando por el título: - "(...) reviso 'Cómo perdí la vista', de *Luis Greve, muerto*. Soluciono un problema: la aparición del hombrecito, como explicación del enigma sería inaceptable; debo presentar al hombrecito en los primeros párrafos" (B 8. 42), infidencia de Keller, amigo de Urbina y prolijo crítico de arte que, espaciando sorbos de puchero en otro restaurante, el Tropezón, chorrea nimiedades indiscretas a cuestas del amigo lejano e inválido, ansiedad oral estimulada por el recuerdo de la epifanía de una auténtica tzantza en el gallinero de Tatá Laserna, tolérese la metáfora dejando en reserva el menos mundano enrejado de códigos que permita revaluar los cacareos del crítico y del narrador a espaldas de la mecenas:

> "Gorda, baja, abundantemente maquillada, envuelta en hermosas telas que reproducían, íntegra, la paleta del artista o el mismo espectro luminoso, dando gritos cortos, jadeante, festiva, seguida del joven de turno ¡qué alejada estaba la pobre - como todos nosotros, por lo demás - de la inminente catástrofe!
> - Parece una gallina de lienzo seguida por el pollo único - exclamó Keller.
> Pensé: - Nada de eso. Corregí:
> - Una gallina abrigada con multitud de pequeños trapos, cada uno de color distinto. En cuanto a lo de 'pollo único', ¡cómo no!" (B 7. 104)

Y en cuanto a la terrible ostensión, no una de tantas cabezuelas rodantes por ahí, sino una muy en particular, la del clubman Celestín Bordenave sobre el plato de la mano de un invitado ocasional, compendio fisonómico de un antiguo admirador de la jamona babluesca elaborado por aquellos indios del Nuevo Mundo merecedores de la curiosidad internacional en razón del anhelo de concisión que los distingue, por entero adverso al desparpajo de la dama desvanecida al reconocer el residuo capital, el cráneo ausente, hundido en algún río entre Ecuador y Colombia porque destinado a *pañi*, la anaconda, de la cara hasta el colodrillo la piel arrancada a la carne, las costuras de la nuca, de los párpados y de la boca apretadas con los cordeles obtenidos de la corteza de la palma cumare, los labios suculentos disecados mediante la reiterada presión de la hoja de un machete al rojo vivo, el resto acariciado por cinco o seis guijarros calentados sobre el fuego, "introducidos alternativamente gracias a una horquilla de cuatro púas en la 'bolsa' *[into the 'sack']* formada por la piel de la cabeza y puestos a rodar por dentro" (Harner 187-188), el todo repulido al ritmo de un enjambre de arena candente hasta lograr la consistencia coriácea y la medida de un trofeo digno del golpe de escena propiciado por Jean Wauteurs, personaje ruin, menos que secundario, en grado sumo ajeno a esta poco palmaria continuidad argumental y sin embargo, sea por ofertas paralelas de signos opuestos - sobre la palma del sádico el peso efectivo del reconcentrado globo gorgóneo cumpliendo con su papelón de resto en cuanto resto, sobre la de su víctima el desgrane de la iniciación sexual: - "Tatá se desplomó. La retiraron a cámaras privadas. Ojalá que haya perdido el conocimiento antes de que resonaran mi grito de '¡Vergüenza!' y la risita del mozalbete de turno, risita particularmente aleve si consideramos que el individuo había ensayado los primeros picotazos (hablo por metáforas) en la blanca mano de nuestra amiga" (*ib.* 107) - sea por lances homofónicos entrecruzados en el apellido del explorador belga (tripas de autoría en rostro de buitre) que da la cara al otro, casi tan ajustado cuanto el doctor Sayago a los roces de una cita inconclusa hace ya demasiadas páginas, para la ocasión confrontada con la segunda versión de *Cartouches*, despojada del paréntesis que involucra la tergiversación del Verbo hecho pan:

> "Éste es un *cartouche*. Dice (no sólo tengo un *cartouche*, lo soy. Éste es mi *cartouche*, soy yo quien lo ha robado). Éste es mi cuerpo, el cuerpo de mi nombre. / Un título, un nombre propio, una firma se inscriben sobre un *cartouche* [*Ceci est un cartouche. Dit-il (je n'ai pas seulement un cartouche, je le suis. Ceci est mon cartouche, c'est moi qui l'ai volé). Ceci est mon corps, le corps de mon nom. / Un titre, un nom propre, une signature s'inscrivent sur un cartouche ; Ceci est un cartouche. Dit-il. Je n'ai pas seulement un cartouche, je le suis. Ceci est mon cartouche, c'est moi qui l'ai volé. Ceci est mon corps, le corps de mon nom. / Un titre, un nom propre, une signature s'inscrivent sur un cartouche;* Esta es una cartera *(cartouche).* Dice él. Yo no sólo tengo una cartera *(cartouche),* yo lo soy. Esta es mi cartera *(cartouche),* soy yo quien la ha robado. Este es mi cuerpo, el cuerpo de mi nombre. / Un título, un nombre propio, una firma se inscriben en una cartera; Esto es una orla. Dice. No tengo solamente una orla, lo soy. Soy yo quien la ha robado. Esto es mi cuerpo, el cuerpo de mi nombre. / Un título, un nombre propio, una firma se inscriben en una orla]* (D3. 58; D 3bis. 266 - Trad.: Cuartas, rev. Jean-Bernard 93; González y Scavino 245)

Para sopesar la envergadura del desembolso de la funda aurática susceptible de embrollar repertorios y refundir conceptáculos sin comprometer de frente la recomendación evangélica: - "No llevéis bolsa, ni alforja *[Nolite portare sacculum, neque peram; μὴ βαστάζετε βαλλάντιον, μὴ πήραν]*" (*Lc* 10. 4), bastaría *A)* repasar la sección de la *Gramática egipcia* de Sir Alan Gardiner dedicada a los "Títulos y otras designaciones del rey", más puntualmente los párrafos relativos al "bucle formado por una doble cuerda, en cuyo extremo el nudo ofrece al espectador el aspecto de una línea recta; en todo rigor el bucle debería ser redondo, como en algunos muy raros ejemplos, pero se extiende hasta adquirir forma ovalada a causa de la longitud de la mayoría de los hieroglíficos en él encerrados. El nombre del *cartouche* era *šnw* a partir de la raíz verbal *šni* 'rodear *[encircle]*', y no parece fuera de lugar suponer que la intención haya sido representar al rey como señor de todo 'lo que es rodeado por el sol'" (Gardiner 74); *B)* complementar dichas hipótesis con las sugeridas por las faenas denominadas "rituales de la red para cazar", aunque las mágicas mallas enreden no sólo aves de bajo y alto vuelo, sino también lotos, juncos y criaturas acuáticas, tales como el oxirrinco (Alliot 118, nota 1), uno de los más encarnizados adversarios de Osiris, el pez cornudo que se tragó su falo, *Mormyrux oxyrhinchus* (?) identificado entre alas y aletas distribuidas en tres niveles sobre la pared del lado norte de la sala hipóstila del templo de Khnoum, en Esneh, donde Horus, el rey y Khnoum halan elegantemente un *cartouche* panorámico, uno tras otro, cadencia de marcha en suspenso al borde de aguas no exclusivamente primordiales desde el discutible instante en que han sido apresadas y clavadas, por y para así decirlo decir lo indecible, sin olvidar que sobre el muro de la cerca del templo de Edfu, del período ptolemáico, el epíteto del soberano que apura el cobro del arte en compañía de Khnoum, Horus y Toth viene a ser "hijo de '(Aquél) que templa su red de luz', o sea el mismo Râ" (*ib.* 74, nota 6), epíteto transcrito *śht-śšp·f* que en Esneh pertenece a Khnoum-Râ, aun cuando en la época de Septimio Severo la grafía "presenta una variante de *śšp* = 'luz' atraída por la influencia de los signos equivalentes a 'cámara' (*śsp·t*). El dios *śht-śšp·f* es considerado como un tejedor de mallas que aprisiona a los enemigos (*śbi·w n·w*) en la red de sus rayos" (*ib.* 90-91, nota 13), y los captura para incorporarlos a lo largo del día, desayuno, almuerzo y comida como en los Textos de las Pirámides prescribe su dieta el rey Unis, último de la Vª dinastía, toda una sarta de divinidades hostiles, Alliot destaca el paralelismo (*ib.* 88, nota 1) así como se preocupa por señalar afinidades con el *Libro de los Muertos* (*ib.* 113-114), unas más que otras reconducibles al paladar sinestésico de Cemí y al trisílabo copto *Tamiela*, dicho sea de soslayo, escamas, dientes y picos imbricados en las raíces infernas tejiendo "los reflejos de ese cuerpo verbal nadador" (Lezama 1. 356), singularmente las del Capítulo CLIII, de acuerdo con el Papiro de Turín traducido por Boris de Rachewiltz trueque de papeles acorde con la milenaria tradición del fogueo del alma que no vacila en imputar tenebrosos apetitos a entidades muy respetables con tal de escabullirse del buche retiforme regalándose un pasito más hacia la salud eterna: - "Conozco los nombres de los pescadores que están pescando: son los vermes, antepasados de los bebedores de sangre" (*Il Libro dei Morti* 87), denuncia que difícilmente alcanzaría a manchar la memoria de Toth, numen de las trazas farmacológicas que en Esneh preside el ritual, o a perjudicar la reputación de su contraparte femenina, envarada en la margen opuesta a la de los divinos sirgadores del Nilo, "Señora de la Casa de los Libros", "(la) que toca justo (?) con (el arma) -*mt(r)ḫ* (?)", Sechat la Grande, provista de un insólito bastón de pomo aovado, "*piquet d'attache*" (Alliot 78), maza o estaca destinada a fijar el circuito de la concepción en el linde de lo inconcebible, el extremo del artificio en el límite de la llaneza sin tacha, hasta penetrar la argolla del inmenso marco que es trampa y diorama de Toth y Sechat, bibliotecaria y escriba no-nacidos para archivar el desfonde del archivo, estrictos y astringentes colaboradores de Râ encargados de la invaginación quiasmática de todos los bordes habidos y por no haber, ardora o hervor de letras anteriores a la distinción entre el antes y el después de lo escrito, *tohû-bohû* en perfecto estado y muestrario de la fauna y flora local, vitrina de una creación de primera y caos *coi fiocchi* (figurada y familiarmente "excelente, magnífico, excepcional", a la letra "con los copos", demasiado a la letra, casi a traición si en aras de analogías más embuchadas que expresivas se privilegian unas acepciones a expensas de otras: *fiocco*, "partícula de nieve o de lana" en vez de "cinta anudada de extremos vistosos", por excelencia la que hace muchísimo tiempo distinguía los uniformes de las escuelas públicas italianas, alrededor del cuello de los niños si la memoria me asiste, de las niñas no, murcielagón azul cuya blanda expansión confundo con el lamedal de la *fiocca*, otra hermana de la "parpaiola", en lugar del "mechón de lana" o, para realzar el prestigio científico de la maraña parergonal, "racimo de estrellas de Koch" en recuerdo del matemático sueco que describió la curva cuyo infinito perímetro encierra el área finita de cada cristal de nieve), máxime atisbando el primoroso dibujo de Laïla Menassa en la margen de la transcripción del texto de Esneh que el arqueólogo considera "mejorada" (Sauneron 164-166, lámina VI), la postura de Sechat en particular, opuesta a los movimientos bosquejados por los rederos de la otra orilla, réplica de su propia vara inamovible para que nadie calcule que el escenario de las fuerzas gramaticales de la supuesta naturaleza acabe desplazándose hacia algún lado, supuesta porque por sí misma ya echada a la expropiación de los rasgos de lo mismo desde las rayas de siempre, salvaje escenario visible y legible emergente a partir y regresar de las salvedades de lo invisible e ilegible, desistencia de aquello y de quien retiene el puntal de la razón en la playa de su exceso como si la voluntad de anclaje de lo comprendido fuera el remate del instrumento de captura de lo razonable; C) admitir por ende la exactitud hierática de las gesticulaciones que el lector apurado juzgará inconsultas, sobresaltos y estremecimientos de Flora Larquier jugando "como con una pelota, con el carterón, que resultaba demasiado voluminoso para el malabarismo" (B 7. 119), demasiado modesto para que le cale una tergiversación del símil insigne: - "También es semejante el Reino de los Cielos a una red que se echa en el mar *[sagenae missae in mare; σαγήνη βλησθείσῃ εἰς τὴν θάλασσαν]* y recoge peces de todas clases" (*Mt* 13, 57-49), redondez revuelta por turbulencias desbordantes en razón del infernal contenido, Rudolf muy a secas, de cuerpo entero aunque abreviadísimo, sin soplo de apellido, ni Hess ni Höss, mientras por lo común sobre el *set* de las casillas de Bioy la mínima comparsa suele cargar patronímico, más Höss que Hess probablemente, retoño de una familia tenida por archicatólica, soberanillo redivivo no más alto que el índice de Flora según el testimonio del amante herido (otra vez Urbina, por supuesto y repuesto, autor de unos *Apuntes para un diario íntimo* confiados a la indiscreción de Séller), "cabo de rebenque con cara de fauno" en sus palabras (*ib.* 137), Pan a la risible medida de lo empuñado, por eso mismo furioso puño del mundo, cuero sobado de la empuñadura del látigo de un *Lagerführer* más feroz que Franz Stangl, comandante de Sobibor, a no ser arnés de una judía encargada de la vigilancia, uno de los *weissen Schlagmitteln* traídos a cuento por el antiguo alto oficial con una izada de hombros, sin especificar si bastones o rebenques, "expresión en verdad extraodinaria que, traducida a la letra, significa 'instrumentos blancos para golpear'" (Sereny 144), asociaciones rarefactas que de ninguna manera deberían afectar la lectura psicoanalítica de los tajantes apuntes trazados el 18 de junio de 1956, después de la cena en casa Borges con "Wilcock, Peyrou y dos maricas cubanos", verbidesgracia Rodríguez Feo y Virgilio Piñera, cuando al diarista se le ocurre anotar que "Piñera es delgado, con cabeza de perro flaco de empuñadura de paraguas" (B 8. 52), manido mango de lo que sea, en todo caso rival absoluto del pobre tenorio lastimado por los rayos del mínimo tridente, un alfiler de dos puntas que el homúnculo de cabeza rapada hinca en los ojos de Urbina, menos pobre al fin y al cabo de lo que parece, esclavo de la esclava del otro - ¿no revela al amigo que "para distinguir el bien del mal debía mirarla" (B 7. 114)? - él también astro negro atrozmente inmune a cualquier juicio que no sea divino, íngrimo solo a bordo de un crucero del amor que jamás fue cuna de *ménage à trois*, cáliz chupado de tulipán comido en banquete evangélico: - "El primer domingo de navegación, Urbina se dejó conducir hasta uno de los salones del barco, donde oficiaban misa. El sermón trató de aquel versículo de San Pablo, que dice: ¿Tú quién eres que juzgas al siervo ajeno? *Para su señor está en pie o cae*" (*ib.* 150), en otros términos "σὺ τίς εἶ ὁ κρίνων ἀλλότριον οἰκέτην; τῷ ἰδίῳ κυρίῳ στήκει ἢ πίπτει" (*Rom* 14, 4), pregunta y respuesta mencionadas justo al final del relato, sin la oportunidad de alcanzar el costado francés de la traducción eucuménica publicada en los 70, más atenta a la excluyente pertinencia del dominio, aplomo o desvarío idiomático, a fuerza de ἰδίωμα, "propiedad", "calidad", "particularidad", donde y cuando sería necesario subrayar: - "*Qui es-tu pour juger un serviteur qui ne t'appartient pas? Qu'il tienne bon ou qu'il tombe, cela regarde son propre maître*", énfasis y *close-up urbi et corvi* de invidente caído en la cuadrícula que le compete entre feligreses bronceados a conciencia sobre tumbonas de primera clase, a mil transatlánticos del monótono A. A. arrastrado por delirios semiproféticos porque "se le fue la mano con el sol" (B 6. 26), expuesto "como en una bandeja" (*ib.* 28) sobre la playa de la ensenada de San Jorge del Mar, servido como Dios no manda si el traslapo de un par de azulejos de la susodicha trama (más específicamente la fricción del mueble epistolar sacado a relucir en determinado cuento con la mesa heliocéntrica de la última cena puesta a rodar en otro) dejase bajar hasta la turbina del ombligo de Salomé la barba del bailarín Herodes devuelta a una corbata sangrienta entre las tetas de la gigantilla del Presidente Uribe ovacionada en el Carnaval de Pasto del 2006, otro "rey diminuto" (B 7. 148) que por ubicuo brote de obsesión aceitase cuernos y puliese pezuñas del amo de su ama para distinguir rebenque y sombrilla, carterón y aeronave, Reino del Demonio y Reino de Dios, sin que sea necesario confrontar la traducción de Cipriano de Valera en pos de las palabras más apropiadas al sentido de la inscripción descubierta por Borges en *Charles M. Doughty* (1935), de Anne Treneer, alusiva a los dieciséis tripulantes de un zepelín derribado sobre Londres en 1917, según rezan las notas retrospectivas del 6 de julio del 55: - "He aquí la traducción de Valera: '¿Tú quién eres que juzgas al siervo ajeno? Para su señor está en pie o cae'. Notamos deficiencias. *Sirviente*, con referencia a soldados, no se asocia a plumeros y escobas, y no es ofensivo; *siervo* es ofensivo" (B 8. 41), pues no al desgaire sino para mayor goce de equivalencias y coincidencias interculturales solían atribuir al buen Urbina virtudes de "fauno hecho y derecho" amigos y amigas del bar *Summus* (*ib.* 121), cuya razón social, amén de la mezcla toscana de Sangiovese, Cabernet Sauvignon y Syrah, orgullosa del mismo apelativo, estimularía de juro la euforia del agente de relaciones gemelares seducido por los editores de *Summus - Lujo con Inteligencia* (revista galardonada por la SND, *Society for New Design*, en su entrega decimoctava ufana de la efigie de Karl Lagerfeld, dicho sea no tan de paso, casi sin paso, persistencia de braco intrigado por el lentejón de vinilo que repite la composición grabada por Monk el 23 de julio de 1951, *Derecho, sin rebusque,* dando vueltas sobre matorrales intuitivos antes de hundirse en la blancura del alzacuello de la estrella, síntoma del regusto en el espanto de la transvertebración más elocuente que la prótesis de Von Stroheim en *La gran ilusión*), fichado por los vigías del PNVCC (Plan Nacional de Vigilancia Comunitaria por Cuadrantes), lambuceado por los lances de lo parecido en pleno patrullaje del deseo, guiños de odalisca al servicio del control, rondas de halagos civiles y lisonjas militares, "pautas de manejo del duelo y comunicación asertiva" invocadas por el boletín de la MEBOG (Metropolitana de Bogotá) toda vez que, en virtud de perpetuos rodachines, patina sobre pisos autorreferenciales el locuaz silencio de la soberanía:

"A partir del componente de la Gerencia de Procesos, los retos se orientan a mejorar la calidad del servicio de la Policía a través de la implementación de los procesos, así como el mantenimiento, aseguramiento y ampliación del sistema, logrando consolidarlo. Esto, soportado en lineamientos sectoriales, políticas institucionales y de la dirección: focos estratégicos para la seguridad pública y excelencia en la gestión." (*Boletín Vocación Policial* 2)

En otras latebras, dilatada la hosca pradera antitranspirante, pues, como predica el corte mitológico ascendido a los fastos de la pantalla para celebrar el fin de las selvas substraídas por el último Plutón con la sangre fría de un anuncio publicitario ("Le sacamos la fragancia y dejamos la protección: nuevo *Rexona* sin perfume, protección en estado puro"), el báculo de semejante agente retraza el cero del ouroboros acariciando la boca del copón de la *Lechera de Burdeos*, labios de colodra, no sólo vasija de madera para ordeñar las cabras sino estuche que lleva el segador para guardar la piedra de afilar la hoz. Allá él.

Aquí lo que cierne y concierne es el pecho opulento traducido por los visajes de un velo de madreperla, la del Reino que "ha venido, sin duda cada mañana, a la casa de Goya. Aparece recogida, encorvada, absorbida, *nacarada*, sobre el fondo de un cielo irisado. Es muy morena y muy sólida, es una anunciación con ciborio de leche espumosa lo que lleva, vaca sagrada, a su viejo bebé pintor ya sordo. Es virgen, desde luego, pero dividida por esa gran avanzada de piernas y muslos escondidos [*cette grande avancée de jambes et de cuisses cachées]"* (Sollers 125), oculto el culo repartido y difuso en "jardín perforado" y "lleco recluso", *hortus pertusus* por *desertus conclusus*, a través de un solo esqueleto bien forrado confluencia de San Miguel en su sangre e Inmaculada en su savia obedientes a las lactescencias del Verbo recién parido por cada pincelada, hasta cierto punto - punto escurridizo, otramente líquido, chisporroteante - al acecho del exilado español "que ella ama, así como las morenas, por instinto, no han perdido de vista a ese joven Alemán que tiene fama de poeta. Vino, leche." (*Ib.*) Hölderlin. No el contemplador de la verdadera vendedora de leche y quesos, no de una vez por todas, más bien en ascuas y abocado a la envidia del plácido pintor y de la calmosa mensajera del sublime discrimen relativamente metida en lo suyo y feliz de estarlo, porque el saber distinguir lo habitual acariciable y lo desconocido entrevisto no se le hace tan fácil a dos pasos de una representante de ignoradas rutinas, doblemente encantadora, por brindar *charme de l'inconnu* y brindarlo alterando los trayectos operativos de siempre en aras de horas-extra divididas en el tránsito del apacible renglón de los productos lácteos al de los embriagantes destilados cuasi epistolares, fábula legítima y *facteur du mensonge*, "cartero de la mentira", escrita, leída y traducida de refilón:

"Elstir, cuando las miraba, no tenía que preocuparse de lo que hacían las violetas. La entrada de la lecherita [*la petite laitière; la lecherita; the young dairymaid*] me quitó ahí mismo mi calma de contemplador, sólo pensé en hacer verosímil la fábula de la carta que debía llevar y me puse a escribir deprisa sin atreverme a mirarla para no dar la impresión de haberla hecho entrar para aquello. Para mí estaba adornada de ese encanto de lo desconocido que no se habría añadido a una hermosa puta encontrada en esas casas donde os esperan ellas. No estaba ni desnuda, ni disfrazada, era una verdadera vendedora de leche y quesos [*vraie crémière; auténtica lechera; genuine dairymaid*], una de esas que imaginamos tan bonitas cuando no tiene uno tiempo de acercarse a ellas, era un poco de eso que crea el eterno deseo, la eterna pesadumbre de la vida, cuya doble corriente termina siendo desviada, guiada hacia nosotros. Doble porque si se trata de algo desconocido, de un ser cuya vocación divina habíamos adivinado *[un être déviné devoir être divin; un ser que suponemos que debe ser divino; un ser que habíamos supuesto divino; a person who must, we guess, be divine]* por su estatura, sus proporciones, su mirada indiferente, su calma altiva, y por otra parte queremos esa mujer muy especializada en su profesión, permitiendo evadirnos a ese mundo que un ropaje peculiar nos hace creer novelescamente distinto. Por lo demás, si se quiere reducir a una fórmula la ley de nuestras curiosidades amorosas, habría que buscarla en la máxima diferencia *[maximum d'écart; máxima distancia; máxima diferencia; maximum of difference]* entre una mujer entrevista y una mujer acercada, acariciada." (Pr 2. 1709 - Trad.: Armiño 116-117; Berges 155-156; Scott Monkrieff 97)

A diferencia del artista alborozado por el aroma que embosquece su lugar de trabajo, transfijo el pavés de la cosa que ya no cubre el piso de la taberna verde, sin modelo ni trabajo: - "(...) entonces ya no era la mesa sobre la que había colocado el pequeño modelo vegetal, sino toda la alfombra del sotobosque donde tiempo atrás había visto, a millares, los tallos serpentinos doblándose bajo su pico azul, lo que Elstir enternecido, alucinado, creía tener ante los ojos como una zona imaginaria que insertaba en su taller el límpido perfume de la flor evocadora" - *ib.* 1707 - 115), celoso más bien de la maceta de sí volcada en el énfasis de la autoafección (cuando parece lamentar el conocimiento del desasosiego, la certeza del falso revés de una gracia nunca tenida y jamás quitada, orla del síncope que le alcahuetea la graciosa ceguera para que el lacre del *aussitôt* más le arda: - "(...) *me* quitó ahí mismo *mi* calma de contemplador"), mientras muchos años antes el viajero flechado por Apolo en el fin de la tardanza y de la precedencia asentadas se echará en los brazos de la Tetividente de una vez por todas: - "Pues buenas son las leyes, mas como dientes de dragón cortan y matan la vida, cuando un hombre mezquino o un rey les saca rabiosamente el filo *[Denn gut sind Satzungen, aber / Wie Drachenzächne, schneiden sie / Und töten das Leben, wenn in Zorne sie schärft / Ein Geringer oder ein König; Pues las leyes son buenas / pero cercenan y matan la vida / como los dientes del Dragón, / cuando la ira de un villano / o de un rey les saca el filo; For good are statutes, but like dragons'teeth they cut and kill the living, when in anger whetted by a lowly man or a king]*" (Hölderlin 2. 410 - trad.: Gorbea 411; Hamburger 220), y suplicará a la "Dadora-de-leche", Γαλακτοτρόφουσα, *Virgo Lactans*, la que por igual ofrece su pezón al chiquillo de índice parado y al niñito de cruz en ristre: - "Tú la Celeste, proteje entonces los retoños y cuando llegue el norte o se propague un rocío venenoso o por demás se prolongue la sequía y cuando sumergan su lozana turgencia bajo la guadaña, la demasiado afilada, haz que recrezcan *[Darun beschütze / Du Himmlische sie / Die jungen Pflanzen und wenn / Der Nort kommt oder giftiger Tau weht oder / Zu lange dauert die Dürre / Und wenn sie üppigblühend / Versiken unter den Sense / Der allzuscharfen, gib erneuertes Wachstum; Proteje, entonces, / ¡oh celestial! / a estas jóvenes plantas, y cuando llegue / el viento norte frío / o el vaho letal del rocío... / ... que demasiado dure la sequía. / Y cuando florecientes y abundantes / caigan bajo el excesivo filo / de la guadaña, / ¡concédenos una nueva cosecha!; Therefore protect them , O heavenly one, those tender plants, and when the north wind comes or poisonous dew wafts, or too long a drought has lasted, and when in copious flower they sink beneath the scythe, the all too sharp, then grant them renewal of growth]*" (*ib.* 412 y 414 - 413 y 415; 221-222), no para "arrellanarse eternamente en el regazo de la Madre *[Der Mutter ewig sitzen / Im Schoße; quedarse siempre / sobre las rodillas de su madre; endlessly sit on their mother's lap]*" (*ib*. 414 - 415; 222), casi al contrario, para que los rendidos anuncien y denuncien por primera y última vez el triunfo del darse libre y amante: - "Pero apresamos el infortunio y colgamos las banderas al dios de la victoria, el que libera, y por eso enviaste enigmas. Santos son los Luminosos, mas cuando los Celestes parezcan cotidianos y obvio el milagro, cuando príncipes titánicos arrebaten los dones de la Madre como un botín, uno más alto le socorre *[Wir aber zwingen / Dem Unglück an und hängen die Fahnen / Dem Siegesgott, dem befreienden auf, darum auch / Hast du Rätsel gesendet. Heilig sind sie / Die Glänzenden, wenn aber alltäglich / Die Himmlischen und gemein / Das Wunder schenein will, wenn nämlich / Wie Raub Titanenfürsten die Gaben / Der Mutter greifen, hilft ein Höherer ihr; But we wrest from misfortune and hang the banners upon the god of victory, the liberator, and that is why you sent enigmas. Holy are they, the shining, but when the Heavenly would seem but workaday, and commonplace the miracle, and when indeed like stolen booty Titanic princes seze the Mother's gifts, then One who is higher comes to her aid].*" (*Ib*. 225)

Antes bien, el cazador de exotismos uniformados se preocupa por saber y hacer saber a qué se dedica el ser cuya naturaleza divina se presentiría sin llegar o seguiría llegando sin embrocar el blanco de un mirador cualquiera con fluidez de corola enigmática resuelta en exhalación de fermentos lácticos. Eterna o efímera, el anhelo etnográfico del novelero acusa la difícil vanidad del corte instituido para despartir las prácticas que el personal muy especializado suele rotular paso a paso como "Arte Conceptual" y "Arte Postal", paradigmático intinerario de Claude Frère y Aline Ripert, exploradores de tarjetas supuestamente extrañas a peripecias de intenciones estéticas claras y declaradas, eso sí, confiados en la distancia establecida de antemano entre unos y otros remitentes, triviales y auténticos porque popularmente colgados de lo propio, menos genuinos porque cultamente pendientes de lo ajeno, pues: - "Mientras el artista del Mail Art crea una tarjeta postal conforme a su propio imaginario, el pintor conceptual se apropia de una tarjeta turística corriente marcándola con su mensaje y su firma que la transformará en obra de arte" (Frère y Ripert 142), aunque la distraída laboriosidad perjudique la estabilidad de la frontera de lo apropiable refundiendo los prerrequisitos del inicio y del recorrido iniciático que iría del friable borde del sueño creador a las pantuflas de la conciencia de quien certifica: - "*I got up at...* (me levanté a las...)" (*ib*.), absorto en la tarea consistente en asignar al más allá del "objeto popular" los mensajes del escribano que, en imponderable beneficio de dos destinatarios cada vez distintos, día por día desde 1968 hasta no sé cuándo detalló la hora y el minuto en que un tal Kawara, pimpante y aún pimpantísimo, habría dejado atrás las cobijas: - "En efecto, firmando la tarjeta postal, integrándola al universo de su obra pictórica, On Kawara la despoja de su estatuto de objeto popular. Por la naturaleza de su intervención esotérica, destinada por ende a los iniciados, On Kawara introduce la tarjeta postal en el Panteón de las obras. Así marcada, franqueada por el artista reconocido, cuando no maldito, pertenece al arte culto." (*Ib*. 142-143)

No necesariamente pertenece. O muy temprano esta mañana, en Punta de Leiva, sobre la costa oriental del Lago de Maracaibo, justamente después de haber creído dedicarme una vez más a "Resto/a - el maestro o el suplemento de infinito", el ensayo que Ronald Mendoza me dio a conocer, sin enfrentarme propiamente a "la 'cuestión de la leche' - y del resto, a saber, de una *completa falta de plenitud* [complète incomplétude]" (D 8. 30), chapoteando y vacilando más bien *en* trozos y destrozos de caracteres tipográficos, pomares de citas fagocitadas fagocitantes y subsotobosques de ofiucos (equinodermos de mayor éxito evolutivo en razón de su gran motilidad y del aprovechamiento de grietas y agujeros entreabiertos en las formaciones discursivas), *partes intra partes*, infrapartes, nanopartes, *insecta* como arroz y arroz con leche, ya se sabe o debería saberse si de endeudamiento se trata, haberse ignorado si una filuda atención rompe el contrato ritual a fuerza de rigurosas peloteras de miniamplificadores supersacros cuchicheando *get up stand up* al ritmo de las enaguas verdes de tanta Marylin erguida en nombre de Changó sea contra el eslogan de Nissan Motors prendido por el *Deus Absconditus*, embaucador de feria arrimado al primer arcano de la baraja marsellesa, ya saben: - "El 'mito' del 'dinero' que informa el culto capitalista se convierte en el heredero histórico de la promesa redentora de la Cristiandad. Gastar es salvar -¡y ser salvado! ¡Datsun salva!" (Weber. 398), sea contra las lecciones que cierta emisora universitaria no se cansa de adaptar al lenguaje de todos los días: - "El petróleo es indispensable para el desarrollo de la humanidad. ¿Tenías conocimiento de que el lapicero que tu escritor favorito utilizó para escribir su novela estaba hecho con derivados del petróleo? - Pacific Rubiales, una empresa de gas y petróleo incondicional con Colombia", en serio, como para creer que sí, razón tendrían las últimas líneas de "Democracia golfa y el Dios escondido" para captar y devolver parte de la razón a quien se la merece cuando se habla de democracia: - "Por cierto, como Derrida anota al final de *Canallas*: 'Todo eso no es para mañana [*All that is not for tomorrow* [c'est pas demain la veille]*]*' (114 / 161); más literalmente 'mañana no es la vigilia [*tomorrow is not the eve*]*'. Y sin embargo, como las imágenes en los espejos retrovisores, esa vigilia puede estar más cerca de lo que parece y acercarse continuamente" (*ib.* 400), razón si alguna vez pudiera componerse sin perder la honra tendrían - aunque no entera - restos de reajustes y desvíos, espejismos de proximidad y distancia, por ejemplo las inadecuaciones y adherencias del ejemplo más apto para definir las derivas autoinmunitarias, la desgarradora vocación suicida que desde siempre aqueja a la democracia (y con ella a los laberínticos paréntesis de toda eximia parada representativa, destierro y privilegio de *exemplum* y *exemptum* por efecto y defecto de *ex-emere*, "sacar afuera", "substraer", "hacer pasar", "exceptuar"), ejemplo de ejemplos "desafortunado y no del todo apropiado [*unfortunate and not entirely appropiate*]*" (*ib.* 391) que a juicio de Samuel Weber sería preferible sacar en limpio de las medidas impuestas por U. S. A. a raíz del 11-S, "uno mejor, o por lo menos uno más cerca de la casa [*a better one, or at least one closer to home*]*" (*ib.*), en lugar de las tomadas en 1992 por el FLN, el partido responsable de haber suspendido las elecciones para defender la democracia argelina, retoques de márgenes entre representación fidedigna y torcida, doméstico y exótico, propio e impropio, actual y remoto, escrúpulos de conductor concienzudo por encima de la pitadera del trancón mesiánico, cálculos menos firmes al rasero del gran "desvelo" de cada cual, *veille* también, impuntual arranque de vigilancia insomne en plena soñarrera militante, esta noche en particular, saliendo del Lutétia hacia el parqueadero, deseando quizás denegar y apretar a la que te criaste los rotos dilatados en las palabras que acabo de escuchar mientras atravesamos el bulevar Montparnasse, algo así como: - "En mi lecho de muerte entre las cosas que más extrañaré estarán las piedras de esta ciudad." No edificios, no monumentos – "piedras"; eso dijo, no se me olvida porque *invidi* son ojos que traspasan la admirabilidad de lo visto hiriendo dulcemente la imponencia edificante, mucho más que envidiosos, ojos de quien no mira viendo a través por arte y parte de oscuro escaneo celoso de infinito - ni tan de paso: *Substancia Muerte* vino a ser la pésima versión de otro cuento del tergiversador de Magritte, *A scanner darkly*, se me ocurre ahora el detalle, para tomar tiempo supongo, mientras debería confesar de una vez la majadería embutida en aquella pausa embarazosa: metí a fondo la pata al insinuar la cuña anecdótica de una de las más peliagudas inconsecuencias de mis ganas de vivir despierto, por allá en Popayán, cuando el profesor de la Universidad del Cauca que caminaba conmigo hacia el Puente Viejo, arriba de la Capilla de la Ximena, una fracción de segundo antes de que pudiera abandonarme feliz y contento a los faros del inmenso bus procedente en sentido contrario, tuvo la bondad de regalarme un empujón para ahorrarse la manifestación inmediata del brote de inmortalidad que ansiaba ofrecer con la tozudez de un ovillo de puercorspín, y se puso a reír, no el angélico colega sino el otro, en febrero de 2003: - "No me diga, ¡hay que levantarse muy temprano para llegar a eso *[Dis donc, il faut se lever très tôt pour arriver à ça]*!", nada muy especial, milagro a medias, partido, demediado, por eso mismo únicamente transfijo en la performancia fallida porque ejemplar, jamás del todo común y corriente, siempre que la desistencia no cierna y concierna apenas a un bendito sistema político a prueba de pruebas, sino también al que no se lave las manos tratando de rodear el vacío bajo el árbol Bo o construyendo un hotel sobre el Tabor, en el impuro destronque del sitio y del trance tal vez, lapso del cruce entre maestro y discípulo, dios y oficiante, uno que dé la cara al brindis de todos sin que ningún eco pueda dar fe del retrato hablado en el idioma de los nibelungos de izquierda y derecha, quizás "uno más alto *[ein Höherer]*", tal vez *devātideva*, "dios más allá de los dioses", no por escalada monoteísta sino al otro lado de lo divino y de cualquier resto de divinidad sin restos, en todo caso jamás sobre la traza de los dioses en fuga donde se mantienen quienes celebran lo inmune, los de la ONU entre otros, ni cerca ni lejos, sin pluviómetro ni taxímetro:

> "Si, dios no quiera, fuese un dios soberano el dios que nos puede salvar, después de una Revolución de la que todavía no tenemos la idea, haría llegar un Consejo de seguridad completamente distinto.
> Nada es menos seguro, seguro, que un dios sin soberanía, nada es menos seguro que su venida, seguro. He aquí por qué, he ahí de lo que estamos hablando...
> No es para pasado mañana *[C'est pas demain la veille; Pero todavía tiene que llover mucho; Quel giorno é lontano]*, la democracia por venir tampoco.
> La democracia por venir, ¡salud!" (D 4. 161 - Trad.: De Peretti 140; Odello 165)

O este sábado 3 de agosto, enchinchorrado y bien dormido, no visitaría la galería de arte donde me topo con García Márquez en compañía de su madre, ni me atrevería a acercarme para recordarle el asunto del aguacate robado (a propósito, otro lapsus: es Philip K. Dick, no Ballard J. G. el autor de *A scanner darkly*, el relato de 1977 traducido al francés por Robert Louit para Denoël, historia de un adicto desmenuzado por infinitas colonias de parásitos). Le pido que por favor regrese sobre el tema, "como forma de resistencia imaginante" (*sic*). Se pone serio. Es posible que haya herido la susceptibilidad de su firma. Tomo del brazo a la mamá, afable anciana. Ayudo el maestro a cargar una caja bastante pesada. Se fatiga. Yo no tanto. La viejita me pregunta si tenemos una casa. Le contesto que sí, ahí cerca, me la gané en la lotería. Estamos ante la puerta de un ascensor. Me viene a la mente "el pellejo hinchado y reseco que todas las hormigas del mundo iban arrastrando trabajosamente hacia sus madrigueras por el sendero de piedras del jardín", al final de *Cien años*.

Así que, por hervor de sencillez sobre y bajo techo de discutible seguridad nocturna, no podría jurar en qué sentidos la obra maestra esparce sus migajas, otrora pormenores religiosamente echados donde sabemos o queremos saber, hacia el Panteón de Mme Verdurin ya que estamos, gallipava otramente saraviada, sábichata mecenas menos vulnerable que Tatá Laserna, donde el narrador, entre lo que tiene en frente y lo que se ofrece a su lado, templa la contemplación de la bahía, visión doble, hermosura multiplicada: - "(...) de golpe vi a mi izquierda un golfo tan profundo como el que hasta entonces había tenido delante de mí, pero de proporciones distintas y duplicada belleza" (Pr 1. 1432 - trad. Armiño 788), con el mismo transporte al que se habría rendido la querida finada ante un mar de violetas literalmente inspirado:

> "¿No era una especie de índice de medición *[un indice de mensuration]* que, trastocando nuestras impresiones habituales, nos muestra que las distancias verticales pueden asimilarse a las distancias horizontales, contrariamente a la representación que suele hacerse de ellas nuestra mente; y que, acercándonos así el cielo, no son grandes, que son todavía menos grandes para un rumor que, como hacía el de aquellas pequeñas olas, las franquea porque es más puro el medio que debe atravesar? Y en efecto bastaba retroceder dos metros apenas detrás del fielato para dejar de distinguir aquel rumor de olas al que doscientos metros de acantilado no habían despojado de su delicada, minuciosa y dulce precisión. Me decía que mi abuela habría sentido la misma admiración que le inspiraban todas las manifestaciones de la naturaleza o del arte en cuya sencillez se lee la grandeza."
> (*Ib.*)

Límpido *mica sempre* el efluvio invasor y puro *per modo di dire* el susodicho medio, mientras los parlantes del Santa Fe Palace repiten "*tanto como fuiste mío, y hoy te busco y no te encuentro*" (C 10. 135). Ley de himen fisonómico una y otra vez traspasable como si nunca hubiese sido transgredida la porosa membrana, excesivamente reconocible para ser identificada, "siempre ahí, sin vernos, bebiendo el tango con toda la cara que una luz amarilla de humo desdecía y alteraba" (*ib.* 137), sitio desde adentro sitiado por el sediento recuerdo de Celina, edén suficientemente bastardo para que se le metan serpenteos de bandoneón y circonvoluciones de aeronave, difusa esponja de carne transfija por los rasgos de Alfred Agostinelli macerados en las aguas del Mediterráneo durante cinco semanas después de haberse hundido el avión que Proust le había regalado, proceso que habría sugerido "una serie de esquicios sobre los aereoplanos" (Callu 144): en Versailles, cuando a dos mil metros de altura un motor atrapa la lejanía hasta acercarse con el "zumbido de una avispa" (Pr 2. 1908 - trad. Armiño 344) dejando la estela de un apunte parcialmente tachado tras el motivo de la cuantificación huidiza inseparable de los traslapos de naturaleza, sobrenaturaleza, incultura y cultura de todas les cejas: - "*la altura del cielo azul reatravesado [retraversé] por él tenía* ante todas las manifestaciones de naturaleza o de arte encima de las que se advertía un índice, un coeficiente de incalculable grandeza" (Pr 5.

208), de manera todavía más sugestiva en Padua, donde los ángeles de Giotto se exhiben a destiempo:

> "Son pequeños seres que no dejan de revolotear delante de los santos cuando éstos pasean; siempre hay algunos sueltos *[lâchés]* encima de ellos, y como son criaturas reales y efectivamente voladoras, los vemos elevarse, describir curvas, ejecutar loopings con la mayor desenvoltura, picar hacia el suelo cabeza abajo, con gran refuerzo de alas que les permiten mantenerse en posiciones contrarias a las leyes de la gravedad, y hacen pensar mucho más en una variedad desaparecida de pájaros o en jóvenes alumnos de Fonck" (Pr 6. 2093 - trad. Armiño 557),

aunque de hecho las acrobacias que agitan los cielos de los recuadros de la pared norte de la Capilla de los Scrovegni rindan testimonio espasmódico del quebranto de la Deposición y traduzcan el escándalo del Calvario no propiamente con *"la plus grande aisance"*, sin que nada deje sospechar la reconciliación de paseo beato y pirueta osadísima, proceder comedido y arrojo escalofriante, faena cotidiana y queja de otro mundo, que tal vez requiera el número del solitario piloto celestial y la quietud de los pastores del recuadro de la pared sur correspondiente al Sueño de Joaquín, si las inversiones conservaran alguna pertinencia ilativa en este pánico azul, casi al revés del engañoso desaliento de los volúmenes de Bergotte rítmicamente distribuidos en formación querúbica para ensalzar la secuencia transformativa *aviones-ángeles-escritos*, trama celeste de estantes empíreos que preside, mecaniza y empluma la no del todo inverosímill bienaventuranza del hombre de letras: - "Lo enterraron, pero toda la noche fúnebre, en las vitrinas iluminadas, sus libros, dispuestos de tres en tres, velaban como ángeles de alas desplegadas y parecían, para quien ya no existía, el símbolo de su resurrección." (Pr 2. 1744 - Trad. Armiño 156)

Las preocupaciones aritméticas de los escritores que consienten el orden procesional de sus obras porque siguen *"creyendo, contra toda lógica, en la inmortalidad por el libro"* (B 1. 7) trenzarían así el regusto narcisista y el "vivaz impacto humorístico" del peculiar sentido de la palabra *religio* y del respeto debido a la *religio academici*, enrejado teológico que, a juicio de otro probable redivivo, el dómine del humanismo burgués autor de la cuadrilogía *José y sus hermanos*, "no está del todo privado de seriedad pero no quiere tampoco ser tomado severamente a la letra, más bien es un arte de la burla de la verdad *[eine Art von Wahrheitsspaß]*" (Mann 720 - trad. Pérez 51), ameno embeleco para el saltimbanqui de la interlectura que no debería afanarse demasiado por arrojar sobre las cuitas del narrador al acecho de los quehaceres de una lecherita el brillo redentor olvidado en la margen derecha de la *Vista de Delft* de Vermeer, casi al borde del lienzo, *"(...)* un pequeño parche de muro amarillo *[un petit pan de mur jaune; un pequeño lienzo de pared amarilla; un lienzo de pared amarilla; a little patch of yellow wall]* (que él no recordaba), tan bien pintado que, si se miraba aisladamente, era como una preciosa obra de arte china, de una belleza que se bastaría a sí misma *[se suffirait à elle même; se bastaba a sí misma; was sufficient in itself]*" (Pr 2. 1743 - trad.: Armiño 155; Berges. 205-206; Scott Moncrieff 129), minucia mandarinesca, exquisitamente ascética, conjuro del *sin/sangre/sentido* del corte más puro en la impoluta cesura de la obra que ahora, justamente después de haber pasado en frente de otros cuadros que le han dado "la impresión de la sequedad y la inutilidad de un arte tan facticio *[factice; artificioso; falso; artificial]* y que no valía las corrientes de aire y de sol de un *palazzo* de Venecia, o de una simple casa a la orilla del mar" (*ib.*), ahora él cela y anhela más que nunca: - "Así es como yo habría debido escribir, decía. Mis últimos libros son demasiado secos, habría debido pasar varias capas de color, hacer mi frase preciosa en sí misma, como este pequeño parche de muro amarillo" (*ib.*), en la fusión de racionalidad supina y *tour de force* inteligente, culmen de *crescendo* mareante en *diminuendo* umbralado más allá del modo condescendiente y condicional de una soberana fórmula "que se bastaría a sí misma" sin dejar de llegar a bastarse definitivamente como quería Scott Moncrieff traduciendo a solas en 1929, por revestir la dignidad apodíctica de "un detalle *[détail]* que produce su efecto a condición de ser despegado, aislado, detallado del cuadro *[détaillé du tableau]* en su identidad propia" (Arasse 241), aunque no todavía.

A partir y repartir del *petit pan* aleteando en el canto del cuadro, al menos dos defunciones: por una parte la del resto en suspenso, retazo de luz acantonada, recorte *defunctus*, participio en este caso no del todo pasado de *defungi*, "liberarse de una incumbencia", "llevar a cumplimiento", justamente porque llevado al extremo de sí, desasido de toda funcionalidad, libre de lo puesto y compuesto, por otra la del cuerpo de quien acaba enterándose del expurgo de la absolución absoluta, acabado con ella y en ella, el gran escritor que en medio de las progresivas oleadas de aturdimiento "clavaba la mirada, como un niño en la mariposa amarilla que quiere coger" (Pr 2. 1743 - trad Armiño 155) hasta rodar del canapé al piso de la sala del museo, "canapé circular" (*ib.*), exactitud que redondea la percepción del impulso tangencial siempre que la zafada de lo irreligado no arrastre también al lector en el derrumbe de lo interpretable, desde el vórtice del fin de las partes hasta el olvido de lo que creer leer.

Efectos quiasmáticos de entradas y salidas del círculo circunstancial, apariciones y desapariciones que el observatorio astronómico de *El detalle - Para una historia pormenorizada de la pintura* no deja de enfocar:

> "La primera aparición de Bergotte en el texto de la *Búsqueda* de hecho tiene lugar justamente al principio del conjunto, como en su margen inicial: mientras está leyendo algo de Bergotte ('un autor del todo nuevo para mí'), el narrador es interrumpido por Swann. Ahora bien, detalle de escritura apto para sugerir que la aparición y desaparición de Bergotte han sido secretamente elaboradas por Proust, esta intervención de Swann tiene como consecuencia, en un contexto que de ninguna manera se hace explícito, la desaparición de un muro color violeta (...)

> Desde el detalle de un pequeño parche de muro amarillo que, emergente en el borde del cuadro, hace desaparecer al escritor hasta el de un muro violeta que desaparece cuando el escritor aparece en el borde de la obra literaria, la complementariedad de los colores y de las situaciones es sorprendente." (Arasse 241-242)

De hecho la cortante intervención de Charles Swann, caballero vagamente parsifálico a juzgar por la orquídea en el pico del nombre que podría llevar la palabra del narrador si no se la pasara en la esquina de la cita con las generaciones que fueron como en la falda materna de lo ignoto, a la deriva de esa "especie de caos del que un esteta está siempre un poco celoso: pues lo desconocido es el otro rostro de la belleza, lo indescifrable, que incita 'a la búsqueda', la que es apenas una reserenada [rassérénée] variante de los celos" (Kristeva 69), aquella cesura entre el sueño de lo que se lee y el despertar en la hora y el lugar de lo leído, marca la desviación más fecunda en el aparente proseguir de la lectura bajo el castaño del jardín de Combray, quiebre menos abrupto que otros a través de las tardes desgarradas a veces por los gritos de la hijita del jardinero anunciando el paso de la tropa, turbulento desfile de "cascos y más cascos corriendo y brillando al sol" (Pr 4. 78 - trad. Armiño 82) sobrepuesto al apacible transcurrir de las letras y a la inmovilidad de los sirvientes sentados en hilera fuera de la verja que "habían retirado precipitadamente las sillas, porque cuando los coraceros desfilaban por la calle Sainte-Hildegarde, ocupaban toda su anchura, y el galope de los caballos rozaba las casas y cubría las aceras" (ib. 78 - 81), del quedo deletreo a la fogosidad del flujo de conciencia apenas contenido, de parada alfabética en parada militar, *theoría* por *teoría* de siervos sobrepuestos a sirvientes hasta ocupar su lugar, amén del roce entre las casillas de Françoise y las no menos encuadradas veleidades del padre de la niña, loca por los uniformes:

> "'¡Qué hermoso, verdad, señora Françoise, ver unos jóvenes que no le dan importancia a la vida!', decía el jardinero para 'montársela' [la faire 'monter'; sacarla de sus casillas].
>
> Y sus palabras no caían en el vacío:
>
> '¿Que no le dan importancia a la vida? Pero entonces ¿qué tiene importancia sino la vida, el único regalo que el buen Dios nunca da dos veces? ¡Ay, Dios mío! ¡Y sin embargo es verdad que no les importa!'" (Ib.)

Mucho menos aparatoso y más determinante, el asomo de Swann desaparece el decorado que en la *compositio erotici loci* del joven solía acompañar a la mujer ideal, cualquiera que fuese, cuando "a su alrededor surgían de pronto racimos de flores violetas y rojizas como colores complementarios" (ib. 76-79), pinceladas corpusculares desleídas a partir del momento justo y la exacta frase en que la pluma de Bergotte desplegaba la visión de una catedral, exiguo telón de foro tan devotamente entregado a las alturas cuanto el prodigio arquitectónico de voces anhelantes que a su debido tiempo levantaría el joven escritor, todavía ningún acceso a la incensada penumbra de una masa enorme, santa y comestible, aunque sea grato distinguir desde ya un caso en la infinita declinación de lo amable colateral, vigoroso y desfalleciente, ni pasivo ni activo, ejemplo *exemptilis*, "que puede ser quitado", eximio por semiextinto, exento al fin, tanto más sordo a las lisonjas monumentales cuanto más sumiso a la prueba hercúlea del soporte de la materia textil que las comunidades de la Sierra Nevada de Santa Marta asocian sea con la verga sea con la varita ensalivada para extraer del poporo - calabacito identificado con el cuerpo femenino, apéndice que sería demasiado atrevido comparar con un tintero portátil, corriendo el riesgo de herir el pundonor de los discípulos de un científico personalmente muy interesado en soslayar los excesos analógicos del etnocentrismo sin perder el control de la metáfora del indio kogi que "coge el palillo a modo de un lápiz"

(Reichel Dolmatoff 88) - la dosis de cal necesaria a la adecuada masticación de las hojas de coca, pues "las palabras que se relacionan con el sexo masculino son: el palillo de cal -*sugi*, *sukalda* (Kogi), *sugenna* (Sanká), *sokane* (Ika); la misma palabra se emplea para designar el huso" (*ib.* 241), en conformidad con el argot parisino y los villancicos eróticos del Siglo de Oro propensos a confundir la clava del héroe y el bastoncito de la reina, trueque tergiversado mediante el disfraz transgenérico del infinitivo *tomber en quenouille*, literalmente "caer en huso", rebajarse al nivel del más rudimentario utensilio de hilandería, anterior a la rueca, devuelto por metonimia a la espuma seminal que lo envuelve, locución empleada para referirse al dominio desencarecido porque entregado a la autoridad femenina, copo en suspenso entre quimera embrionaria y desuso intemporal rendido al desmayo de "una cosa que pierde su valor o su fuerza", empleo registrado en 1913, trece años después del homenaje que Proust ofreciera a la memoria de John Ruskin en la *Gazette des Beaux-Arts*, más puntualmente al cincel de la mirada que el autor de *Las siete lámparas de la arquitectura* —espejo de Bergotte y del barón vampiresco si de onomancia se trata o del arte de la evocación de lo inadvertido— prestara a los escasos diez centímetros de uno entre los 280 minúsculos personajes, todos distintos, esculpidos en el costado norte de la catedral de Rouen para rellenar las estrechas zonas esquineras de los bajorrelieves del pórtico llamado "de los Libreros", trece años de diferencia y quién sabe cuántos respecto de la primera redacción del pasaje que el traductor no logra restituir sin dar con una torpe perífrasis ajena a la inocente complejidad de la palabra *quenouille*:

> "Salvo esos días, por lo común yo podía, más bien, leer tranquilamente. Más la interrupción y el comentario que una vez aportó una visita de Swann a la lectura ya empezada del libro de un autor completamente nuevo para mí, Bergotte, tuvo su secuela: durante mucho tiempo, ya no fue sobre un muro con adornos fusiformes de flores violetas [*décoré de fleurs violettes en quenouille; adornado de flores violetas que caían en copos*], sino sobre un fondo totalmente distinto, ante el pórtico de una catedral gótica, donde se destacó la imagen de una de las mujeres de mis sueños."
> (Pr 4. 79 - Trad. Armiño 83)

Del substantivo que pinta el muro de la ensoñación de Marcel al término registrado por el *Robert*, intervalo y amago de cálculo que de ninguna manera justificarían fibras torcidas para darse los aires de saber conectar la piedra del "hombrecito" de la catedral, "pobre criatura", "personita que muere un poco cada día" (Pr 9. 109), y el mal humor de un cisne del buen gusto tanto más invisible cuanto más expuesto a la religiosa admiración de aristócratas, burgueses y snobistas, con el pretexto del apóstrofe que de golpe, encarado por nombre y apellido, transforma en interlocutor redivivo a quien fuera el genio de la lectura interrumpida muerto pocas horas antes:

> "Swann era, en cambio, una destacada personalidad intelectual y artística, y aunque no hubiese 'producido' nada, tuvo la suerte de durar un poco más. Y sin embargo, querido Charles Swann, a quien conocí tan poco cuando yo todavía era tan joven y usted estaba cerca de la tumba, ya es porque aquel a quien usted debía de considerar como un pequeño imbécil le ha convertido en el héroe de una de sus novelas, que se recomienza a hablar de usted y que tal vez usted vivirá [*c'est déjà parce que celui que vous*

deviez considérer comme un petit imbécile a fait de vous le héros d'un de ses romans, qu'on recommence à parler de vous et que peut-être vous vivrez; si se vuelve a hablar de usted y si quizá usted sobreviva, es porque aquel a quien usted debía de considerar como un pequeño imbécil le ha convertido en el héroe de una de sus novelas; si se vuelve a hablar de usted y si pervivirá quizá, es porque el que usted debía de considerar como un pequeño imbécil le ha erigido en héroe de una de sus novelas; it is because he whom you must have regarded as a little fool has made you the hero of one of his volumes that people are beginning to speak of you again and that your name will perhaps live]." (Pr 2. 1753 - Trad.: Armiño 166-167; Berges 221; Scott Moncrieff 139).

Santa selva de agujas, por encima del jorobadito de extremidades reunidas en ondulaciones de sirenoide, la catedral está lejos de ocupar el fondo de la querida imagen: la hija de Swann, templo de carne pétrea, desborda el primer plano, Gilberte hipertrófica, virgen intacta y abuela caduca, bruja mayence y *Virgo Potens* sobre cruces de Chiapas, para la ocasión cuerpo y teatro de ulteriores metamorfosis del florido emblema de Onfalia, donde la forma verbal *pet*, "abrazar", "cargar en los brazos (un niño, una muñeca, un gato)", "tener en el regazo", consiente el substantivo *petet*, "huso" (McLaughlin 273), el mismo instrumento de *Tlazolteotl*, la "Gran Hilandera y Tejedora", purísima divinidad azteca, *Tlaelquani*, "Devoradora de la Inmundicia", blancura chupamenstruos porque sus pechos miman la nubecilla del recién nacido que es ella misma, hirsuta ventosa de las más filudas faltas, "volantes y husos transfijos en su cabellera como adornos o esgrimidos como varas de mando o armas" (McCafferty y McCafferty 26), arrecha y guerrera, *Itzapapolotl*, "Mariposa de Obsidiana", amparo de los muertos en combate, *Xochiquetzal*, "Flor Preciosa", protectora de putas y parturientas, Nodriza y Parca, bebé, arma fálica, cagajón y huso memorioso se trascartan a las imposibles espaldas de la Madre Archiviolítica, fósil de sempiterna retentiva no sólo en América prostituida por el pudor que la viola, toda vez que

"a ras con lo que permite y condiciona la archivación, nunca encontraremos algo distinto de lo que expone a la destrucción, y en verdad amenaza de destrucción, introduciendo *a priori* el olvido y lo archiviolítico *[archiviolithique; archiviolithic; archivolítico]* en el corazón del monumento. En el mismo 'de memoria *[par coeur; by heart]*'. El archivo trabaja siempre y *a priori* en contra di sí mismo." (D 15. 26-27- Trad.: Prenowitz 12; Vidarte 20)

Destellan así las trizas de los lentes del momento oportuno, despojos kairóticos de la cámara de Roberto Michel esta vez, traductor y fotógrafo aficionado, muerto-que-camina de *Las armas secretas*. Camina *mica tanto*, porque si se concediera aunque sea una cervecita, "si se pudiera ir a beber un bock por ahí", permanecería la Rémington "petrificada sobre la mesa" (C 12. 77), sin mover una tecla, sin hilvanar la menor secreción, mucho menos "Las babas del diablo", sin mirar por el hueco del cuento que urge poner en negro sobre blanco, escribir, descubrir y recubrir a un tiempo con la descarada modestia del eterno susodicho, "el que te dije", oquedad demasiado vasta para que le calen nombres, factótum de identidad perifrástica al servicio de las fichas de otra historia, falto de Olympia y de Rémington mientras lo poco que tiene se le zafa y desploma a cada rato, bolígrafo tan franciscano que ni báculo de new brand pontífice, índice enhiesto, eso sí, contra los "pudores sudamericanos" (C 13. 230), bayoneta digital enfrentada a los rebozos narcisistas de Gervasio Montenegro y sus preciosos trogloditas, ya denunciados por el maestro de la cara oculta con el que era tan grato compartir la sal, hablar de Nosferatu y dejarse fotografiar:

> "No soy nada nacionalista, pero dejar nuestro modo de hablar y sustituirlo por el de España me parece pasarse al otro lado... Si todavía el español fuera un idioma vivo y permeable, como el inglés o el francés... pero no, tienen un equivocado ideal de pureza y quieren manejarse hoy con un idioma anterior a la rueda. El centro cultural del idioma español está en Buenos Aires; yo creo que en nuestra corta Historia pensamos más que en todos los siglos de España; casi no existió, hasta nosotros, pensamiento español... ¿porqué vamos a adoptar un idioma aldeano?" (B 8. 264-265)

Pássim y repássim, el que ya se dijo se desvive por forzar clausuras éticas, estéticas y étnicas adversas a la franqueza de los subversivos representantes de otras latitudes, "los que tienen piedra libre como el viejo Miller o el viejo Genet, esos que dieron su empujón y ganaron la puerta de la calle y ya nadie puede atajar aunque los prohiban en un montón de países" (C 13. 234), prototipos de la lisura antedeleuziana hora impugnada hora consentida por "el rabinito" Lonstein, paladín de la autoimnunidad onanística, tecnopoeta de la morgue, la verbal y la otra, coleccionista de restos silábicos a la cabalística espera de su Frankenstein, ningún distraído como se deduce de una entre tantas declaraciones de macanudos principios neocubistas:

> "(...) poner la Joda como los cubistas ponían el tema del cuadro, todo liso en un mismo plano sin volúmenes ni sombras ni preferencias valorativas o morales ni censuras con o inconscientes, comprendé que es casi imposible en español, comprendé que se me cae la birome de la mano porque no estoy escribiendo osado ni liberado ni otras pajerías por el estilo, estoy queriendo hombre, estoy buscando llaneza de pan, mi hermano, estoy entrando un dedo en el culo y tiene que ser, tiene que ser absolutamente lo mismo que pedir un boleto de dos mangos o sonarse en el fuayé del Rex. Y entonces, claro, se te olvidan los nombres, dice el rabinito, hasta yo lo comprendo, mendo. ¿Pierdo el tiempo, se interroga inflamado el que te dije, me estoy equivocando desde el vamos y no sirve para nada, será que hay terrenos vedados porque eso es ser hombre y no salir desnudo a la terraza?" (*Ib.* 231)

Estricto reducto de archiverdadero archivero, con su paño más de mocos y escupos que de lágrimas susceptible de dilatarse celestialmente tan cerca del disgusto de las noches agotadas "poniendo algunos nombres donde antes había algunos huecos" (*ib.* 235) y por ende expuesto al deseo de tirar el fichero sádico-anal "por la ventana y yo mismo en una de esas" (*ib.* 234), enclave de cerradura narrativa hurtado y prieto que nada debería tener que ver, sobre todo que ver, con el de la niña violada por Rosatti en compañía de la madre respectiva o con el esfínter de la típica "ranita empalada y sollozante" (*ib.* 158) oprimida por Heredia, miembro activo y solidario de la Joda destacado por la generosidad de tanto ínforme reducido a un mismo formato de indudable eficacia pedagógica, sarta y resarta de "Diana o Jennifer" (*ib.* 156-158) amarradas por igual y sistemáticamente vueltas a amarrar siguiendo el esquema sanduchero de Morel, Marcel y barón de Charlus apretados para mayor emayusculación de "albertina prisionera" (*ib.* 158), ni con "el trigo oscuro, el diminuto botón dorado" de Francine (*ib.* 312) ofendida por otro jodido (no sobra del todo observar que el epíteto en cuestión inunda la distinción de activo y pasivo, al igual que *invidus* y no sin vínculos subrepticios con el mal de ojo de la llamada antigüedad clásica), aunque Andrés, definitivamente desafiante, no vacile en aprovechar la crema exfoliante del caso para insinuar que tampoco habría motivo para poner lata tan drástica, no darla sino ponerla e imponerla con la perentoriedad de tanto cliché ladrilludo, hasta arrancarse rabiosamente "y desmentir lo que estaba sintiendo, la culpa, mamá, tanta hostia, tanta hortodoxia" (*ib.* 313), mucho menos tendría - *honni soit qui mal y pense* - algo que compartir con el "hueco oprimente en la puerta" dilatado en el sueño del propio Andrés (*ib.* 213), a bien leer las esquelas que no se limitan a remachar "la apología de la violación" señalada por Alicia Puleo contradiciendo los argumentos de Martha Canfield en *Cortázar o el hombre sano* (Puleo. 206), sino acomodan además los alaridos de la conquista de Jericó en armonía con la *Aufhebung* de todo obstáculo renuente a la marcha de la evolución, sin excluir el trauma del cuento que Michel arrevesa por intercesión fotogénica, "porque el agujero que hay que contar es también una máquina (de otra especie, una Cóntax 1.1.2) y a lo mejor puede ser que una máquina sepa más de otra máquina que yo, tú, ella - la mujer rubia - y las nubes" (C 12. 77), ni ignorar que, pensándolo bien, una autonomía tan nebulosa "sería la perfección" (*ib.*), sobre todo si, no obstante la distancia que separa París de la pampa, "esa pura mierda aburrida" (C 2. 159), la mujer llegara a ser tan solícita cuanto la mamá de Anabel.

Ni tan insensible la colega de nuestra querida Olympia, de otra manera, frente a la ampliación de ochenta por sesenta sobre la pared del quinto piso, mientras Michel se las ingenia afinando la serie de claves o llaves del tratado sobre recusaciones y recursos De José Norberto Allende, profesor de la Universidad de Santiago, en el preciso momento en que la atención le resbala de los dedos sobre el teclado (manos y atención ya poco suyas, con tanto cuello de gatito negro y guillotina adjunta sueltos por ahí) a las garras heliotrópicas de la mujer que deja al instante de ser mero "recuerdo petrificado" (C 12. 92), el sabihondo aparato no se echaría al vacío en una especie de intento de suicidio:

> "Pero las manos ya eran demasiado. Acababa de escribir: *Donc, la seconde clé réside dans la nature intrinsèque des difficultés que les sociétés* - y vi la mano de la mujer que empezaba a cerrarse despacio, dedo por dedo. De mí no quedó nada, una frase en francés que jamás habrá de terminarse, una máquina de escribir que cae al suelo, una silla que chirría y tiembla, una niebla. El chico había agachado la cabeza, como los boxeadores cuando no pueden más y esperan el golpe de desgracia; se había alzado el cuello del sobretodo, parecía más que nunca un prisionero, la perfecta víctima que ayuda a la catástrofe." (*Ib.* 95)

Knock-out suficiente para creer que caída y recaída agobien también al encargado del relato infundibuliforme, sea quien sea el traductor obediente a impulsos mecánicos tan ingratos como las ganas de tapar la desconstrucción del *sin/sangre/sentido* con el escozor de un profesional de la intemporalidad kantiana abierto de par en par al cuerpo extraño que le revuelve poco elegantemente las tripas, "siempre contarlo, siempre quitarse esa cosquilla molesta del estómago" (*ib*. 79) halando hasta cierto punto el hilo del relleno hormigueante, sin coloretes ni firuletes, eso sí, aunque sea arrastrando de la brújula al navío el ovillo del punteado, del proverbial bajel de Mariembad a las moradas de Palazzo Pitti, hasta uno los primeros lienzos pintados en Florencia por Salvator Rosa alrededor de 1640 para sobreponer a los paisajes toscanos el recuerdo de las bambochadas napolitanas: a la izquierda el frenético embrollo de barcos y barquitos, a la derecha un faro lejano emergente de las brumas crepusculares, en la orilla mínimos cuerpecillos de pescadores ociosos, el de pelo blanco y chaqueta roja que parece tenderse boca abajo y apoyarse sobre los codos no más para escrutar mejor quillas, arboladuras y cordajes del arsenal al otro lado de la ensenada gracias al enfoque calculado por el compadre que se empelota y agacha ofreciendo a la debida distancia el catalejo del culo: si no fuera por el escorzo de otro desnudo ahí cerca, supino, los brazos abiertos, plácidamente crucificado entre alas líquidas, no tendrían nada que ver con el cielo y los gorriones de aquel domingo sobre la punta de la isla Saint-Louis las nubes y las gaviotas de la arcádica *Marina* de Rosa, casi todo lo contrario, mucho que trasver trabucando artefactos somáticos de una y otra orilla, cuando Michel había empezado por dejarse "envolver y atar por el sol, dándole la cara, las orejas, las dos manos" (*ib*. 82), desde la aguja visceral hasta el desfile de velámenes celestes tras el rescate del niño, "ángel de Fra Filippo, arroz con leche" (*ib*. 84), "ángel despeinado" (*ib*. 96), finalmente libre merced al corte en la vena del albur, "imperceptible fracción esencial" (*ib*. 88), por arte de Cóntax y diafragma dieciséis "como un gran pájaro fuera de foco" (*ib*. 97) a salvo de las uñas de la rubia "verdaderamente madre" (*ib*. 88) emisaria del "verdadero amo" (*ib*. 96), vencida la encerrona a control remoto del "payaso enharinado, u hombre sin sangre" (*ib*. 91), disuelto el embrujo del sol negro, conjunción astronómico-moralista inadmisible a los ojos de por lo menos uno de los narradores, en el mejor de los casos cínico espía oculto tras la celada de los párrafos como el perverso escenógrafo tras el despliegue del periódico, cuando no cercena la palabra de su contraparte en medio de una disyuntiva consintiendo el ángulo más adecuado para fotografiar al fotógrafo, al "culpable de literatura, de fabricaciones irreales. Nada le gusta más que imaginar excepciones, individuos fuera de la especie, monstruos no siempre repugnantes" (*ib*. 89), Michel, "puritano a ratos, cree que no se debe corromper por la fuerza" (*ib*. 94), comenta el metafotógrafo interesado en dar más que pie para suponer que el cósmico escándalo sea asunto exclusivo del otro, del personaje que se narra en el exasperado vértice del embudo, mojigato contrarrevolucionario todavía agarrado a la idea de que nadie ha de plagiarse así y que criminosa es la "tarea de maniatar suavemente al chico, de quitarle fibra a fibra sus últimos restos de libertad, en una lentísima tortura deliciosa" (*ib*. 88), ni qué decir del previsible resultado del tejemaneje, abolido tan sólo por un pelo de barthesiana memoria el desenlace que apenas ahora delata "la boca donde veía temblar una lengua negra" (*ib*. 98), ya lejos del hueco inenarrable, escondido otramente el rostro, no para ver sin ser visto sino para no seguir viendo el espanto que "levantaba lentamente las manos, acercándolas al primer plano, un instante aún en perfecto foco, y después todo él un bulto que borraba la isla, el árbol, y yo cerré los ojos y no quise mirar más, y me tapé la cara y rompí a llorar como un idiota" (*ib* 98), no obstante las excesivas apariencias testigo ciego, roto y exhalado en sollozos desde un principio, ahora y en la hora de su defunción perfecto contemplador kantiano substituido por el mecanismo lapidario, archivo defenestrado, Rémington y Cóntax de carne eclipsada, donde "lo que queda por decir es siempre una nube, dos nubes, o largas horas de cielo perfectamente limpio, rectángulo purísimo clavado con alfileres en la pared" (*ib.*), eternidad de ave y piedra boca arriba delante de otra metamorfosis del bien clavado lepidóptero de Vermeer o en frente del tallo de la flor sostenida por el doctor Lysons retratado por Tilly Kettle, muy a la vista en la segunda sala del Courtauld Institute, de la noche a la mañana detalle capaz de robarse el público normalmente magnetizado por el lacito de antracita que rodea el cuello de la mona del *Bar de las Folies-Bergères* de Manet, la vedette del museo, sin hablar del Gauguin que Marrast desdeña "buscando una explicación científica, críptica o nada más que masónica" a la altura de la esfinge en flor: - "¿Por qué el doctor Daniel Lysons, D. C. L., M. D., sostenía en la mano un tallo de *hermodactylus tuberosis?*" (C 5. 43), "Dedo de Hermes" como su nombre indica, vulgo "Cabeza de Serpiente", delicia de los amigos de la etnobotánica tipo Ruskin, los que enlazan el amor del arte con la pasión por la anatomía vegetal, y sin embargo incapaces de sacudir al compadre si a la hora del té urge montar guardia en el Courtauld: - "Tengo que meditar cuestiones considerables", habría sido el pretexto de Calac volteado en un dos por tres: - "Para meditar, nada mejor que el sofá de la sala segunda. Yo me tengo leído ahí casi todo Ruskin" (*ib.* 123), réplica quizás más estimulante si Marrast (Mar para las amigas) ahuyentara el recuerdo del patatús de Bergotte mencionando de una vez la bestezuela que todavía se la pasa royendo hipocondrias en el pórtico de *Las siete lámparas de la arquitectura*, caída al dedillo del solipsismo del palíndromo disfrazado de jovialidad gauchesca, no exactamente para mayor exactitud *Hermodactylus tuberosus*, espécimen que el manual de Historia Innatural de Lonstein devolvería sin mayor dificultad a la familia del "*lapsus prolapsus igneus*" (C 13. 180), castísimo hongo viril y expósito luciferino a dos pasos del depósito judicial de cadáveres cálamo samaritano currente por haber corrido la piedra del sepulcro urbano con el ímpetu de un *supercock* emergente del tabernáculo ejecutivo que sabe cargar Casanova como la joroba fellinuda de su propia madre, ipso facto porque la erección trastorna la cavidad del estigma que el micólogo incrédulo está llamado a explorar, *noli me tangere* para el cogollito femenino de la Joda:

> "*(…)* simplificaré para los extranjeros presentes, yo estaba mirando desde un banco, al amanecer me canso del laburo y salgo a respirar, de golpe veo una piedrita que se mueve en el cantero, digo ¡un topo! ¡un topo!, pero no hay topos en París, entonces digo un enorme gusano peludo, una levitación astral, la piedrita da media vuelta y veo asomar el *lapsus* como un dedo que empuja, nada de crecimiento imperceptible como dicen éstas aquí, un empujón y afuera, eso no podía ser un espárrago, al lado de la morgue imagínate, entonces fui a buscar una lata vieja y un cuchillo y cuando lo saqué con mucho cuidado ya estaba como dos centímetros sobre el nivel del suelo. Cinco minutos, dijo Marcos. Medí, mandó Lonstein, y Monique aplicó juiciosamente la cinta métrica pero cuidando de no tocar el *lapsus*, es increíble, dijo Monique, diecinueve centímetros justos." (*Ib.* 182)

Corriendo el riesgo de perder la cuenta del precipucio en ascenso pascual por conservar las distancias, a fortiori tratándose de un *lapsus in progress* nada comestible, más bien "considerablemente venenoso" (ib. 180), en vista de la ni tan subyacente campaña de rehabilitación de *El hombre de las ratas* es preciso saber con beneficio de inventario.

Los tentáculos del bife casi crudo culebreando entre los titulares del periódico del comensal gordo invertidos por catoptromancia en el restaurante Polidor se perfilan a la sombra de la sentencia atesorada tres años antes del hirsuto asunto del "lector-hembra" (C 4. 500-512) acariciado por los miembros más activos del Club: - "BORGES: 'El mecanismo de *Las mil y una noches* se funda en un error. Nadie quiere que le cuenten cuentos. El sultán no quiso que Sherazade le contara cuentos; sin duda, él se los contaba a ella'" (B 8. 272), palabras registradas el sábado 9 de julio de 1960 gracias al fervor del dechado de virtudes narratológicas que el evangelista de Anabel evoca una y otra vez con la devoción rendida al socio fundador subyacente.

Aun en el caso en que se tuviera por cierto que el árbitro del verbo pretende acosar y doblegar con mayor o menor insistencia a quien le resistiría feminilmente, nada impediría que el presunto sujeto reacio a ser forzado o forzada *per aurem, per oculum* o entrambos, viole la continuidad de lo que a título de legado muy suyo se le estaría imponiendo, siempre que la ingerencia venga de otra parte ("invasión" e "invadir" ya no serían los términos) y sin querer violar por ende a ningún violador, sino desplegando las extremidades y el cuerpo entero para volar como sea, despegar otro cuento entonces, aura de pornastronauta en "funda luminosa, ese plumaje eléctrico que ahora le recubre también, amante alado de su mujer alada *[sheathed in light, that electric plumage which he now wore himself, winged lover of his winged woman; fasciate di luce, dello stesso piumaggio elettrico che ricopriva anche lui, amante alato della sua donna alata].*" (Ballard 1. 41 - Trad. Lippi 31)

Es así que la escafandra reticular de *62 Modelo para armar* y de tantos otros números vendría a ser nada de narrador casi en persona empujado a no seguir empujando:

"Cerrar los ojos, abandonarse, flotar en una disponibilidad total *(...)* disolverse en el acto de cuajar, quitándose importancia después de herir a muerte, después de insinuar que no era nada importante, mero juego asociativo, un espejo y un recuerdo y otro recuerdo *(...)* El resto lo invadía sin resistencia, era hasta fácil apoyarse en el hueco central, eso que había sido plenitud instantánea, postración a la vez negada y escondida, para incorporarle ahora un cómodo sistemas de imágenes analógicas conectándose con el hueco por razones históricas o sentimentales. *(...)* pasar del alfabeto ruso en el espejo al otro lenguaje que se habría asomado al límite de la percepción, pájaro caído y desesperado de fuga, aleteando contra la red y dándole su forma, síntesis de red y de pájaro en la que solamente había fuga o forma de red o sombra de pájaro, la fuga misma prisionera un instante en la pura paradoja de huir de la red que la atrapaba con las mínimas mallas de su propia disolución *(...)*" (C 5. 13-15), de magdalena en magdalena, de invocación en invocación, de hoja en hoja, de parra en parra, de parodia en parodia, de "pasaje" en "pasaje", de πάροδος en πάροδος, no por filatería anarcoide, sino por amargo apego al antiquísimo amiguito, túrgido y caprichoso geniecillo cariñosamente apostrofado:

> "Al llamado de Ruskin, vemos la más pequeña figura que encuadra un minúsculo cuadrifolio resucitada en su forma, mirándonos con la misma mirada que parece abarcar apenas un milímetro de piedra. Sin duda, pobre pequeño monstruo, yo no habría sido suficientemente fuerte, entre los miles de millones de piedras de las ciudades, para encontrarte, para despejar tu figura, para volver a encontrar tu personalidad, para llamarte, para hacerte revivir. Pero no es que el infinito, que el número, que la nada que nos oprimen sean muy fuertes; es que mi pensamiento no es lo bastante fuerte. Ciertamente, no tenías en ti nada verdaderamente hermoso. Tu pobre figura, de la que jamás me habría percatado, no tiene una expresión muy interesante, aunque tenga evidentemente, como cualquier persona, una expresión que ninguna otra tuvo. Pero, ya que vivías bastante para seguir mirando con esas misma mirada oblicua, para que Ruskin se percatara de ti y, después de haber él dicho tu nombre, para que su lector pudiera reconocerte, ¿vives bastante ahora, eres bastante amado *[vis-tu assez maintenent, es-tu assez aimé]*? Y no se puede dejar de pensar en ti sin enternecerse, aunque no tengas el aire de ser bueno, sino porque eres una criatura viviente, porque, durante siglos tan largos, has muerto sin esperanza de resurrección, y porque eres resucitado. Y uno de estos días quizá alguien más irá a encontrarte en tu pórtico, mirando con ternura tu malvada y oblicua figura resucitada, porque tan sólo lo que ha salido de un pensamiento puede fijar otro pensamiento que a su vez ha fascinado el nuestro. Tienes razón de quedarte ahí, inmirado, agotándote *[inregardé, t'effritant]*.
>
> No podías esperar nada de la materia en la que eras apenas nada. Pero los pequeños no tienen nada que temer, los muertos tampoco." (Pr 6. 110-111)

Un Rocamadour monstruosamente desenvuelto por las ratas del remordimiento de quien no puede olvidarle porque Ruskin se encargó de lo contrario, o un pariente enfermo, tan pesado, tan caprichosamente impensable que toca agarrarlo bien duro para que no se escurra, hacia aguas sucias y trizas de hojas secas en particular, cualquier porquería donde se arme el charco de "una baldosa un poco más hundida que las otras" (C 14. 149), ni más ni menos en la hora de la siesta porque "Después de almuerzo" se intitula, como si la cosa se redujera a un problema digestivo, tener que sacarlo a la calle, secarlo y secarse, encajarlo en el asiento del bus, bajarlo del bus, desear que se muera, él, papá, mamá y todo el mundo, arrepentirse de dejarlo tirado sobre el banco de la plaza, obedecer a los calambres en el estómago y regresar a la Plaza de Mayo, porque lo confiesa, primero: - "(…) seguí corriendo y corriendo hasta llegar al banco, y me tiré como muerto mientras las palomas salían volando asustadas" (*ib.* 158), en seguida, ahí mismo, o casi, al final: - "Claro que estarían contentos de que yo lo hubiera llevado a pasear al centro, los padres siempre están contentos de esas cosas; pero no sé por qué en ese momento se me daba por pensar que también a veces papá y mamá sacaban el pañuelo para secarse, y que también en el pañuelo había una hoja seca que les lastimaba la cara." (*Ib.* 158-159)

También a veces. Anarítmética e insignificada certeza del caso, "el detalle 'prohibe *[interdit]*' al cuadro y al espectador, los disloca y sitúa en estado de síncopa significante" (Arasse 387), donde y cuando los escardillos de la ironía devota están a punto y repunto de otorgar cetro y corona de perfecto epígrafe al joyel del andante absuelto y traducido en rezo o motivo cantado, "micro-unidad, cerrada en la trama narrativa" (Chevrier 91) si cabe asociar con una tesela de Joyce semejante malla, libre porque cautiva, mientras otro mosaísta preferiría acercar el animalismo de la frase al tema wagneriano, antecedente del numen engastado en la sonata de Vinteuil, propia del "orden de criaturas sobrenaturales y que nunca hemos visto" (Pr 4. 281 - trad. Armiño. 311), rehén digno de la exclamación recogida por Swann de los labios de la condesa de Montrendier en el museificable salón de Mme de Saint-Euverte: - "(…) nada tan fuerte… ¡desde las mesas parlantes *[les tables tournantes; los veladores giratorios]*!" (*ib.* 283 - 313), eco que aún revendría de la penúltima Thule disipada entre quien narra, quien escribe y quien no acaba de morir de claro en claro para renacer sobre el mantel del lector:

> "Se repetía: 'Pequeño parche de muro amarillo con un tejadito, pequeño parche de muro amarillo'. En ésas se derrumbó sobre un canapé circular; con la misma brusquedad dejó de pensar que su vida estaba en juego y, volviendo al optimismo, se dijo: 'Es una simple indigestión que me han provocado esas patatas que no estaban bastante cocidas, no es nada'." (Pr 2. 1743 - Cfr. trad. Armiño 156)

La inminencia del supremo soponcio podría ser cosa de nada y hasta incierto punto no refutar la hipótesis de un embarazo casi involuntario producido por tubérculos sacados del horno a destiempo. Aunque inmarcesible, la gloria del escritor no habría gozado de los favores de una cocinera capaz de excitar el interrogante postrero:

> "Por otro lado, como las individualidades (humanas o no) están hechas en un libro de impresiones numerosas que, tomadas de tantas muchachas, de tantas iglesias, de tantas sonatas, sirven para hacer una sola sonata, una sola iglesia, una sola muchacha, ¿no haría yo mi libro a la manera en que Françoise hacía aquel *boeuf mode*, apreciado por M. de Norpois, y cuya gelatina enriquecían tantos trozos de carne añadidos y selectos?" (Pr 3. 2391 - Trad. Armiño 895-896)

Podría valer la pena el imponderable peso - ninguna pena, semisupina acogida de novela en gestación:

> "Silencioso, ese ejercicio era sin embargo una conversación y no una meditación, mi soledad una vida de salón mental donde no era mi propia persona sino interlocutores imaginarios los que gobernaban mis palabras y donde procuraba formar *[j'eprouvais à former; sentía formarse]*, en vez de los pensamientos que creía verdaderos los que me llegaban sin esfuerzo, sin regresión de fuera hacia adentro, esa clase de placer completamente pasivo que encuentra permaneciendo inmóvil alguien que está abotargado por una mala digestión." (Pr 8. 460 - Trad. Armiño 512)

A condición de no confundir el incansable letargo del conmutador umbilical (esa múltiple preñez de contertulios intérlopes y apartes cachinternos de borborigmos a la Bergotte) con la hinchazón histérica de la *One Way Telescoping Pocket Pump* desenmascarada por las rarísimas resurrecciones del pasado adscritas a baldosas peregrinas, pastelillos conquiformes y otras yescas del atisbo de lo eterno, deleite contemplativo "fecundo y verídico" (Pr 3. 2269 - trad. Armiño 757), único e inimitable, por encima de las voluminosas ilusiones de la amistad inspiradas por algún Brama, "porque los amigos sólo son amigos en esa dulce locura que tenemos a lo largo de la vida, a la que nos prestamos, pero que desde el fondo de nuestra inteligencia reconocemos como el error de un loco que creyese que los muebles viven y conversara con ellos" (*ib.*), más allá de satisfacciones tan estériles cuanto "los placeres mundanos, que a lo sumo causan el malestar provocado por la ingestión de un alimento abyecto". (*Ib.*)

Hubiera podido dejarse consentir por una empleada a la altura de interrogantes menos drásticos el escrupuloso escritor, la que alguna vez atendió al otro en el hotelito de Doncières rodeado de nieve, donde se habrían servido patatas suficientemente jugosas para reemplazar aunque sea en un latido la extrema unción del toque de Vermeer y el cosquilleo de la pluma de Maat flotante al lado del corazón de quien va e iba a ser juzgado por cuarentidós embajadores retirados, cada uno más tieso que M. de Norpois paladeando la gelatina y los trocitos de zanahoria de Françoise, toda vez que: - "En una balanza celestial se le aparecía, cargada en uno de los platillos, su propia vida, mientras el otro contenía el pequeño parche de muro tan bien pintado de amarillo. Sentía que imprudentemente había dado *[Il sentait qu'il avait imprudemment donné; Tenía la impresión de haber dado; He felt that he had rashly surrendered]* la primera por el segundo." (Pr 2. 1743 - Trad.: Armiño 155; Berges 206; Scott Moncrieff 129)

Poner en tela de juicio el fiel de la pesa del alma metido por donde saben o quieren saber los impúdicos vecinitos del 41, rajar en el mayor número de escalas posible la tela del tabernáculo donde sería bueno quedarse, en lo que Ornette Coleman llamaba *"the map"* desmintiendo cada vez los peldaños del verano pasado que otro músico remite a la comedida estampida del rechazo, es lo que quisiera no solamente el traductor de la puta, el intérprete del filósofo también, cazar lo que rehúsa haciendo del percance camino, estrepada del arresto, medio en serie y medio en quiste, lance de σειρά rebotada en κίστη, tensión de "cuerda", "faja" o "hilo" recogida en "panero", "canasto" o "urna" de paradoja frástica: - "La 'mala' frase es perfectamente lisa: en todas sus partes homogénea consigo misma y con su proppio programa harmónico. La 'buena' frase es la que, manifiestamente, sobrepasa un obstáculo." (Burger 52)

En efecto y defecto el sobrepaso de lo inveterado en pañales "sale de la *necesidad* del canto mucho más que del canto *ya formado* (he aquí lo que distingue la lógica del rechazo *[rejet]* del mecanismo de la ambivalencia: lo que motiva el rechazo de lo ya-formado, es la exigencia de hacer aparecer la necesidad que él oblitera)." (*Ib.* 50)

El sobrepeso de la pulcritud de la obra es sorteado entonces por quien se aleja para iluminar lo que le acerca, aúna e iguala, sin excluir los "peces de ese río turbio" (C 2. 150) difícilmente reconducibles a las proporciones de monstrículos entrañables, feroces criaturas más bien, cuya cercanía añora el compulsivo consumidor de las abstracciones que en el rincón más oscuro del cuento apócrifo le despacha un jívaro botarga parecido a Derrida, droga de triste escritura decantada en sí misma por exceso de viscosos compromisos definitivamente contrarios a las travesuras del turismo etnográfico y desafectos a la "sumersión, ese encanallamiento objetivamente innecesario" (*ib.* 153), todo por no haber rechazado la oferta de *comforts* y *confronts* teóricos, coqueteado apenas con el escollo y haberse rendido como un zombi del intelecto al abrazo de la definición - en caso de necesidad o salida de emergencia confróntese un párrafo afilado paso a paso sin el menor inconveniente, incompleto al completo, auténtico, retroprospectivo, encallecido en la encalladura, mientras quien escribe presume perderse en la canallada indefinida y pueril por eso mismo, por contenerse así:

> "*12 de febrero*
> No era que me gustaran particularmente las chicas del bajo en ese entonces, me movía en el cómodo pequeño mundo de una relación estable con alguien a quien llamaré Susana y calificaré de kinesióloga, solamente que a veces ese mundo me resultaba demasiado pequeño y demasiado confortable, entonces había como una urgencia de sumersión, una vuelta a tiempos adolescentes con caminatas solitarias por los barrios del sur, copas y elecciones caprichosas, breves interludios quizás más estéticos que eróticos, un poco como la escritura de este párrafo que releo y que debería tachar pero que guardaré porque así ocurrían las cosas, eso que he llamado sumersión, ese encanallamiento objetivamente innecesario puesto que Susana, puesto que T. S. Eliot, puesto que Wilhelm Backhaus, y sin embargo, sin embargo." (*Ib.* 152-153)

Tan sueltamente resentido - él diría "encabronado", burlándose secamente de sí mismo como deja entender la nota del día siguiente: - "Ayer me encabroné contra mí mismo, es divertido pensarlo ahora" (*ib.*) - contra la irremediable forma de sí, tan fiel a la verdad de las cosas desde lo más hondo del corazón vacío, natural, sencillo y auténtico en su auto-hétero-crítica... ¿Cómo no creerle?

Ex pectore le daría crédito el lector enterado de "cuánta razón tiene Derrida" (*ib.* 173), a juzgar por la visión en el café del Negro quizás no tánta como la de quien supo mezclar con el cinzano de la Dolly el contenido del fatídico frasquito: - "(...) en ese momento Anabel era como un ángel flotando por encima de la realidad, segura de que Marucha había tenido razón" (*ib.* 170), sin que la beatífica noticia del periódico leído a medias, el indulgente veredicto y la confesión que no involucra al trío de los intermediarios, descarte la conjetura del educando que, sorteados los peligros de una escapada nocturna por los recovecos de *La verdad en pintura*, menos tediosos que los parterres de Académos pero más incómodos, acabe solazándose entre las algas del párrafo inmerso para observar más a fondo las ondulaciones de un adverbio susceptible de predisponer dudas (donde dice "objetivamente innecesario", ¿no debería decir "subjetivamente innecesario"?) emparentadas con las especulaciones del analista que no se resigna a tomar por lapsus advenidizo el sintagma alrededor del que se balancea la reputación de un profesional capaz de poner patas arriba el tome y daca de vómito y digestión, afuera absoluto y adentro total trocando lo "universalmete objetivo" y lo "universalmente subjetivo", como si nada, a la que se habría criado:

> "Ese placer que tomo, no lo tomo, antes bien lo devolvería, yo devuelvo lo que tomo, recibo lo que devuelvo, no tomo lo que recibo. Y sin embargo me lo doy. ¿Puedo decir que me lo doy? Es tan universalmente objetivo *[Il est si universellement objetif; Es tan universalmente subjetivo]* - en la pretensión de mi juicio y del sentido común - que sólo puede venir de un puro afuera. Inasimilable." (D 5. 56 - Trad. Cortázar 2. 143)

La volatilidad del corte entre *ergon* y *parergon* trazado por el filósofo de Könisberg y en vía de desconstrucción a lo largo de "Parergon" le habría parecido motivo suficiente para vaciar al revés el sentido, por el canto, por la roma unidad del lado obstinadamente opuesto a un filo que ni tiene ni agarra ni depara ni contradice la razón anestésica del tajo, afiladura hambrienta y amorosa más bien la de "Parergon", equívoca y multívoca visitante del trazo dividido en laberinto, cuando el amago de cuento traspone al lado de acá la parrafada del otro, desde "no (me) queda casi nada *[ne (me) reste presque rien]*" (*ib.* - trad. Cortázar 2. 142), cuenco de paréntesis afectado por la indecidibilidad circunfusa mientras abraza el pronombre personal que debería atajarla, hasta "en tanto que existo no tengo jamás placer puro *[je n'ai jamais de plaisir pur en tant que j'existe]*" (*ib.* 57 - 143), cuando por supuesto y repuesto el impuro placer no debería vaciar a nadie, no a Kant, cuya definición del juicio estético está en juego, mucho menos a Derrida, quien sigue picando uno por uno los ojos del caso después de afirmar que (no exactamente por su propia cuenta, sino exactamente a través de los enésimos simulacros de abrazaderas descoyuntadas, en fin de cuentas donde la propiedad de las cuentas egóticas se esfuma, en el lugar quitado por pelos y señales) "la hétero-afección más irreductible habita, intrínsecamente, la auto-afección más cerrada" (*ib.* 56 - trad. González y Scavino 59), ese párrafo al justo cuyos primeros renglones regresan en la última página del diario, embargados sin remilgos de sangría ni repulgos de comillas para dar una idea más a la mano, corriente y familiarísima, la más concreta posible - por no decir demagógica - de la autoafección desierta y el desdén flotante de un narrador recaído en sí mismo como el más frío buñuelo, pozo de indiferencia avalado por la supuesta insensibilidad del otro, el bien educado intérprete de Kant, aplomo de pluma primigenia al que se achaca el placer in albis de la belleza del tulipán de *La crítica del juicio*, confuso su perfume con el cacumen del que habría empezado por confundir efluvios hablando del otro como si el otro hablara por él, runrún de nieve pisada sintonizando el fastidio de la imagen en las yertas meninges del diarista, impuro empaque intelectual, tanto más repugnante cuanto más decorosa sería la verónica de la que ansía emancipar a la chica del bajo mientras se guarda de llamarla inocente porque "los verdaderos inocentes éramos los de corbata y tres idiomas" (C 2. 155), original y genuina Anabel, no del todo resucitable en su salsa asesina, nueva Palas sin surtir todavía del cutre *cartouche* de sienes olímpicas, armada hasta los tacones aunque reparida a medias, en piel de oso polar la cartera porque el candor veraz domestica la distancia hiperbólica reconduciéndola al brillo cotidiano, que lo diga el incrédulo simpatizante de las Fuerzas Revolucionarias de Colombia interesado en repasar

El libro de Manuel no para comprobar que el impulso ascensional del hongo expuesto en el apartamento desamueblado de Lonstein rivalizaría con el espectacular ungüento sensible a la luz ultravioleta repartido alrededor de los ojos de Peter Gabriel en *Watcher of the skies*, préstamo de un poema de Keats y gafas de motociclista panóptico resplandecientes al inicio de cada concierto de *Genesis* durante las giras de 1973, cuatro años antes de los topetazos de las bochas y de los trinos del ruiseñor que en lugar de mortificar la constante plegaria del VIP la amplificaban, el año de la aparición del libro y del "fálico tópico / fosforeciendo" (C 13. 180) sobre la maceta ad hoc con la jovial altivez de un faro portátil, luminosa eyaculación de *j'accuse* y estandarte de la naturalísima insurgencia de la Joda, tergiversación laica y libertina del Índice del Juicio, última etapa de periódicos peregrinajes en cierto lago de Irán o de la India, mano y brazo emergentes de la tumba acuática de Tomás, dragón dactilar acostumbrado a distribuir el alimento eucarístico una vez al año antes de secuestrar al devoto más apto para atender las humildes necesidades del santuario hasta el siguiente asomo... nada de eso, sino para darse razón de las seis páginas de *El Espectador Dominical* enriquecidas por el "artista global" Ruven Afanador con la expresa intención de ilustrar el reportaje de Héctor Abad Faciolince realizado en ocasión del "lanzamiento mundial" del volumen de Ingrid Betancourt simultáneamente traducido a cuatro idiomas, del lado de allá *chez* Gallimard, rosario en mano y lánguida sonrisa de convaleciente, ninguna Cenicienta pensativa, aunque un toque aniñado convenga al reportero - en otras circunstancias y por conducto de otros personajes, severo censor de los filósofos posteriores a Kant, partida de charlatanes entregados a la "palabrería insensata y, peor, incomprensible", ni qué decir del cabrón que pretendería venderla "más claramente con Foucault (él decía fucó) y Derrida (pronunciaba degridá) y Habermas, quizás incluso con Lacan (decía algo así como lacá o lacó)" (Abad 1. 241) - resuelto a comparar con "el hada y la bruja de los cuentos" (Abad 2. 4) el glamuroso derrelicto del terrorismo fotografiado por Afanador en un estudio de la Gran Manzana, sin zapatos ni medias, altísima ejecutiva del martirio, VIPA sopista de pura cepa diría el rabinito, médico forense que día por día y sílaba por sílaba salta y trastrueca una que otra grada de la escalera de Jacob en nombre del montón de vocablos archivados en la morgue, indocumentados por lo común, el que aplaude la "antartiastuta" iniciación del pingüino turquesa a los minimisterios de la Joda porque "lo exótico abre todas las puertas" (C 13. 105), así como lo remoto incongruente dilata el franco y antimetafórico abismo de la autoctonía, volcada en el fervor de la bulla esencial copa de vino al vino y pan al pan, secreto patriotismo común, indiscriminada voluntad de acción, jubilosa agresividad sin costras de cartapacios ni fístulas parergonales, libre al fin del sofocante marco, a lo peor "oval, ricamente dorado y afiligranado en estilo morisco *[oval, richly gilded and filigreed in* Moresque*]*" (Poe. 189 - trad. Cortázar 129), gramatológico grimorio del poder constrictor identificado sea con la turbia fascinación de las epístolas del factor de la ponzoña, sea con la prenda que certificará el acuse de recibo del marconi de los ángeles de la milonga: - "Poder arrancar a Anabel de esa imagen confusa y manchada que me queda de ella, como a veces las cartas de William le llegaban confusas y manchadas y ella me las ponía en la mano como si me alcanzara un pañuelo sucio" (C 2. 151), postal de estampilla ectoplásmica franqueada por entrega muy mediata, "como el que escupe en una baldosa sin ni siquiera mirarla." (*Ib.* 171)

No *sobre*, sino *en* la baldosa, a través de algún desnivel, una fisura, un resquicio abierto o por abrir a la fuerza, penetrada por un salivazo reconducible con algún tropiezo a la escena por poco primordial, lo que llaman *Urszene*, inestable retablo para esta ocasión de ocasiones montado sobre el discrimen de caída y vuelo, vergüenza y gloria, en el polígono de tiro de la cárcel de Mettray, si no estoy mal y si los traslados del narrador de una a otra cafúa no enredasen la piola, donde se han colocado en fila siete representantes del "hombre a la vez fuerte y malo" que los soplos del *Robert* asocian con las resonancias mafiosas del empleo figurado de "*marlou*, 'gato macho *[matou]*', palabra de origen onomatopéyico por contener el radical evocador del ronroneo del gato (→ *marmonner*), aunque la hipótesis sea frágil y el semantismo no esté (o ya no esté) en relación con la idea de 'macho'", siete "rufianes *[marles; big shots; Louis; magnaccia]*" (D 12. 167bi - trad.: Leavey y Rand 147bi; *Gonder* y Sedlaczek. 165bi; Facioni 687) cuya pasión por el tiro al "gargajo *[glaviaud; glob; Spucke; sputacchio]* (*ib.* 166bi - 147bi; 164bi; 683) habrá otorgado a la víctima el nimbo del martirio en los términos de "una interpretación violenta, paródica, radiográfica, profunda, implacablemente derisoria del Gólgota" (*ib.*), no sólo porque el organizador del certamen litúrgico, van Roy, después de haber ordenado a gritos que abriera la boca sin que la ensanchara a satisfacción, le "separó las mandíbulas con sus puños de acero" (Genet 2. 448), ni porque fue Deloffre, sacudido por la risa, quien empezó dando casi en el blanco y velando de flema los ojos del pobre sapo como toda ejecución capital amerita - "[evento global *[événement global]*]" (D 12. 167bi) añaden los corchetes interrumpiendo la cita y anticipándose a los traductores que por pinta de *glob* gozan del privilegio de captar simultáneamente explotación omnicomprensiva y plasticidad gargajosa sin ambages ni indirectas - sino porque, en el patio pasado a "centro del parque más florido de Francia" (Genet 2. 448), bajo semejante lluvia de pétalos, limpio de toda culpa y visiblemente arrecho: - "¡Oh! ¡Mírale la concha! ¡Se le para al gran puto *[Oh! vise sa chatte! ça le fait reluire, la morue]*!*", el miserable preso de *Milagro de la rosa* acaba "investido de una gravedad altísima" (*ib.* 449), tiros penales vertidos en auto sacramental con la solemnidad del símil que transforma el paredón de la Historia en muralla de ladrillos a juicio del subnarrador no propiamente llamado sino dicho y redicho "el que te dije" (C 13. pássim), responsable de la sucesión de recortes de periódico y de vida destinados a quien algún día ya no será el bebé Manuel, eso sí, con la participación del sarcasmo y la mala conciencia de Andrés, otro narrador putativo, cápsula de *Bildungsroman* al servicio de las futuras generaciones proyectada gracias a la barra de inviolables violadores herederos del impulso vital capaz de enclavar la absurda continuidad pseudohistórica (desgarrón paleonímico zurcido en los jardines de Fredericksbad y barajado con los pasos recogibles en el antiguo Centro Espacial, los mismos estanques, las mismas caras tapadas con los mismos pañuelos, siempre puertas, siempre corredores, siempre muros abiertos sobre el presumible *encore* pronunciado una y otra vez por Giorgio Albertazzi a título de *en coeur* o *en choeur*, "en corazón" o "en coro", dejando inferir que Resnais le haya enrolado por mor de parónimos) para que el columnista conmovido ante el medio siglo primaveral de la obra atribuya ese ímpetu al "viejo club inmortal de la serpiente", porque "lo que queda es la majestad de la novela que nos cuenta de la vida en un lenguaje que ya no perecerá" (Ramírez. 10A), en breve y a secas la Joda, grupúsculo de caleteros del tiempo-hembra con los que el desprevenido espectador está llamado a fraternizar desde la butaca de vellorí que le compete y con los audífonos estereofónicos que mejor le caigan, a partir del nicho personal donde el militante del caso revuelve, *non nova sed nove*, la audacia del efímero astronáutico y el relajado gustazo del guerrillero de absoluto al tanto del método homeopático de Tertuliano no menos que del antintelectualismo de Proust, amén de las partituras semialeatorias del Éxodo y de *Prozession*, la de Stockausen (C 13. pássim), a la redonda y salvo algunos cambios en las atribuciones y en los nombres de lugares y personajes que justifican la pregunta: - "¿Porqué hacer pasar un cuchillo entre dos textos?" (D 12. 76b), casi por el contrario fulcro alegórico perfectamente adaptable al hieratismo cósmico del combo de los que sí saben joder:

> "sabiendo muy bien dónde están
> sabiendo todavía mejor que es absurdo,
> no pueden ser violados por el absurdo en la medida en que no solamente lo
> enfrentan (yendo a sentarse en frente a la pared de ladrillos, metáfora)
> sino que ese absurdo de ir hacia lo absurdo es exactamente lo que hace caer las
> murallas de Jericó,
> que vaya a saber si eran de ladrillo o de tungsteno prensado, que para el caso. O
> sea que están a contrapelo del absurdo porque lo saben vulnerable, vencible, y que
> en el fondo basta gritarle en la cara (de ladrillos, para seguir la metáfora) que no es
> más que la prehistoria del hombre, su proyecto amorfo". (C 13. 17)

Álbum de familia: en acato a la morelliana del 97 y a contrapelo del desasimiento de Bioy, tamaño 4 x 5 cm, de frente, fondo blanco y ropa oscura, retrato de ex-alumno ofrecido a la recurrencia del más empegado dúo de letras en la mirilla del verme orgulloso de su seda, *Diario del ladrón*, "el gusano y el capullo, el apótrope del culpable cortable *[du coupable; of the culprit* [coupable]; *des Schuldigen; del colpevole]*" (D 12. 79bi - trad.: Leavey y Rand 67bi; Gonder y Sedlaczek 77bi; Facioni 335), doctrinero convencido de tener la revelación en el bolsillo por habitar el bolsillo de lo revelado, fariseo muy al tanto de su *talit*, el chal de las oraciones pertinentes, con sus apartestudios sobre el monte de la transfiguración, "tiendas", *tabernacula*, σκηναῖ, mientras

> "si hay una 'verdad' de ese chal, depende menos del levantamiento o del despliegue
> de un velo, de algún develamiento o revelación, que del evento único, el don de la
> ley y la 'aproximación' que convoca para sí *[le 'rapprochement' qu'il rappelle à lui;
> the 'coming together' it calls back to itself]*. Aun traduciendo ese don de la Ley por
> Revelación, la figura del velo, la intuición y el movimiento de la visión cuentan
> menos que el tener-lugar del evento, la efectividad singular del 'una-sola-vez' como
> historia de lo único: la vez, la traza de una fecha y la fecha misma como traza.
> Sigo murmurando, bajo la protección de la hipótesis: *(...)*" (D 16. 67-68 - Trad.:
> Negrón 73; Bennington 342-343)

Echadas al viento las instrucciones del asqueroso casco:

> "Unten los pelos, háganlos relucir, englóbenlos de baba, de escupo, de leche,
> tendréis una suerte de vela textual *[Enduisez les poils, faites-les luire, rendez-les
> gluants de bave, de crachat, de lait, vous aurez une sorte de voile textuelle; Smear
> these hairs, make them shine, make them gluey with drool, spit, milk, and you will
> have a kind of textual veil; Schmieren Sie die Haare ein, lassen Sie leuchten, machen
> Sie mit Speichel, Spucke, Milch klebrig (gluants), Sie werden eine Art Textschleier*

(voile textuelle) *haben; Impregnate i peli, fateli brillare, rendeteli scivolosi di bava, di sputo, di latte: avrete una specie di velo testuale]"* (D 12. 79bi - trad.: Leavey y Rand 67bi; Gonder y Sedlaczek 77 bi; Facioni 335),

más que en vilo, el contenedor de lo sucesivo se esfuma en la nube de la misma página y la misma columna cinérea del "golfo que escupe", "la eructación de las letras en fusión", "el vello pubia", "una suerte de escalpe" y la galera "que se llamaría aquí Argos" (*ib.* 79b), goles flemáticos engullidos a través de las insinuantes curvas de *la voile, le voile, sail for sale*, "la vela", "el velo", "vela en venta", primeras sílabas de la palabra "pubiano" y partícula negativa postiza extraviada en la página siguiente, a que "no teja, trence, alise, *engatuse* su escritura" (*ib.* 80b), clamor de *GL* reaglutinado allende:

"Bueno, no es una anotación original. *(Aspira enfáticamente por la nariz)* Pero, evidentemente, si se sitúan en relación la tinta de la escritura, el *glavi-ot/au* y el esperma, se tiene una cadena, eh, disemina. Digo 'diseminal' ¿no cierto? *(Come sopra. Un tiempo)* El *trend* más [en esta cadena el *trend* más] específico, evidentemente, del *glavi-ot/au* es la diseminación, eh, por la boca, *(Come sopra)* lo que no es propio ni del esperma ni de la tinta. *(Come sopra)* Y por ende, en este sentido, es [es] la diseminación oral más cercana a la voz ¿no cierto? Ahora bien *(Un tiempo)* hay que decir que el escupo *(Hace chascar la lengua)* está asociado, en todo caso según ciertas culturas, con el rechazo. Con el insulto, con la injuria. Se escupe a alguien para [para] rechazarle, para cubrirle de injurias. Lo que acabo de decir puede invertirse muy fácilmente. Se puede imaginar, eh, un escupo, eh, amoroso, o un canto de saliva, *(Come sopra)* y eso también [eso] me ha interesado sobremanera. En *Glas* justamente hay una [una] ronda de textos de Genet en que, de un solo lance, el escupo se vuelve algo deseado ¿no cierto? una manifestación de deseo." (D 2. 171)

Positivamente hablando, la superficie del fondo teje, trenza, alisa y engatusa la espesura del vello de Ludmila, actriz del Vieux-Colombier que acaba de comparar a Lenin con Rimbaud en el intento de sacar a flote un nexo capilar entre los flujos verbales de la Joda y el esquema comunicativo que los focos guerrilleros más pronosticables comparten con las organizaciones políticas más obvias, "ese pasaje de un habla definida por la vida, como el habla de Marcos, a una vida definida por el habla, como los programas de gobierno y el innegable puritanismo que se guarece en las revoluciones" (C 13. 88): en el entrevero de rasguños de aire frío con caricias de risa, la estela del guión que une y separa, cose y monta dejando campo, sobre los bordes, a la maleza lingüística del más decidido promotor, casi al otro extremo de Andrés, tan retrechero, el neolunfa de Marcos, responsable del anuncio del salto cualitativo de la "crisálida Joda" a la "marijoda" (*ib.* 97), de la miniagitación en salas de cine, cigarrerías y medios de transporte colectivo al rigor entonado a partir del informe de la Reuter en torno de cierto embajador alemán secuestrado en Rio de Janeiro y del mariposeo minisubversivo a "la gran Joda" propiamente dicha, eso sí, una vez alcanzada la fase mediática gracias al kidnapín del VIP (*ib.* 177), tal como la ve Andrés siguiendo los dedos de Ludmilla, la polaquita de Marcos:

"Cuestión de especialidades, de vocabularios sobre todo, y de finalidades, pero en el fondo, en el fondo...

Marcaba el fondo con una mano, apuntando a las baldosas. La apreté contra mí, le acaricié los senos pequeñitos, la sentí como retraída, lejos, tuve más frío y me puse a reír, realmente comparar a Marcos con Lenin, sin hablar de la otra comparación. Pero Ludmilla seguía mostrando el fondo, había bajado la cabeza como para hurtar la cara al viento y se callaba, de golpe se puso a reír y me contó de Manuel, de la pijita de Manuel dormido, de esa cosa maravillosa que eran los dos dedos minúsculos de Manuel rodeando el piquito rosado, sin apretarlo pero sujetándolo con una infinita delicadeza, dejándose ir al sueño. Eso que jamás se vería en el teatro, esas visitaciones de la gracia, el golpe en plena cara (pero era también una caricia) que daba la inocencia perdida a los que adultamente miraban la realidad desde la otra orilla, con sus culpas idiotas, sus flores amarillas y manchadas de cadáveres hindúes." (*Ib*. 90)

Marcos revolucionarios en las geométricas demarcaciones de lo pisado sin consideración, baldosas y adoquines sobre la playa del 68, eventuales soportes de expectoraciones cargadas del estro protéico y hasta cierto límite - hasta las rarefactas franjas del don irrecible - dotadas de la virtud detergente que no reconoce en sus propias páginas, manchadas por los cuatro costados, tan lejos de la vida del otro, la verdadera, la del gran parodista:

"La grandeza del arte verdadero, en cambio, de ese que M. de Norpois hubiera llamado un juego de diletante, consistía en volver a encontrar, en volver a captar, en hacernos conocer esa realidad lejos de la cual vivimos, de la que nos apartamos cada vez más a medida que gana más espesor e impermeabilidad el conociemiento convencional con el que la sustituimos, esa realidad que corremos el riesgo de morir sin haber conocido, y que es simple y llanamente nuestra vida.

La verdadera vida, la vida al fin descubierta y esclarecida, la única vida por lo tanto plenamente vivida, es la literatura. Esa vida que, en un sentido, habita a cada instante en todos los hombres no menos que en el artista." (Pr 3. 2284 - Trad. Armiño 774-775)

Seamos objetivos y diledantescos: vivir al son del feliz encuentro y subrayar el gracioso acierto de lo real, "de volatería en volatería", *de trouvaille en trouvaille*, esclarecer de buenas a primeras, si acaso de malas a últimas, la *diritta via* del "hallazgo inesperado", ἕρμαιον redundante o *retrouvaille* hermética al estilo de Vinteuil, ese "innovador perpetuo" (Pr 2. 1794 - trad. Armiño 214), vamos, es lo que no puede esperarse en serio. De aquí la confesión del serenatero que mezcla edificantes ruinas y chances descontruyentes al declarar para los de la tranca: - "Me he destruido un poco, pero ahí mismo lo he construido todo, sobre mi canapé, en una suerte de letargo creador. (...) A veces uno encuentra una vaina muy constructiva en la locha *[On trouve un truc très constructif dans la glande parfois]*, se habla muy poco de eso." (Tellier 54)

En vista y revista de *arcere*, "cerrar", "impedir el acceso", "obstruir", ensayo tras ensayo, maniobra tras maniobra, el ejercicio regular estratifica y contrae las sobras del caso compactando la movilidad desusada en redestapón exitoso, toda vez que el éxito de la acción de *ex-arcere* o *exercere*, acción por excelencia, furtiva aporía de lo que no da tregua a la práctica desencarcelando lo que aparentemente no resulta en teoría, traiciona la evasión restituyendo el boquete al "baluarte", *arx* de libertad perdida en su atesorada conquista, de manera que todo lo que se presuma sacado en limpio de arcas y arcanos, todo eso, no caería apenas a un segundo plano en cuanto totalidad esclarecida de lo que ya nunca fue primero ni plano, sino caería definitivamente y sin remedio en archiolvido por fuera de la planicie en que se entrecruzan tablas y tabulaciones, todas las veces en que, descendiendo la escalera de la casa, por ejemplo de ejemplos, se desliza el recuerdo de la empleada del restaurante de Doncières, no donde acostumbraba buscar a Robert de Saint-Loup rodeado de la flor y nata de sus soldaditos, sino la pequeña sala a la que no había regresado ni siquiera en pensamiento desde la noche aquella, cuando la nevada le había obligado a quedarse y la mesera supo esculcarle y hallar el billete siguiendo las instrucciones sugeridas con la malicia de una amante de Felix Krull robada en falso, asqueado y atraído por la propina impropia, de los perturbadores tubérculos en adelante: - "Yo, fingiendo no ver bien cuando me tendía el plato mientras ella servía unas patatas, cogí con mi mano su antebrazo desnudo, como para guiarla." (Pr 9. 1052 - Trad. Armiño 355)

Del plato al bolsillo, del bolsillo al platillo de la obra sopesada y de la frasecita en la obra y regreso transitando por la vajilla suplemental del mero remedo de ramera una vez apagadas las velas, la erección del límite, cachondez tanto más punzante cuanto más encapullada, *bande* y *contrebande* de perímetro autoenvidioso, hubiera abarcado, habrá podido abarcar y abarca mucho más, ya que "el placer físico, para ser saboreado, exigía no sólo la criada sino también el comedor de madera, tan aislado" (*ib.*), a no ser que, más allá de la dócil camarera y del mejor amigo, la única exigencia de la jugosa desmesura sea la margen exclusiva, el habitáculo casi en persona, poderoso encierro, garantía estomacal del bloqueo de Screamin' Jay Hawkins en *Constipation Blues*, de antemano al alcance de la mano y del primer rollo de lo que sea, estricta estructura que chupa y enchapa la fuerza, "signo" y "prodigio" en vez de "obra" y "energía", σημεῖον y τέρας en lugar de ἔργον y ἐνέργεια, "felicidades tipo *[bonheurs types]* que sólo de vez en cuando se encuentran", siempre que, para la ocasión, triunfe "el abandono de todo el resto para cenar en un marco *[cadre]* confortable" (*ib.* 1053 - 356): si la excitación no abusara del contexto al servicio del friso de citas, diríase que la estrictura del episodio abraza todo lo que Andrés aglutina, tipifica y deglute acariciando y dejándose acariciar por el "gato cósmico" (C 13. 139), mórbido castillo de significaciones y nonchalante armonía inmediatamente enfrentadas a la mácula, al escándalo cromático del "pingüino de Marcos" (*ib.*), inmediatamente no, por intermedio suyo, astil torcido entre las amantes, Ludmila, defensora de lo concreto inexplorado, una de las madrinas de la mascota palmípeda, y Francine, abogada de la lucidez ordenadora cuyo apartamento en el Marais suele acogerle con arrumacos idénticos a los suyos, "perfumado con espliego, iluminado indirectamente, ronroneante gato de salón y dos piezas, gato alfombrado azul, gato biblioteca con la colección de la Pléiade y el Littré, por supuesto, Francine y la heladera, Francine y los vasos tallados, Francine y el scotch" (*ib.* 137), scotch sobre todo, no el burbon de las siete y media pero casi casi, en la terrible fagocitosis de lo impreciso bien cuadrado, porque no sólo el placer físico reclama el atolón ambiental para enmetafisicarse, el astronómico goce revolucionario y la nada circunstante también, no sin lastimar la coherencia que debería situar del lado de Ludmilla la metáfora zoofílica, si del agente mucho más que doble subsistiese algún lado, doméstico e indómito, leal delator y judas traicionado con y sin sello de Mallarmé, amén de otros adornos aquilatados, bélicos, babélicos y anabélicos, no más sabiendo que Marcos tiene "ojos de gato" (*ib.* 89) y Andrés igual, de cabo a rabo "como un gato" (*ib.* 94): el colmo del como.

Del ámbito acosado por la nieve la marea de lo vomitable repunta, hace digerible el estofado sistémico, depara el chance de caer en picada *dans les pommes de terre* de la sirimba de Bergotte sin dejar de contar el cuento, despeño sin y con embargo difuso en el supuesto presente sobre cierto peldaño pisado al salir de la casa, donde de blanco en punta afloran las acedías de la cenita en Doncières, a medio paso del "latigazo *[coup de fouet]* que necesitábamos, el calor que no podemos encontrar en nosotros mismos" (Pr 9. 1052 - trad Armiño 354), trauma afectuoso, regalo cruel del acicate redimido por el moquillo de las velas apagadas aquella semisoterrada vez por intercesión del comedor de madera, soga fotográfica del encuentro con Robert de Saint-Loup "en el espacio cerrado de esa hora, confinados en ella" (*ib.*), *blow up* de fecha futurible y feculento anillo de las Bermudas a pedir de boca invertida, arrevesado cliché del apodo salido del acto IV° de *La Judía*, ópera de Fromental Halévy sobre libreto de Eugène Scribe, "Rachel cuando del Señor", la mujer, el libreto, el libreto de la mujer, otra especialista que ya estaba "en prensa *[sous presse]*" (Pr 8. 459 - trad. Armiño 511) mientras el narrador parecía resuelto a revisarle las galeradas en uno de aquellos burdeles que tantas veces - clasificables junto con los beneficios concedidos por "las ediciones ilustradas de historia de la pintura" (*ib.* 458-510) - le otorgaron "el presente verdaderamente divino, el único que no podamos recibir de nosotros mismos *[le présent vraiment divin, le seul que nous ne puissions recevoir de nous mêmes; el don realmente divino, el único que somos incapaces de recibir de nosotros mismos]*", en dos palabras, no tan alejadas del embrujo intoxicante, y por lo mismo benéfico, del fuete de Robert, la "fascinación individual" (*ib.* 457-509), descarado oxímoron dondequiera que lo indiviso se parta, parta y reparta al infinito por influjo de lo que definitivamente no viene a ser parálisis facial sino uno de los "emblemas de brujería" indispensables a la escena-madre del lupanar de Maineville (Pr 1. 1567 - trad.: Armiño 945; Scott Montcrieff y Kilmartin. 556), una de las máscaras de sal del laberinto de Avignon traídas a Bogotá por Francisco Jarauta la semana pasada, donde Morel se transmuta en muerto-que-camina, "*"walking"*" entrecomillado, demasiado tarde entonces, ahora mismo, durante el almuerzo en las afueras, a la vista de cerezos y perales florecidos de un día para otro, "juguete mecánico" desde su asiento, "objeto de sufrimientos infinitos, cuyo valor era el de la existencia misma" (Pr 9. 867 - trad. Armiño 142) desde la silla del amigo ignaro de los quehaceres de la amada: - "*(...)* la inmovilidad de aquel rostro fino. Como la de una hoja de papel sometida a las colosales presiones de dos atmósferas, me parecía equilibrada por dos infinitos que iban a terminar en ella sin encontrarse, porque ella los separaba. En efecto, cuando ambos, Robert y yo, la mirábamos, no la veíamos desde el mismo lado del misterio" (*ib.* 868 - 143), uno del lado misterioso del misterio de una personalidad "encerrada en un cuerpo como en un Tabernáculo" (*ib.* 866-141), otro del lado demasiado normal de lo misterioso, Benjamin en el medio y pare de contar, cuando Robert habría dado "más de un millón para tener, para que no fuese ofrecido a otros" aquello que a Marcel "había sido ofrecido, como a todos, por veinte francos." (*Ib.* 867-868 - 143) *Mysterium tabernarium*, prodigio insondable y obviedad de imprenta, maquinita barata e intervención sobrenatural, no por nada los perales que se le encuadran con la plomada cubista son separados por muretes bajos:

> "(...) grandes cuadriláteros de flores blancas, sobre cada uno de cuyos lados iba a pintarse diversamente la luz, hasta el punto de que todas aquellas habitaciones sin techo y al aire libre parecían las del Palacio del Sol, tal como habría podido encontrarse en alguna Creta *[dans quelque Crète; en Creta]*; y también hacían pensar en los compartimentos de un depósito o de ciertas partes del mar que el hombre subdivide para algún tipo de pesca o para la ostricultura" (*ib.* 864 - 139),

suficientemente bajos para que los imperativos sectores del santuario profanados por los resectores categóricos de una instalación multimpresarial sobrepuesta a un sórdido barrio de la periferia resulten "súbitamente poblados y embellecidos por aquellas recién llegadas de la víspera *[ces nouvelles venues arrivées de la veille; aquellos nuevos huéspedes llegados la víspera]*, cuyos hermosos vestidos blancos se divisaban por las verjas en las esquinas de las alamedas" (*ib.* 866 - 141), excursionistas del Instituto David Gilmour merecedoras del amplio plan de crédito de la Supereconómica, 30 kilos de equipaje, entrada a monumentos, guías de habla hispana, gárrulas bachilleras desplazadas hacia otras cuadrículas en obediencia a pálpitos conjugados sin el propósito de reconsagrar ulteriormente redes, ostras y gargajos con "la celeste continuidad de la porcelana" del cuarto de máquinas de la invención de Morel (B 5. 130), ni con las graves ondulaciones del correspondiente museo, parecidas a "las cortinas de piedra que hay en algunas tumbas" (*ib.* 76), como si entre el embarque en Calcuta y el desembarque en Rabaul, Nueva Guinea, también en algún Egipto se hubiese desenvuelto la orfandad del bendito rollo persa, imagínense, de Port Saïd derecho a Sakkara, descargado por un traficante inepto al pie de uno de los amagos de umbral reiterados a lo largo de los 1.600 metros del recinto rectangular del complejo funerario del Horus Netjerkhet, conocido también como rey Djoser, anchos pliegues calcáreos que multiplicarían el vano de la falsa puerta supuestamente trancada en sepulcros más antiguos y mucho más modestos para dar paso al trasunto del inquilino colosal, amén de los catorce simulacros de acceso, catorce de hecho, no infinitos, "tres en cada uno de los lados cortos del rectángulo y cuatro en los largos (...) meras ficciones esculpidas en la pared exterior del bastión correspondiente. Son puertas de dos hojas, ambas cerradas, con las líneas de juntura y los goznes inferiores perfectamente grabados en la piedra." (Parra O. 55) A no ser que el capullo de Ombrellieri se explaye al interior del edificio principal, en las entrañas de la pirámide escalonada, sobre el ingrato suelo de una de las salas llamadas "cámaras azules" o "habitaciones de Lepsius" en homenaje al prusiano que las rescató del olvido, entre paredes decoradas con baldosas en fayenza o pasta de cerámica cuyo lustre adula el patrón de una trama vegetal líquida y aérea, entre verde feldespato y azul turquesa, "*plaques vertes*" para Gaston Maspéro, en 1887, arqueólogo del Servicio de las Antigüedades de Egipto, "oblongas, ligeramente convexas por fuera, pero achatadas en la faz interna; un saliente cuadrado, atravesado por un orificio, servía para mantenerlas reunidas por detrás, sobre una sola línea horizontal, gracias a una varita de madera" (Maspéro 257), siglo y medio más tarde, a los ojos de Parra:

> "(...) pequeñas placas de fayenza azul. Estas plaquitas se utilizaban para decorar las paredes imitando los haces de cañas que sirvieron de material de construcción de la primera arquitectura egipcia y que con el tiempo posiblemente colgaran de las paredes de ciertas habitaciones a modo de tapices. Su fuste convexo simulaba el tronco de la caña, mientras que cada 26 cm unas estrechas bandas transversales talladas en la pared simulaban las cuerdas que daban consistencia a la estera. Las placas miden 6 cm de alto y la mitad de ancho, su parte posterior es plana y presenta un pivote rectangular atravesado de lado a lado por un pequeño orificio. Por ese conducto se pasaba una fina cuerda que sujetaba entre sí a varias de estas plaquitas mientras fraguaba el mortero con el que se las recibía en el muro." (Parra O. 72)

Catatónica orgía de cañutos y batracios, lúbricas cuentas de esmalte enfiladas en puro conjuro, desgranadas y recibidas no obstante el desvío de una mirada que finge otro muro y otros buzones trabando a los dos amigos y entrambos con los demás lectores de la tarjeta postal de doble faz, ceraunia impresa, rostro de rayo, sacerdotisa bifaz digna del "palacio de la doble hacha", λάβρυς de λαβύρινϑος, apenas a tiempo para mezclar el murmurio de las flores blancas y los versos de la ópera de Halévy derramados por el traductor providente: - "¡Raquel! Cuando del Señor la gracia tutelar / a mis temblorosas manos confió tu cuna..." (Armiño en: Pr 9. 920. nota 186), mientras descifra casi lo mismo, la inminencia mesiánica del estar renaciendo:

> "Robert se dio cuenta de que mi semblante estaba emocionado. Volví los ojos hacia los perales y los cerezos del jardín de enfrente para que pensase que era su belleza la que me conmovía. Y me conmovía un poco de la misma manera, también ponía cerca de mí esas cosas que no se ven con los ojos, pero que se sienten con el corazón. Aquellos arbustos que había visto en el jardín, tomándolos por dioses extranjeros *[Ces arbustes que j'avais vus dans le jardin, en les prenant pour des dieux étrangers; Al tomar aquellos arbustos que había visto yo en el huerto por risueñas extranjeras]*, ¿no me había equivocado como Magdalena cuando, en otro jardín, un día cuyo aniversario no tardaría mucho en llegar, vio una forma humana y 'creyó que era el hortelano'? Custodios de los recuerdo de la edad de oro, garantes de la promesa de que la realidad no es lo que se cree, de que el esplendor de la poesía, de que el maravilloso fulgor de la inocencia pueden resplandecer en ella y podrán ser la recompensa que nos esforzamos por merecer, las grandes criaturas blancas maravillosamente inclinadas sobre la sombra propicia para la siesta, para la pesca, para la lectura, ¿no eran más bien ángeles?" (*Ib.* 868 - 144)

No satisfecho con trocar limazos de moluscos enconchados en sus compartimentos y relámpagos de atunes en las almadrabas que no los encuadran, corimbos de perales ecuóreos y tropeles de primorosas turistas desparramadas en el Grand-Hôtel de Asterión, mientras el derrame de disolvencias contrastantes parece extinguirse en diademas de divinidades exóticas, perturbado por la dualidad de las perspectivas enfrentadas al doble perfil de Coppelia tabernaria y Olympia minoica, pero mucho más conmovido a la postre por el quiasmo vencedor de las discrepancias derretidas en la invisibilidad de lo que advierte el corazón más allá de valores y juicios, el contertulio adjunto (*páredros*, "el de la silla de al lado", ninguna καθέδρα reservada, ningún mueble de envergadura, ningún trono para snobiarcas y snobículos de reata, ἕδρα sin más, otro asiento del mismo restaurante, comedor o cafetería, a no ser de la casa en que se han escondido los discípulos, el incrédulo también, deshinibido investigador que desde ya a duras penas se distingue de quien entra y sale a su antojo a través de los pliegues de piedra, maridaje celebrado por las columnas gemelas de 50 pies de altura llamadas "Trono de Nemrod", enhiestas hoy todavía - es de esperar - en las afueras de Edesa, sobre la colina que domina el valle de las fuentes Birket al-Klalil y Ain Zalkha), mejor dicho el comensal paralelo compendia hervores de muchos dioses en la singularidad del que no parece uno tanteando a fondo el reverso del supuesto error de quien creía interrogar al jardinero.

De lo divino en semblante sublunar a lo sublunar divinamente equívoco, interminable doble vía del lapsus justificado ahora en razón de los instrumentos de labranza y del chambergo sobre la cuna del surco entregado al mecánico oficio de dar la cara al sol, ahora por amor a las alas del ser que la da al desastre, dilatadas y vibrantes, no desesperadamente "tendidas *[ausgespannt]*" (Benjamin 4. 697 - trad. Oyarzún 34) por efecto de la afiladísima hoja cuyo vórtice sacude al Ángel de la Historia, sino expuestas al abrazo de las ruinas, alas ruinosas, en trance de ser arrebatadas por lo que resta de *reissen*, "arrancar", "desgarrar", como los ojos del otro *aufgerissen* (*ib.*), "desmesuradamente abiertas", demasiado cerca de *gerissen sein*, a tiro de *Slabý-Grossmann*, "ser muy ducho", "ser un pícaro", "*vulg.* ser un puta", si el brillo de la "espada vibrante, para guardar el camino del árbol de la vida" (*Gen* 3, 24) tiembla en las ramas que frisan los escombros abriendo la vía:

> "*(...)* las grandes criaturas blancas maravillosamente inclinadas sobre la sombra propicia para la siesta, para la pesca, para la lectura, ¿no eran más bien ángeles? Cambié algunas palabras con la querida de Saint-Loup. Cortamos por el pueblo. Sus casas eran sórdidas. Pero al lado de las más miserables, de las que parecían haber sido abrasadas por una lluvia de salitre, un misterioso viajero, detenido por un día en la ciudad maldita, un ángel resplandeciente permanecía de pie extendiendo ampliamente sobre ella la deslumbrante protección de sus alas de inocencia en flor: era un peral *[ses ailes d'innocence en fleurs: c'était un poirier; sus alas de inocencia: era un peral en flor]*." *(Ib.* 869 - Trad. Armiño 144*)*

Christos Ángelos y *Pirus communis*, prodigio de la familia de las rosáceas.

Para el visionario que reemplazaría a la enamorada de Jesús con el transporte de Rita Renoir, es decir "describiéndose como acaso Magdalena se describió tendida a los pies de un rabí que le acariciaba los cabellos, la excentración, el salto brutal a un encuentro y una reconciliación con lo que una historia aberrante separó y polarizó desde tanto concilio, tanta pira de cátaros, tanta tortura entre salmodias y antifonarios, tanta cachiporra cayendo en nombre de la ley sobre cabezas jóvenes flameando a un viento de repulsa" (C 1. 22), trenzan alas y ramas las divinidades en la selva de un solo dios, *Here Comes Everybody* fitográfico y automotor conocido también como *Uno-Alla-Volta-Per-Caritá*, conocido y consabido, cómo no, aunque sea en los límites de la unidad bobalicona y de la multiplicidad de ítems y articulaciones hoy disponibles, caricatura moderna de los caminos parmenídeos recorridos por un etnólogo igualmente atento a la *pittura metafísica* y al neceser de acontecimientos pasados y futuros que los aborígenes australianos llaman *churinga*, a contracorriente de la distancia metropolitana rebosante de atrabilis reciclada:

"La vía del uno en que toda diversidad sensible - agua, sol, viento, mineral - ha de orientarse hacia la reducción a una sola energía, inmutablemente idéntica a sí misma. Y la vía de lo múltiple donde, ya que nada de lo que pasa es humano, o divino, todo es diferente y sin embargo igual, en el sentido en que ya nada tiene sentido. La imagen-impresión sobresale encima de las dos vías, como el gigante que se levanta en el horizonte de Goya." (Guidieri 113)

De hecho uno tan poco aventurero, tan poco extraño, tan rutinario, caído y recaído bajo el vidrio de cada cosa y cada quien, igualito, empatado con lo que de vez en vez absolutamente aparece, pinta de sí mismo a culo pajarero, tal cual, escupido, fichado por la punta de lanza del desnudamiento en que puntillosidad y arrojo coinciden, al filo de una argucia comparable con la discreción despiadada y el laborioso flash del científico de Weimar:

"Sin duda debe haber sido una observación sin prejuicios, incluso audaz, pero al mismo tiempo delicada, es decir, como corresponde a las palabras de Goethe: 'Hay un delicado empirismo, identificado tan íntimamente con el objeto que se convierte por ello en teoría *[Es gibt eine zarte Empirie, die sich mit dem Gegenstand innigst identisch macht und dadurch zur eigentlichen Theorie wird; Hay una experiencia delicada, identificada tan íntimamente con el objeto que se convierte por ello en teoría; Hay un delicado modo experimental de proceder, tan identificado con el objeto que se convierte por ello en teoría; Hay un empirismo delicado que se vuelve idéntico al objeto, convirtiéndose así en auténtica teoría; Esiste un'empiria delicata, che si identifica intimamente con l'oggetto che cosí diventa vera e propia teoria]*.'" (Benjamin 5. 380 - trad.: Aguirre 77; Muñoz 46; Navarro 397; Filippini 72)

Porque así como el diputado demócrata angélicamente captado por August Sander aprieta la empuñadura que le compete para que la contera del paraguas se le congele ras en ras con el cejijunto señorío de la punta del fusil pulido por un *zombi-jardin* en el quilombo de Picasso y Morel, de la misma y de todas maneras más allá de cada una de ellas lleva lo que más teóricamente le sienta "el encargado del huerto", *hortulanus* o κηπουρός (*Jn* 20, 15), por arte de Durero, Correggio o Rembrandt, para que el filo de su brava pala destrinque los rayos renacientes, si no deja que a partir del vientre el mango de la azada adivine una diagonal opuesta a la del brazo levantado hacia el más allá de la cumbre del árbol sumido en sustraendos de tinieblas, de la gehenna al empíreo y regreso, con o sin urna de untuosidades saturando analogías, semejanzas, citas, recitas, copias y remisiones, creadas, increadas y por crear no obstante los argumentos esgrimidos por el autor de *Evolución y técnicas* en la margen del *match* de pala y azada: - "Su acción consiste en desmigajar *[émietter]* y en seguida revolver la tierra mientras la azada desmigaja sin llevar completamente a la superficie las capas profundas. El antagonismo de los dos instrumentos se repite en los arados, unos asimilables a las azadas de arrastre, otros a las palas de arrastre" (Leroi-Gourhan. 218), rivalidad sugerida por la crueldad pedagógica de un señero avance en las inhóspitas plateas de la tecnomorfología intercultural, de acuerdo con menos nobles iniciativas enésimo síntoma de alergia al aliento que atiza el charivari del discrimen entre el impacto vertical de la novedad y el tenue anuncio del abordaje oblicuo, niveles profundos y menos profundos de la subversión del nivel percutido por el que no te digo, reformismos conectivos y reacomodos jerárquicos de lo inédito demasiado sensibles al fracaso del escamoteo de la *insufflatio* o *ἐνφύσησις* que comoquiera embiste, forcejeos arrastrados a la danza de las superficies "porque no da con medida el Espíritu *[non enim ad mesuram dat Deus spiritum; οὐ γὰρ ἐκ μέτρου δίδωσιν ὁ θεὸς τὸ πνεῦμα]*" (*Jn* 3, 34), si los extremos del columpio solsticial y las capas tectónicas más atrevidas no fueran revueltas asimismo, casi todo lo contrario de la pneumatología que da pie y cabeza para suponer que la nitidez de la secularización se aquilate en el laboratorio instalado entre cuernos de Madre Isis:

> "Pues de todas las cosas producidas aquí abajo, hijo mío, por palabra o por acción, las fuentes *[πηγαί; sources]* están allá arriba, las que, con medida y justo peso *[μέτρῳ καὶ σταθμῷ]*, expanden sobre nosotros la substancia de lo real, y nada existe que no haya descendido de allá arriba *[καταβέβηκε; descendu de là haut]* y que no vuelva a subir *[ἀνέρχεται; remonte à nouveau]* para volver a bajar." (*Corpus Hermeticum IV*. XXVI, 11 - Trad. Festugière 84)

Sin mayor razón a juzgar por el catálogo semántico del subcapítulo "Agricultura, artes y profesiones" de la gramática de Sir Alan Gardiner, picto-coreografía ofrecida al determinativo que asocia las acciones de "cultivar" o "zapar" con el término "azada" y el contorno del objeto pertinente devueltos de mala gana a los esparcimientos sensuales bendecidos por el cruce del perfumado intervalo de María Magdalena con el furor invasivo de Tomás el Mellizo: - "Inexplicablemente *[For unknow reason]*, transcripción fonética *mr*, ejemplos *mri* 'amor', *mrht* 'ungüento'" (Gardiner 516), mientras el diccionario de Faulkner despeja los significados de "amor" y "querer, anhelar, desear" reproduciendo la transcripción del jeroglífico comprometido con las siluetas de la azada y del amartelado en cuclillas (Faulkner 111), diestro inmortal que, al inicio de la secuencia de cuatro registros culminante en los siete peldaños izados en lugar del velamen de la barca solar, se ha levantado para encorvar dulcemente el juguete instrumental, ni sobre ni contra el negro lomo del montículo de tierra del más allá, *q*, "materia prima", sino siguiéndole la curva, bendita *mr*, tal como la ilumina el ejemplar del *Libro para salir al día* conservado en el Museo Británico perteneciente a Anhai, monja musicante de la XXª dinastía, muy lejos de cualquier evasiva si hay que prestar fe al apunte recibido por Roger Blin, escenógrafo responsable del estreno de *Los biombos* en el *Théâtre de France* el 21 de abril de 1966, una cartita: - "En últimas, si estoy tan empeñado en los focos a todo dar *[si je tiens tellement aux pleins feux]*, sobre la escena y en la sala, es porque quiero, en cierto modo, que una y otra se abrasen por igual y que por ningún lado uno logre medio disimularse" (Genet 3. 66), siendo ésa la idea, si fuera apenas eso la desnudez de afuera, idea, en otro papelito, "de manera que la escena no sería un lugar en que los reflejos se agotan, sino donde entrechocan destellos *[éclats]*. En el mismo lance sería un lugar en que la caridad cristiana se divierte *[se divertit]*" (*ib*. 46), diversión, divergencia, diversatilidad erótica de la obra, no abierta sino partida, del público, de la Capilla de los Scrovegni y de la necrópolis al completo en trance de resurrección, desedificante travesía de localidades, puestos y manpuestos, mamparas, pantallas, subterfugios y escapatorias, bajo todo punto de vista gracias a la nanocámara de *Fmn*, manual hasta cierto punto, soplo de viento órfico que desvanece la empuñadura e incorpora el puño remodelando la Aaton de 166 mm heredera de una cuca variante del diminutivo de *pale* pues, *Robert* dixit, "con su significado familiar de 'mano', *palette* produjo *paluche*", traspapeleo del punto y del secreto, fíjate tú, ahora por entonces:

> "En exteriores *[En extérieur]*, de día, pero más exteriores que nunca, expuesto, desplegado, sin abrigo ni escondite ni burladero *[sans abris ni cachette ni retranchement]*. Un objetivo flotante circulaba en la avenida, una 'minivideocámara' *[une 'paluche']*, pasaba puertas y ventanas, muros también. Se encabritaba, decolaba, resumía el panorama en perspectiva isométrica, picaba, levantaba en seguida una capa, un paño, un tapete, soplo de viento óptico. Rasaba el suelo entre los pies y las palomas, las calles, descansaba contra el asfalto y, balanceándose, contra el cielo." (Alferi 42-43)

El anahumanismo de la transmutación de los apareamientos florece y se expande al amparo de un peregrino inmóvil, Δαίμων πάρεδρος, copiloto demónico, espíritu adlátere adscrito por separado y por anexo a cada uno y todos los habitantes de la vorágine más o menos maldita, más o menos selvática, gemelo celeste de la gnosis valentiniana, por nombrar una entre las más disparadas tangentes paleocristianas sin salir tan temprano de Buenos Aires con el rabo del aura entre las cursivas, a la busca de un regolfo de siesta macedonia y sectas menos propensas a las guerrillas espirituales de los nibelungos de izquierda, máxime tras la sentencia del maestro del maestro: - "Plotino es el único que ha imaginado *otro* mundo" (B 8. 137), diferencia volcada por partida doble en honor al Humorismo Resucitante de Proust, el "apasionado culto de la semejanza *[passionierter Kultus der Ähnlichkeit]*" (Benjamin 1. 313 - trad. Navarro. 320) y la "pasión por lo vegetal *[Passion für das Vegetablische]*" que "nunca será tomada con la suficiente seriedad" (*ib*. 317 - 324), porque el huésped seráfico de sobrevida dilatable en quiche (ninguna tarta salada, *Tillandsia andreana*: pseudoparásita epífita, pila bautismal carnívora macerando y devorando microorganismos analógicos para devolver mechones voladores de pelos plumosos), se apasiona en la "inteligencia" y la "sensación" de la "naturaleza", σύνεσις y αἴσθησις de φύσις "como si fueran de alguien que duerme *[οἶον εἴ τις τὴν τοῦ ὕπνου; comme celles d'un dormeur]*", animal, flor, guijarro y ser humano a la clorofila, pues "contemplando su propia contemplación descansa *[θεωροῦσα γὰρ θεώρημα αὑτῆς ἀναπαύεται; en contemplant son objet, la nature reste en repos]* (Plotin 1. III 8. 4, 24-25 - trad. Bréhier 158), sea que el belvedere del belvedere responda a una pachorra no menos exaltada por ser más que ser fuente de la fuente de la naturaleza, la del Uno en que el dilema de lo uno y lo múltiple se deshoja casi en persona:

> "Pues de alguna manera el Uno no carece de sentimiento *[ἀνναίσθητον; privé de sentiment]*; todo le pertenece; todo está con él y en él; por doquier desconstructor de sí mismo *[πάντη διακριτικὸν ἑαυτοῦ; il a un total discerniment de lui-même]*; la vida está en él y todo está en él; la concepción que él tiene de sí mismo, por una suerte de conciencia, concepción que es él mismo, consiste en una eterna quietud y un pensamiento diferente del pensamiento de la Inteligencia *[ἐν στάσει ἀιδίῳ καὶ νοήσει ἑτέρως ἢ κατὰ τὴν νοῦ νόησιν; en un repos éternel et une pensée différente de la pensée de l'Intelligence]*" (Plotin 2. V 4. 2, 29-30 - Trad. Bréhier 81)

Se derrocha el bivio por στάσις o por ἀνάπαυσις de Uno menos Uno, desistencia de Vishnu empollando su cósmica taza de leche no exactamente *sobre* el serpentino sofá de Sofía, Gardel, el Zorro, Silvina, Anabel y el Negro Gilberto, *dolce far niente* del πάροδος del πάρεδρος echado con las diacríticas petacas, parques, zoológicos, paredes y andenes vivientes de pura rutina, caído del zarzo a la diestra del que no te dije, sin suso ni ayuso - ritmo, eso sí, al justo aquello de lo que se habla:

> "Y ya que de eso se habla, con la misma razón hubiera podido decirse que mi paredro era una rutina en la medida en que siempre había entre nosotros alguno al que llamábamos mi paredro, denominación introducida por Calac y que empleábamos sin el menor ánimo de burla puesto que la calidad de paredro aludía como es sabido a una entidad asociada, a una especie de compadre o sustituto o *baby sitter* de lo excepcional, y por extensión un delegar lo propio en esa momentánea dignidad ajena, sin perder en el fondo nada de lo nuestro, así como cualquier imagen de los lugares por donde anduviéramos podía ser una delegación de la ciudad, o la ciudad podía delegar algo suyo (la plaza de los tranvías, los portales con las pescaderas, el canal del norte) en cualquiera de los lugares por donde andábamos y vivíamos en ese tiempo." (C 5.23)

Córranse entonces los acentos recogidos en la biblioteca copta del IVº siglo hallada en las cercanías de Khenoboskion alrededor de 1945 y redescubierta en el Cairo por Jean Doresse dos años más tarde, perífrasis 112: - "Jesús dijo: 'El que beberá de mi boca llegará a ser como yo. En cuanto a mí, llegaré a ser lo que es él, y lo escondido le será revelado'" (*L'Évangile selon Thomas* 110), hasta dejar creer que, atraído por el burbujeo de los manantiales de la semejanza, pueda verse temblorosamente reflejado el sediento que no deja de rezar sin acabar de sorber la certeza de su paredro bajo un insoportable bombillo de 400 vatios, el quinto día del secuestro, arrodillado sobre la otra esquina del colchón que apenas cabe entre las paredes, más o menos a un metro de distancia, "un hombre absorto en la plegaria" (Revelli-Beaumont 268), en palabras del paladín del *lapsus prolapsus igneus*, hermano de la *Clavaria botrytis*, *morille* o "pie de rata", perfectamente comestible, más bien exquisito, a primera vista ajeno a toda ambición de anábasis revolucionaria y sin embargo, por encanto de punto aparte y sin mayor solución de continuidad, a no dudarlo el "rusito", el mismo que

> "realmente vino a meter espada, agarró Galilea y la dio vuelta como un panquenque; no fue culpa de él si después le fabricaron una iglesia, como tampoco a Lenin le vas a reprochar la Unión de escritores soviéticos, no te parece. La macana son siempre los epígonos, los diádocos o como los quieras llamar. Mirá, decime si no es una belleza.
> El hongo había alcanzado veintiún centímetros a las cinco de la mañana en punto *(...)*" (C 13. 206).

Hijo de la Virgen Negra, según dicen menos por el color que por el resto parecida a una diosa africana, meta de los peregrinos dispuestos a subir de rodillas las 216 gradas que llevan a lo más alto de Rocamadour, no tan de paso en lengua occitana "Amante de la Roca", donde el acero alado de Roldán que da nombre al pueblo anida en la pared rocosa sobre la puerta del santuario, Durlindana vivita y coleando al son del sol en una entrada por salida, palabra de la madre de Horus, palindromía cornuda, tal como enseña el XXVIº Fragmento de Estobeo:

> "E Isis contestó: 'De este ir y venir *[Τῆς παλιδρομίας; de ce mouvement de retour]*, la santísima Naturaleza ha puesto en los seres vivientes este signo manifiesto: el soplo *[πνεῦμα; souffle]* que extraemos de allá arriba, sacándolo del aire, lo reenviamos hacia arriba para seguir retomándolo; ahora bien, hijo mío, para llevar a cabo esta tarea, llevamos en nosotros unos fuelles *[φῦσαι; soufflets]*: cuando se han cerrado sus bocas destinadas a recibir el soplo, entonces ya no estamos aquí abajo nosotros, sino hemos vuelto a subir *[άλλ' άναβεβήκαεν; nous sommes remontés là-haut].*" (*Corpus Hermeticum IV.* XXVI, 12 - Trad. Festugière 84)

Exorbitante mareo del columpio de lo perfectible, de la experta en freír la patata, aunque desprovista de la patente que los registros policiales defininen como "puesta en carta (de mancebía)" o *mise en carte*, no menos que del quídam llegado a la "consagración" o τελείωσις del proceso iniciático, "bautismo" para San Pablo (*Heb* 7, 11), lance de τέλος, "cumplimiento", "fin", "perfección", por ende y allende "gravamen", "pago", "gasto", vínculos y altibajos de τέλη, "misterios" comprometidos con la fuerza de gravedad económica de la que no está exento el acontecer de lo nuevo, ni siquiera la experiencia del númeno traída a cuento en *La cara de la luna* por un intérprete autorizado para ilustrar analógicamente la contrastada euforia del retorno a las praderas del Hades y la trepidación de las almas que no han subido definitivamente hasta allá ni se han resbalado del todo hacia acá, suspendidas entre las turbulentas corrientes de abajo y la pálida plenitud de arriba, en suma y en resta los aretes que le faltan:

> "Se dirían condenados al exilio que regresan al terruño después de una larga ausencia; gozan de una felicidad comparable a la de los iniciados *[τελούμενοι; initiés]*, una mezcla extraordinaria de tumulto, de susto y de una singular

esperanza [μάλιστα θορύβῳ καὶ πτοήσει συγκεκραμένη μετ' ἐλπίδος ἰδίας; un melange extraordinaire de trouble, de saisissement et d'un espoir particulier]. Pues muchas son rechazadas y arrastradas por el oleaje cuando pensaban agarrarse a la luna [Πολλὰς γὰρ ἐξωθεῖ ἀποκυματίζει γλιχομένας ἤδη τῆς σελήνης; Il y en a beaucoup en effet qui sont repoussées et emmenées par la vague alors qu'elles pensaient s'agripper à la lune]. Algunas almas de allá abajo también son revolcadas, se las ve como si volvieran a zambullirse en el abismo." (Plutarco 2. 943cd - Trad. Raingeard 44)

"Estos racimos de almas colgadas de la luna, estas caídas al abismo recuerdan algún fresco de Miguel Ángel" (Raingeard 146) - valga el apunte tangencial del traductor a condición de admitir que, entre arsenal y naufragio, los zangoloteos de la Capilla Sixtina no condenan a las tinieblas exteriores los brincos de Sheppard en Cocoa Beach ni las pataletas de los astronautas de Méliès, máxime si la risa pascual de más de un santo y padre de la Iglesia, por dentro y por fuera de sus márgenes visibles, acompaña los retozos inaugurales del octavo tratado de la IIIª *Enéada*, atentidos con la mayor ligereza, procurando el modo indicativo de Jean Derrida sin extraviar el condicional de Émile Bréhier:

"Si decimos, empezando a jugar antes de ponernos serios, que todo desea la contemplación y tiene este fin en vista [Παίζοντες δὴ τὴν πρώτην πρὶν ἐπιχειρεῖν σπουδάζειν εἰ λέγοιμεν πάντα θεωρίας ἐφίεσθαι καὶ εἰς τέλος τοῦτο βλέπειν; Si nous disons, en jouant d'abord avant d'en venir à être sérieux, que tout désire la contemplation et a cette fin en vue; Avant d'aborder notre sujet sérieusement, si nous nous amusions à dire que tous les êtres désirent contempler et visent à cette fin]; no sólo los vivientes racionales sino también los irracionales y la naturaleza que está en los vegetales y la tierra que los engendra, y que todos lo alcanzan en la medida en que les es dado según su naturaleza; que contemplan y alcanzan [este fin] de distinta manera, unos en verdad, otros recibiendo una imitación y una imagen - ¿se soportará la paradoja de este discurso [ἆρ' ἄν τις ἀνάσχοιτο τὸ παράδοξον τοῦ λόγου; est-ce qu'on supportera le paradoxe de ce discours; pourrait-on supporter pareil paradoxe]? Ya que este discurso nos concierne a nosotros mismos, no corremos el riesgo de que se nos vuelva un juego pueril. Pero nosotros mismos también, al jugar ahora, ¿acaso no estamos contemplando [Ἆρ' οὖν καὶ ἡμεῖς παίζοντες ἐν τῷ παρόντι θεωροῦμεν; Mais est-ce que nous mêmes aussi, en jouant maintenent, nous ne contemplons pas; Est-il vrai que, pour le moment, en plaisantant, nous contemplons]? Nosotros y todos los que juegan lo hacemos y jugamos deseándolo." (Plotin 1. III 8. 1, 1-10 - Trad.: Derrida Jean 79; Bréhier 154)

Ni apenas plural ni solamente persona. No responde al privilegio de un comando intelectual, determinado, indeterminado o por determinar, singular o colectivo, en francés, griego o jeroglíficos, en más de una lengua y en ninguna. La humanidad no *nos* basta.

Equidistantes del sectarismo gnóstico y del expansionismo evangelizador, el desmadre de los privilegios humanistas inherente al severo divertimiento de la "contemplación" o *theoria* deseante no empieza en Alejandría, Moscú o París: no empieza. Aunque en febrero de 1990, días marcados por los desmanes clandestinos del LIPREHUANIVEMI (*Libertad para los Presos Humanos Animales Vegetales y Minerales*, movimiento de licencias poelíticas desde los 70 en las jaulas de los detectives holísticos del Valle de Pubenza y Tierradentro denominado *Perestroika de los Animales*), pudieron insinuar otra puntada las orejas de las comillas erguidas ante las caperucitas del Laboratorio de Estudios de Filosofía Post-Clásica de la Academia de Ciencias de la USRR para dejar oír mejor: - "Amo el 'logocentrismo'." (D 17. 130) Una vez más pudo dejar creer casi lo contrario esa declaración de amor desconstruyente: que la extensión vegetal y mineral de la zooantropolítica habría comenzado a reemplazar la biopolítica mucho antes de la segunda mitad del siglo XX, a partir del anuncio de los suplementos de origen que las desconstrucciones sonsacan al pasado remoto y a lo que no logró pasar, aunque sea en broma y en razón de una pétrea y empedernida "labor no laboriosa", incansable fiaca de un viejito verde muy en particular, jinete adelfinado cuya descendencia sigue desgranando las consonantes de lo femíneo y las vocales del cuerpo renaciente:

> "El tratado III, 8 comienza con un juego, una chanza *[plaisanterie]*: la contemplación *(théōria)*, el bien más preciso del humano y la culminación de su propia vida, lo poseen también, los animales, las plantas y la misma tierra. Y esta chanza, dice Plotino, es también una contemplación, ya que la actividad más seria y la mejor también puede ser un juego. La apuesta de la chanza que proporciona su tema al entero tratado es a la vez la contemplación en cuanto actividad de la que somos capaces y la continuidad o la comunidad de todas las formas de vida, comunidad mediante la cual el tema de la contemplación se enlaza con el de la metensomatosis justificándola. Con una seriedad que no hace sino desplegar lo que el juego había puesto, Plotino muestra que la contemplación es el resorte de toda vida, humana y no humana; en ella todos los vivientes encuentran lo que tienen de más propio y de más común." (Derrida Jean 78)

Mientras la meditación del cuarto tratado de la Vª *Enéada* alrededor del Primero que en su primacía no cabe, el que "no soporta permanecer en sí mismo *[οὐκ ἀνεχόμενον ἐφ' ἑαυτοῦ μένειν; ne supporte pas de rester en lui-même]*" (Plotin 2. V 4. 1, 28 - trad. Bréhier 80) asimila esta partenogénesis de nunca acabar con la desistencia de lo que el traductor llama "vida inferior", la que "muy por encima de la conciencia, nos permite concebir la vida superior" (*ib.* nota 1) otorgando un atisbo de la extrañísima conciencia del Uno, concepción que es él mismo al gotear de sí propio, semillas nocturnas de pierniabierta papaya embrocadas entre la omnipotencia divina y la impotencia infantil tergiversadas por el pedagogo indirectamente responsable de la selección de los trástulos destinados a Manuelito, escarceos y escardillos de la admiración por las ingeniosidades británicas que el maestro del esforzado narrador de "Diario para un cuento" solía compartir, reciclaje de villancico en himno tronitoso con prima de *acting* por *hectoring*, bis de Actor abismal, Héctor en sosa carne de cámara arrastrada alrededor de la ciudad sitiada con el aplauso de la militancia teológica libertaria y los pavoneos de la *Christian chivalry*, a horcajadas del Eje del Bien, hacia Belén cortando por el *set* de Troya:

"Implica sin duda una peculiaridad lingüística rayana al chiste. El nombre ha sido convertido en verbo; y la misma expresión relativa a quien se las da de Héctor, en el sentido de jactarse *[the very phrase about hectoring, in the sense of swaggering]*, sugiere las miríadas de soldados que tomaron como modelo al troyano caído. De hecho en la antigüedad nadie fue menos propenso que Héctor a la jactancia *[less given to hectoring than Hector]*. Y sin embargo hasta el fanfarrón que se pretende conquistador ha tomado del conquistado su rótulo. De aquí que la popularización del origen troyano llevada a cabo por Virgilio tenga una relación vital con todos aquellos elementos que alimentaron la fama de un poeta cuasi cristiano. Casi como si dos grandes instrumentos o juguetes del mismo palo, el divino y el humano, hubieran pasado por las manos de la Providencia; y la única cosa comparable con el Madero de la Cruz del Calvario fuera el Caballo de Madera de Troya. De manera que, en una suerte de alegoría salvaje, piadosa en la intención aunque más bien profana en la forma, el Niño Dios pudiera haber desafiado al Dragón con una espada de madera y un caballo de madera." (Chesterton 157-158)

Con tal de gozar asimismo del franco eructo de omnímoda presencia tutelar que sanciona una "digestión del tiempo" tan sana como la de Keats (C 7. 33), clausurada cada vez sin ferné porque "el mundo *de siempre* está al alcance de su mano, y lo que sus ojos ven en un roble es lo mismo que veía Virgilio. ¿Para qué acordarse de las nieves de antaño si los picos de Escocia lo esperan emponchados de presente?" (*Ib.*) *Ahora*, perjurio de glaciólogo.

Montada sobre un carro de bomberos hace ya una buena hora la Mamá Grande abrió otra vez su desfile. Al tener que admitir la clamorosa evidencia de esta enésima Marcha de la Solidaridad, conste que ayer, sábado 24 de agosto, como la energía se había ido y bien entrada la tarde no regresaba, nos fuimos al Cañón del Chicamocha, 57 con 19.

Soy canívoro, no fanático, medio *flexitariano* digamos, si encajara una alusión a la problemática desconstruyente mencionada por Nicola Perullo, toda vez que los "*flexitarianos* (neologismo acuñado en 1922 y consagrado en 2003 por la *American Dialet Society*) persiguen una dieta que - por motivos éticos y filosóficos, pero también económicos y ecológicos - tiende a *reducir* el consumo de carne, sin prescindir totalmente de ella. La carne como problema." (Perullo 277) Mordí una franja de grasa agarrando a dos manos la gradería de costillas de un cabrito al horno.

Se me derretía en la boca el recuerdo de otro restaurante santandereano, El Gallineral, antes de mudarnos a la Guajira, en la 47, justamente donde hoy nuestro balcón brinda azaleas a tres pisos de altura sobre el nivel de la Marcha, vueltas que da la vida. Con la manteca dorada y lechosa se disolvía también el regusto de un paseo en compañía de los colegas de la Normal para Varones de Fonseca, el Día del Maestro de 1969. Chupé mi copa de aguardiente y casi toda la de Olga, por lo del mal de cabeza que a veces todavía le molesta. El hecho es que no faltaron intersecciones de trayectos sensoriales y biográficos favorecidos por el televisor campante al lado de la puerta de entrada: aunque las voces de los locutores no del todo convencidos de la inexistencia del paro nacional agrario excitaran apetitos lobunos, y tal vez por eso, las porciones resultaron colosales, así que, al solicitar la cuenta, después de la última cebollita ocañera, añadí: - "No me resigno a dejar el resto".

En la casa había regresado la luz. Las canciones de Brassens, citas que "son salteadores de caminos que irrumpen armados y arrebatan la convicción del ocioso paseante *[dem Müßiggänger die Überzeugung abnehmen; despojan de su convicción al ocioso paseante; para arrebatar la convicción que alberga el ocioso paseante]*" (Benjamin 2. 138 - trad.: Del Solar y Allendesalazar 85-86; Navarro 78), guiños de almarada agrietando lisuras presenciales, abras emparentadas con la virulencia citacional de Karl Kraus, "salvadora y castigadora" (Benjamin 6. 363 - trad. Navarro 372) expansión disuasiva de otro bosque de Sherwood con su ágil arquero "recorriendo el espacio a saltitos para alzarse al estrado en una conferencia" (*ib.* 346 - 353-354), intento y tentación de frescura escénica incompatibles con la altivez que exige disimular la transpiración teórica en la arena del alto capitalismo y prescindir del desgaste paleonímico indispensable al pregón del escritor dispuesto a la denuncia frontal cuando sea el caso, sabiendo que en principio los muros de lo mismo se derrumban a la pata coja y a la vez que "la frase hecha *[die Phrase]*, en el sentido que Kraus fue persiguiendo incesantemente, es la marca que hace al pensamiento comercializable, como el ornamento retórico lo vuelve valioso para coleccionistas" (*ib.* 337 - 344), desmentido el privilegio del brinco mayor (*spring* en el idioma de Kierkegaard) con la desenvoltura del chico envidioso de las trompetas de la Caballería ligera: - "Y esto porque en la cita se refleja el que es el lenguaje de los ángeles *[Engelsprache]*, en el cual todas las palabras, sacadas del idílico contexto del sentido, se han convertido en lemas en el libro de la Creación" (*ib.* 363 - 372), intempestivos peldaños del lenguaje, veintidós Authioth Yassod fijados Begalgal (a una rueda que gira) por doscientos treinta y un Schâarîm (portales, valores o medidas), engendrando y destruyendo, subiendo y bajando, de rima en rima, sin transporte esotérico ni vehículo intuitivo de cero kilómetros, meras reincidencias cabalísticas, nos indujeron a creer que valiera la pena gastar el rato con la película de un tal Gérard Marx dedicada al poeta de *El gorila* y *La mala reputación*.

Todavía en la cama, al relatar las circunstancias de la pesadilla que me habían arrancado unos cuantos alaridos recordé que mientras hablaba con el camarero venía preguntándome qué otras palabras habrían podido ocurrírseme para reclamar las sobras si pocos días antes no me hubiese enterado de "Resto/a - el maestro o el suplemento de infinito", sentido homenaje a las enseñanzas de Charles Malamoud, el hinduista autor de *Cocer el mundo*, muy atento a la diferencia entre las parejas "dios - sacrificante" y "maestro - discípulo" en el pensamiento brahmánico, la gravedad del mentor y el excedente del sacrificio, *agnihotra* en particular, ofrenda de leche de vaca, materia de la devoción erótica de otras "verdaderas lecheritas", familiarmente desconocidas, atisbadas apenas en la antecocina de las profesionales del columbrón, ámbito del contraste de albur y ritual, donde bregan y juegan las *gopī*, "en la máxima diferencia entre una mujer entrevista y una mujer acercada, acariciada" (Pr 2. 1709), esperma de Agni y mantequilla corrida, *reste* ardiente, substantivo y verbo, fíjate tú, objeto y súplica: quédate, déjate llevar corazón intruso, reliquia de tumor cerebral, nombre, relato, firma, cabeza destroncada de quien te lleva, égida erguida sobre la obviedad del corte, tú que enseñas cómo el resto no va sin restos, lágrimas, cerumen, heces, secreciones de Magdalena, tempestad de gargajos y flema de Stilitano encartuchada y *aufgehobene* refutando la confluencia ejemplar de lo propio mediante el gesto que exalta la captación residual y la concavidad que la enmarca, en el preciso instante en que me expongo al peligro de rendirme al trofeo de lo quedado por querer denunciar a los cuatro vientos el escándalo unívoco de la prueba, "riesgo que se corre desde el momento en que se da un nombre, máxime al singular, y sobre todo desde el momento en que una traducción formalizante, preocupada por la consecuencia y el orden *[soucieuse de conséquence et d'ordre]*, traduce mediante una sola y misma palabra, en una misma lengua (aquí la lengua latina), en una sola gramática lógica, una diversidad de vocablos, de situaciones sintácticas o pragmáticas, etc." (D 8. 45)

En efecto o casi, antes de apagar la veladora había hojeado las páginas finales de *Estados de alma del psicoanálisis*, para confrontarlas con las últimas de *Los nuevos heridos*, este párrafo en particular:

> "¡A menos que no se admita la siempre posible sorpresa de un evento milagroso! Y todavía, ¿porqué el evento pensado como 'el arribante absoluto *[l'arrivant absolu]*' es vislumbrado por fuera de toda determinación concreta de lo que es un evento inanticipable - como las lesiones, daños o traumas cerebrales? ¿Acaso no es justamente al aceptar de considerar tales eventos, que ya no responden a la jurisdicción de la sexualidad, como el psicoanálisis puede ser susceptible de dar al fin su carne a la pulsión de muerte, partiendo hacia el más allá *[donner en fin sa chair à la pulsion de mort, partant à l'au-delà]* del principio de placer, partiendo hacia un nuevo régimen de eventos?" (Malabou 339)

Problema de carne, carne de cañón y canon sacrificada a la pulsión de muerte, Estatua de la Libertad sin máscara, mi pesadilla: camino con el paquete que me han entregado en el laboratoprio del hospital, una bolsita de polietileno que no contiene apenas residuos postoperatorios destinados a la macroscopia, sino también las sobras del almuerzo que voy a repartir en la calle, de otra manera cuando los dos ciclistas intentan quitármela no me desesperaría como la víctima de un asalto a escala nacional, ni alzaría la antorcha de ese precio gritando: - "¡Éste es el país!"

Primera persona plural y trasunto de símbolo patrio por fofa soberbia de *chuspa*, "bolsa" en castellano norandino y más allá, hasta el pipil (nahua del Este) de El Salvador, "bolsa de piel que sirve para cargar especialmente avíos de caza" confirma Mario Alario Di Filippo, "pequeña talega" en Pasto, más al sur "recipiente para llevar la coca; pico del ave; envoltura de los testículos; vulva", que Juan Hasler no duda en remitir a la raíz *čus-* y a las direcciones semánticas de "vacuo: *čúsay* faltar, estar ausente, ser insuficiente; *čusaq* hueco; que habitualmente falta; *čusáyay* hacerse vacía una cosa; *čusku* jactancioso, presumido; *čuskyay*, ostentar vanidosamente; (...) *čusu* vano, sin madurar o llegar bien, como la mazorca o el grano, la madera hueca o la persona flaca", endeble y morosa invaginación en que no acaba de enmudecer a deshora el gorjeo doméstico sobre la rama del nombre al interior de cierta lengua presuntamente determinada, inane colgajo extemporáneo, hervor de alimañas, hormiguero o enjambre de *chuspi*, "insecto, mosca, mosquito" para los inganos del Putumayo, fijeza de muestra y anclaje de artículo deteriorados por insignificancias e intermitencias, zumbidos de una objeción tras otra en otra porque "destiempo no es tema alguno, en todo caso uno en el que se trata del desaparecer de todo tema - un *ítem* singular que se ha mudado ya en un *autem*, en un Pero, en otro de aquello de lo que debería hablarse. (*Time, Item* y *temps* - la *y*, aquel *ici*, un campo del *des* del tiempo, *contre*, la *contrée* del contre-temps…)" (Hamacher - trad. González 33), diversificada infinitamente la puntualidad argumental en la punta de otra razón cuando la involucración instructiva se desmalla al pretender admitir consecuentemente acontecimientos que dejan de acontecer ipso ficto, en tono con el no tan miserable milagro o mini-milagro de la "siempre posible sorpresa" sobre su lenta carroza matafuego, sin dejar de seguir paso a paso el *tour* discursivo con la plasticidad de un hilo de lana: - "Recoger por el otro su dolor." (Malabou 347) Lo que no iba a nombrar Derrida tan rápidamente, poco antes de que el suscrito cerrara los ojos:

> "Pues lo que estoy a punto de nombrar a toda prisa, es lo que revienta el horizonte de una tarea *[tâche]*, es decir excede la anticipación de lo que *debe* llegar como posible. Como *deber* posible. Más allá de todo saber teórico, y por ende de todo constar *[de tout constat]*, pero asimismo más allá de todo poder, en particular de toda institución performativa. Lo que estoy a punto de nombrar desafía la *economía* de lo posible y del poder, del 'yo puedo'." (D 9 - 80-81)

Remate de saberes y demostraciones, el precio de una teoría de tal porte no tiene moneda ni unidad de medida, despilfarra el arrojo de los piratas angelicales cuyo sacrificio puede amoldarse a las proporciones perfectamente definidas del "resultado de una geometría muy trivial, de un difícil nudo de cálculos en que la muerte es rozada pero muy de cerca o de lejos si se quiere, tan exacto habrá sido el control del gesto que la roza, sea el capote substraído a los cuernos, sea el recorrido al filo de un precipicio, ataque a sable desnudo, provocación, amago. Y tan a la puerta que el héroe ve esta muerte: tiene la forma de una enorme caja fuerte en que están encerrados millones de dólares. La clave del cofre se le revela de golpe." (Genet 4. 171)

Pensaba en fajos de billetes color de hormiga y en la pregunta de Beckett al nivel del arranque de *Nuestra exagminación alrededor de su hechificación para la encaminación de Obra en Marcha*, en 1929, tributo de solidaridad ofrecido a la hipnoinsurgencia de Joyce, suficientemente resuelto a la acción para acoger y dejarse moldear por las luces de los eventuales filósofos y filólogos volcados sobre su cabecera con la autoridad del maquillaje de Al Jolson, protagonista de la primera película sonora estrenada dos años antes, en un *Concise Broadway* infantil remedos de negros bailando tras la comba del palo de la *incamination*, al son de *cam*, "parte proyectiva de la rueda y mecanismos afines, acanalada, dentada u otramente adaptada para convertir el movimiento circular en otro, recíproco o diferente", salida de *comb* por el áspero lado del danés *kam*, "cresta", paralelo al germánico *Kamm*, "peine", desdeñando por ende *cammino* y *chemin*, rutas aparentemente más frecuentadas, rindiéndose más bien al glutinoso engargante de esas aliteraciones por mor de los círculos trazados en torno de la hechura de los acontecimientos más que en el acontecer y por el acontecer, no sin la exageración que podría dejar sospechar el deseo de ulteriores engranajes poderosamente conectivos:

"El peligro está en la nitidez de las identificaciones. La concepción de la Filosofía y de la Filología como dúo de negritos trobadores *[nigger minstrels]* salidos del Teatro dei Piccoli es consoladora, como la contemplación de un sanduche de jamón cuidadosamente doblado. *(...)* ¿Tenemos que torcer el cuello de algún sistema para embutir con eso *[scil. con* Obra en Marcha*]* alguna casilla *[pigeon-hole]* contemporánea, o modificar las dimensiones de esa casilla para satisfacción de los traficantes de analogías *[analogymongers]*?" (Beckett 3)

En las preguntas de Juan tambien estaba pensando, retrospectivamente intrigado por su trayecto después de haber pedido una botella de Sylvaner en el restaurante de *62 Modelo para armar*:

"¿Porqué entré en el restaurante Polidor, porqué compré el libro y lo abrí al azar y leí también al azar una frase cualquiera apenas un segundo antes que el comensal gordo pidiera un bife casi crudo? Apenas intente analizar meteré todo en la consabida fiambrera reticular y lo falsearé insanablemente. A lo sumo puedo tratar de repetir en términos mentales esto que ha ocurrido en otra zona, procurando distinguir entre lo que formaba parte de ese brusco conglomerado por derecho propio y lo que otras asociaciones pudieron incorporarle parasitariamente." (C 5. 31)

Definitivamente andaba ensimismado.

Menos mal que esta mañana, de regreso de la iglesia de la carrera 13, fue Olga quien me hizo caer en cuenta de los restos del gran árbol que ella saludaba los domingos, en el antejardín de la Unidad Médica de la 9ª con 48.

El tocón parece un amasijo de zuecos de elefante, y como hace rato - *in a kingdom by the sea*, muchos años antes de llegar a enterarme del anómalo empleo de los intransitivos "flotar" y "vegetar" exigido por el abogado de los indígenas que en la Inmaculada Concepción saludaba la Naturaleza, Manuel Quintín Lame, como consta de la carta del 11 de enero de 1915 dirigida a sus hermanos: - "Siempre con el corazón elevado a María nuestra misericordiosa madre que ella será la bandera salvadora; y esa bandera se elevará a los aires para flotarlos y se convertirá en estrella y esa estrella se mostrará como un astro en los cielos en consuelo de sus afligidos hijos que vegetamos la justicia" (Lame. 36) - tengo buenos motivos para considerarme, como suele decirse, más que amigo de los árboles, casi pariente próximo (digo "suele decirse" no tanto al suponer que la idea de lazos de savia resulte demasiado excéntrica a quienes presumen no tener nada que ver con los Maestros Verdes, cuanto en razón del escrúpulo al acecho del habla cada vez que la forma reflexiva del verbo "considerar" entreabre la claraboya de un escrutinio sidéreo), acaricié apenas el monstruoso monumento recordando que de igual manera poco antes me había inclinado para rozar con las puntas de los dedos las letras del nombre sobre la tumba del amigo que, año tras año, solía enterrar un arbolito de Navidad en el jardín.

Un clavo de cuatro pulgadas sobresalía en medio del enredo. En el Parque, al lado de la Plaza de Toros, alguna vez otro amigo tuvo a bien indicarme maleficios del mismo porte, hincados más a fondo en árboles vivos.

Lo saqué con menos esfuerzo que repugnancia, pensando en otras cosas: - "Mira (...) Así dijo, y se hundió en las densas sombras nocturnas. Aparecen terribles caras, enemigas de Troya las grandes Potencias de los dioses. Entonces de verdad toda Ilión vi caer en llamas, Troya neptúnea revolcada desde los cimientos, como en cumbres montañosas los leñadores apuran a porfía el hierro de las hachas de doble faz para cortar y derribar un roble antiguo, que se balancea temblando, sacude la cabellera excelsa, de tajo en tajo, herida tras herida con una postrema queja derribado hasta verter desastre entre las breñas [Aspice (...) Dixerat, et spissis noctis se condidit umbris. / Apparent dirae facies inimicaeque Troiae / Numina magna deum. / Tum vero omne mihi visum considere in ignis / Ilium et ex imo verti neptunia Troia, / Ac veluti summis antiquam in montibus ornum, / Cum ferro accisam crebris bipennibus instant / Eruere agricolae certatim; illa usque minatur / Et tremefacta comam concusso vertice nutat, / Volneribus donec paulatim evicta supremum / Congemuit traxitque iugis avolsa ruinam]." (II, vs. 604, 621-632)

Tras el espectáculo impuesto por Venus al desgarrar la famosa calígine mientras quien desvanece es ella en los bastidores de los hechos para que el mutis divino arrebate párpados y caras ardientes usurpen el rostro materno quebrando la ventanilla de la mirada, metido a deshora en la cola detrás de Almeyra, Keats, Virgilio y Eneas, lo que alrededor de 1952 reconocería Cortázar en el roble cortado es el "patético símbolo" de uno de los jóvenes poetas "gloriosamente oscuros" que encarnan la esperanza porque "no requieren para el fervor la confirmación del resultado y, también como la esperanza, muchas veces no cumplen lo que prometen" (B 4. 81), anhelos del autor del Yugurta, inacabada tragedia "de intención clásica", esperanza de los patriotas que trocaron libros por armas, "teóricos" e "ilusos de marca mayor" retomando las palabras del estanciero que presencia su ejecución, "gente egotista" y "teóritos imposibles" (ib. 100) en los trabucados términos del comandante de la multitud de gauchos secuaces de Rosas que le han apresado, el personaje principal del relato alegórico de 1954: velozmente degollado por un peón rosista, Francisco Almeyra no habrá puesto fin a su obra, mucho menos a la traducción de los veinte versos que se había propuesto retocar en una mañana primaveral de 1839. "Alado impulso" el suyo (ib. 85), ni remotamente comparable con el moroso picoteo aquí arriba favorecido de contrabando por Rosa Calzecchi Onesti en palabras y conceptos ya casi tan crudos y pesados cuanto los de Virgilio para el buche de un traductor que podría verse cortazarianamente emproblemado entre monte, escritura y escritura del monte, si no se entregase al módico precio del tiempo, modicum infinitesimal, μικρόν en persona, lo poco que resta de las minucias que algunos desdeñan por semejar mendrugos de micrología rabínica, mientras no sólo la versión francesa de Hyacinthe Gaston y el ejemplo de quien había dejado inconclusa la misma tarea así como el mismo Almeyra la dejará, Juan Cruz Varela, llorado maestro, las musas también alimentan escrúpulos de joven poeta, benevolencia graciosamente sometida a imponderables diarios:

> "*Entonces vi las caras pavorosas*
> *De los contrarios dioses...*
>
> *(...)*
>
> Volvió su atención a los versos que estaba traduciendo. El epíteto *contrarios* le agradaba; hubiera querido aplicar la palabra *magna*, del original, a las caras; daban miedo esas enormes caras; las imaginaba de bronce, o mejor aun, de yeso; pero *magna* debía aplicarse a los dioses y, por otra parte, al conjuro de esas enormes caras inevitablemente los lectores hubieran recordado a una hermosa amiga de todos ellos. Sacrificando contrarios, continuó:
>
> *Entonces vi las caras pavorosas*
> *De los mayores dioses enemigos,*
> *Entonces vi entre las llamas ominosas*
> *Hundirse a toda Ilión. Fuimos testigos*
> *De la muerte de Troya. Como un roble...*
>
> Si tenía suerte, por fin rescataría una mañana para las musas. Si tenía mucha suerte, y la voluntad no desfallecía, traduciría veinte versos y luego pensaría en su tragedia." (*Ib.* 84-85)

Despilfarro severo, la economía de la inspiración es azarosa. Ni qué decir del bingo de la reedición de 1961, donde en lugar de "conjuro" se lee "conjunto" acentuando el riesgo de ganarse la licuadora fisonómica de un gabinete ministerial en lugar de perderse en "ese cuerpo interminable" (B 5. 73), faz lunaria de Faustine subiendo con estudiada demora la escalera del museo de Morel.

En esta especie de antes que fuera un después, las luces deberían azotar los remordimientos del iniciado al narcisismo *à rebours*, zarandear el malestar del acomodo ante las víctimas de las injusticias y los horrores pre-modernos no del todo emponchados de presente, emoción inseparable de los documentos ad hoc, imágenes captadas por Manja Offerhaus y expuestas internacionalmente porque le "protegen la distancia y el anonimato recíproco", tal como al otro los personajes de sus relatos, "cuántos biombos" (Cortázar y Offerhaus 23), apenas a tiempo para que fotos y páginas armen su propio cuento en el *blow up* de la isla de siempre, *tête-à-tête* palaciego de miserables de arriba y miserables de abajo, geometría astronáutica de pornocastillo mediático y tugurioporno escaneados desde los campamentos de los feddayin:

> "Un juego de fuerzas, muy cerrado, hasta el punto de que uno se preguntará si el fenómeno fascinante del que tanto se habla no es puesto a prueba en esta confrontación familiar, coqueta, cargada de odio, que ata estos dos palacios uno al otro, del rey mirando con envidia la miseria de hombres y mujeres que se agotan queriendo sobrevivir, soñando que van a traicionar - ¿pero a quién? - sabiendo de una vez que posesión y lujo irán hacia arriba si conocen la tentación de un absoluto desnudamiento *[dénuement]*. ¿Qué genial golpe de talón proyectó al niño desnudo, calentado por el aliento de un buey, clavado con clavos de cobre, izado al fin en la gloria universal gracias a la trahición?" (Genet 4. 84-85),

telecalvario de la Dolly, Morel, Holbox, Solentiname, Robinson, quinto paseo de Rousseau, ínsula de la *Cité* o como se llame, palomas y gorriones anexos, a no ser la Creta del vecino si, al paso del curso dictado por Heidegger a lo largo del semestre de 1929-1930, "el mundo es, como toda isla en él, ese lugar del estar-en-camino que somos" (D 18. 153), no al vuelo, a la fijeza, al nado, al arrastre y al trote del seminario en que las trazas de aquel curso se persiguen, cuando los rodeos alrededor de la hétero-autoafección del apóstrofe pertinente y el anillo insular del interminable aprendizaje del rezo, vía Defoe, Rousseau, san Agustín y demás, se arrebatan hacia el otro lado de la rueda del seductor, difunto bravucón resepulto y Lázaro contrito, redonda tristeza exclusiva del ser humano a la luz de las lecciones de Friburgo, fecunda patología que el pensador de la Selva Negra habría esgrimido con altivez a juzgar por el impromptu de la sesión del 29 de enero de 2003 acogido entre risotadas clamorosas aunque sin mayores repercusiones a pie de página (v. *ib.* 169): - "Vosotros estáis enfermos, yo soy genial", llagadas condecoraciones del desamparo indisociable de *Los conceptos fundamentales de la metafísica - Mundo - Finitud - Soledad*, merecedoras de la adhesión incondicional del discípulo de Bioy que bien podría haber coronado su diario entregando los laureles de la razón a Martín sin chantárselos al otro, chanza menos recalcitrante que la del bromista interesado en interceptar el humor negro de una carta dirigida a Habermas para convertir en maldicencia el chisme de la hija de Rorty que en el origen del tumor del padre, *"the same disease that killed Derrida"*, habría reconocido "un exceso de lecturas heideggerianas" (Sloterdijk 40), enésimo avatar de la metástasis de la Historia que sólo los inviolables sabrían desbaratar como Josué manda, mientras a los intelectuales enguevarados sea dado el consolador amago de un *mea culpa* apto para diagnosticar acá y acullá con la infeliz conciencia de la película de Fassbinder por venir y la amarga certeza de la *happy hour* presente, toda vez que, así como la foto de Anabel desafía el abstracto existir del cuentista afilosofado evocando la constitución angélica de una trabajadora sexual semianalfabeta, la piedra de toque y del escándalo a distancia esta vez es el absceso en la boca de una indiecita, "esa niña con el pómulo hinchado" inspirando la buena acción al autocaricaturista de la limosna fácil, malsuidiciente dolido por la ausencia de un puesto de atención médica finalmente civilizado, sin que se le ocurra siquiera la duda del bendito bolo de coca, vaya Manja a saber en la isla habitual, demasiado lejos de la estación ferroviaria de aquel "refugio de vagos zombies", amén de los chanchos con los que Arguedas sabía revolcarse afectuosamente:

> "(...) entonces como en algunas pesadillas en que un resto de conciencia ayuda a despertar, a sacudir la cabeza fuera del agua del espanto o la vergüenza, así de golpe el cerdo hozando en las vías se me vuelve insoportable y aparto los ojos y es el borde de la mesa, el vaso de whisky con hielo y más allá una estantería de la discoteca, leo Purcell, leo Stan Getz, leo *Sonatas para violín solo* a veinte centímetros del cerdo hozando en las vías, de la mazorcas y el bulto donde la mujer guardará vaya a saber qué pero no Purcell ni las sonatas, desde luego no estoy en el tren ni en el andén de la estación, es mi casa a la salida de la pesadilla pero cuál es realmente la pesadilla, cómo es posible pasar del cerdo a Purcell sin preguntarse al menos desde un insondable fondo por el derecho a hacerlo" (Cortázar y Offerhaus 31),

emproblemada sombra de la clase de héroe que no es, como confiesa a Jean Thiercelin en carta enviada desde Nueva Dehli el 2 de febrero de 1968: - "Claro está, no soy el Che Guevara, no te hablo de meterme a *[monter vers]* la guerrilla, sino de una operación *análoga* pero siempre quedándome (y éste es el problema) en la poesía, en la literatura, en las únicas cosas que sé hacer. Cuba ha sido como un camino de Damasco sin conflicto *[choc]* visible, pues veo ahora que andaba hace tiempo a mi manera por ese camino" (C 15. 1225 - trad. Bernárdez), gramatológica *Imitatio Guevarae*, senda de Radamés cantando *Se quel guerrier io fossi* hastiada de los estantes ladrilludos sobre los que se alarga:

"-Que los interesados descifren- resumo ya por fuera del diálogo, viendo venir el borde del barranco y las construcciones de adobe como que se echaran atrás, al filo del derrumbe. No preguntaré por ese fondo que hace pensar en una presa, con peldaños en lo alto, paredón de concreto cerrando toda retirada a los ranchos amontonados en una especie de espera de caída; atrás es lo moderno, sin duda zona blanca: un primer muro de ladrillos alzado por alguien con diploma acentúa aún más la fractura del tiempo histórico, la miseria acorralada." (Cortázar y Offerhaus 23)

Sea como fuere, tergiversación fiel a los compromisos éticos y compositivos de una busca que no desdeña la fusión de los supuestos géneros, relato de aventuras justamente porque psicológico en virtud de pertinaces realismos, por dentro y por fuera de la sección de cuidados intensivos de una pinacoteca circunstancial, a la altura y a la bajeza de la grotesca santificación de M. de Cambremer, jaulón de caja torácica desplomándose en blancuras de Turner (*Muerte sobre un caballo pálido*, hacia 1830, Galería Tate, con el propósito de contradecir la visión vampiresca, redimir el adorable prontuario) y marca de los dientes de Filippino Lippi en el ángulo inferior derecho del *Martirio de S. Juan Evangelista*, Capilla Strozzi, Basílica de S. M. Novella, olla hiviente de banquete caníbal y lente de museólogo:

"Como el marqués era bizco - cosa que presta una intención ingeniosa a la alegría, incluso en los imbéciles - el efecto de aquella risa era devolver un poco de pupila a lo blanco, de otro modo total, del ojo. Lo mismo que un claro pone un poco de azul en un cielo guateado de nubes *[un ciel ouaté de nuages]*. El monóculo, por otra parte, protegía, como un cristal sobre un cuadro valioso, esa delicada operación. (...) Entonces M. de Cambremer dejaba de reírse, desaparecía la momentánea pupila y, como se había perdido desde hacía unos minutos la costumbre del ojo totalmente blanco, confería a aquel colorado normando algo a la vez exangüe y extático, como si el marqués acabase de salir de una operación o implorase al cielo, bajo su monóculo, las palmas del martirio." (Pr 1. 1492 - Trad. Armiño 856-857).

Otra sería la mueca si el cirujano reemplazara el monóculo del aristócrata por el tintero demócrata donde en lugar de la palma cabría la pluma de ganso del envío del 24 de septiembre de 1977, singularmente el ángulo inferior derecho de la página 121 de *La tarjeta postal de Sócrates a Freud y más allá*, al que se sobrepone un timbre pegado por el autor como si la hoja fuera el sobre en que el volumen del que hace parte alcanzó la playa de Pueblo Viejo, en frente de Split Hill, Isla de Providencia, el mismo timbre del que se da noticia en el envío:

> "Incluso sería posible, estoy dispuesto a apostarlo, convertirlo en un falso timbre trascendental al cual podría traducirse cualquier otro timbre posible, los reyes, las reinas, las guerras, las victorias, los inventos, las flores, las instituciones religiosas o estatales, el comunismo y la democracia (fíjate, por ejemplo, éste que pego sobre este sobre, con esa pluma de ave dentro de un tintero y la leyenda 'The ability to write, a root of democracy')" (D 10. 121-122 - trad. Silva 112),

a que se sobrepongan en tinta azul otras palabras: - "Pienso en ustedes / aquí ahora / J.", ningún penachudo arte post-postal, chisguete de apuesta pascaliana trascendente en surtidor de plegaria si acaso: Cenicienta de la argumentación, patrona de filósofos, estudiantes, prisioneros y casaderas, sumisa en balde al tormento de una o más ruedas dentadas, adelanto alegórico conforme a las sabias argumentaciones e incisivos distingos vencidos por la pueril elocuencia de Santa Catalina de Alejandría, después de todo decapitada a mano ahí mismo, sin tanto misterio, obviando con neto mandoble el bochornoso percance del armatoste destrozado, es cierto, aunque la fuente de leche en reemplazo del chorro purpúreo siga poniendo la firma. Es así que los mínimos senos de la tabla del Museo del Prado exceden las redondeces escondidas tras el suntuso ropaje del tríptico del Museo Diocesano de Salamanca: de las mamas en cierne entre las que la virgen de Fernando Gallego atiza la llama digital del rezo cabe sacar muy en limpio tanto la inversión minimalista del par de órbitas que estallan en pedazos sin rozarle siquiera cuanto la garra del verdugo descalabrado que se arquea buscando el gorro substituido por la cornamenta de una astilla terrible, sin hablar de la circunferencia caudal del perrito doblando las patas en dirección paralela a la de las rodillas de la mártir *perce-roues*, curvas vorticosas redimidas en dos copitas de carne iluminadas por los cambalaches que abestian torturadores humanando animales bajo la segur, el espadón y la cimitarra de los ángeles que otro artista reemplazaría por aspas de helicópteros, donde arrecia un diluvio de culebras lácteas y bólidos de queso.

En efecto cada rotación es celosa de sí misma. San Jorge y Dragón dando vueltas en el fin de lo suyo, carrusel de *riff* tan fluido que ni Hancock en *Cantaloupe Island*:

"'Hecho singular', hecho tan poco singular cuanto el de pensar, sin embargo, un párrafo más lejos, en el lugar mismo del sufrimiento de Harcamone, en el destete y acodo *[sevrage; severing; Abtrennung / Entwöhnung;* (sevrage); *separazione]* del falo que cae del seno bajo el cadalso, hacia su rosa, la que lo ha cargado y que él carga en sí, más o menos bien digerida.

Mirada profunda, estereos-cópica. Ver doble. Dos columnas, dos colinas, dos mamelones. Es imposible. El *colpos*, entre el uno y el dos. Entonces os dividís *[Alors vous vous divisez; You then divide yourself; Nun teilen Sie sich; Allora vi dividete],* sentís náuseas, ganas de vomitar, la cabeza os da vueltas. Os sentís más que solos, más solos que nunca. Sin yo *[Sans moi; Without me; Ohne mich; Senza me].* Mas de vosotros mismos celosos, os erigís, si aún podéis. De lo que más que nunca tenéis ganas. Está al justo en *Querella de Brest,* tres líneas en itálicas, sin ningún

ligamen aparente con lo que precede o lo que sigue, entre dos espacios en blanco:

«Estáis solos en el mundo, por la noche en la soledad de una esplanada inmensa. Sois solitarios y vivís en vuestra doble soledad.»

Es el fin" (D 12. 131b - Trad.: Leavey y Rand 114 b; Gonder y Sedlaczek 129 b; Facioni 543)

Fíjate tú, de un costado -costado hendido, costado abierto- Hegel se ocupa de la creación del Uno (¿urge completar la cita?), del otro aplícase Genet a la partición por destronque, Maculada Inconcepción de bizco deletreo: acogiendo el confianzudo remite a la primera persona plural para seguir pistas de lectura salomónica y burdelera como quien revolotea sin red de protección sobre vorágines de chinchorro náufrago y escritorio ecuánime, cuando oscilan trapecios de frases y giran los engranajes de la peluda cuestión en cuestión por inadaptabilidad del retorno al susodicho sitio, consentido el deseo de concebir seriamente el metafórico capullo de "naturalismo" y "objetivismo", *"Versponnenheit in 'Naturalismus' und 'Objektivismus"*, sacado a flote para seguir naturalizando el embalaje de la razón aletargada y del exhausto espíritu de la inteligencia europea, a medio camino entre la rumia conceptual del gusanillo preso en su baba y el raudo ascenso del Fénix invocados por Husserl, no por Derrida, desde la más tierna infancia sericultor aficionado pero alérgico al lugar común de la transmutación, tal como manifiesta el envío del 27 de agosto de 1979 mientras delata el brío de un insólito apego al cimiento verbal de las rumbas de otrora, lengua de base en las demás rebasada, *"plus d'une langue"* bien a fondo, pluralidad de soportes sin cuyas claudicaciones vendría a ser mera parada el baile babélico, abstinencia gratuita el rechazo del sólito emblema de la resurrección, 52 letras en blanco y tres renglones antes de referirse al resto esparcido de todas las ringleras, miniaturizado y magnificado al tiempo, mal que bien siempre dispuesto a la diacronía consigo mismo (ojo a la locución *"chacun à part soi"*, rara en francés moderno, pedestremente "cada cual lejos de sí"), no del todo encapullado, huésped telefónico de la invaginación de un lector o lectora que en principio nada tiene que ver o no ver con Flora vendida, Sechat colaboracionista disfrazada de Palas Atenea ensalivada o Toth en semblante de premio Nobel, a no dudarlo, caja, cajón, casilla o cabina metonímica en todo caso terriblemente amada: - "Acabas de llamar. Eso sí que no, sobre todo ningún Fénix *[surtout pas Phénix; todo menos Fénix]* (por otra parte, en primer lugar para mí, en mi lengua fundamental, es la marca de un anisete casher, en Argelia. *(...)* A propósito (a propósito de mi teoría de los conjuntos y de la novela familiar, de toda la *set theory* que regula nuestras paradojas y nos engrandece, cada cual por su lado. Estamos más allá de todo, y yo en tu bolsillo, más pequeño que nunca" (D 10. 271 - trad. Silva 241), en tales circunstancias, instancias de circulación perturbadora que la jerga viperina vinculará con circuitos cerrados de cámaras imaginantes y *bugs* de superescucha entreverados para rectificar de antemano trascendencias repartidas entre los coros del seminario *La bestia y el soberano* y los personajes de un escalofriante *divertissement de bioypolitique*, murmurios de transporte idólatra, mensajes en sobres de cada cual pero arrastrados por el mismísimo factor del tóxico que todito lo satura, incluyendo el resto, sobre todo el resto, anzuelo bifurcado presto a pescar la lista de Derrida, Heidegger y Freud, equipo de "quienes piensan la vida a partir del horizonte de la muerte" opuesto al de "Nietzsche, Bergson y Foucault, quienes piensan la muerte a partir del horizonte de la vida" (Esposito 149), en serio, lengua y liga de pensador muy en forma, sano sanote, robusto y vacilante apenas mientras aguanta la relinga del presente dondequiera que "quizás el sentido mismo de la filosofía contemporánea consista en romper este hechizo, en volver a echar en las tinieblas este espectro antiquísimo, en liberarnos conjuntamente del Precedente y del Adveniente, a favor de una presencia sin restos, de una coincidencia absoluta de la vida consigo misma *[nel ricacciare nelle tenebre questo antichissimo spettro, nel liberarci insieme dal Precedente e dall'Adveniente, a favore di una presenza senza resti, di una coincidenza assoluta della vita con se stessa]*" (*ib.* 149-150), porque en la expectativa del despliegue presencial, apuesta y puesta del partir y del horizonte de la partida de unos por otros, como no se venía diciendo todavía, es más bien Husserl quien se desabotona descubriendo el pecho al *colpos*: - "En el intervalo, habrá apelado a la responsabilidad de una decisión 'heroica': no para salvar el honor sino para salvar de la noche y de la muerte, allí donde nos podemos preguntar una vez más, como por el honor, si el heroísmo de la razón procede efectivamente, de forma inmanente, de la razón; y si la fe en la razón sigue siendo, parte por parte *[de part en part; de arriba abajo; del tutto]*, una cosa racional - razonada o razonable" (D 4. 183 - trad.: De Peretti 158; Odello 187-188)... en ese entreacto uno - no tan uno cuanto lo que resta de la unicidad *à part soi* - acaba sintiéndose retenido por los ojos de agua de alguna Anabel a punto de entrar o apenas entrada, cuando no herido por un repente enguantado en la sorpresiva permuta de *salir* por "salir" al repasar la advertencia "*faites attention de ne pas vous salir à la porte*" (Pr 1. 1333) que antes de Armiño (673) ya Berges había vertido en "tenga cuidado de no salir a la puerta" (193) dilatando la garganta de una cerradura ungida de arcaísmos ante la silueta caballeresca suscitada por Cejador y Frauca: - "*Salir*, saltar, de *salire*. *Cid*, 1586: ensiella le a Bauieca, mio Çid salió sobrél", en esta oportunidad, y sin manchar la fama de un establo de cinco estrellas, montura poseidónica no renuente a los sobrecargados arreos del tiempo del ruido, *many and many years ago, in a kingdom by the sea*, mucho menos acordes con la aséptica leyenda "prohibidas las visitas" que con una catábasis casi tan mística cuanto el desastroso abordaje de un harén coralino:

> "Esta vez, en cambio, había sentido el demasiado relajante placer *[le plaisir trop reposant; el placer, muy tranquilizador; la alegría, muy tranquilizadora; the almost too soothing pleasure]* de subir a un hotel conocido, donde me sentía en mi casa, donde había realizado una vez más esa operación que siempre hay que volver a empezar, más larga, más difícil que abatir los párpados, y que consiste en posar sobre las cosas el alma que nos es familiar en lugar de la suya, que nos asustaba. ¿Se debería ahora, me había preguntado, sin sospechar el repentino cambio de alma que me esperaba, ir siempre en otros hoteles donde cenaría por primera vez, donde el hábito aún no habría matado en cada piso, delante de cada puerta, el dragón terrorífico que parecía vigilar una existencia encantada, donde tendría que acercarme a esas mujeres desconocidas que los *palaces*, los casinos y las playas no hacen, a la manera de vastos políperos, sino reunir y obligar a vivir en comunidad?"
> (Pr 1. 1333 - Trad.: Armiño 672; Berges 192; Scott Moncrieff y Kilmartin 189)

Así para las trémulas venas del merodeador del síncope se encabrita el reposo excesivo en su fangosa frontera, abuso evidencial de siesta esparrancada en colmos tras colmos que despejan y apaciguan mortalmente el rumbo diario sacrificando lo incógnito a lo consabido por arte y sirga de amarres homologables y jalones de conflictología comparada, pretextos del ejercicio consistente en trocar el alma indómita de las cosas por el recosido manto de armiño del alma presuntamente nuestra, trance apenitas prehipnótico si el deslizadero del adormecimiento fuera menos tortuoso y la vigilia no rajara a trechos la superficie remendada en vano, pues merece el roto de un paréntesis común y corriente el rito que establece las premisas sin las cuales, llegado el momento de desempacar y sumirse en la familiarísima y divinamente inédita foto de la abuela, nada impediría que, de bracete con la *Olympia*, también se manifieste un retrato a la altura de las circunstancias, ni tan al lado, ya que estamos, más bien sobre la superficie que de renglón en renglón acaricia el rodillo mientras se ofrece obscenamente a esta lectura, cuantimás entre las páginas de algún libro, justamente donde vendría al caso la novela de un autor muy especial, instantánea emergente por gracia de zambullida en charco de papel, a lo peor archifisonomía sobrexpuesta hasta la blancura herida por los caracteres tipográficos, si muy de entrada el puntual demostrativo la insinuase: - "Esta foto de Anabel, puesta como señalador en nada menos que una novela de Onetti, y que reapareció por mera acción de la gravedad en una mudanza de hace dos años, sacar una brazada de libros viejos de la estantería y ver asomar la foto, tardar en reconocer a Anabel" (C 2. 145), a lo mejor de cuerpo entero y en bola, versión arrabalera del totem de Manet que "desprende un horror sagrado" (Bataille 60), con su "fealdad de gorila" servida a los *connaisseurs* del Salón de 1865 (*ib.* 62), aunque no tan *de luxe*, sin la mucama y sobre todo no tan aséptica, toda vez que "no se concibe a los monstruos sin ese olor a talco mojado contra la piel, a fruta pasada, uno sospecha los lavajes presurosos, el trapo húmedo por la cara y los sobacos, después lo importante, lociones, rimmel, el polvo en la cara de todas ellas, una costra blancuzca y detrás las placas pardas trasluciendo" (C 10. 131), ultrarrazón por la cual el menosprecio del sucesivo asomo de quimera rampante y obviedad ensillada no sería tan obvio, que conste: - "(Porque si la costumbre es una segunda naturaleza, nos impide conocer la primera, de la que no posee ni sus crueldades ni sus encantos.)" (Pr 1. 1325 - trad. Armiño 664), al filo de la contención y la exhuberancia de por lo menos dos contexturas, a partir y a regresar de la que se daría por una, erguida y precípite, intacta y hecha nube, desplome mar adentro de inmóvil *nosotros*, demolición poco controlada de *yo* pululantes, plurisingular de todos en ningún 11-S, doble roble violado por fendientes de su propio acumen, catalejo de infinitesimal distinción desplazada del *poids* atmosférico a la *pesée sauvage* de los tejidos que algunos devuelven a "empujón", orgánica y en exceso puntual arremetida si la carnalidad en cuestión aplasta indistinta y difusamente, de hecho expresión ejercida sobre algo o alguien, directamente o con un instrumento, comoquiera en lance de ὅρεγμα, "precipitación", colapsado lapso de ὀρέγεσθαι, "tender o echarse hacia alguien o algo", "trazar en línea recta", lance, deriva y estirpe de reina huesuda sobre la tarima del Santa Fe Palace enviscando la verticalidad de un micrófono ya humedecido por el aliento de otro soberano del canto letal o mal canto, "bastón cromado con la pequeña calavera brillante en lo alto, la sonrisa tetánica de la rejilla" (C 10. 129), vara de verdad colosal, recta y erecta hasta el paroxismo de la hinchazón, bárbaro cetro de *reginae* y *reges* coronados por el tema nominal inseparable de *regere* y *erigere* que un augur demasiado indulgente hacia la Casa Blanca pone a rodar con *augmentum*, *augurium* y *auctor*, dispuesto a sacar de las vísceras de la democracia "una señal de vitalidad" en tono con la *auctoritas* de Obama (Marramao 129) habiendo previamente consolidado, a fuerza de Benveniste, el "significado de un 'aumento' hiperbólico: de un incremento no meramente cuantitativo sino simbólico" (*ib.* 34), con tal de reconducir la esfinge al pastoreo político, casi nada que compartir entonces, mucho que deslumbrar con la raíz **ruh* y el sánscrito *rûpá*, "apariencia, color, forma, figura; figuras de sueño o fantasma", substantivo comprometido con los sentidos de "ascender", "florecer", "crecer", MacDonell *dixit*, rempujos orgiásticos que ninguna hipnología compendiaría a carta cabal, *rush* del año de upa acariciando engastes de prensa, prisa, prisión y presión, aunque sea sobre el plexo solar de una Venus bigotuda y decrépita resbalada en espuma de jactancia chamañosa e indiferente a la *coniectura* de *iacĕre* y *iacēre*, "echar" y "estar echado", obsujeto acunado por tanto mandril de repunta, revuelta y alto impacto defensivo, amplificador marca *Fender* para bajo eléctrico autoinmunitario y respectivo *pedal overdrive distortion* porque "como lo vio Bergson, la razón analiza estáticamente lo espacial, lo que se da en un mismo tiempo" mientras "sólo la intuición puede aprehender lo dinámico" (García Canclini 94), cómo no, así y todo sin tener en olvido lo que muchos años después, a propósito del falso reconocimiento, recordaría su pariente político por haberlo ya escrito: - "Decíamos que la conciencia es tanto más equilibrada cuanto más tendida *[tendue]* hacia la acción, tanto más vacilante cuanto más relajada *[détendue]* en una suerte de sueño" (Bergson 129), no por comulgar el novelista del Inconsciente con el filósofo esposo de su prima, tanto respecto del *déjà vu* cuanto del recuerdo en general, claro está, entraña rutilante de la "ética de la autenticidad" que García Canclini celebró en Cortázar, derretida al trasluz, ni por compartir los antecedentes de una teoría crística del relato, donde puede leerse:

> "El desacuerdo de Proust con Bergson no es el heideggeriano, o sea el desacuerdo de una 'insuficiencia ontológica'. Más fundamentalmente, tal desacuerdo opone Proust al procedimiento filosófico mismo. El imaginario proustiano tiene el privilegio de evidenciar los trazos *[traits]* constitutivos de todo imaginario, exagerándolos.[3]
>
> [3]Tan sólo Joyce prolonga esta exageración, conduciendo la polifonía del espacio-tiempo, reencontrado en el diálogo de los monoteísmos, en los laberintos de la sexualidad genital (*Ulysses*) y hasta en la identidad imposible de la palabra como del sujeto hablante (*Finnegans Wake*).
>
> Se sustrae por ende a la distinción ontológico/óntico. Si se deja fascinar por la encarnación cristiana, es porque esta última, antes de llegar a ser el motor de una expansión artística sin precedentes, en la figura de la pasión trenzó la indisociable co-pertenencia de lo sensato y de lo sentido, del Verbo y de la carne. Entre los dos el intermediario - un estado de gracia - deviene un lugar imposible. *(...)* Gracia que brilla y se regocija como el encanto de la hermosura, de la felicidad o de la salutación incluido en la palabra griega *jaris* (χάρις). *(...)* Gracia violenta, si la hay. Violencia de la pasión cuya cicatriz es la ironía. Gracia del hombre sobre la cruz, y de ese pobre duque de Guermantes que, como un viejo arzobispo montado sobre zancos... Un carácter. *Del narrador.*" (Kristeva 544-545)

Suspensivos dimisioneros y conclusión amnésica de "El tiempo cualitativo", segunda parte del capítulo intitulado "Perder la impaciencia": suelta el gancho analógico, corta en seco y se pone a hablar de otra cosa. Ídem el nieto digresivo. A cada rato. En el raptus del rato. "Exento", *defunctus*. Pedrito, Marcel o Caperucita en abuela lobuna. Desde este enjambre de vista el primer cadáver, por así decirlo y reverlo, es el último. Todos los muertos el reflexivo muerto. Soplón difunto, uno de la red: - "'A estos cooperantes se les daría una bonificación, que además les ayudaría para solventar los costos de su educación, de $ 100.000 por ese compromiso, eso no tiene nada nuevo', dijo el ministro de Defensa Gabriel Silva al señalar que en la actualidad hay cerca de 2.2000.000 cooperantes en todo el país" ("Gobierno espera que cerca de 1.000 estudiantes integren red de informantes", *El Espectador*, 01.27.10). Función de defunción, soplo de estertor. Ninguna vitrina fúnebre que bufido probatorio no empañe, traqueotomía celeste que bífida bufanda no camufle.

Sobre las "connotaciones viscerales" de "Circonfesión" (Garrido 12) y las "veleidades imaginativas" (*ib*. 11) que parecen relegar al borde inferior de la hoja el friso textual, el velo analítico tejido por un prologuista de pie lo bastante firme para sostener que dedicarse a la equivalencia del "desmontar o 'de-construir'" (*ib*.) redundaría en celebración de la margen, menos por dignificar la mecánica de lo otramente combinable en beneficio del lector interesado en resolver busilis fronterizos que por montarle la idea del acontecimiento de escritura en cuanto extensión de portas extra portas, saludando de paso a "los especialistas españoles en Derrida" (*ib.* 16. nota 2), confiere al laberinto pertinente la insignia de "último heideggeriano" sin perder de vista el marco distintivo de "la ciclópea maniobra" del solitario de la Selva Negra en cuanto "deseo de tornar a la experiencia primigenia del ser como presencia" (*ib.* 14), casi al revés del no-retorno de la diferencia desde la que el último de la fila sin embargo "ve un nuevo sueño metafísico en el proyecto heideggeriano del ser como presencia" (*ib.* 15), dando así más lustre a la mentada especialización, máxime por entremeterle un sueño que debería poner sobre aviso a los guardametas de una vasta franja del territorio en cuestión comprometida con la hipnoinsurgencia si el anclaje vigilante estuviese en juego cada vez que la metafísica de la presencia esté en entredicho, lejos entonces de una genealogía tan gemebunda como la del argelino, san Agustín, Rousseau y Nietzsche, "filósofos lacrimógenos" (*ib.* 19), a mil bien medidas leguas de los restos de lo único, en ninguna de las dimensiones asignadas a los acordeonados peldaños de "Circonfesión - Cincuenta y nueve períodos y perífrasis *escritos en una especie de margen interno, entre el libro de Geoffrey Bennington y una obra en preparación (enero 1989 - abril 1990)*", ni la "ideal", la que "se alza a manera de superestructura teórica, como un pálido racimo de conceptos, o de anti-conceptos" (*ib.* 13) a cargo de G., Geoffrey o Geoff, tan cerca de Geo *en off*, ni la "personal", la perigráfica, "cual paradójico Atlas no menos frágil que poderoso" (*ib.*), para que el lector interesado se limite a constatar lo que sea manteniéndose en lo suyo con el máximo rendimiento epistémico posible, al filo del significado, umbral o baranda al otro lado de los incomunicables transportes de Mónica, Agustín, Georgette, Derrida y compañía, archivando de una vez el recuerdo de cualquier cuncho de "yo" ahogado en la solera del otro citado como todo prólogo manda:

> "Aunque el dolor del que asiste al colapso cerebral de un ser querido es irremisiblemente privado y hace ociosa la comunicación ('yo, a quien no interesan, en el fondo de la escara, ni la escritura, ni la filosofía, ni la ciencia, ni la religión, ni la política, solamente la memoria y el corazón, me pregunto qué busco con esta confesión…'), el lector vuelve a constatar el significado que tiene la figura de la mujer en el programa deconstructor del logocentrismo y sus implicaciones de privilegio masculino que ha puesto en marcha Derrida, y evoca por su cuenta las páginas en que éste alude al tema de la *kora* en el *Timeo* platónico, la misteriosa matriz o estructura materna, anterior al mundo físico y al de las ideas, a las que sirve de molde" (*ib.* 21-22),

a otras mil leguas submarinas de la metamorfosis y felación capilar del licántropo ana-analítico, alígera boa o pajarraco cactáceo circonfeso, en tono con un cuento de SyFy escupido en la 45ª vuelta de "Circonfesión":

> "*(…)* una escena de arrancamiento de piel, escalpo o despedazamiento del brote de escama *[une scène d'arrachement de peau, scalp ou dépeçage de la pousse d'écaille; una escena de arranque, despellejamiento o descuartizamiento del brote del caparazón]* lejos del sexo, aunque ni tan seguro, por encima de las muñecas y de las manos,

o sobre todo en la parte inferior de un rostro descamado, ese sueño de Moscú que no me deja desde hace dos semanas, el viejo epistemólogo con las mejillas y el mentón cubiertos de esta Cosa fascinante, reclamando una manifestación violenta y acariciadora, amorosa y cruel, que empieza a despegar una piel reportada *[rapportée; que sobra]*, una segunda piel que sería sin ser la mía y de la que esta semipertenencia provisional, el injerto espeso tupido velludo erizado de una sobreepidermis vegetal, la excrecencia espumosa de color amarillo verdoso, la costra de sangre pálida de un extra-terrestre, ya no dejaría reposar mi deseo *[désir; sueño]*, lo paralizaría también, lo arrestaría entre dos movimientos contradictorios, arrancar para hacer sangrar al herizo hasta el orgasmo y custodiarlo protegerlo chuparlo en el sentido del pelo erguido" (D 19. 218-219 - Cfr. trad. Rodríguez 243-244).

Que conste la irresistencia de la memoria cardíaca del caso o que no conste es lo de menos. La inconstancia del documento afectaría tan sólo los nervios del ocioso preocupado por despejar y definir en el obsceno corpus del caso el uso de la palabra "cosa", con y sin mayúscula, sea por templar un vínculo entre la postal que reproduce la estela del dios emplumado de Ras-Shamra, la curva acaracolada del báculo sobrepuesta al sexo, el enorme penacho hincado en medio del cráneo, la antena enroscada sobre la frente brotando de un ojo o penetrándolo, y las palabras de la carta adjunta fechada en Niza el 7 de octubre de 1983, la víspera de la declaración oficial del inicio de las labores del Colegio Internacional de Filosofía:

"Tuve que asumir la cosa en los 'media'. Mañana será inaugurado por 3 ministros y ciertamente seré nombrado director. Idiotez y futilidad cuando se tiene tan poco tiempo para vivir y buscar algún bien, para vivir y para morir de la manera menos mala *[pour chercher du bien, pour vivre et pour mourir le moins mal]*... Y sé que estáis del lado de ese bien, y soy infinitamente culpable por no escribir (...)".

Ningún amante de las artes en particular (¿el abrazo meduseante permite que la particularidad persevere, o tan sólo a partir y a regresar de tamaña prueba es dado reconocerse a salvo de las ganas de salvarse sin arte ni parte?), ningún lector en telecontacto debería sentirse obligado a sacrificar minutos preciosos persiguiendo el cruce de *camminus* con κάμινος sobre las huellas de semejante vínculo, hagámonos el favor, por una parte la forma del latín tardío de origen celta de la que proceden "camino" y *chemin*, por otra el horno griego ancestro de "chimenea" y *cheminée*, esfuerzos groseramente teóricos a los que alude el envío del 3 de septiembre de 1977, postales de quienes deniegan el atascadero del mensaje interceptado, "los adscritos al encaminamiento del correo, los guardianes de la letra, los archivistas, los profesores no menos que los periodistas, hoy en día los psicoanalistas. Los filósofos, desde luego, que son todo eso al mismo tiempo, y la gente de la literatura" (D 10. 58 - cfr. trad. Silva 56), donde la traducción prefiere cambiar *acheminement* por "transporte", giro ante el que habría que resaltar cierta insistencia en cañones dantescos y mantos de Poe susceptibles de traslados menos razonablemente ajenos a la manía filológica, discreta urgencia de año y medio más tarde:

"Principios de marzo de 1979.

y si tienes tiempo de buscar por mí las etimologías de *chemin* (caminar, estar en camino o encaminar, todo lo que va del lado del paso, pero también de la chimenea: ya ves lo que busco, por el lado del hogar donde eso quema y por el lado de las piernas o de los jambajes *[où ça brûle et du côté des jambes ou des jambages; donde las cosas se queman y por el lado de las* jambes *y de los* jambages, *las piernas, las jambas y los palos de las letras],* nel mezzo del camin di nostra vita). Sólo si tienes tiempo, gracias" (*Ib.* 193 - Trad. Silva 173).

Quien pise el camino ardiente, donde es inútil llevar lo que sea, "ni bastón, ni alforja *[neque virgam, neque peram; μήτε ράβδν μήτε πέραν]"* (*Lc* 9, 3), no debería pasar por alto las repercusiones de la forma verbal cuyo uso transitivo es indisociable de algunas prácticas de movilización particularmente valiosas en el contexto colombiano, visibles e invisibles, efectivas e inefectivas, transitividad anómala cuyo complemento objeto, a cuentas menos hechas que desechables y metáforas más retráctiles que campantes, no encaja en ninguno de los moldes ofrecidos por el *Diccionario de construcción y régimen* con ocasión de las circunstancias en que el verbo en cuestión "se usa también como *transitivo,* sirviendo de *acusativo* la distancia ó el espacio recorrido", empezando por el antecedente de la *Guerra de Granada* de Diego Hurtado de Mendoza: - "Hay pocos hombres del campo que sepan caminar bien de noche la tierra que han visto de día", a menos que, sorteados charcos de *Blut* y surcos de *Boden*, por palabra telúrica, monte de motes, motivos y motetes, se entiendan, secreten y sigan al pie de la letra trochas de fuego, trasudores, eyaculaciones y excretas de chispas, ceniza y hollín, esquinas de rodillas candentes y escalones de humo a lo largo y a lo estrecho de las rutas y conductos de unos pocos indios capaces de contestar en punta de obra a las señales de la filosofía analítica del lenguaje "tituladas de manera sugestiva como Cómo hacer cosas con palabras de J. L. Austin, palabras y acciones de D. Evans y los actos de habla de J. Searle" (Madera 55), sin comillas ni cursivas, idolillos familiares embolsados al salir del hogar en llamas sobre la primera página de un grimorio programado para dar paso a la autenticidad que da en el blanco, palo a los discursos que "dicen mucho y a veces durante largo tiempo, pero el contenido es muy pobre y por ello no producen el efecto buscado" (*ib.*), como si a los fines del encaminamiento de emergencia no bastara hacer constar que "la semiótica se ocupa de los lenguajes simbólicos y una amplia literatura da razón del sentido de los símbolos y su importancia para la experiencia humana" (*ib.*), humildad espectacular y sencillez de *target* evangélico: - "Francisco se ha venido caracterizando por homilías cortas, sencillas y proféticas. Asumiendo metáforas polisémicas, ricas en su pluralidad de sentidos ocultos, bajo los sentidos aparentes. En la homilía con los cardenales en la Capilla Sixtina asume la metáfora del 'movimiento' para expresar el caminar, edificar y confesar. Qué mejor metáfora para señalar que la Iglesia necesita moverse ante un mundo en continuos y acelerados cambios" (*ib.* 57), alborotado el tiempo intenible más allá de la ficticia rivalidad entre el imbele Abel y el beligerante combo de Anabel, reconciliados en el rumbeadero pierniencendido, los espasmos de la monstruosa carnavalada no destruyen el concepto. Lo galvanizan y joden, alucinan y vulcanizan, a la temperatura adecuada y la hora dispuesta:

"Este mal de estación *[mal de saison; season disorder* [mal de saison]*; jahreszeiten Übel; male di stagione]* no destruye ni paraliza absolutamente el concepto infinito. Si se limitase a constituir su negativo, todavía lo confirmaría dialécticamente. Pero más bien lo desquicia, lo traba, lo engrapa inconcebiblemente. Lo engrifa también con la escritura. El étimo del *Begriff* lo ve venir *[Il le détraque plutôt, l'enraye, le grippe inconcevablement. Le griffe aussi d'écriture. L'étymon du* Begriff *s'y attend; Rather, it puts that concept out of order, stops it, jams* [grippe] *it inconceivably. Also scratches* [griffe] *it with writing. The etymon of* Begriff *looks forward to that; Es verdirbt ihn vielmehr, bremst ihn ab, blokierte* (grippe*) ihn unbegreiflicherweise. Zerkratzt ihn* (Le griffe*) auch mit Schrift. Das Etymon des* Begriffs *ist darin zu erwarten; Piuttosto lo mette fuori servizio, lo inceppa, lo ingrippa inconcepibilmente. Lo graffia con la scrittura. L'étimo del* Begriff *vi si attende].*

Desde el momento en que es agarrado por la escritura, el concepto está jodido *[Dès qu'il est saisi par l'écriture, le concept est cuit; As soon as it is grasped by writing, the concept is drunk* [cuit: or cooked]*; Sobald der Begriff durch die Schrift erfaßt wird, ist er erledigt* (cuit*); Dal momento in cui viene afferrato dalla scrittura, il concetto é cotto].* De este modo se desencadenan, quizá, las saturnales del *Sa*, la borrachera, la saciedad, la 'embriaguez *(Taumel)* báquica' cuyo ser verdadero se agarra, sin condonar ningún 'miembro' *(Glied)*, pero un delirio del que ya no sería seguro que en él se introduzca a sí mismo el *Sa*, lo anuncia en la obertura de la fenomenología del espíritu para despertarse de aquello al final, pasada la embriaguez de un momento, el tiempo de una parte partida (de sí mismo) *[le temps d'une partie (de lui-même); the time of a part (of itself); die Zeit eines Teils (seiner selbst); il tempo di una parte (di sé)].*" (Derrida 8. 260ª - Trad.: Leavey y Rand 233ª; Gonder y Sedlaczek 258ª; Facioni 1058)

Al dente y al gancho, la eficacia metafórica que en más de un código y una lengua descuida tino y objetivo por entrelazar afrenta y obsequio, cacareo maligno y poderosa perspicacia, determina la precisa cocción del concepto trabado al gusto del colombianismo "*jodido, a.* adj.", ajado, arruinado; enfermo, pobre. // 2. Astuto, sagaz // 3. Grosero, de pocas pulgas", diseminación de doble vía si es un golfillo montaraz el blanco de la viscosa sutileza del otro, blanquecido como se acostumbra decir de los metales preciosos escrupulosamente limpios, para que la tersa ruina capte y joda con minuciosidad de lente telescópico el secreto del victorioso.

Uña garfiñada entonces, ladrón robado, pura sangre y marijuanero en el ejercicio de sus funciones, bajo y sobre todo enjambre de vista el concepto se engrifa. Cara de Genet como hacha cretense cortada por Giacometti en rostro de Artaud a lomo de Derrida.

Escombro insurgente, la desistencia teórica no desdeña otra economía conceptista, ni restringida ni general, ni despierta ni dormida. Y aunque no sea calculable en los términos de un diplomado *en business process management* programado para el segundo semestre del Año Mundial de la Fe, su costo es inocultable.

Ese monto que lo cobre el carguero, a la luz de *El tiempo recobrado* todo un cafre: - "De aquí la grosera tentación para el escritor de escribir obras intelectuales. Gran falta de delicadeza. Una obra en la que hay teorías es como un objeto sobre el que se deja la etiqueta del precio." (Pr 3. 2274 - Trad. Armiño 763) Y que lo reclame renovando recamos entre la certitud de una versión y la conjetura de otra:

"No escribir aquí, sino desde muy lejos desafiar un tejido, sí, desde muy lejos, o más bien velar a su disminución *[ou plutôt veiller à sa diminution; or rather see to its diminution]*. Un recuerdo de infancia: levantando los ojos hacia los hilos de lana, sin interrumpir ni tampoco reducir el movimiento de sus dedos ágiles, las mujeres de mi familia decían a veces, me parece *[me semble-t-il; I think]*, que había que *disminuir*. No deshacer, sin duda *[Non pas défaire, sans doute; Not undo, I guess]*, sino disminuir, a saber, no entendía en aquel entonces nada de esa palabra pero me sentía tanto más intrigado, incluso enamorado, pues había que proceder a la *disminución* de los puntos o reducir las mallas de la labor en preparación. Con miras a *disminuir*, agujas y manos así debían trabajar dos mallas a la misma vez, o en todo caso, jugar con más de una." (D 16. 25 - Trad.: Negrón 35; Bennington 311-312)

Broderie à jour, labor de violenta costura y micrología despaciosa, *knit* cruento, torturante *ouvrage*, *plumarium opus* de crucifixión perpetua, el pensamiento de todas sus "amadas Catalinas de Siena", primoroso ramillete de semiclausura recogido en el período 45º al pie de un niño en trance de circuncisión y alrededor de un adulto a punto de perder la vista, ya que "nadie supo mejor bordar al pasado el púrpura del corte puro *[personne ne perça mieux à jour le pourpre de la coupure pure; nadie supo ver mejor el púrpura del corte limpio]*, 'esta sangre - dice ella (...)" (D 19. 222 - trad. Rodríguez 247), sea dicho y redicho, por prepucio de Jesús, extensible bulbo ocular de Baal, ojo de Horus enucleado o portón anal de Yurupari, teóricamente también, no para acorralar voces sin cuenta en revistas y vistas sumamente especializadas, la advertencia es tajante: - "(...) sobre todo no creáis que cito más que G., no, arranco la piel, como siempre, me desenmascaro y me descamo leyendo juiciosamente *[je me demasque et desquame en lisant sagement; me desenmascaro y me despellejo leyendo sabiamente]* a los otros como un ángel, me escarbo hasta la sangre, pero en ellos, para no asustaros, endeudaros con ellos, no conmigo (...)". (*Ib.* 222-223 - 248)

Expuesto a los cuidados desafiantes del usurpador de pellejos ajenos, tan ajenos que ya sobra preguntar qué trama suma más testimonios y cuál menos, qué discurso convoca y cuál es convocado por la escritura de quien no para de escribir pidiendo perdón por no estar escribiendo, debería adoptar severas medidas preventivas el lector que por encargo pretenda hurgar ascuas de umbral y ventana con el badil de una experiencia teórica sin itinerario, jamás gratuita, "rédito fantasma" de ciencia sin acervo, *revenu revenant* otramente costoso, venido de atrás, de otra parte y otra gente, cómo no, pero soslayando sea la militancia que anhela penetrar puntualmente el presente con el arma del pasado sea un humanismo conciliativo amarrado con el hilo conductor del calendario oficial, contrastantes alegorías de las políticas de la memoria igualmente sumisas a una ley del género implacable en el contexto de los conflictos interétnicos de la India que preocupan a Veena Das hasta comprometer el resto de su mirada con los conceptos de "traducción" y "rotación" heredados de Bergson acogiendo y movilizando una fisiología textual endeudada con Wittgenstein no menos que con su propia traductora, Magdalena Holguín, en el agotamiento de la rentabilidad lógica de posesivos y pronombres, accidentados tránsitos de observancia inconservable, traicionada y desposeída por el dolor de no poder compartir el dolor por querer compartirlo a sabiendas, sufriendo la distancia del sufrimiento abierta por indispensables observaciones de observaciones imposibles:

> "En sus observaciones sobre el dolor, encontrar mi camino es algo similar a dejar que el dolor del otro me suceda a mí. Mi propia fantasía de la antropología como un cuerpo de escritos es aquello que es capaz de recibir este dolor. Así, aún cuando nunca pueda reclamar el dolor de otro, ni apropiármelo con algún otro fin (la construcción de la nación, la revolución, el experimento científico), lo que revela la investigación gramatical es que puedo prestar mi cuerpo (de escritos) a este dolor." (Das 335)

Sin espada justiciera ni rueca programática, camina la palabra el pensamiento herido mas no la enacamina, a riesgo de quedarse enmarcado por el dintel y las jambas del caso, sílabas patitiesas entre la salamandra de lo insólito y nuestra rémora de cada día, sin disponer del tiempo necesario para recoger boronas de fuego regadas a lo largo de la equívoca galería del cuchitril o en el excusado de la enésima circunvalar, mucho menos agradecer al jívaro cuya increíble traza te tuesta las almendras de la cara, en particular a la hora del relato de la pesadilla del vejazo tuerto que, valiéndose de la pelea trabada con otro inválido entrado en años y en guiños, anuda los miembros del soñador obligándole a escupir el precio de las circuncisiones ahorradas a sus hijos, el mismo amenguadero de ataúdes arponeados como velos de cetáceos autógrafos, profeta polizonte del abrazo protector y del sublime vocablo paterno rebanado para zanjar aporías de conceptáculo, óxidos de fiambrera reticular, ni extraño ni propio, extraño y propio, negando la garantía de lo pensable con la abnegación de un archivista del corazón que sepa marcar tarjeta cuando más urge asumir la mengua desconstruyente como oficio de citas órficas, casi mesas parlantes, ninguna celada de minero o soldador plagiado en aras de *Sa*, Saber absoluto, *sA* al revés, no sólo por altibajos mayúsculos San Agustín patas arriba, confundido a veces con *Ça* y *sa*, Ello o *Id* y posesivo de tercera persona en género femenino, "suya", absolutamente suya, ella otra vez casi en persona, Anabel, Anna Livia Plurabelle, más invasiva que matrona judía... *per caritá*, los finos lentes recetados por Rousseau para sortear las sombras sobre las que el juicio no tiene agarre, ese indefinible buen gusto que "sirve de anteojos a la razón" y de cuyo enfoque da fe el compositor de *Pli selon pli* al afirmar que "la elegancia, pues, no es más que una forma aguda de la precisión" (Boulez 3), dicho accesorio vendría al pelo del labriego decidido a partirse el espinazo al borde del *chemin* ajeno, clavado como sarcófago sobre medida le vendría, a que ni un miembro se le pierda para que se desparramen todos como el hermano de Osiris manda. Pan roído el concepto.

De otra manera la más nítida lectura del 12º período de "Circonfesión" no dejaría atisbar siquiera por el hueco de la llave que sabemos o queremos saber lo que cuesta hacerse a un testigo, "llamar a lo de uno", *advocare*, vocear un *aveu* callejero no para verse visto en compañía del *advocatus* de oficio o apretando la mano del reflejo adversario, sino procurando "venir al uno *[venir à l'un; llegar a él]*" (D 19. 62 - trad. Rodríguez 85), destape a plena luz, ante, por y en esa "reina de los colores *[regina colorum]*" que acaricia y se insinúa de mil modos, "aunque ande distraído *[et eam non advertenti]*" quien dice y sigue diciendo "esté donde esté durante el día *[ubiubi per diem fuero]*" (San Agustín X, 34, 51 - trad. Vega 436), *où que je sois*, autorretrato confesante del que "'yergue ojos invisibles' contra la '*concupiscentia oculorum*'" (D 20. 120), ojos saltones del argelino cuidadosamente citado también a través de *Memorias de ciego*, en la traducción de Tréhorel y Bouissou sin omitir el original, ojos no propianmente erguidos en las versiones menos psicoanalíticas pero de todas formas levantados hacia la reina calidoscópica "para que liberes mis pies de la red *[pour que tu dégages mes pieds du filet]*", porque "es ella, la verdadera luz; es una y uno todos ellos, los que la ven y la aman *[c'est elle, la vraie lumière; elle est une, et tous ceux-là son un, qui la voient et qui l'aiment* (ipsa est lux, una est et unum omnes, qui vident et amant eam)*]*" (*ib.*), venir a la letra y al tanto de tamaños caracteres, tipográficos y no, "sobre el tablón" o dispersos "montando el rayo", *on the beam*, "al corriente", muy corriente, sin letras a la carta y más allá de los pucheros llorosos fieles a la receta yiddish que reza "como la sopa para el cuerpo, para el alma las lágrimas *[vi zaif faren guf iz a trer far di neshomeh]*", severa dulzura a juzgar por la pregunta de *Las Confesiones*, es medio decir: - "*(...)* ¿puedo oír de ti, que eres la misma verdad, y aplicar el oído de mi corazón a tu boca para que me digas por qué el llanto es dulce a los miserables *[cur fletus dulcis sit miseris]*?" (San Agustín V, 10 - Trad. Vega 167)

Prestan oídos a labios imposibles ojos de caldo cardíaco, taza no necesariamente servida *ore rotundo*, ningún meteórico pico de oro atravesando en picada el hiato que el otro narrador llama "un teatro o una teoría de las manos" (D 20. 33), gesticulaciones de ciegos y dedeos de oftalmocirujanos al son del pincel de Pietro Bianchi o al gusto de Rubens y de Rembrandt sin perder de vista la "teatría" o *theorter* de una *Gramatología aplicada* (Ulmer 228), lejos de perderla por no haberla tenido ni tenerla, a vista perdida por abuso de aplicación, guardándose de prometer "voy a tomar *[je vais prendre]* tu dolor", corolario mundano de la composición de Celan *Vasta, alta, ardiente comba* disfrutado con la impetuosidad de Camille Dalmais en *Le Fil*, Virgin Records, 2005, cantante y bailarina al control de sí y de la cámara, muy lejos de perder la orientación "después de haber girado tantas veces con esa especie de gimnasia eufórica que inicia siempre la colocación de una prenda de ropa y que tiene algo de paso de baile disimulado, que nadie puede reprochar porque responde a una finalidad utilitaria y no a culpables tendencias coreográficas" (C 16. 16), mientras no del todo inocentemente se le hacen, deshacen y rehacen una por una las mallas de lana neuronal, en el idioma que debería resultarme definitivamente materno acoso de *golfino*, del inglés *golf-coat*, "saco de golfista", a su vez del holandés *kolf*, "bastón", por *You Tube* materia gramofónica del mismo color de la supercamisa de fuerza que enceguece, ahoga y arrastra de hinojos al personaje de "No se culpe a nadie", tan friolento de buenas a primeras y poco propenso a perversiones de bailadero, entubado más bien por la ligereza rutinaria con la que "sin ganas silba un tango", se aleja de la ventana y procura abrigarse mejor delante del espejo pensando en la mujer que le espera "para elegir un regalo de casamiento" (*ib.* 13), aunque la iniciativa de su derecha, ni tan suya al fin y al cabo, singularmente el índice, escuálida contraparte del *lapsus prolapsus igneus* que al principio "tiene un aire como de arrugado y metido para adentro con una uña negra terminada en punta" (*ib.* 13), deje sospechar un avatar del afilado bolígrafo multiuso al servicio de acusaciones que rebasan esquizofrenias evangélicas de manos enemigas, acá *digiti lucis*, allá *digiti huius saeculi*, sobre todo más tarde, casi al final, cuando se le montan "las cinco uñas negras suspendidas apuntando a sus ojos" (*ib.* 18), pandilla de secuestradores encapuchados que apenas le dejan el tiempo de

"(...) echarse atrás cubriéndose con la mano izquierda que es su mano, que es todo lo que le queda para que lo defienda desde dentro de la manga, para que tire hacia arriba el cuello del pulóver y la baba azul le envuelva otra vez la cara mientras se endereza para huir a otra parte, para llegar por fin a alguna parte sin mano y sin pulóver, donde solamente haya un aire fragoroso que lo envuelva y lo acompañe y lo acaricie y doce pisos." (*Ib.*)

Libre de creerse ave sin alas, de un azul al otro desgarrado por los mimos del viento, soplos y velos que velan por el aburrido asesino, matricida inmamable echado a la penetrabilidad de casi nada, al abrazo del *cartouche* soberano, mientras no acaba de matarse, un piso tras otro, doce a fin de cuentas sin fin, tiempo y espacio incolmables de Veladora fantasmagórica:

"¿Acaso no es mortalmente tediosa *[tuante]* la escritura? (...) Esta nada hace regresar *[revenir]*, y regresar y regresar sobre los lugares del crimen para matar otra vez lo que se creía haber matado. La esencia de la madre, su aparecer *como tal*, es la maternidad. Nada, casi nada. Nada más, nadie distinto de *[Rien d'autre, personne d'autre que]* la madre, de una sola madre. Y sin embargo resta, la maternidad, ella vela, la Veladora - irreventable *[increvable]*. En consecuencia: como todo lo que es irreventable, empezando por Dios, ella aparece como tal, en su luz de veladora, tan sólo al deseo de acabar de una vez con aquello que no acaba de una vez. Acabar de una vez, como Job hubiera querido, con la luz, con lo que fue. Acabar de una vez con la traza de la traza, con el mismo nacimiento. De matarse matando su nacimiento, a saber la maternidad de su madre. Para entretener la ilusión suicidaria, todavía, de darse nacimiento. Propiamente, libremente, a sí mismo." (D 21. 30)

Así es es dado precipitar en un estruendoso tintineo de joyas literarias brotadas del flagelo de la "autopartenogénesis" (*Ib.*). No se galardone a nadie tampoco. Tradúzcase *cum grano salis* la crónica del vuelo profundo de Antínoo por allá en Egipto, bautismo suicidario del joven bitinio amante del emperador sumido en la inmortalidad autoinmunitaria que sería impertinente considerar como "un soldado demasiado intelectual *[trop lettré]*, que busca hacerse perdonar sus libros" (Yourcenar 1. 57 - trad Cortázar 50), *Memorias de Adriano* casi en persona, comprometido de todas formas y de todas letras: - "Al hacer recaer toda la falta sobre mí, reduzco su joven figura a las proporciones de una estatuilla de cera que, luego de plasmada, hubiera aplastado entre mis dedos. No tengo derecho a disminuir *[le droit de déprecier]* la singular obra maestra que fue su partida; debo dejar a ese niño el mérito de su propia muerte" (*ib.* 181 - 143), ventarrón de copos apezonados y garras mamarias sobre el comensal del Polidor, a la espera de un resquicio suficientemente extenso para transitar "del alfabeto ruso en el espejo al otro lenguaje que se había asomado al límite de la percepción, pájaro caído y desesperado de fuga, aleteando contra la red y dándole su forma, síntesis de red y de pájaro en la que solamente había fuga o forma de red o sombra de pájaro, la fuga misma prisionera un instante en la pura paradoja de huir de la red que la atrapaba con las mismas mallas de su propia disolución" (C 5. 15), mientras la grieta ya se le ha convertido en abra de *moneymaker* volcánico agitado como James Elmore no recomienda, churrias millonarias redestiladas por ende y allende, batidas y centrifugadas, magma de tinta retinta en zona de desastre, alambicado proceso de bajo presupuesto digno de los modestos pero recursivos pastores de Arrakis, habida cuenta y vergüenza de la fórmula transvasada con caché ciceroniano para uso y consumo de los futuros simpatizantes de Marcel Lefebvre con el pretexto de no herir el pudor del hipotético gran número discriminado por el máximo abanderado de las habilidades postales, Shaun el publicista, Shaun el estratega de mercadeo, custodio de los parterres de tulipanes globales y pontífice de la crianza superior en su lucha sin cuartel contra las raíces aéreas de la pulsión democrática, dándose los aires de querer ahorrar al más vasto público los infectos intríngulis de la "pubasurlicación *[poubellication]*", salero de los años 60 resaltado por el autor, "un Witz de nuestra cosecha *[de notre cru]*" (Lacan 364), ventolera no particularmente significativa al paladar de la clientela dizque pre-moderna, igualmente ajena a los amenos refinamientos del cazador ciego víctima del amor de Artemisia y al brillo de la "espumosa cerveza color ébano *[foaming ebon ale]*" repartida por Terence O'Ryan entre los ciclopes del combo de Bloom (Joyce 2. 298), sin preservantes ni sabores artificiales, orgullosamente artesanal, escueta *Squidditas Porter* evocada sin parar mientes en el derroche digresivo que del pub de Kiernan podría prolongar el infidente programa informativo hasta la pinturería otrora frecuentada por Bradford, el ya mencionado *arbiter elegantiarum* pasado a mejor vida en Sierra Chica, donde murió de bronconeumonía "sin más ropa que un traje de rayas dibujado sobre la carne enteca" (Borges y Bioy 2. 117), tan sólo por el gusto de confrontar el glorioso arquetipo y la vulgarísima imitación de Shem recortada al uso de Pozanco:

> "*Mi lengua cálamo de escriba taquígrafo: canturreando a gritos* (se meó, dice que era deyecto, ruega que lo exoneren), *ahora mismo a partir del asqueroso estiercol mezclado con la jocosidad del divino Orión, cocido y expuesto al frío, se fabricó un encausto indeleble* (de O'Ryan en falso, la tinta indeleble) *[Lingua mea calamus scribae velociter scribentis: magna voce cantitans (did a piss, says he was dejected, asks to be exonerated), demum ex stercore turpi cum divi Orionis iucunditate mixto, cocto, frigorique exposito, encaustum sibi fecit indelibile (faked O'Ryan's, the indelible ink); ma langue est comme le roseau du scribe qui écrit rapidement: chantant à haute voix (après en avoir pissé et déjecté il demanda l'exonération), enfin mélangé joyeusement à l'excrément hideux du divin Orion, cuit, et exposé au froid, il se fit encaustique indélibile (faux O'Rion, encre indestructible); Lingua mea calamus scribae velociter scribentis: magna voce cantitans (hecho el pis, dice ser desechado y pide ser exonerado), demum ex stercore turpi cum divi Orionis iucundidate mixto, cocto, frigorique exposito, encaustum sibi fecit indelibile (falsificado O'rían rían, de la tinta indeleble.)]*" (Joyce 1. 185. 22-26 - trad.: Lavergne 199. 39 / 200. 3; Pozanco 82. 32-36),

sea para desacreditar al hermano, el man de la bicrome boluda, sea para remachar la fama del mismo mientras se apresta a encapucharse en acrílico texturizado y circonfesarse expuesto a la rejilla de caracteres metidos unos en otros por relampagueante dictado y cortísimo circuito de tinta dúplex, cálamo y calamar proctomártir torturado por su propia lengua revocada:

"Entonces, pío Eneas, conformando el fulminante firmista que prescribe al tremioloso terriano, cuando vendrá el llamado, nadaesmeriligringamente desde el cuerpo inceleste producirá una no incierta cantidad de materia obscena no protegida por desechos de coproautor en los Astros Unidos de Nuestrurania o camescritura y camacapucha y camangustia y camacaca para él, con su doble tinta, hervida al calor de la sangre, ácido agállico sobre acerada cota, por las tripas de su miseria, carnaflashidamente, devotamente, puercamente, apropiadamente, este Esausián Menchevico primero hasta último alshemista escribió sobre cada palmo cuadrado del único gorro de juglar disponible, su propio cuerpo *[Then, pious Eneas, conformant to the fulminant firman which enjoins on the tremylose terrian that, when the call comes, he shall produce nichthemerically from his unheavenly body a no uncertain quantity of obscene matter not protected by copriright in the United Stars of Ourania or bedeed and bedood and bedang and bedung to him, with this double dye, brought to blood heat, gallic acid on iron ore, through the bowels of his misery, flashly, faithly, nastily, appropriately, this Esuan Menschavik and the first till last alshemist wrote over every square inch of the only foolscap available, his own body; Alors pieux Enée, conformément au fulminant qui enjoint au trèpeureux terrien, lorsque l'appel viendra, de produire nuitamériquement de son corps acéleste une non négligeable quantité de matière obscène non protegée par copyright aux Étoiles Unies d'Ouranie ou par l'acte, le hasard, la juridiction et son déféquisme, armé de sa double enteinte, portée à la température sanguine, acide gaélique sur côte de fer, dans les entrailles de sa misère, c'est de sa chair, fidèlement, malproprement, convenablement, que cet Untermensch Esuén et alshemiste jusqu'au bout des ongles écrivit sur chaque pied carré du seul papier quadrillé que l'on pouvait acheter, c'est à dire son propre corps; Entonces, pío Eneas, conformant to the fulminant firman, él gusta de tirar del pantalón para hacer del cuerpo en la tremylose terrian, que, llegado el caso, sentirá verdadero acollonamiento ante el inmisericorde culo depositante de una incierta cantidad de materia obscena]*" (*ib.* 27-36 - 4-15; 37-41),

sino también y sobre todo caer tan bajo y de rodillas viniendo por el uno a ras y contrarras, uno de tantos en uno sin fondo, esa suerte de mineralógico, fotosintético, bestial y estelar ir conociendo sin querer verse visto anahumano, dibujarse dibujado y pensarse pensado, rindiendo *prise a pli* no por doblar lo que debe "toma" a "pliegue", sino al manipular el *anteceptum* de "lo asido de antemano", toda vez que "el trazo entonces no se paraliza en la tautología que doblega *[plie]* lo mismo a lo mismo" (D 20. 10), se precede y precapa si acaso ofreciéndose al descalabro de lo heterogéneo llevado por la danza de los invidentes de Antoine Coypel, cuando "su gesto oscila en el vacío entre la prensión, la aprehensión, la plegaria y la imploración *[la préhension, l'appréhension, la prière et l'imploration]*" (*ib.* 12), llegar y regresar entonces de un ir y venir haciendo la rueda con demasiados ojos para estar seguro de quedar con uno, todo por no confiar en los límites de la presa, lo que apresa y lo apresado, obsujeto de apunte capcioso, entre *boutade* y *mot d'esprit*, bagatela hiperbólica botada sin ningún cuidado y capciosa defenestración del espíritu, sustento del *luftmentsh* judío, "hombre que vive de las agudezas", filos y tajos etéreos del escritor aborrecido y calumniado por Shaun, el Jacob de la posta, pelas y telas de Shem, Esaú de la pluma empetrolado por amor y asco de las letras, sin saber de qué lado tomar entonces la figura del *prendre*, desde "tomar", a través de "prender" o por encima de "agarrar", ni caprichosa ni paranoide cogida de *tropo ma non troppo* sabiendo que "es de estos tropos, y de este exceso de vista *[trop de vue]* en el corazón de la ceguera misma" aquello de lo que quisiera hablar, quisiera apenas, "*voudrais parler*" (*ib.* 23), porque eso no se busca propiamente, ningún discurso, asunto, objetivo principal o secundario le corresponde en el orden de la exitosa derrota que Salabert adjudica al autor de *El teatro y su doble*, cuando el público de la Sorbona, el 6 de abril de 1933, habría experimentado miedo y piedad confirmando la eficacia de la fórmula aristotélico-jolivúdica, "justamente lo que Artaud debía andar buscando" (Salabert 45), catarsis más bien sonsacada en el preciso momento en que el sagaz semiólogo, medellinita *ad honorem*, se apresta a introducir la "inimagen", neologismo de su cuño en sintonía con la impensabilidad de un inconsciente de contrabando, es decir "lo inesperado de un mundo que aparentemente se presenta en el lenguaje sin los filtros de la convención lingüística" (*ib.* 46), nada que no ver con la desconstrucción de la imagen o la manera en la que se ofrece el Otro por desmadre de la idea del Otro en mí, lo que Lévinas llama "rostro", sin pretender justificar aquí las grifas de *Totalidad e Infinito* inclinadas hacia una *factio* en curso y recurso, *façon* que no es sólo "modo" en la línea de Guillot, más bien "acción y manera de hacer" irreductible a la mera *factification*, "modalidad en marcha" a lo peor, por no decir imparcial facción de infinitas facciones que "no consiste en figurar como tema bajo mi mirada, en explayarse como un conjunto de calidades formando una imagen. El rostro de Alieno *[Le visage d'Autrui; El rostro del Otro]* destruye en todo momento, y desborda la imagen plástica que me deja, la idea a mi medida y a la medida de su *ideatum* - la idea adecuada" (Lévinas 21 - trad. Guillot 74), singularmente en el desmedido "momento del perdón, el gran perdón" que a la altura del 11º todavía no le había llegado y que él esperaba "en efecto como la unicidad absoluta" (D 19. 56 -trad. Rodríguez 79), desde luego sin luego, siempre en efecto y por efecto de siempre, porque

"(...) si la confesión *[aveu]* no puede consistir en declarar, en hacer saber, en informar, en decir la verdad, lo cual siempre se puede hacer, en efecto *[en effet; desde luego]*, sin confesar nada, sin *hacer [faire; fabricar]* la verdad, para que la confesión como tal empiece se necesita que el otro no se entere de nada que ya no esté en situación de saber, y por eso aquí me dirijo a Dios, el único a quien tome *[que je prenne; a quien tomo]* por testigo, sin saber todavía lo que quieren decir estas sublimes palabras, y esta gramática castellana *[cette grammaire française; esa gramática francesa]*, y por, y Dios, y *tomar*, tomar a Dios, y no sólo yo rezo *[je prie]*, como nunca dejé de hacer en mi vida, y le rezo, y aquí lo tomo a él y lo tomo por testigo, me doy lo que él me da es decir el *es decir [le c'est à dire; el es decir]* de tomar el tiempo de tomar a Dios por testigo para preguntarle no sólo, por ejemplo como sA, por qué me gusta llorar la muerte del amigo, *cur fletus dulcis sit miseris?*

(...) y hace años que doy vueltas en redondo procurando tomar testigo no para verme ser visto sino para remembrarme en torno de un *[me remembrer autour d'un; recordarme en relación con un]* solo acontecimiento, acumulo en el desván, mi 'sublime', documentos, iconografía, anotaciones, las sabias y las ingenuas *(...)"* (*Ib.* 56-57 - 79-80).

En pocas palabras o ninguna, íntegra o mutilada, si no se tomaran y retomaran dichas medidas, por más concienzudo el repaso y buído el análisis, no se distinguirían las dos versiones del mismo sueño, la de "Circonfesión" y la del escrito que acompañó las obras escogidas para la muestra del Louvre, *Memorias de ciego - Del autorretrato y otras ruinas,* mucho menos dar a leer y publicar... A no ser dos sueños de la misma versión, si hubiese que consentir los interrogantes de Ginette Michaud hasta modificar lo que *versión* suele querer decir:

"*(...)* otra versión del mismo (?) sueño: «Ahora bien, en esa noche, el 16 de Julio del año pasado, sin prender la luz, apenas despierto, aún pasivo pero atento a no espantar un sueño interrumpido, había buscado a tientas el lápiz y luego el cuaderno, cerca de la cama. Ya despierto descifré, entre otras cosas, lo siguiente: '... duelo de esos ciegos peleándose, uno de los ancianos se voltea para tomárselas conmigo, para atacar al *[se détournant pour s'en prendre à moi, pour prendre à partie le; se voltea para atacarme a mí, para dar cuenta, por sorpresa, del]* pobre transeúnte que soy, me hostiga, me hace cantar, en seguida caigo con él al suelo, me apresa de nuevo con tanta agilidad que termino por sospechar que ve, aunque sea con un ojo entreabierto y fijo, como un ciclope (un ser tuerto o bizco, ya no sé), sigue reteniéndome haciendo jugar una presa tras otra *[en jouant d'une prise après l'autre; con una presa tras otra]* y termina por recurrir al arma ante la cual no me queda ninguna defensa, una amenaza contra mis hijos...'» (*MA* 23). Derrida corta en seco con *[coupe court à; cierra el paso a]* toda interpretación psicoanalítica de este sueño *(...)* En 'Circonfesión', el relato varía sobre varios puntos de 'detalle' (Derrida añade la palabra 'no circuncisos' justamente al final del relato, palabra que es 'cortada' en la otra versión - y que no constituye una 'revelación' cualquiera en ese texto que gira alrededor de su propia circuncisión), y ciertamente tira ahí otro 'hilo' interpretativo del relato, subrayando ahí mismo el alcance de la sílaba 'pri'. Esta retoma *[reprise]* del mismo sueño - pero ¿es el 'mismo'? ¿acaso no cambia por el solo hecho de ser contado dos veces diferentemente, aunque sean diferencias mínimas o sutiles? - debería dar lugar a un análisis más profundo. En el caso de *Memorias de ciego,* este relato del sueño sobreviene antes de la puesta en obra del proyecto (el primer encuentro con Françoise Viatte, el que tuvo que cancelarse, nos dice Derrida, en razón del acceso de parálisis facial, que duró 'ocho o diez días', era previsto para el 5 de julio; la segunda cita tuvo lugar, según *Memorias de ciego,* el 11 de julio) y asume así la figura de una premonición, dando el 'tema' de la exposición que todavía está por venir: escena primitiva de escritura 'en la noche', diseño sin designio *[dessin sans dessein; dibujo sin designio]*... «Esa misma noche, mientras estoy manejando para regresar a mi casa, se me impone el tema de la exposición. Como de golpe, en un solo instante. Sin soltar el volante garabateo un título provisional, para uso privado, para organizar mis notas: *El aobra donde no ver [L'ouvre où ne pas voir; El obra o (donde) no ver]»* (*MA* 38). La escena de este *insight*, donde el título/tema le es dictado en la forma de un rebus onírico, es análoga a la del sueño anotado en la noche y reinscribe también de otra manera el exergo de Diderot a Sofía Volland (de un volante el otro...): «*Ésta es la primera vez que escribo en las tinieblas (...) sin saber si trazo unos caracteres*»... Una de las voces dirá (quizá con una imperceptible inflexión irónica): «Cuántas cosas le pasan: noche y día»: en efecto, nunca se sabe, por dónde pasa, en lo de Jacques Derrida, el límite entre el sueño nocturno y el sueño despierto, lo que sin duda alguna constituye el rasgo más notable del acontecimiento textual que es *Memorias de ciego*." (Michaud - Trad. Peña 303 - nota 17)

"*Se détournant*" (D 20. 23) reparte y fracciona el cuerpo a cuerpo, difiere y trasiega la trifulca hacia el caminante en que se desdobla el energúmeno, Eneas impío y Anquises marrano acusado de hacer caso omiso del bisturí ritual, culpable de no haber dejado cortar en redondo el capuz de la descendencia. En el *tour* de ese *détour* que refuta el *retour* de la ley antigua y de su propia identidad oculta, niega el otro rostro de "Jackie" (D 19. 80), repudia el solemne envés de la cinematográfica mueca de Jackie Coogan y del nombre de todos los días, sonriente, pueril y coqueto, golosina referencial, casi publicitaria, agravia pero asume la gravedad del nombre de Elías, su "nombre no inscrito", su "nombre escondido" (*ib.* 82), devuelve el inasimilable bocado onomástico al profeta inmortal que preside la ceremonia, eterno "*guardián de la circuncisión*" (*ib.* 92), se traiciona y traiciona la tradición, Caín y Abel, Shem y Shaun a un tiempo, dejándose caer en las manos de los campeones del fetiche que mima, mina y reanima la castrabilidad, marcado por el trauma sagrado, traduce, tergiversa e incorpora la cláusula santamente homicida del pacto psicosomático reciclando idas y venidas ancestrales, citas abruptas con las generaciones que fueron, asaltos palíndromos de lucha para nada libre, *prise* tras *prise*, "haciendo jugar una presa tras otra *[en jouant d'un prise après l'autre; me hace una llave tras otra]*", fórmulas o tomas de palabras versátiles aprovechadas en ambas transcripciones (*ib.* 61 - trad. Rodríguez 84; D 20. 23), labios, ojos y carantoñas de baraja destajada a través de la constancia de la cata de Dios inscrita en el fémur del luchador, donde tenía que ser porque de regreso al terruño Jacob también supo sacar su leche al ángel (*Gn* 32, 23-33), retoma y rebaja del reto que precedió los desposorios del patriarca agredido en vísperas de volver a la tierra del otro, cuando se le puso en prensa e "intentó darle muerte" (*Ex* 4, 24) y sólo por la tangente del hijo cortado logró zafarse, gracias a la madre, tal como se relata en el 13º sin escatimar los detalles más finos:

"*(...)* Zipporah, la que reparó el desfallecimiento de un Moisés incapaz de circuncidar a su propio hijo, antes de decirle 'Eres un esposo de sangre para mí' debía comer el prepucio entonces sangrante, me imagino primero chupándolo, mi primera caníbal amada, la iniciadora a la sublime puerta *[porte; camino]* de la felación, como durante siglos tantos *mohels* habían practicado la succión, o *mezizah*, glande inclusive, mezclándole vino y sangre, hasta que en París se abolió la cosa por motivos de higiene en 1843 *(...)*" (*ib.* 68-69 - trad. Rodríguez 91-92);

en la oscuridad meridiana de una iniciación comprometida con las adversidades inherentes a la raíz semítica *sâtan*, "oponerse, comportarse hostilmente", entrega y resistencia a convenios y sellos que se suman y restan, imponen y trasponen, otros tantos episodios de la "plumpenaislada guerra" *[penisolate war; combat de presqu'Yseul penny; penuriósolo combate; guerra penisolata]* (Joyce 1. 3. 6 - trad.: Lavergne 9. 7; Pozanco 17. 6; Schenoni 3bis. 6-7), síntoma del famoso desatino sexual del Dios de los Ejércitos expandido en atarraya de brazos tentaculares, vastos políperos de vergas y vírgulas, palos y palotes de niños decrépitos, tornos y retornos de una tribu de centímanos multibragados y pluriclitoridianos (a despropósito, ¿por qué caminos habrá llegado François Laruelle al "estilo difálico" hablando de tanto pilar y pilarcillo escarificado en *Glas*?), tráfico turneresco de jetas yesosas revueltas en *vultus* o *volto* de rapaz fisirrostro, si el sedimento de la mirada son órficos ruegos de semblante *volutus*, "volteado" hacia el otro en trance de reversa por *versura* de *versutia*, "préstamo" de "malicia", para mayor precisión contrato a riesgo marítimo, restregado por la cara el retal, la piel del detalle - pónganle la firma al P. I. R. C., Eurídice, Plan Integral de Reparación Colectiva, coto al rumor de *pri selon pri*, soprano y orquesta al clamor de insignatarios acogidos por la colección a la que pertenece también el libro que registra la reacción a la cita de Proust, marea *ab irato* de lo único sacado en limpio "al volver en sí", *collecting one's self* por C. O. D., *Collect On Delivery*, "Cobro A Entrega", C. A. E., "cortado", *praecisus* es como cae para endeudar sobre medida al destinatario, derrelicto de razón contemporánea, aro desaforado que era preciso arrestar al pie del chusco prólogo redactado por Martha Canfield para la obra por el momento completa de C. H. L., místico acróstico conforme al temple de "un iluminado que observa, atestigua, pero al mismo tiempo sabe soñar otra realidad", innovador y precursor que "halla consuelo y estímulo en la grandeza de lo que fue el imperio inca, la nobleza de los campesinos que siguen labrando la tierra con una modestia sublime" (Canfield. 7), antología editada gracias al desvelo de Jesús Ernesto Hoyos Ordóñez, cuyo fruto merece sobre seguro los elogios de la distinguida académica, máxime cuando es preciso retener con encono hiladizo, disminuir ordenando de grado en grado las letras del caso, de reata, en tono con el adverbio andino *sikisikilla, siki* tras *siki*, "trasero" por "trasero", de "fundamento" en "fundamento", las publicadas en el semanario quiteño *Selvaraña* el 7 de mayo de 1900 para diagnosticar "Úlcera cíclica", uno de los recios repuntes umbilicales del iconoclasta pastuso de turno y coturno: - "El exilio de mi prepucio me arroja al mar donde bebo el agua que me transporta al centro del mundo" (C. H. L. 67), venga o no venga al golfo de sangre cazurra la versión del uno, al vertedero, al "derrame *[épanchement]* de la circuncisión" en el 2º (D 19. 16), a no ser "derrame de la firma" en el 6º (*ib.* 34):

> "Todavía no le he cerrado los ojos pero ya no me verá, mientras yo sí veo sus ojos bien abiertos, pues mi madre ya no ve, había olvidado mencionarlo, casi ya no ve más, no se sabe con certeza, su mirada ya no se fija *[ne se fixe plus]*, sigue apenas la dirección de las voces, cada día menos, y al contarte el sueño de esta noche, esos dos ciegos peleándose, uno de los dos viejos se voltea *(...)* contra mis hijos no circuncisos, al contarte este sueño del que entiendo tan sólo el retorno *[sans rien y comprendre que le retour; sin ver más que el regreso]* de una familia, de una familia de palabras por tomar, tomé conciencia de haber, en la pulsión de ayer, como a la cuenca de una confluencia, en la misma sangre, recogido

esta sílaba 'pri' en que se mezclan todas las esencias del tomar y del rezar, si en efecto le rezo al otro como testigo no para verme ser visto sino para venir al uno *[à prendre, je pris conscience d'avoir, dans la pulsion d'hier, comme au bassin d'une confluence, dans le même sang, recueilli cette syllabe 'pri' où se mêlent toutes les essences du prendre et du prier, si en effet je prie l'autre à témoin non pour me voir être vu mais pour en venir à l'un; que hay que apresar, me doy cuenta de haber recogido, en el impulso de ayer, como en la cuenca de un afluente, esa sílaba 'pri' en la que se mezclan todas las esencias del tomar* [pris, *p.p. del verbo* prendre] *y del* rezar [prier], *si efectivamente ruego al otro como testigo no para verme ser visto sino para llegar a él]*, y recuerdo entonces haberme acostado muy tarde después de un movimiento de cólera o de ironía contra una frase de Proust, elogiada en un libro de esta colección, 'Los Contemporáneos', y que dice: 'Una obra en que hay teorías es como un objeto sobre el que se deja la etiqueta del precio *[la marque du prix; la señal del precio]' (...)*" (*Ib.* 61-62 - Trad. Rodríguez 84).

Contrae así el indicativo presente del verbo "rezar" en la fragante ampolla del monosílabo, el participio pasado de "tomar" y el substantivo "precio" también, cómo no, de manera que por reincidencia yiddish la homofonía de *prix, pris* y *prie* propicia el paso de *bris* a *bristen*, de "circuncisión" a "senos", conventuales, por supuesto y repuesto, *honni soit qui mal y prie*, desde el parpadeo de un tajuelo dilatado en despertar borracho, cuando y donde beber es dar a beber y el hartazgo de lo verdadero redunda en hemorragia ilimitada, labios de castos pezones rozados por las ganas de tomar y rezar más y más en el sótano estigio de la taberna crística:

"*(...)* púrpura del corte puro, 'esta sangre - dice ella, nos fue dada en abundancia; así, al octavo día de Su nacimiento, fue espichado el tonelete de Su cuerpo *[fut mis en perce le petit fût de Son corps; el pequeño fuste de Su cuerpo fue perforado]*, durante la circuncisión... sin embargo, era tan poca cosa que la criatura todavía no estaba saciada... En pie, pues, amadas hijas, ya habéis dormido bastante el sueño de la negligencia, pasemos a la cava abierta en el costado del Cristo crucificado (donde encontraremos esa sangre), sin dejar de llorar de angustia y dolor por la herida de Dios', sobre todo no creáis que cito más que G., no, arranco la piel, como siempre *(...)*" (*Ib.* 222 - 247-248)".

A pique en mar de sangre casco oculado de Argos, porque tal habría sido el ebrio retrato del artista como bebé de ocho días, primeras líneas del primero entre los cincuenta y nueve períodos que el náufrago malcriado podría distinguir de las secuencias menstruales de la madre si el escrúpulo no excitara el empaste de ritmos y trazas, descamino de "Circonfesión" y estela de esas toallas higiénicas que ella "dejaba de la mano, 'marcadas' *[laissait traîner, 'marquées'; dejaba caer, 'señaladas']* del rojo al marrón, en el bidé" (*ib.* 104 - 130), que consten, "sus propios *'periods'*" (*ib.*), signaturas del distraído diluvio color púrpura de Romi Kumu, la de Yurupari, dejando de ser suyas o de cualquiera justamente en razón de la excesiva evidencia de la D. O. P. (Denominación de Origen Protegida), otros tantos decursos del "discurso sobre la esponja" (*ib.* 103 - 128), variante de la historia del Absorbente de los Absorbentes, "una suerte de *ventosa* general *[une sorte de* ventouse *générale; a kind of general* sucker [ventouse]; *eine Art allgemeiner* Saugnapf *(ventouse); una specie di* ventosa *generale]"* (D 12. 180b - trad.: Leavey y Rand 160 b; Gonder y Sedlaczek 178b; Facioni 739), la que "se alejaba llevando el paquete" y que "guardaría para siempre las llaves del castillo sangriento" (C 5. 237), suerte de las suertes, especie de las especies y aproximación de las aproximaciones por *Schoß* en *Schloß*, "seno" en "cerrojo" y "alcázar", precedencia a palo absolutamente seco y torcido, a no ser de la otra extremidad, molinillo en fango de manglar, voladora claudicante, sibila del antes y desastre del origen, ráfaga tempranera de verdades como puños de niños sin una pizca de pentotal sódico inmediatamente después de haber soplado que "el senosello de esta madre se substrae a todos los nombres, pero los substrae todos también, precede todos los nombres *[le sein de cette mère se dérobe à tous les noms, mais les dérobe tous aussi, il est avant tous les noms; the breast [sein] of this mother steals away from all names, but it also hides them, steals them; it is before all names; die Brust/der Busen/der Schoß* (le sein) *[homophon mit* seing: *das Signum] dieser Mutter entzieht sich* (se dérobe) *allen Namen, beraubt sie* (les dérobe) *aber auch alle, ist vor allen Namen; il seno di questa madre si sottrae a tutti i nomi, ma anche li sottrae tutti, ed é prima di tutti i nomi]"* (*ib.* 152b - 133b; 150 b; 627), en caracteres disminuidos y con todo el respeto debido a la sangría se le sale cantar de plano poniendo en solfa la perogrullada onomástica, toda vez que "como la muerte, la madre fascina desde el absoluto de un *desde ya (...)* Por ende uno es celoso tan sólo de un selloseno o, lo que viene aquí a lo mismo, de un *desde ya [On n'est donc jaloux que d'un seing ou, ce qui revient ici au même d'un déjà; So one is only jealous of a seing or, what come down here to the same, of an* already; *Eifersüchtig ist man also nur auf ein Signum* (sein) *oder, was hier auf dasselbe hinausläuft, auf ein* bereits *(déjà); Si é dunque gelosi di una firma autografa o, ma é la stessa cosa, di un già]"* (*ib.* 152bi - 134bi; 150bi; 627i), aglutinaciones modulares prefabricadas, limosna de Mallarmé, campanas de Poe y problemática de *Las bases pulsionales de la fonación* de Fónagy de regreso a la succión de la fuente, al tubo de vaselina salido del bolsillo en una redada fatal, signo de suma abyección que en virtud de su untuosidad insinúa la "veladora funeraria" (Genet 1. 21) embalsamando en flash de leche nocturna lo que resta por ver en cada ver por detrás, culo del culto del súcubo, espalda ceremoniosamente ofrecida al soñador pisado por talones de Empusa, zarpas de Lamia o patas de Tunda, de sí sola envoltorio, por sí propio capacho venerable a morir: - "La ventosa es la adoración. La adoración es siempre la Santa Virgen, de la madre galilea en la que uno se concibe sin padre y que se desea tan cerca de la puta española a más no poder. La Santa Virgen está comprendida - compresa, aprisionada, estrujada, arrecha - en el tubo de vaselina, que ella exprime y expresa o que la expresa y exprime asimismo *[comprise - comprimée, emprisonnée, serrée, bandée - dans le tube de vaseline, qu'elle exprime ou qui l'exprime aussi bien; comprended - compressed, imprisoned, banded erect - in the tube of vaseline, which she expresses, or which also expresses her as well; in der Vaselintube (in-)begriffen* (comprise) *- komprimiert, eingesperrt, zusammengedrückt, verbunden/gespannt* (bandée) *- die sie ausdrückt oder durch die sie ebensogut ausgedrückt wird; compresa - compressa, imprigionata, chiusa, fasciata - nel tubetto di vaselina, che esprime o che la esprime]* (D 12. 180b - trad.: Leavey y Rand 160b; Gonder y Sedlaczek 179b; Facioni 743), desde luego sin luego, siempre en efecto y por efecto de siempre firmado en la margen inferior derecha, marzo de 1946 *circa,* tizas de color, 62 x 46 cm., colección particular, según las listas reconstruidas por Paule Thévenin dibujo número 63, uno de los últimos, ése en que se ofrece como "rey de los Incas": - "En el ángulo superior izquierdo el nombre de *Elah,* lo que no contradice en absoluto la atribución del dibujo a *Neneka* ya que, en la familia mítica que Antonin Artaud se ha constituido en Rodez, *Neneka* y *Elah* se confunden frecuentemente" (Thévenin 114), es decir el nombre arameo de Dios y el de la hija cuya garganta se marca por enredo adverbial de "con sobre", uno de los pseudoabortos interétnicos del bolsillo de siempre, "*poche noire*", bolsa o insaculación uterina señalada en el "Preámbulo" de las *Obras completas* de la que no habría que apresurarse en deducir tan sólo una alusión sarcástica a las premisas del estatuto que reglamenta los procesos de embalaje epistémico y almacenamiento de identidades, fisonomías elocuentemente garantizadas por más de 20 puntos de seguridad, entre los que se cuentan: el material de elaboración, uso de micro textos, cambio de colores, foto fantasma y un código de barras con información del titular (www.migracióncolombia.gov.co), perfil soberano de alta y serena definición favorecida por las consabidas descargas eléctricas:

> "La crueldad: los cuerpos masacrados.
> Vituperar *en* la negra bolsa que un día me ha curado de pensar.
> Tuve tres hijas un día estranguladas que regresarán de la negra bolsa:
> Germaine, Yvonne y Neneka.
> Germaine Artaud estrangulada a los siete meses, me ha mirado desde el cementerio
> San-Pedro en Marsella, hasta ese día de 1931, o en pleno Domo, en Montparnasse,
> tuve la impresión que me mirara muy de cerca.
> Yvonne Allendy ha muerto con extrañas marcas en el cuello, y el vientre de una
> ahogada auténtica, y ningún río pasaba muy de cerca.
> Neneka Chilé ha muerto con sobre *[avec sur]* el cuello manchas sospechosas y un
> hombro extrañamente desviado" (Artaud 2. 12)

sin que se sepa con y ante quién o qué estaría en disputa quién sabe qué o quién desde el primer período de "Circonfesión", con la madre o con Dios el paso doble de unos cuantos sentidos en equilibrio inestable sobre la palabrita que suena *cru*, participio pasado de *croire*, "creer", y a la vez substantivo, sin el circunflejo de la otra forma verbal, *crû* de *croître*, "crecer", su pariente estricto desde el siglo XIV, lo que ha crecido en la tierra de uno, "parcela", como en las fórmulas *vin de grand cru*, "vino de viñedo eminente", y *son cru*, "su creación personal y exclusiva", amén de quien habla a calzón cruelmente quitado, *cru* de *crudus*, "crudo" entonces, vástago de *cruor*, "sangre vertida" en contraste con *sanguis*, la que corre en las venas, unos y otros arrastrados por corrientes y espasmos agónicos:

> "El vocablo creicrudo, disputarle así lo creicrudo, como si de entrada me
> gustara relanzar, y el término 'relance', la jugada de póker pertenece sólo a mi
> madre, como si no lo soltara para armarle bronca en torno de lo que quiere
> decir hablar creicrudo, como si hasta la sangre me encarnizara en recordarle,
> pues él lo sabe, *cur confitemur Deo scienti**, la demanda que por lo creicrudo
> se nos entabla, haciéndolo así *[Le vocable cru, lui disputer ainsi le cru, comme
> si d'abord relancer, et le mot de 'relance', le coup de poker n'appartient qu'à ma
> mère, comme si je tenais à lui pour lui chercher querelle quant à ce que parler cru
> veut dire, comme si jusqu'au sang je m'acharnais à lui rappeler, car il le sait,* cur
> confitemur Deo scienti*, *ce qui nous est par le cru demandé, le faisant ainsi dans*

ma langue, l'autre; El vocablo crudo, discutirle así lo que es crudo, como si, para empezar, me gustara elevar la apuesta, y la expresión 'elevar la apuesta', la jugada de póker, pertenece sólo a mi madre, como si yo pretendiese discutir con él sobre lo que quiere decir hablar crudo, como si me ensañase hasta la sangre en recordarle, como ya sabe, cur confitemur Deo scienti*, *lo que nos exige lo crudo, y así lo hago]* en mi lengua, la otra, la que desde siempre me persigue y gira a mi alrededor, una circunferencia que me lame con una llama y que a mi vez trato de circonvenir, habiendo siempre amado tan sólo lo imposible, la cosecha de lo creicrudo en que no creo, y la palabra creicruda deja afluir en sí por el canal de la oreja, una vena más *[d'une flamme et que j'essaie à mon tour de circonvenir, n'ayant jamais aimé que l'impossiblw, le cru auquel je ne crois pas, et le mot cru laisse affluer en lui par le canal de l'oreille, une veine encore; con su llama y que yo, a mi vez, intento rodear, puesto que nunca he deseado sino lo imposible, la crudeza en la que no creo, y la palabra cruda deja que entren en él, a través del conducto auditivo, incluso por una vena]*, la fe, la profesión de fe o la confesión, la creencia, la credulidad *(...)"* (D 19. 7 - Trad. Rodríguez 27).

Haciendo jugar una presa en otra, un período en otro, pisos, estaciones, siglos, peldaños-luz, vano e insoslayable memento ofrecido a quien o lo que demanda la crueldad de una fe etiquetable como *Villa de El-Biar*, el hijo de Georgette Safal y Aimé Derrida, la pokerista y el comerciante en vinos, a la orilla de "la confluencia misma" (*ib.* 10 - 30) repite "por qué nos confesamos a Dios que sabe".

Cópula *per aurem* pedagógica a remorir, frecuentativo y argumentativo autorretrato de Artaud rehospitalizado bajo los cuidados de la que tiene sal entre los dedos que empujan la aguja:

"Si te lo dijera sin despertarte pero de alguna manera llegando hasta tu centro, si te murmurara en la oreja: Huye de los cátaros. Si pudiera quitarte un poco de tanta vida sin lastimarte, sin pentotal, si me fuera dado disponer de la perpetua mañana que te envuelve para llevarla hasta ese sótano donde hay gente llorando sin comprender, repetir el gesto y decir: Ahora voy a pincharlo, ahora no dolerá nada, y que él abriera los ojos y sintiera entrar en la vena un calor de regreso, de remisión *(...)"* (C 5. 176).

En una entrada por salida, barajados túneles de ocelos, la visión ya penetra el centro de la mirada a punto de entreabrirse, cumbre de Telepatía jodida aquí y ahora pensando en nosotros por encima, debajo y al filo del franqueo trascendental, cuerdas radiosas de pechina *Fender* trabadas con petrificantes reverberos: - "Emblemas de las materias iniciales, una ardiente, ígnea, figurada por la máscara de Gorgona y sus relámpagos; otra acuosa y fría, substancia pasiva representada en semblante de concha marina, que los filósofos llaman *Marelle*, de las palabras griegas μήτερ y ἕλη, *madre de la luz [mère de la lumière]"* (Fulcanelli 296), efervescencia de fotogramas supurantes barridos bajo un roñoso tapete del Maratha Mandir de Bombay, donde hace veinte años se mira la misma película, y disolvente necesario a la preparación del mercurio filosófico, alcázar de pizarras somáticas amenazadas y amenazantes por exceso de hospitalidad retentiva y deseo acucioso de captar el mandato pendiente de tres palabras en cursivas, desde ya más allá del deseo acogido en el seno de la pavura y la paz maternales: - *"(...) encontrar la vena,* lo que un enfermero podía murmurar, con una jeringuilla en la mano, la punta hacia arriba, antes de la *toma de sangre,* cuando por ejemplo en mi infancia, y recuerdo aquel laboratorio en una calle de Argel, el miedo y la oleada de un glorioso sosiego *[un glorieux apaisement]* se adueñaban de mí al mismo tiempo, ciego me tomaban en sus brazos en el preciso instante en que la punta de la jeringuilla se aseguraba un pasaje invisible, siempre invisible, para el continuo fluir de la sangre *(...)"* (D 19. 10 - trad. Rodríguez. 30-31), porque tal sigue siendo "el intento de la demostración *[the intent of the demonstration]"*, tentativa que borra el propósito de hacer ver hasta llegar a prescindir de lo visible y comprobable, "publicar un libro intraducible, a no ser confundirlo enteramente con la propia firma, él mismo copulando con la lengua madre" (D 11. 19), presa de hematescritura renuente a soltar la presa de la vena y la punta, por eso mismo libre de tanto tanteo, amago de incestuoso volumen parido y zafado por y de la jarana del argot que envisca la ley del género envolviendo la prótesis fálica del *bâton* en espiras de *la baton* o *le baton,* circumcirca "riña", casi en particular a salvo de las aproximaciones que desenfocarían ulteriormente las márgenes de la historia del ojo que le concierne insinuando otra lectura de su lectura de las reminiscencias de Bataille, la suya de por sí ya insuficientemente "oblicua o distraída" por haber creído encajar en un mismo cuadro la tergiversación de su propia niña y la del padre del autor de *Historia del ojo* solicitada en una cita a pie de página, la que "de noche, subía perdiéndose debajo del párpado: movimento que habitualmente se efectuaba durante la micción" (D 20. 23 - nota 10), la pupila, no la cita más o menos solapada, valga la aclaración susceptible de apocar la intensidad del tráfico analógico entre testimonios textuales y transplantes de órganos, no tanto como el injerto que, en aras del autógrafo fisonómico, con la malignante firmeza de Virgilio Piñera y la flojera beatífica de Adolfo de Obieta, el hijo de Macedonio Fernández, introduce el contrapunto de obstinación y volubilidad, pesadez terrenal y transporte al otro lado del ser: - "Como todo ser humano Adolfo tenía su marca física. La mía es la nariz grande, ganchuda, insistente. La marca de Adolfo es un ojo (no recuerdo si el derecho o el izquierdo) que se mueve todo el tiempo, o se achica y da la impresión de que va a ocultarse de un momento a otro. Yo diría que es un ojo problematizador y uno nunca podrá saber si ese ojo problematizaba instigado por el propio Adolfo o si este problematizaba instigado por su propio ojo. Este ojo y Adolfo (dos personalidades en una sola persona) buscaba el Supremo Bien" (Piñera cit. Espinosa 134), simultáneas *cambrures,* del chorro luminoso hacia abajo y de la niña hacia arriba, "combaduras" y "arqueos", trayectorias contrarias al efecto de la recomposición de los rasgos que devuelve a M. de Cambremer el desapego del ojo en blanco característico de los más intuitivos ministros de la republica de las letras, no menos que de los hombres-caballo del vudú haitiano y de algunos santos, "como si el marqués acabase de salir de una operación o implorase al cielo, bajo su monóculo, las palmas del martirio" (Pr 1. 1492 - trad. Armiño. 857), después de la risa solar que había regalado el regreso de la pupila, "lo mismo que un claro pone un poco de azul en un cielo guateado de nubes" (*Ib.* - 856).

A no ser que el traslado de la pesadilla a la idea del título provisional de la exposición del Louvre, que en últimas llevará el nombre de *Memorias de ciego,* desemboque también hacia el hiato de un corte susceptible de contradecir la pulcritud y el decoro de tanta arquitectura cultural armada para borrar llagas sintomáticas… Lo que ya había quedado en suspenso veinticinco años antes: - "¿Porqué de-tallar? Para quien [*Pour qui; Para quién*]." (D 22. 23; 209 - Trad. González y Scavino 192).

Casi en efecto, lejos del precio más alto pagado por San Cristobal cargando al Niño Dios y del gigantesco cazador que recupera la vista al dejarse guiar hacia el sol naciente por un lazarillo crustáceo, la semana pasada, ya no sé en cuál telemisión nocturna, al sentenciar Wax Tailor que "de todas formas toca enmarcar y enmarcar bien [*il faut bien cadrer*]" mientras el entrevistador definía sus grabaciones a punta de Trip Hop, Electro Swing y DJing, de ninguna manera resignado, orgulloso más bien de tanto sacrificio taxonómico y de los mandatos de la ley ad hoc, si esa versión de la fórmula que intitula cierto encuentro de Derrida con Jean-Luc Nancy hubiese retorcido alguna alusión a la homofonía inherente al tajo kantiano entre la obra efectiva y el cerco anexo, ἔργον y πάρεργον, como quien dice o redice "el *sin/sangre/sentido* del corte puro", el entrevistado hubiera podido obtener un rótulo de exitoso confesor de las buenas tijeras humanistas, síntesis redentora de los cálculos del sujeto interesado en circunscribir para comer a sus anchas, porque:

> "De todas formas hay que comer y comer bien [*Il faut bien manger*], he aquí una máxima de la que bastaría con hacer variar las modalidades y los contenidos. Al infinito. Ella dice la ley, la necesidad *o* el deseo (jamás creí en la radicalidad de esta distinción a veces útil), la órexis, el hambre y la sed ('hay que', 'de todas formas hay que' [*'il faut', 'il faut bien'*]), el respeto del otro en el mismo momento en que, al experimentarle (hablo aquí del 'comer' metonímico como del mismo concepto de la experiencia), uno ha de comenzar a identificársele, a asimilarle, a interiorizarle, comprenderle idealmente (lo que jamás puede hacerse absolutamente sin *dirigirse al otro [s'*adresser à l'autre] y sin limitar absolutamente la comprensión misma, la apropiación identificante), hablarle en palabras que pasan también en la boca, la oreja y la vista, respetar la ley que a la vez es una voz y un tribunal (ella se entiende y se escucha, está *en nosotros* que estamos *enfrente de ella*). El sublime refinamiento en el respeto del otro es también una manera de 'Comer necesariamente' o del 'comer Bien' [*de 'bien Manger' ou de 'le Bien manger'*]. También el Bien se come. Hay que comerlo bien." (D 23. 297)

Cosas que pasan, por el cuerpo y por el alma, al derecho y al revés del canibalismo más o menos respetuoso, en esta misma página, día y noche, ocurrencias del que, sin cazar ni rechazar, vislumbra el reverso del desplome de Ícaro en la meta del radioso camino de Orión, "ese otro ojo, ese ojo del otro que le ve venir" (D 20. 106), andanzas del que había asumido el compromiso de montar una exposición en el Louvre seleccionando obras maestras atentas a esa entrega de la atención en que por igual quien se autorretrata y quien anda a tientas corren el riesgo de precipitar, ya curado de la parálisis facial que le sonsacaba la mueca del tuerto, casi el mismo al que se le ocurre evocar el momento crítico y decisivo de su propio trayecto después de repetir el relato de la pelea de los ciegos cuando, en lugar de denunciar la decorosa "república de las letras", trae a cuento la peligrosa maniobra sobre ruedas que le apartó del cuidado de sí y del volante, quizás uno de tantos episodios sintomáticos de "ese mal de la pertenencia, casi se diría de la identificación", ya sensible desde 1942 si hubiera que tomar a la letra una hoja de vida y muerte tan diferente, arborescencia más bien, vasta y encendida fitografía de las disyunciones e impertinencias del disenso consigo mismo que invade su obra toda vez que "la desconstrucción de lo propio" constituye "su mismo pensamiento, su afección pensante" (Bennington 301 - cfr. Rodríguez 327), jugadas susceptibles de contradecir en sumo grado el autocontrol y el itinerario:

> "- Cuántas cosas le pasan: noche y día. - Hay que creer *[Il faut croire]*, es verdad, sí las habría visto, en estos últimos tiempos. Y todo eso queda archivado, no soy el único que puede atestiguarlo. De manera que el 11 de Julio estoy curado (sentimiento de conversión o de resurrección, el párpado guiña de nuevo, mi rostro sigue hechizado por un fantasma de desfiguración), es la primera cita en el Louvre. Esa misma noche, mientras regreso a casa en automóvil, se me impone el tema de la exposición. Como de golpe, en un solo instante. Garabateo al volante un título provisional, para uso privado, para organizar mis apuntes: *El aobra donde no ver [L'ouvre où ne pas voir]*, que a mi regreso deviene icono, o sea una ventana por 'abrir' sobre la pantalla de mi computador." (D 20. 38)

Por una vez lo que impacta no es el *anthema*, ni el anti-tema ni el tema en flor, sino la convergencia temática casi en persona, no el movimiento de τίθημι, "poner" y "proponer", sino lo "puesto" y "propuesto" de una vez - a no ser por todas, aunque sea "para organizar". Es así que a la hora de ponerse a la obra quien sea herido por la lógica económica de lo que ya estuvo, definitivamente vivo y organizativo, lo bien tallado del θήμα, no sólo "suma depositada en un banco", sino también "posición de los astros", el que diga: - "Por los garfios de un arpón ensarzando a un ahogado para sacarlo de un estanque, he sufrido en mi cuerpo de niño. (...) Todo ya está cogido, hasta mi muerte, en una banquisa de *estando [Par les crochets d'une gaffe accrochant un noyé pour le tirer d'un étang, j'ai souffert dans mon corps d'enfant. (...) Tout est déjà pris, jusqu'à ma mort, dans une banquise de* étant*]*" (Genet 1. 125), el compadre del que admite haber olvidado su primer verso en letras de molde, a la orilla de varios renglones vacíos aquí apretados en blancura sucinta:

> "Sin coma después de ángulo *[Sans virgule après angle; Without a comma* [virgule] *after* angle*; Ohne Komma nach Eck(stein)* ([pierre d']angle)*; Senza virgola dopo angolo]*. El ángulo es siempre, para mí, un borde de tumba. Y entiendo esta palabra, ángulo, su gl, escuchándola en el fondo de mi garganta como aquello que a la vez me corta y me sopla todo el resto *[me coupe et me souffle tout le reste; cuts off and spirits (away) from/in me all the remain(s); (be)schneidet* (coupe) *und mir den ganzen Rest souffliert / stibitzt* (me souffle tout le reste)*; mi mozza e mi insuffla tutto il resto]*.

> Olvidaba. El primer verso que haya publicado: 'gluten del estanque leche de mi muerte ahogada' *['glu de l'étang lait de ma mort noyée';* 'glu de l'étang de ma mort noyée' *['glue of the pool milk of my drowned death']*; 'glu de l'étang de ma mort noyée' *['Leim des Teichs Milch meines ertränkten Todes']; 'glu de l'étang de ma mort*

noyée' [*gluten dello stagno lattiginoso della mia morte annegata*]*"* (D 12. 219b -
trad.: Leavey y Rand 195b-196 b; Gonder y Sedlaczek 217b; Facioni 895),

no tiene más remedio el soplón que obedecer al campanazo de la incredibilidad que lo parte
donde se luce el no ver desde ya, contra mal leídos avisos, "abrir" por "obrar", *ouvrir* por
ouvrer en el hiato del punto de partida final, a través de la puerta metálica del montacargas
de la morgue, cumplir por tirar de la camilla con el bulto del 56 debajo de la sábana y chupar
la cerveza sacada del refrigerador que para la ocasión sabe a leche agria, "angola", *glas* que
llaman, sin dejar de seguir las instrucciones del enfermero: - "No hay vasos, che, de manera
que nos prendemos a la que te criaste." (C 4. 363)

El *knock-out* inaugural y el brindis conclusivo que así tocan, meten y expropian sin tener
que ver con el mejor de los logros, casi todo lo contrario, acaban delatando los demonios de
lo expositivo menos al eco de Eco rebotado en loberas históricas y lupanares estéticos que
al necrofílico y lujurioso ensanche del *L'ouvre où ne pas voir* en que despuntan promesas de
acogida hipnótica a pico de colmillo, resto de patrimonio humanístico democráticamente
solidificado y extendido a las afueras de la Villa de Adriano, "ante el lecho de cañas de un
campesino, ante el bulto de las ropas colocado entre dos bloques de cemento romano, ante
las cenizas de su fuego recién apagado. Sensación de humilde intimidad bastante similar a
la que se siente en el Louvre, después del cierre, a la hora en que los catres de tijera *[lits de
sangle]* de los guardas aparecen entre las estatuas" (Yourcenar 2. 338 - trad. Zapata 257-258),
trueques de objetivos y subjetivos, santuarios bucólicos y fauces telúricas de la ausencia de
obra y del fin de la famosa visibilidad por exceso de apariencia, nalgas de Stilitano ambos
palacios, categóricas como la cárcel porque "su trasero era un Altar de los que se cargan
en las procesiones *[son postérieur était un Reposoir]*" (Genet 1. 64), azufrosas e imperativas
cuanto el instante litúrgico del hurto, cuando "todo nos agolpa en nosotros mismos, nos
apelmaza, nos hace bocha de presencia *[tout nous ramasse en nous-même, nous tasse, fait de
nous une boule de présence]*" (*ib.* 31), y la nubecilla de flema perlácea estirada entre sus labios,
leche de catarro "blanco, pesado, espeso como un gusano blanco" (*ib.* 42), no obstante y en
razón de una pesadez muy poco maestra larva tan mercurial cuanto la "ligera ensoñación"
del manco amado (*ib.* 133), falta de gravedad en lo definitivo, tierno diamante, lo dijo el
ladrón que arponea, examina y revela a la policía lo que parece engendrar: - "No conozco
golfos que no sean niños *[Je ne connais pas de voyous qui ne soient des enfants]*" (*ib.* 132),
no sólo por rever "*abra.* f." a ojo de Casares, "ensenada o bahía no muy extensa // valle o
abertura despejada entre montañas // grieta o hendidura producida en el terreno por efecto
de concusiones sísmicas", sino por escuchar más o menos lo mismo a oído del *Robert*, al
pie de "*louve* f. (siglo XV; 1175, *love* y *lue*) salido de *lupa* latina cuyo sentido figurado
de 'prostituta' ha precedido el de 'hembra del lobo'", a lo largo de la misma cuesta, un
tris más abajo, después de *alouvir*, "registrado en 1660 al pronominal por 'hambrearse
[s'affamer]', y que en nuestros días subsiste tan sólo gracias a los dialectos o al estilo literario",
mientras el signo de puntuación y una diminuta losange la separan apenas de una inesperada
forma adverbial y de la última clave del sartal de acepciones y derivados: - "(...) En fin,
el nombre propio *Louvre* significa originalmente 'lugar donde hay lobos'", para tropezar
inmediatamente después sobre otro felpudo, en el umbral de un nuevo corredor de palabras,

delante de la esquina con *loupe*, "origen incierto, tal vez procedente (1328) de un radical *lopp-* creado en francés para designar un trozo informe que pende sueltamente *[lâchement]* (en *faire la loupe* 'sacar la lengua', *Roman de Renart*, 1180)", cuyos sentidos más antiguos corresponderían a "piedra preciosa irregular" y "defecto en una masa de metal (1358)", en seguida "quiste sebáceo indoloro, por lo común en la cabeza" y "excrescencia leñosa sobre ciertos árboles", desde 1680 "instrumento de óptica", sin ninguna consideración por ángulos y recodos dejados atrás, como si los lobanillos no delataran ubres virgilianas y dientes de aumento esgrimidos en lo que fuera dominio de mamíferos carniceros o encima de cualquier otro dispositivo de retención acuciosa, el jueves 21 de octubre de 2004, ya que estamos, cuando me quedé frío ante la puerta del anfiteatro Poincaré, rue Descartes, en la sede del Colegio Internacional de Filosofía, tergiversando involuntariamente el afiche de *France Culture*, programa radiotelevisivo que, como suele decirse, *cubría* el evento del homenaje al filósofo recién fallecido, doce días después de su partida si no estoy mal, más exactamente la leyenda "*abus de curiosité*" que subrayaba en letras capitales la indiscreción del redondo cristal detectivesco sorprendido en el acto de cubrir y descubrir una oreja colosal por abusivo derecho de *magnifier* impuesto a los cartílagos del que creí hueco de obús, tímpano o embudo de mona antipersonal a la escucha de quien lo sondea, ningún retruécano de los que dejan lo que encuentran, palabra en la boca del abra templada a través del lugar en que se custodian objetos notables, hechizado marco de marcos, chupadero de *churinga* sin *cura*, *curator* ni *curiosus*, a condición entonces de no darse como obra de obras hambreadas por verse, apenas teoría compulsiva con todas las taras y tarifas del caso:

> "*(...)* una frase de Proust, elogiada en un libro de esta colección, 'Los Contemporáneos', y que dice: 'Una obra en que hay teorías es como un objeto sobre el que se deja la etiqueta del precio', y no encuentro nada más vulgar que este decoro francobritánico, en realidad europeo, le asocio *[j'y associe; con el que relaciono]* a Joyce, Heidegger, Wittgenstein y algunos otros, la literatura de salón de esa república de las letras, la mueca *[la grimace; el gesto]* de buen gusto tan ingenuo como para creer que se pueda borrar el trabajo de la teoría, como si no existiera en Pr., y mediocre, creer que debemos y, sobre todo, que podemos eliminar el precio que hay que pagar, el síntoma, si no la confesión, yo siempre pregunto de qué la teoría es un síntoma y lo confieso, escribo poniendo el precio, pego el afiche *[moi je demande toujours de quoi la théorie est un symptôme, j'écris en mettant le prix, j'affiche; siempre me pregunto de qué es síntoma la teoría, y confieso que escribo poniendo el precio, lo fijo]*, no para que el precio resulte legible al primero que llegue, porque estoy a favor de una aristocracia sin distinción, por ende sin vulgaridad *[donc sans vulgarité; es decir, sin vulgaridad]*, a favor de una democracia de la compulsión al precio más alto, hay que poner precio para leer el precio en el afiche *[affiché; fijado]*, no se escribe más que en el momento de dejar plantado a lo contemporáneo, con una palabra, con una palabra por palabra, verás, a todos los que acabo de nombrar, es decir al programa socioftware y de tantos otros, esa es la condición para que eso cuaje y agarre, locución intraducible, perdiendo la cabeza entre dos valores, sobre la escena en la que eso cuaja porque se cree en eso, se ha creído en eso, en la blasfemia, en el simulacro, en la impostura, en el suplemento de perjurio que se llama confesión pero

también sobre la escena en que eso cuaje y agarre *[fausser compagnie au contemporain, d'un mot, du mot pour mot, tu verras, à tous ceux que je viens de nommer, c'est à dire au programme sociologiciel et de tant d'autres, voilà la condition pour que ça prenne, locution intraduisible, perdant la tête entre deux valeurs, sur la scène où ça prend parce qu'on y croit, on y a cru, au blaphème, au simulacre, à l'imposture, au supplément de parjure qu'on appelle aveu mais aussi sur la scène où ça prend; abandonar por las buenas a lo contemporáneo, con una palabra, con la palabra para palabra, ya verás, abandonar a todos aquellos que acabo de nombrar, es decir, el programa sociológico y tantos otros, ésa es la condición para que cuele,* [pour que ça prenne], *locución intraducible, perdiendo la cabeza entre dos valores, sobre el escenario en el que eso cuela porque nos lo creemos, nos lo hemos creído, la blasfemia, el simulacro, la impostura, el perjurio añadido que llamamos confesión, pero también sobre el escenario en el que eso cuela]*, instantáneamente, como ese caos de lava roja que se endurece para ponerse en obra tan sólo al no coagular." (D 19. 62-64 - Trad. Rodríguez 85-87).

Únicamente al no fijarse se fija, ha de constar la inconstancia, bodas de azufre y mercurio oficiadas por quien se arremanga el alma para disolver y coagular como lo bien cogido y recogido dicta, *Verbum dimissum, Palabra Depuesta*, lapsus perdido sin el menor chance de confirmar el feliz retorno de las criaturas exterminadas por Etsa, el Sol, ni siquiera concediendo al tipo aindiado del asiento siguiente la repercusión analógica de un mitema traído más que nunca de los cabellos el 12 de febrero de 2003, con todo el respeto debido a las tradiciones de los seductores de cabezas hoy por lo común entregados a tareas artesanales de otra índole, cuando Etsá arrepentido "metió las plumas del colibrí en su cerbatana y al soplarlas hacia arriba revivieron todos los animales" (Mires 135), surtidor de cada cadáver sacudido por la risa de buena parte de la concurrencia ante visos y tornasoles del substantivo electrizado en el preciso momento en que Derrida se apresta a recibir el cuaderno con las firmas de los inscritos al seminario, en coincidencia con una de las reiteradas ocasiones en que el término aparece al interior del primer período de la página correspondiente:

"Se da, con la inhumación, un tiempo y un sitio para el cadáver, y el cadáver, concepto cabe el que nos tocaría demorarnos un buen rato, si no es el cuerpo propio viviente *(Leib)*, tampoco es una simple cosa. La última vez, asociábamos las dos preguntas, '¿Qué es una cosa?' y '¿Qué es el otro?'. Y bien, estas dos preguntas hay también que interpretarlas como preguntas sobre el cadáver, y una de las diferencias entre la inhumación y la incineración, es que la primera reconoce el derecho *[fait droit]* a la existencia de un cadáver, a su duración y a su territorio, mientras la segunda escamotea al cadáver. La incineración hace desaparecer al cadáver. Ahora bien el cadáver es una cosa que no es apenas anónima y sin vida, y lo percibimos tan sólo como cadáver del otro. Aunque estuviéramos dispuestos a seguir a Heidegger cuando habla de 'poder' nuestra propia muerte *(...)*". (D 18. 233)

Porque ahí mismo, con la misma escalofriante nitidez del 28 de septiembre de 1994, durante la apertura de la primera sesión del Parlamento Internacional de Escritores, al traducir el poema que Adonis había pronunciado en árabe, resonancia que por mi cuenta y desgracia intenté restituir a uno de los sentidos de *glas* evocando el cadencioso devenir de "la palabra *cadáver*, badajo en vacío piadoso" (Mazzoldi 2. 11), a dos pasos de la mención de Heidegger y once hojas antes de pedir a los asistentes que se sirvan concederle "*s'il vous plaît*" diez minutos más allá del horario normal, ruego y aquiescencia descontados por un renglón en blanco (*ib.* 244), son tres las sílabas que transcurren mientras toma la lista de las firmas extendiendo lentamente la mano, solemnidad volátil que transforma el documento en difunto cuando sólo el equívoco empático puede enmarcar una deposición capaz de mover a risa medionerviosa, como si todos trasviéramos en sus brazos el mismo trasunto de cachicosa, efectos especiales de Philippe Szabo al servicio de *El extraño caso de Angélica*, la de Manoel de Oliveira, Film Affinity, 2010, bellísima muerta, de clase muy alta como todo difunto, Pilar López de Ayala, cómo no, secretamente despertada en el set del velorio por el *talita kumi* de la cámara revolucionaria de Isaac, Ricardo Trêpa, joven judío modestamente errante que le arrebata esa sonrisa de *diva muette* para llevársela hasta el gancho pendiente del cordel templado ante la puerta abierta del balcón, al lado del contrapicado de un instrumento de labranza, pico de dos puntas cogido al vuelo un instante antes de hincarse en el humus o en la frente del fotógrafo otramente resepulto al rirmo del canto de la respectiva cuadrilla de trabajadores en bizarra armonía con las notas de Chopin recurrentes a lo largo de la película, las paralelas de los surcos del viñedo y las barras de la verja del cementerio, el sudor de los labriegos fustigados por el sol y las babas fosforescentes del semblante de la muerta que se lleva al reportero de los condenados de la tierra, más allá, más allá del balcón, sin dejarle el tiempo de recuperar el testigo de las bodas de perdón y venganza, democracia por venir y aristocracia sin distingos, ese tulipán blanco arrancado en plena excursión lunaria y caído en picada sobre el florero del comedor de la señora Justina, la dueña de la pensión, Adelaide Teixeira, otro detalle sumiso a la contemplación de Elstir, otro espécimen bajo la lupa de Nino, el hijo del filósofo de "Bestiario".

"*C'est pour mieux te regarder, mon enfant*", "mirarte mejor, mi niño" o "volver a guardarte mejor, hijo mío" (Cixous 43) pues, a bien mirar los periplos virgilianos de *El Viaje de la raíz alechinsky*, minimayúsculos de cabos a rabos, tanto *regarder* como *enfant* dan para mucho, sobre y debajo de todo para que otra concuñada de Abel se las dé de mamita pendiente del que "en seguida, dice, las he recortado [*découpées*]" (*ib.*), a que se adivine de qué bichos y bichas de ácana y ébano se habla:

"(...) las he recortado, salta a la vista que toca despegarlas, liberarlas del espectro familiar de la hoja, reconocerles los derechos de las libélulas o de los saltamontes. En seguida, dice, las dispuse sobre unas páginas, cada montura con su fino tul de suelo bajo las patas. - Más tarde puse en echarpa esas gafas [*j'ai mis en fichu ces lunettes*]. Poner en echarpa dice, no funcionó. No se lo habían dicho. Jacques Derrida no había contado aún la historia de la puesta en echarpa de un poema que le llegó en sueño a Walter Benjamin. Ahora que las gafas están re-puestas [*ré-posées*] sobre las páginas, con el mayor cuidado, con su aire psíquico de hipolepidópteros, de picadas de ojo (...)" (*Ib.*)

No han visto nada todavía, promete y concluye la húmeda pantalla de la hoja doblada y redoblada al filo del *encore*, ángulos en ángulos, cobijas en que los restos del resto pululan, pliegues hirvientes de resecciones audiovisuales en un hotelito de Marsella, del tártaro de Resnais a los campos elíseos de Alechinsky y regreso contrabando insectiforme, de la del uno a la del otro y escaras intermedias, Ella de todas formas: desde la primera *"fourmillement"* es el inane substantivo en cuestión (*ib.* 11), "el hormigueo, el crecimiento, la rompiente *[la croissance, le déferlement]"* de innúmeros supuestos y repuestos a la izquierda del segmento de una raíz de caña de bambú (*ib.*), *Clavaria fistulosa*, uno de los rostros de Nuestra Señora de las Gradas y de los Rellanos, la reina que ordena: - "Levántate y anda *[Lève toi et marche]"* (*ib.* 95), *Φύσις* y *Φύσησις*, "Naturaleza" y "Soplo", suplemento de *insecta* sin freno, novísima y devorante Eva de invencible verdor dándose los aires de hablar por los fuelles de *Último Round*, primer piso:

> "Él no sabe que nos gusta errar por sus pinturas, que desde hace mucho nos aventuramos en sus dibujos y sus grabados, examinando cada recodo y cada laberinto con una atención sigilosa, con un interminable palpar de antenas. Tal vez sea tiempo de explicar (...) por qué desde hace mucho esperamos ansiosas que la sombra caiga sobre los museos, las galería y los talleres (el suyo, en Bougival, donde tenemos la capital de nuestro reino) para abandonar las tareas del hastío y ascender hacia los recintos donde nos esperan los juegos, entrar en los lisos palacios rectangulares que se abren a las fiestas." (C 17. 33)

Fiestas, a no dudarlo, a desterrar dudas de catálogo y celebrar certezas recreativas de un perímetro al otro, aunque el enésimo extinto posible sugiera más bien contornos de embriaguez báquica, bulto de rumba jevi pintado a rayas, fibras de cosa o cachicosa "mezcladas con cincuenta páginas de recortes y pegotes." (C 13. 369) Corpazo peludo o bichito de relamida lisura, persiste en agarrarse la cola sin demasiado esfuerzo mientras corrije las pruebas de galera porque, a juicio del prologuista en incógnito muy parecido al narrador difuso y demás felinos, como todos los libros debe "defenderse por su cuenta y éste lo hace como gato panza arriba cada vez que puede" (*ib.* 8), allá abajo, sin que nadie, mucho menos "el que te dije que seguía en la mitad de la escalera, entre sentado y caído" (*ib.* 363), pueda "estar seguro de lo que encontraría Ludmilla al pie de la escalera en esa confusión y los faros enceguecedores y la policía ocupando la planta baja y subiendo ya, topándose con el que te dije en la mitad de la escalera" (*ib.*), déle pues con la escalera y su peldaño de carne *unreliable*, "inseguro", "nada confiable", a la letra "irreligado", desatada inconstancia que, ya lejos del chalet invadido, alarga su imposible mismidad sobre la mesa n° 5 para que el rabinito Lonstein le quite la sangre seca y reconozca la desinteresadísima razón que le compete: - "Mirá que venirnos a encontrar aquí, nadie lo va a creer, nadie va a creer nada de todo esto. Nos tenía que tocar a nosotros, clavado, vos ahí y yo con esta esponja, tenés tanta razón, van a pensar que lo inventamos" (*ib.* 386), sin que se sepa exactamente cuándo lo impensable todavía boqueaba y, lejos de rendir homenaje al frágil frenesí formicular, Marcos arremetía contra himenes de himenópteros y afines alineados al ritmo de Pink Floyd, toda vez que "usar esas palabras, quiero decir besarte la concha y no la vagina, le entra a patadas a ese otro reverso, el del VIP digamos, porque también hay hormigas en el idioma, polaquita, no basta con bajarle la cresta a los VIP si vamos a seguir prisioneros del sistema" (*ib*. 284), a no ser otro derrame interno de lo idéntico por efecto del impacto y el consecuente "examen científico de la zona vulnerada" (*ib*. *214*), en el apartamento de Ludmilla, donde "Marcos facilitaba la tarea contrayendo el estómago con un gesto de dolor" (*ib*.), entregado a la caricia del paño embebido de grapa y atento a otra "esponja, lujo extraño" (*ib*. 215), otros insectos si se quiere, de acuerdo, siempre que "los moldecitos de la maldita colmena verbal" (*ib*. 102) no culpen ni sofoquen lo inenarrable si se trata de la historia del "sueño del cine que volvía y volvía con su tábano y su hueco oprimente en la puerta de un salón" (*ib*. 213), y que rellenos y revoques interpretativos dejen escupir la presunta vergüenza sin querer enhebrar ningún tigre en el ojal del membrete a la cabeza del formato de tanto mirmidón alfabético haciendo su triunfal entrada en la intimidad doméstica de la Joda, "innumerables tribus de los hormigachos, los hormiguetas, los hormigudos y los hormigócratas (...) los hormigordos y los hormínimos, junto con los hormigófilos" (*ib*. 360, 361), amén del "hormigonudo de pelado cráneo", del "cuerpo a cuerpo de Marcos con el Hormigón himself" (*ib*. 362) y requeteamén de "la puerta de mierda" (*ib*. 361), "la puerta llena de hormigas" (*ib*. 362), el hartazgo del hueco por contar de una vez por todas, la eclosión del umbral del piso de arriba y del telón de la sala de cine del sueño de Fritz Lang que los ni tan amenos aunque amenísimos plagiarios hace rato comparten, por lo menos desde el "corte" (*ib*. 103) de la escena faltante en el informe de Andrés, "una pausa como de película accidentada" (*ib*. 362), oquedad de tabanera, eclipse en jaula de oro corneado, "toda la casa como una inmensa oreja" (C 18. 158) volcada sobre la copia de sí reducida al tamaño de un paralelepípedo de cristal o de papel, *pars pro toto* a morir por derecho de disminución, incluyendo el tóxico factor de la repulsa, genio del deleite del delete dando vueltas por ahí para azuzar el despilfarro ultrafamiliar que llaman "lectura", cuanto más que "el formicario valía más que todos los Horneros, y a ella le encantaba pensar que las hormigas iban y venían sin miedo a ningún tigre, a veces le daba por imaginarse un tigrecito chico como una goma de borrar, rondando las galerías del formicario; tal vez por eso los desbandes, las concentraciones. Y le gustaba repetir el mundo grande en el de cristal" (*ib*. 150), biblioteca babélica en manual de instrucciones, dicho sea con el perdón de quien sabe perdonar al "crítico francés que naturalmente anda a la búsqueda de constantes" (C 19. 30), ningún "Maurice Blanchot, porque de esa raza deberá ser el hombre que se adentre en su larvario fabuloso" (C 20. 136), que conste, no en lo que resta de su propio termitero, del que declara a secas "no soy un crítico" (*ib*.), el cabeciduro de la espontaneidad nocturna, piscina suficientemente profunda para aguantar la zambullidera desde lo más alto de la torre de Changó, sino en el larvario de bachacos y tambochas del que un par de años antes había señalado en *Rayuela* el predominio de "la parte crítica, la parte cenital" (Lezama, Simo y Fernández 55), nadie de ese linaje entonces, faltaría más, sino uno de tantos costureros estructralosos, coleccionista de haches adicto a los baches teóricos que en conclusión puede acercarse para recoger los debidos agradecimientos: - "Es bueno escribir todo esto irónicamente, pero detrás está lo otro, las figuras pavorosas que tejen en la sombra las grandes Madres. Ya sin ironía alguna le doy las gracias a Julián Garavito, tejedor del lado de la luz" (C 19. 31), a golpe seguro, con o sin guantes porque en medio de los reflectores del acostumbrado cuadrilátero sería preciso disputar tan naturalmente como pretende "Noticia de los Funes", zarpas saladas de Okusai sobre un charlador de la hora del cocktail suficientemente capcioso para insinuar al cliente ocasional que la metáfora del púgil triunfante se compagina con la rendición incondicional del turista explayado, los trastazos que van metódicamente medidos con los que llegan a la mala de Dios, de la bestia o de la monocotiledónea del caso: - "Un tal Julián Garavito de la revista *Europe* viene y escribe pero entonces usted y el hilo secreto que va uniendo sus cuentos: yo hatónito, porque mis cuentos me han ido cayendo por la cabeza como cocos cada tanto tiempo y al final se fueron juntando en tres o cuatro canastos donde parecen estar muy bien salvo que ahora según Garavito hay nada menos que un hilo que los ata secretamente y eso me perturba, che, porque los cocos siempre me parecieron frutos sumamente independientes que crecen solos en las palmeras y se tiran cuando les da la gana" (*ib*. 29), relativa autonomía que distingue también a los especímenes de Los Horneros, la finca de los tres hermanos Funes, *a)* Luis, filósofo disdascálico y observador en *off*: - "(...) la casa como una inmensa oreja, después un murmullo y otra vez la voz de Luis: 'Es un miserable, un miserable...', casi como comprobando fríamente un hecho, una filiación, tal vez un destino" (C 18. 158); *b)* Nene, presunto miserable, tan pegado a la hermana cuanto el otro a los mamotretos, más arrecho y rabioso por no lograr cojerla, peor si un balonazo le quiebra el vidrio y primero la *dira facies* se aparece "en mangas de camisa, con los anchos anteojos negros. / - ¡Mocosos de porquería!" (*ib*. 152), después en el duermevela de la amiguita de Nino "(...) con la boca dura y hermosa, de labios rojísimos; en la tiniebla los labios eran todavía más escarlata, se le veía un brillo de dientes naciendo apenas. De los dientes salió una nube esponjosa, un triángulo verde (...)" (*ib*. 154); *c)* Rema, cuyas blandas manos dan a la pequeña Isabel "deseos de llorar y sentirlas eternamente contra su cabeza, en una caricia casi de muerte y de vainilla con crema, las dos mejores cosas de la vida" (*ib*. 142-143), quizás un tris exacerbado el sentido crítico que la expone a los fantasmitas del destete, demasiado sensible tanto a los desperfectos del consentimiento, empezando por la "última cucharada de arroz con leche - poca canela, una lástima" (*ib*. 139) como si todo el resto acechara a partir del bocado postrero, hambriento residuo crepuscular traducido de una a otra zona, de una habitación a la otra, de galería en galería, atigrada mantis religiosa visitando las casillas del formicario que ella y Nino han armado y hasta cierto punto ofrecido al lector, hasta el triángulo capital del "mamboretá de un verde tan verde" (*ib*. 160), tsunami del estío para muñequita Bellmer a ojo de tango, "pobre huerfanita, triste flor, / era su madrastra la impiedad", *Mamboretá*, música de María Isolina Godard y letra de Francisco Jiménez por intercesión de la musa de Evaristo Garriego, después de la llamada telefónica, cuando "Isabel supo como desde un tobogán que la mandarían a lo de Funes a pasar el verano. Se tiró en la noticia, en la enorme ola verde, lo de Funes" (*ib*), cuando en su propio hogar Inés y la madre la escrutaban sin verla, "como más allá de ella, casi tomándola por pretexto" (*ib*.), cálculos quizás no tan obscuros como las miradas que traspasan los puños en las sienes del papá de Nino, abstraído a deshora, porque "a Isabel le dolía que Luis fuera filósofo, no por eso sino por el Nene, porque entonces el Nene tenía pretexto para burlarse y decírselo" (*ib*. 144), lo bastante sin embargo para preguntarse por qué la habrían invitado a veranear, aunque le faltara "edad para comprender que no era por ella sino por Nino, un juguete estival para alegrar a Nino" (*ib*. 146), y esa sombra en cambio, mientras se le ocurre preguntar por qué el Nene estaría enojado con ella, la virtuosa de las caricias a la vainilla con crema: - "La mano pasó sobre el vidrio como un pájaro por una ventana. A Isabel le pareció que las hormigas se espantaban de veras, que huían del reflejo. Ahora ya no se veía nada, Rema se había ido, andaba por el corredor como escapando de algo. Isabel sintió miedo de su pregunta, un miedo sordo y sin sentido, quizá no de la pregunta como de verla irse así a Rema, del vidrio otra vez límpido donde las galerías desembocaban y se torcían como crispados dedos dentro de la tierra." (*Ib.* 151)

Los cabellos de Isabel acogen la medusa digital de la madre suplente con la cautela felina de la especie. Vueltas de la vida doble, dulzura del susto a deshora y jolgorio de Cenicientas sistemáticas, porque al brincar el despertador del artista marcan tarjeta las humildes bacantes: - "Cuando de mañana vuelve a su taller, cuando los guardianes inician su ronda en los museos, cuando los primeros aficionados entran en las galerías de pintura, nosotras ya no estamos allí, el ciclo del sol nos ha devuelto a nuestros hormigueros." (C 17. 44)

Motivos no faltan para creer que semejantes parrandas no se desenvuelvan sin la complicidad de las respectivas prohibiciones: mínimas Maggies, Magdalenas impecadoras, *belles de nuit* y mártires de todos los credos hurden la trama cada vez que "los deseos vulgares o los sueños de orgías se han metamorfoseado en abnegaciones sublimes" (Genet 4. 172), proliferación vampiresca de susurros traicionando y traicionándose por las cuatro esquinas de la cabina o de la cisterna reseca con tal de entrar al empíreo bailable, cuerpos sin órganos de auto-hetero-devoradoras Madres de todas las edades, tamaños, sexos y latitudes, revueltos con los bocaditos del antiguo evangelista: - "*(...)* un día más sin empezar el cuento. Lo malo es que no termino de convencerme de que nunca podré hacerlo porque entre otras cosas no soy capaz de escribir sobre Anabel, no me vale de nada ir juntando pedazos, que en definitiva no son de Anabel sino de mí *(...)*" (C 2. 172-173).

Sean de quien sean las porciones servidas a fuerza de razonable inercia, platos de Narciso sobre el mantel de su manantial, escarceos de "esa singular operación de división multiplicante que transforma el origen en efecto y el todo en parte" (D 24. 339), antes de guardar la estatuilla del narrador en esa piel de no sé qué con "doble cierre de seguridad" que a William le habrá costado un ojo de la cara (C 2. 167), perdida la llave del cuento en gelatina tentacular de *Physalia physalia*, flotador pneumatóforo de un celeste iridiscente, vulgo *Portuguese Man-o-War*, bajo la contundencia cenital del argumento que mató a la Dolly convenciendo a Anabel "de que la Marucha había tenido razón (y era cierto, pero no en esa forma), y que a nadie le iba a pasar nada grave" (*ib.* 170), entre unos cuantos "libros nuevos en el camino a casa" (*ib.* 168), para la ocasión Cocoa Beach o San Jorge del Mar, el mismísimo ídolo magistral se ha vuelto "algo de Borges y/o de Bioy" (*ib.* 168), ni fu ni fa de modelo revenido y agostizo, desarmado a lo largo y a lo corto de una severa "disecación del camino" o *dissécation du chemin* sobre el playón de la "*disschémination*" (Derrida, Gasché, Mahoney y otros 137), desertificación diseminante favorable a las tostaduras pentecostales siempre que no se devuelva el porvenir de la clausura del logocentrismo a los efectos globales del recalentamiento de "la cuestión del padre" avanzada por Mahoney en 1979 durante el panel de Montréal sobre la traducción, excediendo más bien la previsible escena del parricidio y mencionando ante todo - *ante* es un decir: los editores lamentan la pérdida del segmento de la grabación correspondiente al "inicio de la respuesta de Jacques Derrida a patrick *(sic)* Mahoney" (*ib.* 132. nota 1.) - las ejemplares circunstancias, más exactamente el *moment donné,* en que el certificado de defunción otrora expedido por Alessandro Manzoni nutre los espejismos del sahara anasémico para aludir al contrato conyugal entre homosexuales desde el catafalco del catolicismo napoleónico de mi bachillerato lombardo, dando por sentadísimo que también pasaron a mejor muerte las instrucciones indispenables para asistir en 49. 2 a los múltiples velorios del pseudofinado sin meter la pata por haberla estirado a la chinesca, hasta el punto seguido y más allá, en semblante de "*Ei fù.* El marido del tipo, el pobre viejo A'Hara *[Ei fù. His husband, poor old A'Hara;* Ei fù. *Son mari, le pauvre vieux A'Hara;* Ei fù. *Il di lui marito, il povero vecchio A'Hara]*" (Joyce 1. 49.2 - trad.: Lavergne. 57. 7-8; Schenoni. 49bis. 2) que Pozanco elimina saltando al 56. 31 sin previo aviso, mientras la no menos democrática aunque percudida contraparte de Bonaparte rebota ni tan *siccome immobile* diecinueve renglones más abajo, donde muy a secas "Fue. Sordid Sam, duro decente deblancero, el desaseado, poseído por su crónico jamón, indeseado *[He was. Sordid Sam, a dour decent deblancer, the unwashed, haunted always by his ham, unwished; Il était comme ça. Sordid Sam, dublancier de stricte observance, jamais lavé, toujours hanté par l'idée de sa personne, jamais désirable; È stato. Sordid Sam, un buon diavolo di duro deblanciere, il nonlavato, sempre hinfastidito dal suo ham, il non desiderato]*" (*Ib.* 21-23 - 27-29; 21-23).

Ni qué callar de las extensiones de lo igual por "*Han var.*" (*ib.* 50. 5 - 58. 13; 50bis. 6) y "*Bhi she.*" (*ib.* 17-18-26; 20), hasta el "*Fuitfuit.*" que resuelve en fuga de gas la masiva presencia de las autoridaes eclesiásticas y militares (*ib.* 32-59. 2; 36), sin adehala de conjunción copulativa, eso no, la que se transplanta, embasta y frankenstaña sobre otra pista, en el depósito poco judicial de los residuos que Derrida no pone a rodar sino desparrama por tangentes cabalísticas de Benjamin e inconceptáculos preoriginarios de Nicolas Abraham sobre la mesa redonda de Montréal:

> "Eso toma formas de una gran diversidad, a las que ahora no puedo acercarme, pero, por ejemplo, en cierto momento *[à un moment donné],* refiriéndose al evento de la Torre de Babel, en el momento en que Yahvé interrumpe la construcción de la Torre de Babel y entrega la humanidad a la multiplicación de las lenguas, o sea al deber de traducción, a la tarea imposible de la traducción, Joyce escribe lo que sigue (aislo estas dos palabras para la comodidad de la discusión, habría que reconstruir toda la página, y todas las páginas): *And he war:* hé aquí lo que se lee en cierto momento sobre una página del *Finnegans Wake* en un episodio que concierne a Babel" (Derrida, Gasché, Mahoney y otros 132)

Incandescencias a las que en determinado momento no es dado aproximarse, cachidonde y semicuando se repregunta: - "¿Y Babel no irá con Lebab? Y él guerraera *[And shall not Babel be with Lebab? And he war; Et Babel n'habitera-t-il-pas avec Lehab? Et il en fut ainsi]*" (Joyce 1. 258. 11-12 - trad. 278. 12), chance de *rehab program* para teóricos de almohada, psicoanalistas entregados a la soberanía lingüística y redentores bibliógenos pendientes de la nota 127 del traductor al gabacho que ignora el conflicto mientras se preocupa por rescatar el palíndromo: - "Babel al revés y a la vez dos palabras irlandesas: *leaba,* la cama, y *leabhar*, el libro", gesticulaciones imposibles de abordar al filo bautismal de lo determinable, dondequiera que, *dall'Alpi alle Piramidi, dal Manzanare al Reno* contra la lengua global que los constructores quieren armar, Dios "impone a su turno su nombre (o al turno / a la torre de ellos) *[il impose son nom à son tour (ou à leur tour)]*" (Derrida, Gasché, Mahoney y otros 135), explosión orgásmica del y de la *tour* de lo mismo, en y por la cachonda ruina del apetito de identidad ontoteológica, es casi decir por obra y gracia de un término que bien puede entenderse como "confusión", obligando entonces la tribu de los Shems a traducir su nombre propio mediante un nombre común, de manera que

> "Interrumpe una construcción y por otra parte la construcción de la Torre de Babel muestra adecuadamente lo que es la desconstrucción, o sea un edificio inacabado del que se ven las estructuras incompletas, a través de las que se adivinan los andamios. Interrumpe, en su nombre, la construcción, se interrumpe para imponer su nombre y produce lo que podría llamarse una 'disseminación *[disschémination]*', lo que quiere decir: no impondréis vuestro sentido o vuestra lengua, y yo Dios os obligo, justamente a la pluralidad de las lenguas de la que no saldréis jamás." (*Ib.* 137)

A través y al revés de las diseminaciones de la sequiza estirpe de Shem, la arremetida desconstruyente de un Fu Manchú de los Ejércitos ido por donde jamás vino ni muy sano ni muy salvo despacha como cataclismo hogareño la coreografía de las lenguas de fuego, empezando por el destape de la divina botella entre bombos y platillos de un desfile de tropas kantineras sin que el dueño del local se dé por enterrado, si eso no fuera acabar, y acabando en el tobogán del Vesuvio, si eso no fuera empezar, toda vez que piroplastos sean burbujas del urético champán de Anna Livia Purabelle, lava de letras de infinito cambio sin aval agolpándose por dentro y por fuera del paradigma de acceso al *sin/sangre/sentido* del corte puro embistiendo el no muy confiable marco de referencia que habría sido la "puerta" en cuestión, *bab* al fin y al cabo, tímpano del laberinto, clamoroso campo de batalla de las madrigueras hematográficas que inducen la pequeña Isabel (princesa Issy para los clientes) a precipitarse por la escalera del inmundo motel del padre, Earwicker jamás en persona, antes de que los inocentes monstruos de esta noche de brujas le tumben la página, ardiente en medio de las jambas sin derecho de admisión:

> "jamás en toda la historia del Mullingcan Inn. Esta babel rataplancombatiente por toda la puerta, jambas y correos laterales, siempre lo dijo, ni remotamente se parecía al belcebúllico balbuceo de una botella de chicha que no le habría sacado de la honda soñarrera sino traído a la memoria una caterva de marchellesas cienagueras de los extranjeros musikánticos instrumangos de la apertiradera de los últimos tres días de Pompería, si acaso *[in the whole history of the Mullingcan Inn he never. This battering babel allower the door and sideposts, he always said, was not in the very remotest like the belzey babble of a bottle of boose wich would not rouse him out o' slumber deep but reminded him loads more of the martiallawsey marses of foreign musikants' instrumongs of the overthrewer to the third last days of Pompery, if anything; rien entendu de pareil de mémoire d'auberge à Mullingar. Cette bataille de babel contre la porte et les contreforts, a-t-il toujours dit, n'était*

pas le moindrement du monde éloignée du bruit d'une bouteille qu'on débouche
ce qui ne l'aurait pas dérangé dans son sommeil profond mais lui aurait rappelé
davantage, si l'on veut, les marches martiales des instruments de musique étrangère
ou le renversement en tierce des Derniers Jours de Pompéi; in tutta la storia della
Mullingcan Inn lui mai. Questa batacchiante babele allowertutta la porta e i suoi
stipiti, ha sempre detto, non somigliava neppure lontanamente al belzeico balbettio
di una bottiglia di bobba che non l'avrebbe svegliato dal profondo sonno ma gli
avrebbe ricordato un sacco di più le marce marzialleggicchiesi degli strumenghi di
musikanti stranieri o l'overtira dei terzi ultimi giorni di Pompery, se mai]" (*ib.*
Joyce 1. 64. 9-15- trad.: Lavergne 73. 1-7; Schenoni 64bis. 11-16)

Razón magmática traducida al filo de la impotencia del deseo de incorporación a lo largo
del andén del otro ebrio de sí, pezón de tulipán embotellado o múltiples embocaduras de
trompeta apocalíptica, *hospes comesque*, "huésped y socio", se astillan los senos soltando abras
famélicas: - "Al extremo, la antropofagia lleva en sí un pasaje homofágico; no en el sentido
del antropófago que come a su semejante, sino del comer-se-a-sí-mismo, del comer-a-ras-de-
sí-mismo. Consumo de la ipseidad." (D 8. 50) Razón venenosa entonces - aunque no en esa
forma, si acaso la del emperador multiniciado muy al tanto de las secuelas del taurobolio, la
ceremonia mitráica en que cada cual se siente "a la vez sí mismo y el adversario, asimilado al
dios de quien no se sabe si muere bajo forma bestial o mata bajo forma humana" (Yourcenar
1. 56 - trad. Cortázar 49) - que el traductor público de otrora - hoy presumible filibustero
de los siete profundos mares azules sino funcionario cosmopolita por encima del bien y del
mal, como suele decirse, dueño en todo caso de la dócil portátil "metida en una valija entre
pantalones, botellas de ron y libros" (C 2. 139) - cree compartir con Derrida.

Obras citadas

Abad Faciolince, Héctor, "'*La sociedad colombiana es despiadada*' - Del cielo al infierno y del infierno al cielo - Entrevista exclusiva a Íngrid Betancourt", en *El Espectador*, 19 de septiembre de 2010, 1-10.

Fragmentos de amor furtivo, Aguilar: Bogotá, 2005 (1998).

Adami, Valerio, *Sinopie*, SE SRL: Milán, 2000.

"Disegno & Confessioni", en: V. A. y Octavio Paz, *Adami*, Guy Pieters Gallery: Amsterdam, 1995, 13a-16a; Françoise Gaillard trad., "Dessin et Confessions", *ib.*, 13b-16b; Nikos Aliferes trad., "Σημειώσεις για το Σχέδιο", en: Dore Ashton, Italo Calvino, Antonio Tabucchi y otros, *Adami*, Frissiras Museum: Atenas, 2004, 81a-84a; Soti Triantafillou trad., "Notes on the *Drawing*", *ib.*, 81b-84b.

Alferi, Pierre, *Fmn*, P.O.L.: París, 1994.

Alliot, M., "Les rites de la chasse au filet aux temples de Karnak, d'Edfou et d'Esneh", en *Revue d'Égyptologie*, 5, 1946 (1938), 56-118.

Arasse, Daniel, *Le détail - Pour une histoire rapprochée de la peinture*, Flammarion: París, 1996 (1992).

Artaud, Antonin, "À *Génica* Athanasiou - 29 juillet 1924", en. A. A., *Lettres à Génica Athanasiou - Précédées de deux poèmes à elle dédiés*, Gallimard: París, 1969, 150-152.

"Préambule", en: A. A., *Oeuvres complètes - I*, Gallimard : París, 1956, 7-13.

Ballard, J. G., "Myths of the near future", en: J. G. B., *Myths of the near future*, Jonathan Cape: Londres, 1982, 7-43; Giuseppe Lippi trad., "Mitologie del futuro prossimo", en *Urania*, 976, 5 de agosto de 1984, 4-32.

Bataille, Georges, *Manet*, Skira: París, 1983.

Beckett, Samuel, "Dante... Bruno. Vico.. Joyce", en: Marcel Brion, Stuart Gilbert, William Carlos Williams y otros, *Our exagmination round his factification for incamination of Work in Progress*, Faber & Faber: Londres, 1961 (1929), 3-22.

Benjamin, Walter, "Zum Bilde Prousts", en: W. B., *Gesammelte Schriften - II / 1 - Herausgegeben von Rolf Tiedemann und Hermann Schweppenhäuser*, Suhrkamp: Fráncfort, 1977 (1929), 310-324; Jorge Navarro Pérez trad., "Hacia la imagen de Proust", en: W. B., *Obras - II / 1*, Abada: Madrid, 2007, 317-331.

"Einbahnstraße", en: W. B., *Gesammelte Schriften - IV / 1 - Herausgegeben von Tillman Rexroth*, Suhrkamp: Fráncfort, 1980 (1926), 83-148; Juan J. del Solar y Mercedes Allendesalazar trad., *Dirección única*, Alfaguara: Madrid, 1987; Jorge Navarro Pérez trad., *Calle de dirección única*, en: W. B., *Obras - IV / 1*, Abada: Madrid, 2010, 23-89.

"Gespräch über dem Corso - Nachklänge vom Nizzaer Karneval", en: W. B., *Gesammelte Schriften - IV / 1,2 - Herausgegeben von Tillman Rexroth*, Suhrkamp: Fráncfort, 1972 (1935), 763-771 - Jorge Navarro Pérez trad., "Conversación sobre el Corso - Ecos del carnaval de Niza", en: W. B., *Obras - IV / 2*, Abada: Madrid, 2010, 193-199; Gonzalo Hernández Ortega Ortega trad., "Conversación sobre El Corso (Ecos de un carnaval en Niza)", en: W. B., *Historias y relatos*, Península: Barcelona 1991, 63-72.

"Über den Begriff des Geschichte", en: W. B., *Gesammelte Schriften - I / 2- Herausgegeben von Rolf Tiedemann und Hermann Schweppenhäuser*, Suhrkamp: Fráncfort, 1980 (1940), 691-704; Pablo Oyarzún Robles trad., "Sobre el concepto de historia", en: W. B., *La dialéctica en suspenso - Fragmentos sobre la historia (Trad. intr. y notas de P. Oyarzún R.)*, LOM/ARCIS: Santiago de Chile, 1996, 46-113.

"Kleine Geschichte der Photographie", en: W. B., *Gesammelte Schriften- II / 1 - Herausgegeben von Rolf Tiedemann und Hermann Schweppenhäuser*, Suhrkamp: Fráncfort, 1977 (1931), 368-385); Jesús Aguirre trad., "Pequeña historia de la fotografía", en: W. B., *Discursos interrumpidos I*, Taurus: Madrid, 1982, 61-83; José Muñoz Millanes trad., Pre-textos: Valencia, 2005, 21-58; Jorge Navarro Pérez, en: W. B., *Obras - II / 1*, Abada: Madrid, 2007, 377-403; Enrico Filippini trad., en: W. B., *L'opera d'arte nell'epoca della sua riproducibilità tecnica - Arte e società di massa*, Einaudi: Turín, 1966, 57-78. "Karl Kraus", en: W. B., *Gesammelte Schriften - II / 1 - Herausgegeben von Rolf Tiedemann und Hermann Schweppenhäuser*, Suhrkamp: Fráncfort, 1977 (1928), 334-367; Jorge Navarro Pérez trad., en: W. B., *Obras - II / 1*, Abada: Madrid, 2007, 363-376.

Bennington, Geoffrey, "Curriculum vitae", en: G. B. y Jacques Derrida, *Derrida*, Seuil: París, 1991, 299-308.

Bergson, Henri, "Le souvenir du présent et la fausse reconnaissance", en: H. B., *L'énergie spirituelle - Essais et conférences*, Félix Alcan: París, 1930 (1908), 117-161.

Bioy Casares, Adolfo, "Prólogo", en: A. B. C., *La trama celeste*, Sur: Buenos Aires, 1967, 7-9.

"El perjurio de la nieve", en: A. B. C., *La trama celeste*, Sur: Buenos Aires, 1967, 143-176.

"Historia prodigiosa", en: A. B. C., *Historia prodigiosa*, Emecé: Buenos Aires, 1961, 9-40.

"Homenaje a Francisco Almeyra", *Historia prodigiosa*, Emecé: Buenos Aires, 1961, 81-102.

La invención de Morel, Emecé: Buenos Aires, 1968 (1953).

"El gran serafín", en: A. B. C., *El gran serafín*, Emecé: Buenos Aires, 1967, 7-45.

"La sierva ajena", en: A. B. C., *Historia prodigiosa*, Emecé: Buenos Aires, 1961, 103-150.

Borges (Daniel Martino ed.), BackList: Barcelona, 2011.

Boletín Vocación Policial, 13, Febrero 2011.

Borges, Jorge Luis y Adolfo Bioy Casares, "Un pincel nuestro: Tafas", en: J. L. Borges y A. Bioy C., *Crónicas de Bustos Domecq*, Losada: Buenos Aires, 1967,107-111.

"Vestuario I", en: J. L. Borges y A. Bioy C., *Crónicas de Bustos Domecq*, Losada: Buenos Aires, 1967, 113-118.

Boulez, Pierre, "Le goût et la fonction", en *Tel Quel*, 14, 1963, 2-38.

Burger, Rodolphe, "Sur Ornette Coleman", en *Détail*, 3/4, 1991, 46-60.

Callu, Florence, "Introduction - Au Carnet 2 (N. a. fr. 16638)", en: Marcel Proust, *Carnets - Édition établie et présentée par F. C. et Antoine Compagnon*, Gallimard: París, 2002, 143-145.

Canfield, Martha, "Prólogo", en: C. H. L., *Un esbozo sonámbulo (Jesús Ernesto Hoyos Ordóñez compilador)*, Alcaldía de Pasto: San Juan de Pasto, 2012, 7.

Cixous, Hélène, *Le Voyage de la racine alechinsky*, Galilée: París, 2012.

C. H. L., *Un esbozo sonámbulo (Jesús Ernesto Hoyos Ordóñez compilador)*, Alcaldía de Pasto: San Juan de Pasto, 2012.

Clastres, Pierre, "El arco y el cesto", en: P. C., *La sociedad contra el estado*, Ana Pizarro trad., Terramar: La Plata, 2008 (1966), 87-110.

Corpus Hermeticum IV - Fragments extraits de Stobée (XXIII-XXIX) - Texte établi et traduit par A. J. Festugière, Les Belles Lettres: París, 1954.

Cortázar, Julio, "Homenaje a una joven bruja", en: J. C., *Territorios*, Siglo XXI: México, 1978, 15-26.

"Diario para un cuento", en: J. C., *Deshoras*, Alfaguara: Madrid, 1983, 137-173.

"A Eduardo Hugo Castagnino - 18 de junio de 1944", en: Jorge Boccanera, "Julio Cortázar - Fragmentos de una correspondencia inédita", en *Quimera*, 278, enero de 2007, 50-53, 53.

Rayuela, Sudamericana: Buenos Aires, 1966 (1963); Laure Guille y Françoise Rosset trad., *Marelle*, Gallimard: París, 1966.

62 modelo para armar, Sudamericana: Buenos Aires, 1968.

Los reyes, Sudamericana: Buenos Aires, 1970 (1949).

Imagen de Keats, Alfaguara: Buenos Aires, 1996 (1951-1952).

El examen, Oveja Negra: Bogotá, 1987 (1950).

Prosa del observatorio, Lumen: Barcelona, 1984 (1972).

"Las Puertas del cielo", en: J. C., *Bestiario*, Sudamericana: Buenos Aires,1966, 117-138.

"A José Lezama Lima - Saignon, 7 de julio de 1968", en: J. C., Cartas 2 *(1964-1968) - Aurora Bernárdez ed.*, Alfaguara: Madrid, 2000, 1249-1252.

"Las babas del diablo", en: J. C, *Las armas secretas*, Sudamericana: Buenos Aires, 1966 (1964), 77-98.

El libro de Manuel, Sudamericana: Buenos Aires, 1973.

"Después de almuerzo", en: J. C, *Final de juego*, Sudamericana: Buenos Aires, 1966 (1964), 147-159.

"À Jean Thiercelin - New Dehli, le 2 Février 1968", A. Bernárdez trad., en: J. C., *Cartas 2 (1964-1968) - Aurora Bernárdez ed.*, Alfaguara: Madrid, 2000, 1224-1226.

"No se culpe a nadie", en: J. C, *Final de juego*, Sudamericana: Buenos Aires, 1966 (1964), 13-18.

"País llamado Alechinsky", en: J. C., Último *round*, Siglo XXI: México, 1969, 29-47.

"Bestiario", en: J. C., *Bestiario*, Sudamericana: Buenos Aires, 1966, 139-165.

"Noticia de los Funes", en: J. C., Último *round*, Siglo XXI: México, 1969, 29-31.

"Para llegar a Lezama Lima", en: J. C., *La vuelta al día en ochenta mundos*, Siglo XXI: México, 1967, 134-155.

Cortázar, Julio y Manja Offerhaus, *Alto el Perú*, Siglo XXI: México, 1994 (1984).

Chesterton, G. K., *The Everlasting Man*, Image Books: Nueva York, 1955 (1925).

Chevrier, Jean-François, "La résurrection de Venise (Correspondances)", en: J. F. Ch., *Proust et la photographie. La résurrection de Venise - Avec une lettre inédite de Marcel Proust*, L'Arachnéen: París, 2009, 85-102.

Das, Veena, "Wittgenstein y la antropología", en: María Victoria Uribe, Myriam Jimeno, Raúl Meléndez y otros, Francisco A. Ortega ed., *Veena Das: sujetos del dolor, agentes de dignidad*, Instituto Pensar / U. Nacional Sede Medellín / CES: Bogotá, 2008 (1998), 295-341.

De Crébillon, Claude-Prosper, *Le sopha, conte moral*, Flammarion: París, 1996.

De Greiff, León, "Escucha eso que está leyendo, repantigado en su butacón, dándole la espalda a la noche de antracita, volcada sobre la Urbe", en: L. de G., *Obra dispersa 3 (1956-1972) - Edición al cuidado de Hjalmar de Greiff*, U. de Antioquia: Medellín, 1998 (1960), 532-537.

"Leontiasis ósea", en: L. de G., *Obra completa III (Al cuidado de Hjalmar de Greiff)*, Procultura: Bogotá, 1986 (1947), 44-45

De Peretti, Cristina, "Siguiendo las trazas del artista", en: *Praxis filosófica*, 7, nov. de 1997, 76-92.

Derrida, Jacques, "Passe-partout", en: J. D., *La vérité en peinture*, Flammarion: París, 1978, 5-18; María Cecilia González y Dardo Scavino trad., "Passe-partout", en: J. D., *La verdad en pintura*, Paidós: Buenos Aires - Barcelona - México, 2001, 15-26.

La entrevista de bolsillo - Jacques Derrida responde a Freddy Téllez y Bruno Mazzoldi, Ernesto Legrandin notas y trad., Siglo del Hombre / Instituto Pensar / U. del Cauca: Bogotá, 2005.

"Cartouches", en: *Gérard Titus-Carmel - The Pocket Size Tlingit Coffin - Illustré de Cartouches par Jacques Derrida*, catálogo, Centre Georges Pompidou: París, 1978, 6-71; 2ª versión en: J. D., *La vérité en peinture*, Flammarion: París, 1978, 211-290; Juan Manuel Cuartas selección y trad., "Cartouches", en: *Praxis filosófica*, 7, nov. de 1997, 93-97; María Cecilia González y Dardo Scavino trad., "Orlas", en: J. D., *La verdad en pintura*, Paidós: Buenos Aires - Barcelona - México, 2001, 195-267.

Voyous - Deux essais sur la raison, Galilée: París, 2003; Cristina de Peretti trad., *Canallas - Dos ensayos sobre la razón*, Trotta: Madrid, 2005; Laura Odello trad., *Stati canaglia - Due saggi sulla ragione*, Raffaello Cortina: Milán, 2003.

"Parergon", en: J. D., *La vérité en peinture*, Flammarion: París, 1978, 19- 168; María Cecilia González y Dardo Scavino trad., "Párergon", en: J. D., *La verdad en pintura*, Paidós: Buenos Aires - Barcelona - México, 2001, 27-153.

"Tympan", en: J. D., *Marges de la philosophie*, De Minuit: París, 1972, I-XXV; Carmen González Marín trad., "Tímpano", en: J. D., *Márgenes de la filosofía*, Cátedra: Madrid, 1989, 15-35.

"Fourmis", en: Anu Aneja, Anne Berger, Mireille Calle-Gruber, Hélène Cixous et al., *Lectures de la différence sexuelle - Textes réunis et présentés par Mara Negrón - Colloque Paris-VIII, CIPH 1990*, Des Femmes: París, 1994, 69-102.

"Reste - le maître ou le supplément d'infini," en *Le Genre Humain (Le disciple et ses maîtres. Pour Charles Malamoud)*, 37, 2002, 25-6.

États *d'âme de la psychanalyse - L'impossible au-delà d'une souveraine cruauté - Adresse aux* États Généraux *de la psychanalyse*, Galilée: París, 2000.

"Lettres sur un aveugle - *Punctum caecum*", en: J. D. y Safaa Fathy, *Tourner les mots - Au bord d'un film*, Galilée: París, 2000, 71-126.

"Envois", en: J. D., *La carte postale de Socrate à Freud et au-delà*, Aubier-Flammarion: París, 1980, 5-273.

"Hors livre - Préfaces", en : J. D., *La dissémination*, Du Seuil: París, 1972, 9-67; José Martín Arancibia trad., "Fuera de libro (Prefacios)", en: J. D., *La Diseminación*, Fundamentos: Caracas y Madrid, 1975, 3-89.

Glas, Galilée: París, 1974; John P. Leavey Jr. y Richard Rand trad., *Glas*, Nebraska U. Press: Lincoln y Londres, 1986; Hans-Dieter Gondeck y Marius Sedlaczek trad., *Glas*, Wilhelm Fink: München, 2006; Silvano Facioni, Bompiani: Milán, 2006.

"Télépathie", en *Furor*, 2, 1981, 3-41.

"Proverb: 'He that would pun...'", en: John P. Leavey, Jr. y Gregory L. Ulmer, *GLASsary*, Nebraska U. Press: Lincoln y Londres, 1986, 17-20.

Mal d'archive - Une impression freudienne, Galilée: París, 1995 (1994); Paco Vidarte trad., *Mal de archivo - Una impresión freudiana*, Trotta: Madrid, 1997; Eric Prenowitz trad., *Archive fever: a freudian impression*, U. de Chicago: Chicago y Londres, 1996.

"Un ver à soie - Points de vue piqués sur l'autre voile", en: Hélène Cixous y J. D., *Voiles - Accompagné de six dessins d'Ernest Pignon-Ernest*, Galilée: París, 1998 (1995), 23-85; Mara Negrón trad., "Un verme de seda - Puntos de vista pespunteados sobre el otro velo", en: H. C. y J. D., *Velos*, Siglo XXI: México, 2001, 33-88; Geoffrey Bennington trad., "A silkworm of one's own (Points of view stitched on the other veil)", en: J. D., *Acts of Religion (Edited and with an introduction by Gil Anidjar)*, Routledge: Nueva York y Londres, 2002, 311-355.

Moscu aller-retour. Suivi d'un entretien avec N. Avtonomova, V. Podoroga, M. Ryklin, De l'aube: Saint-Etienne, 1995 (1990).

Séminare La bête et le souverain II (2002-2003) - Édition établie *par Michel Lisse, Marie-Louise Mallet et Ginette Michaud*, Galilée: París, 2010.

"Circonfession - cinquante-neuf périodes et périphrases écrites *dans une sorte de marge intérieure, entre le livre de Geoffrey Bennington et une ouvrage en préparation (janvier 1989-avril 1990)*", en: G. B. y J. D., *Jacques Derrida*, Du Seuil: París, 1991, 5-292; María Luisa Rodríguez Tapia trad., "Circonfesión - Cincuenta y nueve períodos y perífrasis *escritos en una especie de margen interno, entre el libro de Geofffrey Bennington y una obra en preparación (enero1989-abril 1990)*", en: G. B. y J. D., *Jacques Derrida*, Cátedra: Madrid, 1994, 25-317.

Mémoires d'aveugle - L'autoportrait et autres ruines, Réunion des Musées Nationaux: París, 1990.

"La Veilleuse («... au livre de lui-même »)", en: Jacques Trilling, *James Joyce ou l'écriture matricide*, Circé: París, 2001, 7-32.

"+ R (par dessus le marché)", en: *Valerio Adami. Le voyage du dessin - Derrière le miroir nº 214*. Maeght: París, mayo de 1975, catálogo, 1-23.

Segunda versión en: J. D., *La vérité en peinture*, Flammarion: París, 1978, 169-209, 209; María Cecilia González y Dardo Scavino, trad. "+ R (además)", en: J. D., *La verdad en pintura*. Paidós: Buenos Aires - Barcelona - México, 2001, 155-193.

"Il faut bien manger ou le calcul du sujet *(Entretien avec Jean-Luc Nancy)*", en: J. D., *Points de suspension - Entretiens choisis et presentés par Elisabeth Weber*. Galilée: París, 1992 (1989), 269-301.

"Qual Quelle - Les sources de Valéry", en: J. D., *Marges de la philosophie*, De Minuit, París, 1972 (1971), 325-363.

Derrida, Jacques, Rodolphe Gasché, Patrick Mahony y otros, "Table ronde sur la traduction", en *L'oreille de l'autre - Otobiographies, transferts, traductions - Textes et débats avec Jacques Derrida (Sous la direction de Claude Lévesque et Christie V. McDonald*, VLB: Québec, 1982, 123-212.

Derrida, Jean, *La naissance du corps (Plotin, Proclus, Damascius)*, Galilée: París, 2010.

Docquois, Georges, "Bêtes et gens de lettres", en: Jules Huret, Charles Fromentin, Arthur Waugh y otros., *Les interviews de Mallarmé - Textes présenté et annotés par Dieter Schwarz*, Ides et Calendes: Neuchâtel, 1995 (1894), 48-63.

Duchesne Winter, Juan, *La guerrilla narrada: acción, acontecimiento, sujeto*, Callejón: San Juan, 2010.

"Fatiga de identidad", en: J. D. W., *Fugas incomunistas*, Vértigo: San Juan, 2005, 17-36.

"*Paradiso* como proyecto político", en *Casa de las Américas - Secularidad de Lezama Lima*, 261, octubre-diciembre de 2010, 31-42.

Echavarría, Marcela, "Los tejidos del mar", en *Avianca en revista*, julio 2013, 157-159.

Espinosa, Carlos, *Virgilio Piñera en persona*, Unión: La Habana, 2003.

Esposito, Roberto, "Comunitá, immunitá, biopolitica", en: Caterina Resta, René Major, Jean-Luc Nancy y otros, *Annali della Fondazione Europea del Disegno - 2009 / V - Spettri di Derrida (A cura di Carola Barbero, Simone Regazzoni, Amelia Valtolina)*, Il Melangolo: Génova, 2010, 141-150.

Faulkner, Raymond O., *A concise dictionary of middle egyptian*, Griffith Institute: Oxford, 1976 (1962).

Fernández, Macedonio, *Museo de la Novela de la Eterna (Selección, prólogo y cronología de César Fernández Moreno)*, Biblioteca Ayacucho: Caracas, 1982.

Ferraris, Maurizio, "La terra promessa di Adami", en: Dore Ashton, Italo Calvino, Jacques Derrida *et al.*, *Valerio Adami - Figure nel tempo*, Galleria Tega: Milán, 2012, 9-15.

Frère, Claude y Aline Ripert, *La carte postale. Son histoire, sa fonction sociale*, CNRS: Lyon, 2001.

Froment-Meurice, Marc, "pleronoma - poste-face au nom du nom", en: Werner Hamacher, *pleroma - dialecture de Hegel*, Galilée: París, 1996, 273-289.

Fulcanelli, *Les Demeures philosophales et le symbolisme hermétique dans ses rapports avec l'art sacré et l'ésotérisme du grand* œuvre - I, Jean-Jacques Pauvert: París, 1965 (1929).

Fuligni, Bruno, "Sur la piste d'Adolphe Gronfier", en: Adolphe Gronfier, *Dictionnaire de la Racaille*, Horay: París, 2010, 9-29.

Gaitán Mahecha, Bernardo, "Testimonios de la manera de ser y de pensar del Papa Francisco", en *Revista Javeriana*, 793, abril de 2013, 8-9.

García Canclini, Néstor, *Cortázar. Una antropología poética*, Nova: Buenos Aires, 1968.

Gardiner, Alan, *Egyptian grammar - Being an introduction to the study of hieroglyphs*, Griffith Institute: Oxford, 1976 (1927).

Garrido, Manuel, "Prólogo" en: Geoffrey Benington y Jacques Derrida, *Jacques Derrida*, Cátedra: Madrid, 1994, 9-22.

Genet, Jean, *Journal du voleur*, Gallimard: París, 1949.
> "Miracle de la rose", en J. G., Œuvres complètes II, Gallimard: París, 1951, 221- 469. *Lettres à Roger Blin*, Gallimard: París, 1966.
> *Un captif amoureux*, Gallimard: París, 1986.

Goethe, Johann Wolfgang, *Italienische Reise - Herausgegeben und kommentiert von Herbert von Einem*, C. H. Beck: Munich, 1981; Manuel Scholz Rich trad., *Viaje a Italia*, B, S. A.: Barcelona, 2001.

González Marín, Carmen, "Presentación", en: Jacques Derrida, *Márgenes de la filosofía*, C. G. M. trad., Cátedra: Madrid, 1989, 9-13.

Gronfier, Adolphe, *Dictionnaire de la Racaille - Le manuscrit secret d'un commissaire de police parisien au XIXe*, Horay: París, 2010.

Guidieri, Remo, *Cargaison*, Du Seuil: París, 1987.

Hamacher, Werner, "Des contrées des temps", en *Zeit-Zeichen (Herausgegeben von Georg Christoph Tholen und Michael O. Scholl*, Mauricio González trad., "De los parajes de los tiempos", Acta Humaniora: Weinheim, 1990, 29-36.

Harner, Michael, *The Jívaro, people of the sacred waterfalls*, Hale & Company: Londres, 1973.

Hölderlin, Friedrich, *Yperion oder der Eremit in Griechenland*, SWAN Buch: Munich, 1993;
> Jesús Munarriz trad., *Hiperión o el eremita en Grecia*, Hiperión: Madrid, 1976.
> "Entwurf einer Hymne an die Madonna / Esbozo de un himno a la Virgen", en *Hölderlin - Poesía completa - Edición bilingüe*, Federico Gorbea trad., Ediciones 29: Barcelona, 1977, 408-417; Michael Hamburger trad., "To the Virgin Mary", en *Hölderlin - Selected verse*, Penguin: Harmondsworth, 1961, 218-225.

Il libro dei morti degli antichi egiziani, Boris de Rachewiltz trad., All'Insegna del Pesce d'Oro: Milán, 1958.

Istoria della vita, e processo fatto in Parigi del famoso ladro Luigi Domenico Cartoccio e di molti suoi Complici. Tradotta dal Linguaggio Francese nella Favella Italiana, Angelo Geremia: Venecia, 1723.

Joyce, James, *Finnegans Wake*, Faber: Londres, 1964 (1939); Philippe Lavergne trad., Gallimard: París, 1991; Víctor Pozanco compendio y trad., Lumen: Barcelona, 1993; Luigi Schenoni selección y trad., Mondadori: Milán, 1982.

   Ulysses, Penguin: Harmondsworth, 1973 (1922).

Kramer-Rastelli-Panzeri, "Pippo non lo sa", en *Le piú belle canzoni di mezzo secolo (Supplemento della rivista mensile Raccolta di tutte le canzoni di successo - Direttore responsabile Pezza Giuseppe) - 2º Vol.*, Campi: Foligno - Roma, 1963, 346.

Kristeva, Julia, *Le temps sensible - Proust et l'expérience litt*éraire, Gallimard: París, 1994.

Lacan, Jacques, "D'un dessein", en: J. L., *Écrits*, Du Seuil: París, 1966, 363-367.

Lame, Manuel Quintín, "A Gregorio Nacianceno Lame e Ignacio Lame - Neiva, enero 11 de 1915", en: Karla Escobar, Paulo Ilich Bacca y Julieta Lemaitre (comp.), *La Quintiada (1912-1925) - La rebelión indígena liderada por Manuel Quintín Lame en el Cauca. Recopilación de fuentes primarias*, 36-39.

Leroi-Gourhan, André, *Milieu et Techniques*, Albin Michel: París, 1945.

"L'Évangile selon Thomas", en *Les livres secrets des gnostique d'Égypte II - L'Évangile selon Thomas, ou Les paroles de Jésus (Traduction, notes et commentaires de Jean Doresse)*, Plon: París, 1959, 84-110.

Lévinas, Emmanuel, *Totalité et Infini - Essai sur l'extériorité*, Martinus Nijhoff: La Haya, 1971; Daniel E. Guillot trad., *Totalidad e Infinito - Ensayo sobre la exteriordad*, Sígueme: Salamanca, 1987.

Lezama Lima, José, *Paradiso (Edición crítica - Cintio Vitier coordinador)*, Archivos UNESCO, 1988 (1966).

   "Cortázar y el comienzo de la otra novela", en: Julio Cortázar, *Rayuela*, Casa de las Américas: La Habana, 1969 (1968), VII-XXI.

   "Cortázar y el comienzo de la otra novela", en: J. L. L., *La cantidad hechizada*, UNEAC: La Habana, 1970, 413-434.

Lezama Lima, José, Ana María Simo y Roberto Fernández Retamar, "Discusión sobre *Rayuela*", en: Julio Cortázar, Vargas Llosa y otros, *Cinco miradas sobre Cortázar*, Tiempo Contemporáneo: Buenos Aires, 1968 (1965), 7-82.

Lozano, Eduardo (adapt.) y Néstor Vargas (dib.), *Mini-milagros 1 - Al borde del abismo*, Cinco S. A.: Bogotá, 1986.

Madera Vargas, Ignacio, SDS, "El Papa Francisco - Haciendo cosas con palabras y gestos simbólicos", en *Revista Javeriana*, 793, abril de 2013, 55-59.

Malabou, Catherine, *Les nouveaux blessés - De Freud à la néurologie, penser les traumatismes contemporains*, Bayard: París, 2007.

Mann, Thomas, "An Karl Kerényi - Küsnacht-Zürich, 7. Oktober 1936", en: Th. M., *Altes un Neues - Kleine Prosa auf fünf Jahrzehnten*, Fischer: Fráncfort, 1953, 720-721;

   Ramón Pérez Mantilla trad., en *Eco - Revista de la cultura de occidente*, noviembre de 1964, 50-52

Marramao, Giacomo, *Contro il potere - Filosofia e scrittura*, Bompiani, Milán, 2011.

Martinelli-Bracchi, "Arrotino", en *Le piú belle canzoni di mezzo secolo (Supplemento della rivista mensile* Raccolta di tutte le canzoni di successo - *Direttore responsabile Pezza Giuseppe) - 3º Vol.*, Campi: Foligno - Roma, 1957, 27.

Martínez, Sandra, "La 'princesa que se gozó Cartagena'", en *Caras*, abril de 2012, 46-49.

Maspéro, Gaston, *L'Archéologie Égyptienne*, Maison Quantin: París, 1887.

Mazzoldi, Bruno, "Reseña - *La Postal de Sócrates a Freud*", en *Falsas riendas*, 1, 1986 (1980), 35-47.

"El Parlamento Internacional - de Escritores en Lisboa", en *Magazín Dominical de El Espectador - Derrida y las literaturas desplazadas*, 2 de abril de 1995, 10-14.

McCafferty, Sharisse D. y Geoffrey G. McCafferty, "Spinning and Weaving as Female Gender Identity in Post-Classic Mexico", en: Cherri M. Pancake, Pamela Scheinman, Carol Hendrickson y otros, *Textile Traditions of Mesoamerica and the Andes - An Anthology Edited by Margot Blum Schevill, Janet Catherine Berlo and Edward B. Dwyer*, Texas U.: Austin, 1996, 19-44.

McLaughlin, Robert M., *The Great Tzotzil Dictionary of San Lorenzo Zinacantán*, Smithsonian Institute: Washington, 1975.

Michaud, Ginette, "«À dessein le dessin»: relire *Mémoires d'aveugle* de Jacques Derrida", Héctor Peña trad., "«À dessein le dessin»: releer *Memorias de ciego de Jacques Derrida*", en: Marie-Louise Mallet, Michel Lisse, Mónica Cragnolini, Evando Nascimento y otros, *Hostilidades y hospitalidades - Jornadas alrededor del trabajo de Jacques Derrida - Sept. 13-17 2010 (Alcira Saavedra, Hernando Salcedo Fidalgo y Bruno Mazzoldi ed.s)*, U. El Externado / U. de Los Andes / Embajada de Francia: Bogotá. En prensa.

Mires Ortiz, Alfredo, *Así en las flores como en el fuego - La deidad colibrí en Amerindia y el dios alado en la mitología universal*, Abya-Yala y Acku Kinde: Quito y Cajamarca, 2000.

Nancy, Jean-Luc, *L'Évidence du film - Abbas Kiarostami (Édition trilingue français-anglais-persan - Trad. Bagher Parham)*, Yves Gevaert: Brujas, 2001.

Ordonnance de la Marine, du mois d'Aoust 1681. Commentée & conferée sur les anciennes Ordonnances, le Droit Romain, & les nouveaux Reglemens, Chez la V. Saugrain & Pierre Prault: París, 1729.

Otálora Panqueva, Laura, "Frente al gran pez", en *Avianca en revista*, mayo 2012, 126-130.

Oyarzún Robles, Pablo, en: Jonathan Swift, *Theatrum Astrologicum - Los Papeles Bickerstaff-Partrige (Presentación, traducción y notas de Pablo Oyarzún R.)*, LOM: Santiago de Chile, 2011.

"Montaigne: escritura y escepticismo", en *Diálogos*, 81, 2003, 1-23.

Parra, Lisímaco, "Una vez más: ¿qué (no) es Ilustración?", en: Juan Camilo Escobar Villegas, Sarah de Mojica y Adolfo León Maya Salazar - editores, *Conmemoraciones y crisis - Procesos independentistas en Iberoamérica y la Nueva Granada*, U. Javeriana / U. Eafit / Fritz Thyssen Stiftung: Bogotá, 2012, 215-243.

Parra Ortiz, José Miguel, *Historia de las pirámides de Egipto*, Complutense: Madrid, 2008.

Perullo, Nicola, "Mangerida", en: Caterina Resta, René Major, Jean-Luc Nancy y otros, *Annali della Fondazione Europea del Disegno - 2009 / V - Spettri di Derrida (A cura di Carola Barbero, Simone Regazzoni, Amelia Valtolina)*, Il Melangolo: Génova, 2010, 271-289.

Plotin, "De la contemplation", en *Ennéades III*, Émile Bréhier trad., Les Belles Lettres: París, 1926, 149-168.

"Des choses qui viennent du Premier", en *Ennéades V*, Émile Bréhier trad., Les Belles Lettres: París, 1931, 79-82.

Plutarco, *Dialogue sur l'Amour (Eroticos) - Texte et traduction avec une introduction et des notes par Robert Flacelière*, Les belles Lettres, 1952. *Le Περὶ τοῦ προσώπου - Texte critique avec traduction et commentaire de P. R.aingeard*, Les Belles Lettres: París, 1935.

Poe, Edgar Allan, "The oval portrait", en: E. A. P., *Selected tales*, Penguin: Harmondsworth, 1994, 188-191; Julio Cortázar trad., "El retrato oval", en: *Edgar Allan Poe: Cuentos I*, Alianza Editorial: Madrid, 1970, 127-130.

Porta, Carlo, "Preghiera", en: C. P., *Le poesie II (A cura di Carla Guarisco)*, Feltrinelli: Milán, 1964, 695.

Portmann, Adolph, *New paths in biology*, Arnold J. Pomerans trad., Harper & Row: Nueva York, Evanston y Londres, 1964.

Proust, Marcel, "Sodome et Gomorrhe", en: M. P., À la recherche du temps perdu, Quarto Gallimard: París, 1999, 1205-1605; Mauro Armiño ed. y trad., "Sodoma y Gomorra", en: M. P., *A la busca del tiempo perdido II*, Valdemar: Madrid, 2002, 527-989; Consuelo Berges, en: M. P., *En busca del tiempo perdido 4*, Alianza: Madrid, 1967; C. K. Scott Moncrieff y Terence Kilmartin (rev. D. J. Enright), "Sodome and Gomorrah", en: M. P., *In Search of Lost Time IV*, Chatto & Windus: Londres, 1992.

"La prisonnière", en: M. P., À *la recherche du temps perdu*, Quarto Gallimard: París, 1999, 1607-1915; Mauro Armiño ed. y trad., "La prisionera", en: M. P., *A la busca del tiempo perdido III*, Valdemar: Madrid, 2002, 1-352; Consuelo Berges, en: M. P., *En busca del tiempo perdido 5*, Alianza: Madrid, 1968; C. K. Scott Moncrieff, "The captive", en: M. P., *In Search of Lost Time V*, Vintage: Nueva York, 1970 (1929).

"Le temps retrouvé", en: M. P., À *la recherche du temps perdu*, Quarto Gallimard: París, 1999, 2129-2401; Mauro Armiño ed. y trad., "El tiempo recobrado", en: M. P., *A la busca del tiempo perdido III*, Valdemar: Madrid, 2002, 599-907.

"Du côté de chez Swann", en: M. P., À la recherche du temps *perdu*, Quarto Gallimard: París, 1999, 7-342; Mauro Armiño ed. y trad., "Por la parte de Swann", en: M. P., *A la busca del tiempo perdido I*, Valdemar: Madrid, 2000, 3-379.

"Carnet 2 (N. a. fr. 16638)", en: M. P., *Carnets - Édition établie et présentée par Florence Callu et Antoine Compagnon*, Gallimard: París, 2002, 141-240.

"Albertine disparue", en: M. P., À *la recherche du temps perdu*, Quarto Gallimard: París, 1999, 1917-2128; Mauro Armiño ed. y trad., "La fugitiva", en: M. P., *A la busca del tiempo perdido III*, Valdemar: Madrid, 2005, 353-597.

"John Ruskin (extrait)", en: Jean-François Chevrier, *Proust et la photographie. La résurrection de Venise - Avec une lettre inédite de Marcel Proust*, L'Arachnéen: París, 2009 (1900), 108-111.

"À l'ombre des jeunes filles en fleur", en: M. P., *À la recherche du temps perdu*, Quarto Gallimard: París, 1999, 343-745; Mauro Armiño ed. y trad., "A la sombra de las muchachas en flor", en: M. P., *A la busca del tiempo perdido I*, Valdemar: Madrid, 2000, 381-835.

"Le côté de Guermantes", en: M. P., *À la recherche du temps perdu*, Quarto Gallimard: París, 1999, 747-1203; Mauro Armiño ed. y trad., "La parte de Guermantes", en: M. P., *A la busca del tiempo perdido II*, Valdemar: Madrid, 2002, 9-526.

Puleo, Alicia Helda, "La sexualidad fantástica", en: Saúl Yurkievich, Andrea Galeota Cajati, Claire Pailler y otros, *Coloquio internacional "Lo lúdico y lo fantástico en la obra de Cortázar" (mayo 1985) I*, U. de Poitiers / Fundamentos: Caracas y Madrid, 1986, 203-212.

Quevedo, *Los sueños (Edición y notas de Julio Cejador y Frauca)*, Espasa-Calpe: Madrid, 1954.

Raingeard, P., "Commentaire", en *Le Περὶ τοῦ προσώπου de Plutarque - Texte critique avec traduction et commentaire de P. R.*, Les Belles Lettres: París, 1935, 49- 158.

Ramírez, Sergio, "El viejo club inmortal de la serpiente", en *El Tiempo*, 17 de febrero de 2013, 10.

Reichel Dolmatoff, Gerardo, *Los Kogi - Una tribu de la Sierra Nevada de Santa Marta, Colombia I*, Procultura: Bogotá, 1985.

Revelli-Beaumont, Luchino, *Forse da raccontare*, Marconi: Génova, 1996.

Roger, Bernard, *Paris et l'alchimie*, Williams-ALTA: París, 1981.

Salabert, Pere, *Inimágenes - Representación y estilo*, Jaime Xibillé Muntaner trad., U. del Valle: Santiago de Cali, 1997 (1986).

Salgado A., César, "Lezama, lector múltiple de *Rayuela*", en *Casa de las Américas - Secularidad de Lezama Lima*, 261, octubre-diciembre de 2010, 87-94.

San Agustín, *Obras completas II - Las confesiones (Edición crítica y anotada por el padre Ángel Custodio Vega, O. S. A.)*, Biblioteca de Autores Cristianos: Madrid, 2002.

Sauneron, Serge, *Esna VII - Le temple d'Esna - Nos 473-546 - Dessin des scènes par Laïla Ménassa*, Institut Français d'Archéologie Orientale: El Cairo, 1975.

Sereny, Gitta, *In quelle tenebre*, Alfonso Bianchi trad., Adelphi: Milán, 1975 (1974).

Sloterdijk, Peter, "Il pensatore nel castello degli spettri. A proposito dell'interpretazione dei sogni di Derrida", Silvia Rodeschini trad., en: Caterina Resta, René Major, Jean-Luc Nancy y otros, *Annali della Fondazione Europea del Disegno - 2009 / V - Spettri di Derrida (A cura di Carola Barbero, Simone Regazzoni, Amelia Valtolina)*, Il Melangolo: Génova, 2010, 37-71.

Sollers, Philippe, *Les Voyageurs du Temps*, Gallimard: París, 2009.

Sotomayor, Áurea María, "Sueño de zombis, chanchullo de vampiros", en *Hotel Abismo*, 2, 2006, 78-107.

Stétié, Salah, "Jardin d'Alger", en *Les Poètes de la Méditerranée - Anthologie (édition en français et dans toutes les langues originales) - Édition d'Eglal Errera*, Gallimard: París, 2010.

Stoichita, Victor I. y Ana María Coderch, *El* último *carnaval - Un ensayo sobre Goya*, Siruela: Madrid, 1999.

Suzuki, Daisetz Teitaro, "Introduction", en: Eugen Herrigel, *Zen in the art of archery*, Vintage: Nueva York, 1971 (por "1953), 9-13.

Tabucchi, Antonio, *Le céphalées du Minotaure - Journal crétois, avex les dessins de Valerio Adami*, Lise Chapuis trad., Galilée: París, 2002 (2000); Antaios Krisostomides trad., "Οι Κεφαλαλγίες του Μινώταυρου", en: Dore Ashton, Evangelia Kaldeli, Italo Calvino y otros, *Adami*, Frissiras Museum: Atenas, 2004, 101-109; John Young trad., "The Cephalalgia of the Minotaur", *ib.*, 11-118.

Tellier, Sébastien, "'*J'ai toujours voulu* être *un mec normal*' - Entretien par Pierre Siankowski", en *Les InRocKuptibles*, 855, 18-24 de abril de 2012, 50-55.

Thévenin, Paule, "Liste des dessins dans les cahiers d'Antonin Artaud", en: Jacques Derrida, y P. Th., *Antonin Artaud - Dessins et portraits*. Gallimard: París, 1986, 109- 123.

Ulmer, Gregory, *Applied Grammatology - Post(e)-Pedagogy from Jacques Derrida to Joseph Beuys*, U. Johns Hopkins: Baltimore y Londres, 1985.

Weber, Samuel, "Rogue Democracy and the Hidden God", en: Marcel Detienne, Jean-Luc Nancy, Ernesto Laclau y otros, *Political Theologies - Public religions in a post-secular world (Edited by Hent de Vries and Lawrence E. Sullivan)*, U. de Fordham: Nueva York, 2006, 382-400.

Yourcenar, Marguerite, *Mémoires d'Hadrien*, Gallimard: París, 1974 (1951); Julio Cortázar trad., *Memorias de Adriano*, Sudamericana / Planeta: Buenos Aires, 1974 (1955).

"Carnets de notes de *Mémoires d'Hadrien*", en: M. Y., *Mémoires d'Hadrien*, Gallimard: París, 1974 (1951), 311-340; Marcelo Zapata trad., "Cuadernos de notas a las *Memorias de Adriano*", en: M. Y., *Memorias de Adriano*, Sudamericana / Planeta: Buenos Aires, 1974, 239-259.

JOSE URBACH
APERTURA, 2009
Oleo sobre lienzo
101 cm. x 76 cm.

Solanera- de traumas y víctimas

Para Sami y Jaris

De tal luz vendría a ser la cosa, del sol, no cualquier otra.

El domingo, después de la llamada, mientras almorzábamos, el más pequeño, Jaris, hizo reír al hermano y a los padres citando una ocurrencia del abuelo: la lámpara del comedor parece una teta.

Sami, el mayor, pidió explicaciones. Lo que se me ocurrió para justificar el parecido no fueron la copa de cristal ni el pezón de cobre, sino la leche de la luz. En seguida quise justificar la justificación trayendo a cuento la bombilla de Popayán, cuando subí al asiento para chupármela.

En ese entonces no sólo daba por sentado que habías nacido en Auschwitz, sino también que quien debía nacer cierto día de 1977 era yo, imagínate, que el vientre de mi madre era el campo de exterminio y que una vez por fuera tenía la boca, los ojos y el sexo de Olga Elvira Luz sobre la cabeza, sol casi en persona. Eso no lo conté. Génica rompió el silencio hablando de otra cosa. Gabriel callado.

Dejamos en Bogotá la linterna azul. Olga se dio cuenta y enumeró las faltas que podrían estropear nuestra relación con Jaris: por la frase que se me escapó cuando Génica estaba a punto de abordar el avión y él no quería dar el beso de la despedida; haber abandonado sobre el sofá de su casa la estrella que nos había entregado para rematar el árbol de Navidad; el olvido de la linterna con la que él gusta descubrir los escondites de las cosas.

"Inventario del patrimonio cultural" era una conferencia prevista en la Casa de la Diversidad, así que, charlando con Maya mientras atravesábamos el puente Rafael Urdaneta hacia Punta de Leiva en uno de tantos clásicos leprosos y destartalados que dan tumbos heroicos desde Maicao hasta Maracaibo y más allá, repuntó el tema de dos días antes sobre la playa de Riohacha, la Temática misma absorta en turbulenta oferta de mochilas a la sombra de *Identidad*, grupo escultórico de Yno Márquez Arrieta surgiendo del desparramo de colores como el brote de una agotadora quintaesencia: la cresta de la gigantesca ola de piedra se revuelca en lo propio y por lo suyo sobre el acordeonista volcado encima del guacharaquero rodeado de cuatro o cinco desnudos femeninos ondulantes en obediencia al tambor percutido por un negro no obstante la espada desenvainada por el almirante cuyas botas preceden un perfil numismático de la Sierra Nevada y las efigies de dos colonos sobrepuestas al santo, prócer o educador de corbata y levita cuyo renombre se me descuelga, otro surfista de la Historia en trance de diluirse hecho y derecho encima de la matrona guajira que con una sonrisa anuente dilata la manta del Principio.

Muy abigarrada la espuma de esas mochilas, como para creer que también a la orilla de cada amanecer haga de las suyas y de las ajenas la Dueña de las Metamorfosis, Nuestra Señora del Fondo del Mar, Pulowi, en sintonía con los programas de una emisora que después del himno nacional, de 6 am en adelante, explaya las premisas más aptas para que en la antigua fórmula *gemuozet des strites*, "extinguido el combate", algún ex-vikingo sin oficio rebusque la raíz del alemán *müssig*, "desocupado", y la del apelativo al fin y al cabo indiferente al número, género y diferencia específica, *Muselmann* o *Muselmänner*, "la energía moral *[il nerbo]* del campo",[1] aquél, aquella y aquellos sumidos en el descuento del fin y del cabo, "hombres en trance de derretirse *[uomini in dissolvimento]*, a los que no vale la pena dirigir la palabra, pues ya se sabe que se quejarían, y contarían lo que comían en su casa",[2] vaciado el botadero de los sueños entre hipótesis y conclusión, a la postre "si esto es un hombre", pasillos, bambucos, cumbias y vallenatos de "Música para Colombia", enaguas de palmeras halagando alpargatas arrastradas por informes bursátiles y ecuaciones de economía política, Bach, Vivaldi y Wagner de "Música sin Fronteras" por la mañana, caterva estéreo de Miles Davis, Nirvana y demás recipientes de recipientes en horas de la tarde, calmoso oleaje de abismos portátiles consentidos (teniendo en cuenta la expresión "*Demorar (...) *Mar.* Corresponder un objeto a un rumbo específico, respecto a otro lugar", debería haber dicho *demorados*) por consignas publicitarias hasta la recta del lago infecto que estoy viendo.

No será eso lo que llamas "contexto humano" justamente cuando la cámara privilegia un desfile callejero de pertenencias y anexos entrañables, apéndices de seres, prendas y retazos de prendas en fundas transparentes o expuestas al aire libre. Alcanzo a leer el nombre de un pueblo de Pensilvania garabateado sobre un casco de bombero antes de que la campana del paraguas de un transeúnte vacíe la pantalla templando su negrura sembrada de gotas, casi tan categórica cuanto el boquete de oscuridad interpuesto aquí y allá a lo largo de la película, porque la cosa se quiebra y raya asimismo, empezando por la caterva de imágenes ofrecidas a las sombras del S11 o a clientes inimaginables, falsa disyuntiva por desgracia recibida, da capo y de una vez por todas, toda vez que reliquias y exvoto delatan una hiperestesia cronológica corrida hacia enlaces de cálculo y abandono, desde el templo pagano hasta el santuario católico cumplidos avances del anhelo de cumplimiento, guardados y expuestos según los términos de tanto saldo espiritual en equilibrio inestable sobre ganancia narrativa y quiebra amnésica, sol y luna, expresión e indicio, nombre y anomia, querer dar la cara y perderla en la "masa informe" que el historiador y el antropólogo identifican con la magia, uno moldeado en la cera de la cita del otro, sea para corroborar el "binomio estructural" constituido por los extremos de esa inestabilidad,[3] sea oponiendo la meticulosidad eclesiástica y el desorden del pragmatismo mágico, la "teoría" del filósofo y la "confusión" del mago,[4] mientras de todas formas y ninguna tocará establecer tiempo y lugar en que recuerdas los recuerdos de tu madre, máxime al haber confesado que la memoria es tu religión durante una de las charlas telefónicas parecidas a las inagotables conversaciones en tu estudio de antaño, amén del ron de lágrimas y del recaudo de puchos de Pielroja, aquí en Bogotá, un par de cuadras arriba del Edificio Sabana, donde la película sincopada y el despliegue memorioso ya habían arrancado para mí, una vez más ahora sobre el muelle del ferrocarril, dos filas, "*lines*" tú dices, por un lado hombres y mujeres supuestamente aptos para el trabajo, por el otro quienes no lo parecen, tus abuelos por ejemplo, devueltos en un dos por tres a uno de los vagones habitualmente destinados al trasporte de las reses rumbo al campo de exterminio de Treblinka donde esa misma noche serían eliminados, así explicas el asunto, colas y coletazos de Minos, porque es el alto oficial quien selecciona y despacha, dedo parado y látigo en cuero crudo, él es quien "está a punto de decidir nuestro futuro", yendo y viniendo, a la salida del Metro, golpes bisílabos, claxon canino, escape de emergencia en algún recodo subterráneo si el homúnculo encajado entre saetas divergentes, cráneo absolutamente circular y extremidades redondeadas por la fricción de tamaña parálisis a pierna suelta, tiene óptimos motivos para querer escabullirse del doble vínculo de la ruta de evacuación hacia el título de *A QUESTION OF SUNLIGHT*, al aire relativamente libre, sobre andenes de West Broadway, dando la espalda a los bloques de granito que abultan el muro de un edificio o al reflejo de la vitrina que te roza el pelo con las barras y las estrellas de la bandera ondeante al otro lado de la calle mientras evocas tu *"flash back"*, corto circuito e inconsecuente apagón, *blackin* de todas las secuencias habidas y por haber que (miento, ninguna totalidad en el cráter del acontecer, ni siquiera al revés, ninguna cuenta, ninguna suma, ninguna resta - ninguna tampoco) en el asoleado S11 te traduce el resplandor de otra soberbia jornada, 1939, primero de septiembre, los alemanes invaden Polonia y contigo adentro de cinco meses desde el balcón de vuestra casa ella asiste a la destrucción de una base aérea, "en frente de sus ojos" añades, aclaración aunque sea necesaria a los del espectador dispuesto a creer que el espectáculo pudo desplegarse en frente de los tuyos comoquiera que desde un belvedere amniótico digno de Harold Lloyd distintos desastres se anudan y ahogan con obstinación de amantes no necesariamente suicidas, a no ser desde la mesa de una cafetería extrovertida, pocillo y cucharita, o en el piso de Chambers Street aplicando cuidadosamente a la pared el rectángulo de lo que semeja un papelito plastificado, siempre a dos pasos de la célebre fosa, *"toxic pit"* para Holly, donde te alcanzó a través de la ventana del baño la escena primitiva del avión penetrando la primera mole, ninguna revelación ajena al contexto social, mucho menos cuando bajaste a la calle y desde esa esquina viste el boeing de United Airlines horadar la segunda, sino *Urszene* comprometida y metida en *"people"*, en el *con* del texto si perdonas mi francés, en la mitad del *mit* reconcentrada coincidencia de lo que deja ver sin ser visto: - "El contexto, el contexto humano. La experiencia humana no fue para mí la silenciosa explosión en la segunda torre, apenas una suerte de epifanía visual. No. Fue la gente. Lo que todos experimentaron. Todos vimos la misma cosa."

Aunque no seas tú quien más se fija en esas cosas, en la fijeza de los restos epifánicos quiero decir, sino quien está viéndote y escuchándote para que uno vea y escuche también, particularmente después de las primeras secuencias entreveradas con la cacofonía metropolitana, Holly Fisher al repartir su propio *casting* verbal (regresaré tras *cast* y *casting* supongo, "reparto", "parte", "partida", "partir", "impartir", *Partei, Partner, partire, spartire, part, depart, partie* y *partage*, etc.), firmado, situado y fechado en minúsculas, *"hf, paris, 2007"*, declaración de principios estéticos, éticos y políticos en son de apuntes marginales (entre otros, porqué no, la fecha de su cumpleaños, 29 de junio) acompañados por la obsesiva percusión de un martillo neumático: - "Éramos conscientes de los peligros del sonido precario, pero ninguno de nosotros podía soportar el estar adentro *[to be inside]* - algo así como re-clamar nuestro vecindario *[something about re-claiming our neighborhood]*".

Cuestión es otra palabra rarísima, ¿no se te hace? Como todas, claro está.

Había escrito: - "De esa luz vendría a ser el asunto, del sol, no cualquier otra." A estas dudosas alturas, y para que suene más cuestionable, prefiero "cosa". Esa luz rezuma cosa.

Facilitando la doble vía que de la funda más o menos aural lleva a la idea clara y distinta, y da capo, de la membrana cognoscitiva templada por arte y parte de *conceptum* (¿hasta cuándo tendré que perseguir zafadas de *cum-capere*, "coger entre", "captar con", tan sólo porque para probar lo que venga un guiño bachillerático de ultramar caería de perlas alrededor del cuello de botella conceptual?) en la hondura de la vez, al fondo de la presa difusa, el familiarísimo "vaina" ampliaría el agarre constructivo hasta sobar el felpudo de la morada del ser, donde admitir que "no se comienza por lo originario, la primera palabra de la historia es eso",[5] si acaso por zigzag entre azufre y mercurio, confianza en la fuerza de gravedad del proyecto y volátil titubeo de la rumia en torno del ser: ni por reconciliación de ruedas dentadas, ni por íntimo impulso se contrae, revienta y disipa la "simple metáfora de estilo expresionista-romántico-nazi" que por afán de eslogan permitiría concebir demasiado ingenuamente la crisis del alojamiento.[6]

Akcha más bien, "cabellera", por los costados de *akchi*, "luz" y "halcón", roza lampos de garras, antorchas de maíz y negrura de trenzas indias en tono con luces y luceros de hace siglos: - "Luz del sol luna candela. Yllariynin canchariynin y huachiyinin. El rayo que por ventana da luz. / Luz sin rayos de la luna. Quillap quillariynin, la claridad, o de estrellas, cuyllurpa quillariynin".[7] El vigor aceitoso del plenilunio y la histérica tembladera meridiana acrecientan el embarazo del titilar y palidecer porque en últimas es la cuadratura de lo aparente, la contundencia fenoménica de un hilo conductor multiplicable lo que cuenta, *rasa* o *hirsuta* pero *tabula* hasta el fin de lo definible, hasta enredarse con luz mayor y menor, lenguaje y ruido, casa y desierto, perímetro y pasaje, adentro y afuera, *con* y *sin* en más de una lengua y una escala.

"Kúwai pasó cinco años de ayuno. Luego allá en su piedra en Hipana (Kúwai-numa o boca de Kúwai), se comió a tres de los hijos de Iñápirrikuli. Él se asemejaba a una mata de guaco en cuyo copo tres de los muchachos subieron a comer pepa, mientras que otro se quedaba abajo recogiendo. Se formó una gran tempestad. La boca de Kúwai adoptó la forma de una casa (esa era la misma piedra). Kúwai los llamó para que entraran en la casa a guarecerse del aguacero. Cuando entraron, ¡plas! cerró su boca y se los tragó. (...) Finalmente Kúwai bajó engañado e Iñápirrikuli aprovechó para matarlo quemado".[8]

Ninguna epifanía visual.

Alguien flanea por ahí, muy en off, silbando como si nada redundase. Tiene razón el visitante invisible, por lo menos hasta el ángulo en que deja fluir el aliento hacia la flauta del reparto discursivo (¿dónde comienza a doblarse la esquina patética?): es aconsejable mermarle al pathos de la pertenencia, o el icono del Policía Arcangélico ("*New York's Finest NYPD*" ante el que los lentes de Holly meditan sobre los vestigios de la gran liquidación - polimorfos destellos de *clearance*, no sólo en cuanto a *sales*, por *border* también, *lamps* y *landmine*, "control de fronteras", "luces de gálibo", "remoción de minas terrestres", casi nada que descontar en punta de *Lichtung*, más o menos urbano "claro de bosque", clarísimo, a ras, ex-metafísico *Ground Zero*) se nos crece con el ímpetu de las mangueras radiantes que tajan la oscuridad vertiendo chispas nevosas bajo el lánguido reventón de una nube, al compás del instrumento de viento sumamente dramático y, si me concedes prescindir de los intereses del fondo sonoro para aludir a una organología cuyo esquematismo lacustre incorporase la rectitud supra-histórica, estímulo fundamental, muy por encima de las burbujas de la marimba y no tan prosaico como sugieren algunas interpretaciones del cuadro recapitulativo de las entregas planificadas por la IKL, *Inspektion der Konzentrationslager*, organismo encargado de coordinar las condiciones escénicas y rituales inherentes a los siempre instructivos pasatiempos del personal de vigilancia, atisbo sintético del que es dado inferir, juntamente con la fe repuesta en el poder cohesivo y *populario* del acordeón (quince piezas asignadas tan sólo a los empleados de Auschwitz en las primeras semanas de 1942[9]), no tanto la sospecha de simplezas y vulgaridades supuestamente connaturales a la bendita flauta (en todos los campos ninguna entrega relevante) cuanto medidas preventivas ante las insidias de la faunalia pitoflera, frívola y degenerada, notas en últimas adversas al adocenamiento del silbido errático pero poco compatibles con los ecos de las torsiones atonales subyacentes a la cita del maestro[10] que mencionarás más adelante para subrayar los méritos de *Noche y niebla*, obra que no deja en paz el pasado sino lo encarna, en tus palabras *"actualize"* lo acontecido excitando el *"interplay of times"* que otros tal vez apodarían "cita secreta con las generaciones que fueron", porque Holly también tiene derecho a chupar de lo suyo, substituir, tergiversar, insuflar, oxigenar, *"for resonance, or simply to add a breath of air…"* desgranando los suspensivos que introducen la firma, la ciudad y el año de los suspiros discretamente claustrofóbicos, igual que uno o lo que resta de uno, por supuesto y repuesto, meter cucharadas de aliento y mochilas de citas etéreas con tal de no ser medido y circunscrito por tu boca, escrito por ti, marcado y enmarcado por tus dientes, hermano, enormes mientras traes a cuento el meta-recuerdo de la gorra del oficial sobre el muelle del ferrocarril y el muchacho ahorcado por haber robado un jabón. Mantener en suspenso el colapso.

Definitivamente los mandobles del arcángel emergente de la turbulencia memoriosa toca reducirlos al tamaño de las zancadas del hombrecito evacuado en la cruz de lo idéntico por saetas opuestas.

En el colegio quieren que se ponga a "estudiar la Segunda Guerra Mundial". Así que Sami está leyendo *El diario de Ana Frank*, y del 7 de marzo de 1944 me saca: - *"(…)* una vida desprovista de toda admiración."

Perfecto, en cierto sentido. En el sentido de lo absolutamente cierto.

In quaestionem postulare, es decir "someter a interrogatorio mediante tortura".

"*Question (…)* El sentido especial de 'tortura infligida a un acusado para obtener confesiones' (fin del s. XIV°), retomado del latín, ha desaparecido con el Ancien Régime, salvo en historia."

"*Question (…)* (arcaico) Tortura para sonsacar confesiones (*was put to the question*)."

Pipiar de gorriones.

Por una calle de Lodz en 1946, un año después de la liberación, tu mano en la de Marek Zamdmer, el primo que poco antes de morir, el año pasado, quiso subrayar que de los 39 niños los únicos ancianos vivos eran ustedes. Se te ven grandes las orejas, casi enmarcando los labios entreabiertos. Esa foto la enviaste aparte. No está en el filme, pero aparece en la red.

Pesqué también la página del *Holocaust Memorial Museum* con tu ficha. De esos datos debería sacar en limpio que desde cuando tuviste la bondad de empezar a confiarme las reminiscencias, a mediados de los 60, mi rendición al nombre del campo de exterminio de Auschwitz obscureció el de Tschenstochau, gueto inaugurado el 9 de abril de 1941 en la ciudad de Czestochowa, a 124 millas de Varsovia, donde 2.000 fueron asesinados y 40.000 deportados a Treblinka, entre septiembre y octubre del 42. Excúsame, no era mi intención, ninguna intención en particular al escribir: - "*(...) no sólo daba por sentado que habías nacido en Auschwitz (...)*".

Leíste lo que llevo más o menos hasta aquí y señalas el "único error": no naciste allá, nadie podía nacer allá. Como si no lo supiera - lo que suele entenderse por *supiera*.

Suponer lo contrario sería un chiste negacionista. A falta de nexos y por no decir algo, aquí podría manir la intempestiva mención del encuentro que evocaste queriendo atenuar la gravedad del embeleco que mi padre tomaba muy a la ligera declarando que nadie le habría arrebatado la alcaldía de Nueva York si la Victoria hubiese respondido al mandato de Roma con la puntualidad de una esclava digna del himno nacional pertinente, una de sus bromas selectas, mientras que, aún suponiendo que se hubiese enrolado en la República de Saló no más para tener con qué rodear de cuatro paredes a la familia, como quiso dar a entender durante una de las pocas y ralas charlas que me dejaron rozar el asunto de su responsabilidad, mucho tiempo después de 1944 y de sus nueve meses en la cárcel de San Vittore a la espera de ser absuelto mientras Liliana iba de testigo en arzobispo, cuando ya vivía con nosotros en Pasto, al final, largos años después del lento proceso de reciclaje social a través de una que otra fábrica de quincallerías y accesorios de alta moda lombarda donde el normalista celoso del yelmo de Escipión doblaría el espinazo que procuró enderezar al otro lado de su mundo, Colombia años 60, como director técnico de una botonería cuyos dueños resultaron judíos, cargo que abandonó para tocar a las puertas de los deudores morosos de una planta de ensamblaje de neveras y de una fábrica de pastas antes de establecerse en un paraíso turístico del Caribe desempacando y empacando cubiertos Christofle y cerámicas de Capodimonte cuyos importadores eran más fascistas que él (te debo la instantánea: a contrapelo del sombrerito carnavalesco, el semblante exageradamente austero deja suponer que el subteniente Silvano Omobono Mazzoldi Barich, originario de Zara, baluarte de la lengua de Dante y Tommaseo en tierra dálmata, esté a punto de chocar talones y cuadrarse ante una lechona extendida sobre la mesa de sus mecenas), si tan sólo aquellas soñadas paredes le hubiesen realmente impuesto la decisión de Saló quizás más tarde, ya casi al final, no se habría dejado llevar tan fácilmente por la ventolera de un homenaje a los restos custodiados en la cripta de Predappio, *locus mussolinicus* de marca mayor y meta de los reflujos de la crema colonial itálica, digo la coyuntura de vuestro cordial encuentro en el Edificio Sabana que recientemente tuviste la bondad de traer a cuento para mitigar en algo el peso del antisemitismo de mi padre, cuando le dejaste saber donde naciste y se entretuvo contigo recordando haber pasado por ahí, Deblin, Polonia, de ida o de vuelta, avanzando hacia Moscú o alejándose de Moscú, ve tú a saber ahora, reminiscencia que le humedecía el tono, máxime al recontemplar una columna de mílites impávidos marchando a través de esa nada enfangada, los de la *Divisione Torino* tal vez, en todo caso y por encima del caso rangos impecables no obstante y en razón de tamaño desastre, líneas de uniformes eternamente ufanos de su fiasco sublime, planchados sobre las tablas de la Historia, hazme el favor, a lo peor esa vez lo escuchaste, *exemplum* de *exempla* fuera de concurso, inapropiable, inconsumible, intacto, de *ex-emere*, "dejar por fuera" si no estoy mal - gracias por el étimo papá - dicho sea no tan de paso, su apellido materno suena demasiado cerca de "Baruch" para no remover los pliegues ancestrales que la tía Liana quiso dispersar haciendo alusión a un posible topónimo, cuando la visité en Bolonia. Otro cuento el de la tía: de joven le tocó verse rapada por una pandilla de Camisas Negras, mientras que su esposo, voluntario sobre el frente griego-albanés, en vez de adherir a la República de Saló prefirió ser deportado a los campos de Sandbostel y Bergen Belsen, donde se las ingeniaría para sacar sus buenas fotos, primero en punta de Zeiss Super Ikonta, después al ritmo de una minúscula Leika. No tanto la leyenda familiar cuanto mis fantasías debieron inculcarme la plasticidad del tecno-supositorio que el tío Vittorio, refractario a la mitología sacrificial, habría logrado disimular gracias a "cierta desenvoltura juvenil".[11]

En lo que parece tocarme, se prendió así la cuestión del aparecer y del parecer, del negarse dándose a luz entre encierros opuestos. Por no decir madres rivales e inseparables, Liana en Liliana y, no del todo más allá del trauma del nacimiento, abuelas contradictorias, Alice solemne e imperativa (me hacía sentir culpable, de terquedad aunque fuera: la vez del rasguño me había alcanzado una pelota de nieve perdida, no el puñetazo merecido por meterme a pelear como pretendía hacerme admitir), Iride jocosa hasta la obscenidad (deslumbraba conciencias relapsas mezclando regalo y castigo: dormíamos en el mismo cuarto, y la mañana en que se percató del deseo de verla desnuda mientras estaba a punto de cambiarse de ropa me brindó el candor de las nalgas alzando de repente el camisón, sin dejar de reír, casi en sincronía con el jalón de las cobijas que volví a echarme encima).

Aislado y fuera de lugar, un dato a mis ojos en extremo reciente arrojaría más luces: Stefano Barich - Zara, 11 de noviembre de 1904 - Buchenwald, 2 de enero de 1945. A lo peor por eso mismo, lapidario y retrasado el dato depara lo que se llamaría *materia de reflexión* alrededor del reparto sanguíneo pertinente,[12] uno que otro coágulo de *jüdische Selbsthass*, "odio judío a sí mismo", narcisismo al revés quizás no del todo visible desde la primera página de este escrito.

  Hablando por teléfono salieron otras palabras: ni por sentado ni por sentido daba lo que dije, pues "dudaba creyendo y creía dudando" - eso fue lo que dije. Como si tan sólo hoy me percatara del tamaño de un equívoco más inconcebible que la superchería de quien barajase cámaras de gas y salas de parto, hazme el favor, diviso la enormidad del lapsus que no ha de ser tan sólo mío, antes bien capaz de exceder la propiedad y el apego al ser idéntico de quien afirma no menos que de quien niega lo que sea o no sea, entre otras cosas porque "*(...)* quien debía nacer cierto día de 1977 era yo, que el vientre de mi madre era el campo de exterminio y que una vez por fuera *(...)*". De eso estaba seguro.

Casi todo puede depender de un adverbio de lugar, fíjate tú: - "En todo caso cuando empecé a 'saber' yo era adulto. Tenía más de veinte años y vivía en París. En seguida, claro está, como todo hombre un poco despierto, he intentado, por lo menos, 'pensar' la cosa, no solamente 'pensarla' sino pensar 'ahí', como muchos otros, pensar 'ahí' en su lugar, allá donde esa cosa *tuvo lugar*, innegablemente, allá lejos, allá lejos como aquí, pero *antes de nosotros*. Aconteció, irreversiblemente *[non seulement de la 'penser' mais d"y' penser, comme beaucoup d'autres, d"y' penser en son lieu, là où cette chose a eu lieu, indéniablement, là-bas, là-bas comme ici, mais avant nous. C'est arrivé, irréversiblement]*. Este tener-lugar justamente resiste al pensamiento, a un pensamiento que creyese pensar asimilando, reapropiando, habituándose. Subjetivando. Interiorizando en un trabajo de duelo que tiende siempre a *inmunizar*, a denegar lo que idealiza, ya que se puede también idealizar, es decir sacralizar lo peor".[13]

Ayer domingo vi otra vez el filme, no todo, claro está, siempre hay partes que se me escapan: la cita de *El amor a muerte* no es tan patente y no es cierto lo que dije de la foto con Marek. Ahí va, sobre un estante de la librería, la foto, a tus espaldas, mientras evocas el verano de 1947 en París y el rostro de tu madre renovando muestras de cariño a la vida en respuesta a las miradas de los hombres, "hermosa, seductora".

Así que tenías tres años y estabas en sus brazos cuando te atrajo irresistiblemente la cabeza del uniformado que iba y venía. *"Enchanted, enamored"*, fascinado por la gorra de plato helicoidal con su tersa calaverita, la *Totenkopf* de las *Waffen SS*.

Justo a tiempo te agarró del brazo. Poco faltó y la medida de ese tris ella la pintaría mostrándote la suma de cuatro dedos, del meñique al índice, doblado el pulgar. Eso faltó para que tumbaras la gorra.

Me haces observar que la presencia de una mano en tus composiciones es frecuente. *En tus* composiciones es un decir: lo que ponen cada vez en entredicho es el contorno, el tiempo de lo tuyo y el espacio de la vez, los límites del contexto, del contexto humano.

Los fotograbados que nos regalaste en 1978, por ejemplo, cuando pasamos por Chambers Street, trozos, *morceaux, brani, Stücke, disjecta membra, pakikuna* de 75 x 55 cm, antebrazos del centímano que no me atrevo a llamar *serie* y que no dejan de hacer señas y contraseñas aquí mismo y allá, al interior y no del todo fuera de la casa, en el área común de este condominio, no tan amplio y macizo como el Sabana aunque merecedor de un apelativo de vastas y contrarias resonancias, exótico y saturado de color local, tan sofisticado cuanto improbable enredo de sílabas procedentes de los apellidos de antiguos inquilinos que a nuestra llegada los del 401 no lograron reconstruir por obstinarse en ocultar tras velos orientalistas la marca del tradicional laxante antiparasitario para ganado vacuno impuesta por el más influyente propietario original, algún ingeniero químico orgulloso de la fórmula que lleva más de 70 años en el mercado, "producto padre de la suplementación mineral en Colombia" sigue rezando el reclamo, Edificio Arsenipur, esquina de la Séptima con 47, a media cuadra de la Baticueva que tú y Marina conocieron, donde vivía con mi mamá mientras él ya estaba en San Andrés, el año de la puesta en escena del *Marat / Sade* que Santiago quería dedicar a Tirofijo, antebrazos y manos debidamente enmarcados, eso creo, *Fragment 7* sobre la pared del descansillo de nuestro piso, al lado de la entrada, *Fragment 5* adentro, en el corredor: recogimiento meditativo y lance extático, a un paso de la puerta se inclina tu mirada (suponiendo que te corresponda), más acá del umbral se eleva y desprende, mientras en todas las escenas, no sólo las de nuestro retablo doméstico (alguna vez comparé estas imágenes con títeres de guante) sino también las de otras partes, muchas lenguas y partes de lenguas, aquí y allende, otro marco es tu mano, relativamente tuya y relativamente materna si meter mano a la obra es morir de gorra, mejor dicho, lo sería si el miembro en cuestión no perteneciera a la obra y si en la corola digital no concibieras el diminuto rectángulo de un espejo reflejando otras tantas versiones de tu cara, a menos que no se trate cada vez de alguien más. Autoheterorretrato, marco de marco, cerco disyunto, toma en precipicio de repuesto, la vida es obra en la nítida medida del fin de la mensurabilidad de su presunto anillo. Como dijo el lobo de mar: - "La sola cosa que me ata / Es mi mano en mi otra mano".[14]

Otra vez: - "El odio de sí, nada más judío, se dice, nada más 'ejemplarmente' judío; pero por lo común es un judío quien lo dice. Como siempre, la lógica ejemplarista conduce estas afirmaciones al abismo: si nada es más judío que el odio de sí, cualquiera que se odie comienza a parecer judío, y esta figuralidad se lo lleva todo".[15]

El tributo a la figura arrastra consigo lo injustificable. No por detestarme acabé desnudo y cubierto de mierda de vaca en medio de los obreros atareados alrededor de los cimientos de la construcción que hoy corresponde al Colegio Femenino Gabriela Mistral, a la orilla del Cauca y al pie del Puente Viejo (casi a propósito, cuando remplacé la palabra "asunto",[16] pocos renglones más abajo me arrepentí también de un desliz inducido por el repliegue de los acontecimientos que, clínicamente hablando, fueron "dos episodios delirantes", pues en el 76 la cosa también giró alrededor de un exceso de luz, eléctrica y solar, cómo no, mas el momento del escape visceral se produjo en la siguiente ocasión, de manera que 1977 vendría a ser la fecha - perdona tanta pedantería). Mucho menos por andar colgado del árbol genealógico de Alice reconocí lo que no tengo ningún derecho a llamar *nuestro* Auschwitz.

Tan sólo por andar naciendo me tocó atravesar la cosa, seguir el caminito del imperativo táctil, trepar por la colina adyacente, apostrofar al sol desde la cumbre de un Calvario que me supo a híspido Monte de Venus, resbalar boca abajo sobre la hierba de la otra vertiente, caer sobre el asfalto de la Panamericana y cojear hasta toparme con el vecino, Rodrigo Luna, camionero de Ipiales que después de cubrirme con su chaqueta se indignó porque le di un beso como si solamente Olga hubiera podido apiadarse de mí.

Por más ejemplar que sea el tulipán kantiano, la hemorragia de estas manipulaciones desedificantes no coincide con una inversión del "sin/sangre/sentido del corte puro *[sans de la coupure pure]*".[17] Desbordan la fijeza inconcebible de lo impuro, liso y exangüe. Se salen con las suyas tus fragmentos, sin "llave universal" ni mucho menos.

No quedará por ende al otro lado el adorable desapego explayado por el manto fotovoltaico de una reina ufana de su prole,[18] encanto de *sûnyâta* vencido por apetito de súbita identidad, "como surge del mar, entre las olas, / una que se sostiene, / estatua repentina".[19]

Ni sombra de Niobe exquisita, ballena blanca, mochilita de pétalos. Si acaso cabellera revuelta de Olga Breno impugnando los costados de una lancha bamboleante sobre un lleco de lentejuelas, pocos encuadres después del ataque de *Límite*, buitres en rueda de prensa por ojos venidos a manos esposadas, estela de pupilas en puños.[20]

Sirena de ambulancia.

No volviste a llamar. Está bien.

Copo de nieve hipertrófico el "gato enorme y fofo",[21] absorto y remoto en el reborde de la ventana del hospital donde Otto Dietrich zur Linde ha sufrido casi a pie juntillas la amputación de una pierna, afantasmada contraparte del fetiche de von Sternberg entretenida al filo de la ascesis del guapo uniformado capaz de ostentar la erección de la cojera irguiendo hasta el zodíaco de una guerra de arquetipos la prótesis de su impasibilidad ante los suplicios infligidos al suplente de Marlene, David Jerusalem, autor de versos que el verdugo conoce al dedillo, tales como los hexámetros del "hondo poema que se titula *Tse Yang, pintor de tigres*, que está como rayado de tigres, que está como cargado y atravesado de tigres transversales y silenciosos", y *Rosencrantz habla con el Ángel*, soliloquio devuelto a la "secreta justificación" de la anónima existencia del prestamista londinense que inspiró el personaje de Shylock,[22] rescate de economía hegeliana simétricamente opuesto a la venenosa redención en que anhela evacuarse a sabiendas el acérrimo enemigo de ambigüedades, demoras y cobardías: - "Ante mis ojos, no era un hombre, ni siquiera un judío; se había transformado en el símbolo de una detestada zona de mi alma. Yo agonicé con él, yo morí con él, yo de algún modo me he perdido con él; por eso fui implacable"[23] - cita destacada por más de un lector atento a los bordes del trueque de identidades, aquí rebajada al nivel de una sórdida confluencia hacia el ventaneo de la mascota adormecida, facilidad programada para sofocar el retintín del crucigrama felino y absorber el oxímoron "patrimonio infinito"[24] escurrido hacia el don "orbicular y perfecto" del nuevo orden que el misionero del campo de Tarnowitz consagrado a "la violencia y la fe en la espada"[25] anhela desencarnar en aras de las generaciones futuras.

Descuelgas del muro una moldura desocupada; te aprestas a reemplazarla por la foto que muestra esos mismos corchetes de madera sombría encuadrando la foto de un ensamblaje de ladrillos. Te interrumpes para extraer la puntilla que sostenía el pequeño rectángulo, entre índice y pulgar, sin esfuerzo. Aplicas a la pared la foto de la foto. Sobrepuesta a la imagen para que haga su trabajo el pegante, tu mano abierta es tan ancha cuanto la hoja de papel. Queda empotrada en el muro blanco la escara lustrosa de un ventanuco tapiado. El ángulo inferior izquierdo secreta una sombra azul que empapa los segmentos de arcilla cocida.

Inmediatamente después, sin previo aviso, a no ser el brevísimo zumbido de una abeja, como quien dijera *out of the blue* si no hubiese brotado del apagón intermitente que de azul no tiene nada, en primerísimo plano, una multitud de pistilos morados invade el campo visual (¿*Onopordum acanthium*? Úrgeme la viñeta ad hoc de "Chocolatinas Jet", una de las acuarelas que alguna vez te ayudaron a redondear el arriendo del pequeño estudio, no sin beneficiar la calidad de los *stickers* destinados al álbum educativo de la Compañía Nacional de Chocolates que por más de 50 años ha endulzado los paladares colombianos). A ojos vistas y por sí solos los cardos niegan la fobia de contacto y sin embargo, en las vísceras de los glotones que soportan hojas y brácteas puntiagudas con tal de tragárselos, los penachos del borriquero o "pedo de burro" solicitan fermentos que refrendan la crueldad de la distancia a costa de otros órganos.

La cámara encantada se recuesta sobre un frenesí de fibras que del morado van al violeta incandescente. Se aleja un poco. No tan ariscas las matas, tal vez de alcachofa común. De todas maneras el estallido del florecer anuncia la inminente extroversión de otros vecinos verdes, dos o tres cabezuelas más o menos compactas, empuñaduras de hojaldre oxidada y relapsa que modifican los paradójicos marcos de la secuencia anterior, al borde del tenebroso intervalo en que se derrama de nuevo la vanidad de lo contenido y pospuesto.

Ventosidades y espinas, comillas, alambres de púas, molduras de puertas, ventanas y cuadros, forros y estuches en general, son susceptibles de irritar el carácter destructivo.

Sobre las uñas lívidas de la última piña descerrada, la voz advierte que el trabajo del recuerdo relativamente siguiente es cosa tuya: - "(...) mi imaginación, no la de mi madre." Acto casi seguido, tus manos y tu rostro acompañan el relato de la muerte del muchacho que deseaba lavarse.

> Miércoles 9 de abril. Cumplo años. Olga me regala música de los Beatles.

> En la Candelaria, por la mañana, los cuatro escuchábamos *Eleanor Rigby*.

Ahorrándome unos cuantos signos de puntuación despistados y el paréntesis de seis renglones esclavos de una antigua reincidencia retórica (vicio convertido en descarada manía de apartado evasivo), remito al último párrafo de un escrito de hace medio siglo, brevísimo, por eso mismo quizás más vergonzoso aún, extracto de vanidad traído de los cabellos con el orgullo de quien está convencido de traerlos, arrastrado por un pelucón incógnito cuya revoltura no contradice el resultado flotante, más bien involuntariamente substraído al faro del cráneo puesto en solfa por la cantilena milanesa que desde la más tierna infancia me inculcó la nefasta exclusión recíproca de inclusión hostilmente asimilativa y exclusión fraternalmente particular: - "*Crapa Pelada l'ha fà i turtei, ghe dà minga ai sò fradei. I sò fradei fann la fritada, ghe dann minga a Crapa Pelada*", párrafo aquí echado por la borda de la elipsis que debería y habría debido salvarme de la mar del prójimo, defenderme del anhelo de lo que nadie puede querer por su propia cuenta ni por cualquier otra, amistarme siquiera por procura con la extrañísima luz del otro que te hace suyo mientras la chupas, la que "no ha revelado al deseo sus vías de acceso como la leche materna supo inscribir los movimientos de succión en los instintos del recién nacido",[26] tal cual, entrada por salida y naufragio por hábitat: - "Cuadros-rehenes, como las imágenes especulares hacen referencia a una realidad anterior y contemporánea que se delimita al negativo, desde las dimensiones de la ausencia y de la espera. Si otros rehenes, los de Fautrier (con el cual Urbach comparte la constante alusión al estímulo histórico de un dolor digamos documentado (...)".[27]

La comadreja de *Lo crudo y lo cocido* y el felino de *Tristes trópicos* se cruzarán en algún momento con la jauría que me acosaba cuando tenía la edad de Sami, a lo mejor por intercesión de una *punch line* como la que resume *Pater*, el filme de la otra noche, cuando uno de los asesores de imagen de Vincent Lindon observa que el candidato presidencial "no ha perdido el apetito." Repleta de ventanas famélicas esa película.[28]

Regresan flauta y marimba, sin reflectores. En lugar de un auxiliar gatuno asignado a los trastos que en el *intérieur* burgués suelen remachar con satisfacción y podrir con ternura las obviedades de lo propio, esta cortina de pavorreales gemelos debe proteger un repertorio hogareño temeroso del desgaste espectacular y enternecido por el temor de la ausencia.

Paréntesis dentro de paréntesis labiales, en vez de la flor láctea opuesta a la enésima ventana asociada con buhardillas y tejas de grisura cartesiana, por trueque de lenguas y géneros una rosa de la variedad *Sable chaud* excitaría innecesariamente el fervor patrimonial: acá también, donde la masacre puede llegar a celebrarse con refrote de guacharaca y despliegue de acordeón, palomas de rabo firme y pico culebrero sostienen que no por *vibrato* casual sino *en* ella, en la línea blanca de sable caliente, hay crujir de nieve y olor a aguardiente, pero de ahí a querer renovar las razones de quien se proponga no perder la cara nacional envainándola en un relicario líquido o sacándola de un archivo inundado, admitirás, hay mucho trecho, máxime si el florero queda al pie de la puerta y la cortina bordada cuelga en alguna otra parte: - "*Waits at the window, wearing a face that she keeps / in a jar by the door, Who is it for?*"

Su nombre insinúa una abreviación coloquial. ¿No me la presentaste en el 78? Creo haber ya conocido a Holly.

Por primera vez de regreso a Colombia trataba de no extraviar demasiado rápidamente escasas lecciones de argot parisino. Aproveché una fisura de la charla para sortear los aprietos idiomáticos de Manhattan mal pronunciando una fórmula que compromete definitivamente la reputación de las tabacaleras: *avoir le cigare au bord des lèvres*, es decir "estar a punto de soltar el cagajón", despojo de difusa extranjería no tan alejado de las coordenadas marginales a las que hoy me aferro, pero que entonces creía rozar de paso, como si de ellas no dependiera el buen estado de mis hojas de vida. El hecho es que, sin parar mientes en necesidades distintas de la pasión etnolingüística afectada por un recién venido a los bajos fondos de Genet, tu amiga sacó a relucir otro preciosismo vernáculo, de sesgo todavía más surreal y abarrocado: *avoir le trou du cul bordé de nouilles*, "ser suertudo", literalmente "tener el hueco del culo rodeado de fideos", circunloquio bajo todo punto de vista merecedor de los comentarios que por un buen rato me mantuvieron pegado al asiento. En el desafío a mi esnobismo de retrete creí advertir la madera de un recio orgullo cultural.

"Hurbinek era una nada *[era un nulla]*, un hijo de la muerte, un hijo de Auschwitz. Demostraba más o menos tres años, nadie sabía nada de él, no sabía hablar y no tenía nombre *(...)* Era paralizado de la cintura hacia abajo, las piernas atrofiadas, delgadas como palillos *[stecchini]*; pero sus ojos, perdidos en el rostro triangular y demacrado, saeteaban con viveza terrible, colmos de demanda *[saettavano terribilmente vivi, pieni di richiesta]*, de aserción, de la voluntad de desencadenarse, de romper la tumba del mutismo. La palabra que le faltaba, la que nadie se había preocupado por enseñarle, la necesidad de la palabra, pujaba en su mirada con urgencia explosiva: era una mirada salvaje y humana al tiempo, más bien la de un juez maduro, que ninguno de nosotros sabía sostener, tan grande era su carga de fuerza y de pena. *(...)*

Hurbinek, que tenía tres años y tal vez había nacido en Auschwitz y jamás había visto un árbol *(...)*".[29]

Al atardecer los más pequeños tienen permiso para reunirse a jugar en un sitio determinado. Justamente ahí se arma la horca.

Tantas ganas tendría de lavarse que robó un jabón. O premura por intercambiarlo, se me ocurre.

No a partir de tu madre esta vez, esta sola vez, sino tuyo, *cinematográficamente* tuyo, insistes en aclararlo, el retroceso prospectivo responde a un estímulo sonoro, eso también lo subrayas. De mi parte quisiera poner en claro que si un par líneas aquí arriba me permití ese adverbio no fue apenas por remitir a los magistrales traslapos que ya mencionaste, collages de documental y ficción en paspartús temporales entrecruzados, sino porque rindes testimonio de la vis narrativa de tu madre pasando del pretérito al presente del indicativo que te involucra: - "*It was very graphic, very direct, it's very... it's cinema!*", contagiosa extensión ventrílocua que sobre este *set* no necesariamente debería desembocar en el corredor de un ulterior presente, de madre a hijo y de hijo a vecino, amén de compadres esquizofrénicos botados al *soundtrack* que reemplace tablones y martillos, letras y teclas por yunques y mazos del "Coro de gitanos" resuelto en el frágil mas encarnecido canturreo de un Fats Domino decidido a sobrepasar la indecencia de los retozos de la prole de *Lady Madonna* con el pretexto de un quiasmo cronológico y cultural en que el entorno de la prolífica ama de casa rivalice con el estruendo de *Los piratas de Penzance* amplificando troneras de puertas y ventanales de un antiguo templo asaltados por tapones de cera sonora capaces de reciclar *Il Trovatore*, cambalache de laboriosidad humana y sevicia gatuna, desparpajo de Broadway y discreción victoriana amalgamados en homenaje a grajeas de "galleta de uña" cachaca esparcidas a toda carrera entre los múltiples labios de una *magdalène* humectada románticamente,[30] pues no será en beneficio de la tesis del carácter patibulario de la escritura si "*line*" repercute en "*deadline*", plazo señalado para que el ladronzuelo confiese antes de que asesinen a los rehenes, y poco después en la frase que da cuenta de la progresiva cerrazón del ínterin: - "*That line was getting closer and closer.*"

Menos de fijo que de paso que conste aquí y allende, el recurrente golpecito del punto aparte suena arrogante: *all'opra, all'opra,* no quisiera dar la impresión de querer echar esmalte conclusivo, semiconclusivo o inconclusivo más a una cosa que a otra, ni presumir laureles sádico-anales de chamañosería verbal sumisos al antecedente de CasaLuker, empresa que desde 1906 ha llevado felicidad y satisfacción a los hogares colombianos, tal como reafirma *on line* "Nuestra Filosofía" promoviendo la "misión de grandes innovaciones, sin tiempo y sin medida" sintonizada con el *arrière-goût* gnóstico de una de las luminarias regionales de mayor voltaje: - "*Chocolate Sol* - Energía para todo el día" (no sé dónde ni cómo meter, encapuchar, esconder o disfrazar estas palabras impúdicas, en punta de guión, gorra de paréntesis, bola de nota al pie o a lo que sea en torno de los saldos del eclipse de marca y los *giveaways* de aporías descaradamente retóricas a los que ni siquiera se opone la inédita mudez de Hurbinek, aojo de mamboretá en acontecer de *L'Ouvre,* futuro anterior del Aobra para los visitantes de las memorias de otro ciego[31]).

En todo caso el muchacho se entrega, lo cuelgan y queda "oscilando en el viento" durante un par de semanas, tiempo suficiente para que se descompongan también los binomios de bamboleo aéreo y determinación vertical, línea muerta y línea viva, conciencia mortífera e incapacidad de acogerla descifrando el jeroglífico tan poco humano de un columpio en aplomo de ultimátum. Al levantar la cabeza o sin levantarla, sobre el fondo "*very reddish*" del cielo desconocer el perfil en cuestión habría resultado "*convenient*", afirmas. De otra forma, rendido a la vastedad de la comba celeste, *reddish or not,* habrías dejado de jugar. Para reanudar en cualquier parte, allá arriba ha de mecerse "un perro por así decirlo *[a dog so to say]*", eso creo entender, aunque, ya sabes, si cuando nos conocimos a duras penas comprendía la letra de las canciones (blues al fin y al cabo pues, gringos o no, los decrépitos motivos de siempre pasan a blues) que me enseñaron el tío Armando, timonero de buques de carga, y la tía Liana, mi inglés no mejoró mucho que digamos, tanto que podría ser *dove* en vez de *dog* lo que se mece en lo alto, de manera que, dime tú, ¿hasta qué punto la imaginación escudará a un niño de tres o cuatro años y tras qué absurdo al viejo la quimera del niño por rebote de la imaginación de otro viejo? Ave o cuadrúpedo: - "En mi fantasía nunca fue una persona."

El casi acostumbrado tajo negro caería de nuevo al pelo, en la ceguera pueril de entonces. Hoy en la mía. Lo que no me impide prestar atención a los titulares. En efecto, inmediatamente después o poco antes de rendir tributo al incierto contorno del imposible humano, una vez pronunciada la palabra "persona", el repiqueteo de la lluvia desplaza la voz y tu rostro cede a un cristal de arrugas líquidas - quizás no sobre del todo observar que los datos meteorológicas no son pormenores, antes bien desempeñan un papel relevante en el montaje que procuro desmontar ("desconstruir" o "armazón" en lugar de "desmontar" y "montaje" bastarían para esquivar el amontonamiento de las bilabiales, de acuerdo, sin embargo en el estado actual del contexto la forma verbal me sabría a cacho y el substantivo favorecería un remix de estos renglones con el mero revés del armatoste que exhibe al ahorcado), relevancia de la exterioridad y del deseo de mantenerla como quien dice a raya casi contradiciendo la momentaneidad de la contradicción del corte capital en jaque, si me permites seguir a la mira de los escamoteos del parergon que un crítico de arte quizás definiría como tu movida, al resguardo de la intemperie, desde luego, pues más abajo del ventanal inundado se expande la primera plana de un periódico de alta definición (el lema de la contraparte colombiana del mensual dedicado a las problemáticas internacionales garantiza "una voz clara en medio del ruido").

Se movilizan por ende las góticas de *Le Monde* del jueves 28 de julio de 2005 sobre una caricatura de Plantu cuyas fofas personitas deberían matizar el dramatismo de la *headline*: encabezada por el ciudadano que levanta un pabellón coronado por doce escrutadoras cámaras en órbita, toma cuerpo un rebaño de manifestantes custodiado no sólo en efigie por las hermanas de los luceros concéntricos de la Unión Europea a las que tributan fascinaciones convergentes hombres y mujeres de todas las edades, sino también por cuatro telecentinelas encaramados sobre cuellos de jirafa sin que ningún camarógrafo esté a la vista. Cámaras, camarísimas, cámaras encamaradas: -"*Les Européens renforcent leurs defenses antiterroristes*". El lente de Holly contrasta la incidencia del registro acústico en el corazón de tu relato acogiendo la imagen de la masiva demonstración de fe en la tecnología antiterrorista al servicio del pastoreo panóptico que la nutre.

Obvio, regresamos al tercer piso de Arsenipur hace rato, más o menos desde la octava página. Sobre los libros del estante más alto, debajo del pequeño laberinto de cardos pintado por Liliana en el 81, al lado de las dos libretas con los números telefónicos, siguen ambas linternas, la verde y la azul. Ayer estuvieron Génica, Gabriel y los nietos. Sami sacó buena nota en Historia y Jaris renunció a los truculentos prosaísmos que se habían vuelto casi habituales durante el almuerzo del domingo ("churrias jugosas", por ejemplo). Yo también me abstuve, faltaría más. Dos lados de la misma moneda apretaron la jornada: por la mañana nos resignamos al videoclip en que un nihilista subido al podio de Corferias se encarga de facilitar el ascenso de la derecha picotera fustigando la derecha tartamuda, y por la noche nos expusimos a un thriller diseñado por Giger en que la parasitofobia se casa con el fantasma de la decapitación electoral para vender el pánico del parto democrático a precio de huevo extraterreste.[32] Menos mal, hoy lunes estuvimos en San Marcos y la espuma del manchado de Olga estuvo a la altura que últimamente, después de las reformas de *Doña Dicha*, tan sólo Sandra parecía alcanzar, la alquimista de *Segafredó*, en el Carulla de la 76. Pedí también un espresso doble y por primera vez en la vida me resultó repartido en dos pocillos (desde la operación que sacara a flote casi todo el retoño del anterior meningioma cerebral - "grande como un puño", comentó el neurocirujano - todo se me bifurca y gemina). Nos sentamos mirando el andén de la Carrera 13. El día está regio. Más preocupada por la cicatriz de la craneotomía que por la calva, Olguita consiguió una *Anti-age Facial Sunscreen* marca *Renewal*. Vale un ojo de la cara, y siempre olvido untármela antes de salir (el reacomodo de las neuronas afecta la memoria reciente - distinción discutible: ¿no alcahuetea todo recuerdo el remoto vagabundeo de lo cercano? De aquí la irritabilidad fetichista que me aqueja, el obsesivo recuento clasificatorio y otras secuelas del *furor archiviolithicus*[33]). Ahí va un paseador de mascotas: cinco horas a la semana cien mil barras mensuales. Cuando vivíamos en la Candelaria ese empleo no existía.

Miércoles 30 de abril, noticiero del mediodía: - "Exigimos que la presencia del señor gobernador se haga presente." Del político, del reportero de RCN, del soldado o del campesino, la presencia puede ausentarse hasta enceguecer, máxime sobre una carretera bloqueada.

Vuelve a trepar por el vidrio mojado, resbala de nuevo hacia los peliculeros antiterroristas, ensarta por segunda vez la guirnalda de doce cámaras voraces y la desparrama mientras la lluvia enmudece porque regresaste evocando los golpes sobre el maderamen del patíbulo que remiten a otro suceso sonoro preñado de *flashes* en cadena por intromisión de una referencia a la charla con un cineasta pendiente de lo que te pasó después del primer impacto, Ken Jacobs si no estoy mal, cuando le hiciste saber por teléfono que te habías parado en esa esquina de Chambers en medio de los vecinos pendientes del índice de United Airlines (no preguntes cómo pudo ocurrírseme la metáfora: tocará conjurar el sapo presto a brincar de los deditos del nene sobre la gorra del oficial nazi hasta el avión del comando suicida contra la mole, prestidigitación analógica entre terrorismo árabe y burocracia nazi monitoreada por los herederos de Zur Linde), y tú dentro del resto, en plena *obscenitas*, lo que no cabe en escena y nadie puede filmar, la nada que no tiene que ver mientras obliga a rever y trasver con todos los sentidos, "*roar*" de "*collective reaction*", en suma y en resta "el rugido que salió de las entrañas de la gente" para que desde la pestífera trastienda de la farmacia patrimonial no sólo a oídos del fabricante de botones que jamás tuvo el chance de llegar a la alcaldía de tu ciudad, sino también a los del suscrito (más que nunca amenazados por los fantasmas de incorporación, como si el susodicho puño tumoroso liberase la palma de una mesita parlante) para que retumbe en recio pastiche molecular el *Coro del Nabucco* y los cepillazos de *Come together*, ahora mismo, a una semana de las elecciones presidenciales, ya sabes, "*He got O-no sideboard*" en "*Oh mia patria sì bella e perduta!*" porque "*I know you, you know me*" a través de "*Oh membranza sì cara e fatal!*" justamente mientras la barajadura montante se tranza por el retorno de las ofrendas conmemorativas (bajo dos banderas de Estados Unidos, el osito de peluche que la mamá ha guardado por tantos años atesora la placa del hijo policía; retazos polícromos de materiales que no identifico embutidos en un bolsón de polietileno salpicado de gotas; una tercera bandera... - perdonarás tanto nicho parentético) al compás de las frases ya despegadas a manera de epígrafe: - "El contexto, el contexto humano. La experiencia humana no fue para mí la silenciosa explosión en la segunda torre, apenas una suerte de epifanía visual. No. Fue la gente. Lo que todos experimentaron. Todos vimos la misma cosa."

Al desgarrar el empaque mediático del acontecimiento y prescindir del logo sobre la etiqueta catastrófica, percibes y afirmas la energía compartida desde el singular e intraducible tajo que la desmiente en la estrechez de cada cual. A toda vista, más que a la vista, se eleva entonces el *nessuno fortissimo*, "Nimrod de *Niemand*".[34] Medular y telúrica, la oscuridad informe excede el relámpago de lo estupefaciente por exceso de evidencia y usurpa el blanco de la certeza que suele bandearse sobre escaques de unanimidad y reserva, empatía amarga y autarquía emotiva, esfínter crateriforme y nitidez capital. El abyecto dictado de lo espantosamente admirable empata por ende y allende con el susto del prójimo en cuanto prójimo, meninges jugosas en *hood* monacal, cogulla centrífuga de primera persona plural, rehenes del bulto oscilante en horca esquinera, resto de *neighborhood* donde el chacal escarba en *hoodies* a medio quemar si la montura de Kâlî (no más tosiendo en sordina sin querer acompañar los tonos de baja frecuencia que entre los grandes felinos no siempre responden a veleidades territoriales, revuélvanse cenizas de Benares con el famoso nubarrón de amianto en polvo sumándoles las de Luna, la perra de Marco Tulio Sevillano, y las del mismo Marco, habitante de la calle conocido como "Calidoso" que un grupo neonazi de la Séptima empapó de gasolina mientras dormían abrazados en el caño de la 39 - los medios no mencionan al gatico gris que le envolvía el cuello cuando lo conocimos el mes pasado, a la entrada del túnel de la Javeriana, Rafael si no me equivoco), el tigre del crematorio, reclama la nimiedad de un mito que a más no poder pida cacao conjugando triunfo solar y tiniebla.

Semejante rectificación de lo semejante se sobrepone al sobreagudo de otra ambulancia y a un muñeco de felpa, azul o impregnado de azul, un segundo osito atónito que encima del pecho lleva su pequeño rectángulo de barras y estrellas.

La mirada se oculta en un remolino galáctico más grande y sale por otra parte.

 Llevé la lamparita de Maya y el radio que ella y Elaine nos regalaron al taller de reparaciones de Sergio Camacho, en la Octava con 46. Don Sergio quiso meter mano ahí mismo y me quedé un rato charlando. La bombilla halógena (buscaré el término en Google), una miniatura, funciona perfectamente. Tocó remplazar el transformador. El radio no tenía nada: lo miró, enchufó y estuvo. Al despedirme le devolví el saludo que parece haber inventado a mi medida, tergiversación de una fórmula muy común en el idioma que ya no me resulta tan materno: "arriba hay leche" por *arrivederci*.

Vacías un vaso de cerveza rubia.

Que desde esas pequeñas torres los guardas ucranios no se perdían el menor movimiento. Para señalar la que habría sido tu incapacidad de reconocer la muerte del ahorcado, distingues dos tipos de ceguera: de nacimiento y adquirida. Que la tuya habría sido de nacimiento.

He leído que en la lengua de Homero un solo término vale por "ciego" y "rehén" - no encuentro la página. El diccionario confirma el dato (hubiera sido buen estudiante cuando tocaba, a estas horas no me asediaría tanto escrúpulo académico).

La vista de la que hablas a lo peor se aprende sin que nadie la enseñe (si la enseñanza ha de ser emisión, envío, noticia), la del atroz ojo de ñapa que no florece en tercer lugar si no *de una vez por todas* (como acostumbra cantar el otro desconstruyendo la versión de Bing Crosby del bolero de Agustín Lara importada por mi tío en los últimos 40, *You belong to my heart*), si acaso enucleado de por vida, allá arriba, en la cresta de la colina o de lo que sea. *Homo hominis unda*, por supuesto y repuesto, por lo cual ningún sujeto de malas a primeras acepta acabar y empezar depuesto por la monstruosidad del prójimo en foco: - "Desde ya la posición del sujeto es de-posición *[dé-position]*, no *conatus essendi*, sino de entrada substitución de rehén expiando la violencia de la persecución misma".[35] Y no sólo del humano.

De aquí los enigmas de la "pequeña esfinge", de allá los multiplicados ojos del huérfano que no responde propiamente al nombre de Hurbinek (¿cuántas veces más tendré que perseguir apodos en trance de *mit-verbrennen*, listos para "arder con" lo que venga y revenga a los anillos de un depósito de neumáticos? No será para demostrar un teorema de neuroquímica que la susodicha soga revienta cervicales diseminando "co-/incinerados nombres"[36]), ocelos de saturnia en celo, bucles de guedeja leonina al respaldo del *Sol Iustitiae* por interpuesto eclipse.[37]

Que les obligaban a mirar la horca. "*Sadistic moments*" y "*extreme manipulation*" son tus expresiones: - "*It's devastating. You are powerless.*" Otra cortina corrida, más pesada, de flores.

La película está que se las pela y por ahí se va deshojando la cosa, de corte en corte, de cristal en cristal, de visillo en visillo, de cortinaje en cortinaje...

No propiamente a propósito de vidrios, ventanas, ojos de buey, lentes más o menos espesos y afines, se me enquista la revelación del profesor de Avernis, el arqueólogo protagonista de un corto animado cubano distinguido en el festival de Annecy, joven pingüino con pico de ibis legatario de la escafandra y la batisfera de su predecesor, cifras del bloqueo infame y de la balsa seductora, emblemas del aristocrático resguardo espiritual e instrumentos del rescate de los restos de la Atlántida del Capital, altísimos obeliscos de cemento y esqueletos de balancines petroleros cuyo retorno a la superficie amenaza con aniquilar a la estirpe de pajarracos salomónicos desde el momento en que se impone el fatal embeleso de la vitrina al que solamente el maestro supo resistir: - "Sólo cristal me separaba de ese mundo sumergido".[38]

Cortina: pliegues, dobleces y madrigueras hirvientes en cavidades y trípodes comprometidos con las dudosas prácticas oraculares que contempla mi mamotreto de ultramar, fatídicos destellos de "comba celeste" (Ennio) y pánicas emanaciones del "círculo de la audiencia" (Tácito), estampida de símiles humeantes, cópulas y nexos de mistagogo clavando a Durero sobre Dante de un solo golpe en un mismo renglón, castigado y mimado ipso facto por fulgores de *Phoebus Cortinipotens* y pezones de Sekhmet borracha. Habrase visto.

Por fuera está nevando. Un puente sobre el estanque. Una blanca extensión flanqueada de arbustos. De este lado del ventanal resuena la vieja canción, en yiddish quizás.

Ya no es el mismo este lado. En tu apartamento, la blancura donde pegaste la meta-foto. Al borde del mueble enmascarado por una sábana, macizo como un frigorífico, sobresale el martillo con el que habrás apenas empujado la puntilla de antes (tan suavemente extraída que la idea del golpe no encaja). Empatas el ángulo recto del índice y del pulgar de la mano izquierda con los mismos dedos de la derecha. Si eso fuera un concepto, debería haber concebido la partida y el reparto por los que enmarcar y desenmarcar, meter y extraer, contigo no son acciones contradictorias. Ni siquiera acciones. Mutua persecución de supuestos opuestos. No parece por ende que se trate de considerar la embocadura digital tan sólo para inscribir otra imagen metida o excavada en tal pared, más abajo y de mayores proporciones que la escara de ladrillos: verano de 1940, tu madre se inclina sobre el cochecito para entregarte una pelota mirando al fotógrafo. La otra mujer se agacha también. La miras y ríes.

Holly amplía la instantánea cuya ausencia de referentes entreabre la insularidad de lo captado, burbuja de atolón en espuma del todo. Sigue un encabalgamiento de preguntas. Recuerdo sólo dos. El número efectivo no importa (ni pensarlo, cosa de mi trastorno almacenero). El hecho es que la sucesión de los interrogantes excita el hambre metonímica aliada del ademán expansivo rendido sin condiciones a una picada de ojo, de rostro, de mano, de pecho, tu cuerpo en picada hacia lo que no fue captado ni sobrentendido: - "¿Quién era el fotógrafo? ¿Quién era la otra mujer...? Mejor dicho *[I mean]*..." El preciso momento de la imprecisión que rodea el parpadeo fotogénico te desampara el gusto de citar *La cámara obscura*.[39]

Cuando declaras "*I call it... flash back!*" un segundito antes del título *UNA CUESTIÓN DE LUZ SOLAR*, la sonrisa brotada del abanico de tus dedos iluminando el paso del otrora actualizado, el homenaje a la vocación cinematográfica materna y el enlace con los suspensivos de "*I mean...*" destilando el fin sibilino de la secuencia, marcan oportunidades de franca euforia.

En vista de una morfología de la cuesta en que se fragua el acecho textual,[40] debería comparar la coyuntura de la aparición del nombre de Barthes con la del narrador de *Noche y niebla*, cita mucho más cauta, austera desde luego, otramente procaz y gozosa.

De espaldas y de tres cuartos. Tienes las gafas puestas. Llevas un sweater negro. Extiendes cuidadosamente sobre la pared una hoja de papel mucho más grande que las otras dos, la reproducción de una pintura, a no ser la pintura. Mustio segmento de muro. Colores vergonzantes, manchas desvaídas, borrones grises y rosados, rasguños negros y cruz accidental. Suena más alto la canción y desvanece. La mano abierta controla el borde derecho de la imagen del cuadro o del cuadro *tout court* (regurgitación transalpina que suele guarnecer ensayos en celo de gabacho, no tan coqueta aquí, eso espero, por guillotinar la cortedad en juego a contrapelo del intento de exceder la complacencia palabrera) que lleva pintado su propio marco. Compruebas y cancelas el lindero (juntamente con el germánico *Ecke*, "ángulo", "rincón", "esquina", el *Concise Oxford* de 1924 que conseguí en un cofre de la isla señala dos antepasados de *edge*, el latín *acies*, "punta", y el griego *akís*, "punto" - me pregunto hasta qué extremo urgirá deslindar precisamente aquí el respectivo campo semántico) acariciándolo.

No sabría decir si empezaste a discurrir alrededor de tus fantasías infantiles antes o después de este delicadísimo roce con el filo, al justo. Puede ser determinante el detalle escenográfico, porque te oigo decir: - "(...) tratando de imaginar qué hay detrás del gran muro de ladrillos que está en frente de la ventana de mi barraca."

Electrocerrajería Camacho. El neurocirujano me miró y concluyó que estoy bien. La resonancia magnética quedó para el miércoles 4. Eso sí, espero que los brotes turbulentos no se hagan más frecuentes. El año pasado exploté en la cara del editor que desde la contraportada me achaca una "demostración lingüística"; hace un par de meses insulté a un querido pariente; el sábado me agarré con la neuropsicóloga que pretendía cuadrarme entre el sí el no de la pregunta por la felicidad, a secas y resecas. Se me sube la tirria con cualquier taxista sospechoso de querer complicar el trayecto. Hasta con Olga me pongo bravo, como si por su culpa se me refundieran las cosas, cuando no me las disfrazan o me las substraen, con y por ella enfurezco, imagínate, la sola, mi Trivia, mi Sol - primera vez que se me ocurre (en Popayán nunca fue mío: ahora que lo pienso o creo pensarlo, Génica llama "mi sol" a los hijos, y tal vez a Gabriel - no recuerdo bien, habrá que preguntarle). Desconfío de todo. Hice cambiar la cerradura de la puerta de entrada. Me arrepiento, me arrepiento de todo. Desespero. Lloro. Dr. Trauma llama a lista: Olga y Bruno, "Leche Cortada y "Mantequilla Rancia".

Siluetas desenfocadas y tintineo de cubiertos detrás de una superficie semitransparente sembrada de lentejuelas líquidas, demasiado temblorosa para ser de vidrio, tal vez polietileno. Arreglan la mesa. Rubores de eventuales geranios y voces de niños. El sitio no se presta al afiche, pero no hay otro: - "Ningún camino de enladrillado amarillo. Desvío es constitutivo. Meta dosis. Benjamin. senda, despistador, gato extraviado *[No yellow brick road. Detour is constitutive. Metha dose. Benjamin. path, strayer, stray cat]*".[41] Pésima recompensa.

Más bien ya por fuera descubrías y redescubrías "cosas normales" resumidas en el bocado inverosímil que mamá acercó a tus labios: - "Sabía que era algún tipo de carne." Admirable, la normalidad toma impulso del impase cárnico, a dos pasos del carnal relativamente asimilable: - "Portazo del cuerpo, cerrazón del otro. Una de las rutas a las preguntas abiertas *[Body slam, lockdown of the other. One of the ways to open questions]*".[42] Será de gallina, pero la superficie erizada se engrifa y entigrece. *What about us* por *The Coasters*: a tal punto le asusta lo nuestro, el anonimato de la voz precordial que se le sale y por las cuestas le entra, hit de fosa común dilatada hasta el bendito *edgehog*, pelotudo puercoespín al que le dio por cruzar la autopista en plena curva, sobre y debajo de todo teniendo dizque presente que toca (y toca durísimo, a secas y a húmedas lo comido palpa y masca bordeando el adentro) también recorrer otras vías tan poco romanas, galerías, ductos y conductos, hilos, cuerdas y bejucos, supracatacumbas capilares desleídas en las babas del borde inferior de una puertita, promesas de estrella gualda en la esterilla del umbral navideño y al pie de la valla al neón repromesas fangosas de reflejos temblantes,[43] ya no sabes, de manera que, ojo profe: - "Quedarse enfocando lo abierto. Traumática interrupción y abre sin embargo. Cómo entrarle al aserto poético. Legitimidad. ¿Desautorizado porqué? Ningún portazo del cuerpo. Abrir eso a la clase *[Stay focused on the opening. Interruption traumatic and yet opens. How to turn into poetic utterance. Legitimacy. Why unauthorized? Not a body slam. Open it to class]*".[44]

Los mencionados circuitos vasculares escupen un chorro de color a través de la ventana más alta del auditorio metropolitano, *hurbinek et horbinek*. Increíble. El tejido sanguíneo ondea durante sus buenos sesenta segundos, mientras dudabas porque no podías "creer que fuera comestible la carne."

No poder *go to the whole hog* o "ir hasta el límite extremo", literalmente "por el marrano entero": filo bien puerco sofocando un enfoque estroboscópico tras otro en la discoteca *Prabhâmandala*, "círculo de luz" de Shîva Nataraja y golpe del hacha de Changó en Popayán, al otro lado del puente, desde y hasta la derrota, siempre. Que sea claro y limpio. Kosher y punto.

La temperatura aumenta. Udo Voigt europarlamentario. Siguiendo las sílabas indistintas de una emisora los techos cenicientos se alejan y queda otro interior. No hay nadie. Mesa para dos. Circunferencias concéntricas de platos azules sobre platos amarillos más amplios, copas cristalinas, un par de botellas, quizás una ensalada de frutas cuidadosamente dispuesta. Quesos disponibles. La computadora boquiabierta deja leer la fecha: lunes 23 de julio de 2007. Noticiero de la BBC. "*On Europe's edge*".

La flauta de nuevo. Más techos en gris parisino y por fuera de la ventanita de una segunda *chambre de bonne* otra larguísima cortina agitada por el viento, idéntica, pero verde. Señales marítimas. Los edificios navegan.

Otra cerveza, o la misma.

Tú y Marek: - "No entendíamos la muerte, *pero* pensábamos que era algo terrible" (el énfasis en la adversativa es cosa de ahora). Protesta contra el terror de estado. "RESISTIR". Letreros de manifestación callejera. Ninguna movilización a favor de las medidas de teleseguridad o de la abrasiva nitidez del día en que todos los terrorismos son negros. Al compás de pitos, matracas y panderetas avanzan tambaleándose las cabezotas en papel maché. "*PRE-EMPTIVE MASSACRE*". Su blancura oronda contrasta con los mantos de las madres de Bagdad arrodilladas. "NO EN NUESTRO NOMBRE NI CON NUESTRO DINERO".

Últimas noticias: quien le echó candela fue un tal "Piraña", otro indigente, no los neonazis, asegura *ADN*, órgano de difusión de *Bogotá Humana* distribuido gratuitamente. El periódico estaba en el taxi y no quise llevármelo. Voracidad de todas formas. Apetito de todas las formas. Formas omnívoras.

Regresando de la Fundación Cardioinfantil me tocó ver la mandíbula prognata de la creatura que en Venezuela apodan "caribe" homenajeando la reputación de los antropófagos de antaño: bajo el puente de la Novena con 108 algún publicista incondicional pintó la plomada voraz del *Serrasalmus aureus* suspendida sobre un zombi indiferente al bostezo craneano entregado con la impudicia del coco de *Old Spice*, el desodorante cuya asepsia de machete en ristre inspira la obtusa cachondez institucional de un bolardo bien amarrado.

Hojas doradas en vez de escamas: para medio asimilar la paradoja del alimento devorador asociada con el íncubo de la invasión cerebral, prefiero si acaso la cabecita inmadura de una alcachofa sin espinas, tierna y redonda como mama de enana, de las que llaman *mammole*, familia de las *mammulae blandulae* de Catulo, claro está, despampanada en aceite hirviente. Día de elecciones. Primera vuelta.

De manera que el rostro del otro - Olga, digamos - vendría a ser la yema. Porque a secas no es, sino vendría y advendría sin ser todavía, imperceptible avance de tabique fisonómico tras otro revenido en ondulaciones placentarias de humedad genérica, sudorosa evolución irresistible, el mismo empuje fotogénico, *poussée* en persona,[45] si a estas precarias alturas se hablara de mismidad y apersonamiento o hablara sin más. Óvulo el otro. Oviducto el cielo. Incrustaciones parásitas del armatoste espacial concebido y precipitado de una vez por todas las veces adheridas a lo largo y a lo corto de su naufragio, albúmina, fárfara y cáscara embolsan y congelan el manantial erótico.

Obedeciendo al chasquido desastroso de un obturador, en últimas y en primeras el fiel de la balanza meridiana derrite plumas de piedra y peldaños de cera. Tan sólo las tripas del sol serían mortalmente fotografiables,[46] como para preguntarse: - "¿Qué está pasando con el 'interior' del cuerpo, si lo hay *[What becomes of the 'interior' of the body, if there is one]*, y de qué manera estas nuevas técnicas de la imagen, la impresión, el archivo, afectan nuevas formas de ansiedad, de deseo, de curiosidad, etc.?"[47]

Para corroborar esta inquietud en la margen externa de la página 37 de la trascripción de una charla intitulada *Copia, archivo, firma*, hallo un apunte relativo a las peripecias de una joven que dejó la universidad, cogió las armas y las soltó no recuerdo porqué, tangente demasiado vaga para sacarle jugo, no al momento, torcida además por una mención inconsulta, tal cual: "Cfr. *Punto de fuga* 139-141 Dadelos el príncipe de la soledad y la vieja idea de caer *Si fractus illabitur orbis, / Impavidum ferient ruinae* Orazio. Odi, III, 3, 8" - cita desorbitada y pomposa, añadiría el crítico de arte que contemplara las circunstancias textuales vigentes,[48] bajo todo punto de vista adversas a conatos de elocuencia y cateos de zumo erudito, hazme el favor, cuando hace rato los pujos en cuestión y en reversa, ni espontáneos ni dirigidos, habrían despedido por igual pudores mezquinos y sopesados pesares.

Más tarde añadirás: - "Ella se las arreglaba muy hábilmente *[she menaged very skilfully]* para hacerme entender que él estaría siempre conmigo porque yo era parte de él." En un solo marco el hijo y el padre. Al aire libre, los brazos cruzados, pantalones cortos y cachucha, encima de un montoncito de ramas cortadas o lo que resta de un tronco, de frente. El apuesto caballero que no sobrevivió, de perfil sobre vaguedades de estudio fotográfico según parece - quizás, a lo mejor, según parece: hartera de la incesante preocupación por el subterfugio que debería hacer constar los desencajados escalmos de la hipótesis y los corruptos límites de lo inverosímil.

En alguna otra parte se arrojan baldados de agua y se estrega el pavimento.

Verano de 1947, "*idyllic because of Paris*", tu madre se reconcilia con el "*impulse for life*". Es "muy seductora" y no desdeña las miradas de los hombres "*in such a beautiful context*". En consecuencia: - "Por primera vez entendí que había algo más por fuera de nuestra relación". Un exiguo intervalo rectangular descontextualiza abruptamente la tesitura de las autonomías. Ni balcón ni ventana ni respiradero, el preciso recorte interrumpe la culata de un edificio no muy parisino. El sólito escampado tenebroso remata la secuencia, de manera que el hueco abstraído en la chatedad vertical se cuadra entre la pantalla vacía y la edificante postal del retorno a la vida.

Bochorno subterráneo. Patas de perro-policía pisando una escalera eléctrica. Tres agentes de la *RATP Sureté* avanzan a lo largo de un túnel del Metro.

Por ahí justamente se entremete la reminiscencia del relato recurrente, mímica y narración renovadas una y otra vez en tus años de estudiante de arquitectura, Bogotá, Universidad de los Andes, al volver muy tarde por la noche cuando ella se había quedado esperándote, nunca de día, vicioso rodaje de la misma escena, la menos idílica, como si quisiera no digo circunscribir y celar veleidades de independencia juvenil sino exaltar la inasimilable diferencia entre su sola palabra y las charlas con tus amistades, barreras y barrancos de obsesión que te acercaban a ella y alejaban de ella, "emociones tan intensas que cualquier otra cosa parecía melosa, apagada *[mellow, subdued]*", para que en la relativa normalidad de tus propios términos ilumines y tantees ahora la baranda corporal que los distingue del pasado que dan a luz, no por hablar ella en yiddish sino por hablar fuera de sí en más de una lengua, pues "había gestos y toda clase de intensidades", poéticos acúleos de sadismo transactoral tal vez. En todo caso "*an incredible performance*".

Si prendía otro cigarrillo sabías que no te dejaría en paz y si habías llegado con los compañeros de facultad mucho menos les dejaría seguir estudiando. Acercas a los labios el índice y el medio en el ademán de la fumadora.

Otro cuento me hizo temer que tus labios en primer plano devolvieran el aliento del lobo de Caperucita y ahora recelo de la atmósfera inspirada y expirada por la retórica visceral que te tocaría representar tan fielmente, siempre que la fidelidad al original no tenga que ver en esta clase de representaciones, como la que retocaba tu cara con las argucias de un coqueteo sin edad ni género al asumir literalmente su fabulosa plasticidad cinematográfica. - "*She was possessed*" y tú "*completely devastated by the story*", devastado, de *vastus*, "vacío", arrasado por el relato paroxístico que te partía y repartía entre la tunda de lo inenarrable y la responsabilidad del testimonio, el informe académico en el manglar del transcurso cotidiano expuesto al frenesí de la Universidad del Monte, donde uno jamás fue uno - tú lo dices: - "*I was these two 'personae'.*" Desenlace sin enlace entonces, logo acorralado por su epílogo, historia del fin de la historia, irrelato entundado, porque hay que saberlo de todas formas - casi de todas - demasiadas - porque es así la cosa informe: el guarda alemán persigue a una amiga de la narradora, quizás su doble, "*a moving target*". El puesto de observación, por no decir la cámara, el ardiente corazón del lente materno, es una ventana y por ahí chispea el arma del cazador. Tiene a la mujer en la mira. Ella grita, grita y se precipita dando vueltas en redondo. Retumba el disparo. - "Y se acabó *[and it's over]*." Yace sobre el suelo. ¿*En* o *sobre* el suelo? El castellano coloquial hablado en Colombia, a más del mío, bastante aproximativo, no parece interesado en distinguir entre uno y otro adverbio. A lo mejor tu inglés tampoco.

Mientras procuras mantener a distancia la verborrea coreográfica, en contrapunto con aquella "suerte de danza ritual de la muerte" (la acotación es tuya) se imponen las piernas de una muchacha de falda corta sentada con indiferentismo de cabaretera en un salón de clase alternativo. El tablero niega botellas, las mesitas vencen pupitres. Perverso polimorfismo de escenario teatral o set cinematográfico en fervor de indecidibles cambios, chequeo de reflectores, implementos trastornados, borborigmos de bafles. Se desplazan paneles y telones. Una proyección en blanco y negro ocupa el tabique de la derecha: grandes bloques de piedra gris amontonados. Esquina de pirámide egipcia. Evocas el disparo evocado por tu madre y desde el proscenio alguien censura la cámara con una linterna.

Del fogonazo fatal al noticiero en la cafetería de este aeropuerto no hay sino un paso. Sobre las cabezas de los viajeros flota la de un locutor en bandeja catódica. "*Breaking the news*". "*Missiles from U. S.*". Bagdad en llamas. "*Target Sadam Hussein*". Siguen el yelmo y el uniforme mimetizado del pasajero de un avión de guerra. Exasperada por brochazos de interferencias el probable paracaidista en calor de afirmaciones contundentes parpadea y se estremece. Se fue. No había sonido. Antes o después del militar enmudecido, un niño iba empujando el carrito portaequipaje sobre el que se ha instalado el amigo más grande. Se fueron.

Tenías seis años a principios de 1946 y por primera vez te subyugó la pantalla de un cinematógrafo. Ráfagas de ametralladora, "olas y olas de soldados rusos". Heroico el fondo sonoro. En compañía de Marek y de tu mamá, la miel de *Blancanieves y los siete enanos* te dejó "*enchanted*". La gente hacía cola por fuera, "*lines and lines*". Carteles de James Dean y Jean Gabin. La vitrina de una juguetería francesa exhibe los muñequitos de la Pantera Rosa, el Grillo Parlante y, si no estoy mal, uno de los roedores de *Los tres Caballeros*. "El cine podía ser esas dos cosas": encanto y terror sobre la *Judenrampe*, supongo, fiera de la Metro con gorra de *SS*.

La noche en que se llevaron a tu papá, las mujeres apretujadas en la ventana sabían lo que estaba pasando. Te tocas la cara. Te habías deslizado entre las piernas de las que deseaban reconocer a sus hombres. Hundes el índice en la mejilla izquierda como ubicando una muela. Se volteó para buscar a tu mamá pero el guarda le dio un empujón con la culata del arma para que no desordenara la fila. La última vez que lo viste. Apagón. Encendido de vehículo.

Aposté con Jaris y perdí. En el Carulla de la 63 le conseguí una cajita triangular color amarillo mostaza con un perfil del Cervino. El nuevo empaque de Chocolate Toblerone, importado por Ankal S. A. S., Bogotá, perpetúa el recuerdo de la cumbre más alta de los Alpes en trance de derretirse al calor de un mediodía sofocante (no exagero: la renuncia al patetismo inhibe el regodeo paisajístico). Abrir el estuche emblemático no fue pan comido: tocó (me las gana el imperativo táctil, ya lo ves, tan poco categórico) meterle el chuzo de la mantarraya que picó a mi padre en el mar de su paraíso tropical, un acúleo que todavía me sirve para abrir sobres susceptibles de contener mensajes venenosos, pura superstición. Pero más cerrada resulta la leyenda *"Present Edition"* cuando sobre todos los frentes y en todas las trincheras triunfan los motes *"Special Edition"* y "Edición Limitada". ¿Qué mercenarios del mercado libre o partidarios de la metafísica de la presencia y de la identidad rentable se preocuparían por levantar una euforizante síntesis de azúcar, leche en polvo, manteca de cacao, pasta de cacao, grasa anhidra de leche, miel, almendras, emulsionantes y aroma idéntico al natural encima de la sospecha de una edición tan ausente que de especial no tiene nada? ¿Qué potencias de melosa oscuridad arredran ante lo inédito, esa cosa no publicada que es preciso distinguir de lo nuevo, ausencia no *édita* (entre otras cosas, si el programa de este aparato sigue mostrándose esquivo, con mucha pena tocará desatender el detalle del diacrítico sometiendo al circunflejo la amplitud vocálica en juego para dar razón del participio pasado de un verbo cuyo infinitivo suena casi igual que otro, de manera que se podría llegar a creer que "dar a luz" y "comer", *êdere* y *edere*, vengan a lo mismo), irrepresentable carencia de lo mismo y de lo otro, ni dada ni imaginada, lo que no tiene frente ni respaldo? Que me saque la espina el antiguo *copywriter* de una de las más exquisitas agencias de la capital, el publicista que pretende enseñar al público fascinado por los bombones de la industria editorial no sólo con qué estilo debería maldecir la pretendida elegancia de un consabido producto de alta cuna y labia ambigua privilegiando el franco descaro de un artículo de baja cuna y motosierra encumbrada, sino sobre todo con qué espíritu de abnegación es preciso exigir mayor seriedad a los guerrilleros entretenidos en la Habana charlando de esto y de aquello, que cojan oficio, que se amarren los pantalones y desafíen al Propio de una vez por todas, para que se arme la grande, la máxima, el acabose, porque guerra es guerra y "ante un adversario, más vale saber con lo que se cuenta".

Las conclusiones del Departamento de Imagenología de la Clínica Marly especifican que el cotejo con los anteriores exámenes no evidencia progresión significativa del remanente del Meningioma peritrigeminal exo- y endocraneano conocido del lado derecho. Tampoco se modifica el pequeño Meningioma de la convexidad frontal derecha.

Soy un tris claustrofóbico. Acostado e inmóvil, los ojos cerrados, durante media hora logré quedarme sin mover un dedo en el tubo del Magnetom Avanto, dispositivo de resonancia magnética equipado con Tecnología TIM (*Total Imaging Matrix*) en provecho de una imagen multicanal real. Olga permaneció de pie en la embocadura, apretándome la mano. "*Dramatic reduction in acoustic noise*": a la promesa de Siemens más valió sobreponer la voz de Brel cantando *Ne me quitte pas* y el pelo rojo de la bailarina que vi en la tele.

Ayer el neurocirujano descartó la radioterapia de haces externos. Menos mal. No aguantaría. La sola fase preliminar me aterra: durante la sesión de marcaje, si no entendí mal, debería soportar una suerte de escafandra y permanecer completamente tieso para permitir que me apliquen los tatuajes electrónicos correspondientes al campo de radiación llamado también "portal de tratamiento", imagínate.

Auskleideraum es el término utilizado en los documentos oficiales.

Sin olvidar que *räumen* vale por "desocupar" y "evacuar", se diría que por sí solo el substantivo *Raum* concierne a la dimensión de lo desprendible más que al orden de lo habitable. El trauma remite a permutas del acá y acullá, toda vez que desde los bastidores del siglo XIII la forma verbal *rûmen*, "quitar", "dejar atrás", y la expresión *rûmen daz lant*, "abandonar la tierra", disponen la escenografía de la despedida que concilia el alto alemán medio de los navegantes del *Kudrun* y el quichua moderno de los habitantes de Saraguro, provincia de Loja, Ecuador, empalme resueltamente fisiológico a fuerza de *ishmana*, "defecar", "abandonar", "dejar", "evacuar", "desocupar", "emigrar", "expedir", "emitir". La prenda de Otelo se desgarra en la cara de Eurídice, el mojón acarrea la evaporación del ectoplasma territorial retorciendo en columna bíblica inercia posesiva y adelanto impensado, seguimiento supino y antelación cimera, quitar de día a partir de lo bien conocido y ser quitado de noche por regresar a lo que deseó saberse partiendo lo bien conocido sin volver a lo que jamás se quiso saber: - "Si defeca en el camino, la nube como fuego lo sigue *[Ñanpi ismacpi nina puyu catinmi]*".[49]

Resbalaría sobre un montículo de lo que sabemos el intérprete que, por si las meras pulgas, acudiese a la plasticidad de los sufijos nominales con el objeto de asociar la atmósfera de camaradería implícita en "desvestidero" y *spogliatoio* con el aire rarefacto de la *Auskleideraum, salle de déshabillage, undressing room, sala di spogliatura* o "sala de desvestido". *Keller* (del latín *cella*, "despensa para el vino y el aceite", "sección de la *villa rustica* reservada a los esclavos", "cámara" y "celda") puede substituir *Raum*. No falta quien vierta *Auskleidekeller* en *cave de déshabillage*.

Distinto sería el caso de la sensible funcionaria inducida en octubre del 64 a ignorar las adherencias eufemísticas de *vestiaire* por haberse hecho cargo del traslado al francés de las locuciones resonantes durante el proceso de Fráncfort en alemán y en checo, cuando no en yiddish, sea las de quien decidió revelar algunos aspectos de su desempeño como miembro del *Sonderkommando* de Auschwitz-Birkenau, el escuadrón de operadores auxiliares y presos especialísimos que por motivos técnicos podían lavarse todos los días, sea las de quien le escucha e interroga, el presidente del tribunal interesado en la *Auskleideraum* e instalaciones anexas, como es de esperar acentos claros y distintos los de la autoridad judiciaria, torpes y opacos por el lado de quien fuera uno de los encargados de la remoción de los residuos y de la limpieza de los lugares, si de lado e higiene semántica hay que hablar a propósito de los modos testimoniales de la suplencia de lo irrepresentable, cuando no seguir hablando de los amagos supletorios de dicha suplencia, máxime al considerar la nota aclaratoria: - "He decidido dejar los verbos en el tiempo empleado por Filip Müller, a veces en pasado, con frecuencia en presente, aunque la traducción resulte curiosa *[curieuse]*. Por mucho que en ciertos casos se trate de una indudable dificultad de expresión - recordemos que Filip Müller es checoeslovaco y se esfuerza por expresarse en alemán durante esta jornada del proceso -

me ha parecido igualmecte significativo que después de veinte años ciertas cosas le parezcan poder decirse tan sólo en presente".[50]

Cuanto más embarazoso el trasiego de las frecuentes faltas a expensas de la *concordantia temporum*, tanto más fieles las náuseas solicitadas por el esquema postal de lo interpretable, pues lo que más me *pour ainsi dire* interesa, no obstante tantas aclaraciones, y sin embargo por ellas, a través de la interminable retraducción de los términos empleados por una de las víctimas que Levi apoda "cuervos",[51] serían los graznidos grabados en el acontecer del despeje de la *Vergasungkeller, gassing cellar* o *camera a gas*, ignoro en cuál Crematorio, cuya puerta de todas formas no debía ser muy distinta de la correspondiente a la cámara de gaseamiento del Crematorio II ni de todas las demás que le tocó ver bien abiertas, "1 m de ancho por 1,92 m de alto",[52] en lo que estrictamente me concierne por quedarme *sozusagen* empujado no tanto hacia ella o ellas, puertas en puerta, y bisagras, marcos y juntas de caucho hermético, cuanto en contra de la mirilla encajada en ella y en ellas, singular y plural de una vez por todas, *judas*, "ojo mágico", *Guckloch, peephole, spia*, llámese como no se llame el "doble vidrio de 8 cm de diámetro",[53] en atención *per cosí dire* al desmadre de la pulsión escópica y al extrañamiento del parergon reaparecido y desparecido en la luz de la luz a lo largo y a lo ancho de tu trabajo, cualquiera que sea el tamaño del subjectil, porque habría que saberlo: - "Quien daba la orden de abrir la cámara de gas *[chambre de gas]* era el médico. Cuando se abría, las gentes estaban apiñadas, prensadas contra las puertas, caían como una masa. Iluminaba la luz en función de lo que veía en la mirilla *[À l'ouverture, les gens étaient entassés, pressés contre les portes, il tombaient comme une masse. Il allumait la lumière en fonction de ce qu'il voyait dans le judas]* y daba la orden de abrir al jefe del crematorio y de asegurar la combustión".[54]

Llueve y el tapete de nieve se está derritiendo sobre la acera al pie de un palacio cuya fachada despliega majestuosas columnas. Encima de un pedestal o del reborde de una escalinata se yergue la silueta del personaje que camina sin cambiar de sitio en el espacio rectangular de un soporte transparente. Señal de no-tránsito y vitrina de un museo de historia peatonal, la sombra chinesca restituye el balón craneano y los muñones pulimentados del aviso que en las honduras del metro indica la ruta de evacuación.

A propósito de simulacros e impropiedades, habrás evitado la fantasía del diálogo con tu padre muerto, pero mientras te refieres a tu hijo Sebastian y al "punto crucial" de una paternidad que nadie te enseñó propiamente porque las lecciones se dictaban "por intermedio de un fantasma", sonríes como si acabaras de escuchar el soplo de un compañero de curso.

Ya lo ves, estoy listo a correr el riesgo del empalague con tal de resentir el cariñoso escrúpulo profesoral que ronda la cuestión luminosa, un *sassolino nella scarpa*[55] azuzando la profesión de fe en la memoria más pedestre, porque lo que toca es henderlo, dividir por cuatro y por mil, partir y compartir el clásico *scrupus* clavado en el zapato magistral, licuar la piedra de galalita al compás fúnebre de la clase.

Una mano de naipes monumentales regados por la avenida acompaña tu voz, cada lámina de plexiglás con su silueta. Grafiti pedagógico de alta tecnología, la instalación artística ofrece a los transeúntes algunos esquemas básicos de la comunidad in albis.

Cuentas cómo fue la salida el 16 de enero de 1945. La nieve tenía cinco pies de alto.

"Si el mundo se derrumbase, / Las ruinas le caerían encima sin quitarle la risa" - en respuesta a la mención de Baudelaire enlazada con los latinajos reproducidos unas cuantas páginas atrás por haberlos transcrito a mano quién sabe cuándo en la margen externa del texto de una conversación que aborda el tópico del *shot* fotográfico,[56] prácticamente recostados encima de otros garabatos parásitos alusivos a *Punto de fuga* (novela perdida de vista por haber cedido al impulso de regalarla a otro amigo[57] - su autor es el papá de un alumno de Olga, nos conocimos cuando daba clases en *El Principito*, la escuela a dos pasos del templo de La Panadería, en Pasto), particularmente el participio "*ridentem*" en lugar de "*impavidum*" que el jardinero de los hielos modernos colocó al respaldo de su retrato exacerbando el período hipotético de la dedicatoria a Poulet-Malassis, el editor de *Las flores del mal* cuyo animal heráldico era un pollito bailarín, precisamente en esa encrucijada de guiños otro maestro del descalabro fotogénico, ése que en sus años mozos quería ser guardametas y que parece haber preferido al balón la filosofía, dicho sea no tan de paso y por qué no decirlo, emparentado con el anfibio alpino en vía de extinción conocido como *Salamandra atra aurorae*, rinde homenaje al decoro del impávido peatón pisoteado por la cáscara de plátano del *snapshot* traduciendo el roce del engranaje de la norma con el grano de oro del disparador en los términos de una escoptofilia echada a la expulsión de lo interno, sino al agotamiento ultra-porno del límite corpóreo: - "En el espacio donde los dos temas de ley y vida se intersecan, me pregunto qué pasa con el cuerpo moderno o 'postmoderno' y qué significancia tienen hoy (desde un punto de vista político o fantasmático) las nuevas posibilidades de mirar dentro del cuerpo y de sacarle imágenes fotográficas tipo *[photographic type images]* (rayos X, escaneos, y toda suerte de '-scopías' de las que se obtienen impresiones conservables). ¿Qué está pasando con el 'interior' del cuerpo, si lo hay, y de qué manera estas nuevas técnicas de la imagen, la impresión, el archivo, afectan nuevas formas de ansiedad, de deseo, de curiosidad, etc.?"[58]

"*All in or nothing*" - triunfa la metida sin resto por sacada absoluta, cuando no el marmóreo puntaje de la visión archivada, violada y petrificada por exceso de hospitalidad retentiva, peor dicho, mientras la hipermnesia de lo dicho y redicho se glorifica a través de las arcadas del anhelo de vómito terminante, el eslogan del síndrome archiviolítico se lleva la palma del barrio desde la culata de la Séptima con 46, al lado de la bomba de gasolina, donde tres adolescentes con los que ningún apacible vecino querrá cruzarse, pintados con todas las de la ley, menos pintados que impresos en alta resolución, vestidos de negro sobre fondo negro y levantados sobre una pira de cristales de cuarzo gris, fruncen el ceño, dilatan el pecho, esgrimen los puños titánicos, afinan el rechinar de dientes y aguzan el vértice del furibundo consenso promoviendo la cohesión del odio cuyo pretexto mercantil seguiría oculto si la epifanía publicitaria no lo manifestara de rebote gracias al modesto afiche del paradero de buses de la 47 que ostenta en beneficio de Adidas y de la Fifa un par de guayos *Battle Pack*.

Semejante nevada. Silencio total. No debería darme los aires de la comparsa acostumbrada a circular con frescura de una escena a la otra, de estos arrimos a tu historia de la historia materna y da capo, de la cancha del Mundial al más allá del encierro y viceversa. Jugada repugnante, creo saberlo: de un solo tiro presumo cernir la claustrofobia del registro implacable y el desamparo agorafóbico del olvido haciéndome pasar por cartero de *Garou-Garou, el pasa-muralla*, sedentario oficinista marcado por la inesperada capacidad de colarse a través de cualquier muro que se le pare, de cuerpo entero, sin rasguñar ladrillo ni revoque.[59]

"*Total silence*" entonces. Ninguna pared. Nadie a la vista. "*No russians, no germans*". Puro despoblado. "*The land of nobody*". Asalto de macro-cita. Toca insistir porque a tu juicio la cosa coincide con la "descreencia absoluta *[absolute disbelieving]*". No es fácil aceptar el convite de una exterioridad sin amos ni horcas, sin ladridos de perros ni chasquidos de látigos, y si además compruebas que sí, cómo no, "*we are out*" casi en el mismo instante en que se escucha un retintín de vajillas porque volviste con Holly a la cafetería y levantas el vaso de cerveza que no acabas de vaciar, te miro entrecerrando los ojos como el anciano que pretende enhebrar la agujita de una libertad catastrófica.[60] No sobra el énfasis. Aunque difícil de creer es lo que oigo, no lo que veo: que para ilustrar el "*interplay of times*" a tus oídos y a tus labios regrese el eco de la palabra "*roar*". Subrayas la coincidencia: - "*Like in S11*".

El monosílabo no repercute para que asumas nuevamente el clamor de la multitud estupefacta y aterrada ante el impacto del avión contra la segunda torre, el *tutti debolissimo* de la "experiencia humana" salido de (ve tú a saber, salido o entrado en) las entrañas del vecindario, sino para asociar el escalofrío del cristal del cuarto de baño sensible al estruendo del bólido que sobrepasa el edificio antes de golpear la primera con la carraspera de los tanques soviéticos aún invisibles entre la blancura invasiva y el cielo brumoso, mientras tu madre oprime más a fondo la nieve por estar cargándote. Esta invaginación recíproca de rugidos sin par se queda *far-out* - ¿así es que se dice? "*Sacrés rugissements*" diría el otro. No serían más disímiles ni más distantes las virtudes traslaticias de *3-en-uno*, el lubricante celebrado por León de Greiff: un *staccato* proustiano articula la ronquedad anterior al asomo de las tropas libertadoras sobre la línea del horizonte con el espasmo vítreo que dilacera la intimidad hogareña anunciando el primer estallido sobrepuesto al retumbo del coro que en plena calle responde al segundo. *Trouvaille*, "afortunado hallazgo" el tuyo, a no dudarlo, el pase analógico te ilumina la cara. Tener que admitirlo no es cualquier cosa. Hospedar al *hermaion*, acoger la dádiva de Hermes, no va sin desconcierto de *flash back* echado *forward*, máxime si quien está de por medio se queda boquiabierto ante el desgastado blancor de la ausencia, "*in the fog of memory*". Titubeas. No hallas las sílabas justamente porque las encuentras. Balbuceas. "*The wind began to... shatter... to... to... to tremble*". Estremeces las palmas ante la cara para dar una idea de la emoción cristalina de ahora y entonces.

Un aceite grasiento oscurece las fisonomías emergentes de las torretas de los blindados. Proyectas ante tus ojos el corte de la mano derecha. Mílites "*focused to the West*". Objetivo Berlín.

Hacia Deblin. Les tomará dos semanas.

Cuando llamé inmediatamente después de haber echado el primer vistazo (sin haber entendido *gran che*, no mucho menos que hoy, amén de los celos de la cámara de Holly y otros envidias inseparables de la ceguera del abrazo de resistencia y rendición al entendimiento), pregunté qué es esa cosa pendiente de un hilo en frente de la pintura sobre papel pegada a la pared. Me hiciste saber que tú también habías visto una sola vez el filme. Hoy todavía, después de haberle dado tantas vueltas, no me explico ese bulto semejante a un trozo de carne seca suspendido en el aire y en trance de dar medio giro sobre sí mismo al nivel del ángulo superior izquierdo del papel con su murito emparedado. Un jamón sería más pesante, encartuchada y al rojo muerto, la hoja de un árbol más liviana. Tenis desfondado tal vez. Dejar la cosa de ese tamaño, como si todo el resto quedara en claro.

Hacia Deblin.

No sabría decir en qué momento interviene la toma en picado de un angosto pasaje entre dos edificios, en blanco y negro, si antes o después. Allá abajo el hombre de color refriega un pavimento de escaques ondulantes. Las hilachas del estropajo son inverosímilmente verdes. El uniforme del obrero también. Despegas el papel y muestras otra composición. Mientras la dispones en el mismo lugar dejas entender que se trata de "la más emblemática" de tus pinturas. Y añades: - "Si tuviera que sintetizar en un *feeling...*". Das la espalda a la cámara y no escucho bien. Parece que dejaste en suspenso la frase. En seguida: - "Es el inicio de algo que ni siquiera está prometido." Lo que se inaugura por así decirlo, lo que se borra al exponerse, es la inane sucesión de los nueve piolines de una escalera de estructura irregular, acostada a través de un cuadrilátero raquítico, secciones de eventuales trayectos, pautas de ectoplasma consunto, impuro derrumbe de cera sobre la inconclusión de una línea calcinada que no presume delimitar la zona inferior. Repites y modificas: - *"They are out, we are out."* Estoy casi seguro, las hilachas fosforescentes empujando el agüita sobre los baldosines del callejón aparecen después de tu comentario: - "Lo ves, ya no hay marco aquí *[You see, there's no frame here anymore]*."

- "El *kuraka* se refiere a sí mismo en tercera persona como *jo'shá*, palabra que expresa el significado de 'domesticado' y designa tanto al perro y a ciertos '*pets*' (perdices, loros) como a plantas ornamentales que los *Secoya* siembran cerca de su vivienda. A esta noción de perteneciente al hogar, relacionada con el ámbito humano, se agrega el diminutivo cariñoso *maká*, utilizado para denominar a los niños y animales domésticos jóvenes. *Sá popó* se refiere a quemar leña, más precisamente a las cenizas que restan cuando se ha consumido la madera. En este contexto expresa el estado profundo de intoxicación en que se encuentra el especialista religioso. La traducción literal de este primer verso 'el animalito doméstico quedó hecho cenizas' fue ampliada por el *kuraka*, quien la tradujo como 'pobrecito el *kuraka*, está gravemente embriagado de *yajé*.' (...)

La expresión *potiyá* expresa algo que cae y esparce por el suelo, como un racimo de frutos, por ej. Aquí la expresión se hace extensiva a un estado físico y espiritual, para describir la situación del *kuraka*, quien ha descendido velozmente del mundo superior a la tierra (verso 6). El *kuraka* es denominado aquí *kukui*, que es asimismo el nombre de una boa de la cual se afirma que habita en las plantaciones de *yajé*, a veces incluso dentro de la liana. Por otra parte, una serpiente del mismo nombre habita en el cielo y devora al *kuraka*, defecándolo y acompañándolo luego en su recorrido a través de los distintos estratos del cosmos. Aquí yace una equivalencia entre la liana del *yajé*, que tiene un aspecto serpentiforme, la devoración por la boa, y el efecto del alucinógeno, que reúne los diferentes estados. A continuación (verso 7), se reitera el estado límite al que ha llegado el chamán, quien desciende de las alturas con un movimiento giratorio, mientras que luego (versos 8 y 9) se acentúa el movimiento del descenso y la autoconmiseración".[61]

Uno que otro campesino. Cables eléctricos desprendidos. Un caballo muerto. Un carruaje de ruedas arriba con su pasajero. En ésas el confuso relato de la doble separación. "*Somehow*" ustedes se han quedado dormidos en un recodo del camino y los demás han seguido adelante. Separados de las otras "familias" (las comillas no se me hacen del todo superfluas: queda por observar que en el lance narrativo del abandono en la nieve das por sentada la persistencia de los lazos familiares) y separados los dos. Sin que puedas explicártelo, sin que ella haya podido explicártelo (¿en qué circunstancias te habrá repetido la escena? ¿siempre de noche, como en la secuencia de la vertiginosa carrera circular de la mujer en la mira del arma?), te ha dejado solo. Conjeturas: - "Me dejó caer, o algo así." El hecho es que está sola, exhausta y presa del pánico. Se pone histérica. Empieza a gritar. Subrayas nuevamente la incredibilidad del asunto. En ésas alguien sale de la nada y pregunta: - "¿Qué pasa?" Ella contesta: - "Perdí a mi hijo." El hombre le ayuda a buscar y te encuentra. Estás congelado. El desconocido te carga. Ella no imagina que ese desconocido quiere salvar tu vida y corre tras él. Te preocupas por anotar: - "No recuerdo nada de eso porque estaba completamente inconsciente." El hombre toca a la puerta de una casa. Abres los ojos: - "Acababan de hornear el pan y eso fue lo que me despertó, ese aroma." Te rodea "una gran familia polaca". Todo "tan cálido, tan agradable *[pleasant]*, tan protegido." La pantalla ennegrece. Vuelve el silbido en off del principio.

Desaparece en el sol.

"Llegan las palabras. *Light*, quizás sea un adjetivo: *liviano* [léger] (¿cómo se dice 'liviano' en japonés?) Esta joven, es la liviandad misma de un cuerpo de imagen. Nada es más liviano que una imagen, la imagen de la pesantez no pesa nada. Como toda imagen, la de aquí, esta imagen, esta mujer de aquí *[celle-ci, cette image, cette femme-ci]* viene de la noche y sin esperar regresa a la noche como a su elemento primitivo. Ella se reparte *[Elle se partage]* entre el día y la noche, dice sin frase el reparto *[le partage]* de la luz y de la sombra. Nace en eso, muere en eso *[Elle y naît, elle y meurt]*, es portada por la noche, mas como el más liviano de los simulacros".[62]

No deja de llegar el encantamiento. Por venir de otra parte, por revenir de la otredad de una partición que refuta la fuerza de gravedad y otras fuerzas tal como suelen imponerse, las palabras que conciernen a Shinobu Otake fotografiada por Kishin Shinoyama en *Light of the dark* atraviesan la hoja. Caída y constancia de costumbre, revolución a punto de prostituirse en tour de morbidez doméstica y porvenir trasnochado, futuro anterior de réplica improvisada en el selvático jardín del entre-dos, la "combinación de simetría rotatoria y simetría traslata"[63] del culebrón paradisíaco deja suponer que, para no perder completamente de vista ni de otros sentidos "la tradición que me lee y ata *[qui me lit et lie]*"[64] convendría llevar hacia "repetición" la "*iterazione*" de Finale para sugerir una vez más de qué manera la viscosa espiral de esta llegada viene a ser histórica y no meramente iterativa, auto-amaestramiento desobediente al cronograma y al repertorio de un trayecto bajo control concienzudo. Encantadora exposición revocada: - "Ahora bien ya que ella *expone*, otros dirán que *propone* su desnudez a la mirada, sino al mirón y a ese mercantilismo potencial que el espectáculo, la curiosidad, las prótesis ópticas y la reproducción técnica introducen siempre, la liviandad de esta imagen conviene también a una mujer, como se dice en francés, 'ligera *[légère]*' (juego del pudor y de la seducción, coquetería, ciencia perversa y sublimidad venial de quien sabe tene*rse [se tenir]*, y retener al otro, al borde del deseo y del placer, mas ella al borde de las lágrimas, también, en los regateos del mercado, cuando la atracción misma, y la atracción del placer o de la ganancia, esboza el movimiento de la mercancía, el mercenariado no menos que el rendir merced: alma negra de la ligereza *[le mercenariat autant que le remerciement: noirceur d'âme de la légèreté]*. Crespúsculos: así como el nombre, *the dark*, al despuntar del día puede *nombrar*, por ende *llamar [nommer, donc appeler]* la noche, la obscuridad, la invisibilidad, la sombra, el continente negro del sexo, lo desconocido de la muerte, el no-saber, aunque fuese de la docta ignorancia, pero también el ojo escondido de la cámara (bajo su velo negro como al principio del siglo o en su cofre-ataúd hoy en día), a la par que el adjetivo, *dark*, puede calificar todo aquello que, por metonimia, se substrae oscuramente a la luz y desafía la vista, asimismo, y mediante lo que es más que una oposición, *light* (que no precede ningún artículo en el título y que puede ser un atributo o un sujeto, un epíteto o un nombre) llega a significar liviano, ciertamente, pero también el día *[le jour]*, la luz y la visibilidad del fenómeno *(light, the daylight)*".[65]

En Popayán, al regresar de la capital después de haber participado en el Seminario Nacional de Epistemología con el firme propósito de propiciar una aproximación a *Glas*, esa especie de libro que deseaba comenzar a leer mientras ya de pies a cabeza me tenía tan poco tradicionalmente amarrado, el crescendo de las operaciones de hipnoinsurgencia esbozadas a contrapelo del sano juicio de unos cuantos filósofos poco propensos a una transformación de las modalidades educativas solidaria con los saberes y las prácticas populares que en homenaje a los derechos patrimoniales y en el mejor de los casos en obediencia a la razón selectiva se echan al buzón de la "premodernidad", sin otros incentivos que ese intento de aproximación, la incontrolable subienda visionaria me había sometido a un aumento de la intensidad del vínculo entre la alteración de las radiaciones solares y las franjas de una inminencia catastróficamente liberadora, amén de los ultimátum expedidos desde las inéditas perspectivas de la hipótesis de mi alma: Capitán Orión (seudónimo extraído de los chismes de una vecina del barrio de La Ximena cuyo nombre se me olvida, al tanto de las actividades de un grupo de meteorólogos amateurs relacionados con un nativo de la constelación homónima cuya resonancia demasiado exótica y pomposamente marcial no debería suscitar sospechas de compromisos más esotéricos que los derivados de las menos sutiles alegorías de una serie de Disney Channel), otramente llamado Bafometo (surplus onomástico restituible a otra entidad de altísimo turmequé zafada del *Circulus Vitiosus Deus*, conocida también como Príncipe de las Modificaciones). Es así que, respecto de la escena-madre trenzada un año más tarde sobre la colina al lado del Puente Viejo, el roce de la bombilla que me ulceró con fervor de Elvira mozartiana ilustraría el contexto de un bufonesco ensayo preliminar en tono más que menor.

Se llamaba Sonia la vecina. Desde luego, cometería un abuso de confianza a la altura de la metida de pata del esteta mistagogo dispuesto a hermanar las muecas, los escardillos, las tagüitas de un Luis II de Baviera naufragado en las carnes de la Reina de la Noche más allá de "sus senos madurados en la sombra, donde mamar la luz *[ses seins mûris à l'ombre, où téter la lumière]*"[66] con las gozosas gesticulaciones de un *fool on the hill* ni tan *perfectly still*, si pretendiese circunscribir entrambos episodios delirantes bajo las remotas premisas de su culminación esforzándome por explotar la ya forzada homofonía entre el signo del Uroboros y el patronímico de Jaime Uruburu de la Roche, caballero antioqueño de ascendencia vascuence casado con la primera directora de la Oficina de Turismo del Departamento y fundadora de la Escuela de Artes de la Universidad del Cauca, Luz Valencia Muñoz, hija del poeta enemigo de los indios, afable figura paterna, la del distinguido caballero custodio del perfume de los diecisiete jazmines que engalanaron el aniversario de Olga, huésped en aquel entonces de una compañera de colegio residente en un ala de la mansión de Belalcázar, la hacienda de Guillermo Valencia a la orilla del Cauca, pocos días antes o después de que uno de los relámpagos dignos de la fama de las espectaculares tormentas del Valle de Pubenza la tumbara sobre la hierba justamente en lo más alto de la colina sobre la que un resto de mí habría de levantarse para dirigirle la palabra muchos años más tarde, no tan inútilmente como si el astro amadísimo se abstrajera en la nostalgia del menú de su casa, devorado, penetrado y vaciado en y por ella más bien, fauces de la cola de su morada celeste, autofagia de *Muselsonne* hundido en melena de Sekhmet sedienta de la sangre del género humano y corona del eclipse inseparable del Sol de Justicia, Nuestra Señora del Fuego Separante que a su pesar y a su placer me diera a luz, completamente desnudo a no ser por las heces de los animales de la hacienda con las que me había embadurnado después de haber vencido dos veces la turbulencia del río, por haber querido desafiar la sombra del verdugo de Manuel Quintín Lame atravesando su falso paraíso sin saber que a la salida entraría en el verdadero infierno de la obra en construcción para anunciar la miseria de mi cuerpo en trance de abandonar el campo de exterminio siguiendo la traza del agua que descendía hacia la mezcladora... Hazme el favor, pero házmelo en serio.

Que en París habías cumplido los ocho. Abordaron en Marsella. - "Al día siguiente, cuando desperté, el océano era una mesa inmóvil. Nada se movía. El sol era muy resplandeciente. Hermosamente resplandeciente. Habíamos dejado Europa." Reaparece el homúnculo de la ruta de evacuación en fundido encadenado con el dibujo esquemático de una metrópoli submarina. Contradiciendo la rigidez de un submarino alado, sobre avenidas y rascacielos serpentea el alga errante del ciudadano-modelo de uno de aquellos conglomerados que en Galicia llaman ciudades asolagadas por acople de "alagar" y "asolar" al que puede encolarse aquí la interesada interceptación de "asolear" toda vez que en esas circunstancias, por lo común hacia la medianoche, las fábricas más parecidas a los templos de antaño secretan irradiaciones sonoras cuyos efectos secundarios desdoblan secuelas de solanera abismal, verbidesgracia beat de bajo aciago sin número ni ejemplo, *groan* de campanario o campanarios no propiamente opuesto a la contraparte de la voz femenina evocada por los versos de alta temperatura erótica y desigual bronceado poético disparados a la amada del autor de *La Fenomenologia del Espíritu* el 17 de abril de 1811, perfectamente conformes a la impotencia de la rivalidad dialéctica entonada en alabanza de un avecilla con pico de bafle Fender Mustang: - "Podría, mi ruiseñor, envidiar / La potencia de tu garganta *(Deiner Kehle Macht)*, / Mas natura celosa hizo mi palabra elocuente / ¡Tan sólo para decir el dolor!",[67] en la misma página y rozando el releje que el lacaniano de turno y coturno definiría como mirilla de *Spaltung* esquizoide, justo al lado de las rimas de la columna derecha que no me atrevo a retraducir con la intención de mantener la mayor fidelidad posible sea a la disposición espacial de la fuente sea a la arquitectura psico-fonética en juego, donde y cuando se especifica de qué manera el estudio de Iván Fónagy padece la omisión de una articulación estructural atenta al "efecto de nombre propio"[68] en el sondeo de los acoples consonánticos de *Las palabras angulinglesas* y de *Las campanas*, relanzando por ende las circunvoluciones del dedo ajado de Mallarmé adherente al candor del alimento primordial convertido en sinestesia de angola, leche muy agria, cuando no venenosa, manguala de gutural y líquida al trasluz del gélido sello hegeliano desde el minúsculo arranque de *Glas*[69] hasta las metálicas tetas de Poe, su pueblo de Algolas y más allá, más allá:

> "*Car chaque son qui flotte, hors la rouille en leur*
> *gorge - est un gémissement.*
> *(...)*
> For every sound that floats
> From the rust within their throats
> Is a groan.
> And the people – ah, the people -
> They that dwell up in the stteple,
> All alone,
> And who tolling, tolling, tolling,
> In that muffled monotone,
> Feel a glory in so rolling
> On the human heart a stone -
> They are neither brute nor human -
> They are Ghouls: -
> *Et le peuple - le peuple - ceux qui demeurent*
> *haut dans le clocher, tous seuls, qui sonnant* (son-nant, sonnant) *dans cette*
> *monotonie voilée, sentent*
> *une gloire à ainsi rouler sur le coeur humain une*
> *pierre - ils ne sont ni homme ni femme - ils ne sont*
> *ni brute ni humain - ils sont des Goules (...)*".[70]

A que la doble serie de diez páginas y veinte columnas antes recaída sin preaviso a renglón poco seguido (por uno o más lados "flor / falo / espada de la justicia, gladio de la Virgen", ni tan por el otro "escupitajo / esperma / baba seminal"[71]) se arremoline en chupadera absoluta, sino maelstrom de llamas y mocos en razón del "quema-todo" o *brûle-tout* al primer momento de la religión natural en la *Fenomenología*, tercero en las *Lecciones sobre la filosofía de la religión*, figura sin figura que algunos traductores prefieren verter sin fijarse en la púa del candelero hincada para garantizar la consumación total de la vela en cuestión, aprovechada y derretida hasta el postremo lagrimón de cera, *save-all, Lischtsparer, bruciamoccoli*, "apuracabos".[72]

Debajo de la pantalla sobre la que se proyecta el dibujo animado de la metrópoli sumergida, en el centro de una pared negra, se dilata el ventanal que enmarca buena parte de la Torre Eiffel.

Racimos de burbujas desfilan sobre las olas de un riachuelo. A la hora horada el "arroyo del principio" corre por cuenta de *Ur-bach* desde la que parecía tu primera frase, a partir y a regresar de "el contexto, el contexto humano", contexto *tout court*, vamos, todo corto y recorto, humano y no, miembros de escalera eléctrica demasiado móvil a lo largo de la ruta de lo que sería *mi* recorrida vergüenza, *mi* vergüenza buscona, *mi di petto* que de *bemolle* no tiene nada, bochorno que de punta roma en blanco hipócrita me substrae escara tras escara al rojo muerto, por no ahondar sin rodeos ni evasivas en la blandura del peldaño memorioso ad hoc y por cargar ahora con variopintas demostraciones de metatestimonios retejiendo la estela del doble sentido del ser sujeto, sometido y soberano, esclavo y amo, mejor dicho por lidiar con el deber de mantener a control muy remoto la promesa suicida del "excelentísimo sujeto sujeto, flor de la bonhomía, rey mansueto aunque mago", y aunque Gaspar, al fin retardatario y al cabo más apurado de su Domicia, patricia romana, no venga al caso,[73] tajo digresivo de otro felino a través de la plenitud de un acontecimiento refractado entre destellos de sucesos anteriores y trozos de una película del 57 en blanco y negro interpuestos por Holly a intervalos irregulares,[74] porque el cauce del nombre sin parar ni seguir se lleva el sentido original de la responsabilidad presuntamente anclado en el regazo del étimo ad hoc (topless ni tan de paso esclarecido por el árbitro de los más innovadores cortes cuyo patronímico remite a la Orden Hospitalaria de los *Fatebenefratelli*, no para poner el dedo en la herida sino para consentir vagos rumores en torno a la "oscura claridad" de un supérstite de Fallingbostel[75]) sin perdonar conjunciones no se sabe adónde arrastradas con el momento y el itinerario del nexo prodigioso, anacoluto de alas divididas, hemíptero acostumbrado a caminar sobre las aguas, *bateau mouche* con su carga de escolares en excursión ejemplar.

Simone Signoret es la maestra.

Atraviesan el Puente Notre-Dame si no estoy mal, derecho al ejemplar blancor de la tarea en medio del tablero cuadriculado: - "Describan y dibujen la casa que quisieran habitar tal como la desean." Un manto de hierba muy verde viste la orilla. Tiembla y se borra la tiza magistral en la corriente de la cañada que ya pasó. "*Magic*" (igual que *light* substantivo y atributo) es el término que da razón del encuentro con el famoso Nuevo Mundo y que retomo siguiendo tu trazado por el rabillo del ojo, en los límites de las normas, respetando hasta cierto punto la "ley de la casa", insostenible *oikonomía* del sustento, tabla parlante del punto y del término con interés fantasmal de hinchazón en pared revenida o remiendo en hamaca.

Te asomabas a quince o veinte pies de altura. Se intersecan el escrúpulo de la exacta medida encimada a la inconmensurable chatedad del horizonte oceánico que te retiene a la salida de Europa para dar una idea de la perspectiva y la precisión de los cinco pies de nieve al salir del campo, confirmando los monótonos planos generales que comprometen la distancia testimonial a través de un increíble despeje de dudas, tan enfático cuanto la certeza del cautiverio, envite a la libertad en la forma de una inclemente llanura desierta. Pero lo que cuenta no es lo que acontecía allá abajo cierto día de mercado, ni lo que estaba pasando en contraste con el horror del antes y el espanto por venir a luz en contrapicado desde la esquina de Chambers. Lo que cuenta y hace contar sin descanso es lo que había o era sin más, en conformidad con la paleta de un cuadro de costumbres dedicado a otra gran familia de serenidad acogedora: - "*Magic, visual magic.*"

El paquebote había anclado (remueves el asiento de la cafetería) en Barbados: - "Todos eran negros y todos de blanco. Con esas sandías...". Ríes abiertamente. - "De hecho *[actually]* parece un sueño. Camisas blancas, pantalones blancos. Y los hijos vestidos de la misma manera. Comprando esos frutos grandes como la mitad de mi cuerpo, con ese rojo hermoso. Yo estaba parado sobre el puente del barco a unos quince o veinte pies de altura sobre la gente, viendo la escena, esa cosa completamente irreal. Había algo en la actitud y en los movimientos, confortante, tranquilizador y... elegante."

Se tomó más tiempo conmigo la epifanía americana, hasta la isla de San Andrés, el balcón del Hotel Torino y la ropa colgada en el patio, cuando por acá ya llevaba unos cuantos años. Eso sí, los pescadores de monedas no se hicieron esperar, tal como lo cuentas, el mismo día en que atracó el Marco Polo no recuerdo si en Cartagena de Indias o en la Guaira (lo que no se me olvida es la sentencia de mi padre al percatarse de los tugurios arracimados alrededor del puerto venezolano: - "*Mi sa che ci siamo sbagliati*"). Los pequeños buceadores te dieron envidia. Tu voz va escondiéndose tras la negrura de la pantalla vertida en uno de los dos tableros. Se interpone nuevamente el silbador del distraído principio dando a entender que, al fin y al cabo y desde cuando apareció el título, no nos hemos alejado del aula de *La rosa de los vientos*. Los niños dibujan juiciosamente. Un obrero en overol está pintando el marco externo de la ventana entreabierta. Montado sobre una escalerilla de tijera, brocha gorda a la mano, quien no se ha cansado de silbar es Yves Montand. La maestra deja el escritorio y se acerca. Le pide el favor de echar una mirada a los muchachos mientras ella se ausenta.

Exclamas: - "¡Fuera de discusión *[Out of the question]*!" O interrogas: - "¿Alguna pregunta *[Any question]*?" Y te ríes. Holly también. Después del chiste que no capto se te ve muy serio. Pareces retomar el hilo de un asunto relativo al "*feeling of revenge*" que no quedó en la trama final del filme. Holly trae a cuento los estereotipos de su mamá: los judíos creen en el precepto del ojo por ojo, los cristianos dan la otra mejilla. Otra risotada tuya: - "¡Qué mentira! ¡Qué mentira!"

Recitas en alemán y traduces al inglés la letra del himno que te enseñaron en la escuela de Lodz después de la guerra, cuando tenías seis años. De antemano comentas: - "*So amazing.*" Repites el gesto del dedo sondeando la mejilla. Retraduzco: - "Juntemos todos esos colores, mezclemos esos colores. Todos somos hermanos. Todo ser humano es hermano para el otro, de un padre y de una madre." Tenso y severo, evocas a los tuyos, todo lo que perdiste y lo que tantos otros perdieron. En seguida o al mismo tiempo brillan los cachetes rubicundos de un bebé sentado en el cochecito que la mujer de color va empujando en medio de una marcha en defensa de los derechos de los indocumentados. Por unos instantes el apacible chiflido en off opaca las voces. El hermanito que camina al lado de la señora se da palmadas en el pecho marcando el ritmo de las consignas. Se interrumpe para levantar el bracito en la dirección de otro bebé asomado a la ventana abierta encima del aviso del *Mediterranée*, restaurante argelino de la rue Stephenson. Alcanzo a leer el letrero apenas a tiempo para llegar a saber que en los primeros Cincuenta ya te habías integrado perfectamente al entorno colombiano. Pasabas horas y horas con el balón, pero el broche de oro de la jornada lo apretaba el cine del barrio. Loco por la pantalla (mencionas la película de Tornatore, *Cinema Paradiso*).

Se va la maestra y estalla el relajo. Con un brinquillo de vaquero el pintor suelta su montura, atraviesa la ventana y cae parado en el recinto. Es una historia de entradas por salidas. Un chis tajante y el índice erguido sancionan el cambio de poderes. Se extingue ipso facto la gritadera. Montand sigue silbando mientras pasea orondo entre los pupitres. Los niños dibujan. No entiendo bien el nombre. En frente de la iglesia de San José (el santo que te corresponde, subrayas). Quizás el *Astral*. Prometo averiguar. Dudo que el parquecito siga campante. Por fuera de las grandes urbanizaciones y lejos de la fastuosidad del Norte, los árboles se acabaron. Las salas de cine ni hablar: las han readaptado, hasta las mejores, supermercados, discotecas, templos carismáticos... ¿Recuerdas el *Coliseo*, donde vimos *El prestamista*? Ya no existe. El *Olympia* tampoco. Los siete u ocho futbolistas amigos, judíos como tú, se quedaban sentaditos para escucharte. Relatabas por pelos y señales una película medio improvisada, cada uno te daba cinco centavos y con esa platica ibas a ver la verdadera. Te habías hecho amigo del encargado de la boletería. Eras muy recursivo: - "*Nothing would stop me.*" El suplente observa el dibujo de un alumno: enorme en comparación con la puertita a nivel de mascota, cerrada y anónima. El ventanal repleto hasta el tope de esferas ojonas y sonrientes. Vitrina de una caja de canicas humanoides de la que sobresalen tres inquietantes rastrillos dactilares o patas de gallina escarbando el aire, sino telón de cine o firmamento de macro-computer en que todas las cabezas de los niños de la cuadra se metieron para asistir al espectáculo del afuera ofrecido a la convergencia real y a la divergencia imaginaria de un público prisionero de su anhelo de abertura (a propósito de semejante aglutinación de semejanzas masivas, valga observar que si en vez de humillar ulteriormente a los asnos domésticos desplazando hacia las sosas sibilantes de "*masses are asses*" los elementos de la ecuación que en yiddish suena "*der oilem iz a goilem*" se asumiera muy a la letra el colapso del simulacro de lo humano en el pozo del anti-discípulo o en la fosa común del sirviente total excavada a fuerza de "cóncavas zalemas orientales", el territorio quirúrgicamente circunscrito por Zur Linde en la presunta extensión de su propia alma podría coincidir con una chusca inversión del legendario engendro de Praga más que satisfecho por el éxito del experimento de su maestro, para que el gato de la sinagoga no se ponga hirsuto sin necesidad de entrecomillar la palabra "musulmán" y dejando de echar leña al fuego de la discusión alrededor del auténtico origen del término *Muselmann*[76]). Montand se entretiene con el alumno.

En lugar de la silletería había bancas de madera. La sala no tenía techo. Justificas el detalle observando que "hacía siempre calor", lo que permite suponer que no todos tus primeros años de vida colombiana habrían transcurrido en el altiplano. Al aire libre o no, el hecho es que no faltaban bichos voladores. Si se tratara de entrecruzar a olfato y ojo cerrado de indio el inframundo cinematográfico y la mundanería pedagógica bajo el signo de unas manchas solares trabadas con falenas vaginales, *parpaiolas* bonaerenses y *parpoeuras* lombardas, el más inspirador acierto del montaje vendría a ser la inserción del veloz ademán de la brazada que a la altura de tu garganta sintetiza la trayectoria de los murciélagos "atraídos por la luz" hasta estrellarse en picada contra la pantalla del *Astral* justamente cuando revienta a carcajadas la atención del alumnado inmediatamente antes o inmediatamente después de otra muestra de los reflejos de Montand pasado de western a musical: acelera el paso en medio de los pupitres y, como si las dos palabras intercambiadas con el autor del dibujo hubiesen acabado de convencerle de la urgencia de trocar brocha por tiza tomando a pecho la necesidad de substraerse a la fascinación concentracionaria del almacenamiento hogareño, brinca sobre la tarima al pie del segundo tablero, golpea las manos con entusiasmo y anuncia: - "¡Te voy a mostrar como se hará la casa!" A la derecha perfila una nubecilla y a la izquierda redondea una faz de sonrisa cenital erizada de rayos, no sin haber antes aclarado en qué consiste el meollo de todo el asunto, sentencia que el subtítulo vierte al inglés mientras el doblaje alemán sobreañade una voz femenina de entonación burocrática: - "*C'est une question de soleil!*"

Al iluminar no sólo el techo con sus tejas y su gallo rampante, paredes, puertas y ventanas bien proporcionadas, sino también flores y árboles anexos sobre el trasfondo de un río con su tráfico de peces, el supremo reflector no ignora un hilo de humo a punto de evadirse de cierta cabaña separada del idilio inmobiliario, reducto de disidencia y suplemento de intimidad. Ahora bien, en el preciso momento en que acaba de explicar a qué vendría ese último toque para el escandaloso regocijo de la muchachada, como quien dice señales de vida alternativa emanadas de un "rinconcito donde uno puede fumar a escondidas", ahí mismo se percata Montand del regreso de la maestra parada en la puerta del aula. Sorprendido con las manos en la pizarra, se le reseca la elocuencia y devuelve a su sitio el pucho de tiza, cerca del borrador que en el silencio general la Signoret recoge para refregarlo sobre el tablero entero. La autoridad hesita antes de abolir el sol. Las tiernas miradas trenzadas entre titular y suplente, así como la duda que precede el eclipse dejan sospechar que el tejemaneje transgresivo haya sido planeado siguiendo la estructura escénica de un tortuoso artificio didáctico, cuando no literario. No hay acceso testimonial sin rendija de ficción.

En alguna parte estarán guardadas las líneas escritas al respaldo de una hoja de papel verdoso con la sombra de una sonrisa tuya impresa en tinta negra y alto contraste, la que probablemente llegó con el disco neo-pop de Ayler que un amable colega de la Normal para Varones de Fonseca, el profesor Guerra, nos rebotó desde San Juan del Cesar cuando ya no andábamos por allá. Me hacías saber que se trataba del fragmento supérstite de una obra no propiamente expuesta sino echada a la calle, mejor dicho expósita, como se dice de los bebés abandonados, mudo testigo del sacrificio de un montón de autorretratos, todos iguales, embutidos en un costal de polietileno de los que entonces, en la época de los lentejones de vinilo, no se entregaban todavía a los contenedores de las esquinas, no en Chambers Street, sino al *vernissage* de los más hambrientos y al juicio crítico de los recicladores.[77]

New grass es el disco.[78]

Titular obsoleto: - "Los constantes bombardeos de Israel ya habían costado anoche, tras seis días de ofensiva, al menos 170 vidas palestinas según las autoridades sanitarias de Gaza, y 34 de los muertos eran niños."

Grito, Olga me sacude y despierto. En el sueño el portón está cerrado. No tengo la llave y he perdido la bolsa de cuero negro que heredé de mi madre, la que le ayudaba a cargar el mercado y que alguna vez llamé "marsupio". La llevo siempre. *Sporta*: hace mucho tiempo no acudía la palabra, tan cerca de *porta*, sobre las sinuosidades de la consonante que los gramáticos tachan hora de *impura* hora de *complicata*. El mismo enganche de "espuerta" y "puerta", sin olvidar otros umbrales: - "Por lo común *tragen* se dice también de la experiencia que consiste en *cargar [porter]* a un hijo aún por nacer. Entre la madre y el niño, uno en otra y una para el otro *[l'un dans l'autre et l'un pour l'autre]*, en esta singular pareja de solitarios, en la soledad compartida entre uno y dos cuerpos, el mundo desaparece, está a lo lejos, resta un tercero casi excluido. Para la madre que carga al hijo, *Die Welt ist fort*".[79]

Así se carga y descarga, se mete y se saca, se cierra y se abre, a fuerza e inercia de *fort-da*, deseo y hastío del contenido, terror y guaracha de la diseminación, *einschliessen* por *tragen* al filo del aro del dar en marcos de carne. Altero los acentos del suicida que habría excitado la cuestión del circuncidar formulada en uno de los poemas de *Compulsión de luz*, una que se quedó "sin respuesta a la fecha de Todnauberg cuando en suma fue puesta *[lorsqu'elle fut en somme posée]* a otra suerte de sabio, un día de verano de 1967".[80] Estropeo por ende y allende el verso que Olga no tergiversará como ahora lo hago, ella que en el 76 me sacó de la clínica psiquiátrica: - "El mundo se fue, me toca encerrarte en el vientre". Voy regando migas de pedantería irresponsable esperando que me lleven de regreso al lenguaje antes de que se las roan los bichos de la disfasia. Empeora la memoria. Hierve y crece el furor con y contra todo, con y contra mí mismo y mi enamoramiento. La obviedad del bochorno se desborda. Hora de *Tutu*.[81] - "Para mantener la casa fresca - tutu",[82] vuélquese la campana de la trompeta sobre el andén candente.

Luna parió doce cachorros. Tres murieron y le queda uno, Benjamín. Maya y Elaine han confiado los demás a los vecinos. Luna ha sentado cabeza. El año pasado su efusividad era insaciable. Sólo Gabriel lograba aplacarla.

Cuarentaicinco grados. Ayer no más, raspando el sudor con la cédula de extranjería plastificada, amén de las babas de la *Anti-Age Facial Sunscreen*, a la salida del Puesto de Control Migratorio, en Paraguachón, los fuetazos de las fichas del dominó repetían los de Providencia, al pie de Split Hill.

Otra vez el Caribe: medio empezamos a salir del peligroso escondrijo, no ganamos todavía la prueba del fuego, el *peiratêrion* que, por arte y hartazgo de *peîra*, "riesgo, experiencia", y rebote de *aporía*, carencia de *póros*, "pasaje, vado, puente, recurso", viene siendo "examen y "cueva de piratas". Ni siquiera en la teológica Villa Viciosa de San Juan de Pasto pudimos tomar distancia de esta efervescencia de formas, tretas y golfos empedernidos, donde nadie logra ver la misma cosa.

Squitchy en el archipiélago, *Sphaerodactylus argus andresensis*, la salamanqueja cuya garganta crepita anunciando la salida y la entrada del sol, así como el cambio de la temperatura antes del aguacero, aquí la llaman *tuqueque* y no parece respetar el mismo horario - aquí, donde regresamos, por supuesto, Punta de Leiva, sobre la costa oriental del lago. En Cuba el pequeño reptil avergonzado lo llaman Ágguema o Alomá y se le oye toser porque ya ni le sale ni le entra el regalo que Changó había destinado a Oyá (roja como gota de sandía una piedra preciosa, sin hablar de la dedicatoria). Mordía el encargo con ahínco y azoramiento, así que, al bajar de las almenas verdes con toda la urgencia del caso, el susto del hachazo eléctrico le clavó el mensaje más allá de la lengua y más acá del pecho, en el buche vibrante entre día y noche, calor y frío, quietud y tormenta. Lo que pasa con el adentro del cuerpo en cuestión que lo conozca y lo diga el amo de la torre mientras retoza con la señora del remolino y de la centella con todas las de la regla lucumí, si decir y conocer fueran eso, ningún grito de batalla para "nibelungos de izquierda", ningún arquetipo al servicio del presente y su "patetismo armado",[83] si acaso canción mitológica malgastada sin saber cuándo ni cómo llegaría a gastarla quien la malgasta en este preciso e insustituible momento, porque alguien muy en particular, cuyo nombre no recuerdo, habrá dicho en aquel entonces que "nada puede ser dicho que de alguna manera no suceda al decir" desperdiciando la garantía de la emboscada citacional por acogerlas todas, es casi decir o silbar a través de "la palabra cuyo sujeto no es más que ella misma y se configura hablando de sí: *sua sponte y de seipsa*".[84]

Lo que no quiere sugerir - mucho menos atreverse uno a sugerir - que lo peor encajaría en su sitio al sacar las cuentas del suplente y la titular, el amante y el astro, "*Orumole*, luz del sol",[85] no cualquier otra, como quien presume haber levantado la cabeza por encima de la mugre de la marejada reconociendo lo que hay en cada uno de nosotros, la barbarie que las pesadillas exaltan para despedir la mejor parte, verdad teatral ultrasoñada a gritos: - "Madre ¡dame el sol!"

En tu mano sostienes una mano de yeso tamaño natural, completamente blanca, ligeramente agrietada. Índice y pulgar llevan una tarjeta algo más gruesa que un casete de vieja grabadora, partida en dos zonas de color, azul profundo y azul celeste, horizontales. Acercas un taburete blanco al pie la pared, donde ya habías ordenado las otras muestras, cerca del mueble cubierto por una sábana. En el centro del asiento de la banqueta, perfectamente circular, colocas la mano con su ficha bicolor. La pared ahora comprende una pintura de tonos y contrastes más cálidos que los anteriores contornos vergonzantes y demás paréntesis paradójicos: desde el lado izquierdo el área más ancha, de rojos herrumbrosos, abrasa el ángulo de un marco en relieve que no rodea completamente la superficie anaranjada extendida hasta el borde de la derecha. En esa extensión entreveo un cándido islote rectangular, tal vez una foto. La cámara no encuadra completamente la obra. Mientras instalas la escultura y su pedestal procuras definir la cinefilia de tu generación: - "Es el *affaire* de toda mi vida, digo esta incesante necesidad de participar… de manera muy pasiva, que para mí de pasivo no tiene nada." La búsqueda de colectivismos en entredicho y empirias fantasmales vendría a ser una de las secuelas del desamparo ante la destrucción y la pérdida. - "Éste es el fruto más inmediato del exilio, del desenraizamiento: el predominio de lo irreal sobre lo real".[86]

En algún rincón cerca de la cafetería, más extrovertida que nunca, un bebé se desespera. De lo que no estoy seguro es que confundas tu duelo y el de tantos otros con este llanto absolutamente particular: - "¿Porqué está llorando?... La gente que sufre es gente como yo." Invocas a quienes hoy padecen los estragos de la invasión norteamericana. Curiosa torsión analógica: mientras levantas los ojos para aludir a un misil imaginario y al fin del pensamiento (es el mismo gesto de *Fragment 5*, el fotograbado colgado en el corredor de este apartamento, creo verlo mejor: ningún "lance extático", sino terror de lo alto, a menos que zafada arrobadiza y espanto meduseo sean dos caras de la misma pantalla), arriba de tu cabeza me figuro el telón del *Astral* y sus murciélagos: - "¿Si una bomba caída del cielo destruye mi casa, ¿qué tengo que pensar? ¿Qué han de pensar los niños de Afganistán?"

La cámara se fija en la imagen del grupo de pequeñines que en un principio compartieron tu misma suerte. Copio: - "*Children of Deblin in Czestochova Labor Camp. Part of them survived, the rest were killed. Photo from Demblin Yechor (Memorial) Book.*" Estás indignado: - "*I was the victim of politics…*" Dejas inconclusa la pregunta: - "¿Cómo permitió Europa…?" Te interrumpes para matar un mosco. La palmada entre el cuello y el hombro relaja la tensión. Retorna la parada de prendas luctuosas. Los paraguas negros amagan lentas vueltas sobre sí mismos. Declaras que el pueblo norteamericano debe "*to grasp the consecuences*" de los actos de agresión militar contra otros pueblos, y con mayor energía denuncias las agresiones en que "mueren jóvenes americanos… ¿Para quién? ¿Para qué?" Regresa el marco con las dos fotos, el padre y el hijo. - "Las bombas no han sido nunca selectivas." Se renueva el primer plano del osito abanderado. - "Si el pueblo norteamericano lo permite, para las futuras generaciones las consecuencias serán (…)." No alcanzo a entender las últimas dos o tres palabras. Intervienen una vez más los haces de rayos paralelos, la nube deshilachada, la flauta y la marimba. Sobre los copos de nieve revoloteando a lo largo del corredor luminoso transcurren el reparto propiamente dicho y los agradecimientos pertinentes.

La enfermera que me inyectó el calmante descarta la mantarraya: habría sido la púa de un bagre lo que me picó al salir del lago.

Menos mal que arriba hay leche.*

Notas

[1]   Primo Levi, *Se questo é un uomo*, Einaudi, Turín, 1963, 113.

[2]   "(...) lo que comían en su casa. Mucho menos vale la pena amistarse con ellos, pues en el campo no tienen contactos ilustres, no comen nada por fuera de las raciones, no trabajan en Kommandos ventajosos y no conocen ninguna secreta modalidad organizativa. Y finalmente, se sabe que están aquí de paso, y en unas semanas tan sólo quedará de ellos un puñado de cenizas en algún campo no lejano, y sobre un registro un número de matrícula tachado *[spuntato]*. Aunque englobados y arrastrados sin tregua por la innumerable muchedumbre de sus semejantes, ellos sufren y se arrastran en una opaca íntima soledad, y en soledad mueren o desaparecen, sin dejar traza en la memoria de nadie." (*Ib.*, 111-112).

Desde el momento en que supuse haber sellado el "cuerpo principal", dejé de enviar lo que iba saliendo, por encima uno que otro arrepentimiento, uno que otro renglón añadido por debajo. De todas maneras ignoro cuántas y cuáles versiones de estas páginas te di a conocer, no sólo contraviniendo el consejo de esa amiga tuya (la ceramista cuyo nombre no recuerdo, mientras lo que me regresa inolvidablemente es su Patio de Cemento, *un homenaje a Camilo Torres), quien te recomendaba no mostrar lo que no hubieses todavía acabado de pintar, sino además desatendiendo una de las tesis de Benjamin relativas al buen escribir: - "Habla de lo ya realizado, si quieres, pero en el curso de tu trabajo no leas ningún pasaje a nadie. Cada satisfacción [Genugtuung] que así te proporciones, inhibirá tu tiempo. Siguiendo este régimen, el deseo cada vez mayor de comunicación acabará siendo un motor del cumplimiento [wird der zunehmende Wunsch nach Mitteilung zuletzt ein Motor der Wollendung]" (Walter Benjamin, "Einbahnstraße", op. cit., 106 - Cfr. trad. 42). Nunca me había distanciado tan resueltamente de semejantes lecciones y ahora, al filo de estas páginas entregadas a la proliferación de las pesadillas de la contracción coronada y del sofoque dominante, me pregunto si un descuido tan descarado e imprudente no deberá achacarse a la resistencia que me inspiran las delimitaciones conclusivas, sean andenes de Asja Lacis o bolardos de otras vías, cuando no contenedores incalculablemente retorcidos por la ironía, verdad sea casi dicha no tan lejos de la voz de Olga atravesando "un túnel cóncavo" más bien indiferente a veleidades y satisfacciones comunicativas, parecido al tubo en que el próximo martes Olga deberá entrar para someterse a la enésima resonancia magnética, sin hablar de las exclamaciones citadas en las últimas líneas de tu carta del 78 echadas sobre el vago perfil de una playa tropical, las del artista enamorado de los contornos llamados a converirse en "el espíritu que domina la naturaleza".*

[3] No del todo *antes* de acudir casi pedagógicamente al recurso del enfrentamiento de encaro fisonómico y descaro votivo dando la impresión de haber acogido la obviedad de las nociones de "límite" y "campo": - "En realidad, el binomio estructural de *masa* y de *cara* tal sólo nos indica los dos límites extremos de un campo de semejanza sistemáticamente explorado por las formas votivas. (…) Se trataría, pues, de producir *semejanzas recortadas, encuadradas según los límites del síntoma*, semejanzas muy a menudo producidas al tamaño natural de las manos, de los brazos, de las piernas, de los pies, de las orejas, etcétera" (Georges Didi-Huberman, *Exvoto: imagen, órgano, tiempo*, trad. Amaia Donés Mendía, Sans Soleil, Barcelona, 2013 (2006), 44), casi al filo del lapsus que, en la imposibilidad de un cotejo del texto-fuente con el *sic* del caso, aquí mismo o por lo que semeja un pie de página, oscila en suspenso entre autor y traductora, definición orgánica e inorganicidad anónima: - "Podríamos decir, en términos peircianos, que lo indiciario acaba de dejar lugar a lo icónico y a lo simbólico. Pero la propuesta es insuficiente: nosotros no debemos nunca perder de vista la esencial *contaminación de diferentes tipos de semejanza*, que hace de las formas votivas esta *masse vivante, informe (et) inorganique* ('masa viva, informe *(y)* orgánica *(sic)*') de la que Mauss hablaba tan bien al tratar el tema de la magia en general" (énfasis del autor - *ib.*, 45-48), no necesariamente antes y más o menos al borde del equívoco, un saludo al patriarca francés del análisis estructural cuya memoria mereciera en 1960 el homenaje de Claude Lévi-Strauss, habría podido dejarse interpretar como simple muestra de buenas maneras académicas, a la altura del riguroso desmadre de ordenamientos catálogos, cronogramas desarrollistas y contabilidades patrimoniales, sin reñir de frente con la magistral retrato del artista como joven mago y decrépito filósofo trazado por Didi-Huberman en homenaje a Warburg, habida cuenta, cuenta más que vaga y azarosa en este mismo lugar, no sólo de los recovecos analógicos del mapa "extrañamente no-iconográfico" de *Mnemosyne* que al tiempo contradicen y exaltan recortes, encuadres y cuadrantes, infectando por ende no sólo el modelo del inventario sino el modelo *tout court*: - "Pero este repertorio *[scil. la clasificación de temas figurativos por orden alfabético emprendida en 1891-1892 bajo el título de* Ikonographiche Notizen*]* como otros muchos intentos de este género, se había quedado casi vacío. Resulta claro que el modelo del diccionario - es decir la misma organización de la Iconologia de Cesare Ripa - no podía convenir a la epistemología de las supervivencias: el comparatismo rizomático de Warburg no buscaba tanto la *identificación* de los motivos y su ley histórica de evolución cuanto su contaminación y su ley temporal de supervivencia" (Georges Didi-Huberman, *L'image survivante - Histoire de l'art et temps des fantômes selon Aby Warburg*, De Minuit, París, 2002, 492-493), sino infestando otrosí el mismísimo núcleo conceptual del concepto inherente a la puntualidad comprensiva y delimitante del objeto de estudio que justifica el interrogante retórico relativo a la pasión y la patología del montaje como desmarque táctico del entre-dos inmediatamente después de haber traído a cuento los pases, agujeros o *intervaly* de Vertov: - "¿Habrá entonces que sorprenderse por haber Warburg definido la particularidad - el mismo objeto - de su iconología como una 'iconología del intervalo' *(Ikonologie des Zwischenraums)*?" (*ib.*, 497), amén de la tercera cláusula reclamada por el subrepticio dómine que vendría a ser la singularidad del detalle asumido en atención a su naturaleza sintomática, susceptible de trabar la articulación de las coordenadas temporales no menos que el contraste de teología y magia: - "En tercer lugar, esta singularidad, esta laguna (*faille*) en el presente, a su vez es comprendida como el indicio de una estructura de supervivencia. Si en su retablo el Ghirlandaio *[scil. el retablo de la Capilla Sassetti en la iglesia de la Santa Trinidad de Florencia]* representa la devoción de los pastores con semejante lujo de detalles - que no intriga al historiados satisfecho con saber que deriva del realismo flamenco -, es también, dice Warburg, para hacer vivir y sobrevivir un viejo fondo inmemorial de supersticiones paganas ligado a la práctica de los exvoto realistas (moldeados al vivo) desde la Antigüedad etrusca y romana. Así que la 'observación aguda del detalle' propia del pintor debe interpretarse en función de un fenómeno antropológico de larga duración, un 'segundo plano religioso' en que se intrican 'enigmáticamente' costumbres septentrionales y costumbres meridionales, cristianismo y paganismo, Ahora histórico y Otrora sobreviviente." (*Ib.*, 490-491).

[4] No sin antes haber deslindado el reino de la sistematización ontoteológica y el escaso aporte representativo de la magia: - "En cuanto a las representaciones, no tienen vida por fuera de los ritos. En la mayoría de los casos, no tienen interés para el mago, que rara vez las formula. Tienen tan sólo un interés práctico y en la magia se expresan solamente por intermedio de sus actos. No fueron magos quienes en primer lugar las redujeron en sistemas sino filósofos; es la filosofía esotérica la que proporcionó la teoría de las

representaciones de la magia. Ésta ni siquiera ha constituido su demonología: en la Europa cristiana, como en la India, es la religión la que hizo el catálogo de los demonios" (Marcel Mauss, "Esquisse d'une théorie générale de la magie", en: M. M., *Sociologie et Anthropologie,* P.U.F., París, 1960 *(1902-1903),* 1-141, 80), la tajante propuesta que habrá interesado el nexo metafórico entre la plasticidad fantasmal de la cera, materia prima de la mayoría de los exvoto contemplados por Didi-Huberman, y la desterritorialización inherente al esquivo objeto del esquicio en cuestión, Mauss expone los argumentos más expresivos de las distinciones que atañen a la tecno-ciencia, el arte, la religión y la practicas de hechicería: - "La magia es una masa viva, informe, inorgánica *[masse vivante, informe, inorganique],* cuyos componentes no tienen ni lugar ni funciones fijas. Hasta se las ve confundirse; aunque profunda, la distinción de las representaciones y de los ritos a veces se borra a tal punto que un simple enunciado de representación puede devenir un rito: el *venenum veneno vincitur* es una encantación. El espíritu que posee al hechicero, o que el hechicero posee, se confunde con su alma y su fuerza mágica; muchas veces hechiceros y espíritus llevan el mismo nombre. La energía del rito, la del espíritu y la del mago, normalmente son una sola. El estado regular del sistema mágico es una confusión de los poderes y de los roles bastante completa." *(Ib.,* 81).

En el rarefacto orden y escasa rentabilidad de estas asoleadas líneas, quizás no sobre del todo observar que, habiendo distinguido tanto en las practicas científicas como en las artísticas la libertad del individuo que "vuela con sus propias alas" *(ib.,* 82), una vez añadido al reconocimiento de la naturaleza fundamentalmente colectiva de las prácticas mágicas el beneficio epistémico consistente en admitir que "la magia, como todo, tiene una realidad objetiva, que es una cosa" *(ib.,* 81) por considerar que "ya hemos sobrepasado nuestra definición provisional estableciendo que los distintos elementos de la magia son creados y cualificados por la colectividad. Es una segunda ganancia que debemos registrar" *(ib.),* la suma resultante de las observaciones generales de Mauss remacha el empate de institucionalidad religiosa y tradición mágica que, con exclusión del privilegio de la coherencia constituyente y de la integridad representativa otorgado a la primera en desmedro de la segunda al dar por sentado que "no hay en la magia representación pura; la mitología mágica es embrionaria y pálida" *(ib.,* 80), alimenta las veleidades del sujeto autónomo heredero de la metafísica de la presencia y ahonda los dilemas del ciudadano expuesto a los *jet-lags* de la comunidad revocada: - "¿Cómo concebir la idea de un fenómeno colectivo en que los individuos quedarían también perfectamente independientes unos de otros?" *(Ib.,* 82).

5 - "(...) es en la diferencia entre Hegel y Heidegger donde nuestro problema tiene su lugar." (Jacques Derrida, *Heidegger: la question de l'Être et de l'Histoire - Cours de l'ENS-Ulm 1964-1965 (Édition établie par Thomas Dutoit avec le concours de Marguerite Derrida, Galilée,* París, 2013, 30) De las fricciones entre *Widerlegung y Destruktion,* "refutación recogedora" y "destrucción", traducidas en una salida por entrada y una llegada por partida a lo largo del boicoteo general de la trayectoria que en otro momento se habrá llamado *contre-allée* o "contra-ida", así como de las aceleraciones y retrasos relativos al desplazamiento del sitio problemático correspondiente al destierro de la *déconstruction,* de ahí, de las diferencias en juego entre Hegel, Heidegger y Derrida ya emergentes el 16 de noviembre a lo largo y a lo corto de la primera sesión del seminario, habría podido arrancar la deriva del presente acogido como pasado de un porvenir en el desarrollo de la tercera, el 17 de diciembre: - "Ahí, lo habéis visto *[Là, vous l'avez vu],* y este esquema volvería a encontrarse dondequiera que el lenguaje de Heidegger parece metafórico - el sentido propio de la palabra casa o de la palabra habitación es inalcanzable *[hors de portée]* para una palabra que no habla a partir de la verdad del ser. Cuando creemos saber lo que decimos cuando decimos casa todos los días en el lenguaje corriente y no poético, estamos en la metáfora. Ahora bien el pensamiento de la verdad del ser está por venir pero por venir como aquello que ha sido siempre ya enterrado *[comme ce qui a été toujours déjà enfoui].* En consecuencia la metáfora es el olvido del sentido propio y originario. La metáfora no sobreviene en el lenguaje como un procedimiento retórico; es el comienzo del lenguaje cuyo origen enterrado sin embargo es el pensamiento del ser *[dont la pensée de l'être est pourtant l'origine enfouie].* No se comienza por lo originario, la primera palabra de la historia es eso *[c'est cela].* / Eso significa en particular que no hay ningún chance, que jamás habrá chance para quienes pensarían la metáfora como un disfraz del pensamiento o de la verdad del ser. Jamás se dará el chance de desvestir o despojar ese pensamiento desnudo del ser que jamás ha sido desnudo *[cette pensée nue de l'être qui n'a jamais été nue]* y que jamás lo será. El sentido propio del que la metáfora intenta seguir el movimiento

sin alcanzarlo ni verlo jamás, ese sentido propio jamás ha sido dicho o pensado y no lo será jamás como tal." (*Ib.*, 105-106).

Y si a los ojos del operador destruyente de *Ser y tiempo* la metáfora reitera la operación "de esencia alquímica o ilusionista o mistificadora" que en verdad "ni siquiera es una operación" (*ib.*, 105), casi por el contrario las capas de injertos raizales, desplantes de implantes, exhumaciones soterrañas y arremetidas en retirada bien merecen la franqueza del colombianismo en el abrir y cerrar de ojos de los suplementos de origen: la inadecuación del operativo conceptual en marcha, tan corriente cuanto el trajín del porvenir diario, vendría a ser una vaina hecha y derecha, "contratiempo" o in-con-veniente anacrónico sorteado por el inexperto abismático que al paso de la octava sesión, definiendo y redefiniendo la fórmula del incesante reemplazo en la forma de quien la refuta recitándola sin cesar y sin aliento, como ya se habrá entrevisto desde la primera porque, a no dudarlo, a no dudar de tanta duda, "es una destrucción, es decir una desconstrucción, es decir una de-estructuración, es decir el estremecimiento [*l'ébranlement*] que es necesario para hacer aparecer las estructuras, los estratos, los sistemas de los depósitos" (*ib.*, 34), al destripe del subjectil no vacilará en suponer, deponer y sobreponer el enésimo pseudo-sinónimo de la operación otramente inoperante: - "Quizás se pueda llamar [*appeler*] pensamiento y pensamiento del ser (siendo el pensamiento del ser el horizonte y el llamado [*appel*] de un imposible pensamiento no-metafórico) lo que apela [*appelle*] a tal gesto de desmetaforización [*démétaphorisation*]. En consecuencia podría suceder que haya más pensamiento en el gesto de un sabio o de un poeta o de un no-filósofo en general cuando se le entrega [*quand il s'y livre*], que en el gesto de estilo filosófico que se desplazaría en el sueño metafórico, en la no-vigilancia ante el carácter metafórico del lenguaje." (*Ib.*, 278).

A este inestable propósito cabría registrar el comentario del editor: - "El mismo término de 'desconstrucción', explícitamente propuesto como traducción de *Destruktion*, es aquí descartado por Derrida en varias oportunidades, a favor de otras traducciones, como 'solicitación *[sollicitation]*' y 'estremecimiento', las que (salvo algunas excepciones) no serán retenidas para calificar el pensamiento de Derrida" (Th. Dutoit, "*Note du responsable de la publication*", en: J. Derrida, *Heidegger, op. cit.*, 17-22, 21-22), siempre que el resalte del recurso substitutivo más recurrente durante el seminario y la escalada de intususcepciones vertidas al nivel de la octava sesión como "auto-solicitación (*Sich-selbstangehen* en tanto que relación consigo *[rapport à soi]*, tener relación consigo (*angegangen werden zu können*))" (J. D., *Heidegger: la question de l'Être et de l'Histoire, op. cit.*, 267) no reduzca a la dimensión de una excepcionalidad sin sobresaltos las trepidaciones y sacudidas que repercutieron (no siempre de manera ingrata: el entubado asociativo, metafórico y perifrástico inseparable de la constitución genética de *Glas*, entre otros conductos telescópicos, consta de remezones que distan de ser apenas terribles: - "La asociación es una suerte de contigüidad glutinosa, jamás un razonamiento o una llamada simbólica; el gluten de lo aleatorio hace sentido *[le glu de l'aléa fait sens; the glue of chance [aléa] makes sens; der Leim des Zufalls* (la glu de l'aléa) *macht Sinn; il gusto del rischio fa senso]*, y el progreso se ritma con *pequeñas sacudidas*, engrapamiento y succiones, placaje *[petites secousses, agrippement et succions, placage; little jerks, gripping and suctions, patchwork tackling [placage]; kleine Stösse* (petites secousses)*, Festklammern und Saugen, Aufwalzen/ Kompilieren* (placage)*; brevi scariche, artigliamento e suzioni, placcatura]* - en todos los sentidos - y penetración deslizante. En la embocadura o a lo largo de la columna." – J. Derrida, *Glas*, Galilée, París, 1974, 161b - trad. John P. Leavey Jr. Y Richard Rand, U. de Nebraska, Lincoln y Londres, 1990, 142b; Hans- Dieter Gondek y Markus Sedlaczek, Wilhelm Fink, Múnich, 2006, 159b; Silvano Facioni, Bompiani, Milán, 2006, 663) por lo menos hasta los temblores del niño y del anciano evocados muchos años después, más exactamente hasta las rodillas del gamín asustado por los aviones italianos que en 1942 bombardeaban Argel y las manos del viejo incapaz de sostener tan firmemente la pluma como medio siglo antes de la reminiscencia bifurcada y de los efectos, dizque secundarios, de la quimioterapia (el sensible editor de las partituras del seminario había de anotar que "el manuscrito da la impresión de haber sido escrito con rapidez, con un estilógrafo que a veces apenas toca el papel" - Th. Dutoit, *op. cit.*, 18-19), toda vez que: - "El 'toca' del deber, el 'toca deber y temblar': con lo cual entiendo que toca aceptar la falla, el defecto, el venir a menos *[Le 'il faut' du devoir, le 'il faut devoir et trembler': j'entends par lá qu'il faut accepter la faille, le défaut, la défaillance]*, la '*fault line*' se diría en inglés para designar la línea del terreno amenazado por el temblor de tierra – y *falter* significa hesitar, balbucear, hablar con una voz entrecortada" (J. Derrida, "Comment ne pas trembler?", en *Annali – Fondazione europea del disegno (Fondation Adami)*, 2006/II, 91-103, 93), sin la menor alusión al modismo popular que del bailoteo de las extremidades inferiores deduce *fare Giacomo Giacomo*, literalmente "hacer Jacobo Jacobo", *Jakob Jakob machen, faire Jacques Jacques, doing Jackie Jackie*, onomatopeya sin embargo no del todo ajena al contexto de las desavenencias sobrevenidas en el curso de cierto debate con Glissant a la orilla del Lago Maggiore, en agosto del 2004, a mil leguas de los penachos zarandeados y de las muecas de indiferencia estetizante que distraídos atisbos de la arqueología de lo frívolo podrían dejar inferir tras el insistente regreso a la palabra y la cosa, roces de ligereza aplomada y toques de severa sonrisa más bien ya sabiamente resentidos por una nota a pie encargada de señalar con prontitud y concisión envidiables algunas ocasiones de esa reincidencia: - "'*Solicitare* significa, en viejo latín, sacudir como un todo, hacer temblar la totalidad.' (Derrida J., 'La différance', en: *Márgenes de la filosofía*. Madrid: Cátedra. 1998, p. 56.) 'Esta operación se llama - en latín - *suscitar o solicitar*. Dicho de otra manera, *estremecer* con un estremecimiento que tiene que ver con el *todo* - de *sollus*, en latín arcaico: el todo, y de *citare*: empujar -.' (J. Derrida, "Fuerza y significación", en: *La escritura y la diferencia*. Barcelona: Anthropos, 1989, p.13.)" (Enver Joel Torregroza, *Una introducción a Derrida*, U. Libre, Bogotá, 2004, 27, nota 11). En otras palabras, no menos provisionalmente secundarias, se mece, agrieta y parte la momentaneidad del remezón analógico donde el Total Edificante destila su saldo de aristotélico *ahora* mientras el concepto ad hoc lagrimea, el de un momento, "el mínimo tiempo que algo necesita para tener lugar, y el mínimo lugar que algo necesita para tener tiempo", pues "la lágrima, signo de la interioridad, no tiene interioridad ella misma. Mónada del dolor, es el *aleph* del mundo, de los momentos del mundo" (Pablo Oyarzun, "Memoria, momento y lágrimas – Una aproximación especulativa al problema de las singularidades latinoamericanas", en *Seminario América 2941*, 1, 2012, U. Católica de Valparaíso, 13-31, 30-31), lapso y trecho de adiós suficientemente prolijo para que se encabalguen sobre una mesa peluda siete fotogramas del episodio de *Siete oportunidades*, el filme de 1925 dirigido por Donald Crisp, en que un derrumbe de ménades en traje de novia persigue a campo traviesa el significante fálico de Cara-de-Palo, acróbata inmune al trueque de tules ardientes y piedras rodantes que le acosan dando tumbos por delante y por detrás, en opinión del académico entregado a "las sombrías predicciones de Martin Heidegger", profecías reacias al desarrollo de la informática en trance de cumplirse inexorablemente (Juan Diego Caicedo, *Cuando la risa es cosa seria – Los largometrajes de Buster Keaton*, U. Nacional, Bogotá, 2014, 15), "una de las escenas cómicas más divertidas e imaginativas de la historia del cine" (*ib.*, 46), encabalgamientos que en esta oportunidad modifican las metáforas del poeta entregadas al vértigo de otro poeta tergiversando de *una vez por todas* el movimiento helicoidal de la solicitación del sentido, cambio por cambio de galgas en celo, palabras que llegan a revolcarse unas en otras, unas por otras: - "En cambio, las *'Alturas de Machu Picchu'* es un poema donde cada palabra literalmente abraza a la que tiene al lado. Es como un río que trajera un montón de piedras y que de repente las soltara y esas piedras caen exactamente en el lugar que ha estado esperándolas desde siempre. Es un poema sinfónico:

> Alguien que me esperó entre los violines
> encontró un mundo como una torre enterrada
> hundiendo su espiral más abajo de todas
> las hojas de color de ronco azufre:
> más abajo, en el oro de la geología,
> como una espada envuelta en meteoros,
> hundí la mano turbulenta y dulce,
> en lo más genital de lo terrestre.

(Raúl Zurita, "Hablar por la boca muerta – Canto General de Pablo Neruda", en *Seminario América 2941*, 1, 2012, 153-161, 157).
En cambio, muy en cambio, si la tremenda boca difunta incumbe al testigo que toca y el habla del caso acontece, barajadas por pelos y señales sobre una superficie tan infecta y contagiosa como la susodicha, las setenta y siete imágenes expondrían el perseguidor del pasado objetivo y de la virginidad del hecho a la mayor suspicacia ante la desmetaforización infiel al registro técnico del supuesto inicio, sin hablar de las prioridades de un lúcido trazado de los respectivos perímetros de responsabilidad individual que impiden al incólume inocente, por autodefinición libre del contagio transferencial, interrumpir siquiera en un momentito el imperturbable lance analítico-interpretativo ante lo que Adorno pudo alguna vez dar a entender como "poesía", "después" y "barbarie": - "En buena medida es

necesario señalar que una razón para la popularidad del concepto de trauma se debe a su proclividad a desdoblarse en un registro metafórico – es decir su capacidad de significar efectivamente un cierto tipo de experiencia social – tanto en el ámbito académico como en la arena pública más amplia que no corresponde a la descripción técnica inicial. De esa manera, Theodor Adorno señala en la *Dialéctica negativa* que las condiciones para pensar han cambiado de manera dramática después de Auschwitz. Vivimos en una era en que todos estamos implicados en el genocidio nazi; todos somos responsables; todos somos sus víctimas." (Francisco A. Ortega Martínez, "El trauma social como campo de estudios", en: Cathy Caruth, Ruth Leys, Wolf Kansteiner y otros, *Trauma, cultura e historia: Reflexiones interdisciplinarias para el nuevo milenio* (F. Ortega editor), U. Nacional, Bogotá, 2011, 17-59, 57-58), interrupción momentánea que por lo menos mantendría en vilo el mentís del "inútil" concepto de "trauma social" y de su siniestro empleo metafórico, impugnación justificada no a partir de las dificultades inherentes a la idea de un mal en obra capaz de confirmar el consuelo cuando no el medio goce de una tele-comunidad más entontecida que desobrada, nada de eso, sino por denegar las aporías que excitan la propuesta de un ejemplo de alergia a experiencias y relatos de experiencias a lo mejor susceptibles de ser incluidas, tal como merecen algunos testimonios latinoamericanos, en el renglón de las "nuevas coordenadas de navegación ética" (*ib.*, 59): - "Kansteiner señala la precariedad moral de quien, sin ser víctima directa de los traumas históricos, propicia la confusión entre víctimas universales (vivimos en una época post-Holocausto, traumatizada) y víctimas específicas (ser víctima de una experiencia de dislocación masiva concreta). Y aunque al principio de este texto señalé mi aceptación de estas críticas, no puedo menos que apreciar igualmente la extraordinaria y enriquecedora convergencia que se hace posible – y que he intentado reseñar en esta introducción – en el campo de los estudios sobre el trauma social. Después de todo debemos recordar que el mismo concepto de trauma tiene un origen metafórico, pues su sentido original no era más que el de una simple herida en el tejido humano." (*Ib.*).

Que la indulgencia concedida a la idea de un instrumento conceptual tan resbaladizo como el trauma en cuestión, herramienta inútilmente agarrada para rendir cuenta de aquello que imposibilita el agarre exacerbando la precariedad de la moral y solicitando la posibilidad del concepto, su descalabro y su erección (tropo lacaniano *ma non troppo*: el "hueco" del "trauma", *trou de traume* o caída de mojón en la *troufaille* del déficit fálico, clama por la escoptofilia solar en el pozo del telescópico retrete de la metáfora, traumática porque *faille de trouvaille*, orificiomática "falla" de "feliz hallazgo"), venenoso regalo de Hermes muy poco interesado en la productiva convergencia de las dimensiones de la cosa, el acontecimiento violento, la herida y las consecuencias sufridas por el sistema: - "Esta capacidad de convocar simultáneamente tres dimensiones diferentes constituye su mayor fortaleza y debilidad, la razón por la cual el concepto resulta tan evocador y necesario, tan confuso y abstracto a la vez. Es su mayor fortaleza porque el concepto, al abordar concurrentemente el hecho, la experiencia y sus consecuencias, obliga a pensar la plasticidad de la experiencia social más allá de las dicotomías familiares de las ciencias sociales modernas, tales como sujeto-objeto, evento-estructura, experiencia-acción, interior-exterior, etc. Igualmente, es su mayor debilidad, porque precisamente se presta con facilidad inmensa para las mayores libertades y abusos conceptuales que desembocan en abstracciones teóricas insatisfactorias que se imponen de antemano al análisis y simplifican, en vez de recoger y valorar, la diversidad de la experiencia social" (*ib.*, 31)... peor dicho, que las concesiones ofrecidas "después de todo" a un dispositivo tan distante del rendimiento epistémico y del provechoso contraste de pérdida y provecho obedezcan a las exigencias de los buenos modales académicos más que a otra cosa es lo que podría deducir un amante del dato más escueto confiado en la pertinencia de los criterios administrativos sin perder de vista ni de otros sentidos el contrapunto de una nota del editor caída al pie de la misma página en que un prestigioso historiador de la universidad de California considera oportuno celebrar la coyuntura textual en que estuvo a punto de inaugurarse el neo-grafismo *différance*, *locus classicus* de la peligrosa práctica de desclasamiento popularmente clasificada como "desconstrucción" y circunstancia específica en que Derrida acude a los despojos metafóricos del momento capaces de poner algún coto a la venalidad del binarismo estructuralista, verbigracia los de la "*voix moyenne*", pues, "lo que se deja designar como diferancia *[différance]* no es simplemente activo ni simplemente pasivo, y anuncia más bien algo como la voz media, al decir *[disant]* una operación que no es una operación, que no se deja pensar ni como pasión ni como acción de un sujeto sobre un objeto, ni a partir de un agente ni a partir de un paciente, ni a partir ni a la vista de cualquiera de estos términos" (J. Derrida, "*La différance*", en: Michel Foucault, Roland Barthes, Julia Kristeva y otros, *Théorie d'ensemble*, Du Seuil, París 1968, 41-66, 47; asimismo en: J. D., Marges - *de la philosophie*, De Minuit, París, 1972, 1-29, 9 – cfr. "*La différance*", en *Teoría de conjunto*, trad. Salvador Oliva, Narcís Comadira y Dolores Oller, Seix Barral, Barcelona, 1971, 49-79, 56; "La Différance", en Márgenes de la filosofía, trad. Carmen González Marín, Cátedra, Madrid, 1989, 37-62, 44), evocación en tono con el loable intento de otorgar al autor de *Márgenes de la filosofía* el estatus de "representante de una concepción vanguardista o modernista de la filosofía" substraída al "marco del 'realismo' dominante", loable aunque problemática iniciativa si, como podría argüirse, justamente del dominio de dicho "realismo" no emanaran los títulos de "vanguardismo" y "modernismo", a la que se suman los pedregosos ángulos de incidencia de la poco confiable mirada de los traductores de White, desconcertantes por más de un costado en razón de los equívocos que un cotejo con las versiones norteamericanas hubiera podido ahorrar fácilmente, disponibles sea gracias a la edición de la universidad Northwestern a partir de *Théorie d'ensemble*, sea a la de Chicago desde *Marges - de la philosophie* (entre otros deslices no valdría la pena resaltar la confusión inseparable del cambalache de "*voix moyenne*" por "voz intermedia" si en otro contexto no reapareciera la diátesis que el popularísimo *Portal de lengua y cultura hispanas* ilustra abriendo un paréntesis cuya contundencia tiene el mérito de dar cabida a uno de los inconvenientes afantasmados más obsesivos del improbable cuerpo principal de estas páginas desgonzadas: - "*Voz media.* cuando no aparece el argumento agente o causa y se destaca como sujeto la entidad afectada por el proceso denotado por el verbo (*La puerta no cierra bien*)", reincidencia tanto más significativa en una oportunidad a tal punto crucial como la recapitulación del polifónico volumen laboriosamente editado por Ortega, donde la categoría gramatical en cuestión desempeña un rol argumentativo determinante a favor de unos "actos de fe" sin mayores especificaciones - v. Carlo Tognato, "Epílogo", en *Trauma, cultura e historia, op. cit., passim,* 557-565 -, quizás en trance de renunciar a todo argumento fehaciente, sino a todo rol y a cualquier utilidad determinada categóricamente, hacia y desde otra voz, desde y hacia el apóstrofe erótico, en la hipertelia del orgasmo, en ese periférico corazón de la plegaria que la maestra del caso sabe reconocer entre Nancy y Derrida, modificando apenas las escrituras: - "*(…)* 'Oh' exclamativo del que una vez más nos acabas de hablar y que has identificado como si para ti fuera tal vez el signo más primitivo de la lengua, y que, sin ni siquiera ser todavía una palabra, se hace soplo, suspiro, inspiración de esa '*Vox clamans* [*ex-clamans*, diría yo] *in deserto*" que te importa particularmente" – Ginette Michaud, "'Prier après la prière'", en: G. Michaud, *Cosa volante - Le désir des arts dans la pensée de Jean-Luc Nancy,* Hermann, París, 2013 (2012), 345-377, 355), hoja de infortunios en vez la que así se arrastra, gajes de la vida libresca agravados por el tropiezo a pie de página de un apunte que desconoce las opciones ofrecidas en castellano precisamente mientras presume denunciar el vacío dilatado en la edición madrileña, de hecho y en efecto completa y correcta, laguna imaginaria que impediría confrontarlas: - "(N. de E.) En español, el texto de Derrida aparece como "La Diferencia" en *Márgenes de la filosofía* (Madrid: Cátedra, 1989). La versión en castellano no reproduce el pasaje citado" (en: Hayden White, "Entramamiento histórico y el problema de la verdad", 1992, trad. Carlos F. Morales de Serién Ravina y Juny Montoya Vargas, en *Trauma, cultura e historia, op. cit.,* 217-240, 235, nota 14), sin que el homenaje de White ofrecido a la *différance* pierda los visos de una sinceridad reforzada por las debilidades terminológicas y los percances de una traducción tambaleante en apoyo al "propósito de sugerir que la clase de anomalías, enigmas y callejones sin salida que encontramos en nuestras discusiones sobre la representación del Holocausto son el resultado de una concepción del discurso que le debe demasiado a un realismo que es inadecuado para la representación de acontecimientos como el Holocausto que son por sí mismos 'modernistas' en su naturaleza[15]" (*ib.*), porque exactamente ahí precipita el abrupto contrapunto que no resultaría del todo fuera de lugar si sustentara sin ambages una vindicación de la objetividad histórica recia y real, con o sin comillas, juntamente con el corte del chorro de paradojas al que se reduciría la opción de una voz media clasificable y desplegable en plena "navegación ética", a no ser que el subterfugio de una carambola de bandas referenciales tan prolíficas pretenda revolver asomos de antisemitismo en el discurso de White y en la cita que lo impulsa, como si, para colmo de males del como, la diseminación intransitiva de la desconstrucción se edificase sobre los cimientos de una estructura esencial tan vacua e inocua como la que conforma la idea del fenómeno social propia de algunas incoherentes investigaciones analizadas por Friedländer, oportunidad hipotética que el responsable de la nota no habría querido perder, a toda costa, a cursiva batiente y a contrapelo de la *diferancia* y su voz media: - "[15] (N. de E.) Véase la introducción de Saul Friedländer en el libro *Hitler and the Final Solution* de Gerald Fleming (1984), en la que escribe: 'Sólo en el nivel limitado de *análisis* de las políticas nazis *parece posible una respuesta* al debate entre los distintos grupos. En el nivel de la interpretación general, sin embargo, *permanecen las dificultades* reales. El historiador que no padece de obcecación conceptual o ideológica reconoce fácilmente que es la política nazi antisemita y antijudía del Tercer Reich la que le da al nazismo su carácter *sui generis*. Como consecuencia de este hecho, las investigaciones sobre la naturaleza del nazismo adquieren una nueva dimensión que lo hace *inclasificable* [...] Sin embargo, si se admite que el problema judío estaba en el centro, en la propia esencia del sistema, muchos *[de los estudios sobre la Solución Final]* pierden su coherencia, y la *historiografía se enfrenta con un enigma que desafía las categorías interpretativas normales*. Sabemos en detalle lo que ocurrió, sabemos la secuencia de acontecimientos y su probable interacción, pero *la dinámica profunda del fenómeno se nos escapa'* (cursiva fuera del texto original)." (*Ib.*, nota 15).

[6] - "Comentar. / Y entonces aquí aparece lo que una vez más semeja una pura y simple metáfora de estilo expresionista-romántico-nazi (que tal vez es, sin duda por de más, también romántico-nazi *[qui est peut être, sans doute même, aussi romantico-nazi]* pero el problema, nuestro problema es saber si es apenas una metáfora y si su estilo romántico-nazi la agota; y si, dejándonos fascinar por este estilo, no se pierde, por otra violencia filológica, lo esencial)." (J. Derrida, Heidegger, op. cit., 98) No sería ésta la última ocasión en que el recelo de la fantasmagoría de unas tinieblas perfectamente exteriores a la domesticidad de la presencia (cuyo luminoso adentro ya habría sido puesto en entredicho al considerar la operación consistente en "pensar el hombre a partir del lenguaje y el lenguaje a partir de la verdad del ser" y preguntando "¿porqué traducir estos 'a partir de', y estas 'condiciones de posibilidad' en casa, refugio, hábitat, etc.? ¿Porqué esta operación que parece cargada de afectividades obscuras apunta [palabra incierta] una necesidad de pensar o un simple orden en el encadenamiento de las implicaciones?" - J. Derrida, *Heidegger, op. cit.*, 99 -, obscuridades en las que la filosofía contemporánea no debería cansarse de seguir hundiendo la ventosa del caso, nívea pureza e intacta sencillez del crujiente afuera que invocará un filósofo convencido de la estabilidad de los progresivos peldaños de una lectura rechazada aunque reconocida en atención a las enseñanzas en que otros se habrían sumergido, descenso identificado con la tarea del discípulo que el académico *comme il faut* asegura no ser o no querer ser afirmando de buenas a primeras: - "No soy ni un conocedor profundo de la obra de Derrida ni uno de sus alumnos - cualquier significado que se quiera atribuir a esta expresión. Lo digo con el respeto, y otrosí la humildad, que se debe a un gran maestro del pensamiento contemporáneo, pero también con la conciencia *[consapevolezza]* de quien ha recorrido y recorre, un camino distinto del suyo, sin dejar de apreciar su fuerza y originalidad" – Roberto Esposito, "*Comunità, immunità, biopolitica*", en: Maurizio Ferraris, Peter Sloterdijk, Caterina Resta y otros, *Spettri di Derrida - Annali 2009/V – Fondazione europea del disegno (Fondation Adami) - A cura di Carola Barbero, Simone Regazzoni, Amelia Valtolina*, Il melangolo, Génova, 2010, 141-150, 141 – para llegar, de malas a últimas, hasta la capa vampírica de una magia tan negra como la noche de los tiempos sobrepuesta al disfraz magistral chupado *a tergo*: "Con la idea de que todo origen tenga a sus espaldas un Inicio indecible e irrepresentable que lo atormenta succionándolo de nuevo en una muerte desde siempre ya presente. Quizás el sentido mismo de la filosofía contemporánea consiste en romper este encantamiento, en volver a echar a las tinieblas *[ricacciare nelle tenebre]* este antiquísimo espectro, en liberarnos conjuntamente del Precedente y del Adveniente, a favor de un presente sin restos, de una coincidencia absoluta de la vida consigo misma" - *ib.*, 149-150) exige el tacto necesario para esquivar la sospecha de algún abandono, a lo peor heroico, en el hechizo de *la tour de force* llamada *La Maison Dieu*, sepulcro económico en inacabable ruina y sucursal afásica del descalabro uterino: - " # la contemplación de la posibilidad de la muerte. / Entre mil otras una declaración de este género confirmaría si aún fuese necesario que aquello a lo que Heidegger nos convoca en *Sein und Zeit* no es una filosofía de la muerte, un penetrante avance hacía sí *[une percée à soi]* de la desgarradora angustia que nos paraliza en una suerte de esfuerzo o tetanismo romántico. Como dice en otra parte, no se trata de especular sobre la muerte o sobre el más allá de la muerte, la nada o la supervivencia, no se trata de

resignarse a la propia mortalidad como a una castración aliviadora para el maestro o el discípulo, sino de constituir el presente como el pasado de un porvenir *[avenir]*, es decir de vivir el presente como origen y forma absoluta de la experiencia [8bis] (de la ek-sistencia), sino como lo producido, lo constituido, lo derivado, lo constituido a partir del horizonte del porvenir y la eksistencia del porvenir, no pudiendo ésta ser auténticamente anticipada como tal sino como por-venir *[à-venir]* finito, es decir a partir de la insobrepasabilidad *[indépassabilité]* de la muerte posible, por no estar la muerte simplemente *al final [au bout]* como un evento contingente en la extremidad de una línea de vida sino por determinar en cada –digamos instante– la abertura del porvenir en la que se constituye en cuanto pasado lo que se llama presente y que jamás aparece como tal." "(J. Derrida, *Heidegger, op. cit.*, 276).

En cuanto a la susodicha crisis: - "Es en sentido propio como toca decir que el lenguaje es la casa del ser en que habita el hombre. Y se habla metafóricamente – lo que dice mucho en torno del estatuto de la metáfora – cuando se dice la casa por fuera de esta relación con el ser *[quand on dit la maison hors de ce rapport à l'être]*. La *crisis del alojamiento* - podría decirse - saltando muchos eslabones intermedios, es la expresión de esta deportación en una metáfora que ya no se piensa como tal, es decir en la metafísica. Hay una raíz metafísica en la crisis del alojamiento, en el sentido historial en que Heidegger entiende la metafísica – raíz histórico-metafísica. No traduzcáis, Heidegger piensa que para remediar es suficiente meditar la relación con el ser. Y a tal fin es inútil *construir viviendas de interés social [HLM]* o ciudades [frase añadida interlinea ilegible]. Seríais más ingenuo que él, y no lo habríais comprendido." (Ib. 102-103) *Take it or leave it.*

[7] Diego González Holguín, *Vocabulario de la lengua general de todo el Peru llamada Lengua Qquichua o del Inca*, U. Nacional Mayor de San Marcos, Lima, 1952 (1608), 570.

[8] "El Primer Mundo: comienzos de Iñápirrikuli", relato mítico kurripako en la versión del payé Mandú da Silva - Wapúi Isana, aldea y raudal Wapúi, 1987, recogida y traducida por Omar González Ñañez, *Las literaturas indígenas maipure-arawaka de los pueblos* kurripako, warekena y baniva *del estado Amazonas*, El Perro y la Rana, Caracas, 2007, 41-42. Al resumir con autoridad de trueno joyceano uno de los sucesos más aparatosos de la saga que, abierta a otros símiles, otros nombres y otros frutos prohibidos, desborda ampliamente el área lingüística tukano y el dédalo de reflejos analógicos y coordenadas comparativas del Noroeste Amazónico, el portazo somático del relato kurripako rinde testimonio de una experiencia de inmersión en la vacuidad anahumana capaz de echar el *"sinite parvuli"* a la otra cara de la cosa tergiversando *"le cose belle / che porta 'l ciel, per un pertugio tondo"*. Que dicha condensación, *staccato* sin fronteras y remate de lo absolutamente dicho, modifique la secuencia de la versión tariana del mito de Yuruparí registrada por el parasitólogo Ettore Biocca en 1965 y retraducida catorce años más tarde, la menos compatible con los modelos de comportamiento dados por descontados por la retórica misionera sin reconocer en las prácticas de antropofagia alternativa la réplica especular de sus propios anhelos sádico-anales (lo que otro quizás llamaría "sacralización de lo peor"), justamente aquella secuencia en que la entidad definida por los antropólogos como "héroe cultural", llámese Yuruparí, Kúwai, Gran Vaciado o *Acediosus Supremus*, sus huesos a punto de acrisolarse en la hoguera para convertirse en eucarísticos instrumentos musicales, suscita la peor tormenta para inducir toda una generación de discípulos a que se le metan por el paraninfo del esfínter anal (penetrar para creer a fondo: - "39. Invocó viento y lluvia y dijo, 'Corran, busquen abrigo.' Mientras los niños buscaban hojas para abrigarse, se echó al suelo y abrió su culo inmenso *[opened his huge arse]*; 'Escóndanse aquí', dijo. Los niños vieron una cueva seca y entraron. El último se había limpiado la boca con pan de casabe. Yuruparí pensó que no había comido el fruto y cerró su culo antes de que pudiera entrar. / 40. Desde la casa vieron la tempestad y dijeron, 'Ha estado de mal humor últimamente, se ha comido a todos nuestros niños.' Las mujeres gritaron. 'Miren, ya no tenemos hijos.' / 41. Yuruparí llevó el último niño a su casa de piedra y cerró la puerta. Yuruparí se adormeció, dejando solo al niño. / 42. Adentro de él los niños empezaron a pudrirse. Eructó terriblemente y preguntó al muchacho, '¿Huele a feo?' Temiendo que a él también se lo comiera, el muchacho replicó, 'No.' De la boca y del vientre se echó un pedo terrible. '¿Es un mal olor? Es el olor de los niños testarudos y desobedientes; es su olor', dijo." - en: Stephen Hugh-Jones, *The Palm and the Pleiades – Cosmology and Initiation in Northwest Amazonia*, U. de Cambridge, Cambridge - Nueva York - Melbourne, 1979, 303-308, 305-306), no es razón suficiente para componer el enésimo cuadro de PTSD, *Post Traumatic Stress Disorder*,

combinando el *body slam* kurripako con las resonancias de la orificiomática barasana meticulosamente registradas por los Hugh-Jones, sin mencionar la denegación del chiquillo en el afuera del adentro de la fosa común, ni su futura metamorfosis en lorito minérvico de pico diamantino, lo bastante agudo para escarbar un túnel desde la cámara de gas hasta la mollera del monte monstruoso, coger vuelo y empezar a trazar los pasos que conducirán el hijo de *Romi Kumu*, el hermosísimo ogro virtuoso de los huecos que de pies a cabeza atraviesan su carne de armonio florido, hasta el sacrificio de las llamas dispuesto por él mismo (v. "M.8 Los Truenos y Yuruparí", *ib.*, 302-308), ya que, si por otra parte "la asociación de la clausura con el efectivo proceso del nacimiento se refleja en la amenaza de 'Gente Chupadora' *[the association of seclusion with the actual birth process is reflected in the threat of 'Taking-in People']* que afecta a la madre y al niño más que al padre" (Christine Hugh-Jones, *From the Milk River – Spatial and temporal processes in Northwest Amazonia*, U. de Cambridge, Cambridge - Nueva York - Melbourne, 1979, 132), de ahí a querer deducir que "la substitución de Orfeo a Edipo, la substitución del infierno sin memoria al purgatorio de la culpabilidad, concierne a todos los nuevos heridos, regresen o no del campo de batalla" (Catherine Malabou, *Les nouveaux blessés - De Freud à la neurologie, penser les traumatismes contemporains*, Bayard, París, 2007, 257), de allá a identificar el contagio transferencial de una herida más inédita que nueva con una "mezcla heterogénea mundializada entre la naturaleza y la política" (*ib.* 260), tanto más ostentoso cuanto más recóndito combate del adentro con el afuera y del frente con el atrás, de todo eso a todo lo otro, de toda esa nada tocará sacar en limpio que hay mucho trecho, ni largo ni corto, antiquísima evasión vertical de mascota rebelde por jaula asfixiante, tumor emplumado en la tierra amarilla de *Ewurâ*, "Mundo de Abajo" de donde ha salido el hermano del Señor de los Agujeros, *Sôri Wekû* nacido de las cenizas de la placenta de *Romi Kumu*, "Tapir Tragón" que "por su ano devora a los recién nacidos, a sus madres y a las mujeres menstruantes, llevando a cabo un nacimiento en reversa *[achieving a birth in reverse]*." (Christine Hugh-Jones, *From the Milk River*, op. cit., 267), a menos que otra topología se la juegue, la de *todos los traumas el trauma*, movida del que parece mío, inseparable de un meningioma cerebral atípico y bobalicón invadiendo la laguna del seno cavernoso con severo compromiso del trigémino, masacrando y desplazando neuronas kurdas y embera, a un pelo del agotamiento del alud metafórico, a un abismo del metafísico presente de la *Universal Victim*, hasta enredar los nervios ópticos a los que aluden algunos apuntes leídos a medias con ocasión de la muestra *Una aproximación al mundo del color* otrora organizada por Margarita María Muñoz y Alberto González en la Cámara del Comercio de Medellín: - "Por cada pelo cae una tajada mágica, en el espacio que no ordena lo sumo y lo ínfimo, que no separa las nubes altísimas y el hilo, el sol y la mano a la que ha vuelto el halcón sin que nadie se diera cuenta. / Vean con los ojos de otro suicida, José María Arguedas, cómo las secreciones femeninas y el cabello solicitan una percepción espacio-temporal en que distancia y cercanía se sumergen en cada marca de límite, en la llanura de cada hebra:

> Se despidió, llorando. Siempre tenía esos pelos en la boca humedecida. Le cruzaban un lado de la cara, y todos los cielos contrastaban en ese arco que hacía rezumar saliva en un extremo de los labios. Las nubes altísimas, constreñidas, el movimiento pequeño del *qopayso*, yerbita, maromeaban en ese arco; y más cuando Fidela se puso a llorar.

La mecha puede excitar la fiebre en el extremo de los labios, hacer florecer la boca. La comisura recrudece, el cabello cruza la cara, el ojo da fruto: menudas circunstancias del espaciamiento, del *tiempo-ahora*, de la constricción de todos los cielos en un hilo, en el conducto de un trazo. / Del pelo al folículo, a la depresión abolsada en que se enraíza, mejor dicho del espacio crinito al acanastado media la instrumentación de la vacuidad multidimensional. / Así el patrón *tërë*, uno de los más comunes en la cestería desana, es decir el hexágono resultante del entrecruzamiento de tres tipos de cabo de junco, responde al modelo topológico del cristal de roca, fundamental para toda la cultura desana en opinión de Reichel-Dolmatoff, y miniaturiza el polígono desmesurado que tiene su centro en la constelación de Orión, válvula y claraboya interuniversal, pero reproduce también entre los dedos las fronteras de 'nuestra tierra' y el escudo a partir del que se proyecta la cápsula cristalina que contiene y protege al mago durante la guerra del sueño. / Si el ser agujereado y florido sugiere a Hugh-Jones que Yurupari 'es un recipiente - *[container]* lleno de huecos como un canasto', una de las pautas textiles que más le convendrían sería justamente la hexagonal, por implicar una relación de reciprocidad entre el adentro y el afuera que no puede ser válida para cualquier género de canasto: una extraordinaria permeabilidad respaldaría la metáfora de la ubicuidad del músico que hace temblar la tierra en el límite del límite. Pero, prescindiendo del dominio del arte del trenzado categorial demostrado por el autor de *La cestería como metáfora*, al borde del meta-canasto del propio Reichel-Dolmatoff, tal vez no sobre recordar que otros patrones remiten a materias, escansiones rítmico-formales y procesos topológicos susceptibles de traducir ulteriores aspectos de la estereofonía del legislador cultural, y si el propósito de estos apuntes fuera entretener aplicadamente penosos vacíos – los míos, por supuesto, puestos debajo, *blanks* de agresividad melancólica – mediante la instrumentación tipológica, en la armazón más sólida y tupida de los canastos de cacería, en el prototipo de la mácula del jaguar o del remolino chupador, así como en la mayoría de las categorías analizadas por Reichel-Dolmatoff con lujuria de detalles, podría percibir otras tantas oportunidades de otear metafóricamente la antropofagia de Yurupari. Y seguir adelante." (Teófilo Mataplata, *Negro de Yurupari púrpura de Prince – Apuntes para una cromometría de la violencia melancólica*, Pasto, 1988, 48-50, manuscrito inédito).

[9] El informe relativo a la entrega y distribución de los acordeones destinados a las prácticas vinculadas con el perfil ideológico-sensorial de las habilidades requeridas por el más sentido y eficaz desempeño comunitario que en otros contextos suelen definirse como *team working skills*, ha merecido recientemente los comentarios, quizás algo apresurados, de un estudioso de las conformaciones mediáticas contemporáneas: - "En efecto los acordeones son los únicos instrumentos que los funcionarios de la IKl consideraron dignos de un recapitulativo completo, campo por campo. Verosímilmente se refiere a los inicios del año 1942 y sin duda alguna refleja la entrega. (Se hace constar por demás que en *Mauthausen* se recibieron acordeones.) La centralización manifestada por este recapitulativo indica que la dirección de las SS ha favorecido el empleo de este instrumento de acompañamiento. No debía faltar en ningún cuartel. En el seno de la orden negra, el canto es una actividad a medio camino entre la pausa y el adoctrinamiento. De hecho los cantos SS se compusieron en vista de la movilización y la propedéutica del enfrentamiento. Están al servicio de un proyecto integrador, garantizando en últimas la buena salud de la colectividad. / De acuerdo con las consignas del *SS Liederbücher*, prácticamente nadie tenía que privarse de ese pequeño libro para asegurarse el debido lugar en el coro del momento o en una de las múltiples ceremonias, en particular las matrimoniales, en que el canto hacía parte del ritual. Es así que en junio de 1942 la Kommandatur de Buchenwald ordena 280 compendios de canciones. En desarrollo de los preparativos de la fiestas de fin de año 400 *SS Liederbücher* son despachados a Sachsenhausen. / En conclusión la importancia del canto justifica la escasa variedad de los instrumentos musicales adquiridos para los guardias. Precaria la presencia de los instrumentos de percusión, raros los tambores, en la totalidad de los campos. Tampoco se encuentran armónicas, panderetas o pitos de chapa *[cazous]*. Faltan asimismo pedidos masivos de flautas. ¿Acaso se consideraban demasiado sencillas o vulgares?" (Fabrice d'Almeida, *Ressources inhumaines – Les gardiens de camp de concentration et leurs loisirs*, Fayard, París, 2011, 132-134).

[10] Insertas en *L'amour à mort*, el filme estrenado en 1984 que contó con las actuaciones de Sabine Azéma, Fanny Ardant, Pierre Arditi y André Dussollier, las dieciséis pseudo-secuencias afásicas abandonadas por Alain Resnais a una noche intermitente surcada por revoloteos de copos de nieve, parecen haber excitado los sugestivos intervalos tenebrosos diseminados en *A question of sunlight*, con las variantes de la nube rarefacta y del doble mandoble luminoso. Los fragmentos de *Io*, composición de Lois. V Vierk interpretada por Margaret Lancaster (flauta), Larry Polansky (guitarra eléctrica) y Matthew Gold (marimba) corresponderían a la exploración del Bardo Tödol protagonizada por campanas y campanillas, tambores, cuerdas y vientos de *The Fire of London* guiados por Hans Werner Henze.

[11] "Repensándolo, considero hasta qué punto puede parecer increíble que hayan podido presentarse, una tras una, las circunstancias que favorecieron la cosa; y debo concluir que, ante todo, la suerte jugó un gran papel. Sin embargo recuerdo también claramente que procuré ayudarme como podía y hacerme ayudar. De qué manera, en dos palabras; me ayudé acudiendo a cierta desenvoltura juvenil al enfrentar aquellas situaciones *[Come, é presto detto; mi sono aiutato facendo ricorso a una certa disinvoltura giovanile nell'affrontare quelle situazioni]*, así como al conocimiento, aunque superficial, de la lengua alemana; y me ayudó mucho el amigo ingeniero Vittorio Paccassoni que me acompañó durante casi todo el encarcelamiento." (Vittorio Vialli, *Ho scelto la prigionia – La resistenza dei soldati italiani nei lager nazisti*

- 1943.1945 – Prefazione di Sandro Pertini – Con scritti di Giovanni Leone, Raffaele Cadorna e Ferruccio Parri, A.N.E.I, Roma, 1983 (1975), 9).

[12] No ha faltado el precavido intelectual capaz de ofrecer al susodicho reparto el tributo de una atención suficientemente ambigua para endosar al judío nacido en Nueva York una adversativa que entretendría el destello de agresividad exaltada al son de la palabra "eurocentrismo" en labios de intelectuales del tercero o de otros mundos, sin que por ninguno se perfile el frente específico hacia el que podría dejarse arrastrar, por más que procure encuadrar distintos niveles de armamentismo terminológico entre intelectuales norteamericanos minoritarios en trance de ser considerados competentes, atrevidos o no, y norteamericanos cuya competencia estaría asegurada no obstante las eventuales presiones que podrían excitar respuestas tan inadecuadas cuanto los impulsos a los que se expondría el circunspecto académico si no prefiriese seguir en pos de un sustento argumentativo situado muy por encima de toda sospecha genealógica: - "Para evitar el impulso de tomar las armas cada vez que se menciona la palabra 'eurocentrismo' por intelectuales del tercer mundo (también los intelectuales minoritarios en Estados Unidos sospechosos muchas veces de tener las calificaciones adecuadas para atreverse a tales; o de intelectuales competentes, también en Estados Unidos, pero judíos, como Wallerstein); me apoyaré en un argumento de Roberto Bernasconi (1997), un filósofo de origen italiano, que enseña en Estados Unidos y que es especialista en Heidegger, en Derrida y en Levinas. No es tanto la especialidad filosófica y su notoria figura intelectual a lo que apelo aquí, sino a su sentido crítico y a la vez que común, al comprender el desafío que la filosofía africana (y por cierto la crítica al eurocentrismo) le presenta a la filosofía continental." (Walter A. Mignolo, "Introducción", en: Enrique Dussel, Abdelkebir Khatibi, Immanuel Wallerstein y otros, W. Mignolo compilador, *Capitalismo y geopolítica del conocimiento – El eurocentrismo y la filosofía de la liberación en el debate intelectual contemporáneo*, Del Signo, Buenos Aires, 2001 (2000), 9-49, 40-41 - Cursivas añadidas).

[13] Jacques Derrida, en: J. Derrida y Elisabeth Roudinesco, *De quoi demain... - Dialogue*, Fayard y Galilée, París, 2001, 187.

[14] Versos sacados de "Paria", espejo de la inspiración dicha maldita: - "*La seule chose qui me lie / C'est ma main dans mon autre main.*" (Tristan Corbière, *Les amours jaunes, en: Rimbaud, Cros, Corbière, Lautréamont: oeuvres complètes poétiques*, Robert Laffont, París, 2010 (1873), 387-530, 472-474, 473).

[15] Jacques Derrida, en: J. D. y Elisabeth Roudinesco, *De quoi demain... - Dialogue, op. cit.*, 195.

[16] Determinación obediente a una escrupulosidad no tan ardua y severa como la del general Rodolfo Palomino manifestada con ocasión de las medidas que no debería tomar quien se opusiese resueltamente a las amenazas contenidas en cierto panfleto de Los Urabeños dirigido a un grupo de periodistas, es decir "*(...) soluciones - perdóneme la expresión - 'facilistas' (...)*", excusas que ayer no más, 30 de septiembre, no parecía requerir el reportero de Caracol Radio y que ciertamente hoy no vendrían al caso si el elogio de las dificultades con las que ha de contar la lucha sin cuartel contra el paramilitarismo verbal no comprometiera los excesos de una implacable autocorrección de estilo. En efecto la palabra no suscita per se mayor resistencia, antes, por admisión de *sumptus y assumptus*, prometería desembocar sobre la excedencia de lo asumido a los cuatro vientos mediáticos, si aquí no interfiriese el vuelco de *issue*, "descarga", "salida", "beneficio", "'éxito", "evento", en la estela de *issir*, a su vez de *exire y exitus*, parada comprometida con la identificación circunscrita por un hit recientemente parido al ritmo de los cueros del origen autóctono en el fin del secreto y en pleno lance expositivo, de "aportes" en *examples*, de lo que "es" a lo que *signifies*, demasiado insistentes para no rayar las franjas de una actualidad cantante y sonante como la que Michael Sparrow y Adriana López trasladan hacia el idioma más notorio y significativo: - "*¿Quieres decir que falta identidad? / No. Todo el mundo tiene identidad. ¿Cuál sería la tuya o la mía, si no proviene del lugar donde nacimos? Tenemos que buscarla, recordarla y yo les ayudo a hacerlo. Por eso, en mi propuesta, hay aportes [examples] de diferentes regiones del país, no sólo del Caribe, también hay de los llanos y del altiplano cundiboyacense. / Los colombianos se reconocen en tu música. ¿De eso se trata tu nuevo trabajo, El asunto? / ¿Cuál es el asunto [What's 'the issue' (El Asunto)]? No tenemos porqué esconder nuestros tambores, ni estar imitando a los demás por ser más famosos que nosotros. Es la música de la identidad [It's music that signifies identity], es única y es la nuestra*" (Adriana Forero Sánchez y

Totó la Momposina, "Los tambores de la identidad / *The drums that signify identity*", en *Avianca en revista*, sept. 2014,114-118, 116), idioma del trasunto por excelencia, claro está, código del repertorio que asegura la ganancia de lo experimentado gracias a la conversión de *experiri* en *reperiri*, marco de marcos uterinos rendidos a mochila batiente, canasto o concepto hecho y derecho, parche de cununo o piel de nutria, el mismo patrimonio de asuntos recogidos y cargados con todo el peso patriarcal del insignificante de los insignificantes: - "Se trata de una tradicional prenda de dimensiones funcionales y simbólicas; con múltiples bolsillos, es el contenedor de la identidad masculina." (Marcela Echavarría, "El carriel paisa: sentido de pertenencia", en *Avianca en revista*, ag. 2014, 104-108, 105).

[17] Encima y por debajo de sí bulbo cumplido y coronado, una nota al pie de la *Analítica de lo Bello* entrega como ejemplo de la finalidad-sin-fin el brote *defunctus* por exceso de vitalidad y abuso de belleza salvaje que "parece puesto, depuesto sobre una tumba" (J. Derrida, "Parergon", en: J. D., *La vérité en peinture*, Flammarion, París, 1978 (1974), 19-168, 99 – Cfr. trad. María Cecilia González y Dardo Scavino, "Párergon", en *La verdad en Pintura*, Paidós, Buenos Aires - Barcelona - México, 27-153, 97), su propia tumba: - "La sola finalidad no es bella, tampoco la ausencia de propósito *[de but]* que se distinguirá aquí de la ausencia *del* propósito *[du but]*. Es la finalidad-sin-fin que es *dicha* bella (*dicha* siendo aquí, lo vimos, lo esencial) *[C'est la finalité sans fin qui est dite belle (dite étant ici, nous l'avons vu, l'essentiel)* - González y Scavino embolatan la contundencia conclusiva del participio mientras trasplantan *"decir"* en *"llamar"*: - "Se llama *bella* (se llama *resulta aquí, ya lo vimos, lo esencial*) a la finalidad-sin-fin"]*. Por ende es el *sin [sans]* lo que cuenta para la belleza, ni la finalidad ni el fin, ni el propósito que falta ni la falta de propósito sino el reborde en *sin/sangre/sentido* del corte puro *[la bordure en sans de la coupure pure]*, el *sin* de la finalidad-*sin*-fin. El tulipán es ejemplar del *sin/sangre/sentido.*" (Ib., 101 - Cfr. trad. 98) Para no desdeñar el ronroneo homofónico y evitar la compacta seducción de un modelo primordial rebelde al modelaje y vagamente desinteresado - aunque dispuesto a tergiversar estéticamente la hipótesis que aborda la bajeza del "guache" tomándolo "como quichua y sacado de *huacha*, pobre, huérfano" (Rufino José Cuervo, *Apuntaciones críticas sobre el lenguaje bogotano*, Instituto Caro y Cuervo, Bogotá, 1955, 854) con el regusto metropolitano de quien prefiere chapalear en charcas indómitas de *guazzo* y *gouache* presuntamente ajenas a confluencias de toques y retoques, arrojo pulsional y detenimiento laborioso - habría que "no hacerse despachar una vez más la verdad metafísica bajo la etiqueta de la ficción" (J. Derrida, "Parergon", op. cit., 93 - cfr. trad. 91), cautela que lastima estos renglones mientras ceden su improbable lugar al deseo de total desconexión del perímetro discursivo de una primera persona transcrita en la heterogeneidad del más familiar auto-apretón de manos, donde lo expedido a la buena de Dios vendría a ser el cuerpo al que se endosa la presencia del alma, llagado e intacto, incorrector autocorregido, Job endiosado: - "El otro en mi voz, el que precede a toda ley, es el otro que habla en lo transcrito, preso de sí en su propia pantomima gestual, un borrador del que la tradición editorial no guarda ningún archivo." (Claudia Díaz, "La sustracción. Pablo Batelli, el artista como transcriptor – La trastienda del arte", en: Juan Diego Pérez Moreno, Julia Bonaventura, Mónica Gontovnik y otros, *Ensayos sobre arte contemporáneo en Colombia 2011-2012 - Premio Nacional de Crítica*, U. de Los Andes y Ministerio de Cultura. Bogotá, 2013, 8-39, 20-21), porque al colocarse sobre el marco el sello fulgurante y repetitivo que da por hecha y arrecha la obra y que es el marco, visible y/o no, se estremece la reivindicación del colmo original redundante en sacro borrón, la marca del límite a horcajadas del límite, productividad sin mancha de *ergon* desatado, donde y cuando más bien lo que toca y retoca es desconfiar de la marquetería contextual no menos que de la mera carencia de contornos, ruina de la definición desapercibida al rematar el desnudismo absoluto: - "La revisión de estilo como todas las prácticas que enmarcan una obra sería precisamente lo que aquí entra en crisis. Esta crisis de la práctica de producción de las obras, en este caso de las prácticas editoriales, nos hacen plenamente conscientes de cómo es necesario que las obras comiencen a sustraerse de esas gestiones paralizantes en aras de reencontrar su plena identidad." (Ib., 39) En los umbrales de galerías o cuevas de arte, por retrato a la absoluta aguada y maltrato de aro o rectángulo, cascada dorada o caneca de basura, se deslizaría así sobre rulemanes de *bad writing* la comparsa del drama expositivo tramando la inercia perfecta desde los bastidores del protagonismo. Casi a la inversa rezuma la cosa kantiana, por uno y otro hueco, abruptos intervalos de cuatro líneas en blanco aquí desencajados entre grapas de guiones: - "cuestión kantiana: relación *[rapport]* del concepto con el no-concepto (alto/bajo, derecha/izquierda), con el cuerpo, con la firma que se ha colocado 'sobre' el marco: de hecho, a veces *['sur' le cadre: en fait, parfois]*; estructuralmente, siempre. La prótesis

————— lo que no anda como sobre rueditas *[ce qui ne marche pas comme sur des roulettes]* en la tercera *Crítica* desde el momento en que uno se ocupa un poco del ejemplo, de ese ejemplo de ejemplo que forma y es formado por *[qui et que forme]* el marco. Si eso anda como sobre rueditas, tal vez sea porque no anda tan bien, en razón de una invalidez interna de la tesis que pide ser suplida por una prótesis o que asegura el progreso en la exposición tan sólo gracias a la ayuda de un sillón de ruedas o de un cochecito de niño. Se hace así avanzar lo que no se tiene en pie, ni se yergue por sí solo en su proceso. El encuadre sostiene y contiene siempre lo que, por sí mismo, de repente colapsa *[s'effondre incontinent]*, se exc

————— " (*Ib.*, 90-91 – Cfr. trad. 89). De aquí, por así decirlo y si la expresión es admisible, que el pipí de cálculo e impromptu parezca cogido y extraviado no sólo charlando con Ornette Coleman a propósito de las trampas de críticos y públicos amantes de la metafísica, singularmente beligerantes en el verano parisino de 1997 ante el escenario de la Villette, cuando el filósofo irritó a los fans del *free* por atreverse a entrelazar sus acentos con los del saxofonista: - "*J. D.* (…) En el trabajo, por ende, hay una repetición intrínseca de la creación inicial - lo que compromete o complica el concepto de improvisación. La repetición ya está en la improvisación: de manera que se equivocan cuando quieren atraparte entre la improvisación y lo preescrito *[le préécrit]*. / *O. C.* La repetición es un hecho tan natural como las vueltas que da la tierra sobre sí misma" (J. Derrida y O. Coleman, "La langue de l'autre (Propos recueillis par Thierry Jousse et Geneviève Pereygne - Trad. De l'américain par Sylvie Finklestein)", en: *Les Inrockuptibles*, nº 115, ag. 20 / sept. 2 1997, 37-43, 38), sino conversando también con las amigas y amigos de la Escuela de Arquitectura Irwin S. Chanin en octubre del año siguiente, al observar que: - "La oración debería ser pura improvisación. Una manera de inventar, la destinación, el destinatario *[the address, the addressee]*, el lenguaje, el código, de manera que no debería haber ningún libro, ningún programa, ninguna regla para orar, por un lado. Hablando de música, el jazz estaría más cerca de la oración… Pero sabemos que también en el jazz hay normas… Así que, aunque sepamos que la oración pura debería ser improvisación pura, o sea, innovación pura, sin ningún libro, al mismo tiempo sabemos que necesitamos un libro, el código de los gestos, un lenguaje, etcétera… (…) Es algo que, creo yo, pertenece a la experiencia de la oración. De manera que tenemos dos axiomas contradictorios: pura improvisación-no improvisación." (J. Derrida en: David Shapiro, Michael Govrin, J. D. y Kim Shkapich (ed.), *Body of Prayer*, Irwin S. Chanin School of Architecture, Nueva York, 2001, 57 y 59).

[18] Si con mucha razón se ha condenado la augusta incontinencia de la obra, delicioso desmadre del Aleph de turno desasido por intromisión cósmica, con menor fortuna se ha devuelto el empeño artístico al sadismo de Zenón y al orgullo de la prolífica matrona tebana que Dante divisó muy cerca del fatuo creador de Babel, acabando por relegar entrambos a la endiablada selva de Lucien Lévy-Bruhl y a la tafofobia poesca: - "El hecho de que la humanidad haya podido darse un arte revela en el tiempo la incertidumbre de su continuación y como una muerte que dobla el impulso de la vida - la petrificación del instante en el seno de la duración - castigo de Níobe -, la inseguridad del ser presintiendo el destino, la gran obsesión del mundo artista, del mundo pagano. Zenón, cruel Zenón… Esa flecha… (…) Angustia que se prolonga, en otros cuentos, como miedo de ser enterrado vivo: como si la muerte no fuera nunca bastante muerte, como si paralelamente a la duración de los vivos corriera la eterna duración del intervalo - *el entretiempo [*l'entretemps]*. / El arte cumple precisamente esta duración en el intervalo, en esa esfera

que el ser puede atravesar, pero donde su sombra se inmoviliza. La duración eterna del intervalo en que se inmoviliza la estatua difiere radicalmente de la eternidad del concepto - es el *entretiempo*, jamás acabado, que dura todavía - algo inhumano y monstruoso." (Emmanuel Lévinas, "La réalité et son ombre", en: E. Lévinas, *Les Imprévus de l'histoire*, Fata Morgana, París, 1994 (1948), 107-127, 123-124 - Trad. Antonio Domínguez Leyva, *La realidad y su sombra*, Madrid, Trotta, 2001, 61-62).

[19] Primeros y últimos versos de *Delicia*, poema compuesto por Octavio Paz en 1942, revisado por segunda vez en 1960 y por última en 1979, a contrapelo del antagonismo de engrifada creadora y cuidado artesanal:

"Como surge del mar, entre las olas,
una que se sostiene,
estatua repentina,
(...)
Si música, no suenas;
Si palabra, no dices:
¿qué te sostiene líquida?
Entrevisto secreto:
El mundo desasido se contempla,
Ya fuera de sí mismo, en su vacío."

(De *La gaceta del Fondo de Cultura Económica*, nº 519, marzo de 2014, 3).

[20] *Límite*, película dirigida por Mario Peixoto y protagonizada por Lolanda Bernardes, Edgar Brasil, Olga Breno, Brutus Pedrera, Tatiana Rey y Raul Schnoor, estrenada en Rio de Janeiro en mayo de 1931.

[21] Jorge Luis Borges, "Deutsches Requiem", en: J. L. Borges, *El Aleph*, Emecé, Buenos Aires, 1969 (1946), 93-103, 97.

[22] *Ib.*, 99. Sonsacar a la sangre, a los huesos y a los nervios el significante absoluto es la faena de quien se encarniza contra lo *insacrificable*: - "Hacer violencia a los cuerpos significa por ende volverse ciego a su exposición a-significante, al peso y a la desnudez insensata de su aparecer. Es remitirlo todo a la presencia plena de una significación inexpuesta. El cuerpo sufre violencia cuando ya no está abierto, cuando es substraído debajo de aquello que supuestamente él nos substrae *[lorsqu'il est dérobé sous cela qu'il est censé nous dérober]* - la verdad inextensa de un Espíritu aprisionado." (Juan-Manuel Garrido, *Chances de la pensée - À partir de Jean-Luc Nancy*, Galilée, París, 2011, 93) Por esa nada, por querer prescindir de la viscosidad asociativa que puede "repugnar" (lo que significa *fare senso*), por la caricatura del Todo que al envés del *Génesis* exige erguir y casi en seguida derrumbar al engendro, a lo largo y a lo corto del tormento infligido "la sangre cuela sin sentido *[le sang coule sans sens]*." (*Ib.*, 99) En obediencia a esa feroz apetencia de resta suprema, fruncida por un dejo coqueto de resignación a la pulsión escópica, la más inculta, la más erudita, antes y después del martirio oftalmológico, con mayor sinrazón tras el trompazo contra una ventana abierta al pisar quién sabe qué escalera en la Nochebuena de 1938, rayada al filo de tanto felino y substraída a la persecución del significado por corroer disruptivamente su impropio perfil sobre follajes superfluos, la pelambre textual se derrama y revierte en silencio y anonimato, remedos de la pausa entre construcción y desconstrucción del Hombre de Arcilla al servicio de Rabí Löw: - "De manera que la mayor magia, mímesis de la creación, es la de su derogación, y en ese espaciamiento, tiempo de escritura acuminada, mora de *squiza* (= 'astilla', 'dardo', 'jabalina', 'bifurcación de caminos'), el santo puede confundirse con el hechicero. Cuando no con un divulgador de 'charlatanería mística'. Lo que no dejaría de ser risible. Lo que habría sido el autor de la novela *El Golem*, Gustav Meyrink, al decir de Gershom Scholem. / En *Siete noches* Borges ha definido el texto de Scholem como 'el libro más claro sobre este tema', pero su admiración por la novela de Meyrink deja suponer que para 'morder lo más negro y pesado que existe' la claridad del historiador no sea la única virtud necesaria" (Teófilo Mataplata, "Nietzsche en Artaud y ambos en el Golem", en *Awaska - Taller de escritores de la U. de Nariño*, nº 6, julio de 1983, 72-89, 85 - mimeografiado), siempre que otras virtudes no se confundan con una gnosis hegeliana lista para redimir los intervalos ad hoc en punta de ventriloquia cósmica con el pretexto de los descuentos promocionados por quien tiene todas las de ganar al verter "*saremo tanto piú utili (e graditi)*" en "seremos mucho más útiles (y mucho más agradables)" justamente en el momento en que, casi once años antes de quitarse la vida, el autor del diario de viaje saturado de inconsolable euforia que al rasero de la contraportada de una reciente

292

reedición de *La tregua* algún genio del mercadeo resolvió definir como "novela picaresca", ese mismo sobreviviente de Auschwitz, no sin antes haberse compadecido de las oscuridades de la poesía de Celan para mejor destacar los méritos de la claridad humanística por encima de la traza instintiva y bestial, recomienda vivamente mejorar la puntería comunicativa para que "cada palabra dé en el blanco *[ogni parola vada a segno]*" (Primo Levi, *"Dello scrivere oscuro"*, en *La Stampa*, 11.12.76, disponible en *www. saragana.it/rivista/numero5/saggio7.html 23.10.14*; trad. Héctor Abad Faciolince, "Sobre la escritura oscura", en *El malpensante*, nº 157, oct. 2014, 55-58, 58): que los tigres de Tse Yang y el Ángel de Rosenkrantz vengan al mismo ombligo panóptico, que sobre el peldaño de la Unitotalidad se compenetren el capital enciclopédico del magnate de la literatura y el patrimonio infinito del cojuelo nazista, que coincidan el calabozo donde Zur Linde pretende haber muerto por interpuesto Jerusalem y el oscuro reducto en que se extiende como sobre cama de hospital o tumbona de crucero un Borges mecido sobre las olas del piadoso recuerdo de Beatriz Viterbo, cuncho de *donna angelicata*, es lo que se llegaría a creer repasando la selección de algunas etapas contempladas en el plegable divulgativo destinado a ilustrar el amplio plan de crédito de la *Excursión Super Económica a la Ciudad Letrada en Verano / Entrada a Museos y Monumentos / 30 Kilos de Equipaje / Guías de Habla Hispana* no del todo después de haberse topado con la canica suspendida a la altura del decimonono segmento de la escalera del sótano del edificio de la calle Garay y no exactamente antes de ser inducido a vencer el temor de haberse "dejado soterrar por un loco" (J. L. B., "El Aleph", en *El Aleph, op.cit.*, 175-196, 189), nada menos que por el primo hermano y amante secreto de la pupila de sus ojos, Carlos Argentino Daneri, engreído e inmamable escritor que de niño habría descubierto la pelotilla sin fin ni principio, nada especial, entre otros ítems más que ejemplares del omninventario y prescindiendo de la obsedida escansión de la primera persona del pretérito perfecto del verbo "ver", el aficionado a la autoindulgencia gatuna observaría que por ahí dos líneas alcanzan y sobran para que se yuxtapongan "las sombras oblicuas de unos helechos en el suelo de un invernadero", "tigres" y "émbolos" (*ib.*, 192), unas tras otras consentidas estrías, verdinegras, animales y mecánicas, inciertas, peludas y pesadas, linderos sinuosos, barrotes somáticos, pistones dialécticos bien paginados y servidos en armonía con una fisiología textual obediente a incesantes metidas de patas felpudas y sacadas de ojos tapiados, accesos analógicos invasivos, deslices divergentes y subintrantes de *embolismi y embolia*, terribles "intercalaciones" y sagaces "intermedios pantomímicos", a fuerza de *embállein*, "poner adentro", "insertar", "entrometer", metidas en arremetidas, intrusiones en extrusiones de autofágica desmetaforización, a que de la Pampa al Nilo se arremolinen flujos laminares de graderías, descansillos y ventanas de todos los pisos y pasos, los del ciego y del cojo entrecruzados tergiversando impasibles catálogos ultra-ecuménicos, mucho más que los de Whitman hostiles al "minucioso amor" del poeta torturado (J. L. Borges, *"Deutsches Requiem"*, *op. cit.*, 98) con el que el carnicero de Tarnowitz se identifica y desidentifica al tiempo, nada que ver sobre y por debajo de todo, todo que trasoír con los rugidos de la esfinge del canon iberoamericano ufana de sus críticas al racismo nazi y rebotes peronistas adjuntos: - "En la última guerra nadie pudo anhelar más que yo que fuera derrotada Alemania; nadie pudo sentir más que yo lo trágico del destino alemán; *Deutsches Requiem* quiere entender ese destino, que no supieron llorar, ni siquiera sospechar, nuestros 'germanófilos', que nada saben de Alemania." (J. L. Borges, "Epílogo", en: *El Aleph, op. cit.*, 197-198, 198), hervor del cuadro hemático de todos los Borges en pos de un zumbido menos falso que "meros instrumentos de óptica" (J. L. Borges, "El Aleph", *op. cit.*, 196) en que se abisme de una vez por todas el ir y venir de los Authioth, mensajeros gramáticos, ángeles de las letras del *Sepher Yetsira* subiendo y bajando en esa suerte de sitio al que Jacob diera el nombre de Betel (*Gén.* 28, 11-19), matriz de veintidós Authioth Yassod fijados Begalgal por doscientos treinta y un Schaarim, pórticos, valores o medidas, eje de la rueda que gira hacia delante y hacia atrás quizás apta para estimular a los excursionistas superficialmente interesados en argüir la sobrecompensación del enceguecer desviada hacia el código auditivo a partir y a regresar de una columna de la mezquita de Amr, en el Cairo, radio observatorio de inconcebible refinamiento embalado en primera instancia por modestos albañiles de otra parte, sumisos al mandato de los arquitectos del caso aunque herederos de inconsultos privilegios susceptibles de desvirtuar cualquier discriminación entre distintos niveles de piedad logocéntrica: - "Nadie, claro está, puede verlo, pero quienes acercan el oído a la superficie, declaran percibir, al poco tiempo, su atareado rumor... La mezquita data del siglo VII; las columnas proceden de otros templos de religiones anteislámicas, pues como ha escrito Abenjaldún: *En las repúblicas fundadas por nómadas, es indispensable el concurso de forasteros para todo lo que sea albañilería."* (*Ib.*) Claro está - corriendo el riesgo de admitir los efectos a boca de pozo de "una relación de complicidad irreductible entre los órdenes de lo clínico y de lo crítico, lo patológico y lo hermenéutico" traídos a cuento a propósito de las fantasmagorías autodestructivas de otro poeta (Serge Margel, *Aliénation - Antonin Artaud - Les généalogies hybrides*, Galilée, París, 2008, 43), hasta reconocer que el pedantísimo rival del narrador de "El Aleph", el verdugo desaforadamente nacionalista y el judío suicida de "Deutches Requiem" atraviesan el resbaladizo terreno del aceite Tres-en-Uno colindante con el trastorno de una adorable zona del alma en cuestión, sin extraviar necesariamente los estribos ante quien pretendiese rozarla desde la tercera orilla de la Historia confundiendo una y otra causa o cosa, el estrato en que se habría encabritado la memoria del coronel Francisco Borges, recio castigador de nihilistas incultos: - "Si la violencia se utiliza en nombre de la cultura, la admito. Si no, no. Por eso creo que, con todo, los soldados de la conquista del desierto peleaban por una cosa más justa que los indios, que lo hacían por nada. Pero me pregunto, ¿por qué insisten tanto en un tema tan exótico como el de los indios? ¡Ustedes parecen bolivianos!" (J. L. Borges entrevistado por la revista *7 Días* en abril de 1973, de: André Menard, "Destinos del archivo mapuche y escándalos del reducto", en *Seminario América 2941*, 1, 2012, U. Católica de Valparaíso, 33-50, 39) - las evidencias impuestas por el Tema Nacional, el Ancestro y el Lugar a juicio del insigne argentino garantizan estructuras suficientemente interactivas para asimilar lo remoto no menos que lo incompatible, amén del habla indescifrable que las sustenta y socava musicalmente transformando la pluma de Borges en penacho de Carlos Argentino, la cápsula total en prototípica tumba literaria, dejando resonar las premisas cabalísticas de la retórica de uno de los ministros de la República de las Letras que supo prolongar gradas de amor en peldaños de perfidia a través de la residencia del carcelero de Albertine, el amigo del poco franciscano Robert de Saint-Loup, cierto Marcel alérgico a las amistades en razón del fastidioso sentimiento de quedarse "hospitalizado en una individualidad extranjera" (Marcel Proust, *À la recherche du temps perdu*, Quarto Gallimard, París, 1999, 1051 - cfr. trad. Mauro Armiño, *A la busca del tiempo perdido - II*, Valdemar, Madrid, 2002, 354), malestar gozoso si no fuese demasiado estrecho el ascensor retroprospectivo de las horas *inachevées*, incompletos trofeos del transcurso seducido y preñado, tzantzas chambonas, cabezas mal reducidas y partituras velares demoradas sin arte ni parte, apenas pasables, remisibles, predispuestas a las citas y desplegadas entonces para constituir "el basamento *[soubassement]*, la consistencia de una rica orquestación" (*ib.*, 1053 – cfr. 356), subsuelo emergente in fieri de un edificio sinfónico no del todo subterráneo, epidérmico socavón de amagos extendidos "hasta una de esas felicidades tipo *[bonheurs type]* que sólo de vez en cuando se encuentran, pero que siguen siendo" (*ib.*), aunque sea tomando impulso del hotelito de Doncières encerrado por la nevada a modo de pilar paradigmático o modelo *standard* sobresaliente en sentido bastante propio, estiramiento y erección de un "estandarte" determinado, muy determinado, casi piramidal, la vez aquella en que el narrador poseyó a la mesera que le esculcó y sacó el billete tal como se le pidió que hiciera, desde ahí, desde aquel "comedor de madera, tan aislado" (*ib.*, 1052 – trad. 355), cachondez de la estancia, embale del eretismo, *bande* y *contrabande* del extenuado énfasis del nicho que hubiera y habrá podido abarcar mucho más, sin y con embargo difuso en el supuesto presente sobre el peldaño pisado por Marcel al salir de su casa, donde y cuando por primera vez aflora la reminiscencia de la cenita en Doncières de manera que "inopinadamente", como quien dice *di punto in bianco* y de tipo en plato, redime el moquillo de las velas apagadas aquella semisoterrada vez el compadre venido a ofrecer la terapia del azote plural, "el latigazo que necesitábamos, el calor que no podemos encontrar en nosotros mismos" (*ib.* - trad. 354), ése mismo trauma fraterno, ese impacto de imprenta de nueve colas que relanza y salva el polvo de entonces transformando el goce del espacio sitiado en el regodeo de una cáscara de nuez memoriosa, esbozo del roce con la camarera convertido en ardoroso cuadro del encuentro momentáneamente concluso de Marcel con Robert "en el espacio cerrado de esa hora, confinado en ella" (ib.), ampliación de emparedado detalle, *blow up* de ficha futurible a pedir de boca abierta sobre el escenario acústico de los mismos escalones dispuesto para el nefasto retorno del cirujano de la camaradería "recitando un papel de Satanás" (*ib.* 1958 - trad. III. 400), cacofonía de palabras "maquiavélicas y crueles" (*ib.*) pronunciadas por "un ser tan bueno, tan compasivo con los desgraciados" (*ib.*), a no creerlo, demasiado puntual, demasiado claro el rumor enemigo, por transgredir el dictado materno: - "El incidente consistió en esto. Ardiendo de impaciencia por ver a Saint-Loup, estaba esperándolo en la escalera (cosa que no habría podido hacer de haber estado allí mi madre, porque era lo que más detestaba en el mundo después de 'hablar por la ventana'), cuando oí las siguientes palabras (…)" (*Ib*.).

23 J. L. Borges, "El Aleph", *op. cit.*, 100. Persiguiendo el vínculo entre cámaras obscuras y de tortura, algo por el estilo del desahogo de Zur Linde hubiera podido esperarse de Paul Ricken en el proceso judicial de 1947, no sólo a juzgar por los términos en los que el testigo de la acusación y su propio abogado se refirieron a la copiosa colección de autorretratos, parciales y de cuerpo entero, en uniforme de parada y en traje de baño, en todas las poses y pintas posibles, obsesivamente acumulados por el suboficial que en 1943 alcanzó el grado de *Hauptscharführer*, el más alto de los suboficiales de las SS, mientras seguía dando muestras de abnegación inflexible en su desempeño como jefe del "Servicio de Identificación" o *Erkennungsdienst* del campo de *Mauthausen*, el mejor equipado de todos los laboratorios fotográficos de los campos de exterminio, sino también gracias a la pieza estelar de dicha colección, Ricken en traje de civil, chaqueta, corbata de rayas, pantalones bien planchados, boca arriba, gafas y calva resplandecientes al sol, brazos abiertos y piernas esparrancadas sobre la hierba como cualquier ciudadano alemán abatido en un intento de fuga de su propia impecable identidad, sin omitir el apunte que escolta a la figura yacente, atribuido a un antiguo militante comunista, ya combatiente republicano exiliado en Francia, el catalán Francisco Boix Campo, uno de los cautivos encargados de las labores pertinentes a la ejecución y archivamiento de los retratos policiales de los prisioneros, sus rasgos antropométricos y su conducta diaria: - "'¡Foto Leica, con disparo automático…! 1942. El suboficial de las SS Paul Ricken, autor de la mayoría de estos documentos, y jefe del servicio de Erkennungsdienst ('identificación judicial' (Gestapo) [indescifrable], y se hace retratar, ya que tiene la costumbre de fotografiar a los abatidos de todas las nacionalidades.' [AFH]"* (Benito Bermejo, *Francisco Boix, el fotógrafo de Mauthausen - Fotografías de Francisco Boix y de los archivos capturados a los SS de Mathausen*, RBA, Barcelona, 2002, 118).

24 J. L. Borges, "El Aleph", *ib.*, 100-101.

25 *Ib.*, 102.

26 Emmanuel Lévinas, *Autrement qu'être ou au-delà de l'essence*, Martinus Nijhoff, La Haya, 1974, 111 - Trad. Antonio Pintor-Ramos, *De otro modo que ser, o más allá de la esencia*, Sígueme, Salamanca, 1987, 150.

27 Bruno Mazzoldi, "Presencia y ausencia en la obra de José Urbach - Terrorismo subterráneo", en *José Urbach - Octubre 10-29, Museo de Arte Moderno de la U. Nacional, Bogotá, 1967*.

28 Documental ficticio no del todo dirigido por Alain Cavalier con la participación de Vincent Lindon, Alain Cavalier, Bernard Bureau y Jean-Pierre Lindon, *Pater* se exhibió en el Festival de Cannes de 2011.

29 Primo Levi, *La tregua*, Einaudi, Turín, 2014 (1963), 13-14 - Cfr. trad. Pilar Gómez Bedate, *La tregua*, Muchnik, Barcelona, 1995, 21-22.

30 -"*See how they'll run*": para mezclar con los corretos de la tropa de mocosos sueltos a los pies del noble factótum de Lennon/McCartney el subversivo contrasentido desatado por los frenéticos parlanchines que, en el segundo acto de la opereta cómica estrenada en 1879, veintiséis años después de la romanticona ópera de Verdi, proclaman el propósito de pasar desapercibidos y transparentes ("*very loud*" es la recomendación del libreto dirigida a los mudos de voz en cuello: -"Con paso gatuno, / Caemos furtivos sobre nuestra presa, / En pavoroso silencio / Tanteamos precavidos nuestra senda. / Ni sombra de sonido, jamás una palabra, / El traspié de un mosco / Se escucharía muy claro [*No sound at all, we never speak a word, / A fly's foot-fall / Would be distinctly heard]*" - W. S. Gilbert, "*The pirates of Penzance or The slave of duty*", en: *W. S. Gilbert, The Savoy Operas - Vol. I - With an Introduction by Lord David Cecil*, U. de Oxford, Nueva York y Toronto, 1962, 121-170, 165) compitiendo con las espectrales fuerzas de inseguridad genealógica relativamente opuestas al muy singular Rey Pirata y anexas al Banco de Datos Globales en persona hecha y derecha, el General Stanley, casi todo que ver con lo mejor del general del Ejército de Estados Unidos Stanley A. McChrystal, ya comandante de la ISAF o *International Sucurity Assistance Force* en Afganistán, barítono bufo e informadísimo uniformado que en el primero aparece cantando: - "*I am the very model of a modern Major-General, / I've the information vegetable, animal and mineral*" (*ib.*, 141), nada menos que el futuro suegro del joven Frederic, el padre de la prometida del esclavo de un imperativo no tan categórico cuanto burocrático que le obliga a practicar mal que bien la piratería en razón de un contrato de aprendizaje viciado por factores coyunturales independientes de su

voluntad e incompatibles con las condiciones básicas de la respetabilidad vigente, circunstancias tales como el haber nacido en año bisiesto y haber sido inducido desde la más tierna edad a enrolarse bajo el estandarte de la calavera en obediencia a un lapsus de Ruth, la semincestuosa, grotesco remedo de Reina de la Noche en semblante de nodriza cuarentona prendada de su pupilo e incapaz de distinguir *"pilote"* de *"pirate"*... para lograr todo eso y mucho más, tanto como acoger las picadas de oído de la partitura de Arthur Sullivan y confundir la pandilla de bucaneros huérfanos con el coro de los gitanos de *Il Trovatore*, tribu de artesanos indocumentados reunidos alrededor de las llamas de una forja no propiamente requerida por las tradiciones de los nómadas fabricantes de calderos sino por la jarana de los bohemios dados a celebrar el amanecer en el microcosmo de un cristal penetrado por la inversión solar de la mártir quemada por los emisarios del Conde de Luna, en medio del jaleo crepuscular hoguera de vino vertido a la vengativa salud de la madre: - *"Todos ¡Oh mira, mira! Un rayo del sol / En mi vaso más vivamente destella / A la obra, a la obra... Dele al martillo [All'opra, all'opra... Dagli, martella]... / ¿Cuál es la estrella propicia que nos ilumina? / La gitanilla. // Azu. (canta: los gitanos la circundan) / ¡Crepita la llamarada [Stride la vampa]*! - la turba indómita / Persigue el fuego - con muecas alegres; / Gritos de júbilo - resuenan al redor: / Rodeada de esbirros - ¡mujer avanza *[Cinta di sgherri - donna s'avanza]*! / Siniestro es el resplandor - sobre las caras horrendas / De la llama tétrica - ¡que al cielo se alza! / ¡Crepita la llamarada! - se acerca la víctima / De negro vestida - ¡descefiida, los pies descalzos!" (Giuseppe Verdi, *Il Trovatore - Dramma in quattro parti di Salvadore Cammarano*, Ricordi, Milán, sin fecha, 10-11), acentos de la hija de la presunta bruja que echara su propio retoño a la misma pira en que ardía la abuela creyendo suprimir a uno de los dos hijos del Conde de Luna, tal como Azucena relata la cosa a Manrico, no toda la cosa, pues el enamorado de Leonora tan sólo al final del cuarto acto descubre que no es Azucena su madre y que su hermano viene a ser el rival en amores y acérrimo enemigo, el hijo del Conde de Luna... para todo aquello sería suficiente encimar al quid pro quo de Ruth y al trueque de Azucena el resbaloso peldaño del sueño de *Lady Madonna* untado por el albor de un domingo que "entra con sigilo monjil *[creep in like a nun]*", aunque el piso rítmico aproveche el martilleo del teclado impuesto por Fats Domino en 1950 y tergiversado en EMI Studios 18 años más tarde, mientras el mismo Domino no tardaría en espolvorear la canción con el falsete de un Papageno santafereño acostumbrado a poner los puntos sobre las íes de la máxima concha, valvas de aquella Señora de los Reemplazos Temáticos que no da a luz sin dar a hoguera ni amamanta sin devorar, lente tras lente de cámara en tabernáculo y ojo en el ojo de la primera letra del alfabeto, donde la flauta en cuestión iguala la mama de Isis.

[31] Cosas que pasan, por el cuerpo y por el alma, al derecho y al revés del canibalismo más o menos respetuoso, en esta misma página, día y noche, ocurrencias del que, sin cazar ni rechazar, vislumbra el reverso del desplome de Ícaro en la meta del camino de Orión a través del océano, en el sol naciente, "ese otro ojo, ese ojo del otro que le ve venir" (Jacques Derrida, *Mémoires d'aveugle - De l'autoportrait et autres ruines*, Réunion des Musées Nationaux, 1990, París, 106), el icono de quien había asumido el compromiso de montar una exposición en el Louvre escogiendo obras maestras atentas a esa entrega de la atención en que por igual quien se autorretrata y quien anda a tientas corren el riesgo de precipitar, ya curado de la parálisis facial que le había solicitado la mueca del tuerto, casi el mismo al que se le ocurre evocar el momento crítico y decisivo de su propio trayecto no sin antes haber regresado al relato del sueño de la pelea de los ciegos cuando, en lugar de denunciar la decorosa "república de las letras", trae a cuento la peligrosa maniobra sobre ruedas que por unos instantes le apartó del cuidado del volante y de sí, uno de tantos episodios sintomáticos de "ese mal de la pertenencia, casi se diría de la identificación", ya sensible desde 1942 si hubiera que tomar a la letra una hoja de vida y de muerte tan diferente, arborescencia más bien, vasta y ardiente fitografía de impertinencias y disyunciones del desapego para consigo mismo que invade su obra toda vez que la desconstrucción de lo propio constituye "su mismo pensamiento, su afección pensante" (Geoffrey Bennington, "Curriculum vitae", en: G. B. Y Jacques Derrida, *Derrida*, Seuil París, 1991, 299-308, 301 - cfr. trad. María Rodríguez Tapia en: G. B. Y J. D., *Derrida*, Cátedra, Madrid, 1994, 325-334, 327), jugadas susceptibles de contradecir y desviar en sumo grado el autocontrol y el itinerario:

"- Cuantas cosas le pasan: noche y día.

- *Hay que creer [Il faut croire]*, es verdad, sí las habría visto, en estos últimos tiempos. Y todo eso queda archivado, no soy el único que puede atestiguarlo. De manera que el 11 de julio estoy curado sentimiento de conversión o de resurrección, el párpado guiña de nuevo, mi rostro sigue hechizado por un fantasma de desfiguración), es la primera cita en el Louvre. Esa misma noche, mientras regreso a casa en automóvil, se me impone el tema de la exposición. Como de golpe, en un solo instante. Garabateo al volante un título provisional, para uso privado, para organizar mis apuntes: *El aobra donde no ver [L'ouvre où ne pas voir]*, que a mi regreso deviene icono, o sea una ventana por 'abrir' sobre la pantalla de mi computador." (*Ib.*, 38)

Por una vez lo que impacta no es el *anthema*, ni el anti-tema ni el tema en flor, sino la convergencia temática casi en persona, no el movimiento del "poner" y "proponer", *títhemi*, sino lo "puesto" y "propuesto" de una vez - sino por todas, aunque sea "para organizar". Es así que a la hora de ponerse a la obra quien sea afectado por la lógica económica de lo que ya estuvo, vivo y organizativo, *théma*, no sólo "suma depositada en un banco", sino también "posición de los astros", no tiene más remedio que obedecer al campanazo de la incredibilidad que lo parte donde el no ver aparece, corriendo el riesgo de estrellarse en el aviso tomado por otro, "abrir" por "obrar, *ouvrir* por *ouvrer* el abra del punto de partida. El knock-out inaugural que así toca y expropia sin tener nada que ver con el mejor de los logros, casi todo lo contrario, acaba exponiendo los demonios de lo expositivo menos al eco de Eco en loberas históricas y lupanares estéticos que al diligente y lujurioso ensanche de *L'Ouvre où ne pas voir* en que despuntan promesas acogedoras y amenazas devorantes, alimento y ponzoña de hipnótico seno, santuarios bucólicos y fauces telúricas de la carencia de obra y del fin de la famosa visibilidad, no sólo por rever "*abra. f.*" a ojo de Casares, "ensenada o bahía no muy extensa // valle o abertura despejada entre montañas // grieta o hendidura producida en el terreno por efecto de concusiones sísmicas", sino por escuchar aproximadamente lo mismo a oído del Robert, al pie de "*louve f.* (siglo XV; 1175, *love* y *lue*) salido de una *lupa* latina cuya sentido figurado de 'prostituta' ha precedido el de 'hembra del lobo'", a lo largo de la misma cuesta, un poco más abajo, después de *alouvir*, "registrado en 1660 al pronominal por 'hambrearse *[s'affamer]*' y que en nuestros días subsiste tan sólo gracias a los dialectos o al estilo literario", mientras el punto seguido y una diminuta losange separan apenas ese dato del inesperado adverbio conclusivo encargado de introducir la última clave del sartal de acepciones y derivados: - "En fin, el nombre propio *Louvre* significa originalmente 'lugar donde hay lobos'", para tropezar inmediatamente después en el umbral de un nuevo corredor de palabras, delante de *loupe*, "de origen incierto, tal vez procedente (1328) de un radical *lopp-* creado en francés para designar un trozo informe que pende sueltamente *[lâchement]* (en *faire la loupe* 'sacar la lengua', *Roman de Renart*, 1880)", cuyos sentidos más antiguos corresponderían a "piedra preciosa irregular", y "defecto en una masa de metal (1358)", en seguida "quiste sebáceo indoloro, por lo común en la cabeza" y "excrecencia leñosa sobre ciertos árboles", desde 1680 "instrumento de óptica".

[32] *Prometheus*, dirigida por Ridley Scott, protagonizada por Naomi Rapace, Charlize Theran y Michael Fassbender, 2012.

[33] Cuanto más uno se empeña en embutir su archivo tanto más lo violenta y petrifica: - "El archivo es hipomnésico. Y anotemos de paso una paradoja decisiva sobre la que no tendremos el tiempo de regresar pero que sin duda condiciona todo este enunciado: si no hay archivo sin consignación en algún *lugar exterior* que asegura la posibilidad de la memorización, de la repetición, de la reproducción o de la re-impresión, recordemos entonces también que la repetición misma, la lógica de la repetición, o sea la compulsión de repetición permanece *[reste]*, según Freud, indisociable de la pulsión de muerte. Por ende de la destrucción. Consecuencia: en coincidencia con *[à même]* lo que permite y condiciona la achivación, nunca encontraremos algo distinto de lo que expone a la destrucción y en verdad amenaza de destrucción, introduciendo *a priori* el olvido y lo archiviolítico *[l'archiviolithique]* en el corazón del monumento. En el 'de memoria *[par coeur]*' mismo. El archivo trabaja siempre y *a priori* en contra de sí mismo." (Jacques Derrida, *Mal d'archive - Une impression freudienne*, Galilée, París, 1995, 26 - Cfr. trad. Paco Vidarte, Trotta, Madrid, 1997, 20).

[34] Así como otras fórmulas en extremo sucintas, compresas de comprensión que no dejarán de emerger y disolverse en las próximas páginas, arrimado al seudónimo de Odiseo bajo la vasta capucha en

que "las piedras claras" de Celan, las que "van por el aire" diseminando el archivo, el nombre del constructor de Babel, tan orgulloso de su erección cuanto Níobe de su descendencia, aquí se embolata gracias a uno de los tres mensajes despachados por Marina Urbach el 19 de mayo de 1914 con el amable propósito de dar a conocer los apuntes del amigo Gary Paul Gilbert, sacados muy en limpio, telegráficos, paratácticos, a partir de las sesiones del Seminario de Avital Ronell de los días 10 y 17 de abril y 8 de mayo del mismo año, sin otras especificaciones. De aquí en adelante AVITALCLASS.

[35] Emmanuel Lévinas, *Autrement qu'être ou au-delà de l'essence, op. cit.,* 163 - Cfr. trad. Antonio Pintor-Ramos, 200.

[36] "*Mit- / verbranten Namen*", cuando no "*nom- / bres quemados / con ella*", los de "*Químico*", poema de *La rosa de nadie* traducido por Pablo Oyarzún Robles (*philosophia.cl/biblioteca/celan/poemas.pdf 09.11.14*), quien parece recuperar la sombra de un pronombre dispuesto a compartir el polvo nominal desplazando hacia el substantivo el tajo de la forma verbal en lugar de sumergirse en el anonimato del vórtice disperso, con la venia de un guión - no tan inamovible, claro está, cuanto el hiato abierto al filo de la extrema sílaba de "A uno que estaba ante la puerta", otra composición incluida en el pseudo-florilegio del ciclo de 1959-1963, la que solicita al justo el trastrueque del portazo somático, abra definitiva dilatada a cuesta del nombre de Rabí Löw, el legendario creador del engendro de arcilla o de piedra: - "¿Qué le pide *[que lui demande-t-il]*? Cerrar la puerta de la tarde y abrir la puerta de la mañana *(die Morgentür)*. Si la puerta dice la palabra, entonces le pide la palabra de la mañana, la oriental, el poema del origen - una vez la palabra circuncidada.

Wirf auch die Abendtür zu, Rabbi.   Cierra también la puerta de la tarde, Rabí *[Ferme aussi la porte du soir, Rabbi]*.

Reiss die Morgentür auf, Ra- –   Abre bien ancha la puerta de la mañana, Ra- *[Ouvre grand la porte du matin, Ra-]–*

Abertura y cierre violentos. *Aufreissen*, es abrir con brusquedad, rapidez y de par en par, romper o a veces *desgarrar* de un solo golpe, como un velo. *Zuwerfen* marca también cierta brutalidad, la puerta es tirada *[claquée]*, como echada en dirección de alguien, cerrazón significada hacia alguien. En cuanto a Ra-, el nombre interrumpido al nivel de la última cesura, la primera sílaba de una apelación que no llega a su propio fin y finalmente se queda *[reste]* en la boca, el Rabí cortado en dos, es también el dios egipcio, el sol o la luz, en la abertura de la 'puerta de la mañana'. / No pretendo leer o descifrar este poema." (Jacques Derrida, *Schibboleth pour Paul Celan*, Galilée, París, 1986, 104-105). Sin pretender leer ni descifrar el santo y seña de Derrida, para alejar siquiera la eventual sospecha de un rebusque de resonancias faraónicas y gratuitas quizás no sobre del todo remitir al papayazo polisémico del jeroglífico correspondiente a la transcripción fonética *sb3*, a la vez "puerta", "estrella" y "enseñanza" (v. Raymond O. Faulkner, *A concise dictionary of Middle Egyptian*, U. de Oxford, Oxford, 1976, 219).

[37] Tanto la espada, recta como el fiel de la balanza, cuanto el ceño amenazante del trono leonino parado ante lo imperdonable vetan extrapolaciones deleitosas, y sin embargo el ígneo antifaz del Sol de Justicia de Durero (1498-1499) tergiversa el júbilo de la guía dantesca, pues, sobre y bajo las especies del *incendium amoris*, entre las hojas del Árbol de la Vida, despunta la sonrisa de Beatrice atizada por la inminente visión del triunfo de Cristo, demora que tiene también al poeta en vilo extático, espera ultra-mesiánica inseparable de la venida misma si la mismidad tuviese lugar y tiempo en el *déjà-pas-encore* de semejante aurora: - "Me parecía que todo su rostro fuera presa de las llamas, y tenía los ojos tan llenos de goce, que me conviene seguir sin construcción *[Pareami che il suo viso ardesse tutto, / E gli occhi avea di letizia sì pieni, / Che passar mi convien senza costrutto]*" (Paradiso, XXIII, 22-24), conveniencia desconstruyente bajo todo punto de ceguera, exaltada por el traslado de una semejanza sin par capaz de asignar la impuntualidad del acontecer transformativo a la nocturna y pagana Trivia, una de tantas hermanas de Hécates, Ánima ni tan Sola identificada con el cuerpo celeste sobrepuesto al emblema de la autoridad ontoteológica en virtud del símil sin cuenta que para dar cuenta del invencible poder del astro lo traduce en rendición de satélite risueño: - "Tal como en los plenilunios serenos ríe Trivia entre las eternas ninfas que embellecen el cielo por todos los senos; sobre millares de luceros yo vi un Sol que los encendía a todos (...) Si ahora sonasen

todas aquellas lenguas que Polimnia y las hermanas alimentaron con su leche dulcísima, para darme ayuda, no se alcanzaría una milésima de la verdad cantando la santa sonrisa, y lo que hacía relucir el santo semblante; así, figurando el Paraíso, conviene saltar el poema sagrado, como quien halla un corte en su camino *[Quale nei pleniluni sereni / Trivia ride tra le ninfe eterne, / Che dipingono il ciel per tutti i seni; / Vid'io sovra migliaia di lucerne / Un Sol che tutte quante l'accenda (...) Se mo sonasser tutte quelle lingue, / Che Polinnia con le suore fèro / Del latte lor dolcissimo più pingüe, / Per aiutarmi, al millesmo del vero / Non si verría, cantando il santo riso, / E quanto il santo aspetto facea mero; / E cosí, figurando il Paradiso, / Convien saltar lo sacrato poema, / Come chi trova suo cammin reciso].*" (*Ib.*, 25-30, 55-63).

Por no haber ya dicho - con todas las de la ley, lo que se dice Dicho - "*senza costrutto*" ("sin explicarlo", si así prefieren algunos traductores del despliegue sin término, dogmáticos renegados de la enseñanza incondicional), lo que sobra de uno y de la cabeza pertinente "como fuego de nube se descierra *[come foco di nube si disserra]*" (*ib.*, 40), por arresto y exceso de traslados analógicos a través del exhilarante eclipse del Logos - más y no más citas, más allá de todas las lenguas y voces citables. En suma y en resta "*plus de métaphore*": no por nada es atravesando el atigrado sendero de su corazón, falso itinerario de la nada de nadie, relámpago de relámpagos que puede coincidir con lo que "hemos llamado traza", en las palabras de otro sustituto "esa manera de pasar inquietando el presente sin dejarse investir por la *arkhé* de la conciencia estriando de rayas la claridad de lo ostensible *[en striant de raies la clarté de l'ostensible]*" (Emmanuel Lévinas, *Autrement qu'être ou au-delà de l'essence, op. cit.*, 127 - cfr. trad. Pintor-Ramos, 165), no por tal nada la hojita en que Celan señala algunos poemas "no incluidos para la publicación" lleva también "una cita que debía introducir *La rosa de nadie*: 'sì che dal fatto il dir non sia diverso' (Dante, *Inferno*, XXXII, 12)" (Bárbara Wiedemann y Bertrand Badiou, "Notas", en: *Los poemas póstumos - Paul Celan (Edición de Bertrand Badiou, Jean-Claude Rambach y Bárbara Wiedemann - Traducción de José Luis Reina Palazón)*, Trotta, Madrid, 2003, 349-418, 356), pues, si ante la extensión congelada del lago de los traidores, en la más oscura región infernal, cuncho de "*tristo buco*", pide auxilio el poeta comparando la aventura de su canto con la empresa del citarista al que obedecieron las piedras de los muros de la gran ciudad: - "Pero ayuden mi verso esas mujeres que ayudaron Anfión a cerrar Tebas, para que el decir no se distinga del hecho *[Ma quelle donne aiutino il mio verso, / Che aiutaro Anfione a chiuder Tebe, / Sì che dal fatto il dir non sia diverso]*" (*Inferno*, XXXII, 10-12), de un extremo al otro tocará admitir no sólo la inversión del papel de la Musas, indispensable allá abajo, al borde del hielo que constriñe a los más infelicess entre los sumergidos, inútil allá arriba, al pie de Beatrice, en la solanera de implacable dulzura, donde lo necesario y lo superfluo, lo abismal y lo excelso extravían la respectiva *altitudo*, cuando se trastruecan desmadre y parto del sentido, el cerco y su ruina, cítara y *shophar*, sino acoger también la inundación beatífica de los motivos que desgarró Celan al dejar resonar la súplica de unos versos tan definitivamente dichos, tan hechos, derechos y consecuentes, tan empatados con el sujeto de lo inconcebible como las murallas de Tebas con las de Jericó.

[38] *Mundo sumergido*, cortometraje animado de Alien Ma Alfonso, ICAIC, 2013.

[39] Quería decir *clara*, no *obscura*, a propósito de Roland Barthes, cómo no, *La chambre claire: note sur la photographie*, Du Seuil, París, 1980.

[40] A la luz del substantivo *Überzeugung*, "convicción", "certidumbre", "creencia", y del primer aforismo de la sección llamada "Quincalla": - "En mi trabajo, las citas son como salteadores de caminos que irrumpen armados y despojan de su convicción al ocioso paseante *[Zitate in meiner Arbeit sind wie Räuber am Weg, die bewaffnet hervorbrechen und dem Müßiggänger die Überzeugung abnehmen].*" (Walter Benjamin, "Einbahnstraße", en: W. B., *Gesammelte Schriften - IV-1- Herausgegeben von Tillman Rexroth*, Suhrkamp, Fráncfort, 1980, 83-148, 138 - trad. Juan J. del Solar y Mercedes Allendesalazar, *Dirección única*, Alfaguara, Madrid, 1987, 85-86), cabe releer el anuncio (sin pedir excusa por tanto zeugma ni perder de vista o de otros sentidos las reiteradas referencias de Benjamin al poder de los avisos publicitarios dispuestos para afectar al transeúnte con una contundencia revolucionariamente envidiable, más bien la valla) que escolta el título del libro: - "Esta calle se llama Calle Asja Lacis, a guisa de aquella que como ingeniero ella abrió en el autor *[Diese Straße heißt / Asia-Lacis- Straße / nach der die sie / als Ingenieur / im Autor durchgebrochen hat].*" (*Ib.*, 83 - Cfr. trad. 14) Más allá del epígrafe y de la dedicatoria, semejante letrero deja creer que el convencimiento arrancado se acendre al calor

de una *Zeugung* sumisa a las excavadoras del "deseo sexual", *Zeugungstrieb*. De aquí que el suscrito del momento, poco emancipado lector, copista casi obediente, un pie por fuera, otro metido en el texto anexo, a lo largo de este diseño de página se atreva a trocar los atracadores del adagio inaugural de "Quincalla" y la guita del último de "Nr. 13", asalto epatante y lucro escondido, autopista cardíaca y curva de carne, zanjas y ligueros: - "Libros y prostitutas: las notas al pie de página son para aquéllos lo que, para éstas, los billetes ocultos en la media *[Bücher und Dirnen - Fußnoten sind bei den einen, was bei den andern Geldscheine im Strumpf]*." (*Ib.*, 110 - Trad. 48).

[41] AVITALCLASS.

[42] *Ib.*

[43] Es cierto, "*(…)* el cine y la publicidad *[Reklame]* someten por completo la escritura a una verticalidad dictatorial" (Walter Benjamin, "*Einbahnstraße*", *op. cit.*, 103 - trad. 38), así como "frente a las descomunales imágenes visibles en las paredes de las casas, donde el 'Chlorodont' y el 'Sleipnir' para gigantes se hallan al alcance de la mano, la sentimentalidad recuperada *[die gesundete Sentimentalität]* se libera a la americana, como esas personas a las que nada mueve ni conmueve aprenden a llorar nuevamente en el cine" *(ib.*, 132 - 77), aunque a fuerza de salpicaduras aladas y rebotes de chimbilacos fangosos la eficacia de la reclame halague una insurgencia capaz de vencer la inercia del monitoreo analítico: - "¿Qué es, en definitiva, lo que sitúa a la publicidad tan por encima de la crítica? No lo que dicen los huidizos caracteres rojos del letrero luminoso, sino el charco de fuego que los refleja en el asfalto." *(Ib.)*.

[44] AVITALCLASS.

[45] "No, lo cierto es que, cuando (*scil. el amor*) ha alcanzado el grado en que produce semejantes males, la construcción de las sensaciones interpuestas entre el rostro de la mujer y los ojos del amante, el enorme huevo doloroso que lo envaina y lo disimula como una capa de nieve a una fuente, ya es impulsada *[est déjà poussée]* suficientemente lejos para que el punto en que se detienen las miradas del amante, el punto en que encuentra el placer propio y los propios sufrimientos, esté tan lejos del punto en que lo ven los demás como lejos está el verdadero sol del lugar en que su luz condensada nos lo hace percibir en el cielo." (Marcel Proust, *À la recherche du temps perdu, op.cit,* 1934 - Cfr. trad. Mauro Armiño, III, 2005, 372).

[46] Ante un libro de fotos y a través de otro, abierto a fragmentos de columnas, el mercado de la calle Monastiraki, un par de cariátides, el trípode de un fotógrafo de la Acrópolis y una estela funeraria, amén de otras picadas de diafragma, después de haber prestado alguna atención a la pregunta: - "¿Acaso no reina sobre este libro Perséfone, la esposa de Hades, la diosa de la muerte, y de los fantasmas, y de las almas errantes en busca de su memoria?" (Jacques Derrida, *Demeure, Athènes - Photographies de Jean-François Bonhomme*, Galilée, París, 2009, 46), casi al final, uno podría estar convencido de seguir inocentemente leyendo que: - "El mismo sol es finito, lo sabemos, y un día su luz puede acabarse, ¿pero nosotros? Dejemos la finitud al sol y regresemos otramente a Atenas. Lo que podría querer decir: no hay duelo, ni muerte, no digo memoria, memoria inocente, sino para aquello que mira/atañe al sol. Todas las fotos son del sol *[Ce qui voudrait dire: il n'y a de deuil, et de mort, je ne dis pas de mémoire, de mémoire innocente, que pour ce qui regarde le soleil. Toute photographie est du soleil].*" (*Ib.*, 56).

[47] Jacques Derrida en: Hubertus von Amelunxen, Michael Wetzel y J. D. (trad. del alemán por Jeff Fort, con una introducción de Gerhard Richter), *Copy, Archive, Signature - A Conversation on Photography*, U. de Stanford, Stanford, 2010 (2000), 1-67, 37.

[48] Las que me impiden mencionar con el debido rigor la novela de Juan Carlos Moyano.

[49] *Huaca pachamanta causashca rimai / Los cuentos de cuando las huacas vivían (Traducción al castellano de Ruth Moya y versión quichua de Mercedes Cotacachi - Compilado por los estudiantes del Taller de Quichua dirigido por Fauto Jara - Promoción 1991-1992)*, U. de Cuenca, Cuenca, 1993, 88.

[50] Disponible en *www.sonderkommando.info/index.php.lesproces/francfort-63/temoins/filip-muller* 18.11.14.

[51] Primo Levi, *I sommersi e i salvati*, Einaudi, Turín, 1991 (1986), 67 y 74 - Trad. Pilar Gómez Bedato, *Los hundidos y los salvados*, El Aleph, Barcelona, 2005, 69 y 76.

[52] Jean-François Forges y Pierre-Jerôme Biscarat, *Guide historique d'Auschwitz*, Autrement, Paris, 2011, 141.

[53] *Ib.*, 33.

[54] Consultable en *www.sonderkommando.info/index.php.lesproces/francfort-63/temoins* 19.11.14.

[55] *Ho un sassolino nella scarpa,* letras y notas de Fernando Valci, Edifilm, Roma, 1943. La versión de Natalino Otto, acompañado por el dejo dixieland de la orquesta de Gorni Kramer, rebotó hasta el pie de Ella Fitzgerald con la de Chick Webb en *Gotta pebble in my shoe.*

[56] "Baudelaire entregó una fotografía suya a Poulet-Malassis. Fue poco antes de su muerte, hacia 1865, en Bélgica. La fotografía llevaba su firma con una dedicatoria dirigida a Poulet-Malassis: más o menos le llama 'el único amigo que iluminó mi estadía en Bélgica'; y en la parte de arriba, como una suerte de *inscriptio,* parafraseando a Horacio, escribe *Ridentem ferient ruinae.* La fotografía, la dedicatoria y la *inscriptio* se refieren tanto al héroe estoico de la modernidad cuanto a la teoría de la risa según Baudelaire, su teoría de la modernidad, que es una teoría de la caída, una teoría del movimiento acelerado e interrumpido, una teoría de la catástrofe, de una caída en el tiempo." (Hubertus von Amelunxen, en: H. V. A., Michael Wetzel y Jacques Derrida, *Copy, Archive, Signature - A Conversation on Photography, op. cit.,* 35-36).

[57] Acabo de conseguir una reedición que permite citar los términos anteriormente retomados de un apunte trazado a mano: - "Soñé que Dadelos era el príncipe de la soledad. *(...)* Después fui una lamia incendiada que se hizo polvo de hollín y me fundí con los jardines de una ciudad sin habitantes. La vieja idea de caer *(...)"* (Juan Carlos Moyano, *Punto de fuga,* Magisterio, Bogotá, 2012 (1995), 139, 141).

[58] Jacques Derrida en: H. von Amelunxen, M. Wetzel y J. Derrida, *Copy, Archive, Signature - A Conversation on Photography, op. cit.,* 37.

[59] *Garou-garou, le passe-muraille,* dirigida por Jean Boyer e interpretada por Bourvil (Cité Films, Silver Films, Fidès,1951).

[60] Así en camino a Cracovia, después de Auschwitz: - "*(...)* porque no se está soñando durante años, durante decenios, un mundo mejor, sin imaginarlo perfecto. / En cambio no *[Invece no]:* algo había ocurrido que entre nosotros sólo poquísimos sabios habían previsto. La libertad, la improbable, imposible libertad, tan lejana de Auschwitz que sólo en los sueños osábamos esperarla, había llegado: pero no nos había llevado a la Tierra Prometida. Estaba a nuestro alrededor, pero bajo la forma de una despiadada llanura desierta." (Primo Levi, *La tregua, op. cit.,* 28 - Cfr. trad. P. Gómez Bedate, 36).

[61] María Susana Cipolletti, "'El animalito doméstico quedó hecho cenizas' - Aspectos del lenguaje shamánico secoya (Amazonía ecuatoriana)", en: Bruno Illius / Matthias Laubscher (editores), *Circumpacifica - Festschrift für Thomas S. Barthel,* Peter Lang, 1990, Fráncfort, 493-507, 496-497.

[62] Jacques Derrida, "*Aletheia*", en: Jean-Marie Pontévia, Louis-René des Forêts, Philippe Lacoue-Labarthe y otros, *"Nous avons voué notre vie à des signes",* William Blake & Co, Bordeaux, 1996, 75-81, 75.

[63] "Entre la naturaleza del paraíso terrenal y la forma de la serpiente existe una afinidad intrínseca, tan es así que para acercarnos a la percepción de su recíproco llamado vale la pena descubrir ciertas trazas. / La serpiente en trance de desanudar sus espiras es un ejemplo poderosamente sugestivo de espiral o sea de la combinación de simetría rotatoria y simetría traslata, de un proceso de rotación y expansión uniforme combinada. Este proceso transporta un punto ≠ 0, o sea diverso del centro hipotético de las espiras de la serpiente, a lo largo de una de una espiral llamada logarítmica o equiangular. Por ende esta curva, tal como la recta y la circunferencia, posee la importante propiedad de volver a ser ella misma mediante un continuo conjunto de similitudes. La iteración de una única operación, la composición de un círculo, da lugar a desplazamientos continuos, todos semejantes, aunque diversos entre sí. / Este símbolo concentrado de simetría que es la serpiente induce una fecunda posibilidad de confusión de la interpretación rígidamente especular de la simetría que divide en opuestos e idénticos. *(...)* 'La serpiente era el más astuto de todos los animales del jardín que el señor dios había formado.' La astucia es un atributo que compendia el extremado refinamiento de la forma-serpiente ofrecida como imposibilidad de distinguir rosca izquierda y rosca derecha, irresistible sugestión de libertad." (Carlo Finale, *Oggetto non identificato,* Feltrinelli, Milán, 1972, 43, 44).

[64] Entre arriba y abajo el tiempo corrió con el recuerdo de la llamada fuente: ni modo de atribuir a un autor en particular la homofonía que entrevera el andar amarrado con el ser leído.

[65] Jacques Derrida, "*Aletheia*", *op. cit.,* 75-76.

66

"Italienne aux bras d'un Prince de Bavière
Dont l'oeil triste et glacé s'enchante à sa langueur!
Dans ses jardins frileux il tient contre son coeur
Ses seins mûris à l'ombre, où téter la lumière.
(…)
Dans le parc allemand où brument les ennuis,
L'Italienne encore est reine de la nuit
Son haleine y fait l'air doux et spirituel
Et sa Flûte enchantée égoutte avec amour
Dans l'ombre chaude encore des adieux d'un beau jour
La fraîcheur des sorbets, des baisers et du ciel.

Cuyo ojo triste y gélido se encanta en su languidez!
En sus ateridos jardines tiene contra su corazón
Sus senos madurados en la sombra, donde mamar la
luz.
(…)
En el parque alemán donde los tedios abruman,
La Italiana es aún reina de la noche.
Ahí su aliento vuelve el aire dulce y espiritual
Y su Flauta encantada destila con amor
En la sombra aún cálida adioses de un día hermoso
El frescor de los sorbetes, de los besos y del cielo."

¡Italiana en los brazos de un Príncipe de Baviera

(Marcel Proust, "Mozart", en: M. P., *Poesía completa (Edición bilingüe y traducción de Santiago R. Santerbás),* Cátedra, Madrid, 2012, 120-123). Considerando la edad de Luciana Serra y sin olvidar las más relevantes apariciones parisinas de la Reina de la Noche anteriores a *Los Placeres y los Días,* volumen en cuarto editado por Calmann-Levy que en 1896 incluyó el homenaje a Mozart (juntamente con otros poemas de Proust dedicados a Chopin, Gluck y Schumann, además de los retratos sonoros de Paulus Potter, Albert Cuyp, Watteau y Van Dyck, ya declamados un año antes en el salón de Mme Lemaire con el acompañamiento de las piezas de Reynaldo Hahn confiadas a Édouard Risler, el pianista consentido por la anfitriona), es decir la interpretación de la mezzo-soprano Mademoiselle Maillard comprometida con el pastiche *Los misterios de Isis* estrenado en 1801 en la Ópera de París (libreto de Étienne Morel de Chédeville en sintonía con un reciclaje de *La flauta mágica* compuesto por Ludwig Wenzel Lachnith) y la de Christine Nelsson, soprano que prestó su coloratura a la cruel rival de Sarastro ante el público del Teatro Lírico de la Plaza del Châtelet en 1865, cabe reconocer en el brumoso "parque alemán" de 1896 la asoleada Plaza de San Marcos de 1900 recorrida en compañía de la madre del autor, Jeanne Clémence Weil, el amigo Reynaldo Hahn y su sobrina Marie Nordlinger, así como conjeturar que el origen mediterráneo de la amante del Príncipe tenga que ver con los tintes venecianos de Ruskin más que con otra cosa, encantamiento de ojo y pezón aflautados en la ciudad de Ticiano soñada por conversión maternal de vengativa Albertine ante litteram, sin otra reina cautiva de su propio canto y a contrapelo del comentario que acompaña la versión del poema aquí arriba modificada: - "No se advierte la relación del personaje con 'la Italiana' mencionada al comienzo del verso; tal vez pueda tratarse de alguna cantante italiana que interpretó el papel de Reina de la Noche en la Ópera de París." (Santiago R. Santerbás, *ib.,* 123, nota 28).

67 V. Jacques Derrida, *Glas, op. cit.,* 176[a]. La cita del poema de Hegel dirigido a la joven que será su esposa, Marie von Tucher, llega exactamente a la altura de los versos de *Las campanas* de Poe que deberían substraerse a la ingrata sucesión de estas hojas, sobre y por debajo de todo desde el momento en que, más o menos aquí, pretendan insinuar que "la oscilación del badajo (el 'verdadero' tema imposible de la pieza *[morceau]*) remarcándose o repercutiéndose en el ni-ni de las algolas *[goules]* (entre hombre y mujer, entre hombre y no-hombre, lenguaje y no-lenguaje, etc.)" (*ib.,* 178[b]) se prolongaría hasta afectar el contrapunto de cita y no-cita.

68 "La problemática de *Las bases pulsionales de la fonación* omite sobre todo un relé esencial: el efecto de nombre propio. Si Fónagy *tiene razón* al no precipitar la respuesta (precisamente mientras cita a Mallarmé, 'Con el dedo ajado oprimirás acaso el seno / A través del que cuela en blancura sibilina la mujer… *[Avec le doigt fané presseras-tu le sein / Par qui coule en blancheur sybilline la femme]…',* en pleno análisis de la M, de la L, en referencia a la leche, 'arquetipo de todo líquido que servirá de alimento' y que 'figura probablemente como enlace secreto que asocia el sonido L con el término 'líquido', con el color blanco y con la sensación de un líquido que cuela dulcemente en poesía' después con el 'mama', etc., no se propone ninguna relación con el nombre de Mallarmé. Ni con el nombre

de Poe, en la misma página: '... mamada ficticia que desata unos MOE o POE, asociados con el alimento y la madre. MOE y POE serían 'sinónimos' en este estadio del desarrollo'), parece faltar una articulación estructural al no anticipar siquiera el lugar teórico de la cuestión que no pertenece ni a la una ni a la otra, haciéndolas adherir en alguna parte la una a la otra; abriéndolas en el mismo lance, poniéndolas al trabajo pero como una especie de *ventosa* general." (*Ib., 180ᵇ*).

[69] "por lo demás, ¿qué hay del resto, hoy, para nosotros, aquí, ahora, de un Hegel?

Para nosotros, aquí, ahora: he ahí lo que en adelante no se habrá podido pensar sin él.

Para nosotros, aquí, ahora: estas palabras son citas, desde ya, siempre, no dejan de serlo, lo habremos aprendido de él.

¿Él? Quién?

Su nombre es tan extraño. Del águila tiene la potencia imperial o histórica. Los que lo pronuncian todavía a la francesa, los hay, son ridículos tan sólo hasta cierto punto: la restitución, semánticamente infalible, para quien lo ha leído un poco, sólo un poco, de la frialdad magistral y de la seriedad imperturbable, el águila presa en el gélido y glacial cristal *[l'aigle pris dans la glace et le gel; the eagle caught in ice and frost, glass and gel; der Adler, gefat in Eis und Frost (glace et gel); l'aquila presa nel ghiaccio e nel gelo]*.

'lo que ha quedado de un Rembrandt desgarrado en cuadraditos muy regu-

lares y tirado al cagadero' se divide en dos.

Como el resto.

Dos columnas desiguales destilan, dicen ellos, de las que cada una — funda o vaina, incalculablemente revuelve, vuelve del revés, reemplaza, remarca, recorta a la otra.

Lo incalculable de *lo quedado* se calcula, elabora todos los golpes, los golpes. Cada pequeño cuadrado se delimita, cada columna se levanta con una impasible suficiencia y sin embargo el elemento del contagio, la circulación infinita de la equivalencia general"

(*Ib.*, 7 - trad. John P. Leavey Jr. y Richard Rand, 1; Hans-Dieter Gondek y Markus Sedlaczek, 5; Silvano Facioni, 46).

Al proponer "el águila atrapada en el gél(ido) y en el glacial cristal", el primer intento de traslado al castellano del ficticio íncipit de *Glas* y la justificación pertinente retocaron el emblema de la tembladera del gran filósofo sumergido en *ice cream* de goma laca: - "En francés: *l'aigle pris dans la glace et le gel*. Derrida está aquí jugando con las consonantes del nombre de Hegel, que también tenemos en *Glas*. Además *glace* significa tanto helado como cristal, y *gel* tanto helada como gel. Con nuestra traducción hemos intentado mantener de algún modo el juego consonántico y el juego semántico." (Cristina de Peretti y Luis Ferrero, "Notas", en: J. Derrida, "*Glas* (Tañido fúnebre)", en *Suplementos Anthropos 32 - Historia de la relación Filosofía-Literatura en sus textos* (D. Sánchez Meca y J. Domínguez Caparrós coord.s), Barcelona, 1992, 133-140, 140, nota 7).

[70] Jacques Derrida, *Glas, op. cit.,* 176ᵇ.

[71] "Ahora bien, la aglutinación no cuaja sólo en la pasta significante (gl de-generado como *su/sonido/hijo* o *suya/saber-absoluto [comme son ou sa; as son or sa; wie son oder sa; come suo/suono o sua]*), sino que se pega al sentido: analogía flor-escupitajo con que se cubre lo que se ama (ver muerto), pasaje de la flor al escupitajo, del falo al esperma, del gladiolus (gladio de la justicia, espada de la virgen) a la baba seminal, etc. Sin embargo, esta doble serie, que podríamos acorralar muy lejos, no nos interesa ni constituye un texto más que en la medida de un resto de gl

re-elaborar, teniendo en cuenta ese resto, un pensamiento de la *mimesis:* sin imitación
de un objeto representado, identificable, previo y repetido
(...)
al no anticipar siquiera el lugar teórico de la cuestión
que no pertenece ni a la una ni a la otra, haciéndolas adherir en alguna
parte la una a la otra; abriéndolas en el mismo lance, poniéndolas al trabajo pero como una especie
de *ventosa [*ventouse; sucker [*ventouse];* Saugnapf (*ventouse);* ventosa*]* general." *Ib.,* 169b y 180b- Trad.
John P. Leavey Jr. y Richard Rand, 149b y 160b; Hans-Dieter Gondek y Markus Sedlaczek, 167b y
178b; Silvano Facioni, 693 y 739.

72   "Un juego puro sin esencia, un juego que juega sin límite, aunque ya esté destinado a trabajar al
servicio de la esencia y del sentido. Pero en cuanto tal, suponiendo que se pueda decir 'en cuanto tal'
de algo que no es algo, este juego no trabaja todavía, todavía no tiene horizonte onto-teo-telelógico:
fuego artista sin ser. La palabra misma (*Beiherspielen)* juega el papel de ejemplo al lado de la esencia
(*Beispiel) [joue l'exemple* (Beispiel*) à côté de l'essence; plays the example* (Beispiel*) beside the essence; spielt
das Beispiel beiseite des Wesens; gioca l'esempio* (Beispiel*) in prossimità dell'essenza].* Aquí el ejemplo
puro juega de tal modo *al lado* de la esencia, se mantiene de tal modo al descarte de la esencia *[à
l'écart de l'essence; so diverted from* [à l'écart de] *the essence; abseits* (à l'écart) *des Wesens; nello scarto
dall'essenza]* que no tiene esencia: ejemplo puro, sin esencia, sin ley. Por ende sin ejemplo, como
Dios del que Hegel dice que no se puede convertir en ejemplo, pero porque él, por su parte, se
confunde con la esencia pura *[mais parce qu'il se confond, lui, avec l'essence pure; but because he, God,
merges with the pure essence; doch weil er mit dem reinen Wesen zusammenfällt; ma perché si confonde,
propio lui, con l'essenza pura],* también ella sin ejemplo. El quema-todo/apuracabos *[Le brûle-tout;
The all-burning; Das Alles-Verbrennen; Il brucia-tutto]* - que sólo tiene lugar una vez y se repite, sin
embargo, al infinito - se descarta tan bien *[s'écarte si bien; diverges so well; spreizt sich so gut; si scarta così
bene]* de toda generalidad esencial que se asemeja a la pura diferencia de un accidente absoluto. Juego
y pura diferencia: he ahí el secreto de un apuracabos/quema-todo imperceptible, el torrente de fuego
que se abrasa a sí mismo. Al arrastrarse a sí misma la diferencia pura es diferente de sí misma, por ende
indiferente. El juego puro de la diferencia no es nada, ni siquiera se *relaciona con [ne se rapporte même
pas à; does not even relate to; es bezieht sich nicht einmal auf; non si rapporta nemmeno al]* su propio
incendio. La luz se entenebrece antes incluso de convertirse en sujeto. Para convertirse en sujeto es
preciso, en efecto, que el sol se ponga. La subjetividad se produce siempre en un movimiento de
occidentalización." (*Ib.,* 266a; 238a-239a; 264a; 266)
Al son y a la pantalla la 64ª cuarteta de la primera centuria: - *"De nuict soleil penseront auoir veu, /
Quand le pourceau demy homme on verra, / Bruit, chant, bataille au Ciel apperceu / Et bestes brutes à
parler on orra"* (*Les vrayes centuries et propheties de Mᵉ Michel Nostradamus,* Italienne, Milán, sin fecha,
25), calculo y técnica de implemento desafecto, artefacto sin arte ni facto, la perfecta inasimilabilidad
de la garantía de consumo sin resto, *brûle-tout* y *feu la cendre,* llameante ceniza difunta, tigre y fuego de
Bengala rayados por la más obvia postanticipación, en el fin de aquella edad que el último Aureliano
atisba a través del dédalo de su "espejo hablado" (jamás "hablante" o *"parlante"* - cfr. Gabriel García
Márquez, trad. Enrico Cicogna, *Cent'anni di solitudine,* Feltrinelli, Milán, 1971, 425 - so pena de
extraviar en lo Dicho el paradójico aparecer de la sindiacronía ad hoc), cuanto más se pone tanto más
impone el buzón sangrante de la estrella satélite de sí, en y por la voz de su nombre propio, poema casi
en persona: - "¿No es así? / Habitamos, ¿no es así?, las cenizas de una historia tan antigua, cuando con
Sócrates y Platón, S. y P⁵, lo pensable o lo inteligible (*noeton)* se anunció

5 Cfr. Jacques Derrida, *La tarjeta postal, op. cit.,* donde 'S.' y 'P.' significan 'Sócrates' y
'Platón', pero también 'sujeto' y 'predicado', *Shem the penman* y *Shaun the postman, Sword*
y *Pen, sp* (fr. *'spéculer',* idealismo especulativo), p. s. (*postal service).* En definitiva toda la
'estructura postaleada de la letra' (*ibid.).*

en la figura de lo visible (*eidos).* Una figura que quizá no es
una metáfora. Paradoja únicamente aparente y de la que justamente hay que salvar la apariencia: era
la condición plantada a lo que se podría llamar la logonomía, la ley misma del logos. S. y P. pensaron
el pensamiento bajo la ley de la luz del día *[sous la loi du jour]* y, sin embargo, esta asignación óptica
no fue efímera. Durará hasta el fin del sol, el cual, no lo olvidemos, no solamente da a pensar dando a

ver, no solamente engendra, sino que también quema y reduce, lo reducirá todo a cenizas. ¿Se pueden salvar las cenizas del *eidos*? ¿Qué hay de nuevo bajo el sol, desde S. o P.? La pregunta resonará sola en la noche de este laberinto." (Jacques Derrida, "Sauver les Phénomènes. Pour Salvatore Puglia", en: J. D., *Penser à ne pas voir. Écrits sur les arts du visible (1979-2004) - Textes réunis et édités par Ginette Michaud, Joana Massó et Javier Bassas*, De la Différence, París, 2013 (1995), 179-192, 183 - Cfr. trad. J. Massó y J. Bassas, "Salvar los Phainomena. Para Salvatore Puglia", en: J. D., *Artes de lo visible (1979-2004)*, Ellago, Pontevedra, 2013, 185-200, 191).

[73] León de Greiff, "Bárbara Charanga. Bajo el signo de Leo (Primer Lote - Sexto Mamotreto", en: León de Greiff, *Obra completa - Tomo III (Al cuidado de Hjalmar de Greiff)*, Procultura, Bogotá, 1986 (1957), 5-114, 56.

[74] *Die Windrose*, DEFA, 1957, dirigida por Alberto Cavalcanti, con Joris Ivens, Helene Weigel, Simone Signoret e Yves Montand.

[75] Amén de la pertinencia del molde doctrinario endilgado a la irrechazable oferta ética, cuya precariedad y cuyo deslustre no deberían constituir motivo de reproche para el lector sensible a las verticalidades de una autoridad y un desinteresamiento infinitamente insatisfactorios y tan poco solares como los de Lévinas, antes bien reacios al privilegio de la imagen hidalga por encima de la brutalidad somática y de la enceguecedora concreción del rostro, al invocar el abolengo romano del concepto de "responsabilidad" suscrito por *spondeo y sponsor* y al querer concluir aclarando que "el gesto de asumir responsabilidades es, pues, genuinamente jurídico y no ético. No expresa nada noble o luminoso, sino simplemente el ob-ligarse, el consignarse en cautiverio para garantizar una deuda, en una perspectiva en que el vínculo jurídico todavía era inherente *[ineriva]* al cuerpo del responsable" (Giorgio Agamben, *Quel che resta di Auschwitz. L'archivio e il testimone - Homo sacer, III*, Bollati Boringhieri, Torino, 1998, 20 - cfr. trad. Antonio Gimeno Cuspinera, Pre-textos, Valencia, 2000, 21), no sin reservar un resquicio al eventual arrepentimiento, Agamben se las toma y se las quita con el responsable del asiduo eco de un célebre oxímoron de Corneille (el mismo alejandrino reciclado para intitular el ensamblaje o la instalación de no sé cuántas superficies de plomo, lienzo, terracota, acero y cristal alusivas a las ruinas de los observatorios astronómicos que habrán sido indispensables a la construcción de los mapas celestes de la NASA remitidos a la ley del caos llamada *Shevirah ha-kelim*, es casi decir "Ruptura de los Vasos", catástrofe cosmogónica a partir y a regresar de la que se habrían sacudido los archivos del firmamento y de la tierra al completo, todos los estantes de las bibliotecas de Suso y Ayuso enredados y refundidos metafóricamente dejando saber a medias que - tal como un sucinto recuento de los argumentos de Isaac Luria permite afirmar - "Todo está en alguna otra parte *[Everything is somewhere else]*" (Gershom Sholem, *On the Kabbalah and its Symbolism*, trad. Ralph Manheim, Routledge & Kegan, Londres, 1965 (1960), 112), peor dicho zonas quebradas y requetepartidas a fuerza de acrílicos, óleos, arenas, goma laca y hojaldres de mamotretos metálicos cuyo primera aparición no logro cuadrar entre 1996 y 1999, la galería Yvon Lambert, la Tate y la Fattoria de Celle en Santomato de Pistoia: *Cette obscure clarté qui tombe des étoiles*, genuino *opus interruptum* de Anselm Kiefer) obsesivamente reciclado como si la nevada de estrellas propicias al despliegue de pantallas enemigas sobre la fluida silletería de una sala de cine marítima (poco más o menos a saber: - "Esta oscura claridad que cae de las estrellas en fin con el flujo nos muestra treinta velas *[Cette obscure clarté qui tombe des étoiles / Enfin avec le flux nous fait voire trente voiles]*" coincidiera con la tupida ambigüedad sacada no propiamente a relucir sea para denunciar en 1948 la "oscura claridad" del ensueño artístico cómplice del embrujo pagano (Emmanuel Lévinas, "La réalité et son ombre", *op. cit.*, 118 - trad. A. Domínguez Leyva, 48), sea para condenar "esta negra claridad" de la guerra veintitrés años más tarde (E. Lévinas, "Préface", en: E. L., *Totalité et Infini - Essai sur l'extériorité*, Martinus Nijhoff, La Haya, 1971, IX-XVIII, IX - trad. Daniel E. Guillot, en: E. L., *Totalidad e Infinito - Ensayo sobre la exterioridad*, Sígueme, Salamanca, 1977, 47-56, 47) en las mismas páginas abiertas al rapto ético de "la oscura luz que viene del más allá del rostro" (*ib.*, 232 - trad. 265), versatilidad expresiva ciertamente poco luminosa y tan ajena a la nobleza del gesto en cuestión cuanto al indiscutible origen etimológico de la obligación juris-somática que interesa al filólogo atento a las genealogías conceptuales de la culpa y de la responsabilidad: - "Así pues, responsabilidad y culpa se limitan a expresar dos aspectos de la imputabilidad y sólo en un segundo momento fueron interiorizadas y transferidas fuera del ámbito

del derecho. Aquí tienen su raíz la insuficiencia y la opacidad de toda doctrina ética que pretenda fundarse sobre estos dos conceptos. (Lo anterior vale tanto para Hans Jonas, que ha pretendido formular un auténtico 'principio de responsabilidad', como, quizás, para Lévinas, que, de una manera mucho más compleja, ha transformado el gesto del *sponsor* en el gesto ético por excelencia.) Se trata de una insuficiencia y de una opacidad que salen a la luz con claridad cada vez que se trata de trazar las fronteras que separan la ética del derecho." (Giorgio Agamben, *Quel che resta di Auschwitz, op. cit.,* 20-21 - Trad. A. G. Cuspinera, 21), interés distraído al momento de comentar *De la evasión,* el ensayo de 1935 que Agamben relee con la intención de "proseguir el análisis de Lévinas" (*ib.,* 97 - cfr. trad., 110) en vista de una aproximación al sentimiento de culpa y a la vergüenza de Lévinas que tenga visos de originalidad, de hecho dejando sospechar un intento de revisión de lo ya dicho en aras de una complejidad reconocida sin maleficio de inventario, ahora comprobada y asumida tras las celosías de Heidegger, Benjamin y Kerény, citas quizás apretadas al borde de un amago de remordimiento, sino a la sombra de una "vergüenza" (*aidòs,* para mayor lucidez y más resuelto empoderamiento del autorretrato imposible) capaz de no parpadear ante el impacto poco analítico de los escrutadores pezones de Écuba: - "En esta reciprocidad de visión activa y pasiva, la *aidòs* es algo que se asemeja a la experiencia de asistir al propio ser visto y de ser tomado como testigo de lo que se mira. Como Héctor ante el seno descubierto de la madre ('¡Héctor, hijo mío, ten *aidòs* ante esto!'), quien siente vergüenza es sobrecogido por su propio ser sujeto de la visión, debe responder de aquello que le quita la palabra. / Podemos entonces anticipar una primera definición, provisional, de la vergüenza. Esta es nada menos que el sentimiento fundamental de ser sujeto, en los dos sentidos opuestos - al menos en apariencia - de este término: estar sometido y ser soberano. Es lo que se produce en la absoluta concomitancia entre una subjetivación y una desubjetivación, entre un perderse y un poseerse, entre una servidumbre y una soberanía." (*Ib.,* 99 - Cfr. trad. 112).

[76] Rehusando el uso del término *mussulmano* a lo largo del segundo capítulo de *Lo que queda de Auschwitz,* donde el único lugar en que el apodo se reproduce entrecomillado viene a ser el título (v. ib., 36-80 - trad. 41-89), tras mencionar la "explicación etimológica" que permite dar por "arregladas de antemano" cuestiones decisivas, tales como: - "¿Porqué este devenir otro ante la aniquilación? ¿Qué es lo que salva en el préstamo del nombre del otro *[Qu'est-ce qui sauve dans l'emprunt du nom de l'autre]*?" (Fethi Benslama, "La représentation de l'impossible", en: Jean-Luc Nancy, Patrice Loraux, Jacques Rancière y otros, *L'art et la mémoire des camps - Représenter exterminer (Sous la direction de Jean-Luc Nancy),* Le Genre Humain - Seuil, París, 2001, 59-80, 75), el psicoanalista tunecino parece dar por descontada la fe en la desmetaforización del cuerpo onomástico profesada por Agamben: - "En el sentido estrictamente teológico el libro de Giorgio Agamben puede ser leído de principio a fin como una escritura bajo el primado de esa operación que cambia al judío en musulmán y al musulmán en no-hombre, y a la inversa. ¿Es necesario recordar que la transformación del pan y del vino en cuerpo y sangre del Cristo no se entiende en el cristianismo como una metáfora, es decir ni simbólica ni imaginariamente, sino como el salto de un real al otro? Suprimiendo las comillas del nombre musulmán, el autor suprime justamente el índice imaginario de ese uso que han guardado todos los testigos. Y los testigos lo han guardado porque sabían que, sin esa reserva, sería una alucinación, cuando no una utilización esquizofrénica en que la palabra entendida en sentido propio domina la relación con la cosa. / El musulmán imaginario *de los judíos de los campos no es entonces un pasaje más allá de la frontera de lo humano, correspondería más bien a una suerte de retórica de la supervivencia, una maniobra que asigna apodos para sobrevivir. No es la acción lo que se trata de desactivar, sino el acto psíquico del asesino o del exterminador."* (*Ib.,* 77 - énfasis del autor).

[77] Apareció la carta. La firmaste el 23 de octubre de 1978. Nada que ver el reenvío del colega. La había incorporado (por así decirlo) a *Cerumen - Entre profes y brujos nº 2,* una docena de cuartillas fechadas a noviembre de 1981, cuando vivíamos en la isla (a duras penas reconozco los primeros párrafos). Por eso no la encontraba. La transcribo en seguida, tal cual, con tus mayúsculas y sin omitir las notas interpuestas y subrayadas por mí en aquel entonces:

ESTA ES UNA/500 PARTE DE MI ÚLTIMA EXPOSICIÓN. LAS OTRAS
499
DUERMEN EN UN TALEGO DE... QUE AQUÍ LLAMAN "GARBAGE
BAG"

el tercer renglón está marcado por una línea irregular que hasta la mitad soporta los contornos de
cinco talegos: los cuatro primeros levantan crestas amarradas, el quinto se desmorona en un garabato
que esparce hojas apelotonadas, latas o letras incomprensibles, a las que se sobreponen otras más
desenvueltas hasta completar el renglón

Y OTRAS VECES ADQUIEREN LAS FORMAS
MÁS RARAS SOBRE TODO CUANDO LOS PERROS LAS DESTROZAN AL
AMANECER   Y   COMEN   DE   SU   VIEN-
TRE   O   CUANDO   UN   BORRACHO   LES
DA VEINTE PATADAS. ASÍ QUE DE "UN LIBRO DE HOJAS" HACIA
"BOLITAS" O "BOLLITOS" (REZAGOS DE INFANCIA) ES A LA BORTAN
ESPECIAL   DE   TORNO   HUMANO   REMI-
NISCENCIA   DE   LA   INCANSABLE
LABOR DEL ÍNDICE Y EL PULGAR DE LA CUAL NADIE SE DEBE
QUEJAR DE HABERSE SENTIDO EXCLUIDO. CUANDO EMPECÉ A
ESCRIBIR PENSÉ QUE SENTÍA ALGO TAN CONCENTRADO (DENSO)
QUE CON UN/4 DE PÁGINA ME IBA A DESBORDAR. AHORA:
TODA LA PÁGINA VA A DECIR LA MITAD

a partir del treceavo renglón el espacio interlinear se contrae bruscamente, para volver a dilatarse hasta
alcanzar poco a poco la distancia anterior aproximadamente del vigesimosegundo renglón en adelante

QUERIDO BRUNO HOY RECIBÍ EL MATA Y TU SEGUNDA CARTA
QUE
SIEMPRE ME DEVUELVEN UN POCO A LA VIDA.
LAS PALABRAS DE OLGA ME SUENAN SABIAS. A VECES ME IMAGINO
QUE OIGA LA VOZ DE OLGA CAMINANDO EN UN TÚNEL
CÓNCAVO
Y LO QUE SUENA AHORA ALGUNA VEZ COINCIDIÓ CON EL PASO
DE
ANTES. POR LO DEMÁS UN SILENCIO LLENO DE RUIDOS. C.
TAYLOR
AND HIS 3 HOURS SOLO, LAS SIRENAS Y LA LLUVIA. MARINA QUE
SE
PREPARA A TRAER UN TÉ DE HIERBAS CON MIEL.
MERCE CUNNINGHAM: BIEN. Y YO QUE PONGO MI MANO
SOBRE MIS HOJAS COMO UNA VISERA ME INCLINO HACIA
ADELANTE (HAROLD LLOYD) Y EXPLORO EL FUTURO.
UNA FORMA DE DECIR. CLARO ESTÁ.
FUE MUY BUENO TENERLOS AQUÍ. ME GUSTÓ MUCHO VERLOS.
SA
QUIERO TENER SIEMPRE NOTICIAS DE UDS. Y...
BUENO, ECHAR MUCHO CUENTO E HISTORIETA.
YO ME ESTOY TRATANDO DE METER EN UN MOOD Y ACABAR
POR HACER LAS BENDITAS GRABACIONES QUE NUNCA LAS HAGO
Y SOBRE TODO, LO MÁS IMPORTANTE! VER A VER, VER HABER
QUÉ PASA

el trigésimo renglón consta de dos espirales incluidas en dos rectángulos a manera de gafas que
convierten en entrecejo las palabras QUÉ PASA

"MAINTENANT J'EMPLOIE DE NOUVEAU LES CONTOURS! QU'ILS
RASSEMBLENT, QU'ILS CAPTENT LES IMPRESSIONS QUI S'ÉPARPILLENT!
QU'ILS SOIENT L'ESPRIT DOMINANT LA NATURE!"
el ángulo inferior izquierdo de la hoja es invadido por el arco
de una loma, una palma y seis olas

[78] Albert Ayler, *New Grass*, Impulse, 1968.

[79] Jacques Derrida, *Béliers - Le dialogue interrompu: entre deux infinis, le poème*, Galilée, París, 2003, 72.

[80] Jacques Derrida, *Schibboleth - Pour Paul Celan*, Galilée, París, 1986, 110.

[81] Miles Davis, *Tutu, Warner Bros, 1986.*

[82] "Diariamente, para mantener la casa fresca - *tutu* -, para que no penetren en ella malas influencias, arroja en la puerta de la calle un poco de agua y reza: *Chibú meta dié omi tutu ilekun mi gbogbo ilé tutu. Orí tutu, okán tutu. Ache die. Omo tutu, Aché. Gbogbo wani tutu. Awó aikú Baba wa.*" (Lydia Cabrera, *Koeko Iyawó: aprende novicia - Pequeño tratado de regla lucumí*, Rema Press, Miami, 1980, 14). Por otra parte, la más partida, el mismo refrigerio ha de acompañar el trance del postremo umbral: - "Al morir el Asentado se practica el *Itutu*, que serena y conforta el alma. Con este rito final se le despide para que *tutu*, fresca, ligera, emprenda el viaje a *ilé Yansa.*" (Lydia Cabrera, *Yemayá y Ochún*, Rema Press, Nueva York, 1980, 342).

[83] Una vez enterados de las dificultades de los traductores abocados a las tangentes contextuales del poema fechado a 19 de julio de 1968 en que Celan responde a la recensión que Benjamin redactara en 1930, "Contra una obra maestra. 'Sobre el poeta como guía en el clasicismo alemán' de Max Kommerell", arrimos titubeantes ante el cruce de caminos "entre pasado mítico nibelungo, 'El Manto del Disimulo y el Yelmo de Acero', y una actualidad histórica que dice 'cascos de acero y capotes de camuflaje'", desde la montaña mágica de los modelajes arquetípicos al estilo del esoterismo heroico de George y D'Annunzio hasta la chatedad rentable de la pedagogía fascista en términos menos puntuales, si el "homólogo ibérico está claro: 'La Pluma y la Espada' en tiempos de estilográfica y bayoneta" (Ulisse Dogà, *Port Bou: ¿Alemán? - Paul Celan lee a Walter Benjamin*, trad. José Luis Arántegui, Machado, Madrid, 2012 (2009), 136), aquí y ahora, en tiempos de justicia transaccional y cronometrías televisivas, tan claro y protuberante el homólogo cuanto la llenura prosaica de "Twitter y Motosierra", con mayor urgencia cabe prestar cuidado al encuadrar el término "montaje" empleado en la versión al castellano de la pormenorizada lectura ofrecida al caso de una inversión de aquellas dificultades ejemplares: - "Resultado: acentuar 'manto' o 'capa', según se sitúe en el tiempo la enunciación dominante; 'cascos de acero' no dice lo mismo que 'yelmos de acero' hablando de 1933 (aunque allí y entonces se tratara de que sonara a pasado resucitado y presente de resurrección en una misma frase). / Un ejemplo a la inversa, de duplicación tentadora pero falsa al traducir, se ofrece al tropezarse en alemán corriente con 'armierte Pathos': ahí es nada, practicando el francés y el griego antiguo aquí y ahora. Eso encandila y no da qué pensar, que es lo que pretendía George, 'armar emociones' o 'emoción montada' lleva a otras reflexiones, es decir, a alguna. Y eso que 'patetismo armado' gana por equi-vocación una verdad tan concisa como ajustada a Benjamin o Celan: *una crónica de príncipes y poetas* [y figuras extranjeras deslumbrantes] *tan irreflexiva como ahistórica es patentemente según Celan algo* a desarmar'. Pero aquí es el alemán el que tiene que descubrir pensando y decirse articuladamente, entre *armierte* y *bewaffnete*, cosas que el español castellano se enseña en una sola enseña verbal, 'armar'. Por ejemplo, que la primera actividad en que se aprendió articulación y montaje de causas y efectos seguramente fuera un *arma*, y toda articulación siga siendo a la vez seguramente ofensiva ('Toda cultura es a la vez documento de barbarie', Benjamin *dixit*)." (*Ib.*, 136-137).

[84] Nancy, claro está, pasión militante de una pareja de amantes sin número involuntariamente transfundida en pueblo, mito de Jean-Luc Nancy (aquí tan mal vertido): - "Aquello cuyo evento no se puede saber si se produjo pero cuyo sobrevenir en una figura *[Ce dont on ne peut savoir si l'événement s'est produit mais dont la survenue dans une figure]* (Afrodita, Cristo, por ejemplo) comunica un sentido efectivo, he ahí lo que puede decirse mítico. Mito es la palabra *[parole]* cuyo sujeto no es más que ella misma y se configura hablando de sí: *sua sponte* y *de seipsa.*" (Jean-Luc Nancy, *La Communauté désavouée*, Galilée, París, 2014, 136) Lo menos seguro en su inagotable ir viniendo a despedirse de un momento a otro, el acontecer mítico pide un *mot d'esprit* que rebase toda certeza, solicita una hilaridad abismal suficientemente frágil para reventar hic et nunca y como si nada la

cerrazón ontosomatonomástica del armatoste ad hoc, "chiste" insoportable, *Witz* terrible, *duettino* de Beremundo el Lelo y Zaratustra ni por dentro ni por fuera de sí sobrevivientes en la ineventualidad de la "palabra de espíritu" en cuestión: - "Lo que los nazis querían hacer de los judíos: un *sercuerponombre [un êtrecorpsnom].* Ahora bien la retórica de supervivencia muestra que no hay nada de eso o, si se quiere, su chanza introduce la nada entre, el espaciamiento entre *[montre qu'il n'en est rien ou, si l'on veut, son mot d'esprit introduit le rien entre, l'espacement entre]* el ser, el cuerpo y el nombre. Se podría también retomar aquí lo que Nietzsche sin duda había percibido al decir: 'En el fondo todos los nombres de la historia, soy yo.'" (Fethi Benslama, "La représentation et l'impossible", *op. cit.*, 78) *En el fondo:* de acuerdo, tembloroso acuerdo, incluso con el verraco solidario que pretenda a toda costa estarlo en alta resolución, bien parado, firme y fijo en el marco de lo propio y en el regazo de su propia comunidad, aunque dicho fondo no deje de escarbarse con el inconfesable frenesí de quien se declara limpio de toda mancha a pesar de llegar a saber que "la epresión 'jaboncillo', en referencia a los judíos exterminados por los nazis, sigue empleándose en determinados ambientes israelíes para referirse a una persona débil." (Alberto Pradilla, *El judío errado*, Txalaparta, Tafalla, 2010, 57)

Por ende otra apariencia definitoria a través de una figura otramente ejemplar: - "Los campos de exterminio son una empresa de suprarrepresentación *[une entreprise de surreprésentation]*, en la cual una voluntad de presencia integral se da el espectáculo del aniquilamiento de la posibiliad representativa misma" (J.-L. Nancy, "La représentation interdite", en *L'art et la mémoire des camps - Représenter exterminer, op. cit.*, 13-39, 15 - trad. Margarita Martínez, en: J.-L. Nancy, *La representación prohibida - Seguido de 'La Shoah, un soplo'*, Amorrortu, Buenos Aires / Madrid, 2006, 15-71, 20-21), donde y cuando el sistema empresarial cuyo fúlgido logo impone a las gorras del caso su calavera gorgónea juntamente con la hipótesis de la siniestra traducción del lucero de la verdad platónica, para llegar a creer que: - "Se podría contratar contrayendo - y figurar, representar - todo el asunto así: un doble no-rostro judío-griego *[On pourrait contracter - et figurer, représenter - toute l'affaire ainsi: un double non-visage juif-grec]*, del que un destino romano haría el retrato." (*Ib.*, 23 - Cfr. trad., 40) *"Affaire"*, cómo no, "asunto", "vaina", otrosí "negocio" (Martínez se tranzó por "cuestión"), literalmente y a ojo emprendedor lo que resta "por hacer" en vista del definitivo poder de lo visto, anti-rostro en persona pontificia, "imagen de Roma" (*ib.*, 33) por supuesto y repuesto vista y revista del edificante panorama *à faire* que el mito se guarda de contemplar. Cristianismo sin Reino ni Roma entonces, mito de la ausencia de mito porque, a contracorriente de la claustrofilia reinante, habría que saberlo: - "Toca pensar dos regímenes o dos acepciones del mito: el 'metafísico', evocaría un mito fundador y explicativo, que expondría unos principios, un origen, desvelando un cielo soberano; el 'físico' expodría (y expondría a 'la vista física fulgurante') una presencia cuya 'magnificencia' valdría por representación de lo desconocido." (*Ib.*, 135) Estrella sin estrella si acaso, siempre que - después de haber tomado voz y voto en la cuestión de la disipada herencia del *für Uns* relanzado hacia la "fisura/treta de la mujer *[fente de la femme]*" y la polierótica de Nancy: - "Por 'nosotros', entonces, tanto por Blanchot leyendo a Duras - diciendo 'vosotros' a su 'vosotros' - lectores-espectadores-actores, y por ahí 'compañeros' de una escena en la que la que se trata de ver, de 'verla tal como es' sabiendo sin embargo que 'él [y por ende cada uno de nosostros] no la ve'" (*ib.*, 105) - se preste la mayor atención tanto a las bastardillas cuanto a la última frase de la nota al pie, no por nada o casi, sino por la aproximación del autor de *La Comunidad inconfesada* a Bataille y a Duras, recordando la metamorfosis paradisíaca de Ra-Harakhti y la negrura del torpe escarabajo de Sísifo con su esfera excrementicia a cuestas, *Atheucus sacer* si no estoy mal, astro invidente, mendigo que para mejor darse a ver se oculta tras la luna en que Beatrice encuentra más que motivos de risa vertical, Anti-Beatrice por ende y allende, lo que resulta a la vez del todo cierto y completamente engañoso: - "[1] *Ibid., op. cit.* 'Anti-Beatrice', añade Blanchot, precisando que esta última está 'toda en la visión que se tiene de ella' y describiendo el absoluto de esta visión como 'Dios, el *théos*, teoría, la última de lo que queda por ver' de lo que toca concluir que la absoluta invisibilidad de la mujr forma el exacto reverso del Dios luminoso de Dante: divinidad obscura y misteriosa como la mujer (así designada en la página 88, de modo análogo al mismo relato). Por otra parte un poco más lejos, Beatrice aparecerá nuevamente en una posición menos manifiestamente opuesta a la de la mujer." (*Ib.*)

[85] Lydia Cabrera, *Koeko Iyawó: aprende novicia - Pequeño tratado de regla lucumí, op. cit.*, 14.
[86] Primo Levi, *La tregua, op. cit.*, 94 - Cfr. trad. Pilar Gómez Bedate, 102.

José, Marina, Olga y Bruno en la Carrera 7ª de Bogotá hacia 1967

Este libro fue diagramado utilizando fuentes ITC Garamond Std a 10,5 pts,
en el cuerpo del texto y Myriad Pro en la carátula.
Se empleó papel bond de 70 grs. en páginas interiores
y propalcote de 220 grs. para la carátula.
Se imprimieron 100 ejemplares.

Se terminó de imprimir en Samava Ediciones
en agosto de 2018